CABALLO DE FUEGO

Congo

🜨 Planeta Internacional

FLORENCIA BONELLI

CABALLO DE FUEGO

Congo

Diseño de portada: Departamento de Arte de Editorial Planeta Argentina
Mapa de interior: Adolfo Flores Espinosa

© 2014, Florencia Bonelli
c/o Guillermo Schavelzon & Asoc. Agencia Literaria
info@schavelzon.com
www.schavelzon.com

Derechos reservados

© 2014, Editorial Planeta Mexicana, S.A. de C.V.
Bajo el sello editorial PLANETA M.R.
Avenida Presidente Masarik núm. 111, 2o. piso
Colonia Chapultepec Morales
C.P. 11570, México, D.F.
www.editorialplaneta.com.mx

Primera edición: agosto de 2014
ISBN: 978-607-07-2285-1

Impreso en los talleres de Litográfica Ingramex, S.A. de C.V.
Centeno núm. 162-1, colonia Granjas Esmeralda, México, D.F
Impreso y hecho en México – *Printed and made in Mexico*

A Julieta Obedman,
más qué una editora, una querida amiga.

Al Espíritu Santo,
mi luz inspiradora.

A mi sobrino Tomás,
el ángel que sostiene el milagro.

Sólo los muertos han visto el fin de la guerra.
PLATÓN

Grita: «¡Devastación!» y suelta a los perros de la guerra.
Julio César de WILLIAM SHAKESPEARE

Señor, toma mi vida nueva,
antes de que la espera desgaste años en mí.
Estoy dispuesto a lo que quieras,
no importa lo que sea, Tú llámame a servir.
Llévame donde los hombres necesiten tus palabras,
necesiten mis ganas de vivir.
Donde falte la esperanza, donde todo sea triste,
simplemente por no saber de Ti.
Extracto de la canción católica «Alma misionera»

1

París, 6 de abril de 1998.

Eliah Al-Saud abandonó el Aeropuerto Charles de Gaulle y corrió hasta el estacionamiento. Saltó dentro de su Aston Martin DB7 Volante y lo puso en marcha. El disco compacto de los Rolling Stones se reanudó, y la batería de *Paint it, Black* explotó dentro del habitáculo. Las llantas chirriaron sobre el asfalto, y el rugido del motor compitió con las guitarras eléctricas. La ira que comunicaba la letra de *Paint it, Black* describía su estado de ánimo. *I look inside myself and see my heart is black.* Él también miraba dentro de sí y veía que su corazón se había vuelto negro. La velocidad del deportivo inglés —en el camino hacia Ruán, casi bordeaba los doscientos kilómetros por hora— atenuaba su furia. En realidad, sólo la sensación de hallarse a más de quince kilómetros de la faz de la Tierra, piloteando un caza, la habría aplacado. O una caricia de Matilde. La suavidad de sus dedos largos de cirujana sobre la mandíbula habría bastado para diluir esa cólera con tonos de desesperación.

Matilde se había ido. Consultó su Rolex Submariner. Las once y media de la mañana. El vuelo de Sabena ya habría despegado y, en siete horas, aterrizaría en el aeropuerto de Kinshasa, la capital de ese infierno llamado República Democrática del Congo.

Apretó las manos en el volante al imaginarla sentada junto al doctor Auguste Vanderhoeven, que no perdería oportunidad para tocarla. ¿Se habría inclinado sobre ella para ayudarla con el cinturón de seguridad? ¿Le secaría el sudor cuando Matilde se mareara al despegar el avión? Pisó el acelerador y la aguja del velocímetro superó los doscientos kilómetros por hora. El idiota de Vanderhoeven la había sujetado por el brazo al saludarla en la recepción del Aeropuerto Charles de Gaulle, y él lo había atestiguado en silencio y desde lejos, mientras se refrenaba para no saltar sobre el médico belga y matarlo a golpes. Había decidido marcharse para evitar un escándalo que no lo beneficiaría a los ojos de Matilde. Su imagen estaba por el suelo. Ella lo creía poco menos que un asesino a sueldo. Lo cierto era que no tenía derecho a celarla. Matilde ya no le pertenecía. Ella no deseaba pertenecerle; nunca lo había deseado, y eso le dolía de un modo visceral. Juana Folicuré —nadie conocía a Matilde como Juana— sostenía otra hipótesis; él prefería no cavilar sobre esa posibilidad; no acostumbraba basar su vida en esperanzas. Se ajustaría a los hechos y superaría haberla perdido. No podía ser tan difícil.

Exactamente dos meses atrás, el 6 de febrero, la víspera de su cumpleaños, él y Matilde habían recorrido ese camino hacia Ruán. Giró la cabeza y la vio sentada a su lado, atenta a lo que él le contaba. Resultaba fácil hablar con ella, confiarle pensamientos y vivencias que no habría compartido con nadie. Matilde sabía escuchar, no se escandalizaba, no condenaba ni juzgaba, y lo hacía inmersa en ese halo de paz que a él lo atraía como un vaso de agua atrae al sediento. Entonces, ¿por qué no se había atrevido a confesarle los pasajes más oscuros de su vida, sus años como soldado en *L'Agence*, su matrimonio con Samara y sus infidelidades, en especial con Céline? Se convenció de que nadie, en su sano juicio, le habría dicho a la mujer amada que había sostenido un romance durante años con su hermana mayor. Tampoco se había atrevido a explicarle la naturaleza de su oficio, la del soldado profesional, llamado con desprecio mercenario. Finalmente, Matilde se había enterado de todo, de su *affaire* con Céline, o con Celia —Matilde no usaba el seudónimo de la afamada modelo sino su verdadero nombre—, y de que su empresa, Mercure S.A., no se limitaba a la seguridad sino que su razón de ser dependía de que en el mundo hubiese guerra. Matilde lo despreciaba.

Ella tampoco había sido sincera. Le había ocultado que a los dieciséis años, como consecuencia de un cáncer de ovario, le habían extirpado los genitales. Matilde jamás tendría hijos. Justamente, había sido Céline la que se lo había revelado en un acto de crueldad, frente a una Matilde demudada, llorosa y suplicante. Le tembló el mentón y se le humedecieron los ojos al recordar la escena en las oficinas de la Mercure. Bajó la velocidad con dos cambios de marcha. Olvidar a Matilde sería muy difícil. La intensidad de la pasión compartida había creado un vínculo entre ellos que el tiempo no destruiría. «¡Qué ironía!», pensó. «La Naturaleza le da hijos a madres que jamás deberían serlo y se lo impide a mi Matilde, que habría sido la mejor madre de todas. Mi Matilde.» Olvidarla no sería fácil. Lo de ellos era indisoluble. A esa conclusión le siguió una concatenación de recuerdos que le robaron sonrisas en contra de su disposición, incluso alguna corta carcajada. La última evocación lo puso de frente a la realidad y le opacó la mirada de nuevo. *«¿Cuándo pensabas decirme que no podías tener hijos?»* *«¡Nunca! No pensaba decírtelo nunca porque sabía que lo nuestro tarde o temprano iba a terminar. Lo de Celia en el George V sólo precipitó lo inminente.»* *«¿De qué estás hablando? ¿Qué quieres decir con eso?»* *«De que, cuando me fuera al Congo, iba a terminar con lo nuestro. No tenía futuro. Yo no confiaba en ti. Cada mujer que se te acercaba me volvía loca de celos. Por otra parte, está mi carrera, que es primordial para mí.»* La ira retornaba, y la aguja del velocímetro escalaba. *«Me usaste, Matilde.»* Sacudió la cabeza, incapaz de creer sus propias palabras. La imagen de Matilde como una mujer interesada, especuladora y fría resultaba tan desacertada como la de la Madre Teresa de Calcuta vestida con un traje de Valentino. Por mucho que Matilde se empeñara en alejarlo, él sabía que lo amaba; necesitaba aferrarse a esa creencia para no desmoronarse. Sí, lo amaba. Se lo había dicho con esa última mirada que cruzaron poco más de dos horas atrás en Charles de Gaulle. *«¿Por qué, mi amor, por qué?»*, clamó su alma. ¿Por qué Matilde no podía perdonarlo si poseía el corazón más noble que él conocía? *«La pregunta que cabe acá es»*, le había dicho Juana el día anterior, *«¿se perdonará Matilde el hecho de ser una mujer infértil y se permitirá ser feliz junto al hombre que ama? Eso será más difícil, papito».* Quizá no debería desechar la teoría de Juana, que aseguraba que Matilde no quería atarlo a ella porque no le daría hijos. A la luz de esa interpretación, algunos comportamientos y comentarios cobraban sentido. Se acordó del empeño de Matilde por evitarlo apenas se conocieron, aunque esa actitud se relacionaba con su imposibilidad para hacer el amor, algo de lo que él la sanó y que la había hecho inmensamente feliz. ¿Se acostaría con otro ahora que había superado el trauma y saboreado los placeres del sexo? Si el roce de Vanderhoeven en el brazo de Matilde al saludarla por poco lo desquicia, no se atrevía a imaginar la extensión que alcanzaría su ira al enterarse de que se acostaba con él, o con cualquier otro.

—¡Es mía! ¡Mía! —dijo entre dientes, en la soledad del Aston Martin.

Se reprochaba haber pasado por alto detalles que lo habrían guiado a la verdad, como por ejemplo que Matilde no menstruaba. Pese a haber convivido durante casi dos meses, no reparó en que ella jamás se negaba a tener relaciones sexuales con la excusa del período; nunca descubrió toallas femeninas en el cesto del baño, como acostumbraba ver cuando vivía con su esposa Samara. Matilde no se quejaba de dolor de ovarios ni de cabeza, ni decía, como solía hacer Samara: «Hoy estoy sensible porque me vino, así que trátame bien». Matilde siempre era la misma, su humor no se alteraba, salvo los días posteriores al ataque en la Capilla de Nuestra Señora de la Medalla Milagrosa, algo justificable y comprensible. Le creyó cuando le aseguró que los comprimidos que tomaba eran vitaminas; él nunca investigó. Juana le explicó que se trataba de la medicación para preservar el equilibrio en su cuerpo, que había sufrido un trauma al verse desprovisto de su aparato reproductor de la noche a la mañana. Juana había empleado un término médico: menopausia quirúrgica.

—Mat vivió a los dieciséis años lo que una mujer normal vive a los cincuenta y cinco o sesenta. Eso es muy traumático. El *shock* para el cuerpo es brutal, y la paciente tiene que estar medicada para no perder el calcio, por ejemplo, y que los huesos se le hagan polvo. También hay que medicarla para que no sufra molestias vaginales y sequedad, o para que no pierda el deseo sexual.

—¿Por eso no quería tener sexo con su esposo?

—No. Ella estaba medicada y compensada cuando se casó con Roy. A Mat se le juntaron muchas cosas. Perder la capacidad para reproducir la devastó. Eso, sumado a la educación que recibió y a la familia disfuncional de la que venía, fue suficiente para anularla como mujer. Mat padecía de vaginismo. Es una afección más común de lo que creemos. La vagina se contrae e impide la penetración. Su familia debió de llevarla a un psicólogo durante la quimio y después, pero no lo hicieron. Fue una salvajada dejarla sola con todo eso.

—¿Por qué no la llevaron? —se enfureció Al-Saud.

—¡Ah, Eliah! Si conocieras a la familia de Mat no me harías esta pregunta. El padre estaba preso y la madre se ausentó. ¡Imagínate que no la acompañaba al sanatorio a hacerse la quimio porque decía que el olor la enfermaba! Su hermana Dolores acababa de casarse de apuro. Embarazada —explicó—. Y Celia hacía poco que vivía acá, en París. No habría sido de mucha ayuda, de todos modos; más bien, todo lo contrario; siempre odió a Matilde. Su abuela, una sargento de la Gestapo, pensaba que los psicólogos eran todos de izquierda y ateos, así que jamás habría permitido que su nietecita cayera en manos de un hereje. Su tía Enriqueta sí quería que Mat tuviera apoyo psicológico, pero no le hacía frente a la vieja Celia y terminó por lavarse las manos.

—¡Dios mío, Juana! Estaba sola. Matilde estaba sola…

—Su abuela la acompañaba a hacerse la quimio, pero habría sido mejor que no lo hiciera porque se la pasaba despotricando y la ponía nerviosa. Ezequiel y yo estábamos siempre con ella y, cuando podíamos, la acompañábamos a la quimio. Pero éramos dos chavos inmaduros y no sabíamos bien a qué nos enfrentábamos. Cuando te conoció a ti, hacía meses que había empezado terapia con una psicóloga muy buena. Poco a poco, había comenzado a entender qué le pasaba. Yo creo que nunca pudo hacerlo con Roy simplemente porque no lo deseaba. Después, apareciste tú y desataste el nudo que le impedía ser feliz. Y la convertiste en una mujer completa.

Carraspeó y se secó los ojos con el puño de la camisa. No quería detenerse a pensar en lo que Matilde había sufrido siendo apenas una adolescente; no se la imaginaría durante las horas en que recibía la quimioterapia o perdería el juicio. Lo atormentaba recrear la escena en la cual los médicos le comunicaban que le habían extirpado los ovarios y el útero (Juana se la había referido someramente). ¿Qué hacía él mientras Matilde se debatía entre la vida y la muerte? En el 87, vivía mayormente en la base de Salon-de-Provence, donde completaba sus estudios como aviador. Se sentía capaz de conquistar cualquier meta. Estaba casado con una mujer que amaba y tenía a Céline, una amante fogosa y sensual que le cumplía las fantasías. En tanto, a miles de kilómetros de su vida perfecta, Matilde padecía porque sus sueños de ser madre y de formar una familia se destrozaban. Ajustó las manos en el volante y apretó los dientes al evocar la noche en que, al verla con su sobrino Dominique, entró en el cuarto de juegos y le suplicó que fuera la madre de sus hijos. ¡Cuánto la había lastimado! Al descubrir la expresión de Matilde y las lágrimas en sus ojos, debió darse cuenta de que ocultaba un secreto. ¡Qué ciego había sido!

–Merde! Merde! –exclamó, y golpeó el volante con el talón de la mano derecha, algo insensato a la velocidad que manejaba.

También debió sospechar que algo oscuro la perturbaba cuando le pidió que se casara con él. La sorpresa que le provocó el rechazo de Matilde lo desorientó. Había estado seguro de que aceptaría. Ella lo amaba tanto como él a ella. Aunque jamás se lo había confesado, él sabía que lo amaba. No existían palabras para describir lo que los unía. Era mágico. Un roce de manos, una mirada, un gesto, una sonrisa o una carcajada, cualquier detalle encendía un fuego entre ellos que se extinguía en la cópula para renacer de nuevo con un roce, una mirada, un gesto o una sonrisa. El ciclo parecía interminable. Verla aparecer le cambiaba el ritmo cardíaco y alzaba un espíritu salvaje y posesivo dentro de él que había permanecido dormido durante sus treinta y un años para despertar el día en que vio a Matilde Martínez por primera vez en el aeropuerto de Buenos Aires. Ese espíritu salvaje y posesivo era bestial y no admitía que nadie la admirase excepto él; aun le molestaba que Alamán la abrazase, algo común entre ellos dada la amistad que habían entablado y las maneras expansivas de su hermano. No lo controlaba en el momento, pero después, cuando descubría las marcas impresas en sus piernas, brazos y senos, se arrepentía de la forma brutal con que le hacía el amor. Lo desconcertaba que la fragilidad y la pureza de Matilde exacerbaran su lado más oscuro y primitivo, lo azoraba el fatalismo con que ella lo aceptaba, sin quejas ni reproches, y lo avergonzaba su incapacidad de sojuzgarlo. Presentía que en esa manera inmisericorde de amarla se ocultaba una gran cuota de inseguridad porque, ahora lo veía con claridad, siempre había sabido que Matilde no le pertenecía. Por más que poseyera su cuerpo, no había logrado apropiarse de su corazón ni de su alma. Si hubiese tenido que describirla habría dicho que Matilde no pertenecía a este mundo y que era una criatura etérea, perfecta e inalcanzable. Sin embargo, y en contra de la evidencia, él se sentía su dueño.

Olvidar a Matilde no sería difícil sino imposible.

~· ✚ ·~

Matilde simulaba dormir recostada sobre el asiento de Juana, que sabía que estaba despierta porque veía las lágrimas que se le escurrían por los párpados y que le bañaban las mejillas. Guardaba silencio y hojeaba una revista para evitar que Auguste Vanderhoeven, ubicado del otro lado, junto a Matilde, se interesara y preguntara.

—Voy a buscar algo para tomar —susurró Vanderhoeven a Juana—. ¿Quieres que te traiga algo?

Juana sonrió y negó con la cabeza. Apenas lo vio alejarse por el pasillo del avión, se inclinó sobre Matilde.

—Auguste se fue. ¿Qué pasa, Matita?

Matilde apretó los párpados y se mordió el labio para no romper en un llanto abierto. Juana siseó para calmarla y le besó la sien.

—Matita, tranquilízate. Toma —le pasó un pañuelo de papel—, sécate las lágrimas y sóplate los mocos. Vamos. —La ayudó a incorporarse.

Matilde temblaba en el esfuerzo por contener el llanto. No quería hablar.

—Abrázame, Juani —pidió, con voz temblorosa.

Juana levantó el apoyabrazos y la atrajo hacia ella. Matilde se acurrucó en el asiento del avión y descansó la cabeza sobre las piernas de su amiga, cuyas caricias la fueron calmando. Vanderhoeven regresó y, al ver a Matilde en esa actitud, se preocupó.

—No se siente bien —explicó Juana—. ¿Podrías conseguir un té con leche y azúcar, por favor?

El médico belga apretó el ceño antes de desaparecer de nuevo por el pasillo. Matilde se incorporó, se secó las lágrimas y se sonó la nariz. Fue al baño a lavarse la cara. Evitó contemplarse en el espejo; no toleraba el reproche de sus propios ojos. Salió deprisa, ansiosa por volver al cobijo de Juana. Vanderhoeven le había traído el té y la estudiaba con una mueca entre ansiosa y triste. No lo soportaba en ese momento. El belga agitaba memorias a las cuales no deseaba enfrentarse. Tiempo atrás, Eliah y ella habían discutido a causa de él. Al-Saud se había puesto celoso y agresivo. Ocultó una sonrisa tras la taza de té al evocar la reconciliación que había tenido lugar en la sala de la piscina, cuando le practicó una felación y lo hizo vibrar y gritar, a pesar de ser nueva en esas artes y de no poseer habilidad. Sus comisuras bajaron lentamente, y una sombra se posó sobre su expresión a medida que la imagen de su hermana Celia, de rodillas frente a Eliah, desplazó a la anterior. ¿Siempre sería igual? ¿Jamás abandonaría los pensamientos de Celia y de Eliah juntos? La atormentaban, la perseguían, le quitaban la paz.

Devolvió la taza de té a Vanderhoeven, le musitó un «gracias» y se encogió en su asiento, dándole la espalda. Quería dormir y no soñar; quería olvidar, enterrar las memorias y las escenas que una vez había decidido atesorar. A pesar de haber sido consciente de que, cuando partiera hacia el Congo, la relación con Eliah Al-Saud acabaría, la había consolado pensar que quedarían los recuerdos, cada palabra pronunciada, cada caricia, cada acto de amor. En ese momento, si los rememoraba, le causaban dolor porque estaban manchados por la presencia de Celia, que se había metido entre ellos. ¿O ella se había metido entre Celia y Eliah?

Como un azote cayó la escena vivida en las oficinas de la Mercure, cuando tantas verdades saltaron a la luz y, paradójicamente, la sumieron en la oscuridad. No se dio cuenta de que apretaba los dientes en tanto repasaba los segundos que le había tomado a Celia revelarle a Eliah que ella era una mujer castrada, que jamás concebiría. «*¿Para qué querrías a tu lado a una mujer que no puede darte hijos?*» «*¿A qué te refieres con que no puede darme hijos?*» «*¿Ah? ¿No te lo ha dicho? Interesante.*» «*¿De qué estás hablando, Céline?*» «*De que mi hermanita querida no es una mujer completa. De que está vacía porque le sacaron los genitales. No tiene ovarios ni útero ni trompas ni nada. La vaciaron a los dieciséis años como consecuencia de un cáncer feroz.*» «*Estás mintiendo.*» Esa última frase, Al-Saud la había expresado casi sin aliento, con un acento que implicaba desesperación e incredulidad, y se clavaba en el corazón de Matilde como una flecha. La vergüenza lo hacía bombear de una manera lenta y dolorosa. Ella había planeado que él nunca se enterase de su estigma. El orgullo la había conducido a idear esa mentira. Sin embargo, la mentira tiene patas cortas y la verdad siempre se abre camino, en su caso, de la peor manera, dejándola expuesta, ultrajada y destruida ante el hombre que amaba. Dios la castigaba por haber jugado con Eliah. Ella jamás debió ceder y empezar la relación porque sabía que lo lastimaría si su corazón quedaba involucrado. Pero él se mostraba tan fuerte y dominante, y ella lo deseaba tanto que, contra todo razonamiento, se embarcó en la aventura de amarlo y lo lastimó.

La noche anterior, Juana, después de desaparecer por un buen rato, había regresado a casa de Jean-Paul Trégart bastante nerviosa y le habló con dureza mientras terminaban de hace las maletas.

—¡No me vengas a decir que lo amas!

—Sabes que sí, que, a pesar de todo, lo amo.

—No se lastima si se ama. No se miente si se ama.

—Lo hago por él.

—¡Ja! Si eso haces por alguien que amas, no quiero pensar lo que harías por alguien que te cae mal.

Juana se expresaba con sabiduría. ¿Lo había alejado por amor, por orgullo o por despecho? Pocas veces había experimentado una confusión tan honda.

Juana se apiadó de su amiga y se inclinó sobre ella.

—¿Qué pasa, Matita? ¿Por qué lloras así?

—Lo vi, Juani.

—¿A quién?

—A Eliah.

El efecto del nombre las enmudeció por algunos segundos.

—¿Dónde lo viste?

—En el aeropuerto. Tú y Ezequiel se pusieron a hojear unas revistas y yo me di vuelta porque sentí como si me tocara el hombro. Él estaba a varios metros, cerca de la puerta de ingreso. Nos miramos. Y él...

—Shhh. No llores. ¿Él qué?

—Él estaba llorando. Tenía los ojos brillantes, y las lágrimas le...

Matilde se mordió el labio y se encogió de nuevo para atrapar, antes de que escapase, el grito de dolor que la habría liberado de la opresión en el pecho. Juana abrazó a Matilde y apoyó la mejilla en su espalda. La imagen de Eliah Al-Saud, uno de los hombres más duros que conocía, llorando la conmocionó.

—¿Por qué no fuiste a consolarlo?

—¡Quise hacerlo! —sollozó en un murmullo—. Justo llegó Auguste, me distrajo un momento y, cuando pude liberarme, Eliah ya no estaba. Lo busqué por todas partes y no lo encontré.

—Ah —se lamentó Juana—, este Auguste es menos oportuno que la peste bubónica.

Juana abrazó y acarició el cabello de Matilde hasta que, por fin, se durmió. Se despabiló un rato después a causa del alboroto producido por las azafatas, que servían el almuerzo. Matilde picoteaba su comida, asentía y se esforzaba por sonreír a los comentarios de Auguste, empeñado en distraerla. No podía evitar sentir resentimiento por Vanderhoeven. Debido a su aparición, había roto el contacto visual con Eliah y lo había perdido de vista, quizá para siempre. Aunque, analizado desde una óptica más sensata, era lo mejor. Nada había cambiado: ella seguía siendo una mujer castrada que viajaba hacia el Congo, y él, un mercenario y el amante de su hermana Celia. Si bien sufriría por un largo tiempo, lograría superarlo, como había superado tantas pruebas a lo largo de sus veintisiete años.

⁙ ⚘ ⁙

Takumi Kaito emergió de su meditación con el equilibrio restaurado. Levantó los párpados lentamente para conectarse con el mundo exterior. Los colores del dojo, el aroma del sahumerio, los relinchos de los caballos frisones, las voces de los veterinarios y de los empleados y la calidez del sol, cuya luz se filtraba en diagonal y bañaba el tatami, fueron materializándose para devolverle el uso de los sentidos. Permaneció sentado, con la espalda erecta y las manos apoyadas sobre las rodillas. La inquietud que lo asolaba desde hacía varios días había desaparecido, aunque le había costado expulsarla. Él la relacionaba con Eliah, y le recordaba a la angustia experimentada la noche en que Samara falleció en el accidente automovilístico.

El sonido de un motor hirió la paz de la hacienda. Unas llantas crujieron bajo el pedregullo ante la violencia de la frenada. Takumi se incorporó y caminó hacia la ventana. Divisó el Aston Martin de Eliah y sonrió, feliz de tenerlo en casa. De inmediato, al verlo descender, advirtió la energía perturbadora que lo circundaba. Esperó, con la vista clavada en el automóvil. Matilde no estaba con él. Laurette salió a recibirlo y lo abrazó después de secarse las manos en el delantal. «Ay, esposa mía», suspiró Takumi Kaito, «no lo apabulles con tu cariño que nuestro Caballo de Fuego no está de humor». Eliah, no obstante, devolvió el abrazo a Laurette y le sonrió. Takumi supo en qué instante su esposa le preguntó por Matilde: el cambio en la expresión de Eliah fue radical. Suspiró y se movió hacia la puerta, dispuesto a encontrarlo.

—*Bonjour, sensei* —dijo Al-Saud al verlo asomarse en el balcón que daba a la sala principal. Por el traje de karate que vestía su maestro, comprendió que había estado usando las instalaciones del gimnasio.

—*Bonjour, Eliah*. Es una alegría verte.

Se abrazaron al pie de la escalera. Takumi, veintidós centímetros más bajo que Al-Saud, estiró las manos y le sujetó la cara para mirarlo a los ojos. Se contemplaron de hito en hito. Takumi asintió con el talante de quien confirma algo que sospechaba, y le palmeó la mejilla antes de apartarse para permitirle seguir su camino hacia la planta superior.

Takumi abandonó la casa principal y cruzó la distancia que lo separaba de la suya, similar a la principal, en piedra blanca y madera, aunque más pequeña. Entró en la cocina e interrogó a su esposa en japonés.

—¿Le has preguntado por Matilde? —La mujer asintió con aire contrito—. ¿Qué te ha dicho?

—Que se ha ido.

—Laurette, no la menciones durante el almuerzo.

Al-Saud prefirió comer en casa de su maestro, o *sensei*, como lo llamaba desde los catorce años. Al igual que su casa en París, la de su hacienda en Ruán estaba contaminada por la presencia de Matilde. No había rincón que no lo sumiera en un estado de nostalgia y de remembranza. Le pareció oír la risa de Matilde la tarde en que volvieron de montar y cruzaron la sala y subieron la escalera corriendo, urgidos por un deseo que mitigaron después de horas de sexo. No podía dirigir la vista hacia el sector de la chimenea porque la veía echada sobre la alfombra, envuelta en una manta, cerca del fuego. Si cerraba los ojos, le parecía escuchar la voz de Gloria Gaynor interpretando *Can't take my eyes off of you*, y el dolor se tornaba insoportable. Insultó entre dientes y abandonó la casa rumbo a la de Takumi con la urgencia de quien deja atrás un sitio embrujado.

Laurette habló durante la comida. Takumi y Al-Saud asentían, sonreían o respondían con monosílabos. Aunque silencioso y sombrío, Eliah comenzaba a recuperar la armonía gracias a la influencia de sus amigos; aun la hacienda, a pesar de traerle recuerdos, operaba de un modo positivo en su ánimo. Le había hecho bien comprobar que la actividad continuaba, que sus empleados se ocupaban de los frisones y que la vida seguía su curso. Destinó la tarde a revisar las caballerizas, a visitar a una yegua a punto de parir, a hablar con los veterinarios y a disponer el traslado de un ejemplar vendido a un jeque de Qatar. Cada tanto, echaba una ojeada a su reloj. El avión de Matilde aterrizaría en Kinshasa alrededor de las seis de la tarde, las siete en Francia. Aunque mostrase interés en el giro de la hacienda, no pasaba un segundo en que no la pensara. «¿Cómo estás, mi amor? ¿El piloto fue descuidado al despegar y te mareaste? No permitas que el idiota belga te toque, por favor. No permitas que nadie te haga daño, Matilde.» Por momentos, su disposición cambiaba de modo drástico, y el rencor y la rabia afectaban su humor de tal forma que los caballos lo percibían y se agitaban, y él se apartaba para no perturbarlos. Cerca de las siete de la tarde, abandonó sus intentos por concentrarse en otras cuestiones y se dirigió al gimnasio, donde descargó la impotencia, la tristeza y el resentimiento que, desde el 20 de marzo, es decir, desde hacía diecisiete días, no le daban tregua y, sobre todo, le quitaban las ganas de seguir adelante. Terminó exhausto, agitado y sudoroso, cabeza abajo, colgado de la barra donde practicaba abdominales, con la mirada perdida. En realidad, estaba viendo a Matilde como la había visto dos meses atrás, cuando, plantada frente a él mientras ejercitaba, le dio a entender con la mirada estática, desprovista de pestañeos, que lo anhelaba. No conocía a otra persona más transparente que ella.

Se irguió en la barra y exhaló el aire con violencia. Saltó al tatami, en el punto donde le había hecho el amor, y se quedó de pie, aturdido por la mezcla de excitación y de dolor. El efecto resultaba tremendo. Caminó deprisa al baño; en tanto, iba arrancándose las prendas deportivas. Se lanzó dentro de la ducha y se bañó con agua fría. Cenó en casa del matrimonio Kaito. Comió poco y habló menos. Aun Laurette se vio afectada por su estado de ánimo y casi no pronunció palabra. Los silencios los llenaba la voz de la locutora del programa de noticias de un canal de televisión. Al-Saud no hizo sobremesa, y en cuanto Laurette retiró los platos, rechazó el postre y se despidió. No encendió las luces al entrar en su casa. Le bastaba con el resplandor que echaba la luna sobre la alfombra. Se apoltronó en el sillón frente a la chimenea con una taza de café en su mano izquierda y el control remoto del equipo de música en la derecha. Seleccionó el *Adagio en sol menor* de Albinoni, y después, la Zarabanda de la *Suite para Clave en re menor* de Händel. Terminada la Zarabanda, volvió a ejecutar la pieza de Albinoni; y, terminada ésta, volvió a la suite del compositor alemán, y así, muchas veces. Había algo de perversidad involucrado en ese deleite. La música, lánguida y triste, se apiadaba de él y lo entendía, al tiempo que profundizaba su amargura. Esa noche se permitiría sentirse miserable y desdichado, quería hundirse en su pena hasta tocar el fondo de ese pozo negro y frío. Ya no sabía estar solo. Su amor por la libertad se había esfumado. Su independencia era cosa del pasado. Matilde, su voz a duras penas audible, sonrojada y dulce, había entrado en su vida con la mansedumbre de una brisa primaveral para operar en él con la fuerza demoledora de un huracán. Apretaba el jarro del café con la misma intensidad con que tensaba el rostro para evitar que sus lágrimas escaparan. Apretó hasta sentir calientes las sienes y el latido de la yugular en el cuello. Resistió hasta que el clamor agónico que le comprimía el plexo solar terminó por quebrarlo. Lo soltó, regando gotas de saliva; salió como el rugido de una bestia lastimada. Echó la cabeza hacia atrás y lloró amargamente.

La angustia mantenida a raya a lo largo del día se abrió paso como una tormenta de verano, intensa, copiosa y rápida. Quedó tendido en el sillón, con la nuca sobre el respaldo, horadando la oscuridad que se cernía sobre él.

.: ⚘ :.

Estaban por aterrizar en el aeropuerto de Kinshasa. Matilde consultó la hora y se quedó mirando el reloj Christian Dior que Eliah le había regalado. Ese simple acto, el de elevar la muñeca para ver la hora, desató una oleada de dolor y de recuerdos. El reloj era lo único de él que se había permitido conservar.

—¿Qué hora es en el Congo? —preguntó.

—Depende —respondió Vanderhoeven—. En Kinshasa son las seis y diez de la tarde. En la región este, que es hacia donde nos dirigiremos mañana, las siete y diez. El país, desde el punto de vista horario, está dividido en dos. También lo está desde un punto de vista político —añadió, con una media sonrisa.

No le extrañó que el belga supiese ese detalle del Congo. Era la quinta vez que lo visitaba, siempre con Manos Que Curan. Matilde ajustó su reloj de acuerdo con la hora en la zona este y se acomodó en la butaca a la espera del aterrizaje. Cerró los ojos y ejercitó la respiración como Eliah le había enseñado para no marearse.

Al descender del avión, el calor la recibió como un golpe, y ella, que nunca sudaba, se cubrió de una película de transpiración. Aunque estaba habituada a las altas temperaturas estivales de Córdoba y de Buenos Aires, la sensación de opresión la tomó por sorpresa. Le costó respirar en el aire densificado a causa de microscópicas gotas de agua. Se sujetó del brazo de Juana al marearse.

—¡Aquí sí que hace calor!

—No te olvides, Juana —apuntó Auguste—, que estamos muy cerca del ecuador. Estaremos aún más cerca cuando viajemos a la región de las Kivus. Matilde, ¿te sientes bien? Estás pálida.

—Sí, estoy bien —dijo, más bien cortante, para no promover una situación que implicase contacto físico con el médico belga.

Les tomó algo más de una hora pasar por los controles de pasaporte y aduanas. Matilde y Juana, por orden de Vanderhoeven, no abrieron la boca y evitaron el contacto visual con los empleados.

—El Congo es uno de los países más corruptos del mundo. Tendremos suerte si salimos del aeropuerto no habiendo pagado un soborno a algún empleado del gobierno.

Matilde admiró la destreza con que el belga se manejó, primero con los de Migraciones y luego con los de la aduana. Se mostró cordial aunque firme, y cuando un oficial puso en tela de juicio el documento donde se acreditaba que Juana había recibido la vacuna contra la fiebre amarilla, obligatoria para ingresar en la República Democrática del Congo, Vanderhoeven elevó el tono de voz, pidió hablar con el superior y armó un pequeño revuelo que surtió efecto pues no hizo falta convencer a nadie con francos congoleños. Matilde dedujo que pesaba el hecho de que Vanderhoeven fuese oriundo de Bélgica, pues aún prevalecía la actitud sumisa y respetuosa ante quien había sido amo y señor de esa tierra hasta 1960.

—¿Tomaremos un taxi? —se interesó Juana, mientras caminaban hacia el sector de arribos.

—¿Un taxi en Kinshasa? —se rió Auguste—. Sería más fácil conseguir una nave espacial. Vendrá a buscarnos el jefe de la misión de MQC. Es un gran amigo mío y un hombre excepcional.

Jean-Marie Fournier, el jefe de la misión de Manos Que Curan en la República Democrática del Congo, los esperaba con una sonrisa ansiosa. Abrazó a Vanderhoeven antes de saludar a Matilde y a Juana. El doctor Fournier, de unos cincuenta años, poseía una simpatía natural y sincera que de inmediato ganó el corazón de las jóvenes médicas.

Al salir del aeropuerto, el aire caliente y húmedo los envolvió como mantas. Había gran movimiento de automóviles y de gente, y a Matilde le llamó la atención el colorido de los vestidos de las mujeres. Enseguida reparó en que la miraban con fijeza y que comentaban entre ellas.

—Admiran tu cabello —le explicó Vanderhoeven—. Además, les sorprende la blancura de tu piel. Ya verás que las mujeres africanas, no importa cuán adversa sea su situación, siempre se preocupan por la apariencia estética. Son muy coquetas. Tienen una obsesión con el cabello y hacen de todo para enlaciar sus rizos.

Fournier los condujo a la casa que Manos Que Curan mantenía en Kinshasa, aunque, explicó, la actividad se desarrollaba en otras zonas del país. La capital congoleña era de las más grandes del África subsahariana, con altos edificios, largas avenidas, un tránsito caótico y mucha pobreza. Fournier iba comentando acerca de la crítica situación humanitaria en la que se hallaba sumida la región.

—Lo cierto es —concluyó— que la cosa no difiere mucho de lo que Joseph Conrad nos narra en su libro *El corazón de las tinieblas*. Ahora la crueldad de los belgas fue reemplazada por la de los señores africanos de la guerra, corruptos y crueles hasta decir basta.

Matilde no pudo ver la expresión de Vanderhoeven —iba sentado en el asiento del acompañante— ante la mención de «la crueldad de los belgas». Agitaba la cabeza como si asintiera, aunque Matilde no atinaba a decidir si la mecía debido al movimiento del automóvil.

En la casa, apenas desempacaron unas cuantas pertenencias para pasar la noche y se higienizaron antes de la cena. Juana y Matilde ayudaron a una muchacha nativa a poner la mesa. Gracias a unos ventiladores de techo, la comida se desarrolló en un ambiente fresco, y la calidez de Fournier la convirtió en un momento distendido, más allá de la seriedad de los temas abordados, como por ejemplo, la crítica situación en Kivu Norte a causa de un brote de meningitis bacteriana.

—Espero que descansen bien esta noche —dijo Fournier— porque, apenas lleguen mañana por la mañana a Goma, nos trasladaremos al terreno para trabajar. No damos abasto con las punciones.

—¿Adónde nos destinarán? —quiso saber Auguste.

—Los llevaremos al hospital de Masisi. Es una ciudad a unos ochenta kilómetros al noroeste de Goma —explicó para las muchachas—. Masisi se encuentra en el corazón del conflicto y del brote de meningitis.

—¿A qué se debe el conflicto? —se interesó Juana.

Fournier exhaló con una mueca de hastío antes de explicar que en mayo del año anterior, el actual presidente, Laurent-Désiré Kabila, había derrocado al régimen de Mobutu Sese Seko, un dictador cruel y corrupto, que, al perder el apoyo de Occidente, se precipitó en un abismo de soledad política y militar. Para hacerse de Kinshasa en mayo de 1997, el grupo rebelde de Kabila había recibido ayuda de los gobiernos de Ruanda y de Uganda, manejados por Estados Unidos. Sin embargo, la colaboración prestada no había nacido de un acto de caridad sino de uno de ambición. Luego de la victoria y de tomar el gobierno de un país devastado por la pobreza, la corrupción y la violencia, Kabila planeaba quitarse de encima a los ruandeses y a los ugandeses porque sabía que éstos codiciaban los recursos naturales del país.

—Tienen que saber —aclaró Fournier— que la República Democrática del Congo es uno de los países más ricos del mundo, porque así como Arabia Saudí tiene las mayores reservas de petróleo del mundo, en el Congo están las mayores reservas de minerales.

«Pensar que el padre de Eliah», se dijo Matilde, «rechazó ser rey de Arabia Saudí por amor a una mujer». Enseguida volvió su atención a Fournier al oír la palabra coltán.

—En verdad, esta situación tensa gira en torno al control de la región de las provincias Kivu Norte y Kivu Sur, donde se encuentran las minas de coltán. Porque aunque cada facción diga que lucha por esto o por aquello, en verdad están disputándose el coltán, y lo hacen por cuenta de las multinacionales europeas y norteamericanas.

—¿Cuáles son las facciones? —preguntó Vanderhoeven.

—¡Tantas! —se lamentó Fournier—. Además de los ejércitos propios del Congo, de Uganda y de Ruanda, están los banyamulengue…

—¿Los qué? —se rio Juana.

—Banyamulengue —repitió Fournier—. Tendrás que ir acostumbrándote a estos nombres raros y extensos. Los banyamulengue son una etnia tutsi propia del este del Congo. El jefe munyamulengue (es el singular de banyamulengue) es Laurent Nkunda, que tiene su centro de operaciones en Rutshuru, una ciudad de Kivu Norte.

Matilde recordó el nombre de esa ciudad. En los escasos correos electrónicos que había intercambiado con su prima Amélie, ella la había mencionado.

—También están los mai-mai. Son un grupo de milicianos manejados por los jefes tribales que apoyan al ejército congoleño, es decir, al gobierno de Kinshasa, pero que también se dedican al pillaje, las violaciones y la muerte. Son una peste, a decir verdad. A esto debemos sumar el grupo llamado de los *interahamwes*, que son los hutus que perpetraron el genocidio del 94 de tutsis y hutus moderados en Ruanda, y que, tras la derrota, huyeron a esconderse en el Congo.

—¡Qué confusión! —se quejó Juana.

—Entonces —recapituló Vanderhoeven—, por un lado están los ejércitos regulares del Congo, de Ruanda y de Uganda y por el otro los irregulares, que son los banyamulengue, con Nkunda a la cabeza, los mai-mai, que apoyan al presidente Kabila, y los *interahamwes*, que son hutus ruandeses.

—Digamos —apuntó Fournier— que ésos son los *principales* ejércitos irregulares, pero hay varios grupúsculos más. Ésta es una gran caldera a punto de estallar.

—Aún no comprendo —intervino Matilde— cuál es el problema aquí.

—El problema aquí es —respondió Vanderhoeven— que todos quieren apoderarse de la región de las Kivus, aunque esconden su verdadero objetivo tras discursos de odio racial y de venganzas por viejas rencillas.

—Ésta es una lucha por el control del coltán. Así de simple. Los grandes centros de poder mundial lo quieren y usan a los nativos para lograr su cometido.

—Divide y reinarás —citó Matilde.

—Exactamente —acordó Fournier—. Después de diez años trabajando para MQC en África, puedo asegurarte que es muy fácil dividir a los africanos. Arrastran odios tribales de la época anterior al colonialismo. No olvidan. Menos aún perdonan, y los de afuera se aprovechan.

Matilde repasó en su mente el famoso verso de *La vuelta del Martín Fierro*: «*Los hermanos sean unidos,/ porque ésa es la ley primera;/ ten-*

gan unión verdadera/ en cualquier tiempo que sea,/ porque si entre ellos pelean/ los devoran los de afuera». La emocionó recordar la sabiduría del gaucho Fierro en esa tierra tan lejana de la suya. Lo tradujo al francés lo mejor que pudo y suscitó la admiración de Fournier y de Vanderhoeven.

—En este panorama de tensión permanente —prosiguió Fournier—, la población civil, la que no pertenece a ninguna facción, sufre abusos indescriptibles. Huyen despavoridos de sus ciudades cuando alguna de las milicias irregulares entra a pillar, a violar y a matar, y así se crea el fenómeno de los desplazados o de los refugiados. Son millones de personas que se agrupan en campos sin agua, sin servicios sanitarios, sin servicios médicos, sin comida y que dependen de la ayuda externa para subsistir. En estos lugares nacen las epidemias de cólera, de meningitis y tantas otras. Algunos se esconden en la selva y allí perecen porque no tienen nada.

—¿Estallará la guerra? —Vanderhoeven se atrevió a expresar la duda que ni Matilde ni Juana se animaban a pronunciar.

El gesto de Fournier y su modo de inspirar profundo resultaron elocuentes.

—No voy a mentirles. Nuestros informantes y analistas creen que sí. Ruanda y Uganda no están obteniendo del gobierno de Kinshasa lo que pretendían al apoyarlo para derrocar a Mobutu Sese Seko, y la tensión entre ellos es insostenible. Y todos saben que el escenario de la guerra será la región de las Kivus, donde está el coltán. En caso de que la seguridad de nuestro personal no esté garantizada, se interrumpirá la misión y todos abandonaremos el Congo.

—¡Si hay guerra, será cuando más nos necesiten! —protestó Matilde, y, al subir el tono de voz, desconcertó al belga y al francés.

Juana elevó los ojos al cielo antes de hablar en español.

—Matita, no nos vamos a hacer matar, ¿o sí?

—Será cuando más nos necesiten —repitió, en un susurro, sin atender al comentario de Juana—. Nuestra organización se caracteriza por la neutralidad y por la independencia. No deberíamos ser objeto de la violencia regional.

—¡Ay, Mat! ¿Eres Caperucita Roja o Blancanieves?

Fournier y Vanderhoeven la contemplaron con cariño y le sonrieron de un modo condescendiente que la contrarió. Le revelarían algo que no deseaba escuchar, lo mismo que Eliah le había dicho tiempo atrás en París cuando ella le aseguró que Manos Que Curan cuidaba de su personal. *«¡Manos Que Curan cuida de su gente!»*, se había burlado él, muy enojado. *«Por supuesto que lo hacen, pero, en un contexto bélico como el que se desatará en el Congo, quedarán tan expuestos como los propios congoleños.»*

—Es verdad, Matilde —manifestó Fournier—, somos una organización humanitaria neutral, independiente y muy respetada, pero cuando una horda de rebeldes, muchas veces drogados y alcoholizados, entra en un poblado no se pone a ver quién lleva el uniforme con el logotipo de las manos en forma de paloma. Matan indiscriminadamente. Muchas veces nos secuestran para pedir rescate. Aún lloramos a nuestros cuatro compañeros asesinados en Sierra Leona en el 96.

—¿Ves que sí matan a los de MQC? —le reprochó Juana.

—¿Las Naciones Unidas no hará nada para impedir que la guerra estalle? —insistió Matilde.

Fournier y Vanderhoeven intercambiaron miradas serias.

—¿Hizo algo para impedir en el 94 la masacre en Ruanda?

—En absoluto —completó Auguste—. Ni lo hará ahora. Matilde, la ONU actúa de acuerdo con el mandato de los Estados Unidos. Si las principales multinacionales interesadas en la explotación del coltán son de origen europeo y norteamericano, entonces la ONU mirará hacia otro lado.

—Dios mío —murmuró, agobiada.

—Nosotros —habló Fournier—, los de MQC, tenemos que actuar como médicos y olvidarnos de los actores políticos. Ésa es nuestra misión, ayudar a los más débiles sin importar cuál sea el origen de su situación.

—Tenemos la obligación de denunciar los abusos que veamos —se empecinó Matilde.

—Y lo hacemos. Pero denunciamos lo que estamos en posición de probar. Y en verdad no podemos probar que las multinacionales estén detrás de las milicias rebeldes ni que la ONU esté al servicio de las grandes potencias. —Después de un silencio, Fournier se irguió en su silla y sonrió—. Yendo a temas más prosaicos y domésticos, quiero hacerles algunas recomendaciones. Auguste ya las conoce y de seguro se las comentó, pero prefiero insistir y repetir en este punto. Para evitar la malaria y a pesar del calor, deberán usar ropa que les cubra la mayor parte del cuerpo. Usen cada dos o tres horas el gel repelente en brazos, manos, cara, cuello, empeine, es decir, en aquellas zonas que pudieran quedar eventualmente expuestas. Y todas las noches, rocíen con permetrina y en un lugar abierto la ropa que usarán al día siguiente. MQC se las proveerá. Incluso deberán rociar el mosquitero que cubra sus camas cada dos o tres días. El mosquito de la malaria tiene hábitos alimenticios nocturnos, así que entre el atardecer y el amanecer deberán evitar salir al jardín o estar con las piernas y los brazos descubiertos. Lo mejor es permanecer en la casa, donde generalmente tenemos ventiladores de techo o aire acondicionado; ambos artefactos irritan sobremanera al condenado mosquito. Por supuesto, no olviden tomar las tabletas antimalaria, que les proveeremos durante su estadía y algún tiempo después de terminada la misión. Imagino que en la sede de París les habrán advertido que deberán usar un calzado adecuado. Nada de ojotas, sandalias o zapatitos de tela. Si pudieran usar botas sería ideal. Un buen par de abotinados de cuero bastará. Las serpientes son muy venenosas en la región de la selva.

—¿Adónde mierda vinimos a parar? —masculló Juana, y le lanzó un vistazo poco amistoso a Matilde.

—En cuanto al agua —continuó Fournier—, no la beban por ningún concepto. Ni siquiera la usen para enjuagarse la boca. Eviten tragarla mientras se bañan. MQC provee de agua mineral a todos sus empleados. ¿Estoy olvidándome de algo?

—Sí —dijo Juana—. ¿Cuándo nos darán los chalecos antibalas?

Todos rieron. Minutos después, se levantaron para encaminarse a sus dormitorios. Matilde sentía el cansancio en el cuerpo como si le hubiesen propinado una golpiza. Se desvistió en silencio, haciendo caso omiso al parloteo quejumbroso de Juana, y marchó al baño para darse una ducha.

Al apoyar la cabeza sobre la almohada, sonrió; acababa de caer en la cuenta de que por un buen rato no había pensado en Al-Saud. «Poco a poco iré olvidándolo», se animó.

~ ✤ ~

A la mañana siguiente, después del desayuno, Takumi se unió a Al-Saud en el gimnasio. Después de elongar y calentar los músculos, el japonés le propuso practicar *Taijutsu*, una de las disciplinas que conforman el arte de la guerra japonés conocido como *Ninjutsu* y que se ocupa del combate cuerpo a cuerpo, para lo cual optimiza las habilidades naturales del ser humano y utiliza el cuerpo como arma. Sus golpes pueden causar roturas de huesos y hasta la muerte. Para dificultar la prueba, Al-Saud propuso que Takumi usara una catana mientras él peleaba sin armas y con las manos atadas detrás de la espalda. El maestro miró a los ojos a su pupilo antes de asentir con expresión serena. Buscó una cuerda y lo ató. A pesar de la disparidad de fuerzas, Takumi no le dio ventaja ni redujo su eficiencia. Lo atacó sin tregua y apeló a todas las técnicas de la disciplina (saltos, rodamientos, golpes a los músculos, a los huesos) no porque necesitara probar la destreza de su alumno sino porque quería provocarlo. Lo acicateó como a un animal acorralado y herido, lo empujó al borde de la exasperación. Al-Saud contaba con sus piernas, sus pies y su torso como únicas armas y las utilizaba con rapidez, aunque a la defensiva, todavía no pasaba al ataque, aún se empeñaba en esquivar la catana y en prever los movimientos de su maestro sin emprender una táctica para ganar terreno.

—Piensa que, si no me detienes —lo incitó el japonés—, piensa que si quedas fuera de combate, me llevaré a Matilde y la haré mi mujer.

Las facciones de Al-Saud se alteraron, su cuello se tensó, y los músculos y los tendones se inflamaron y sobresalieron. Takumi le conocía esa mirada de ojos inyectados en la cual el verde del iris refulgía como una esmeralda al sol. Con un clamor que perturbó al japonés, Al-Saud avanzó y, cuando Takumi se adelantó para contrarrestarlo, lo esquivó con un movimiento tan veloz e inopinado, que terminó a sus espaldas. Le propinó una patada en la parte baja de la cintura y lo arrojó de boca sobre el tatami. Pateó la catana con el talón y apoyó la rodilla sobre la nuca de su maestro. Se inclinó para hablarle cerca del oído.

—Nadie toca a mi mujer.

Takumi rio por lo bajo. Al-Saud se retiró y Takumi se levantó. Después del saludo de rigor, se contemplaron fijamente, y el japonés vio con claridad el dolor sordo que perturbaba a quien quería como a un hijo. Eliah rompió el contacto y se dirigió a una de las máquinas de pesas, donde se sentó y, con la ayuda de un tornillo que sobresalía, liberó sus manos.

—¿Quieres hablar de ella?

La voz de Takumi lo recorrió como una onda de energía suave y cálida. Se cubrió la cara y descansó los codos en las rodillas.

—Me dejó, *sensei*.

—¿Por qué?

Al-Saud levantó la vista y guardó silencio durante unos segundos, no porque dudase de contarle lo sucedido sino porque intentaba acomodarlo en su mente; en verdad, aún no entendía los motivos de Matilde.

—No lo sé —admitió—. Ocurrieron cosas, todas juntas y malas, que la endurecieron y la apartaron de mí.

—¿Qué cosas?

Le costó armar una ilación coherente y se alteró al referirle el último encuentro con Matilde, en casa de Ezequiel Blahetter. Takumi asentía con expresión mansa como si el discurso de Al-Saud fuera ordenado, claro y carente de pasión.

—Según Juana, siempre había planeado dejarme para no atarme a ella, porque no puede darme hijos. ¡Es una razón estúpida y no la acepto! Me usó, eso es todo.

—¿De qué modo?

—Le resultó conveniente tener un tipo con dinero en París, que la protegiera de los mil problemas en que está metida y que le diera cobijo en su casa.

—¿En verdad la crees capaz de eso?

Al-Saud, aún sentado en la máquina de pesas, descansó los antebrazos en los muslos e inclinó la cabeza. Su pelo se agitó cuando la movió para negar.

—¿Por qué no te pones en el lugar de Matilde? —propuso Takumi Kaito—. ¿Cómo reaccionarías si te hubiesen cortado los testículos?

Al-Saud contrajo el rostro en una mueca de sufrimiento y se cubrió la entrepierna en un ademán protector y autómata.

—No es lo mismo —aseguró, transcurridos unos instantes.

—¿Por qué no? Tú serías un castrado, como lo es ella. No podrías darle hijos.

«Matilde ama a los niños», se recordó Al-Saud. Intentó imaginar la escena en la cual él tuviera que anunciar su esterilidad. Cerró los ojos y visualizó a Matilde con Dominique la noche de la fiesta de cumpleaños de Francesca. En aquella oportunidad lo habían cautivado la serenidad de su sobrino, confiado en los brazos de ella, la sonrisa de hoyuelos con que lo miraba y la persistencia con que lo hacía; no apartaba la vista de Matilde ni siquiera cuando sus hermanos mayores gritaban y exigían su parte de atención. «*Hay algo en esa criatura, no sé qué, una cualidad insustancial que nació con ella y que pareciera recubrirla de luz y de paz, algo que atrae sin remedio.*» Las palabras de la pintora Enriqueta Martínez Olazábal, que figuraban en el libro *Peintres Latino-américains*, resonaron en su mente.

—Soy egoísta, *sensei*. No habría podido abandonarla así yo fuera estéril y no pudiera darle hijos.

—La quieres para ti a cualquier precio, incluso al de la felicidad de ella. Matilde no es como tú. Te ama tanto que piensa primero en ti antes que en ella.

—A mí no me importa que no pueda darme hijos.

—Pero a ella sí.

—¡Es orgullosa! —explotó, y se levantó de la máquina de pesas y comenzó a recorrer el gimnasio. Takumi Kaito permaneció quieto; sólo movía los ojos para seguir las vueltas de Al-Saud.

—Imagino que, al igual que las otras mujeres de tu vida, Matilde te persiguió hasta conseguir que te dignases a mirarla, ¿no es verdad?

Al-Saud se detuvo de manera brusca y estudió con hostilidad a su maestro. Evocó el viaje en avión y cuánto le había costado que ella le dirigiese la palabra; también se acordó de la ocasión en el *métro* y de la noche en el restaurante japonés, donde la besó por primera vez a la fuerza, enloquecido de deseo y de celos, su vanidad herida y desconcertada por el rechazo de Matilde.

—Matilde se mostró persuasiva para que ustedes comenzaran la relación, estoy seguro —insistió Takumi.

—No —admitió, segundos después—. Al contrario, fui yo quien la persiguió. Ella no quería saber nada conmigo.

—Seguramente —conjeturó el japonés tras un silencio—, no quería iniciar una relación a la cual, sabía, tendría que ponerle fin. —Se aproximó y colocó una mano en el hombro de Al-Saud—. Pero tú, querido Eliah, con tu atractivo, propio de un Caballo de Fuego, puedes ser muy persuasivo si te lo propones. Y terminaste por seducirla, haciéndole olvidar sus limitaciones y sus problemas.

«La hice feliz», gruñó para sí. «Sé que la hice feliz. Fue feliz en mis brazos como nunca lo había sido.»

—Por otro lado —siguió razonando Takumi—, no debemos soslayar lo del artículo de *Paris Match*. Enterarse de la verdadera naturaleza de tu trabajo debió de impresionarla mucho.

—Sí. Ella, que sólo piensa en los negros desvalidos del África, me desprecia por ser un mercenario.

—Quizá ya no te admira, pero dudo de que te desprecie.

Takumi Kaito devolvió la catana al soporte y salió del gimnasio. Al-Saud no se percató de que se quedaba solo. El timbre del celular lo sacó de su abstracción. Era su hermano Alamán.

—¿Dónde estás?

—En la hacienda de Ruán. ¿Qué quieres?

—Está bien, iré al grano. Estuve haciendo averiguaciones en las empresas que fabrican adminículos para reemplazar la voz humana.

Al-Saud frunció el entrecejo, descolocado por un instante. Enseguida se acordó del defecto en la voz de Udo Jürkens y de que le había pedido a Alamán que investigase.

—¿Qué descubriste?

—Aquí, en Europa, son tres las empresas que las fabrican, dos alemanas y una francesa. En las tres me explicaron que se fabrica a pedido. Es un aparato que reemplaza las cuerdas vocales y cuesta alrededor de cincuenta mil dólares.

—Si los fabrican a pedido, será fácil saber dónde compró Jürkens el suyo.

—¿Qué podrías hacer con esa información?

—Tal vez en los registros de la empresa hayan consignado algún domicilio donde ir a buscarlo.

—Para eso necesitarás ingresar en los sistemas de estas empresas, y eso sí, yo no puedo hacerlo.

Había días en que echaba de menos a su antiguo jefe de Sistemas, Claude Masséna, uno de los mejores *hackers* que había conocido.

—Hablaré con Stephanie —aludía a la nueva jefa de Sistemas, que ocupaba el puesto desde el suicidio de Masséna—. Veremos si puede infiltrarse en los sistemas. Por favor, pásale los nombres de las tres compañías.

—Lo haré. Y seguiré investigando en empresas norteamericanas y asiáticas.

Apenas cortó con su hermano, se comunicó con Stephanie y la puso al tanto de la información que Alamán le consignaría. No centraría sus esperanzas en lo que pudiesen hallar en los registros de las compañías productoras del artefacto; no obstante, debía intentarlo.

La llamada de Alamán sirvió para posicionarlo de nuevo en la realidad. Udo Jürkens, quien había intentado secuestrar a Matilde tiempo atrás y era el autor de varios asesinatos, seguía suelto, y Matilde ya no estaba segura en su fortaleza de la Avenida Elisée Reclus. Lo inquietaba no recibir noticias de Derek Byrne ni de Amburgo Ferro, los hombres del equipo de seguimiento de Peter Ramsay enviados al Congo para protegerla. Por otro lado, Byrne y Ferro se ocuparían de recabar información para el trazado del plan que la Mercure llevaría a cabo en poco tiempo en la zona de los Grandes Lagos.

Se había distanciado de París y de sus obligaciones para restablecer el equilibrio perdido el día en que Matilde escapó del Hotel George V tras la confesión de Céline. Aún no conseguía volver a su eje, como decía Takumi, y las obligaciones se acumulaban. Tanto sus socios como sus secretarias respetaban ese retiro de unos días, aunque no transcurriría mucho tiempo antes de que lo abrumaran con llamadas y consultas. Tenía que sobreponerse y recuperar el control sobre su vida.

Pasó el día entre los caballos; le hacía bien y por momentos se olvidaba de ella. Para la noche, ya había decidido regresar a París al día siguiente. Entre otros compromisos, lo urgía viajar a la base aérea de Dhahran, en Arabia Saudí, donde supervisaría el curso de adiestramiento de los pilotos de las Reales Fuerzas Aéreas Saudíes. La idea de volar un avión de guerra le levantó el ánimo.

Después de cenar algo ligero y solo, se apoltronó en el sillón de la sala y fijó la vista en la chimenea vacía. ¡Qué fácil era recordarla y qué difícil arrancarla de su mente y de su corazón! La vio tendida en la alfombra, acurrucada contra su cuerpo, mientras afuera nevaba y el viento azotaba los cristales. En el silencio de la noche, le pareció que comenzaban a ejecutarse los acordes de *Can't take my eyes off of you*, la canción que tanto significaba para ellos. Junto a él, sobre el cojín del sofá, descansaba el portarretrato que Matilde le había regalado para su cumpleaños. Lo recogió y admiró por enésima vez las ilustraciones en tinta negra sobre el marco blanco. «*Es nuestra historia de amor. ¿Ves? Aquí pinté un avión, donde todo empezó. Después pinté el metro, aunque parece un tren. Pero tú y yo sabemos que nos encontramos en el metro. Ésta es la salita de mi tía Sofía. Las tazas de té están ahí, muy chiquitas. Era difícil pintar con el plumín y la tinta china. Ésta es la fachada de la sede de Manos Que Curan, en la rue Breguet, donde volvimos a vernos después de tu viaje. Y ésta es la salita en forma de flor de tu dormitorio, donde me hiciste mujer y me curaste. Y ésta es la mesa de la sala de reuniones de la Mercure y éste, el Aston Martin, los lugares más exóticos donde nos amamos. La foto no es muy buena. Me la sacó Juana con una de esas cámaras que son desechables. Estoy en los Jardines de Luxemburgo. Bueno, no es un gran regalo, pero lo hice con todo mi amor.*» El marco se desdibujó frente a él, mientras un velo de lágrimas le enturbiaba la vista. «*Lo hice para que nunca olvides nuestra historia.*» «*Jamás podría olvidarla. Imposible. Además, siempre voy a tenerte a mi lado para recordarla.*» Evocar el silencio que siguió a su declaración lo perturbaba del mismo modo que dos meses atrás. «*Eliah, quiero que sepas que yo atesoro cada momento que pasamos juntos. Cada momento. Son un tesoro para mí.*» Había sido un estúpido en no darse cuenta de que Matilde había estado despidiéndose de él desde un principio. Pasó el índice sobre su fotografía. «*Te extraño tanto, mi amor. ¿Dónde estás ahora? ¿Cómo estás?*» Era martes por la noche, Matilde faltaba de su vida desde hacía dos días, y él aún no recibía noticias de ella.

2

Martes 7 de abril de 1998. Matilde se dijo que siempre guardaría esa fecha en la memoria, su primer día de trabajo en el África. Durante años se había preparado para encontrarse en ese sitio, haciendo lo que le daba sentido a su vida: curar a los niños pobres, olvidados y marginados.

La jornada había sido larga y agotadora, iniciada a las seis de la mañana en Kinshasa, cuando partieron hacia un aeródromo donde abordaron un pequeño avión a hélice de aspecto envejecido que los condujo a Goma, capital de la provincia de Kivu Norte. Desde la ventanilla divisaban la espesura que se extendía hasta donde alcanzaba la vista.

—Estamos sobrevolando la zona selvática —explicó Fournier—, aunque también hay sabana y otros climas.

—Es una región llena de parques nacionales —aportó Vanderhoeven, y Juana percibió lo mismo que el día anterior, que Auguste competía por la atención de Matilde—. El Virunga, el de los Volcanes, el Maiko, el Kahuzi-Biega. Son santuarios del gorila, del chimpancé, del okapi...

—¿Okapi? —se interesó Matilde, y Fournier le describió al exótico animal similar a una jirafa enana cuyos flancos delanteros y traseros, con rayas, semejaban a los de una cebra.

—Es un animal en peligro de extinción —completó Vanderhoeven—, lo mismo que el gorila y el pavo real del Congo.

—Muchos mueren durante los enfrentamientos que se libran en sus hábitats naturales —dijo Fournier—. También sirven de alimento a los rebeldes, aun a la población civil. Como ven, el caos de guerra, hambre y desidia de este país afecta no sólo a los seres humanos sino también a los animales.

—La guerra —pronunció Matilde— no deja nada en pie.

El avión no aterrizó en la pista de Masisi porque el día anterior los rebeldes de Nkunda habían sostenido una batalla con los mai-mai hasta apoderarse de la región. Por suerte, un informante que la compañía de taxis aéreos mantenía en la zona les había avisado; de lo contrario, habrían aterrizado entre balas y misiles, porque los rebeldes, tanto de uno como de otro bando, estaban bien armados, con tecnología de punta.

En tanto sobrevolaban los alrededores de Goma, Fournier y Vanderhoeven les señalaban el volcán Nyiragongo, dentro del Parque Nacional Virunga, y el lago Kivu, uno de los pocos lagos explosivos de la Tierra; en sus profundidades se acumulan más de cincuenta mil metros cúbicos de gas metano, suficientes para abastecer de energía a Ruanda durante cuatrocientos años. La cercanía de un volcán activo como el Nyiragongo convierte a esa región en altamente peligrosa e inestable. En caso de erupción, si la lava llegase al lago, éste explotaría, arrasando parte del este del Congo y toda Ruanda.

—Ya ven —se lamentó Fournier—, hasta la naturaleza se ha ensañado con esta parte del planeta. Además, este lago es tristemente célebre porque allí se arrojó la mayoría de los cadáveres después de la masacre de Ruanda.

—Dios bendito —susurró Matilde.

—A causa de esto, sus aguas están contaminadas. Igualmente, la gente lo usa para bañarse y pescar. En una oportunidad, un pescador me dijo que hacía cincuenta años que navegaba en ese lago, pero que jamás había confiado en él. «Hay algo malo en el lago Kivu», me aseguró.

—Lo más sensato —comentó Vanderhoeven— sería extraer el metano del lago y usarlo como energía. Varias compañías europeas estarán afilándose los colmillos para ver quién se queda con el premio mayor.

—¿Tiene ganas de entrar en erupción el Nyira... lo que sea?

Fournier y Vanderhoeven rieron ante la pregunta de Juana.

—Esperemos que no —fue la respuesta de Fournier.

—Cada vez me arrepiento más de estar acá —expresó en español y en voz baja—. Podría estar en Tel Aviv con Shiloah andando en una Testarrosa. Pero no, estoy acá, en un lugar a punto de explotar, ya sea por un lago loco o por un grupo de rebeldes maniáticos.

—Lo pasaremos bien y nada malo va a suceder —la animó Matilde, y le apretó la mano.

—Sí, sí, lo pasaremos genial. Esto será pura fiesta.

El avión aterrizó a las once de la mañana en una pista a las afueras de Goma. Una camioneta Land Rover blanca, con el símbolo de MQC pintado en rojo (las manos en forma de paloma), los esperaba para trasladarlos a Masisi. Apenas puso pie fuera del avión, Matilde frunció la nariz. Un olor penetrante, denso y húmedo inundó sus fosas nasales y la obligó a contener la respiración, hasta que necesitó inspirar de nuevo y el aroma tan peculiar, que no acertaba a definir como agradable o nauseabundo, la invadió otra vez. Concentró su atención en el olor y se olvidó del calor y de cómo su frente se cubría de gotas de transpiración, lo mismo sobre el labio superior.

—¿A qué huele? —preguntó Juana, con una mueca de asco.

—¡Ah! —dijo Fournier—. Es el olor de la selva. Pronto te acostumbrarás. Y lo llevarás pegado hasta en la piel y en la ropa.

Auguste Vanderhoeven cerró los ojos e infló el pecho al tomar una inspiración profunda.

—¡Deseaba tanto oler la selva de nuevo! Extrañaba este aroma.

Juana lo miró con ojos agrandados y a continuación sacó de la bolsa su frasquito de perfume de imitación Sercet.

—Discúlpame, Auguste, pero yo prefiero el Organza de Givenchy. —Se perfumó con generosidad, no sólo en el cuello y detrás de las orejas, sino que se roció la punta del índice y se lo pasó por las fosas nasales.

El chofer de la Land Rover, un africano que no superaría los veinticinco años, saludó a Fournier y a Vanderhoeven con un abrazo, y se giró tímido ante Juana y Matilde. Se llamaba Ajabu, y les estrechó la mano con un apretón débil, sin levantar la vista. Se ocupó de bajar el equipaje del avión y de cargarlo en la camioneta.

—No pudimos volar directamente a Masisi porque los del CNDP —Fournier se refería al Congreso Nacional para la Defensa del Pueblo, los rebeldes tutsis al mando del general Laurent Nkunda— atacaron la región de Masisi y quitaron del poder a los mai-mai.

—Sí, me enteré esta mañana —dijo Ajabu, y los instó a subir a la Land Rover—. Tampoco será fácil acceder por tierra. —Se expresaba en un francés fluido y de dura pronunciación, y Matilde se preguntó cuál sería su lengua madre y cuál su grupo étnico. ¿Sería hutu, tutsi o munyamulengue, es decir, tutsi congoleño?

—Tú, querido Ajabu —habló Fournier—, te conoces todos los atajos de esta parte del Congo, así que nos conducirás a Masisi sin problemas, ¿verdad?

El muchacho se limitó a asentir y puso en marcha la camioneta.

—¿Tienen sus delantales de MQC a mano? —preguntó Fournier—. Quiero que se los pongan. Para nosotros, nuestro delantal es como un escudo protector, aunque en ocasiones no sirve de nada.

Matilde extrajo de su mochila el delantal blanco con el símbolo de Manos Que Curan impreso en la parte trasera y en la delantera y se lo puso en medio de una gran emoción. Se pegó a la ventanilla y observó el paisaje. Sus grandes ojos plateados se movían sin cesar, como si no dieran abasto para acaparar los escenarios. El camino de tierra roja formaba un hermoso contraste con el verde intenso de la vegetación que se extendía desde la planicie hasta las sierras. También contrastaba la belleza del entorno con los horrores de una región que, desde el genocidio de Ruanda en el 94, vivía en guerra. La hilera de personas a los lados del camino, en dirección a Goma o a Masisi, era interminable y variopinta. Las mujeres, ataviadas con vestidos de colores estridentes, cargaban a sus bebés en la espalda dentro de piezas de tela atadas por delante, y llevaban en las manos bolsas con las pertenecias que salvaban al huir; algunas acarreaban cubetas con veinte litros de agua. Una modelo europea habría envidiado el porte y la gracia con que se desplazaban esas mujeres altas y delgadas con un sobrepeso que habría abrumado a un hombre fuerte. Los varones también acarreaban pertenencias y colchones. Había niños por doquier, lo mismo que perros, cabras, gallinas, todos mezclados en una anarquía de colores vivos, sonidos fuertes y aromas intensos. Matilde los estudiaba a través del vidrio y, cuando algún niño la encontraba con la mirada y ella le sonreía y lo saludaba, siempre obtenía a cambio un saludo y una sonrisa de dientes que refulgían en la piel oscura. «A pesar de todo, aún tienen ganas de sonreír», pensó. Iban mal vestidos, sucios, la mayoría sin calzado, con las pancitas fuera de sus camisetas, hinchadas a causa de los parásitos y de la malnutrición. Tenía ganas de saltar de la camioneta y ponerse a trabajar ahí mismo, a la orilla del camino.

—¿Quiénes son todas estas personas?

—Los desplazados —contestó Fournier—, que pronto se convertirán en refugiados cuando se sumen a algún campo administrado por la ONU. Huyen de sus aldeas cuando una facción la invade para saquear, violar y secuestrar niños.

—¿Para qué secuestran a los niños? —quiso saber Juana.

—Para esclavizarlos en las minas o para engrosar los ejércitos. Lo más triste de esta situación es que a los niños congoleños les roban la infancia.

En un sector del camino especialmente atestado, Ajabu disminuyó la velocidad. Matilde bajó la ventanilla, sin preocuparse por el aire acondicionado del vehículo, y extendió la mano para rozar la cabeza de un bebé que asomaba, como la de un marsupial, del envoltorio en la espalda de su madre. Los rizos eran tan cerrados y duros que parecían piedritas negras. La belleza del bebé la sorprendió, y se alegró al ver sus cachetes regordetes y sus ojos grandes y vivarachos, síntomas de buena salud. Al regresar hacia el interior del vehículo, se topó con la mirada de Vanderhoeven, que la incomodó.

La aglomeración de gente se debía a que se hallaban a las puertas del campo de refugiados de Mugunga, que ocupaba, al pie de una sierra, una enorme planicie cubierta de chozas similares a iglúes, construidas con estructuras de caña cubiertas por hojas de plátano; algunas familias afortunadas se hacían de lonas de plástico para proteger la vivienda durante las lluvias.

Las camionetas Nissan blancas de la ONU, con la sigla UN (*United Nations*) pintada en sus puertas, entraban y salían del campo, algunas con bultos de alimentos, otras con soldados cuyas cabezas estaban coronadas por cascos azules. Los niños las recibían y las despedían con alborozo, riendo y saltando como si estuviesen de fiesta.

—Son miles los que habitan en Mugunga —explicó Fournier— y miles más terminarán hoy aquí después del enfrentamiento de ayer. Las epidemias constituyen el problema más grave en estos lugares sin servicios básicos.

—¿MQC visita estos campos? —preguntó Matilde, incapaz de ocultar su ansiedad.

—Creo que Matilde se pondría a trabajar ahora mismo —bromeó Auguste.

—Parte de nuestro trabajo —siguió diciendo Fournier— es visitar los campos de refugiados. Lo hacemos con nuestro programa de clínicas móviles.

—¿Nosotras podremos participar en las clínicas móviles?

—No creo que haya problema, aunque tendrán que acordarlo con su coordinador de terreno. En Masisi es la doctora Halsey.

—En París nos habían dicho que estaríamos destinadas al hospital de Bukavu —expresó Juana, y aludía a la capital de la provincia de Kivu Sur.

—Hubo un cambio de planes cuando explotó la epidemia de meningitis. Por ahora permanecerán en Masisi. Tal vez después pasen una temporada en Rutshuru. Así es en MQC. Vamos cambiando los planes a medida que las urgencias aparecen.

Cruzaron por el corazón de Sake, un pueblo a veinticinco kilómetros al noroeste de Goma, ubicado en el filo de los dos volcanes más activos de las montañas Virunga, el Nyamuragira y el Nyiragongo.

—Juana —dijo Vanderhoeven, con talante risueño—, te presento al Nyiragongo y a su amigo el Nyamuragira.

—Gracias, pero prefiero amistades menos explosivas.

Aun el callado Ajabu se rio. Entraron en Sake poco después, cuya única avenida comercial, sin asfaltar y con socavones profundos, presentaba un desfile de mujeres, hombres, niños de todas las edades, perros, cabras y hasta monos. Matilde enseguida se percató de que la mayoría de los locales correspondían a empresas de alquiler de taxis aéreos; no vio bancos ni casas de cambio, tampoco negocios de ropa ni de calzado ni de comestibles, menos aún farmacias; la vestimenta y los víveres se hallaban bajo la órbita de los vendedores ambulantes, que se agrupaban en una feria al final del recorrido.

—¿Por qué tantas compañías de taxis aéreos?

—Abundan —confirmó Fournier—, y no sólo en Sake sino en todos los pueblos cercanos a las minas de coltán. Las avionetas se alquilan para sacar el mineral de forma ilegal hacia Kigali, la capital de Ruanda. Desde allí, se exporta a Europa y a los Estados Unidos.

A la salida de Sake, los detuvo una partida de soldados del ejército congoleño. Antes de bajar la ventanilla, Ajabu pronunció las primeras palabras del viaje.

—Les temo más que a los rebeldes.

Cuatro soldados, con sus fusiles de asalto en bandolera, rodearon la Land Rover. Matilde y Juana evitaron el contacto visual, tal como habían hecho en el aeropuerto de Kinshasa.

—*¡Jambo!* —saludó Ajabu.

—*¡Jambo!* —replicó el soldado.

—¿En qué hablan? —susurró Matilde.

—En swahili —contestó Vanderhoeven—. Es la lengua más extendida en la parte oriental del Congo, aunque no es la única ni mucho menos.

El soldado les advirtió que, si seguían hacia Masisi, los rebeldes podrían atacarlos. Vanderhoeven tradujo, y Matilde, de manera instintiva, buscó su Medalla Milagrosa para apretarla; enseguida se acordó de que se la había regalado a Eliah. Nunca se arrepentiría de haberlo hecho, más ahora que sabía cuál era su oficio. Tal vez, se dijo, la Mercure se ocupaba de armar y de entrenar a hombres como los del Congreso Nacional para la Defensa del Pueblo o a las guerrillas mai-mai o a los *interahamwes*. Ese pensamiento le provocó una honda tristeza.

Les costó dos paquetes de cigarrillos atravesar el retén. En opinión de Ajabu, no les habían exigido dinero ni se habían mostrado insolentes porque respetaban al personal de Manos Que Curan, que administraba y sostenía el único hospital de Masisi, famoso en la zona por curar heridas de guerra tanto de soldados regulares como de guerrilleros.

La camioneta reinició su camino, y Matilde se acercó a la luneta para observar a los soldados que quedaban atrás. Habían detenido a otra camioneta negra con las letras T y V impresas en rojo sobre el cofre, la sigla mundialmente conocida que distingue a los medios de comunicación en un contexto bélico. Habían obligado a bajar a sus ocupantes, estaban palpándolos de armas, mientras otros dos curioseaban sus cámaras y reían.

Llegaron a la casa de Manos Que Curan en Masisi alrededor de las dos de la tarde sin haberse topado con los rebeldes de Nkunda. Se trataba de una casa de techo a dos aguas con tejas españolas, elevado sobre el terreno por unos pilotes de madera y circundado por una terraza con sillones y plantas. Los recibió la encargada de la casa, Claudine, una nativa con mechones blancos en la crespa cabellera y una sonrisa que habría conquistado al enemigo.

Abandonaron los bolsos en las habitaciones antes de higienizarse y engullir un almuerzo exótico: carne de cebú envuelta en tres hojas de plátano y cocinada sobre brasas, acompañada de frutas tropicales fritas y verduras al vapor. Matilde, inapetente a causa del calor y de la ansiedad, se mostraba inquieta por acabar con la comida y empezar a trabajar.

Ajabu los condujo por las calles del pueblo en dirección al hospital. Había grupos de jóvenes con uniforme militar estampado en dis tintas tonalidades de verde y de café para mimetizarse con la selva; llevaban botas altas y fusiles colgados de los hombros; algunos se cubrían con quepis, del mismo estampado del uniforme; otros, con boinas verdes engalanadas con un escudo dorado en la parte frontal. Lucían saludables y se desplazaban por las calles con aire suficiente.

—Son los soldados de Nkunda —explicó Ajabu—, mucho mejor entrenados y alimentados que los del ejército. A ellos, el dinero para las armas y todo lo que necesitan les llega desde Ruanda a raudales.

—Hay muy poca gente —advirtió Fournier—. Esta calle suele estar atestada de vendedores ambulantes.

—Huyeron cuando supieron que los del CNDP se aproximaban. Algunos se atreverán a volver a sus casas para encontrar que han sido saqueadas y quemadas. Otros, permanecerán en los campos, hacinados como ganado.

El hospital de Masisi, una construcción de mala calidad de una planta, con techo de bóveda y paredes con pintura despostillada que reflejaba capas de varios colores, cuyo deslucido cartel en el frente rezaba *Salle d'Urgences*, ocupaba una superficie de más de mil metros cuadrados al pie de un cerro cubierto por el bosque tropical. La terraza y la recepción se encontraban atestadas de gente, la mayoría echada sobre colchones.

—¡Gracias a Dios que han llegado! —exclamó una mujer en inglés, y les salió al encuentro. Se trataba de la doctora Anne Halsey, la coordinadora de terreno.

Apenas tuvieron tiempo para saludarse, porque la médica se lanzó a detallar el listado de las calamidades que la asolaban. La epidemia de meningitis no la sorprendía: se hallaban en «el cinturón de la meningitis», el área del África subsahariana cuya población es muy proclive a contraer la forma bacteriana; además, transcurría la estación seca, la preferida de la enfermedad, que va de diciembre a junio; aunque sí la desconcertaba la cantidad de casos; no daban abasto. A eso se sumaba que el día anterior cientos de civiles habían llegado para refugiarse de los rebeldes, con heridas de bala y de machete. En un contexto de esa índole, en el cual la gente se aglomeraba en torno al hospital, sin agua ni servicios sanitarios, la posibilidad de frenar el incremento del número de casos se volvía remota.

—Ya mandé traer de Goma los baños químicos que usaron el año pasado durante la epidemia de cólera —anunció Anne Halsey—. Auguste, tú ya conoces todo a la perfección. No necesitas que te indique nada. Procede con los heridos que están en la sala tres. Tendrás para entretenerte, tienes de todo un poco.

—Tú vendrás conmigo, Juana —indicó Fournier.

—¿Quién es la cirujana? —quiso saber Halsey.

—Yo —contestó Matilde.

—Vamos. Tienes varias balas que extraer.

—Soy cirujana pediátrica —replicó.

—Doctora, aquí necesitamos cirujanos generales que sepan algo de cirugía ortopédica, obstétrica y visceral. Si no lo sabe, lamento decirle que tendrá que improvisar. Por si no lo ha notado, ésta es una emergencia.

La mujer la guió a través de pasillos y de habitaciones abarrotadas de heridos y de enfermos; algunos descansaban en colchones sobre el suelo con sus extremidades o sus cabezas vendadas. El hedor de los cuerpos no concordaba con la norma esencial de un hospital: máxima asepsia y pulcritud. A medida que avanzaban esquivando personas, Anne Halsey se quejaba de que, con las nuevas técnicas endoscópicas y las especializaciones médicas cada vez más enfocadas en una parte del cuerpo humano, en diez años un cirujano no sabría cómo abrir un abdomen.

Matilde demostró a lo largo de la tarde que no sólo sabía cómo abrir un abdomen sino que era muy hábil al hacerlo. A pesar del cansancio por el viaje, de los nervios, y del quirófano, el personal y los instrumentos poco familiares, se desempeñó con una destreza que, hasta la doctora Halsey, cirujana también, debió reconocer. Fournier la rescató a las ocho de la noche. Juana no presentaba mejor aspecto que Matilde; las dos estaban ojerosas, con el cabello desordenado y los hombros caídos; no obstante, se sentían felices.

—No sé por qué —admitió Juana—, pero me gustó mucho mi primer día. Tengo ganas de llevarme a todos esos negritos a la Argentina.

En la casa, Matilde pasó de largo junto a la mesa del comedor, donde Claudine se disponía a servir la cena. Contó con fuerza para desvestirse, apartar el mosquitero y meterse dentro de la cama. Como siempre, su último pensamiento fue para Eliah.

⌁ ⚶ ⌁

Cerca de las nueve de la noche del martes 7 de abril, Derek Byrne alquiló dos habitaciones intercomunicadas en un viejo convento reformado como albergue. Se resignó a pagar la exorbitante suma de cien dólares por noche ya que el lugar les ofrecía comodidades extravagantes, como, por ejemplo, agua corriente. El dueño le explicó que, pese a los conflictos, la zona de los Grandes Lagos recibía gran afluencia de hombres de negocios por la cuestión minera, sin mencionar a periodistas y a funcionarios de organismos internacionales.

—¿A qué canal de televisión pertenecen? —se interesó, porque había divisado la camioneta negra con la sigla TV en las puertas y en el cofre antes de que Ferro se la llevase.

—Del canal cinco, de Italia —mintió Byrne—. Necesito alquilar un auto, una camioneta sería mejor. ¿Sabe dónde puedo hacerlo?

—¿Por cuánto tiempo?

—Al menos dos semanas.

—Puedo alquilarle la mía. Es una Nissan y está en buen estado.

El congoleño lo guió hasta una especie de granero en la parte posterior del hotel y se la mostró. Acordaron que Byrne pagaría setenta dólares por semana y que la devolvería con el tanque lleno. La gasolina también se la proveería el dueño del hotel.

Después de verificar que la habitación se encontrase limpia de micrófonos y de cámaras ocultas, Byrne cerró con seguro antes de sacar del estuche la *lap top* donde Alamán Al-Saud había instalado el programa para realizar el seguimiento de los dos microtransmisores instalados en la bolsa del objetivo, Matilde Martínez, y en el celular de su amiga, Juana Folicuré. Se trataba de una tecnología de última generación, en la cual se combinaba la del GPS (*Global Positioning System*, Sistema de Posicionamiento Global) con la de un rastreador electrónico. El resultado era de una precisión increíble.

Desplegó un pequeño trípié cerca de la ventana, donde empotró una antena en forma de plato, la cual, después de consultar su brújula electrónica, apuntó en dirección al satélite de Inmarsat. La conexión le permitiría no sólo utilizar el GPS para el seguimiento de Matilde, sino comunicarse telefónicamente con cualquier parte del mundo. Encendió el transmisor, que funcionaba con una batería de cadmio y de níquel, y lo conectó a la computadora. Tecleó hasta que, en la pantalla, apareció el mapa de Masisi con dos destellos verdes que indicaban la ubicación de los objetivos. A esa hora no se hallaban en el hospital sino en la casa de Manos Que Curan, donde Amburgo Ferro se ocuparía de la custodia.

Comprobado el correcto funcionamiento de la conexión satelital y del software, extrajo el teléfono Motorola encriptado del maletín a prueba de agua y de polvo y resistente a golpes. Intentaría una comunicación, el único medio de telefonear en una región que, desde el punto de vista tecnológico, tenía décadas de retraso.

⁓ ✂ ⁓

Eliah permanecía recostado en el sillón contemplando el retrato de Matilde. El timbre del celular lo sobresaltó y tardó en contestar. Carraspeó antes de decir *allô*. Era Derek Byrne. Oír su voz, su pesado acento irlandés, lo reanimó porque ese experto en seguimientos y escuchas debía de encontrarse cerca de Matilde. Habían volado a Kinshasa el domingo, en el Learjet 45 de la Mercure, con órdenes de seguirla adonde fuera que Manos Que Curan la destinase. Tanto Byrne como Ferro conocían el peligro que la acechaba.

La comunicación era mala y entrecortada. Al-Saud se incorporó en el sillón y caminó hacia la ventana, buscando mejorar la señal de recepción. Levantó el tono de voz para preguntar.

—Dime, Derek, ¿cuáles son las novedades?

—No tuvimos problemas para entrar en Kinshasa. Un funcionario del Ministerio de Defensa vino a buscarnos al aeropuerto y nos evitó cualquier tipo de control o interrogatorio.

—Bien —se complació Al-Saud, e hizo una anotación mental: llamar a su amigo Joseph Kabila, con quien había hablado días atrás para pedirle ese favor, puesto que habría resultado incómodo explicar a las autoridades de la aduana congoleña no sólo la presencia de varios artilugios tecnológicos en el equipaje del irlandés y del italiano, sino la de las armas de fuego —ambos portaban la Browning High Power, más conocida como HP 35, el arma oficial de la Mercure, además de una Magnum Desert Eagle, la preferida de Byrne—. Probablemente, habrían terminado presos.

—¿Dónde están ahora?

—En Masisi, un pueblucho a ochenta kilómetros al noroeste de Goma.

Al-Saud, que había estado analizando el mapa de la región de los Grandes Lagos para la misión que desarrollaría en poco tiempo, conocía la posición de Masisi; se hallaba en la zona de las minas y, por ende, del conflicto más despiadado.

—¿Matilde está allí?

—Sí.

—¿Cómo es la situación en la zona?

—Complicada —admitió Byrne—. Ayer los rebeldes de Nkunda desplazaron a las milicias mai-mai y se apropiaron de Masisi y de los alrededores. Hoy la cosa está más calmada, aunque hemos oído algunos disparos.

—Háblame de ella.

Byrne le detalló los movimientos de Matilde desde su llegada a Kinshasa el día anterior hasta su trabajo en el hospital de Masisi esa tarde. «Ni siquiera le han permitido descansar hasta mañana. Ya la han puesto a trabajar», masculló Al-Saud. Quería preguntarle a Byrne cómo la había visto, si lucía decaída y triste o, por el contrario, exultante en medio de sus pacientes. No lo hizo.

—¿Dónde se alojan?

—En una casa, a unos quince minutos en automóvil del hospital.

—¿Vanderhoeven se aloja en la misma casa?

—Aparentemente, sí. Bajó su equipaje al igual que las muchachas.

Los párpados de Al-Saud cayeron lentamente. Se apretó los ojos con el pulgar y el índice.

—Ferro vigilará la casa donde está Matilde esta noche, supongo.

—Así es —confirmó Byrne—. Me dejó en el hotel y volvió a la casa de MQC.

—¿Cómo funciona el programa de rastreo que instaló Alamán?

—Perfectamente.

A la mañana siguiente, antes de emprender el viaje a París, Al-Saud se encerró en su despacho y habló con Joseph Kabila.

—Gracias por el funcionario que enviaste al aeropuerto. Mis hombres me dijeron que fue de suma utilidad. No tuvieron ningún problema para entrar en tu país.

—Estoy a tu servicio, Eliah, ya lo sabes. Además me interesa que Shaul Zeevi pueda extraer su coltán. Haré cualquier cosa para ayudarte en este sentido.

Al-Saud había evitado mencionar que Byrne y Ferro no sólo se adelantarían para recabar información sino para proteger a una mujer. A su mujer.

—Cuéntame cuál es la situación del gobierno de tu padre.

—En extremo delicada. A pesar de que le hemos solicitado a los ejércitos ruandés y ugandés que abandonen nuestro territorio, no lo han hecho aún, y mi padre está que arde.

44

—El apoyo de Ruanda y Uganda se vuelve indeseado —comentó Al-Saud.

—Siempre supimos de sus intenciones. Quieren quedarse con la parte oriental de nuestro país. Y eso no lo permitiremos.

—En cierta forma, ya lo controlan con las guerrillas del CNDP.

—Es verdad, Eliah. Nkunda está haciendo un buen trabajo para los de Kigali. Por eso nos interesa que tú te ocupes de ellos para que Zeevi pueda extraer coltán a nombre del gobierno congoleño. Será una forma de resquebrajar el poder de Nkunda en la zona y atraer la inversión extranjera. La deuda externa está comiéndonos y la falta de trabajo hace que nuestro pueblo se muera de hambre. ¡Imperdonable en un país rico como éste! ¿Cuándo crees que tu equipo estará listo para actuar?

—Estamos ultimando detalles. Esperamos poder actuar pronto.

—Ya sabes, amigo. Lo que necesites, sólo llámame. Muy pocas personas tienen este número de celular.

—Gracias, Joseph. Aprecio tu ayuda. Lo mismo te digo a ti. Cualquier cosa, llámame.

∾ ⚜ ∾

El domingo, el primer día de descanso después de una semana vertiginosa, Matilde se despertó a las once de la mañana. Había dormido doce horas seguidas. No recordaba haber dormido tanto ni siquiera a su llegada a París, bajo el efecto del síndrome de los husos horarios. Se quedó en la cama, con los brazos bajo la cabeza, la mirada fija en el punto donde el mosquitero colgaba del techo. El leve ronquido de Juana se mezclaba con el zumbido del ventilador, y la aletargaban. La penumbra de la habitación, apenas herida por los rayos de sol que se deslizaban entre las maderas de la puerta, la invitaba a seguir durmiendo. No se oían voces ni sonidos, a excepción del trinar de las aves y del chirrido de los insectos, incesantes en esa zona de bosque selvático.

Sacó la muñeca izquierda de debajo de su cabeza y consultó la hora: las once y diez, la misma que en París debido al adelanto de una hora en Europa para aprovechar la luz del sol. «¿Qué estás haciendo, amor mío?» Se lo imaginó ejercitando en el gimnasio o nadando en la piscina. ¿Habría viajado a Ruán? ¿Habría vuelto a ver a Celia? Se encogió con un lamento y hundió la cara en la almohada, de donde extrajo el guante de lana, cuyo elástico conservaba rastros del perfume de Eliah, el A Men, de Thierry Mugler. Lo pegó a su nariz e inspiró con los ojos cerrados. Apenas quedaban unas notas, las más intensas, que terminarían por desaparecer. El tiempo resultaba implacable y lo borraría por completo, como haría con el amor que ella le había inspirado. Eliah Al-Saud superaría la desilusión y continuaría; lo sabía fuerte y capaz de sobreponerse; no le faltaría una mujer que lo ayudase a olvidarla. Ella, en cambio, jamás lo olvidaría y siempre acarrearía el dolor, aunque guardaba la esperanza de que, poco a poco, su intensidad disminuyera porque, en ocasiones, se volvía pesado continuar. No quería rememorar la última mirada que habían compartido en el Aeropuerto Charles de Gaulle, cuando lo descubrió con lágrimas en los ojos. Ahogó un quejido y, antes de que se convirtiera en llanto abierto, se obligó a repasar los sucesos de la primera semana en Masisi.

Amaba el trabajo intenso, dispar y, por momentos, caótico que realizaba en el hospital de Masisi. La mantenía ocupada, la hacía sentir útil y, sobre todo, le impedía pensar. El miércoles, en su segundo día de trabajo, después de despedir a Jean-Marie Fournier, que continuaba su gira de inspección hacia Rutshuru, llegaron a las ocho para relevar a los médicos del turno de la noche. La doctora Halsey las presentó con Juan Miguel Robles, un cirujano peruano, Axel Larsson, un clínico sueco, y Abir Nahalí, un ginecólogo y obstetra egipcio, que las saludaron con simpatía, aunque con rostros demacrados. Pasaron el reporte de lo acontecido durante la guardia nocturna y se despidieron; sólo tenían cabeza para imaginar el desayuno que Claudine les habría preparado y la cama donde se echarían a dormir hasta las cinco de la tarde, momento en que comenzarían a prepararse para llegar al hospital a las seis y reemplazar a Matilde, a Juana, a Vanderhoeven y a Anne Halsey.

Ese segundo día, el miércoles, Matilde y Juana contaron con más tiempo para conocer el hospital, a los enfermeros y entender algunas rutinas y reglamentos. Fuera del edificio y debido a la epidemia de meningitis, se habían levantado cinco hospitales de campaña inflables de cuarenta y cinco metros cuadrados cada uno, que ocupaban el predio delantero y trasero del hospital. En cuatro de ellos se aislaban los casos más graves, mientras que en el quinto se había improvisado un quirófano donde se extraían balas y se procedía a punzar a los sospechosos de haber contraído meningitis. La doctora Halsey pidió a Matilde que se ocupase de esa tarea, de la punción, por lo que pasó mayormente la jornada dentro de la tienda, equipada con aire acondicionado que no funcionaba porque los rebeldes impedían el ingreso de los camiones con combustible a la zona y, por ende, había que racionarlo para que el grupo electrógeno siguiese proveyéndolos de electricidad para otros usos básicos. Habían dispuesto varios ventiladores para la comodidad de los enfermos, que poco ayudaban en ese calor. Matilde, que hubiera preferido trabajar con shorts y una playera sin mangas, se cubría hasta el cuello por el peligro de contraer la malaria y otras enfermedades transmitidas por insectos, como la tripanosomiasis humana africana, o enfermedad del sueño, causada por la picadura de la mosca tse-tse, cuyos síntomas semejaban a los del mal de Chagas. Había recogido su larga cabellera en un chongo y la llevaba siempre cubierta con la gorra de cirujano.

Kapuki, la enfermera congoleña que la asistía en la punción para extraer líquido cefalorraquídeo, era una muchacha seria, más bien callada, eficiente, a quien no necesitaba indicarle nada; sabía preparar el instrumental, anestesiar la zona lumbar con una crema llamada EMLA, cómo colocar al paciente —sentado, con las piernas fuera de la camilla y la columna ligeramente arqueada para abrir los espacios entre las vértebras— y cómo sujetarlos y mantenerlos inmóviles, algo esencial para evitar tocar los nervios al final de la columna y provocar la parálisis del paciente. A Matilde le gustaba Kapuki porque, tanto a los pequeños como a los adultos, les susurraba en su lengua madre —manejaba a la perfección el swahili, el lingala y el kituba, los principales idiomas del Congo después del francés— y los serenaba, pues si bien la punción se llevaba a cabo con anestesia local y, por tanto, era indolora, el trocar, la aguja de punción, impresionaba.

Matilde preparaba la zona con alcohol yodado y se tomaba su tiempo palpando las crestas ilíacas y los espacios intervertebrales para determinar el sitio donde insertar el trocar. Aunque había realizado ese procedimiento muchas veces en el Hospital Garrahan, en Buenos Aires, nunca se sentía segura; le daba la impresión de que metía la mano en un nido de víboras para recuperar algo diminuto y que cualquier movimiento brusco las despertaría. Clavaba la aguja y la introducía con una lenta y suave presión de suerte que identificase los planos atravesados hasta alcanzar la duramadre. Se volvía muy aprensiva con los bebés recién nacidos a los que resultaba fácil perforarle la duramadre y arruinar la muestra. El líquido no se aspiraba sino que brotaba gota a gota para ser recogido en los frascos estériles transparentes, que se enviaban al laboratorio, ubicado en el interior del hospital y que se ocupaba de determinar si el paciente padecía de meningitis y de qué tipo. La bacteriana, la más preocupante, era la que asolaba a la región por esos días. Enseguida, el laboratorio emitía un primer veredicto, que, en caso de corroborar la presencia de la bacteria *Neisseria meningitidis*, habilitaba a Matilde para prescribir la inyección intramuscular con cloranfenicol oleoso o ceftriaxona.

Le gustaba visitar las tiendas inflables y pasear la mirada por los pacientes acostados en los catres, con sus brazos canalizados. Experimentaba un cariño infinito por esos congoleños mal alimentados, de ojos tristes y actitud sumisa y silenciosa, que se espantaban las moscas de la cara y fijaban la vista en el techo de lona. Los contemplaba a sabiendas de que algunos, por mucho que les suministraran el antibiótico, morirían; otros, pese a sobrevivir, quedarían con secuelas, como sordera o discapacidades para el aprendizaje. No precisó demasiado tiempo para advertir que los pacientes jóvenes y adultos jamás se quejaban, aunque padecieran un dolor insoportable. Por eso se sentaba junto a sus camas y les daba conversación para descubrir cómo se sentían. Se maravillaba de la manera fluida en que el francés brotaba de sus labios gracias al anhelo por comunicarse, a la vez que la satisfacía comprenderlo, porque los congoleños lo hablaban de modo pausado, aunque con una dura pronunciación. Kapuki, de pie junto a ella con aire de estatua, se movía con presteza en caso de que le indicara suministrar un analgésico a través del suero u otras drogas para aliviar el padecimiento.

Desde el miércoles por la mañana hasta el sábado por la tarde, Matilde realizó veintitrés punciones, de las cuales veinte arrojaron un resultado positivo: la bacteria había atacado las meninges. Ese número daba la pauta de que se trataba de un brote incontrolado. Hacia el final de la semana, comenzó a preocuparla la disminución de las existencias de la crema EMLA, de los trocares y otros materiales desechables como también del antibiótico y del suero fisiológico; estaban desesperados por más botellas de oxígeno. Se comunicaron por radio con el hospital de Rutshuru, donde se encontraba Fournier, para solicitarle reabastecimiento; sin embargo, los camiones de Manos Que Curan no lograban superar las barricadas levantadas por los rebeldes del Congreso Nacional para la Defensa del Pueblo.

—Si serán necios —se quejaba Auguste Vanderhoeven—. Varios de ellos están internados acá. Ni siquiera por los suyos permiten el paso de los camiones.

El jueves, apenas pasado el mediodía, Vanderhoeven, que ostentaba el puesto de jefe de cirugía, le solicitó que lo asistiera en la amputación de la pierna de un niño afectado por la úlcera de Buruli, «prima hermana de la lepra y de la tuberculosis», en las palabras de Auguste. La infección había provocado una osteomielitis severa, es decir, había comido el hueso, y sólo quedaba extirpar el miembro izquierdo justo debajo de la rodilla. Como se trataba de una enfermedad casi exclusiva de los países tropicales africanos, Matilde no la conocía. La sorprendió la virulencia con que actuaba la bacteria.

—Sus padres lo han traído demasiado tarde —le explicó Auguste, mientras se aprestaban para higienizarse las manos y los antebrazos en el cuarto de lavado prequirúrgico—. Suele ocurrir en estos países. Tienen miedo de moverse, de trasladarse, de dejar sus casas, sin mencionar que viven a varios kilómetros del hospital y que necesitan cruzar selvas y eludir enjambres de rebeldes para llegar a un centro de salud. No, no uses la povidona yodada. Usa clorhexidina.

—¿Por qué? —se extrañó Matilde.

—Porque tienes una piel muy blanca y sensible, y la povidona es irritable. Podría hacerte daño.

Matilde lo contempló en silencio. Era verdad, la povidona le irritaba la piel; no obstante, había decidido usarla porque no veía clorhexidina por ninguna parte y no contaba entre sus planes volverse quisquillosa en el Congo.

—No hay clorhexidina —argumentó.

Vanderhoeven sonrió. No era un hombre a quien pudiera definirse como hermoso; sin embargo, esa sonrisa la tomó por sorpresa, y se quedó mirándolo porque sus ojos azules, al iluminarse, y sus labios, al revelar una dentadura pareja y blanca, le resultaron atractivos. Había notado la simpatía que el médico belga suscitaba entre los empleados, hombres y mujeres por igual, y la manera humana con que trataba a sus pacientes, en especial a los niños. Había atestiguado la dulzura con que animó y tranquilizó al que pronto le quitaría la pierna.

—Sí, hay clorhexidina. Aquí está. —La extrajo de un armario—. La aparté para ti, para que no usaras la povidona. Sólo queda este frasco, así que lo guardaremos en este mueble, que todos saben que es mío, para que nadie la use.

Matilde susurró un «gracias» y apartó la mirada, porque de pronto la fijeza con que el belga la observaba la incomodó. Se colocó el cubrebocas y se dedicó a higienizarse. Vanderhoeven siguió hablándole con la soltura y la seguridad previas a ese intercambio con visos intimistas.

El talante jovial de Auguste Vanderhoeven mutaba en uno austero y profesional al ingresar en el quirófano con las manos en alto y los antebrazos alejados del cuerpo. Las enfermeras parecían familiarizadas con la predisposición del belga ante la inminencia de una cirugía porque, a pesar de haber bromeado y reído con él minutos antes, en la sala de operaciones lo llamaban *docteur* y se limitaban a seguir sus órdenes.

Era la primera vez que Matilde compartía el quirófano con Vanderhoeven, y se admiró de la agilidad y de la precisión que desplegaron sus manos al ligar la arteria, cortar los músculos y serrar el hueso, evitando calentarlo. Casi parecía el trabajo de un cirujano plástico el que realizó para armar el muñón, preocupándose por alejar los nervios y por suturar fuera de la zona de carga.

Ese mismo jueves, después de un día agotador, se disponían a cenar en la casa cuando Abir Nahalí los llamó por radio desde el hospital para que fueran a asistirlos. Acababa de presentarse un camión con una decena de heridos. Aunque Anne Halsey era la encargada de terreno, Vanderhoeven, como jefe de cirujanos, se hizo cargo de la urgencia e hizo el *triage*, es decir, la clasificación de los heridos sobre la base de las prioridades de atención y privilegiando las posibilidades de supervivencia. Mostraba una sangre fría y un dominio similares a los que adoptaba al trasponer las puertas de la sala de operaciones.

Esa noche, se trabajó para extraer balas en los cuatro quirófanos al mismo tiempo, los tres del hospital y el improvisado en la tienda inflable. Los rebeldes de Nkunda habían descargado sus fusiles contra un camión de la ONU lleno de refugiados del campo de Mugunga. Dos murieron, un niño de cinco años y una anciana; los demás pasaron la cirugía; restaba afrontar los días de la recuperación, en los cuales el estado de salud del paciente se presentaba como la clave. En general, al tratarse de personas malnutridas, muchas con VIH y tuberculosis, las probabilidades de sobrevivir eran escasas.

La emergencia del jueves por la noche mermó las existencias de medicamentos, anestésicos, botellas de oxígeno y material desechable a cifras alarmantes. Reunidos en la sala de enfermeras, mientras sorbían café después de horas de actividad frenética, los seis médicos de Manos Que Curan y el personal nativo debatían acerca de la mejor forma para hacerse del material que el hospital de Rutshuru quería enviarles pero que no podía hacerles llegar a causa de los hombres de Nkunda.

Juana, de mal humor a causa del sueño y de haber visto tanto sufrimiento, se inclinó sobre el oído de Matilde y le susurró:

—¡Qué bien nos vendría Eliah en este momento! Él y sus chicos sacarían cagando de la carretera a esos hijos de puta como si fueran cucarachas, y escoltarían el camión con los medicamentos hasta aquí. —Matilde apartó el rostro para fijar la mirada, entre contrariada y desconcertada, en la desafiante de su amiga—. No me mires así, Mat. Tengo razón. Para eso están los soldados profesionales, aunque tú no quieras entenderlo.

—Sí, seguramente. Y después tendríamos que ocuparnos de los hombres de Nkunda que *Eliah y sus chicos* dejarían regados por el camino.

—Al menos tendríamos con qué asistirlos, no como ahora, que ni cinta adhesiva nos queda.

No regresaron a la casa, y el viernes, a pesar de ser Viernes Santo, trabajaron duramente y afrontaron la jornada sin una hora de sueño. El trabajo se había triplicado, y no daban abasto. Matilde comenzó a ponerse nerviosa al comprobar que las heridas no se higienizaban ni las gasas se cambiaban, que los tubos de suero se vaciaban, que las canalizaciones se infiltraban, los brazos se hinchaban y nadie se ocupaba de cambiar la vía intravenosa, que las enfermeras, desbordadas, no cumplían con los horarios de los medicamentos, y que nada se hacía como correspondía. Vanderhoeven la tomó por el brazo, justo arriba del codo, y le pidió que lo acompañara afuera.

—Necesitas un descanso.

La guió hasta la «cocina», un sitio abierto, aunque techado, donde varias mujeres preparaban los alimentos para los enfermos. Matilde observó durante algunos segundos a las mujeres robustas y laboriosas que atizaban las hogueras, trituraban raíces en los morteros, pelaban verduras y trozaban carne, para luego voltearse hacia Vanderhoeven y cuestionarlo con una mueca de horror.

—¿Ésta es la cocina? Aquí no hay medidas mínimas de higiene.

—Matilde, en lugares como éstos, trabajamos en las peores condiciones. Y, aunque intentamos respetar los protocolos de asepsia y demás, no siempre es posible. En Afganistán, me tocó operar a una niña que sufría una apendicitis bajo un toldo. Y sin embargo, la niña sobrevivió. Por supuesto, la retaqué de antibióticos y estuve muy pendiente de ella. Esto —dijo, y se giró para señalar el edificio— no es un hospital sino una sala de urgencias y, por ende, carece de cocina. Por eso, cuando MQC se hizo cargo de esta *sala de urgencias* y la convertimos en hospital, improvisamos una cocina aquí. Estas mujeres están entrenadas por nosotros para cuidar al máximo y, dentro de lo que se pueda, las medidas higiénicas. —Le sonrió con dulzura antes de añadir—: Vas a tener que relajarte un poco y aprender a trabajar en condiciones adversas, de lo contrario querrás volver a tu país en dos semanas.

—No, te aseguro que no querré volver a mi país en dos semanas. Siento que ésta es mi vida, que para esto vine al mundo, para curar a los más débiles y olvidados.

Matilde no le conocía esa mirada tan penetrante y perturbadora al belga, aunque tal vez había recibido un atisbo cuando lo descubrió observándola en la camioneta, de camino a Masisi, después de que ella le acarició la cabeza a un bebé. Auguste se volteó hacia las cocineras y las saludó con su habitual simpatía, a pesar de la falta de sueño y de las condiciones adversas de trabajo. Las mujeres lo recibieron con algarabía y se rieron de él cuando intentó hablarles en kituba. De regreso al hospital, Matilde le echaba vistazos de reojo.

—¿Hace cuánto que trabajas para MQC?

—Hace doce años, desde los veintisiete.

«Tiene treinta y nueve años», calculó Matilde, «ocho años mayor que Eliah». De igual modo, Eliah Al-Saud parecía mayor que el belga.

Al día siguiente, el sábado, llegó el camión con provisiones. Ajabu, quien lo había manejado desde Rutshuru, se convirtió en un héroe porque, usando caminos alternativos igualmente peligrosos y sorteando retenes del Congreso Nacional para la Defensa del Pueblo, sacó del grave escollo al hospital de Masisi. Matilde se estiró en la cama con una sonrisa al recordar la pequeña fiesta que Claudine había preparado la noche anterior para agasajar al chofer.

Se dio cuenta de que la casa ya no estaba tan silenciosa como un rato atrás, incluso alguien había puesto música. Ese tema le sonaba familiar. «*Love of my life*, de Queen», acertó. Amaba esa canción y hacía tiempo que no la escuchaba. Se quedó quieta, prestando atención a la letra. «*Love of my life, you hurt me. You've broken my heart and now you leave me. Love of my life, can't you see? Bring it back, bring it back. Don't take it away from me, because you don't know what it means to me.*» En tanto la voz de Freddie Mercury avanzaba con lentitud por las estrofas y Matilde las traducía, se le formaba un nudo en la garganta. «*Amor de mi vida, me heriste. Me rompiste el corazón y ahora me dejas. Amor de mi vida, ¿no te das cuenta? Devuélvemelo, devuélvemelo. No me lo quites porque tú no sabes lo que significa para mí.*» Mordió la almohada, la apretó con los puños y hundió la cara mientras el cuerpo se le convulsionaba con la potencia del llanto atascado dentro de ella.

Juana, que también escuchaba la canción, chasqueó la lengua, se bajó de su cama, levantó el mosquitero de Matilde y se deslizó junto a ella. La abrazó y le susurró:

—Sí, ya sé. Parece como si la hubiera escrito el papito para ti.

Matilde se aferró a su amiga y le empapó la pechera del camisón con lágrimas y saliva. Juana se limitaba a acariciarle la cabeza, incapaz de pronunciar palabras de consuelo porque le temblaba el mentón. Varios minutos después, aún seguían abrazadas.

—Me parece —pronunció Juana con voz rasposa— que Auguste anda babeando por ti. Sería estupendo que entrara ahora y nos viera así. Pensaría que somos lesbianas y te dejaría en paz. ¡El papito, feliz! —A su pesar, Matilde rio—. O tal vez no —conjeturó Juana—, y resulta ser un pervertido al que le gustan los tríos y las lesbianas.

A Matilde, la idea de un Auguste con gustos tortuosos en materia sexual le sonó descabellada. Sospechaba que en él habitaba un alma noble que la impulsaba a confiar.

—Tengo muchas ganas de hablar con Shiloah —comentó Juana—. Desde que llegamos no he podido comunicarme. Con esto de que no existen los celulares ni Internet… Debe de estar muy preocupado. Al final no me sirvió de nada abrir un correo en Yahoo.

—Mi prima Amélie sí tiene Internet en su misión. Aunque funciona cuando tiene ganas, según me dijo, porque aquí los teléfonos funcionan cuando tienen ganas. —Pasado un momento, Matilde le propuso—: Juani, ¿por qué no le escribes una carta a la vieja usanza, de tu puño y letra? Le va a encantar. Puedes pedirle a Jean—Marie que la despache desde alguna ciudad donde funcione el correo oficial.

—Y tú, Matita, ¿le vas a escribir al papito?

—No, amiga —replicó, con serenidad—. Lo que hubo entre Eliah y yo se acabó.

3

El jefe del servicio de inteligencia israelí en Europa, Ariel Bergman, observaba con unos binoculares el extremo oeste del Mar Mediterráneo, donde recibe el nombre de Mar de Alborán. Lo hacía desde el balcón de su habitación en The Caleta Hotel, en Gibraltar. Alternaba su atención entre una lancha y un yate, apartados entre sí por una distancia no mayor de tres kilómetros. Había tres pescadores en la lancha, tranquilos en sus asientos, mientras esperaban a que los peces picaran; en el yate, en cambio, no había movimiento sobre la cubierta. De todos modos, Bergman sabía que en las entrañas del lujoso barco se desarrollaba una negociación por armas entre el traficante sudafricano Alan Bridger y tres altos mandos del Irish Republican Army, la guerrilla irlandesa. Su objetivo no eran los terroristas de Irlanda, aunque no le importaba liquidarlos en el proceso, sino Alan Bridger, que había provisto de un flujo constante de armamento a Mohamed Abú Yihad, el comprador de Saddam, como lo habían apodado en el Mossad. Junto con su socio Rauf Al-Abiyia, Abú Yihad, o Aldo Martínez Olazábal —tal era su verdadero nombre—, se ocupaba de abastecer al rais de elementos que el embargo impuesto por la ONU le prohibía adquirir de manera legal, es decir, le proveía de casi todo. Los katsas en Johannesburgo aseguraban que Abú Yihad había cerrado un trato por un millón de dólares con Bridger para hacerse con cuatro kilos de mercurio rojo, un componente químico empleado para la fabricación de explosivos radioactivos. Aseguraban también que Bridger buscaba en el mercado negro, por cuenta de Abú Yihad, grandes cantidades de torta amarilla o uranio. Esa noticia, que sus hombres aún no lograban corroborar, había puesto nerviosos a los jefes en Tel Aviv.

Resultaba fácil expresar la orden: «Ocúpense de Alan Bridger, de Kurt Tänveider, de Paul Fricke, de Abú Yihad y de Al-Abiyia». Ejecutarla era harina de otro costal. A Bridger lo tenían localizado; no obstante, se les dificultaba acceder a él porque vivía tras una muralla de guardaespaldas y en una fortaleza. Poseía una debilidad: un yate en el Mediterráneo.

Bergman consultó su TAG Heuer: las once y veintinueve de la mañana. Si los sucesos se desarrollaban de acuerdo con los planes, en un minuto, el *kidon* −agente del Mossad para ejecutar los asesinatos−, con un equipo de buceo de alta tecnología, llegaría al sitio donde anclaba el yate de Bridger y colocaría sobre su casco una bomba lapa provista de contramedidas electrónicas que impedirían a los sistemas de custodia del yate advertir la presencia de un elemento extraño. La programaría para que estallase en cuarenta y cinco minutos, a las doce y cuarto. Al *kidon* le tomaría sólo veinticinco minutos salvar los tres kilómetros que lo separaban de la lancha de pescadores gracias a los propulsores colocados sobre los tubos de oxígenos.

A las once y cincuenta y cinco minutos, calibró los binoculares en dirección a la lancha de pescadores. Dos minutos después, vio emerger al buzo de las aguas turquesas del Mar de Alborán y subir por la borda. La lancha se alejó hacia el este.

Bergman colocó los bonoculares sobre sus piernas y se frotó la vista. A medida que las agujas del reloj avanzaban hacia el cuarto de hora, su corazón aumentaba las pulsaciones. A las doce y trece minutos, enfocó los binoculares de nuevo y esperó. Apartó con un movimiento rápido las lentes de su rostro cuando el fogonazo provocado por la bomba lapa le hirió la vista. Se puso de pie y permaneció unos minutos admirando las llamas que ascendían sobre la cubierta y se devoraban el yate con Bridger dentro de él. Los alaridos de los turistas, que presenciaban el siniestro desde la costa, y las sirenas rompían la paz habitual del lugar.

Entró en su habitación y cerró la contraventana. Fijó la vista en las fotografías dispersas sobre la mesa. Eligió una. En ella estaban Eliah Al-Saud y Abú Yihad en un bar del Hotel Ritz en París, el domingo 15 de febrero, por la tarde, casi dos meses atrás. Habían tardado en averiguar quiénes eran las muchachas que los acompañaban, la hija de Abú Yihad y su amiga de la infancia, dos médicas comprometidas con la causa de Manos Que Curan. Sonrió con sarcasmo. La hija de un traficante de armas era una santa que se ocupaba de curar tuberculosos en el África. Para mayor sorpresa, estaba comprometida sentimentalmente con Al-Saud. Parecía inverosímil la manera en que los actores de esa comedia se entrelazaban.

~: ৡ :~

Eliah Al-Saud observaba el colchón de nubes que se extendía bajo el Gulfstream V que lo conducía a la base de la Mercure en la Isla de Fergusson, en Papúa-Nueva Guinea. Había despegado en el aeropuerto de Le Bourget, en las afueras de París, dos horas atrás, y todavía cavilaba acerca de la noticia que había leído en *Le Monde* mientras desayunaba en su casa de la Avenida Elisée Reclus. «*El yate explotó a pocos kilómetros de la costa de Gibraltar, apenas pasado el mediodía de ayer, domingo 12 de abril. Su propietario, el sudafricano Alan Bridger, y los seis miembros de la tripulación murieron en el acto. Aún no se han recuperado todos los cadáveres ni los peritos han determinado las causas del siniestro, aunque los negocios del señor Bridger, un conocido traficante de armas, llevan a pensar que se trató de un atentado.*» Alguien estaba deshaciéndose de algunos traficantes de armas. La semana pasada recordaba haber leído que el alemán Kurt Tänveider había fallecido en un accidente automovilístico en las cercanías de Calais, en Francia. Se preguntó quién estaría ocupándose de eliminarlos.

Junto a las columnas del artículo había dos fotografías bastante recientes del sudafricano Alan Bridger. Una de ellas había captado la atención de Al-Saud. Se inclinó en la barra de mármol de la cocina y extendió el periódico para que la lámpara dicroica le diera de lleno. Bridger salía de un edificio, con talante risueño, y rodeado de varios hombres, sus guardaespaldas en apariencia, aunque uno de esos rostros, algo borroso y distanciado, tanto que podría haber pasado por un transeúnte, le resultó familiar.

Llamó de inmediato a su secretaria, Thérèse, cuyo hermano, un fotógrafo *free lance* que trabajaba para varios medios gráficos, les había sido de utilidad en otras ocasiones. A pesar de la hora temprana, la encontró en las oficinas que la Mercure ocupaba en el Hotel George V, en París.

—*Bonjour, Thérèse.*

—*Bonjour, monsieur Al-Saud.*

—Necesito pedirle un favor, Thérèse.

—Lo que guste, señor.

—¿Su hermano aún mantiene contactos en la redacción de *Le Monde*?

—*Oui, monsieur.*

—Bien. En la edición de hoy de *Le Monde*, en la sección principal, página nueve, aparece una nota acerca de la explosión de un yate en el Mediterráneo. Necesito que su hermano me consiga los originales de las dos fotografías que acompañan la nota. Por supuesto, sabré recompensar este favor.

—Gracias, señor.

—Apenas obtenga las fotografías, envíeselas a Alamán. Y en caso de que no pueda hacerme este favor, avíseme. Ya sabe dónde estaré.

—*Bien sûr, monsieur.*

—*Au revoir, Thérèse.*

—*Au revoir, monsieur.*

Ipso facto, Al-Saud telefoneó a su hermano Alamán.

—¿Tienes el periódico *Le Monde* de hoy a mano?

—Sí. Espera un momento. Aquí lo tengo. Dime.

Al-Saud lo guió hasta la página nueve y le pidió que individualizara al hombre a la derecha de Bridger, el más retirado, con barba.

—Sí, lo veo.

—Thérèse te entregará entre hoy y mañana la fotografía original. Tratará de que su hermano la consiga en la redacción de *Le Monde*. Cuando tengas la fotografía, quiero que tú y Lefortovo —Al-Saud hablaba de otro empleado de la Mercure, experto en falsificaciones y montajes, cuyo verdadero nombre era Vladimir Chevrikov— trabajen sobre ese rostro y lo amplíen tanto como puedan. Necesito identificar quién es.

—Es evidente que tienes una sospecha.

—Sí.

—¿Quién crees que sea?

Se produjo un silencio. Eliah decidió contestar porque hablaban por una línea segura.

—El padre de Matilde.

Alamán soltó un silbido.

—¿Qué sabes de ellas, de Juana y de Matilde?

—Anoche hablé con Amburgo y me dijo que estaban bien, aunque la situación en la zona de los Grandes Lagos se torna día a día más inestable. —No le mencionó que las hacían trabajar como esclavas y que él temía que Matilde no estuviera alimentándose bien.

Al-Saud apartó la vista del colchón de nubes, se removió en la butaca del avión y le solicitó a La Diana que le trajera el teléfono encriptado para comunicarse con Thérèse. Si bien le había concedido pocas horas para actuar, lo apremiaba la ansiedad por saber si había conseguido las fotografías. Apoyó el pulgar en el lector digital y una línea roja lo barrió antes de que el sistema de permisos diera el visto bueno y lo habilitase para realizar la llamada.

—Thérèse, soy Al-Saud. ¿Qué puede decirme de su hermano?

—Esta tarde, a última hora, me traerá lo que usted me pidió.

—Bien, gracias. Páseme después el número de cuenta para depositar el dinero.

«Sólo resta esperar», se dijo, y recreó en su mente el diálogo con Aldo Martínez Olazábal en el Ritz, dos meses atrás. «*¿En qué trabaja, don Aldo?*», se había interesado Juana Folicuré. «*Es un bróker*», intervino Matilde, a la defensiva. «*Con Mat nunca entendemos bien qué es eso de ser un bróker*», insistió Juana. «*Compro y vendo cualquier cosa en cualquier parte del mundo.*» «¿Armas también?», se preguntó Al-Saud, y, a la vista de su sospecha, la respuesta podía ser «sí». La dimensión de las implicancias de una contestación afirmativa lo asustaba.

~· ৵ ·~

Aldo Martínez Olazábal desayunaba en la cubierta de su yate, el *Matilde*, mientras leía *La Tribuna de Marbella*. Se acomodó en los cojines del sillón y apoyó la taza de café sobre la mesita junto a él cuando sus ojos tropezaron con un titular inquietante: «*Conocido traficante de armas muere en extraño accidente*». El artículo no brindaba demasiada información, aunque un dato, el nombre del traficante, bastó para que Aldo se cubriera de un sudor frío en esa mañana soleada. Se instó a calmarse y lo leyó de nuevo. El barco de Bridger había explotado en el Mar de Alborán, a escasos kilómetros de Gibraltar. La guardia costera aún no terminaba de recuperar los cuerpos, el del traficante y los de su tripulación. Los peritos ya trabajaban para determinar la causa del siniestro.

Aldo cerró el periódico y lo arrojó sobre la mesa. Clavó los codos en las rodillas y se sujetó la cabeza con las manos. Había hablado con Alan Bridger tres días atrás, antes de salir de Bagdad, para acordar una cita en Londres donde negociarían una nueva compra de armas, de mercurio rojo y de uranio. En ese momento comprendió que el accidente automovilístico en el que había fallecido otro de sus proveedores, el alemán Kurt Tänveider, en realidad, no había sido un accidente. Estaban cazándolos. No necesitó preguntarse quién; existían dos opciones: la CIA o el Mossad, o ambos actuando en equipo, aunque, en su opinión, las operaciones llevaban el sello de Tel Aviv.

Se quitó los lentes de lectura y se colocó los de sol. Se palpó el pecho a la altura del corazón donde llevaba, sobre la piel y oculta por la camisa Armani, la pistolera axilar con la Ballester Molina calibre cuarenta y cinco. Miró en todas las direcciones antes de bajar al muelle. Caminó hasta su automóvil rentado sintiéndose observado, perseguido, acechado. En el instante en que iba a poner la llave del vehículo en contacto, especuló con la posibilidad de que hubiera una bomba conectada al sistema de arranque. Descendió y se dirigió a la entrada del puerto donde tomó un taxi.

—Lléveme al Hotel Bellavista —indicó.

No cayó en la cuenta de que un hombre de cabellera negra y bigote espeso ponía en marcha una motocicleta y lo seguía. Martínez Olazábal descendió del taxi quince minutos después. Le interesaba la cabina telefónica frente al portal del hotel.

—Aguárdeme un momento —le ordenó al taxista, y cruzó la calle a paso rápido.

Llamó al teléfono de línea fija en Bagdad donde, si tenía suerte, hallaría a su socio, Rauf Al-Abiyia; había sólo una hora de diferencia. Lo atendió una de las mujeres del servicio doméstico. Al-Abiyia, que no usaba teléfonos inalámbricos, se tomó su tiempo para llegar al aparato fijo ubicado en la sala de su casa en la capital iraquí.

—¿Quién habla?

—Hermano —dijo Aldo, sin mencionar nombres.

—¡Ah, eres tú! ¿Cómo estuvo tu viaje?

—Tengo malas noticias. Nuestro amigo sudafricano no podrá presentarse a la cita del 17 de abril. Ha tenido un serio problema.

—¿Qué tan serio?

—El peor. Ya no podrá hacer negocios con nosotros ni con nadie.

—Entiendo —murmuró Al-Abiyia.

—Una suerte similar corrió nuestro amigo alemán días atrás.

La línea se silenció mientras Al-Abiyia meditaba la información. «Están eliminándonos uno a uno. Todos los que hemos colaborado con Saddam estamos en la lista negra del Mossad y de la CIA.»

—Contábamos con ellos para que nos consiguiera lo que necesitamos —habló el árabe por fin—. Ahora sólo nos queda recurrir a la otra fuente, la mujer.

Martínez Olazábal bajó los párpados y clavó sus dedos en la frente. Al-Abiyia aludía a *Madame* Gulemale. Había intentado sortearla porque la excéntrica congoleña, tan fogosa en la cama, no le inspiraba confianza en los negocios. Aunque todavía contaba con un último recurso para conseguir las tortas amarillas de uranio para Irak, sospechaba que terminaría cayendo en las garras de Gulemale.

—Si no queda alternativa —expresó Martínez Olazábal—, recurriré a ella.

—Ten cuidado, hermano.

Aldo regresó al taxi y ordenó que lo condujera al puerto. De nuevo, el hombre de la motocicleta lo siguió de regreso al *Matilde*.

No había resultado fácil reunir a esos hombres para componer el escuadrón que en unas semanas viajaría al Congo. Al-Saud, con su uniforme militar para camuflarse en los paisajes selváticos, los observaba desde la ventana de su oficina mientras avanzaban hacia la salita de reuniones en la base que la Mercure poseía en una de las Islas d'Entrecasteaux, la de Fergusson, en Papúa-Nueva Guinea. En minutos, su socio, Anthony Hill, y él les expondrían la situación en la provincia de Kivu Norte y los pormenores del plan para hacerse de la mina de coltán que los empleados de Shaul Zeevi, el empresario israelí de la computación, se ocuparían de explotar. Sorbió el último trago de Perrier y se puso los Ray Ban Clipper.

—Vamos, Diana —ordenó, y salió al calor húmedo de la selva tropical.

Había decidido incorporar a La Diana en esa misión, lo que parecía agradar a la muchacha. Tony Hill se les unió en el momento en que entraban en la sala. Al verlos, los hombres ocuparon las sillas y guardaron silencio. En tanto Tony encendía el proyector y alistaba la primera imagen, el mapa de la República Democrática del Congo, Al-Saud paseó la mirada por cada uno de ellos.

El ruso Viktor Oschensky, especialista en comunicaciones del Ejército Rojo, intercambiaba unas palabras susurradas y risueñas con el nepalés Lambodar Laash, ex integrante de las letales unidades *gurkhas*, con quien había compartido varios trabajos para la Mercure. El paramédico del grupo, el norteamericano Martin Guerin, consultaba la pantalla de su *lap top*. El coronel Harold McAllen, también norteamericano, de cincuenta y dos años, erguía su figura de oso en el extremo opuesto de la mesa y clavaba su dura mirada en el mapa. «Nadie como Harold para este trabajo», se dijo Al-Saud. Durante la Guerra de Vietnam, McAllen había formado parte del SOG (*Studies and Observation Group*), una fracción del ejército de los Estados Unidos que se internaba en el territorio selvático dominado por el Vietcong para emprender tareas de reconocimiento y de eliminación de asentamientos enemigos. Pocos conocían como él los trucos para burlar el bosque tropical, tan letal como el desierto de Rub al-Khali. La Mercure tenía suerte de contar con McAllen entre sus comandantes e instructores, porque, además de participar en ciertas misiones, McAllen era el jefe de la base de la Isla de Fergusson junto con el indio Chandresh Dragosi, ex miembro de *L'Agence* al igual que Al-Saud. A la derecha de McAllen, se ubicaba Zlatan Tarkovich. Le agradaba ese mercenario croata, ex oficial del Ejército Rojo, que insistía en definirse como yugoslavo, a pesar de que

Yugoslavia ya no existía. También se consideraba un *free lance*, y sólo trabajaba para la Mercure por contrato. Eliah lo convocaba siempre que se presentaba una misión importante. Resultaba apropiado que Zlatan se considerase un *free lance*, ya que el término, acuñado en la Edad Media, había nacido para designar a los guerreros de «lanza libre», es decir, aquellos que no debían fidelidad a ningún señor feudal y que vendían su destreza al mejor postor. Excepto aviones de guerra, Zlatan piloteaba cualquier artefacto que pudiera volar, desde una avioneta a un Canberra, y era un eximio mecánico. A su lado se encontraba Sergei Markov, ex miembro de la Spetsnaz GRU, el comando de élite del servicio de inteligencia militar de Rusia, temido y respetado por los demás grupos militares de élite del mundo. Sólo un puñado superaba su proceso selectivo y se decía que algunos perecían en el intento. El australiano Dingo, ex oficial del ejército australiano, del que pocos sabían su verdadero nombre, Ronald Carelli, de padre italiano y madre irlandesa, era originario de Queensland, donde había desarrollado su afición por el surf y el buceo. Lo habían llamado Dingo desde pequeño, como al perro salvaje propio de Australia, descendiente del lobo asiático. Compartía con el animal no sólo el dorado del pelaje sino su cualidad de huraño y montaraz; le iba a su personalidad. Sin duda, se trataba de uno de los mejores recursos con que contaba la Mercure. De pie en un extremo de la mesa, Al-Saud enseguida se percató del triángulo de miradas que formaban La Diana, Dingo y Markov. La Diana fijaba sus ojos celestes en el australiano, mientras que el ruso Markov los fijaba en la muchacha bosnia, con quien se había desempeñado como guardaespaldas de Matilde durante algunas semanas en París. Dingo, por su parte, atendía a las explicaciones de Tony Hill.

Viktor Oschensky, Lambodar Laash, Martin Guerin, Harold McAllen, Zlatan Tarkovich, Sergei Markov, Dingo y La Diana, junto con sus socios, Tony Hill, Mike Thorton y Peter Ramsay, y con su hermano Alamán, experto en tecnología, informática y electrónica, conformaban un grupo comando con el cual él se habría sentido capaz de enfrentar a cualquier enemigo.

—Éste es Laurent Nkunda —dijo Tony, y señaló en la pantalla la fotografía de un hombre negro que asombraba por su delgadez—. Es un ex oficial del Ejército congoleño. Pidió la baja con el grado de general. Peleó junto con Laurent-Désiré Kabila para derrocar a Mobutu Sese Seko, destacándose por su inteligencia y su valor. Como munyamulengue, una etnia tutsi propia del Congo, asegura defender a su gente de los *interahamwes* que huyeron de Ruanda después del genocidio del 94 e invadieron el territorio congoleño.

—En realidad —interrumpió Al-Saud—, Laurent Nkunda es un gendarme de los intereses internacionales. —Oprimió un botón en el control remoto, y el proyector deslizó una nueva imagen, la fotografía de tres niños en pozos de tierra roja, picando las paredes con mazos y pinzas—. Ésta es una mina de coltán explotada por un consorcio con sede en Ruanda y protegida por los rebeldes de Nkunda. —Volvió a oprimir el botón para mostrar un detalle del mapa de la región de los Grandes Lagos—. La mina de la que debemos apropiarnos para nuestro cliente se ubica aquí —dijo, y señaló un punto con una luz láser—, en los lindes del Parque Nacional Virunga y próxima al poblado de Rutshuru, el bastión de Nkunda. Una vez que logremos el control sobre la mina, deberemos permanecer varios meses controlando el perímetro. Es de esperar que los rebeldes quieran recuperarla.

—Nos trasladaremos con todo el equipo hasta Kinshasa, la capital —apuntó Tony Hill—, y de allí a Rutshuru lo haremos en nuestros helicópteros.

—¿Cómo trasladaremos los helicópteros? —se interesó Lambodar Laash.

—Como saben —contestó Hill—, el año pasado la Mercure adquirió un viejo *Jumbo* al que configuramos para carga. Allí transportaremos todo lo necesario, incluidos los tres helicópteros, el Black Hawk, el Mil Mi-25 y el Apache.

—Para lo cual les desmontaremos las hélices —acotó Al-Saud—. Zlatan, te harás cargo del desmonte y el montado una vez llegados al Congo. ¿Cuántos días nos llevará montarlas de nuevo en Kinshasa?

—Con la ayuda de cuatro hombres, puedo hacerlo en dos días —aseguró el yugoslavo.

—Bien —dijo Al-Saud—. Tienen que saber que, apenas aterricemos en Kivu Norte, estaremos en territorio enemigo. El Ejército congoleño no nos brindará apoyo y dependeremos de nosotros mismos y del soporte que nos brinden desde la base, en París.

—Aquí, en la Isla de Fergusson —continuó Hill—, estamos a la misma latitud que la provincia de Kivu Norte, por lo que las condiciones climáticas son similares. Ambas son regiones de bosques tropicales, en su mayoría vírgenes, y muy peligrosas. Las lluvias son copiosas, la vegetación muy densa, la fauna abundante. Hay dificultad para encontrar un claro donde aterrizar un helicóptero. Las montañas son escarpadas.

—Sabemos que en este punto —Al-Saud señaló un lugar en el mapa—, bastante próximo a la mina, hay una aldea de campesinos. —No explicó que la información se la había provisto su prima, Amélie Guzmán, una monja a cargo de la única misión en un área de varios kilómetros–. Allí podremos aterrizar e iniciar el viaje a través del bosque tropical en dirección a la mina –añadió, y arrastró el puntero láser hacia el este.

–¿Cuánto tiempo de traslado será? –quiso saber Viktor Oschensky.

–Son cincuenta kilómetros, mayormente por un territorio denso de vegetación y escarpado, pero si caminamos por la orilla de este río –aclaró, y siguió el curso con el puntero–, podremos avanzar deprisa, a menos que nos topemos con los rebeldes. Alamán y Peter irán monitoreando el radar para no tener sorpresas.

–¿Qué sucedería si la mina estuviera en manos de los rebeldes? –preguntó Markov.

–De acuerdo con la inteligencia que contamos –señaló Al-Saud–, la mina no está siendo explotada, ni siquiera está siendo vigilada. Pero en caso de que lo estuviera, tendríamos que atacar desde el aire. No tendríamos otra alternativa.

–Martin –Tony Hill se refería al paramédico Martin Guerin– se ocupará de darles la vacuna contra la fiebre amarilla. Al igual que acá, en el Congo seguirán tomando las tabletas antimalaria. Ya conocen las instrucciones para evitar la picadura del mosquito que la provoca.

–Una vez asegurada la mina –preguntó Harold McAllen–, ¿cuánto tiempo permaneceremos custodiándola?

–Dependerá del ritmo de trabajo de los empleados de Zeevi –contestó Al-Saud–. Los estudios de prospección realizados por el gobierno del Congo aseguran que en quince meses se obtendrá todo el coltán que la mina puede darles a un cierto ritmo de trabajo. Iremos rotando los grupos para que, cada tres meses de estadía en el terreno, tengan una semana de descanso. Además, en esta etapa, quiero decir, una vez asegurada la mina, contaremos con el apoyo del ejército del país. Antes, no intervendrán. Tendremos que arreglárnoslas solos.

–Si es cierto que nos pagarán cuatro mil quinientos dólares por mes, nos haremos de esa mina así tengamos que romperles la madre a todos los rebeldes del maldito Congo –manifestó Viktor Oschensky, y los demás se rieron.

–¿A qué tipo de enemigo nos enfrentamos? –quiso saber Markov.

–Buena pregunta –concedió Al-Saud–. Nuestro personal en el terreno –hablaba de Derek Byrne y de Amburgo Ferro– asegura que el ejército de Nkunda se organiza en batallones de no más de sesenta hombres, y cuando digo hombres hablo también de mujeres y de niños. Cuatro batallones conforman una brigada, a cargo de un comandante.

–Están bien organizados –masculló Dingo.

–No debemos subestimarlos –manifestó Tony Hill.

—Se calcula que el ejército de Nkunda ronda los dos mil quinientos soldados, lo que hace un total aproximado de diez brigadas que apestan la zona de las Kivus.

—¿Qué sabemos del armamento? —insistió Markov.

—Pudimos averiguar que cada batallón cuenta con dos morteros de 60 milímetros. Cada brigada posee alrededor de dos ametralladoras antiaéreas 12.7 —se escuchó un silbido de admiración—, más usadas contra tropas enemigas que contra aviones o helicópteros. Tienen varios RPG y ametralladoras de mano. Su equipo de comunicación es más bien obsoleto, algunos *handies* Motorola y radios VHF portátiles. Sólo unos pocos teléfonos satelitales en manos de los más altos mandos.

—Se sabe —intervino Tony— que tienen problemas de abastecimiento porque carecen de medios de movilidad y por falta de dinero. Para hacerse de comida, medicinas, efectivo, baterías, municiones, etcétera, saquean los pueblos y tienden emboscadas en los caminos.

—Y ahora —pronunció Al-Saud—, el coronel McAllen les expondrá las actividades que realizarán como entrenamiento hasta que partamos hacia el Congo. Deberán estar en plena forma para enfrentar esta misión. No será fácil, pero lo lograremos.

El coronel McAllen abandonó su silla y tomó de manos de Al-Saud el puntero láser.

—La topografía de la región de los Grandes Lagos… —McAllen siguió dirimiendo acerca de la existencia de montañas en la provincia de Kivu Norte y en la necesidad de practicar la técnica del *rappelling*, mientras Tony Hill y Eliah Al-Saud, en un aparte, intercambiaban unas palabras.

—¿Cuándo partes a la base de Dhahran? ¿El jueves?

—No, llegaría el viernes por la mañana, que es como el domingo para nosotros. Así perdería un día de trabajo. Prefiero quedarme aquí hasta el viernes y llegar a Arabia Saudí el sábado por la mañana.

—¿Y qué te quedarás haciendo en este calor? —se extrañó Tony.

—¿Acostumbrarme para cuando vayamos al Congo? —Rio—. Como tú viajas esta noche hacia Eritrea, quiero quedarme y participar de los primeros días de entrenamiento. Los supervisaré yo mismo. Algunos de los muchachos están fuera de estado. Demasiadas vacaciones —se lamentó.

—Hoy llamó Mike y me preguntó si habías tomado alguna decisión respecto a *Madame* Gulemale.

—He decidido adelantarme al grupo para ir a verla. Quizá pueda convencerla para que nos facilite el acceso a la mina.

—¿Cómo piensas convencerla? —La mirada de Hill brilló de picardía—. ¿En la cama?

—No subestimes a Gulemale. Podríamos compartir el polvo de nuestras vidas y después, sin ningún remordimiento, mandaría a Nkunda a matarme si me atrevo a poner pie en su mina. Ella no mezcla las cosas. No, tendré que convencerla con otros medios.

Al final del día y después de varias horas de entrenamiento, Al-Saud todavía contaba con dos horas de sol para escaparse a su pequeño paraíso. Cargó una toalla y una muda en la Land Rover y condujo hacia el interior de la isla hasta dar con la cascada que caía a un pozo de agua oculto tras la maleza tropical. Se quitó el uniforme, pegado al cuerpo debido al sudor, y se arrojó de cabeza. El agua fría le erizó la piel. Después de nadar estilo mariposa durante algunos minutos, se sentó sobre una piedra para que la cascada le masajeara los hombros. No quería admitir que todo el tiempo, aun cuando entrenaba, y esto lo preocupaba, pensaba en Matilde. Le dolía su ausencia en ese contexto paradisíaco, y se juró que un día lo compartiría con ella. Se preguntó qué hora sería en Masisi. Alejó la muñeca del chorro de agua y consultó su Breitling Emergency. Calculó que en la parte oriental del Congo serían las once de la mañana. Matilde estaría en el hospital, trabajando sin respiro, codo a codo con el idiota de Vanderhoeven. Volvería a la base y se comunicaría con Ferro o Byrne. Ansiaba saber de ella.

Entró en la central de comunicaciones, refrigerada y saturada con sonidos de radios, transistores, radares y demás aparatos. Uno de los operadores le informó que Alamán había llamado media hora atrás.

—Comuníqueme con él —ordenó, y se dirigió a su despacho a esperar la llamada. Al cabo, el operador se presentó con el teléfono satelital y se lo entregó.

—Su llamada, señor.

—Gracias —dijo Al-Saud, y esperó a quedar solo para hablar—. Alamán, soy Eliah.

—Tengo lo que me pediste. Aislamos el rostro de la fotografía que nos proporcionó el hermano de Thérèse y lo mejoramos lo que pudimos. Quedó bastante nítida. ¿Cómo quieres que te la pase?

—Envíala como un archivo encriptado a mi casilla de la Mercure.

En unos minutos, el rostro de Aldo Martínez Olazábal se desplegaba en la *lap top* de Al-Saud. Después de un momento de estupor, Eliah analizó las implicancias del descubrimiento, puesto que no le quedaban dudas de que Martínez Olazábal se dedicaba al tráfico de armas. Pensaba en Matilde y en la nueva amenaza que se cernía sobre ella. Se apresuró a llamar a sus hombres en el Congo; necesitaba saber que su mujer estaba a salvo.

Tiempo atrás, le había pedido a su falsificador, Vladimir Chevrikov, cuya red de conexiones en las secretarías de inteligencia de diversos países era la más grande que Al-Saud conocía, que averiguara acerca de Aldo Martínez Olazábal, sin éxito. La poca información obtenida en aquella oportunidad carecía de importancia, al igual que la suministrada por su contacto en la SIDE, el servicio de inteligencia argentino. A la luz de la sospecha de Al-Saud, intentaría otro camino. El viernes 17 de abril, antes de viajar a Arabia Saudí, le solicitó al operador de la Isla de Fergusson que lo comunicara con Chevrikov, en su departamento de París.

—Lefortovo, soy Caballo de Fuego.

—Querido amigo, ¿qué puedo hacer por ti? ¿Hablas desde una línea segura?

—Sí. Necesito de los servicios de tu amigo, Yaakov Merari.

Merari era un agente corrupto del Mossad, a quien Chevrikov, conocedor de sus deslices, chantajeaba para obtener información.

—Te escucho.

—Alamán y tú estuvieron trabajando en la fotografía de un hombre.

—Sí. Entiendo que te la envió el martes.

—Así es. Ahora necesito que tú se la envíes a Merari para que te diga quién es y todo lo que sepa acerca de él.

—Hoy mismo se la haré llegar —afirmó Lefortovo.

—Te depositaré el dinero apenas obtengas la información.

~: ✿ :~

Siempre volvía a la base aérea de Dhahran, en la tierra de su padre, Arabia Saudí. Allí su tío, el teniente general príncipe Abdul Rahman, comandante de las Reales Fuerzas Aéreas Saudíes, le extendía un permiso de vuelo para que pilotease un F-15 o un Tornado. Ahora, con el contrato para adiestrar pilotos de guerra, sus visitas se volvían frecuentes.

Se quitó los anteojos para sol y se hizo sombra con la mano. El paisaje que componían la formación de los F-15 y el desierto le traía memorias de la Guerra del Golfo y de la base en Al Ahsa, donde lo había destinado *L'Armée de l'Air* en septiembre de 1990, poco después de que Saddam Hussein invadiera Kuwait, «la decimonovena provincia iraquí», según argüía el *rais*. La operación *Daguet*, como llamó el presidente Miterrand al envío de Mirages y Sepecat Jaguars al territorio saudí, había durado hasta el fin de la contienda, lo mismo que la participación de Eliah Al-Saud. Él era muy joven y, sin embargo, su pasión por los aviones de combate lo catapultó a compartir los primeros puestos con pilotos más experimentados; lo que le faltaba de experiencia le sobraba en temeridad e instinto. En una oportunidad en que su primo, el general Khalid Al-Saud, comandante de las Fuerzas Aliadas durante la Guerra del Golfo, visitó la base de Al Ahsa, el coronel Amberg, el superior de Eliah, lo avistó a la distancia, enfundado en su traje antirradiación y con el casco en la mano, y comentó:

—Sé que luce joven, Su Alteza, pero es una de nuestras estrellas. Ha acumulado experiencia en Chad, Líbano y Mauritania.

—Lo sé, lo sé —se envaneció el militar saudí—. Debe de ser el mejor; no se olvide de que la sangre de mi abuelo, el gran rey Abdul Aziz, corre por sus venas. —Acto seguido, caminó hacia Eliah y se fundieron en un abrazo.

Al-Saud exhaló un suspiro y volvió a ponerse los Ray Ban. Las memorias de la guerra resucitaban al observar ese peculiar panorama de aviones de combate y dunas.

Su primo Turki Al-Faisal, con quien había estrechado lazos en los últimos años debido a sus negocios con la Mercure, le palmeó el hombro y le dijo:

—Acompáñame a aquel hangar. Tengo algo que mostrarte. —Su sonrisa pícara despertó la curiosidad de Al-Saud.

Entraron por una portezuela ubicada al costado del edificio. Eliah se quitó los lentes y, debido al poder del sol en el desierto, necesitó unos segundos para adaptarse a la iluminación interior. En un principio creyó que desvariaba. ¿Acaso estaba frente a un Sukhoi, el avión ruso de combate, el mejor caza del mundo en su opinión, considerado como el poseedor de la mejor tecnología aérea militar, famoso por su capacidad para desarrollar maniobras arriesgadas?

—¿Es lo que pienso? —le preguntó a su primo, y se alejó en dirección a la trompa del avión.

—¡Un Su-27! ¡Sí, primo! ¡Un Su-27!

La emoción lo llevó a reírse a carcajadas. ¡Un Su-27! ¿Cuántas veces había soñado con pilotear esa joya de la aviación?

—¿Desde cuándo las Reales Fuerzas Aéreas Saudíes le compran aviones a Rusia?

—No es de las Reales Fuerzas Aéreas sino mío.

Al-Saud volteó para encarar a su primo.

—¿Qué?

Tenía a Turki Al-Faisal por un excéntrico, pero eso superaba cualquier expectativa. Cierto que uno de los hombres más ricos del mundo de acuerdo con los estándares de la revista *Forbes* podía permitirse una pequeña flota de Sukhois; no obstante, lo había sorprendido. En tanto se dirigían a los vestidores para que Al-Saud se cambiara, Turki le explicaba los tejes y manejes a los que había recurrido para comprarle el Su-27 al gobierno sirio.

—¡Benditos sean los funcionarios lábiles y corruptos! —manifestó el saudí—. Sin ellos, el mundo sería muy aburrido.

—¿Para qué lo compraste si no sabes pilotearlo?

—¿Por qué no comprarlo sólo para admirarlo? Tú lo pilotearás por mí y, cuando junte valor, iré sentado detrás de ti, porque compré un modelo UB, el biplaza, usado para entrenar a los reclutas.

—¿Tú costearás los gastos de combustible y mantenimiento? —bromeó Eliah—. Mira que estos pájaros poseen motores voraces.

—¿Preguntas por los costos del combustible en la tierra del petróleo? —bromeó Turki—. Como se nota, querido primo, que, pese a parecerte a tu padre y a hablar el árabe sin falla, eres un occidental.

Abandonaron el edificio principal de la base. El Su-27 lo esperaba en la pista. El personal de tierra colocaba la escalerilla y se ocupaba de checar los detalles de la aviónica. La pintura desgastada no opacaba la imponencia del porte del avión. Al-Saud se acercó, estiró la mano y la pasó por el filo del ala. El jefe del equipo de tierra se quitó los audífonos y le sonrió antes de confesarle:

—Es lo más hermoso que he visto en aviones de guerra. La aviónica —dijo, y señaló un enjambre de botones al costado del fuselaje— es asombrosa. —Bajó la tapa, y el Su-27 recuperó de nuevo la armonía de su forma—. El piloto que Su Alteza contrató para que lo trajera desde Siria nos advirtió de algunos desperfectos, pero son nimiedades. Tengo que admitir que los sirios lo cuidaron bien. Cuando lo pintemos, quedará como nuevo.

Eliah sudaba en su traje de piloto y bajo el traje anti-G. No veía el momento de elevarse veinte kilómetros sobre el suelo y olvidarse de todo. Lo asistieron mientras se ajustaba los arneses de seguridad. Turki se encaramó en la escalerilla y asomó la cara regordeta en la cabina.

—¿Te atreverás a hacer la cobra de Pugachev?

Su primo aludía a una famosa maniobra por la cual, tras una brusca desaceleración, se eleva la trompa del avión cerca de ciento veinte grados, quedando suspendido en esa posición por unos segundos, confiriendo la impresión de que caerá «de espaldas»; la recuperación de la velocidad, variable fundamental en una trifulca aérea, se realiza con un brusco picado y la habilidad de quien comanda la nave. Pocos aviones estaban diseñados para soportar los rigores de un ejercicio de esa índole; el Su-27 era uno de ellos.

—Claro —dijo Al-Saud, incapaz de resistir un desafío de acuerdo con su naturaleza de Caballo de Fuego, aunque consciente de que se trataba de una fanfarronada. Nunca había piloteado un Sukhoi, apenas estaba familiarizándose con el tablero de comando y ya se disponía a ejecutar esa maniobra suicida porque le resultaba imposible no romper los códigos de la lógica y de la sensatez.

Esperó en la cabecera de la pista hasta que la torre de control lo autorizó a despegar. Bajó la cubierta en el instante previo a despegar, como es costumbre entre los pilotos de guerra, y, al acelerar las turbinas, su cuerpo respondió con una vibración. Imaginó la potencia que se expandía en las toberas y la ráfaga de fuego que expelía el escape. La energía del avión se apoderó de él y lo hizo sentir más vivo que nunca. Con una trepada de trescientos veinticinco metros por segundo, el avión, en posición vertical, no tardó en alcanzar la altura máxima, casi veinte kilómetros. Quería ver la curvatura de la Tierra, y, cuando lo logró, con el sol que teñía de rosa y de naranja el planeta, cayó en la misma añoranza de siempre, en el deseo por Matilde, por que ella estuviera ahí, detrás de él. Anhelaba compartir con ella esa experiencia que lo fascinaba.

De nada se privó; rompió la barrera del sonido, generando el anillo de vapor en torno al Sukhoi, y realizó tantas pruebas y ejercicios como le permitió el indicador de combustible, y ya de regreso en la base y a la vista de su primo, de los pilotos saudíes y de los instructores franceses congregados para ver a Caballo de Fuego —lo recordaban por su signo de llamada de aviador—, ejecutó la cobra de Pugachev. En la torre rieron al oír el grito de júbilo del piloto al finalizar con éxito la maniobra.

Lo recibieron con vítores y aplausos. Al-Saud sonreía y, pese a aceptar las felicitaciones con actitud comedida, se sentía exultante. Por primera vez desde la separación de Matilde, un destello de alegría le entibiaba el corazón.

Cenó en la base con los cuatro franceses, antiguos pilotos de *L'Armée de l'Air*, convocados por la Mercure para hacerse cargo del programa de adiestramiento, con los quince reclutas saudíes, con su primo Turki Al-Faisal, que aún no salía de su asombro luego de haber presenciado la cobra de Pugachev, y con el jefe de la base. Al-Saud comía y sonreía, algo incómodo porque era el centro de la conversación. Lorian Paloméro, hermano del capitán que piloteaba el Gulfstream V, propiedad de la Mercure, era un oficial de *L'Armée de l'Air*, que, al igual que Al-Saud, había pedido la baja tiempo después de finalizada la Guerra del Golfo. Se conocían desde la época de estudiantes, cuando compartían la habitación en la base de Salon-de-Provence, y manifestaba una genuina admiración por su compañero. Les aseguró a los comensales que los generales franceses reconocían que, durante la Guerra del Golfo, Al-Saud se había consagrado como el mejor piloto de caza del país.

—Ese rumor no nos sorprendió ni a nosotros, sus compañeros —explicó Paloméro—, ni a sus instructores, porque Caballo de Fuego había obtenido las más altas calificaciones durante los tres años de formación.

Agregó que, tanto en la guerra contra Irak para liberar a Kuwait como en Chad, Líbano, aun Mauritania, y en su misión final, en el conflicto de los Balcanes en el 91, se había destacado en el manejo del Sepecat Jaguar y en el uso de la joya de la aviación militar francesa, el caza polivalente Mirage 2000.

—¡Hey, Lorian! —exclamó Matthieu Arceneau, otro compañero de los tiempos en la base de Salon-de-Provence—. Cuéntales aquí a los muchachos lo que pasó durante el examen final de Eliah.

A pesar de las protestas de Al-Saud, Lorian Paloméro se mostró dispuesto a referir los detalles del último examen en el aire de Al-Saud, que, según afirmó, se había convertido en una anécdota que los reclutas mayores narraban a los principiantes en el comedor de la base aérea.

Una mañana de enero de 1986, de cielo diáfano y aire vigorizante por lo gélido, el más joven de los reclutas del último año —aún no había cumplido los veinte— de la base aérea de Salon-de-Provence, al sureste de Francia, se disponía a dar el último examen; si lo aprobaba, cumpliría un sueño acariciado desde pequeño: convertirse en piloto de guerra. Eliah se colocó el overol con movimientos autómatas y a continuación se puso el traje anti-G. La vista se le perdió en el interior del *locker* al recordar la primera vez que le habían hablado de ese traje. Lo había hecho uno de sus mejores amigos, Gérard Moses, quien además le explicó de qué se trataba. ¿Cuánto años tenía Gérard cuando detalló las consecuencias de un incremento de la aceleración, más conocida como fuerza G, en el cuerpo humano? ¿Once? Doce, como mucho. «Nadie sabe de aviones y de armas como yo», le había asegurado, y no alardeaba. Pocas personas se ganaban la admiración de Eliah. Gérard Moses pertenecía a ese grupo selecto. Con un coeficiente intelectual muy superior al común, se deslizaba por el conocimiento con la facilidad empleada por Eliah para descender por las pistas de esquí en Gstaad, devorando información, procesándola, relacionándola con otros datos, resolviendo problemas, leyendo, siempre leyendo; nada parecía bastar. Pese a su inteligencia y a su pasión por los cazas, Gérard no se encontraba con él en Salon-de-Provence a punto de abordar un avión de ataque a tierra. El sol lo habría matado. Apenas finalizara la prueba, lo llamaría por teléfono.

El instructor que examinaría al estudiante Al-Saud, Donatien Chuquet, un piloto que se jactaba de sus cuatro mil quinientas horas de vuelo, sostenía que aquél carecía del sentido de la obediencia y de la sumisión propio de un militar; tampoco se caracterizaba por el espíritu fraterno necesario para la labor en equipo. «Siempre se erige como el líder. Es vanidoso», había comentado a sus colegas, y la mayoría expresó su desacuerdo ya que Al-Saud se mostraba callado, más bien taciturno, algo altivo, sí, aunque no pedante; un instructor lo calificó de «lobo solitario»; no parecía alentar al grupo que lo seguía. Como fuera, Eliah no se enfrentaría a un examinador condescendiente.

Abandonó el edificio de la base y caminó hacia la pista con el casco en la mano. Le gustaban los colores del Alpha Jet, los mismos de la bandera francesa. Se dirigió al punto donde se congregaban sus compañeros, que lo saludaron y le desearon buena suerte con choques de manos enguantadas. Eliah trepó la escalerilla anexada al avión, y el personal de tierra lo asistió para que se acomodara y se fijara en la cabina. Bajó el visor negro del casco y aferró la palanca, sobre la que abrió y cerró la mano y flexionó los dedos. El instructor Chuquet, que ocupaba la cabina trasera, lo desafió desde el principio.

—Supongo que, después de ese despliegue en pista con sus compañeros, está listo para lucirse, Al-Saud.

—Listo, señor —aseguró, con voz neutra.

El despegue carecía de fallas, admitió Chuquet para sí. Los reactores Larzac ganaron altura. Chuquet fijó la vista en el telescopio, que le proporcionaba una visión ampliada, y comenzó a exigir las maniobras, elementales primero (virajes —instantáneos y sostenidos—, aceleraciones, subidas) y relativas después, es decir, las que se habrían ejecutado considerando a un adversario ficticio. El tonel, el tonel en espiral, el reverso cortado (un ejercicio endiablado), el Yo-Yo (el lento y el rápido), el ocho cubano, la vuelta Immelman; una a una, Eliah las ejecutaba en silencio. Chuquet, después de cuatro mil quinientas horas de experiencia, reconocía la naturalidad con la que se desenvolvía Al-Saud, y no importaba que, después de una pausa silenciosa, le vociferase «¡Enemigo a las seis!» para indicar que un avión imaginario se hallaba a la cola del Alpha Jet; nada lo perturbaba, y la perfección de la maniobra evidenciaba el dominio sobre los diversos instrumentos que debía controlar al mismo tiempo. A juicio de Chuquet, su impasibilidad resultaba inhumana, y empleaba la seguridad de un veterano al pilotear. Lo envidió por eso.

Eliah captaba los efectos del aumento de las fuerzas G, positivas y negativas, en su cuerpo y, más allá de que el traje lo protegía, inflándose para mantener la sangre en su sitio, él practicaba los ejercicios con el abdomen y el cuello que había aprendido dentro de los simuladores. Percibía la hostilidad del instructor, pero la desestimaba; no le preocupaba granjearse la simpatía de nadie. De todos modos, la actitud de Chuquet lo provocaba, y él jamás se negaba a un desafío.

Para esa época y gracias a las revelaciones de su *sensei*, Takumi Kaito, Eliah conocía el origen de ese impulso obstinado por romper el límite, violar la norma, menospreciar a la autoridad; esa necesidad imperiosa de retar aun a la propia Naturaleza. Romper la barrera del sonido. Esa expresión sonaba como música en sus oídos. Había sufrido en su adolescencia; no encajaba en los modelos de la gente ordinaria, no deseaba lo que todos anhelaban, no se ajustaba a los cánones que a los demás no molestaban. Sostenía fuertes discusiones con su padre; sus hermanos lo contemplaban con muecas de desconcierto; sólo su madre lo aceptaba como era y no le temía; sobre todo, no pretendía convertirse en «plomo para sus alas».

El examen estaba terminando. Eliah sabía que no había cometido errores y enfiló hacia la base. Chuquet habló a través de la radio.

–Última maniobra. Un picado a máxima velocidad.

Al controlar el altímetro, Eliah calculó que un picado –descenso vertical– a la máxima velocidad del Alpha Jet (994 km/h) resultaría imposible a esa altitud –ambas variables, altura y velocidad, acababan de disminuir después de una vuelta Immelman descendente–. «La altura es vida», le habían repetido los instructores a lo largo de los tres años de adiestramiento.

Si Chuquet había esperado que Eliah admitiera su incapacidad para ejecutar ese ejercicio estaba equivocado. La provocación había desatado al Caballo de Fuego que habitaba en él.

En tierra, varios pares de ojos seguían el chorro blanco que dibujaba el Alpha Jet. Se oyeron gritos ahogados al ver que el avión, luego de un acrobático tonel, se lanzaba en caída vertical a tan baja altitud. Eliah tendría que realizar un esfuerzo sobrehumano con la palanca para sacar al avión del picado y, a su vez, cuidarse de los movimientos bruscos para evitar resentir las alas. Los segundos parecían eternizarse. Se cortaron los alientos, desaparecieron en el aire gélido de la mañana, y algunas manos se cerraron en los antebrazos de los compañeros.

La trompa del Alpha Jet se levantó a trescientos metros del suelo, y el avión inició el ascenso. Minutos después, aterrizaba con suavidad. Aún temblando, Chuquet debió admitir que, si se hubiera tratado de un vuelo comercial, los pasajeros habrían aplaudido. Los compañeros se congregaron en torno al avión y recibieron a Eliah con vítores y alabanzas. Chuquet, cuando logró abandonar la cabina, caminó a grandes zancadas hacia él.

—¿Se creía que piloteaba un maldito Sukhoi? —se enfureció.

—Seguro que no —intervino un compañero—, pero desde aquí abajo lo parecía.

Las risotadas caldearon el ánimo de Chuquet, que gritó para silenciarlos.

—La capacidad de ejecutar todo tipo de actuaciones en el aire no lo convierte en un piloto de éxito —sentenció el instructor.

—Sólo cumplí con lo que usted me indicó, señor —apuntó Eliah, y se juró que, cuando piloteara un Mirage, rompería la barrera del sonido en picado.

—¿Chuquet finalmente aprobó a Eliah? —quiso saber uno de los reclutas saudíes.

—Sí, muy a su pesar —contestó Matthieu Arceneau— y con la máxima calificación.

—Habría sido un escándalo si no lo hubiera hecho —acotó Normand Babineaux, un veterano que, para el época de estudiante de Al-Saud, ya era instructor—. Había muchos testigos y todos estaban dispuestos a jurar que el examen había sido impecable, entre ellos, yo mismo. Chuquet era un maldito hijo de puta. Lo sigue siendo —remató.

~ ⚘ ~

Jean-Marie Fournier no había proseguido su gira de inspección sino que seguía prestando apoyo en Rutshuru. La situación de por sí complicada —los casos de meningitis arreciaban y el personal escaseaba— se dificultó cuando el coordinador de terreno sufrió un infarto y, luego de superar el período crítico, fue enviado de regreso a casa, junto con su esposa, otra médica de Manos Que Curan. Fournier asumió la jefatura provisionalmente, aunque lo precisaban en Goma y en Bukavu. Resolvió la crisis nombrando a Auguste Vanderhoeven como coordinador de terreno del hospital de Rutshuru, y se lo comunicó por radio el lunes 20 de abril, por la noche.

—Quiero que Matilde y Juana vengan conmigo —exigió Vanderhoeven—. La epidemia, gracias en especial al trabajo de Matilde, está bastante controlada. Anne, Miguel, Axel y Abir pueden manejar esto solos sin dificultad. Hay enfermeras muy capacitadas, mucho más que las de Rutshuru.

Fournier admitió la sensatez del pedido y aceptó de inmediato.

—Ajabu irá a buscarlos el miércoles muy temprano por la mañana.

En un principio, a Matilde y a Juana no las complació la idea, aunque se cuidaron de expresarlo y se dedicaron a despedirse de sus pacientes y a dar las indicaciones para la continuación de los tratamientos. Matilde, que se había encariñado con Tanguy, el niño al que le habían amputado la pierna a causa de una úlcera de Buruli, se sentó en el borde de su catre. Ya le resultaba familiar el crujido de las colchonetas forradas con telas plásticas, más fáciles de limpiar, sin sábanas. Pasó la mano por la frente de Tanguy y comprobó que estaba fresca. La herida evolucionaba bien, a pesar de la malnutrición del niño, y le habían quitado el drenaje. No tenía corazón para comunicarle que se iría; él sólo sonreía cuando la veía aparecer en la enorme habitación llena de catres y la seguía con ojos ávidos hasta que Matilde se acercaba, le acariciaba la frente y las mejillas y le contaba un cuento en francés, alguno de los clásicos con raigambre europea, o leyendas de los indígenas argentinos, a veces fábulas, a las que adornaba con matices de las costumbres congoleñas, con las que poco a poco comenzaba a familiarizarse gracias a sus charlas con la enfermera Kapuki o con Auguste Vanderhoeven, un gran conocedor de las etnias de la región. Niños de catres aledaños se congregaban en torno al de Tanguy y la escuchaban, absortos. Anouk, de cinco años, que había recibido un disparo en el brazo mientras huía de un tiroteo, se ubicaba sobre sus rodillas y, más que atender al relato, parecía interesada en las pecas del puente de la nariz de Matilde, hasta que un día apareció con unas pintadas por Juana con delineador negro, que apenas se notaban en su piel oscura. Anouk, sin embargo, alardeaba. El aire de vanidad de la niña le dio risa a Matilde, que la colocó sobre sus piernas y le llenó los cachetes de besos.

En tanto les narraba la historia, le gustaba jugar con los tonos de voz, las manos, los silencios y las muecas para marcar los matices de las escenas y las características de los personajes; amaba ver sus gestos, que variaban al modo de los de ella o de su voz o de la agitación de sus manos, que algunos imitaban sin abrir la boca, como si fueran espejos que la copiaban. La madre de Tanguy, tímida como un cervatillo, se tapaba la boca para reírse de alguna escena divertida o graciosa, y hasta las enfermeras se detenían un momento, atraídas por el embelesamiento de los niños; al cabo, ellas también caían hechizadas. Durante los minutos que Matilde destinaba para contar un cuento a Tanguy, la sala, usualmente bulliciosa, caía en un mutismo del cual la suave cadencia de la voz de la médica argentina formaba parte.

Esa actividad, a la que había echado mano para calmar el llanto de Tanguy por haber perdido la pierna, se convirtió en una parte fundamental de Matilde. Por la noche, cuando irremediablemente caía en la melancolía y la imagen de Eliah resultaba imposible de exorcizar, se obligaba a inventar el cuento del día siguiente y a traducirlo al francés. Aun el domingo anterior, su jornada de descanso, le había pedido a Vanderhoeven que la llevara al hospital por la tarde para relatar la historia. La verdad era que se la pasaba pensando en un cuento.

El martes por la tarde, después de narrar la leyenda de los enamorados del Nahuel Huapi, paseó la mirada por los pequeños rostros oscuros, de ojos grandes e ilusionados, y flaqueó; no podría abandonarlos. Juana salió en su ayuda.

—¿Saben qué? —exclamó, con una sonrisa—. La doctora Mat y yo iremos a visitar a otros niños, unos que viven en Rutshuru. Ellos se han quedado sin médico, así que iremos a ayudarlos con el doctor Auguste.

Matilde aguardó con el aliento contenido a que la noticia calara en las mentes de los niños. Anouk, a pesar de su corta edad, tomó la palabra; habló en su lengua madre, el kikongo, y una enfermera tradujo.

—¿Nunca volverás, doctora Mat?

—¡Claro que volveremos! La doctora Juana y yo volveremos apenas podamos. —Se le contrajo el pecho al ver las lágrimas que rodaban por las sienes de Tanguy. Depositó a Anouk en el suelo y se inclinó sobre el niño—. Tanguy, no llores, tesoro.

—¿Por qué se va? —le recriminó en su duro francés—. ¿Ya se cansó de contarnos cuentos?

—¡No! Jamás me cansaría de eso, pero los niños de Rutshuru no tienen a nadie que cuide de ellos y nos necesitan.

—Yo también la necesito —reclamó el niño, en una muestra de rebeldía que conmovió a Matilde, porque en general eran sumisos y mansos, y no se permitían quejarse o contrariar a la autoridad.

Con lágrimas en los ojos, Matilde lo besó en la frente al tiempo que le hacía una promesa silenciosa: «Voy a conseguirte la pierna postiza y volverás a caminar normalmente, querido Tanguy».

—Doctora Mat —susurró la madre del niño—, Kapuki dice que tienes el cabello tan largo que casi te cubre las piernas y tan blanco como tu piel. ¿Es verdad?

—¡Muéstranos, doctora Mat! —le pidió Anouk, con las pecas sobre el puente de la nariz que Juana le remarcaba a diario.

—¡Sí, sí! —la apoyaron a coro los demás.

Matilde asintió, con una sonrisa. Se puso de pie, se quitó el gorro de cirujana y se deshizo el chongo sujeto en la base de la nuca. El cabello se desplegó pesadamente sobre su cuerpo, cubriéndola más allá del trasero. Los ojos de los niños se agrandaron y aun las enfermeras emitieron un sonido de asombro que recorrió la sala. La primera en tocarlo fue Anouk; segundos después, el círculo se cerró, y todos los niños se aglomeraron para acariciárselo.

—¡Quiero tener el cabello como la doctora Mat! —pronunció Anouk.

Matilde se ubicó detrás de la niña, se recogió el pelo y lo colocó sobre la cabeza casi rapada de la niña como si se tratara de una peluca. Juana le acomodó los bucles en torno a la cara y Kapuki le alcanzó un espejo. Anouk soltó un gritito de alegría al ver su imagen.

—¡Muéstranos, Anouk!

Matilde y Anouk se movieron coordinadamente para enfrentar al grupo. Incluso Tanguy soltó una carcajada. Al levantar la vista, Matilde descubrió a Vanderhoeven que, desde una esquina de la sala, presenciaba el espectáculo con una sonrisa. Le guiñó un ojo, y ella desvió la mirada con rapidez.

4

La limusina Mercedes Benz con el logotipo del Hotel Dorchester se detuvo en el número 27 de la calle Wellington, frente a la entrada del Restaurante Orso, un clásico de la comida italiana en el corazón de Londres. El chofer, trajeado y de gorra con visera, bajó deprisa y abrió la puerta, por donde asomaron un pie calzado en una sandalia negra de gamuza y tacón alto, y una pantorrilla delgada, cubierta por una media de lycra. El chofer extendió la mano para tomar la que se ofrecía, cargada de anillos con piedras preciosas. Apareció una cabellera aleonada, crespa, abundante y oscura, con un mechón rubio que nacía en medio de la línea de la frente y se extendía hacia atrás. La mujer, alta e imponente en un abrigo rojo con piel de armiño en puños y cuello, le dirigió unas palabras al conductor, sin mirarlo, y traspuso el umbral del restaurante, que un empleado le franqueaba al mantener la puerta abierta.

–*Madame* Gulemale –dijo el *maître* a modo de saludo–, es un placer volver a contar con su presencia en Orso. El señor Taylor está esperándola en la barra –le informó, al tiempo que la ayudaba a quitarse el abrigo–. Por aquí, si es tan amable.

Gulemale bajó las escaleras prescindiendo del pasamano y, al poner pie en el salón, decorado como una fonda milanesa, se detuvo, miró en torno y avanzó hacia la barra, ufana del silencio que su aparición había provocado, de los ojos que la seguían, del deseo que despertaba, también de la envidia. Le gustaba convertirse en el centro de atención, le fascinaba que la admiraran y la codiciaran. Aunque hubiera poseído una naturaleza humilde, no habría evitado llamar la atención. La voluptuosidad de su cuerpo, que ella sabía evidenciar, como esa noche, que alardeaba con un vestido negro de lana sobre la rodilla, entallado, sin mangas y de cuello alto, con el único detalle de los botones dorados al estilo militar, sumada a su altura exacerbada por los tacones de las sandalias, a la melena que le cubría la mitad de la espalda y a lo exótico de sus rasgos africanos, causaban un efecto perturbador.

Nigel Taylor abandonó el banquito de la barra y salió a su encuentro.

—Querida Gulemale —dijo, y le tomó la mano—, aunque vistieras harapos nunca pasarías inadvertida. Es algo innato en ti, dejarnos a todos boquiabiertos.

—¿Verdad? —pronunció su muletilla con un acento que Taylor no supo definir si era provocador o inocente—. Debo reconocer, querido Nigel, que siempre has sabido cómo halagar a una mujer.

El *maître* les indicó la mesa y retiró la silla de Gulemale.

—Hice una reservación para tres —comentó Nigel— porque pensé que vendrías con ese perrito faldero que te sigue a todas partes.

—Frédéric se quedó en Kigali, a cargo de los asuntos de la minera.

Taylor levantó las cejas, incapaz de ocultar la sorpresa.

—Pensé que simplemente era tu… amigo.

—*Es* mi amigo y también mi hombre de confianza.

—Es muy joven.

—¿Verdad?

—¿Cuántos años tiene?

—Veintinueve.

—Insisto, es muy joven.

—¿Para qué? —lo interrogó, lacónica, Gulemale.

—Para hacerse cargo de tus negocios en la minera.

—¿O para compartir mi cama?

—Cualquier hombre, de la edad que fuera, se sentiría dichoso de compartir tu cama, querida Gulemale.

La mujer rio, una carcajada corta y seca, que, aunque fingida, agradó a Taylor.

—Eres un lisonjero. Debes de querer de mí algo importante para haberme invitado a cenar y para cubrirme de halagos.

El diálogo se interrumpió mientras el mesero les extendía los menús. Eligieron los platos —ensaladas y pastas— y un vino Barolo.

—Retomando nuestra conversación —dijo Taylor—, es cierto, necesito algo de ti, pero también te invité porque eres un espectáculo para los ojos, Gulemale.

—¿Mejor espectáculo que el de la rubia con la que estabas en Scott en febrero?

Taylor desveló la dentadura en una sonrisa irónica.

—Tú también ibas acompañada aquella noche.

—¿Verdad? —Resultaba obvio para Gulemale que, bajo la fachada de indiferencia de Nigel Taylor, fluía una corriente turbulenta que sólo una mirada atenta habría descubierto en la tensión de la mandíbula y en el modo en que el índice y el pulgar de su mano derecha apretaban el pie de la copa—. Eliah Al-Saud sí que es un espectáculo para los ojos de cualquier mujer —afirmó, adrede, y sonrió al advertir que daba en el blanco: una sombra se posó sobre los párpados caídos de Taylor y le opacó el azul de la mirada—. Y el mejor amante —añadió.

—Eso dices —expresó Taylor, sin el talante juguetón de segundos atrás— porque no te has acostado conmigo.

—Querido Nigel, si tú fueras mejor amante que Al-Saud, no pertenecerías a este mundo.

La sombra en el rostro de Taylor se convirtió en un gesto oscuro y amenazador.

—¿Qué problema tienes con Al-Saud? Aquella noche, en Scott, noté la mala energía que fluía entre ustedes.

—¿Tienes poderes extrasensoriales? —se mofó, y de inmediato la mueca burlona se esfumó de su boca ante el vistazo amenazador de la africana—. Además de que es un mestizo pedante que se cree el mejor del mundo y de que su empresa es la competencia de la mía, no tengo ningún problema con él.

Gulemale sabía que mentía; no obstante, se abstuvo de seguir indagando.

—¿Qué puedes decirme de su vida personal?

—Tú, querida Gulemale, deberías saber más que yo dado que te acuestas con él.

—¿Verdad? Pero Eliah Al-Saud es el tipo más reservado e introspectivo que conozco.

«Lo sé», pensó Taylor.

—Tiene mujer —manifestó la africana.

—¿Una?

—Me refiero a que ha dejado de lado su vida de casanova y se ha comprometido con una muchacha.

—¿La conoces?

El interés genuino de Taylor, que se inclinó sobre la mesa y la miró a los ojos, se vio interrumpido por el mesero, que colocó una canasta con variedad de panes en el centro de la mesa. No hablaron mientras el hombre descorchaba el Barolo y lo escanciaba para que Taylor lo probara.

—Estupendo —aseguró, e indicó que sirviera a Gulemale—. Volvamos a nuestro tema de interés.

—La mujer de Al-Saud.

—¿La conoces?

—La conocí semanas atrás, aquí, en Londres, en Ministry of Sound. No es gran cosa. No parece una mujer.

—¿Cómo que no parece una mujer? ¿Quieres decir que es un travesti? La carcajada de Gulemale atrajo la mirada de otros comensales.

—Te gustaría eso, ¿verdad? Que la hombría de Al-Saud estuviera en entredicho. Pues olvídalo. Cuando digo que no parece una mujer quiero decir que parece una niña de quince años.

—Tal vez sea una menor.

—No. Tiene veintisiete años y es médica.

—¡Médica! ¿Cómo es? Físicamente, quiero decir.

—Baja, muy delgada, aunque, debo admitir, bien proporcionada. Frédéric podría describírtela mejor que yo porque se la comió con la mirada. Su cabello, muy rubio y tan largo que le cubría el trasero, es llamativo.

Gulemale olfateaba el deseo y la excitación que crecían dentro de Taylor por una mujer sobre la cual nunca había puesto sus ojos y a la que igualmente codiciaba por ser la posesión de su enemigo.

—Es argentina.

—Como la madre de Al-Saud —se traicionó Taylor.

—Veo que sabes de Al-Saud más de lo que admites.

—¡Sé de él lo suficiente para asegurarte que es un hijo de puta de primera!

Gulemale castigó la brusquedad de Taylor apartando la mirada, simulando interesarse en un pedazo de *focaccia* y carraspeando.

—Lo siento, Gulemale.

—No te preocupes, Nigel. Entiendo de odios y de pasiones. Y estimo que tu odio por Al-Saud es inmenso. —Desvió la vista del trozo de *focaccia* y la clavó en su interlocutor—. Hablemos de cosas más interesantes. Por ejemplo, dime cuál es ese favor que tanto necesitas y que, ten por seguro, sabré cobrarme muy bien.

Nigel Taylor rio y apartó los antebrazos para dar espacio al plato que el mesero colocaba delante de él.

—En realidad —expresó Taylor—, el favor que tengo que pedirte no es para mí sino para un amigo. Un amigo importante e influyente que podría serte de gran ayuda en el futuro.

—¿De quién se trata?

—De Ariel Bergman, el jefe del Mossad en Europa.

Gulemale masticó el trozo de aguacate en silencio, buscando tiempo para asimilar la información. «El Mossad», pensó. Se cuidaba de meterse con ellos, lo cual no resultaba fácil si se tenía en cuenta que la mayor parte del planeta estaba en contra de Israel y que varios grupos se encontraban interesados en hacerse de armas para liquidar judíos. Y ella era una traficante de armas, si bien, desde el nacimiento de su nuevo negocio en la zona minera del Congo, la venta de armas había pasado a un segundo plano.

—Tal vez me interesaría ayudar a tu amigo, el tal Ariel… ¿Cómo has dicho que se apellida?

—Bergman. Ariel Bergman.

—¿Qué desea?

—Él mismo te lo dirá si aceptas encontrarlo mañana, en las oficinas de la Spider. ¿A qué hora prefieres que fije la cita?

—Temprano, por la mañana, alrededor de las diez.

—Perfecto. Lo llamaré esta noche cuando llegue a casa. Está esperando mi confirmación.

—Nigel, como favor con favor se paga —sentenció Gulemale—, ahora te pediré lo que quiero. —Taylor la alentó elevando la copa de Barolo—. Suponemos…

—¿Suponemos? ¿Quiénes?

—Mis socios y yo —aclaró Gulemale, con aire impaciente—. Suponemos que podría presentarse en el corto plazo, aunque no puedo especificar cuándo, un problema de seguridad en las minas de coltán.

—¿A qué te refieres con un problema de seguridad?

—A que un grupo quiera apropiarse de una de ellas.

—Según entiendo, hay muchos grupos rebeldes codiciando tus minas, Gulemale. Ninguno ha podido con el ejército del general Nkunda.

—Es verdad. Sin embargo, ahora mis temores son fundados. Una *joint venture* formada por una empresa china y una israelí, que consiguió un contrato del gobierno de Kinshasa para explotar una mina de coltán, ha contratado a la Mercure para lograr acceder a ella.

La mención de la empresa de Al-Saud causó una alteración en el gesto de Nigel Taylor, y de uno relajado y seguro de sí mudó a uno tenso que reflejaba su turbación.

—Como entenderás, querido Nigel, *debo* preocuparme. Si Eliah está a cargo del comando que intentará hacerse con la mina, lo más probable es que tenga éxito, y eso sería un golpe terrible para nosotros. Un antecedente que, como efecto dominó, podría hacernos perder las otras minas de coltán. Sólo tú eres par de Eliah Al-Saud. Necesito que te reúnas con el general Nkunda y planeen una estrategia para detenerlo.

—¿Con cuánto tiempo contamos?

—No lo sabemos con certeza. Unas semanas, tal vez. Un mes como mucho.

—Tengo que entrevistar a Nkunda lo antes posible.

—El general está en Londres. Viajó conmigo en la esperanza de poder contar contigo. ¿Cuándo podrás verlo?

—Mañana, después de la reunión con Ariel Bergman.

~·~ ✂ ~·~

Las oficinas de la Spider International se hallaban en el piso cuarenta y cuatro de la torre más alta del Reino Unido, la One Canada Square, en el complejo de negocios londinense de la Isle of Dogs, conocido como Canary Wharf. Gulemale descendió de la limusina del Hotel Dorchester y llevó la cabeza hacia atrás hasta alcanzar con la mirada el final de la torre de doscientos treinta y cinco metros de altura, inaugurada siete años atrás.

La secretaria de Nigel Taylor salió a recibirla en el vestíbulo de las oficinas y le dio la bienvenida con una sonrisa. En tanto la mujer la guiaba por una amplia recepción con piso de mármol blanco, Gulemale apreciaba la decoración minimalista y la espectacular vista del Támesis y de Londres, y tomaba en cuenta los detalles para trasladarlos a su oficina de la Somigl, la empresa minera que presidía en Kigali. En su mansión de Rutshuru prefería un estilo más recargado, por eso la había decorado con la línea para el hogar de Versace.

—Adelante, *Madame* Gulemale —indicó la secretaria, y abrió una puerta de dos hojas.

Nigel Taylor y Ariel Bergman se pusieron de pie al verla entrar, imponente en su traje sastre de cachemira blanca con botones de terciopelo negro.

—Estás radiante, como siempre, querida Gulemale —expresó Taylor, y la besó en ambas mejillas—. Pasa, por favor. Quisiera presentarte a un gran amigo, Ariel Bergman, de quien te hablé anoche.

—Encantado de conocerla, *Madame* Gulemale —dijo el *katsa*, y extendió la mano; recibió un apretón firme por parte de la mujer, conducta reveladora de una personalidad segura y decidida.

—Un gusto, señor Bergman.

Taylor le ofreció una variedad de infusiones y de bebidas, y Ariel Bergman aprovechó para estudiarla. Aunque había oído hablar de ella, de su desenfado y de su belleza, lo impresionaron el porte de reina africana con el que caminó hasta Taylor, la melena de leona y las facciones delicadas y al mismo tiempo fuertes de su rostro enjuto y tal vez un poco alargado. Destacaban sus ojos negros, hábilmente maquillados con sombras en tonalidades cafés y violetas, y cuya mirada poseía un brillo amenazador. Bergman concluyó que el aspecto físico de esa mujer manifestaba a viva voz la rugiente esencia de su personalidad. No actuaba; era agresiva y desconfiada por naturaleza; tal vez, concedió, en un principio había existido una Gulemale niña, blanda y dulce; quizá su índole se había moldeado a golpes en un continente tan exótico como violento.

Se acomodaron en sus asientos con una taza de café en las manos. Una y otra vez, Gulemale dirigía la mirada al panorama que componían el recodo del Támesis y la ciudad de Londres.

—He visitado su país en un par de ocasiones —comentó Bergman—. Es un lugar paradisíaco, a pesar de las guerras y de la pobreza.

—La belleza del paisaje —intervino Taylor— es extensiva a sus mujeres, como podrás apreciar, Ariel.

—Eres incurable, querido Nigel. Nunca pierdes oportunidad de deslizar un halago.

—Sólo digo la verdad.

—¿Usted es nacida en la zona de los Grandes Lagos?

—Nadie sabe —afirmó la africana, y rio ante el gesto desconcertado del israelí—. Me crié en un orfanato de monjas católicas en Kinshasa. Lo único que puedo colegir, dados el color de mi piel, mis rasgos y mi estatura, es que pertenezco a la tribu de los tutsis.

—Sin embargo —apuntó Taylor—, el color de tu piel no es tan oscuro como el de otros congoleños tutsis. Tal vez entre tus antepasados exista un europeo. O varios.

—Tal vez. —Gulemale apoyó la taza de café sobre una mesa centro y se inclinó hacia delante—. Señor Bergman, Nigel me ha dicho que usted requiere un servicio de mí.

A Bergman le gustó que Gulemale tomara la iniciativa. Iría al grano.

—Así es, *madame*. —Abrió una carpeta y sacó dos fotografías, que acomodó frente a Gulemale—. ¿Sabe quiénes son?

—Tal vez.

—Sabemos que los conoce —aseguró, y extrajo otra fotografía, una de Aldo Martínez Olazábal y de Gulemale en el *lobby* del Hotel Dorchester.

—Bien, señor Bergman. Ya sabe que sí conozco al sujeto en cuestión.

—Sí, conoce tanto a Mohamed Abú Yihad como a Rauf Al-Abiyia, su socio. Ellos le han comprado armas en el pasado. En ocasiones, le han pagado con heroína.

—¿Qué necesita de mí, señor Bergman?

—Que me ayude a atrapar a Mohamed Abú Yihad y a Al-Abiyia.

—¿El Mossad requiere mi ayuda para eliminar a unos traficantes de armas?

—No es tan simple, *madame*. Abú Yihad y Al-Abiyia trabajan para el régimen de Saddam. Cuando salen del territorio iraquí, son protegidos por agentes de la *Amn al Khass*, la Policía Presidencial —explicó—. Están tan bien custodiados como la reina de Inglaterra.

—Supongo que Saddam se toma esas molestias también para vigilarlos —presumió Taylor.

—Es sabido que Saddam no confía ni en su sombra, por lo que sí, es probable que estén vigilándolos al tiempo que los protegen.

Gulemale fijó la mirada en la de Bergman y levantó la ceja izquierda en un ademán suspicaz antes de expresar:

—No veo de qué modo me beneficio con este asunto, señor Bergman. Abú Yihad, además de ser un buen amigo y un magnífico exponente de su género, es un excelente comprador. No siento gran inclinación por colaborar en su eliminación.

—*Madame*, desde que usted se dedica al tráfico del coltán, su negocio de armas está en franco descenso. De igual modo, armas y municiones son lo que necesita a diario para sostener su dominio en la zona minera de los Grandes Lagos.

—¿Verdad?

—Gulemale —terció Taylor—, tu colaboración sería bien recompensada.

—¿Qué se propone ofrecerme, señor Bergman, para que me muestre dispuesta a colaborar con su gobierno?

—Armas. De última tecnología. Fusiles Galil, las nuevas ametralladoras Negev, pistolas Jericho, RPG, municiones, minas, granadas. Usted es una gran conocedora de la armamentística moderna y sabe que la de fabricación israelí es superior.

—¿Verdad?

—La oferta es inmejorable —la alentó Taylor.

—Todo depende del monto del que estemos hablando, querido Nigel.

—Un millón de dólares en armas —ofreció Bergman.

—¿Un millón? —Gulemale rio sin ganas—. Empezaré a negociar cuando me ofrezca cuatro, señor Bergman.

Al final, acordaron un monto de tres millones doscientos cincuenta mil dólares en armas a cambio de la colaboración de Gulemale.

—Me pregunto qué travesuras estará cometiendo el magnífico Abú Yihad para merecer tantas molestias por parte del Estado de Israel —se preguntó la mujer—. La mera compra de armas a nombre de Saddam me parece poca cosa para semejante despliegue del Mossad.

Bergman no mencionaría que, en realidad, lo que quitaba el sueño a sus superiores en Tel Aviv era el interés de Abú Yihad por la compra de torta amarilla. ¿Para qué quería Saddam Hussein uranio si no contaba con la tecnología para procesarlo? ¿O sí contaba con ella? Antes de eliminar a Abú Yihad, lo interrogarían para descubrir la verdad tras esas compras de combustible nuclear.

—Sabemos que Abú Yihad y Al-Abiyia han visitado su casa en Rutshuru en varias ocasiones.

—¿Verdad?

—Allí planeamos echarle el guante. Los hombres de Saddam no ingresarán en su propiedad, y nosotros podremos actuar libremente dentro de ella.

—¿Sus hombres entrarán en mi casa? La idea no me agrada.

—Serán discretos, lo harán por la noche, se llevarán a Abú Yihad y usted no se dará por aludida.

—Debo informarle que mi casa es una fortaleza inexpugnable, señor Bergman.

—Sólo le pedimos que, el día señalado, desconecte las alarmas tanto de la casa como del predio para movernos con facilidad. Le dará el día libre a los guardias, por supuesto. Llegado el momento, recibirá instrucciones más precisas por parte de uno de nuestros agentes.

—Las armas primero —exigió Gulemale.

—La mitad antes del golpe. La otra mitad, después, si todo sale de acuerdo con lo planeado.

Gulemale asintió para prestar su consentimiento.

—¿Qué sabes de Abú Yihad, Gulemale?

—Más bien poco —admitió—. Es un hombre reservado y misterioso. No tiene aspecto de árabe, más bien de sueco; no obstante, es un ferviente musulmán. Practica las cinco oraciones diarias, no bebe alcohol y no come cerdo. —Se abstuvo de mencionar que, a pesar de su religiosidad, no estaba circuncidado.

—Tiene tres hijas —dijo Bergman, y desplegó una nueva fotografía sobre la mesa—. Ésta es la menor, Matilde. La fotografía fue tomada semanas atrás en un bar del Ritz, en París. Aquí está con su padre y una amiga. Y éste, *madame*, es un conocido suyo: Eliah Al-Saud. Matilde, la hija de Abú Yihad, es la mujer de Al-Saud.

Gulemale movió deprisa la cabeza para estudiar la reacción de Nigel Taylor. El hombre había recogido la fotografía y la devoraba con sus ojos azules. La intensidad de la mirada vociferaba sus pensamientos. «Es hermosa y angelical. Parece una niña con esas dos trenzas. ¿Cómo un hijo de puta como Eliah pudo conseguir una mujer como ella? ¡Maldito mestizo!»

—Actualmente —prosiguió Bergman—, la muchacha trabaja para Manos Que Curan. —Ante el comentario, Taylor levantó la cabeza y expuso un gesto revelador de su sorpresa y de su agrado–. Fue asignada a un hospital de Masisi, en el Congo oriental.

–*Al* hospital de Masisi –corrigió Gulemale–. Al único hospital de Masisi.

–¿Puedo quedarme con las fotografías? –solicitó Taylor, y fingió no advertir la sonrisa ladeada de Gulemale, que decía claramente: «Tú, querido Nigel, no deseas *todas* las fotografías. Solamente una de ellas».

⚒

Nigel Taylor apagó las luces de la sala y se recostó sobre la *chaise longue*, diseño de Le Corbusier, a saborear una copa de Lagavulin y a observar el paisaje nocturno desde la ventana de su departamento en el último piso de una torre en el distrito de Battersea, desde donde se apreciaba la silueta de las cuatro chimeneas de la estación de energía, cuyo aire fantasmagórico y solitario concordaba con su ánimo.

Relajó la cabeza hacia un costado y cerró los ojos, que le ardieron bajo los párpados. Se había tratado de un día agotador, iniciado con Gulemale y rematado con el general Laurent Nkunda, quien lo había visitado en las oficinas de Canary Wharf para acordar una estrategia que les permitiera resistir el embate del grupo de la Mercure decidido a apropiarse de una mina de coltán.

Debía admitir que lo había sorprendido el general Nkunda, no sólo por su aspecto físico sino por su rapidez mental, su erudición y su religiosidad (se declaraba cristiano evangélico). Debía de medir alrededor de dos metros y poseía esa característica propia de los tutsis, también presente en Gulemale, los pómulos de huesos prominentes, exacerbados por las mejillas sumidas y los labios gruesos. Su nariz, larga y delgada, constituía otra particularidad que lo diferenciaba de los hutus, de acuerdo con el criterio de Leopoldo II, rey de los belgas, quien, a finales del siglo XIX, hacía medir las narices de sus súbditos congoleños para clasificarlos en tutsis o hutus, teniendo a los primeros por una etnia superior y de mejor linaje. Nkunda vestía con la elegancia de un aristócrata inglés, quizá mejor debido a que su excelente estampa realzaba el corte del traje de color celeste claro, probablemente hecho a medida en alguna de las sastrerías de Savile Row. Taylor terminó por aceptar que los lentes con cristales rectangulares y azules le iban a sus peculiares facciones y a la tonalidad cetrina de su piel, y que el bastón de caoba, que remataba en una cabeza de águila de plata y que Nkunda blandía con destreza, lo dotaba de la dignidad necesaria en un líder.

Hablaba fluidamente el inglés que usaba para defender la causa del Congreso Nacional para la Defensa del Pueblo, aun con Taylor, como si fuera necesario conmover a un mercenario del cual se requiere el diseño de una estrategia y el adiestramiento de jóvenes soldados, muchos de ellos forzados a empuñar el fusil para defender la causa de los banyamulengue.

—General —lo interrumpió Nigel, cansado de su perorata proselitista—, ¿su ejército controla todas las minas de coltán?

—¿Todas? ¡No! —exclamó, y levantó las manos (en la derecha, el bastón del águila) en el ademán de quien pide una tregua—. No cuento con tantos hombres para protegerlas a todas.

—¿Sabe dónde se ubica la mina? —prosiguió Taylor, y desplegó un mapa de la región de los Grandes Lagos—. Me refiero a la que el gobierno de Kabila concesionó a la empresa israelita.

—Nuestros espías en Kinshasa están trabajando para conseguir ese dato. Hasta ahora no hemos podido averiguarlo. Kabila actuó con mucho sigilo. Sólo su entorno más cercano se enteró de su decisión.

—Sin embargo, hace un momento nos dijo que ahuyentaron a un grupo de hombres de la empresa israelita que habían llegado para trabajar en la mina, incluso que hirieron a uno.

—Ah, ése fue un error táctico de uno de mis subalternos. Los detuvieron apenas aterrizaron en una pista clandestina. Era un grupo reducido, probablemente de expertos en prospección e ingenieros, que venían a evaluar la mina y la calidad del coltán. Deberían haberlos dejado avanzar para saber adónde se dirigían.

—¿Dónde se encuentra la pista clandestina, general? —Nkunda marcó desde lejos, con la punta del bastón, un punto en el mapa al norte de Rutshuru—. Lo cual —dijo Taylor— nos llevaría a pensar que la mina en cuestión está cerca de ese punto.

—Señor Taylor —habló Nkunda, con acento condescendiente—, en esa zona se concentran casi todas las minas de coltán del Congo. Podemos encontrar otras en Kivu Sur y cerca de Walikale, pero si hablamos de grandes cantidades y de excelentes menas, entonces debemos quedarnos cerca de Rutshuru.

—General, el grupo contratado por la empresa israelí llegará por aire. Al menos, eso haría yo. Por lo tanto, debemos mantener bajo vigilancia las pistas sin hacerlo ostensible, por la misma razón que usted marcaba un momento atrás, para seguirlos hasta el destino final. Si llegaran en helicópteros (y hay una gran probabilidad de que así sea), todo se complicaría porque podrían aterrizar en cualquier claro.

—Señor Taylor, conoce poco mi tierra. No hay demasiados claros en una zona de bosques selváticos. El Señor, en su infinita sabiduría, ha querido proteger nuestra fuente de riquezas situando las minas en zonas prácticamente inaccesibles.

—Eso juega a nuestro favor.

—O en nuestra contra, según se vea. Tanto para el enemigo como para nosotros será difícil acceder.

Taylor abandonó la *chaise longue* para servirse una nueva medida de Lagavulin. Se acercó a la cantina, y su mirada tropezó con el portarretrato de plata que exhibía la fotografía de un primer plano de Mandy. Lo levantó y se quedó estudiando los rasgos de su esposa como si no los conociera de memoria. En unos días se cumplirían cuatro años de su muerte. El informe de la autopsia afirmaba que la señora Amanda Taylor se había suicidado ingiriendo pastillas para dormir; él sabía que se había tratado de un asesinato, y el culpable era Eliah Al-Saud.

¿Qué habría sucedido si aquella noche a finales del 92, apenas ingresados a *L'Agence*, no lo hubiera invitado a cenar a su casa? Probablemente Mandy estaría viva ya que nunca lo habría conocido, nunca habría perdido la cordura por su culpa. Conocía los detalles del amorío que habían sostenido durante algunos meses porque la misma Mandy, pasada de alcohol y de pastillas, se los había expuesto en un arranque desesperado, días antes de quitarse la vida, tal vez inconsciente del receptor de su historia de amor extramatrimonial. Se había enamorado de Al-Saud la misma noche en que lo conoció, en su propia casa. Había alentado a Nigel para que lo invitara al club, a jugar al tenis, a cenar, a la casa de los padres de Mandy en Sussex.

—Hicimos el amor por primera vez en el vestidor del club —le confesó—. Acababa de terminar de jugar un partido de tenis contigo. Esperé a que tú salieras para entrar a buscarlo. Fue maravilloso.

«Fue maravilloso. Fue maravilloso.» Las palabras de su mujer aún le martilleaban la cabeza. Apretó el portarretrato, y también el vaso con Lagavulin, que estuvo a punto de partirse bajo la presión de su puño; aflojó a tiempo.

Mandy poseía un temperamento inestable, por lo que afrontar un *affaire* no le resultó fácil. Se la veía nerviosa, llorosa, excitada por momentos, sumida en la angustia en otros. Vivía en una montaña rusa emocional.

—Oh, Mandy —sollozó, y tragó el whisky hasta el fondo.

La había amado como a nadie. Ella era y sería el amor de su vida. Ninguna mujer después de Mandy le había inspirado un sentimiento tan profundo e inexplicable.

Si bien el amorío con Eliah Al-Saud se había convertido en el centro de la existencia de Mandy, para Al-Saud, ella encarnaba otra de sus conquistas; no tenía planeado dejar a Samara y, cuando puso fin al *affaire*

—la insistencia de Mandy se volvía incómoda y difícil de manejar—, Mandy enloqueció. La encontró Nigel después de faltar días de su casa como consecuencia de la confesión de su esposa. En un principio, la creyó dormida hasta que, tentado por el aura de paz que la circundaba, se inclinó para besarle la frente y la notó fría y dura como una piedra. Se apartó con un clamor ahogado. Enseguida se abalanzó para sacudirla mientras la llamaba a gritos por su nombre. Horas después, encontró la carta sobre la mesa de luz en la cual le pedía perdón.

Al-Saud se presentó en el funeral con otros compañeros, y Nigel, para evitar deshonrar la memoria de su mujer, se abstuvo de reclamarle. Se trabaron en una pelea a muerte en la base de *L'Agence*. Taylor conocía su desventaja frente a Al-Saud, que manejaba varias artes marciales a la perfección. Pero buscaba morir. Sin Mandy, la vida carecía de sentido. Los separaron varios compañeros y, luego de ser asistidos en la enfermería por cortes y contusiones, marcharon a la oficina del jefe, el general Anders Raemmers, que les endilgó un discurso de media hora. Ni Nigel ni Eliah confesaron el motivo de la pelea. Los asignaron a distintos comandos y evitaban destinarlos en las mismas misiones.

El odio condujo a Nigel Taylor a extremos letales, como venderles a los somalíes la información de un trabajo que el comando de Al-Saud realizaría en Mogadiscio. Se arrepintió apenas llegaron a la base las primeras noticias de la emboscada. Al-Saud seguía vivo. En cambio, Edmé de Florian se debatía entre la vida y la muerte. El francés sobrevivió sin secuelas, y Al-Saud se convirtió en un héroe, que había cargado a De Florian durante una hora hasta alcanzar los helicópteros.

Taylor devolvió el retrato de Mandy al mueble y caminó hasta la mesa del comedor. Levantó una de las fotografías que Ariel Bergman le había dado, la del Hotel Ritz, donde aparecía la mujer de Eliah Al-Saud, la hija de un traficante ilegal de armas. La vida estaba ofreciéndole la revancha en bandeja, meditó.

～ ✿ ～

Al-Saud decidió pasar el último día en Riad, la capital de Arabia Saudí. Su tío, el rey Fahd, lo había convocado al enterarse de que trabajaba con los reclutas en la base aérea de Dhahran. Por su parte, Eliah aprovecharía para insistir en que le vendiera el viejo C-130, más conocido como Hércules, un avión de manufactura norteamericana con usos tan versátiles como el lanzamiento de paracaidistas y el transporte de tanques de guerra. La Mercure crecía y no le bastaba con el *Jumbo*. Para convencerlo, contaba con el apoyo de su primo Khalid Al-Saud, cuyo desempeño en la Guerra del Golfo como comandante en jefe de las Fuerzas Aliadas le había granjeado el cariño del tío Fahd. Éste se mostraba renuente a deshacerse del avión tal vez porque temía enojar a sus aliados norteamericanos.

El rey Fahd los recibió en el palacio cerca del mediodía. Al verlos, se puso de pie con dificultad, sonrió y abrió sus brazos a ellos.

—*As-salaam-alaikun* —los saludó, deseándoles la paz.

—*Alaikun salaam* —contestaron Eliah y Khalid al unísono, y se acercaron para recibir el abrazo de su tío.

—¡Ah, mis héroes de guerra! —exclamó Fahd, al tiempo que los palmeaba en los hombros. Tomó entre sus rechonchas manos la cara de su sobrino Eliah y lo estudió, mientras sonreía y asentía.

—Acompáñenme en el *salah ad-duhr* —les pidió, y señaló el ingreso a una recámara donde se practicaban las abluciones de rigor.

Eliah sospechaba que el rey los había convocado a esa hora para que rezasen juntos la oración, o azalá, del mediodía, lo cual debía considerarse un gran honor; no obstante, Eliah lo juzgaba como una prueba que su tío le tendía para verificar hasta qué punto lo había corrompido el cristianismo de su madre, Francesca. Si bien hacía años que no cumplía con uno de los pilares fundamentales del Islam, la *salah* u oración, sabría cómo proceder; era como andar en bicicleta, nunca se olvidaba.

Se higienizaron en silencio. Como Eliah, a diferencia de su primo Khalid y de su tío Fahd, no llevaba la cabeza cubierta, un sirviente le proporcionó un gorro blanco para la *salah*. Desdobló las mangas de su camisa y se cubrió los antebrazos. Había tenido el buen juicio de quitarse la Medalla Milagrosa antes de presentarse en el palacio y la llevaba en el bolsillo del pantalón. Metió la mano y la apretó con emoción. Contagiado de la solemnidad y de la piedad con las que actuaban el rey y Khalid, en su interior ya no sonreía con sarcasmo sino que empezaba a experimentar paz.

Se ubicaron en dirección a la Meca y, de pie, uno junto al otro, se llevaron las manos a la altura de las orejas y exclamaron:

—*Allahu akbar!* (¡Alá es el más grande!)

Ejecutaron los ciclos de manera coordinada, aunque con lentitud en consideración a la edad del rey. Dos sirvientes lo asistían cuando debía inclinarse o arrodillarse. Eliah, con los ojos cerrados, repetía las oraciones como mantras, sin prestar atención, lleno de imágenes de Matilde. «*Ésta es mi posesión más preciada. Me ha protegido desde que tengo dieciséis años. Ahora quiero dártela como símbolo de mi amor y de mi admiración. Eres el mejor hombre que conocí en mi vida, Eliah.*» Se le calentaron los ojos bajo los párpados al revivir el estado de estupor en el que había aceptado la Medalla Milagrosa de mano de Matilde. «*Te la doy también para que siempre te preserve de todo mal.*» El éxtasis que embargaba su alma casi lo traicionó, y en lugar de pronunciar: «*Subhana rabbil Adhim!*» (¡Glorificado seas, mi Señor, el Grandioso!), habría exclamado: «¡Te amo, Matilde!».

Almorzaron con ánimo distendido en una habitación cuyo techo mocárabe y sus amplios ventanales con marcos lobulados y peraltados evocaban a la Alhambra. El piso de mármol blanco se hallaba cubierto por alfombras persas de vivos colores —azules, rojos, ocres— que realzaban las tonalidades de los pesados cortinajes. El sol del desierto traspasaba los cristales y colmaba de luz la sala, reverberando sobre los muebles dorados a la hoja e intensificando el bermellón del terciopelo de la tapicería. Dos halcones, un gerifalte groenlandés, de plumaje blanco, orgullo del rey, que debía de costar más de cincuenta mil dólares, y otro peregrino, no tan bello, aunque igualmente querido, permanecían quietos en sus perchas, las cabezas cubiertas con las caperuzas, mientras acompañaban a su majestad durante la comida.

Fahd, sentado a la cabecera de una mesa baja y de varios metros de largo, les relataba las peripecias del gran rey Abdul Aziz, fundador de Arabia Saudí, para hacerse de la tierra y expulsar a sus enemigos. A pesar de haber escuchado la historia varias veces —a Kamal y al padre de Khalid también les gustaba evocarla—, Eliah y su primo, ubicados a la derecha y a la izquierda de Fahd, engullían los manjares de la cocina árabe y prestaban atención. Reían a menudo porque su tío era ocurrente y adornaba la gesta del abuelo Abdul Aziz con anécdotas chistosas.

Recién cuando sirvieron el postre, Eliah se atrevió a mencionar el asunto del Hércules. El rey Fahd se quedó mirándolo, con las manos juntas bajo la barbilla y una sonrisa indulgente.

—Dime, Aymán —sus familiares árabes jamás lo llamaban por su primer nombre porque era judío—, ¿cuándo te casarás con una buena mujer y le darás nietos a tu padre con la bendición de Alá, el compasivo, el misericordioso? Sé que mi hermano lo desea de corazón.

«Nunca podré darle nietos a mi padre, tío Fahd, porque la mujer que amo no puede darme hijos.» En medio del terremoto que había significado la ruptura con Matilde y su preocupación por protegerla en el Congo, no se había detenido a meditar acerca de lo definitivo de la situación que se presentó la tarde en que supo que esa maldita enfermedad le había arrebatado el sueño de ser madre. Y a él, el de ser padre. Matilde había sido consciente todo el tiempo de la realidad irreversible y concluyente con la que lidiaba, y había querido preservarlo. Sonrió en dirección a su tío

Fahd, aunque, en realidad, le sonreía a Matilde. «Mi amor, si tú no me das hijos, no quiero los de ninguna otra.» Para su tío, exclamó:

–*Allah bab alah!* (¡Déjalo en manos de Dios!)

Al momento de la despedida, el rey elevó el rostro para mirar a su sobrino Eliah y le apretó los brazos.

–Aymán –pronunció–, me han llegado informes de nuestra *Mukhabarat* que aseguran que ese traidor de Anuar Al-Muzara está preparando otro golpe destinado a los que él llama las víboras árabes. No necesitas que te diga a quién se refiere.

–¿Qué te preocupa, tío? La Mercure tiene puestos a sus mejores hombres en la custodia de la familia, sobre todo de la tuya, de tus esposas e hijos.

–Lo sé, hijo, lo sé. Sólo quería que lo supieras.

–Ya estaba al tanto. Saud me envió el informe –Eliah hablaba de uno de los hijos del rey Fahd, jefe de la secretaría de inteligencia o *Mukhabarat*–. Mis socios y yo estamos planeando reforzar las custodias.

–Me preocupa tu padre, Aymán. Sabes que en unos días se presentará en la OPEP para leer un discurso en el homenaje que le harán a tu tío Faisal. Le pedí a Kamal que fuera en mi nombre porque sé cuánto quiso a nuestro hermano, que descansa en la paz de Alá, el grande, el compasivo.

–Despreocúpate, tío. Mi padre saldrá de Viena y regresará a Jeddah sin un rasguño. ¿O quieres que mi madre me mate?

Fahd sonrió. Era famoso por su sonrisa fácil. Si un incauto la juzgaba como un símbolo de debilidad, pronto se desengañaría. Por tal motivo, Eliah no había vuelto a mencionar el asunto del avión C-130 por mucho que su tío se mostrara de buen humor.

–Hablaré con tu tío Abdul Rahman. Él, como jefe de las Reales Fuerzas Aéreas, será el que decida sobre ese asunto del Hércules que tanto deseas. Por mi parte, no presentaré ninguna objeción.

Al-Saud pasó la tarde en casa de su tía Fátima, la hermana de Kamal, donde lo agasajaron como a un príncipe. Por la noche, mientras el Gulfstream V cruzaba el desierto de la Península Arábiga rumbo a Europa, Eliah, incapaz de conciliar el sueño, repasaba la variedad de asuntos que atendería al día siguiente, desde su oficina en el Hotel George V.

Había partido de París el 13 de abril y aterrizaría en el aeropuerto de Le Bourget el lunes 27, por la madrugada. Durante casi quince días, se había mantenido lejos de su ciudad y de la casa de la Avenida Elisée Reclus, que tantas memorias encerraba. Se preguntó, sin miedo, más bien con curiosidad, cómo reaccionaría su corazón ante la visión de la cama donde había amado a Matilde tantas veces y ante la visión del óleo *Ma-*

tilde y el caracol. Pensó en Aldo Martínez Olazábal e hizo una anotación mental: «Llamar a Lefortovo a primera hora de la mañana». Diez días atrás le había realizado un encargo y seguía sin respuestas.

⁙ ⚜ ⁘

«Mi nombre es Alizée Omalanga. Tengo veintiocho años. Mi esposo se llamaba Oscar Kashala. Lo asesinaron los mismos que me mantienen cautiva. Mis hijos, Jérôme, de siete años, y Aloïs, de uno, son todo lo que me queda.»

Atada al tronco de una palmera, la joven repetía en su mente esas palabras para aferrarse a la cordura. No habría podido pronunciarlas porque no contaba con fuerza para separar los labios pegados a causa de la sangre y de la sed. ¿Cuánto tiempo llevaba atada? La liberaban una vez por día para que hiciera sus necesidades, ahí, a la vista de los demás, y para alimentarla malamente y darle de beber, aunque el agua nunca bastaba para saciar la sed. La amarraban de nuevo y la vejaban de pie, contra el tronco del árbol. También le tocaba mirar cuando violaban a las otras mujeres que habían caído en manos de los *interahamwes*, los feroces hutus autores del genocidio de Ruanda cuatro años atrás. La odiaban porque era una tutsi. Su sangre jamás se había mezclado con la de un hutu, aunque no le habría importado porque ignoraba cuáles eran las diferencias que separaban a una tribu de la otra. Opinaba igual que el padre Jean-Bosco Bahala y que *sœur* Amélie: los hutus y los tutsis pertenecían al mismo pueblo, al que los belgas habían dividido para dominarlos más fácilmente y que, en la actualidad, los ricos del mundo seguían enfrentando para robarles las riquezas del país. Sucedía que ellos eran tontos y no advertían la treta.

Le dolía el cuerpo; tenía cortes, contusiones y raspones en cada centímetro cuadrado de piel. Por días había permanecido sujeta a la palmera cocotera gracias a las lianas con que la ataban. En una ocasión, después de presenciar cómo sajaban el vientre a una embarazada, que se desangró hasta morir, se había atrevido a elevar los ojos al cielo e implorarle a Dios que le concediera la gracia de la muerte; el dolor, el del cuerpo y el del alma, la apabullaba, y el pánico al ver acercarse a sus captores le quitaba el aliento; ya no quería seguir atestiguando sus maldades. Enseguida se había arrepentido: tenía que pensar en los destinos de su Jérôme y de su pequeña Aloïs, también en manos de los asesinos. A veces, Jérôme lograba escabullirse y la visitaba, siempre con un cacharro con agua. ¡Cómo amaba a su muchachito valiente y noble, tanto como aún amaba a su padre muerto! A Oscar Kashala lo habían respetado todas las familias de la aldea y lo consultaban para tomar decisiones y para dirimir contiendas. Aunque no era viejo, se le juzgaba como un gran sabio. Los *interahamwes* lo habían liquidado de un machetazo con el mismo remordimiento con que se corta la rama de un plátano, en tanto Oscar intentaba detenerlos en vano para que ella y los niños escaparan. Los habían atrapado, a ella, a sus hijos y a tantas mujeres y niños de la aldea; habían quemado las casas y los habían conducido durante días por la selva en una caminata inhumana hasta alcanzar el campamento. ¿Cuánto tiempo había pasado desde esa fatídica noche? Calculaba unos veintiocho días. En ese tiempo, Jérôme se había ganado el cariño del jefe de los rebeldes, que lo trataba como a un hijo, lo protegía de la malicia de sus subalternos, lo alimentaba mejor que a los demás prisioneros y le enseñaba el kinyarwanda, el idioma de los ruandeses. De Aloïs, se ocupaba Jérôme, aunque Alizée sospechaba que la niña no estaba bien de salud porque en la última visita, al preguntarle por ella, Jérôme apartó la vista y le susurró: «Está bien, mamá», sin convicción.

Esa noche, después de cansarse de usarlas y de maltratarlas, los *interahamwes* habían festejado el triunfo de un enfrentamiento sostenido contra los mai-mai, que les había significado apropiarse de una nueva aldea en el borde sur del Parque Nacional Virunga. En ese momento, el campamento dormía, y los últimos *interahamwes* de pie habían sucumbido minutos atrás a la borrachera; no quedaba ninguno de guardia, situación que no la hacía feliz porque temía que una alimaña, olfateando su sangre, la atacara. Temblaba, y no acertaba a distinguir si era a causa del frío —en esa zona de mayor altitud, de noche descendía la temperatura—, de la debilidad o del miedo a que la devorara una hiena o un felino. Su recelo pareció hacerse realidad cuando divisó una sombra que se deslizaba entre la maleza en su dirección. Resultaba imposible definir qué tipo de animal era; podía tratarse de un manso chimpancé o de un leopardo.

A punto de proferir un alarido para advertir a los guardias, Alizée reconoció a su hijo Jérôme. El alivio le ablandó las piernas.

—Mamá, vamos a escaparnos. —El niño giró la cintura para mostrarle que Aloïs iba envuelta en una manta y sujeta a su pequeña espalda—. No te muevas. Cortaré las lianas.

Sacó una navaja y se dispuso a liberarla. Aunque ponía empeño, cortar las ramas no resultaba tarea fácil para un niño de su edad. Poco a poco, Alizée sintió que la presión cedía. Libre por completo, cayó de rodillas y precisó de un momento para ganar vigor y ponerse de pie. Jérôme le echó encima una manta y la ayudó a incorporarse.

—Vamos, mamá. Usa este palo como bastón.

—Ve tú, Jérôme. Escapa con Aloïs. Yo seré un estorbo. No tengo fuerzas para dar un paso.

—Si tú no vienes, Aloïs y yo nos quedaremos contigo.

—Vamos, entonces —accedió la madre.

Caminaron durante media hora sin cruzar palabra. Por fortuna, Aloïs dormía. Alizée cayó desvanecida y, al despertar, Jérôme la contemplaba con ojos desorbitados.

—¡Pensé que habías muerto!

—No, tesoro. Es cansancio —le mintió. Por fortuna, la noche encubría la estela de sangre que marcaba su paso por el camino. La habían violentado con tanta crueldad esa última noche, introduciéndole el mango de un machete, que la hemorragia no cesaba.

Jérôme le dio de beber de una cantimplora de plástico y la ayudó a ponerse de pie. Alizée lo observó, tan compuesto y dueño de sí, y lo amó con vigor renovado. Apenas contaba con siete años y se desenvolvía con la seguridad de un adulto. Sin embargo, sus cachetes abultados y sus ojos de pestañas espesas y curvas seguían perteneciendo al rostro de un niño.

—¿Adónde vamos, hijo?

—A Rutshuru, a la misión de *sœur* Amélie. Ella te llevará al hospital y te pondrás bien.

—¿Cómo sabes dónde queda Rutshuru?

—Se lo pregunté un día a Karme —se refería al jefe *interahamwe* que lo había cobijado bajo su ala— y él me lo mostró en un mapa que tengo dibujado aquí —dijo, y se señaló el corazón.

Alizée dudó de que su pequeño hijo supiera lo que hacía; no obstante, lo siguió. Prefería morir con Jérô, como lo llamaba, y con Aloïs en esa espesura, que en el campamento de los *interahamwes*.

5

Aunque extrañaba a sus compañeros de Masisi y a sus pacientes, Matilde no lamentaba el cambio. Hacía unos días que trabajaba en el hospital de Rutshuru, y tenía la impresión de que había estado allí por años. Las jornadas se vivían con vertiginosidad, siempre se presentaban situaciones dramáticas que, al tiempo que la devastaban, la hacían sentir viva; ella podía ayudar a esos desdichados.

A diferencia del hospital de Masisi, el de Rutshuru no estaba administrado y financiado por Manos Que Curan sino por el gobierno de Kivu Norte, con sede en Goma; no obstante, la mayoría de los medicamentos del Servicio de Farmacia, los desechables y la nueva tecnología provenía de fondos donados por la organización humanitaria, por lo que el director del hospital, el doctor Tharcisse Loseke, se mostraba agradecido y escuchaba con interés a Auguste Vanderhoeven cuando se presentaba en su despacho con alguna queja o sugerencia.

A Matilde le agradaba Tharcisse Loseke, un nativo alto y de complexión maciza, con una sonrisa y una mirada cándidas como las de un niño. Lo buscaba a la hora del almuerzo; sostenían largas conversaciones en las cuales la situación política y social de la región de los Grandes Lagos era la protagonista. Loseke le contó que el gobierno de Kinshasa estaba en malos términos con sus vecinos, Ruanda y Uganda, y que se esperaba lo peor: una guerra. Matilde recordó la advertencia de Eliah acerca del Congo y la pelea que suscitó entre ellos; parecía que habían pasado años cuando, en realidad, había sido a finales de enero.

De eso se había percatado, del modo extraño en que discurría el tiempo desde que había dejado la Argentina, como si se hubiera acelerado el movimiento de las agujas de un reloj gigante y cósmico, y un día, en lugar de veinticuatro horas, tuviera doce, lo que desembocaba en un nuevo estilo de vida, más veloz, que la desorientaba. Lo experimentado en esos cuatro meses, primero en París, ahora en el Congo, había propiciado un cambio radical y definitivo en ella, aunque, paradójicamente, en esencia seguía siendo la misma mujer incompleta, estéril y con el corazón roto.

Como prefería no indagar acerca del estado de su corazón, echaba mano de la misma estrategia que en Masisi, se empeñaba en el trabajo con un ahínco que, por la noche, la dejaba exhausta y la ayudaba a dormir. El espectro de sus obligaciones se había ampliado, y de ser una cirujana especializada en niños, había pasado a atender extracciones de proyectiles, fracturas expuestas, cesáreas, amputaciones y, por supuesto, lo propio de las afecciones infantiles. La epidemia de meningitis no había exceptuado a la población de Rutshuru; por el contrario, se había ensañado con mayor virulencia que en otros poblados, y en especial los niños y los ancianos morían como moscas. Día a día llegaban nuevos casos, y Matilde pasaba gran parte de la jornada en la carpa practicando extracciones de líquido cefalorraquídeo. La asistía Julia, una enfermera de quirófano colombiana contratada por Manos Que Curan, que también era partera y a quien Auguste estaba preparando como anestesista, dada la gran carencia de esos profesionales. Como partera, Julia trabajaba también en *La Maison des Enceintes* (La Casa de las Embarazadas), una sala que Manos Que Curan había construido en el predio del hospital y que acogía a algo más de setenta mujeres con embarazos de riesgo. Allí vivían hasta que nacía el bebé, aun permanecían los primeros meses cuando no tenían adónde ir. A Matilde le gustaba visitar la cocina de *La Maison des Enceintes*, donde las parientas o amigas de las embarazadas —cada paciente podía tener un acompañante del sexo femenino— preparaban las comidas. La cocina le recordaba a la del hospital de Masisi, una construcción abierta, con troncos como columnas, techo cubierto por hojas de palmera y de plátano, donde se cocinaba en fogatas de carbón de leña. Las mujeres lo hacían cantando, charlando y siempre sonriendo. Las primeras acompañantes, las que habían inaugurado la casa tres años atrás, habían cultivado un huerto que las demás continuaron, por lo que la mayor parte de las verduras provenían de ahí. Muchas traían frijoles, yuca, cuaco (harina hecha con la raíz de la yuca), mandioca, ñame (un tubérculo típico de las zonas tropicales similar al camote), cacahuate y otros frutos secos de sus casas. Los alimentos más nutritivos, como las carnes, la leche y el huevo, eran provistos por Manos Que Curan, aunque la mayoría de las veces resultaba difícil conseguirlos en Rutshuru, dado el asedio de los rebeldes, y se enviaba a Ajabu hasta Goma para comprarlos.

A Matilde no dejaba de admirar la alegría con la que elaboraban los alimentos, y el colorido de sus vestidos y de sus turbantes formaba parte de ese sitio que parecía de fiesta cuando a su alrededor el mundo se caía a pedazos. El primer día se aproximó con timidez y se mantuvo alejada porque el aroma del fufú, una mezcla de harina y hojas de yuca hervidas, le desagradaba. Cuando se presentó por segunda vez, le alcanzaron un cuenco de madera con una mezcla de aspecto poco apetitoso, que no se atrevió a rechazar; se asombró al probarla: era sabrosa. La invitaron a sentarse entre las embarazadas, a las que preguntó por sus condiciones. Notó que una se mantenía alejada, la vista baja sobre el vientre, al cual no tocaba. Julia, la enfermera colombiana, le explicó que esa muchacha, de quince años, había quedado encinta a causa de una violación. Como su familia renegaba de ella, vivía en la Misión San Carlos. La superiora la había conducido hasta el hospital cuando, a los cinco meses, comenzó con pérdidas.

El doctor Loseke aseguraba que la principal causa de muerte en la zona de las Kivu eran las violaciones. «Mueren más mujeres por violaciones que de malaria, cólera o fiebre amarilla», afirmó. Según el médico, a los rebeldes de las distintas facciones que violaban, mutilaban y mataban a las mujeres de las etnias enemigas no los impulsaba un deseo sexual. La vejación de la mujer era un arma de guerra. «La mujer congoleña, sea del grupo racial que sea», explicó, «es el eje de su tribu, de su familia. Ella es la que busca el agua y provee los alimentos, la que pare los hijos y la que los cría. Si la destruyes a ella, destruyes el tejido social. El cuerpo de las mujeres congoleñas se ha convertido en el campo de batalla», remató, con desánimo.

Otro mal que se extendía a causa de las violaciones era el virus de inmunodeficiencia humana, más conocido como VIH, que aquejaba a un porcentaje alarmante de la población congoleña, algo más del veinte por ciento, y que, en opinión de Loseke, se convertiría en la herida más difícil de cicatrizar; generaciones enteras destruidas a causa de ese mal, niños huérfanos y contagiados, que seguirían el camino de sus padres. La combinación de VIH y de tuberculosis hacía estragos, y personas de todas las edades morían a diario porque, con un sistema inmunológico tan debilitado, los medicamentos no servían de nada.

Apenas llegados a Rutshuru, Auguste Vanderhoeven las llevó, a Matilde y a Juana, a visitar el pabellón de las mujeres que padecían fístula vaginal, un orificio que se abre entre el recto, la vagina y la vejiga como consecuencia de malos partos, en los que la cabeza del bebé, atorada en la pelvis, oprime durante largo tiempo el tejido hasta que éste se necrosa y cae. También se abre en caso de violaciones muy agresivas, cometidas por decenas de hombres sobre una misma mujer, con elementos que las lastiman (ramas, machetes, botellas); los violadores llegan al extremo de disparar a sus víctimas en la vagina. La fístula convierte a las mujeres en marginadas sociales. La continua pérdida de orina y, a veces, de materia fecal por la vagina les impide mantener relaciones sexuales con sus esposos; éstos las rechazan, también por el olor que expelen. En algunos casos, se les atrofian los nervios de las caderas y comienzan a renguear. Apenas beben agua para que la orina disminuya y no gotee por sus piernas; sus riñones se estropean y su cuerpo se deshidrata. No pueden trabajar, nadie las quiere cerca, las familias las condenan al ostracismo y les ordenan que abandonen el hogar. No piden ayuda porque se avergüenzan, porque no saben que existe una solución, porque creen que son las únicas que padecen el mal; lo juzgan como un castigo divino.

—Generalmente —aclaró Auguste—, la fístula se produce por partos largos y mal asistidos. El ochenta por ciento de las mujeres del África subsahariana son campesinas. Por ejemplo, Gubete —dijo, y acarició la cabeza de una niña— tiene veinte años.

Matilde y Juana abrieron los ojos con desmesura porque habían pensado que contaba con doce o trece años.

—A la edad de dos años —prosiguió el belga—, ya transportaba un cacharro con agua. A la edad de ocho comenzó a transportar algo que a mí, con un metro ochenta y cinco y noventa kilos, me costaría levantar. Sus alimentos carecían de las calorías y de las proteínas suficientes, y las que consumía las gastaba acarreando cosas pesadísimas. ¿Qué sucedió entonces? No se desarrolló adecuadamente, es muy baja y pequeña para su edad. Ésta es la realidad de muchas jóvenes. Cuando quedan embarazadas, los bebés son demasiado grandes para ellas. En Occidente, a una mujer con una pelvis tan pequeña, le haríamos una cesárea sin dudarlo. Aquí, las mujeres pueden pasarse hasta una semana en trabajo de parto.

—Dios mío… —musitó Matilde, al tiempo que paseaba la mirada por las pacientes de fístula, algunas recostadas en sus camas, otras sentadas en el suelo. Evitaba llevarse la mano a la nariz para no avergonzarlas y apretaba los puños en los extremos del estetoscopio colgado en su cuello.

—Con las clínicas móviles —les explicó Vanderhoeven—, Manos Que Curan recorre las aldeas en busca de mujeres con fístulas para traerlas aquí; a una la encontramos viviendo en el gallinero de su familia. Lo importante de traerlas aquí no es sólo cerrarles la fístula y que la incontinencia desaparezca. Lo importante es que se recuperen en grupo, que vuelvan a socializar, a tener amigas, a conversar con otras personas. Eso les cura el corazón.

Vanderhoeven sacó un pañuelo del bolsillo de su delantal blanco y se lo extendió a Matilde, que sonrió y sacudió la cabeza, y se secó las lágrimas con el pañuelo de seda blanca con las iniciales E, A y S bordadas en azul.

—El doctor Rolf Gustafsson, que ahora vive en Bukavu, viaja cada quince o veinte días y las opera.

—¿Nadie más en este hospital sabe cómo hacerlo? —se extrañó Matilde.

—Es una cirugía en extremo difícil, Matilde. El año pasado asistí al doctor Gustafsson en varias operaciones de fístula, como les conté, pero aún no estoy listo para hacerlo solo.

—Tenemos que aprender —lo urgió, con voz trémula, sin mirar a su interlocutor sino a las congoleñas desparramadas en la sala; podía sentir su amargura—. Los médicos congoleños *tienen* que aprender. Es preciso que cerremos las fístulas de estas pobres mujeres para que recuperen sus vidas normales.

—En caso de que la fístula sea operable, Matilde. Hay casos que no tienen arreglo. Hay casos en que la vejiga está tan dañada, después de años de no ser usada, que sólo queda colocarles una cánula para que orinen retirando un tapón. Muchas no quieren volver a sus hogares en esas condiciones.

—¿Qué se hace con esas mujeres, las que no tienen arreglo? —se interesó Juana.

—Si sus familias no las reciben de nuevo, lo cual es lo más frecuente, son acogidas por la Misión San Carlos, de las Hermanas de la Misericordia Divina. La superiora, *sœur* Amélie, es una mujer extraordinaria.

—Es prima hermana mía —afirmó Matilde, y sonrió ante la mueca de pasmo de Vanderhoeven.

∴ ⚬ ∴

El viernes 24 de abril, al atardecer, mientras las cinco religiosas de la Misión San Carlos rezaban el Ángelus, Vumilia, una de las jóvenes acogidas en la misión, se cubrió con una bolsa y cruzó corriendo el espacio que separaba la cocina de la capilla, sorteando los charcos que se formaban rápidamente debido a la lluvia, cuya copiosidad no sorprendía a nadie en esos bosques tropicales y en esa época del año.

—*Sœur Amélie, vite, vite!* ¡La mujer se muere! ¡Se muere!

Amélie Guzmán, una mujer morena, delgada y de baja estatura, que bordeaba los cuarenta, si bien resultaba difícil darle esa edad, abandonó el reclinatorio de un salto, lo mismo que sus hermanas, y corrió por un lado de la capilla hacia el ingreso; el velo de su hábito flameaba tras ella.

—¿Qué ocurre, Vumilia?

—¡Habla, muchacha! —la intimó *sœur* Annonciation.

—Una mujer y su hijo acaban de llegar, *sœur* Amélie. La mujer está muy mal. Se desvaneció apenas puso pie en la cocina.

Otras jóvenes, acogidas igual que Vumilia, la habían acomodado sobre la banqueta con un trapo a modo de almohada. Lo primera visión de Amélie fue la del niño, en realidad, la de los ojos del niño, enormes, despiertos y llenos de angustia; se mantenía a un lado, para no estorbar, y cargaba un saco en la espalda.

—Annonciation, Tabatha —dijo Amélie, en tono firme y diligente—, háganse cargo de la criatura. Muchachas, déjenme ver.

El color ceniciento de la mujer la asustó. Le sujetó la mano y la notó helada. Le miró la túnica cubierta de lodo, suciedad y sangre.

—¡Alizée! —gritó, al reconocerla, y le palmeó las mejillas para volverla en sí—. Tiene el pulso muy bajo. Angelie —llamó a otra de las religiosas—, prepara la camioneta. Tráela hasta la puerta de la cocina. Alizée necesita ser llevada al hospital, urgente.

—Es muy peligroso manejar con este tiempo, Amélie —aduja Edith, la monja más antigua de la misión, de unos sesenta años—, sin mencionar que está por anochecer. No puedes arriesgarte.

Amélie era consciente del riesgo que correría. La misión se erigía en un enclave inhóspito, alejado de Rutshuru, cuyo acceso se dificultaba a causa del avance de la selva, lo que en ocasiones se convertía en una ventaja, por ejemplo, para evitar las incursiones de los rebeldes, y en otras, en un inconveniente. Los barrancones que circundaban la propiedad, de noche, podían ser fatales; en la estación de las lluvias, solían desmoronarse.

—Si no lo hago, Alizée morirá. —Giró de modo súbito y paseó la mirada con el ceño fruncido para corroborar que Jérôme, a quien en un principio no había reconocido, se hubiera marchado con Tabatha y Annonciation; el pequeño entendía y hablaba el francés.

Amélie corrió al comedor donde se hallaba la radio. Llamó al hospital de Rutshuru para avisar que en una hora, un poco más tal vez, llegaría con una mujer joven en estado crítico. Regresó a la cocina. Ya se oía el rugido del motor de la Range Rover, donación de sus primos Alamán y Eliah Al-Saud. «Con esta cuatro por cuatro», le había asegurado Eliah, «sortearás cualquier terreno». La había juzgado una suntuosidad vana; una Mitsubishi o una Ford habrían bastado. Alamán y Eliah insistieron, y ella aceptó. Agradecía al Espíritu Santo por la insistencia de sus primos y por haberla impulsado a aceptar. Esa camioneta las había salvado en más de una ocasión; en ese momento conduciría a Alizée a Rutshuru en medio de una tormenta y por terrenos empantanados.

Tabatha regresó a la cocina con un bulto en los brazos.

—Está muerta —lloriqueó, y lo extendió hacia nadie en particular.

—Acomoden a Alizée en la parte posterior de la camioneta —ordenó Amélie a las mujeres, que sujetaron a la joven mujer y la cargaron en la Range Rover—. ¿A qué te refieres, Tabatha?

—El niño cargaba a su hermanita en la espalda. Está muerta —afirmó, y apartó la manta—. No sé cuántos días lleva muerta. Ya tiene mal olor.

—Dios bendito —musitó Amélie, e hizo la señal de la cruz—. Tabatha, coloca a la niña en la parte trasera de la camioneta. La llevaremos igualmente al hospital. ¡Jérôme! —lo llamó, al verlo pasar como una ráfaga en dirección a la camioneta—. ¡Vuelve acá! —El niño trepó a la Range Rover con la agilidad de un gato y se echó encima de su madre—. Déjalo, Vumilia. Lo llevaremos con nosotras. Vamos, tú me acompañarás.

Tomaron el único camino a Rutshuru, el que bordeaba el río y, en algunos sectores, el Parque Nacional Virunga. La lluvia caía sobre las aguas del Rutshuru, que amenazaba con salirse del cauce; pequeñas olas lamían el camino y golpeaban las llantas de la camioneta. Los hipopótamos se acomodaban para dormir, las aves buscaban refugio en los árboles, la vida palpitaba ahí afuera, pensó *sœur* Amélie, en tanto, dentro de la Range Rover, la muerte se paseaba a sus anchas. Lo sabía, Alizée agonizaba. Desde su llegada al Congo, diez años atrás, se había enfrentado en demasiadas oportunidades con la muerte para desconocer sus indicios. Bajó la ventanilla aunque la lluvia le mojara el brazo izquierdo, y ordenó a Vumilia hacer otro tanto, para renovar el aire viciado por el olor nauseabundo que despedía el cuerpo de la niña y el ferroso de la sangre fresca de Alizée.

Como ocurría en esas latitudes, la noche cayó sorpresivamente. Los limpiaparabrisas trabajaban a máxima velocidad, las llantas se aferraban al camino cenagoso de modo tenaz, el rugido del motor competía con el estrépito de los truenos y de la lluvia, las luces de la camioneta se elevaban y se hundían a medida que la Range Rover se adaptaba a los caprichos del terreno, poblado de baches a causa de la erosión del agua. En tanto, los ocupantes se sacudían y ahogaban exclamaciones de miedo. Amélie, inclinada sobre el volante, la vista fija en el camino oscuro, murmuraba una y otra vez en español la primera oración que le había enseñado Sofía, su madre: «*Sagrado Corazón de Jesús, en Ti confío. Sagrado Corazón de Jesús, en Ti confío. Sagrado Corazón de Jesús, en Ti confío*».

A medida que se aproximaban a la ciudad de Rutshuru, se alejaban del río, y la lluvia amainaba. El camino, aunque un lodazal, no estaba inundado. Amélie avistó las primeras luces eléctricas de la base de la ONU en las afueras de lá ciudad, y las esperanzas volvieron. En varias ocasiones había pensado que, a ciegas debido a la oscuridad, se desviaría del camino y terminarían en el bosque atacados por un animal, o que no lograrían sortear un bache especialmente profundo o que el ímpetu de las aguas del Rutshuru los arrastraría. La avergonzaban sus miedos cuando, al mismo tiempo, afirmaba confiar en el Corazón de Jesús.

Al entrar en el predio del hospital, tocó el claxon hasta detenerse frente al pasillo de ingreso. Resultó evidente que la esperaban, porque dos enfermeros, una de ellos con el delantal de Manos Que Curan, salieron a recibirla con una camilla. Amélie saltó de la camioneta. Los enfermeros se ocuparon de Alizée y volaron con ella al interior, Jérôme detrás de ellos. Como sabía que Vumilia no tocaría el cadáver de la bebita —por mucha catequesis que recibieran, los congoleños se aferraban a sus supersticiones—, le ordenó que se ocupara del niño.

—Ve con Jérô, Vumilia. Que no importune a los médicos —dijo, mientras abría la puerta trasera.

Se quedó mirando el pequeño bulto, sobrecogida por la inmensidad del misterio de la vida y de la muerte. Hasta sus experiencias en el Congo y después de haberlo pasado en grande en París, ella había dado la vida por sentada, cuando, en verdad, se trataba de un milagro que se renovaba día a día. El padre Jean-Bosco Bahala le había confesado en una ocasión: «Cada mañana, al despertar, me pregunto si llegaré vivo al final del día. Me encomiendo a Dios y sigo adelante».

Caminó por el pasillo a con la bebita en brazos, echando vistazos a los que dormían sobre colchonetas o mantas. Desde lejos, reconoció el llanto de Jérôme. «Pobre criatura», se compadeció. No había rastro de Alizée en el interior del hospital. Una muchacha, médica de Manos Que Curan a juzgar por su delantal y el estetoscopio en torno al cuello, se acuclillaba frente a Jérôme e intentaba calmarlo. Hablaba un buen francés, con marcado acento español.

—Buenas noches, doctora —dijo Amélie, en español.

—¡Habla español! —La muchacha, al incorporarse de un brinco, reveló una elevada estatura y un cuerpo delgado—. Buenas noches, hermana. Soy Juana Folicuré, pediatra.

—Yo soy Amélie Guzmán, superiora de la Misión San Carlos. Doctora, ¿puedo hablar con usted un momento, en privado?

Se alejaron unos metros. Jérôme, sujetado por Vumilia, seguía el intercambio con mirada atenta. Vio que *sœur* Amélie entregaba a Aloïs a la señora alta y de pelo largo, negro y lacio, y que ésta apartaba la manta y fruncía la cara antes de alejarse a paso rápido. Supo que no recibiría buenas noticias por el modo en que *sœur* Amélie le sonreía y lo contemplaba mientras se aproximaba.

—Ven, Jérô. Ven, cariño —dijo, y lo condujo a unos asientos maltrechos, donde se sentaron. Le gustó que *sœur* Amélie lo besara en la frente y le tomara las manos, porque le recordaba a su madre—. Jérô, tengo algo muy triste para decirte. La pequeña Aloïs… Verás, cariño…

—¿Está muerta, *sœur* Amélie?

—Sí, mi amor —dijo, y lo abrazó—. Ahora está con Jesús y con su mamá, la Virgen María. Se ha convertido en un angelito y nunca volverá a sufrir.

El llanto del niño, sin estridencias ni gritos, sino silencioso y refrenado, le rompió el corazón. Quería saber qué suerte habían corrido, por qué Aloïs había muerto y Alizée se encontraba en ese estado. ¿Dónde estaba Oscar? Se abstuvo de apabullarlo con preguntas. Deducía que habían caído en manos de los *interahamwes* o de los mai-mai, que asolaban las aldeas en busca de comida, dinero, bebida, sexo y violencia.

Juana regresó con el ánimo por el piso. Amélie, con Jérôme en brazos, le destinó una mirada lastimera.

—Ya la entregué al encargado de la morgue.

—Después querré llevármela para enterrarla en la misión —manifestó Amélie.

—Por supuesto. Disculpe, hermana, ¿usted dijo que se llama Amélie Guzmán? —Amélie asintió y Juana apretó el entrecejo—. ¿La hija de Sofía Martínez Olazábal?

—¿Cómo? —se pasmó la religiosa—. ¿Usted conoce a mi madre?

—¡Por supuesto! Yo soy Juana, la amiga de Matilde Martínez, su prima hermana. Entiendo que intercambiaron unos e-mails en estos meses.

—¡Sí! ¡Juana! —recordó Amélie, y arrastró al pequeño Jérôme al ponerse de pie—. Matilde te mencionó en sus mensajes. ¡Señor mío, qué casualidad más extraordinaria! Hace días que me pregunto por ustedes. En su último mensaje, Matilde me comentó que quizás adelantaran el viaje. No volví a saber de ella, porque en la misión hemos estado sin Internet por semanas. ¡Oh! —exclamó, de pronto, al caer en la cuenta del llanto de Jérôme—. Juana, ¿dónde está la muchacha que traje?

—Matilde y otro cirujano, el doctor Vanderhoeven, están revisándola en este momento.

—¡Auguste está con ustedes! Qué bendición del cielo.

—Sí. Nos toca la guardia de los viernes por la noche. En un momento vendrán a darle el parte, hermana.

–Juana, llamame Amélie y tuteame, por favor.

–Hermana... Digo, Amélie, me gustaría darle una revisada al niño.

–Sí, por supuesto. Su nombre es Jérôme. –Cambió al francés para dirigirse al pequeño–. Jérô, ésta es la doctora Juana. Quiere revisarte para asegurarse de que estés bien. –Jérôme negó con la cabeza y se ocultó tras la falda azul de la religiosa–. Vamos, cariño. Sólo te revisará.

–¿Te gustaría usar mi estetoscopio, Jérô? –lo persuadió Juana, y se acuclilló frente a él–. Así puedes escuchar los latidos de tu corazón. –Se lo colocó con cuidado, como si temiera ahuyentarlo–. ¿Escuchas tu corazón? –El niño asintió, aún desconfiado–. ¿Y el mío? Ahora el de Amélie. –La monja se acuclilló y se prestó al juego–. ¿Lo escuchas?

–¿El de Aloïs no late más? –musitó el niño, en un duro francés.

–No, Jérô, no late más –contestó Amélie.

–Ven, Jérô –lo invitó Juana–. Vamos a mi consultorio. Ahí tengo muchas otras cosas interesantes para mostrarte.

–Vumilia, acompáñalo –ordenó Amélie–. Yo me quedaré a esperar noticias de Alizée.

En la sala de urgencias, Matilde y Auguste se empeñaban en salvar la vida de la joven mujer que había ingresado con una hemorragia vaginal profusa. La hipotensión, la marcada taquicardia, el temblor de la mandíbula, de los brazos y de las piernas, la respiración rápida, la tonalidad grisácea de la piel y la sudoración fría les indicaron que se hallaba al borde de una hipovolemia aguda. Como primera medida le colocaron una mascarilla para oxigenarla. Debido a que no contaban con un concentrador de oxígeno, lo sustituían por el de tipo industrial contenido en un tubo, muy inestable; por fortuna, Julia lo manejaba con destreza.

Sabían que se trataba de una hemorragia oculta y que, para detenerla, urgía llevar a la paciente al quirófano. Sin embargo, y dado que el volumen de sangre en el cuerpo caía a niveles críticos, ordenaron una transfusión. Matilde, en tanto, ubicó una vena de gran calibre, tarea difícil como consecuencia de la vasoconstricción adrenérgica, y colocó un catéter por el cual perfundió solución salina normal, aunque habría preferido el lactato de Ringer, un medicamento común en cualquier hospital, que en el Congo se consideraba un lujo. Cada pocos segundos, exigían los datos de la presión arterial, el pulso y la presión venosa central. Auguste ordenó una medición de la diuresis. Si bien luchaban por evitar el colapso cardiovascular, no los sorprendió cuando finalmente la paciente entró en ese cuadro.

–¡Desfibrilador! –vociferó Auguste.

En la sala de espera, Amélie rezaba el rosario. Se puso de pie cuando apareció Juana.

—¿Y Jérôme?

—Ordené su internación, Amélie. Está deshidratado y en malas condiciones. Tiene un corte muy feo en la pierna. Ordené que le pusieran la antitetánica.

—Dios bendito... Me pregunto qué horrores habrán vivido esa criatura y su familia. Llegaron a la misión hace unas horas. Su madre, Alizée, cayó desmayada apenas puso pie...

—¡Ahí viene Matilde, tu prima!

La vieron avanzar por el pasillo y quitarse con un movimiento brusco la gorra de cirujana. El cabello se desplomó sobre su espalda, y arrancó una voz de admiración a Amélie. Juana conocía esa cara de Matilde, por lo que previno a la religiosa:

—No trae buenas noticias. Mat, amiga, ¿a que no sabes quién es ella?

—Matilde, destrozada por la pérdida de la muchacha, le echó un vistazo desorientado—. ¡Tu prima! ¡Amélie Guzmán! La hija de tu tía Sofía.

—¿Amélie? —La observó con detenimiento y la reconoció de las fotografías, aunque la había imaginado más alta—. ¡No puedo creerlo! —Se abrazaron de un modo espontáneo—. ¡Qué increíble! ¿Qué haces aquí? ¡Ah, *tú* llamaste desde la misión! Tú trajiste a esa pobre chica.

—Sí. Alizée. ¿Cómo está ella?

—Lo siento mucho, Amélie, pero falleció hace unos minutos.

—*Mon Dieu* —se lamentó, porque si bien era consciente de que la vida de Alizée pendía de un hilo, conservó la esperanza hasta último momento.

—Había perdido muchísima sangre. Sufrió un *shock* hipovolémico, es decir, una descompensación generalizada por la gran pérdida de sangre. Esto la llevó a un colapso cardiovascular, del que no pudimos sacarla. Estaba en pésimas condiciones. Tiene cortes, contusiones y signos de haber estado maniatada. Auguste está revisándola ahora, pero creemos que fue sistemáticamente violada y torturada. La hemorragia era vaginal, así que la última violación debió de ser muy violenta.

Amélie se cubrió el rostro y se echó a llorar. En ocasiones como ésa, le costaba amar a Dios, y la vida, el mundo, el ser humano, la creación entera, perdían sentido. Matilde le pasó un brazo por el hombro y la condujo a los asientos, donde lloraron juntas.

Apareció Vanderhoeven y se quedó mirándolas.

—Matilde jamás logró entender que la muerte es una fase clínica de la enfermedad —manifestó Juana—. Como habrás notado, siempre llora cuando se le muere un paciente.

Amélie se puso de pie al ver al médico belga y se abrazaron en silencio.

—Elaboraré un informe y emitiremos un documento que certifique la muerte como consecuencia de una violación por si algún familiar quiere, en el futuro, cuando este país cobre un viso de normalidad, presentar una denuncia.

Amélie profirió una risa desmoralizada, mientras se limpiaba la nariz.

—¿Un viso de normalidad? ¿El Congo un viso de normalidad? Lo dudo, querido Auguste.

—O podrán presentarlo en una corte internacional. Esto no puede seguir así, Amélie. Alguien tiene que tomar cartas en el asunto. Aquí está teniendo lugar un genocidio del que nadie habla. Empezamos a trabajar el miércoles en este hospital y ya hemos visto tantos muertos como para mover las variables demográficas del país. Entre el sida, la meningitis y los machetes de los rebeldes, acabarán con la población del Congo. Tal vez eso sea lo que están buscando —añadió, con menos ínfulas.

—¿Qué será de Jérô, su hijo? —se preguntó Amélie—. Esa pobre criatura acaba de perder a toda su familia. Cuando llegó a la misión traía a su hermanita muerta a la espalda.

—Acabo de ordenar la internación de Jérô —dijo Juana—. Estaba con principio de deshidratación y muy lastimado. No entiendo cómo se mantenía en pie. Ordené para mañana un análisis de sangre. Para descartar el VIH. Por supuesto, presenta signos de desnutrición.

—¿Lo habrán violado a él también? —se angustió Amélie—. Esas bestias arrasan con hombres, mujeres, niños, ancianos. No dejan títere con cabeza.

—Lo revisaré —prometió Juana—, aunque no lo creo.

—Quiero verlo —pidió Amélie.

—Las acompaño —expresó Matilde.

Debido a la falta de camas, habían ubicado a Jérôme junto con otro niño. Una enfermera intentaba canalizarlo; el niño, de pie sobre el colchón, se resistía. Matilde, Juana y Amélie soltaron una exclamación cuando Jérôme, con la agilidad de un mono, saltó sobre la enfermera y corrió a refugiarse bajo un aparador de patas altas.

—Mientras ustedes se ocupan de sacarlo de ahí abajo, iré a llamar a mis hermanas. En la misión, todas deben de estar enloquecidas de preocupación. ¿Saben dónde tienen la radio?

—Acompaña a Amélie, Juani. Yo me haré cargo de Jérôme.

Matilde se agachó frente al mueble, sin importarle que los niños de la sala y las enfermeras la observaran. Le tomó unos segundos acostumbrarse a la oscuridad que reinaba bajo el aparador. Jérôme se agazapaba como un felino y la miraba con fijeza. Retuvo el aliento, conmovida por la belleza de esos ojos enormes y negros, cuyo brillo transmitía, sobre todo, orgullo. Lo admiró por no revelar miedo.

—Hola, Jérôme. Mi nombre es Matilde. —Le extendió la mano y no obtuvo respuesta a su saludo—. ¿Te gustaría que te enseñara un juego muy divertido? Si sales, te lo enseñaré. Es muy divertido. —Silencio—. ¿Cuántos años tienes? *Sœur* Amélie me dijo que tienes tres.

—¡No! ¡Tengo siete!

—Me parecía. Eres demasiado alto para tener tres años. Debo de haber entendido mal a *sœur* Amélie.

—¿Cómo pudo entender mal? Tres es muy distinto de siete.

La rapidez del niño la enmudeció. Se quedó observándolo. Jérôme ya no la miraba a los ojos, sino que se fijaba en su cabello, que se regaba sobre el suelo.

—¿Te gusta mi pelo? Es muy largo y del color del sol. ¿Te gustaría verlo? —Jérôme asintió—. Sal y te permitiré tocarlo. —El niño negó—. ¿Acaso tienes miedo?

—¡No! Nunca tengo miedo.

—¡Qué valiente eres, Jérôme! Yo siempre tengo miedo. —La declaración de Matilde pareció desconcertarlo—. Entonces, si no tienes miedo, ¿por qué estás ahí abajo?

—Si salgo, ¿me dirá cómo hace para tener el pelo tan largo y de ese color?

—¿Para qué quieres saberlo?

—Porque a mi mamá le gustaría tenerlo así.

El corazón le dio un vuelco en el pecho. Necesitó unos instantes para reponerse y proseguir.

—Jérôme, podría decirte que sí, que te diré cómo hago para que mi cabello esté así de largo y de este color. Y lo haría para lograr que salieras de ahí abajo, pero estaría mintiéndote. Y eres demasiado inteligente para que te mienta. La verdad es que nací con este cabello. No hago nada especial para tenerlo de este modo. Simplemente, lo dejo crecer y nunca lo corto.

Resultaba obvio que el niño estaba sometiendo las palabras de Matilde a una profunda reflexión. Al cabo, manifestó:

—No quiero salir porque esa mujer —señaló a la enfermera, que permanecía junto a la cama— quiere hacerme daño. Y nadie va a hacerme daño de nuevo.

—Te aseguro que esa mujer no quiere hacerte daño. Por el contrario, quiere curarte porque no has tomado suficiente líquido, y eso no le hace bien a tu cuerpo. ¿Verdad que no has tomado suficiente agua últimamente? —Jérôme permaneció callado, no porque no comprendiera la pregunta sino porque analizaba su estrategia—. Hagamos un trato —propuso Matilde, y enseguida advirtió el interés en el fulgor de sus ojos—. Lo que iba a hacerte la enfermera Zakia, lo haré yo. Y si llego a causarte dolor, aunque sea un poco —recalcó—, me cortaré el cabello, lo pondré en una bolsa y te lo regalaré. —Matilde aguantó la carcajada ante la mueca de asombro del niño—. ¿Puedo confiar en ti? ¿Eres un niño mentiroso y malo, o uno bueno, que dice la verdad? ¿Me dirás que te duele cuando, en verdad, no te duele ni un poquito?

—Mi mamá y mi papá dicen que soy bueno.

—Bien. Entonces, ¿cerramos el trato? —Matilde extendió la mano y esta vez obtuvo una respuesta—. Ven, tesoro, sal de ahí.

Matilde, acuclillada, esperó a que emergiera del aparador. Jérôme se colocó delante de ella y le clavó la mirada. Matilde se estremeció ante la belleza de su carita sucia. La embargó una ternura a la que estaba habituada, sin embargo, le pareció más profunda, diferente. No pudo evitarlo y le acarició el cachete enflaquecido. Amaba a sus pacientes; no olvidaba a los niños de Masisi, en especial a Tanguy, por quien aún bregaba para conseguirle una pierna ortopédica, y a la pequeña Anouk; no obstante, el impulso irrefrenable por abrazar y cobijar en su regazo a ese niño no se comparaba con lo que había experimentado por sus pacientes. Sintió orgullo por la manera en que la contemplaba, con jactancia y desafío.

—¿Te acuerdas de mi nombre? —Jérôme negó, solemne, serio—. Me llamo Matilde.

—Matilde —repitió, con excelente pronunciación, y las ganas de apretarlo contra su pecho y de protegerlo del mundo la sobrecogieron; se puso de pie de un salto.

—Zakia, yo canalizaré a Jérôme. Se lo he prometido.

—Como usted disponga, doctora Mat.

—¿Mat? —repitió Jérôme, entre agresivo y extrañado.

—Así me dicen. Mat. Como a ti te dicen Jérô, ¿verdad? Puedes llamarme Mat si quieres.

Matilde lo notaba pálido. Debía de estar extenuado. Quería canalizarlo pronto, para evitar un mayor deterioro y para que comenzara a hidratarse. Aparecieron Juana y Amélie, y, ante un gesto de Matilde, se tomaron en serio el trato y no rieron. Jérôme se recostó a los pies de la cama. Zakia la asistió, y Matilde insertó el catéter venoso sin problema, incluso se ocupó de entablillarlo.

—¿Qué me dices, Jérôme? ¿Tengo que cortarme el pelo? ¿Tengo que quedarme pelona? —Por primera vez, entrevió una sonrisa de niño y un aleteo de párpados avergonzados—. Vamos, dime. No me tengas esperando. ¿Me corto o no el pelo?

—No, no lo corte. No me dolió nada. No lo sentí.

Matilde se arrodilló junto al catre y le acarició la frente y la calva rasposa.

—Qué valiente es mi muchachito. Te sentirás mejor ahora. Debes dejar el brazo extendido y quieto, ¿sí?

—¿Doctora? —la llamó, imitando a Zakia.

—¿Qué, tesoro?

—¿Cómo está mi mamá?

—No muy bien, mi amor.

Pocas veces, pensó Matilde, el dolor se manifestaba de un modo tan inequívoco en la expresión de un ser humano. Se inclinó y le besó la frente.

—Aquí viene la cena de Jérôme —anunció Juana.

Aunque se habría quedado para darle de cenar, Matilde debió irse. Vanderhoeven la reclamaba en el quirófano. Una cesárea. El médico belga no necesitaba asistencia; sólo quería enseñarle y ella, aprender.

⁓ ⚘ ⁓

Matilde cumplió el resto de la guardia nocturna repartida entre sus obligaciones y las visitas furtivas a la sala de los niños. Entraba en puntas de pie e iluminaba con una pequeña linterna. Se aproximaba al catre de Jérôme y lo observaba a través del lienzo mosquitero. Obediente aun en el sueño, mantenía el bracito extendido. ¿Qué estaba ocurriéndole con esa criatura? Le costaba apartar la vista de él y alejarse. Sabía por Zakia que no había comido bien, que preguntaba por su mamá y que pedía verla, hasta que Juana mandó inyectarle en el suero un sedante muy suave y se durmió. «Es lo mejor», se dijo Matilde. «Necesita descansar.» Recordaba haberle visto círculos oscuros en torno a los ojos irritados. ¿Qué brutalidades habría atestiguado? La idea de que lo hubieran vejado la sumió en una angustia que casi la quiebra; se oprimió la garganta con las manos para evitar que el llanto aflorara. Apretó los párpados, y vio la sonrisa de Eliah, la que le quitaba el aliento, la que había anhelado que fuera sólo para ella. Abrió los ojos con suavidad. Jérôme seguía en la misma postura, tranquilo. La asaltó una imagen, una utopía, se convenció, porque nunca se haría realidad: Eliah, Jérôme y ella, en la sala de música de la casa de la Avenida Elisée Reclus, echados en la alfombra, abrazados, mientras conversaban con serenidad; la música era apenas un susurro que los mecía, y cuando le tocaba el turno a *Can't take my eyes off of you*, Eliah le explicaba a Jérôme: «Ésta es nuestra canción, de tu madre y mía». «De tu madre y mía. De tu madre y mía.» Matilde abandonó la sala con el mentón tembloroso. Sus zapatos de hule no hacían ruido contra el piso de cerámica; sólo su respiración agitada alteraba el silencio del hospital a esa hora de la madrugada.

Su prima Amélie, Vumilia y Juana dormitaban en unos sillones de vinil de la sala de médicos. Las contempló durante algunos segundos. Combatió el deseo de despertarlas para contarles acerca del extraño sentimiento que estaba experimentado; quizá buscaba una explicación. ¡Qué bien le habría venido una charla con su psicóloga!

Como no tenía sueño, visitó la carpa de los enfermos de meningitis. En valores relativos, habían perdido más pacientes que en Masisi, y no entendía por qué. El mismo miércoles, el primer día de trabajo en Rutshuru, Vanderhoeven había urgido al doctor Loseke y a Jean-Marie Fournier para iniciar cuanto antes la campaña de vacunación contra la meningitis. Pero las vacunas no llegaban.

A la mañana del sábado, Vumilia y *sœur* Amélie se despidieron y regresaron a la misión, mientras que Juana, Matilde y Vanderhoeven se dirigieron a la casa de Manos Que Curan.

Matilde se dio un baño y se cambió con ropa limpia. Entró en el dormitorio de Juana —en la casa de Rutshuru, no compartían la habitación— y la encontró con el camisón puesto y lista para meterse en la cama.

—Juani, vuelvo al hospital.

—¿Estás loca? Trabajaste toda la noche. No dormiste un minuto. ¿A qué carajo vas?

—Juani —dijo con pasión, y se sentó junto a ella, en el borde de la cama—, no puedo separarme de Jérôme, quiero volver con él. —Juana la miró a los ojos, para nada desconcertada—. Sabes que adoro a todos mis pacientes, pero con este niño me pasa algo distinto.

—¿Algo como qué?

—Es una locura.

—Vamos, dime. ¿Algo como qué?

—Quisiera que fuese mi hijo.

—¿Tuyo y de Eliah? —Matilde bajó la vista y asintió, con los pómulos sonrojados—. Si es así —pronunció Juana, al cabo de unos segundos—, tienes que volver para estar con él. Lo revisé antes de terminar la guardia y lo noté mejor. Ya le habrán sacado sangre y habrán tomado la muestra de orina. Esperemos los resultados con fe.

—Sí, con fe —repitió Matilde.

Por alguna razón, la complicidad y la aceptación de Juana la serenaron; también le proporcionaron una alegría exultante e inexplicable, que acabó con todo rastro de cansancio. Fue a la cocina, porque de pronto languidecía por un buen desayuno. N'Yanda y su hija, Verabey, las mujeres que atendían la casa de Manos Que Curan desde que la organización se había instalado en el Congo en el 81, acomodaban las verduras y las frutas que acababan de comprar en el mercado de Rutshuru. Verabey le sonrió, como de costumbre, y le deseó buenos días en francés. N'Yanda, en cambio, le destinó una de sus miradas misteriosas. Matilde había notado que no la contemplaba con desprecio ni con resentimiento, sino con la concentración empleada para evaluar. No olvidaba la conmoción que le causaron la intensidad de sus ojos verdes, de un verde similar al de Eliah, ni las primeras palabras que le dirigió, en kinyarwanda, porque N'Yanda era una tutsi ruandesa. No la saludó, no apretó la mano que Matilde le extendía, no devolvió la sonrisa que le ofrecía; simplemente, la miró a lo profundo de los ojos y le habló en su lengua madre. Su hija, Verabey, tradujo al francés: «Has venido a esta tierra a buscar lo que se te ha perdido».

—¡Buen día, Verabey! ¡Buen día, N'Yanda! ¿Les molesta si me preparo el desayuno?

—¡Yo se lo preparo, doctora Mat! —se ofreció Verabey, servicial como de costumbre.

—Lo prepararé yo —manifestó N'Yanda, y su voz gruesa pareció enmudecer aun a las aves—. Tú ve a echar el desinfectante en los tanques de agua.

Para el consumo humano se empleaba agua mineral, la cual costaba cinco veces más que en un país europeo, mientras que, para la higiene personal, el lavado de la vajilla y de los alimentos y para la limpieza de la casa, se usaba la que suministraba *Eau Royal*, una empresa con camiones cisterna; el agua corriente hacía tiempo que había desaparecido. Si bien *Eau Royal* aseguraba que, luego de extraer el agua del río Rutshuru, la sometían a un proceso de potabilización, nadie confiaba, por lo que se arrojaban pastillas de permanganato de potasio a los tanques; las pastillas también se pagaban a precio de oro. Matilde nunca volvería a dejar correr el agua con la inconsciencia del pasado.

—Sí, mamá —contestó la muchacha y se marchó a ejecutar la diligencia.

N'Yanda conocía los gustos de Matilde, por lo que actuó en silencio, sin preguntar nada. Le sirvió el café con leche y pan tostado blanco con mantequilla y mermelada de mango, que ella misma preparaba.

—¿No va a dormir, doctora?

No importaba cuántas veces le había pedido que no la llamara doctora; N'Yanda siempre le destinaba un trato formal, lo mismo a Auguste y a Juana, aunque con ellos se mostraba más relajada.

—Vuelvo al hospital. Le pediré a Ajabu que me lleve.

—No está cansada —afirmó la mujer.

—Es verdad, no lo estoy.

—Su corazón está contento.

De camino al hospital, iba en silencio junto a Ajabu, con la vista en el paisaje urbano. Rutshuru, aunque más grande, presentaba una estética similar a la de Masisi. «Caos» era la palabra que le venía a la mente para definirla. Sólo la avenida principal, atestada de empresas de alquiler de taxis aéreos, estaba pavimentada. En las adyacencias del hospital, alejada de la anarquía del centro, había una iglesia católica cuyo humilde diseño le provocaba simpatía.

—Ajabu, ¿te molestaría detenerte un momento? Me gustaría entrar en esa iglesia. Será un momento, nada más.

Como muestra de respeto, antes de entrar en la iglesia, Matilde se quitó el sombrero de paja con el cual se protegía del sol. El interior, igualmente humilde, con sillas de diversas clases y pocas imágenes, sin gente y sumido en una luz lánguida, apaciguó el alboroto que le había ocasionado la llegada de Jérôme a su vida. Se reclinó frente a la imagen de la Virgen y adoptó una actitud de recogimiento. Aunque debía rezar por mucha gente (Celia, su padre, su madre, sus sobrinos, Tanguy, los pacientes de Masisi y los de Rutshuru), su corazón se empecinaba en dos nombres: Eliah y Jérôme. Nadie como ellos formaba parte de su propio ser.

Al incorporarse, dispuesta a regresar a la camioneta, se detuvo para observar a la muchacha que, a unos metros, se ocupaba de los jarrones bajo las imágenes. La subyugaba el silencio en que trabajaba. La suavidad y la lentitud de sus manos, que quitaban las flores viejas y colocaban las nuevas, ejerció un efecto hipnótico en ella. Le gustaron las flores de variados colores, se las notaba de la cosecha de un jardín privado; de seguro no venían de una florería; en realidad, no había florerías ni viveros en el Congo oriental.

La muchacha giró sobre sí y clavó la vista en Matilde. Le sonrió con la misma suavidad con que se movía, y Matilde le devolvió el gesto. A pesar de la poca luz, se dio cuenta de que era hermosa, de marcados rasgos africanos, aunque de piel más clara. Le llamó la atención que tuviera el pelo largo y lacio, sin rizos. Levantó la mano y la saludó para despedirse, y la muchacha le contestó de igual manera.

Al llegar al hospital, pasó corriendo por la recepción y saludó de lejos, agitando el sombrero de paja, a las empleadas, que la miraron, ceñudas. Se cambió en el vestidor y se lavó las manos antes de dirigirse a la sala de los niños. Individualizó a Jérôme desde la entrada, sentado en su cama, la espalda contra la pared y el bracito canalizado extendido hacia delante. Su compañero dormía, y, aunque Jérôme lo miraba, en realidad, fijaba la vista sin verlo. «¿En qué piensas, mi amor? Aquí estoy para hacerte compañía.»

—Hola, Jérô.

Concentrado como estaba, no había notado que Matilde se aproximaba; ni siquiera se percató del alboroto que la presencia de la médica causó en los demás niños, que le pedían que les contara cuentos. Al descubrirla frente a él, Jérôme dibujó una sonrisa que ocasionó un desbarajuste en Matilde; se le llenaron los ojos de lágrimas y por unos segundos fue incapaz de articular.

—Me dijeron que se había ido y que no volvería hoy. Ni mañana.

—Ya ves —dijo, y carraspeó—, aquí estoy, para hacerte compañía.

—¿Se va a quedar todo el día con nosotros, doctora Mat? —preguntó Dadou, una niña a la que le habían extraído una bala del muslo y que hablaba francés.

—*Oui.*

—¡Viva! —exclamaron varios al unísono después de que Dadou y otros les tradujeran al swahili y a otras lenguas.

Su entusiasmo despertó al compañero de Jérôme. Matilde se puso de pie, siseó y les indicó, agitando las manos, que se callaran.

—Silencio —pidió en un susurro—, o vendrán Udmila y Danielle y me echarán de aquí.

La idea les causó risa, pero se taparon la boca para no contrariar la orden. Matilde se volteó hacia Jérôme y amó su carita —alguien la había limpiado— con expresión curiosa, y sus ojos desorbitados y su boquita de labios llenos que no terminaba de decidirse por una sonrisa. Se sentó a su lado y le estudió la canalización.

—¿Te duele? —El niño negó con la cabeza—. No tienes fiebre —afirmó, con la mano sobre su frente—. Muéstrame la herida de la pierna.

La venda había sido cambiada, y la piel en torno no presentaba hinchazón ni enrojecimiento. Matilde consultó el reporte de enfermería que colgaba a los pies de la cama y vio que si bien Juana había prescripto la antitetánica, aún no se la habían colocado.

—¿Cómo te lastimaste la pierna?

—Con un rama filosa.

—¿Dónde?

—En el monte.

—¿Qué hacías en el monte? —Advirtió que dudaba; por un instante, creyó que le contaría su experiencia—. Está bien, no digas nada. Algún día, cuando tú quieras, me dirás qué pasó. ¿Has desayunado? —El niño asintió—. ¿Estás bien? ¿Necesitas algo?

—Quiero ver a mi mamá.

Se debatió entre seguir mintiéndole o decirle la verdad. Desde un punto de vista racional, no le correspondía comunicarle que su madre había muerto sino a Amélie. Pero no toleraba la idea de que otro lo consolara. Sentía que Jérôme le pertenecía, y ella quería hacerse cargo de su dolor. Se acomodó sobre la cama y le tomó las manos. Se miraron a los ojos.

—Tesoro, tú sabes, porque eres muy inteligente, que anoche, cuando llegó al hospital, tu mamá estaba muy enferma. Lo sabes, ¿verdad? —La respuesta, un sí que pareció un suspiro, se le clavó en el corazón—. Estaba muy débil, pobrecita, y luchó mucho, mucho, pero al final ya no tenía fuerzas y le permitió a un ángel que la llevara con Dios y con tu hermanita.

Matilde se quedó estática, la mirada fija en la de Jérôme, y observó cómo las lágrimas se suspendían para caer por sus cachetes segundos después.

—¿Mi mamá se murió?

—Sí, mi amor. Anoche. Está en el cielo con tu hermanita.

—Y con mi papá —manifestó, y se acomodó de lado, la cara contra la pared.

A Matilde la sorprendió que no rompiera en un llanto abierto. Empezaba a entrever el carácter fuerte y orgulloso de su niño. «Mi niño», repitió. Que sufría lo que a un adulto le habría hecho perder la cordura, la pérdida en pocos días de toda su familia. Asolada por la impotencia, se esforzó por recordar lo que había sentido cuando la abuela Celia le informó que su padre no volvería, que pasaría años en la cárcel. La sensación regresó vívidamente, un dolor que era amargura y pánico; las lágrimas fluyeron sin contención. Los niños se amontonaban en torno y la contemplaban con el desenfado propio de su naturaleza. «En aquella instancia», se acordó, «sobre todo le temí a la soledad. Me aterraba la idea de quedarme sola». Se inclinó sobre el oído de Jérôme y, mientras le acariciaba el brazo, le susurró:

—Jérôme, amor mío, no tengas miedo. Yo estoy aquí y nunca te voy a abandonar. —Las palabras, sin asidero, quizá promesas vanas, no brotaban de su mente, sino de su corazón—. Nunca voy a dejarte. Nunca. Te lo prometo.

Jérôme giró sobre sí, pasó los brazos, con canalización y todo, por el cuello de Matilde y hundió la cara en su pecho. Matilde lo apretó con delicadeza. Su parte racional le indicaba que cometía un error al involucrarse con un paciente, que no sabía nada de esa criatura, tal vez tuviera abuela, tíos u otros parientes que lo reclamarían. Le permitió llorar unos minutos. Los vecinos de camas aledañas se sentaron en torno a ellos; algunos estiraban los bracitos y, con la vista clavada en la doctora Mat, acariciaban la cabeza de Jérôme; lo hacían de un modo torpe, aunque no brusco. Matilde había apreciado, incluso en Masisi, ese modo peculiar de los congoleños para comunicarse afecto, con caricias en la cabeza, de mano bien abierta y dedos estirados; aun los adultos las empleaban, y, mientras lo hacían, miraban hacia otro lado.

Matilde empezó canturrear *Manuelita, la tortuga* porque la sabía completa. Se acordó de una canción en francés que le habían enseñado en la Academia Argüello, *Alouette, gentille alouette*, y la cantó sin respetar el orden de las estrofas porque las había olvidado; repetía siempre las mismas. «*Alouette, gentille alouette. Alouette, je te plumerai. Je te plumerai la tête. Je te plumerai la tête. Et la tête. Et la tête. Alouette. Alouette.*» La letra, que hablaba de cómo una persona despluma a una alondra, parte por parte, hacía reír a los niños que comprendían francés, quienes a su vez traducían a otras lenguas.

—¡Enséñanos a cantarla, doctora Mat! —pidió Dadou.

—Si prometen hacerlo en voz baja. Esto es un hospital y no se debe hacer ruido.

—Sí, sí, lo prometemos —aseguró Dadou, al tiempo que lanzaba vistazos de advertencia a sus compañeros.

Al rato cantaban de modo bastante coordinado. Las enfermeras, antes que reprimir la osadía de la doctora Mat y la de los niños, se unieron al coro. Los congoleños, al igual que la mayoría de los pueblos subsaharianos, aman la música y el baile, y, en cualquier oportunidad que se les presenta, a veces sin excusa, danzan y cantan batiendo las palmas y agitando los pies.

Jérôme, ubicado sobre el regazo de Matilde como un bebé, ya no lloraba y, si bien no se unía al coro, seguía con atención el desarrollo de la canción. La enfermera Udmila propuso cantar *Frère Jacques*. Matilde se calló porque le pareció que Jérôme la canturreaba. Bajó la vista y se quedó observándolo. El niño apenas movía los labios. Matilde lo besó en la sien, y Jérôme giró la cabeza para mirarla. Una sonrisa tímida despuntó en las comisuras de sus labios en forma de corazón. ¡Era tan hermoso! Sintió orgullo y emoción ante su mirada inteligente de ojos casi redondos, embellecidos por unas pestañas cortas, tupidas y tan levantadas que formaban un rizo; la nariz parecía un botón, con las fosas muy abiertas hacia los costados; las orejas pequeñas se pegaban al cráneo, de un diseño perfecto.

A las canciones, siguieron los cuentos. La rutina de la sala de los niños se había alterado por completo con la presencia de la doctora Mat; sin embargo, Udmila y Danielle no se quejaban y colocaban inyecciones y suministraban medicamentos mientras los niños rodeaban a la médica y escuchaban sus historias.

—¿Ya le pusieron la antitetánica a Jérôme? —preguntó, a sabiendas de que no lo habían hecho.

—Se acabaron ayer por la tarde, doctora —informó Danielle.

—¿Ni siquiera hay gammaglobulina?

Danielle agitó la cabeza para negar. Matilde sufrió un momento de angustia. Quería que inocularan a Jérôme cuanto antes. Como se aproximaba la hora del descanso después del almuerzo, los obligó a recostarse. Segura de que Jérôme dormía, se alejó a zancadas ansiosas hacia el Servicio de Farmacia, donde le confirmaron la falta de la vacuna antitetánica y de otros medicamentos. Corrió a la sala donde estaba la radio y le pidió al operador que la comunicara con el doctor Jean-Marie Fournier, en el hospital Bon Marché, en Bunia, una ciudad de la Provincia Oriental. Minutos después, escuchó la voz de Fournier, que se sorprendió al saberla en el hospital un sábado, después de haber pasado la noche del viernes en vela.

—Jean-Marie, nos hemos quedado sin antitetánica y sin gammaglobulina.

—Tampoco quedan en Masisi ni en Goma —acotó el médico—. El pedido arribó a Kinshasa, pero el transporte tiene problemas para acceder a la zona oriental, por los rebeldes. Derribaron una avioneta de la Cruz Roja e impidieron a un camión de MQC avanzar por la carretera.

Matilde experimentó una ráfaga de odio contra esos hombres, de la facción que fueran, que impedían el transporte de las medicinas. La incomodó desear que Eliah y sus hombres arrasaran con ellos cuando algunas de las razones de la ruptura habían sido su posición contraria a cualquier forma de violencia y el oficio de mercenario de Al-Saud.

—¡Es urgente! —se alteró—. Sin la antitetánica, el Servicio de Cirugía está parado.

—Lo sé, lo sé. Me comunicaré con Bukavu. Tal vez ellos puedan enviarnos unas dosis para paliar la situación. Hablaré con el profesor Gustafsson.

Una barcaza de la Cruz Roja, que cruzó el Lago Kivu desde Bukavu, llegó el sábado por la noche a Goma con dos cajas de medicamentos. El domingo por la mañana, un convoy se pondría en marcha para transportar una parte al hospital de Rutshuru. Matilde no estaría tranquila hasta que Jérôme recibiera la vacuna y la gammaglobulina, y rogaba para que no se cortara la cadena de frío de los medicamentos.

Se quedó hasta que anocheció y los niños cenaron. Ayudó a las enfermeras del turno noche a asearlos, a acomodarlos en los catres y a cubrirlos con los tules mosquiteros. En cuclillas junto a la cama de Jérôme, apartó apenas la tela y se quedó mirándolo. Él también la miró fijamente, y ninguno experimentó incomodidad en ese silencio de miradas intensas.

—Si sigues tan bien como hoy, mañana ordenaré que te quiten el suero.

—¿Ahora se va?

—Me gustaría que me trataras de tú, Jérôme. Sí, ahora me voy a descansar. Mañana muy temprano estaré aquí de nuevo.

—¿Nos contará más cuentos?

Aunque Matilde había agotado su repertorio, le aseguró que sí. Jérôme estiró el brazo y le sujetó una trenza. Matilde se había dado cuenta de que, a lo largo del día, él le había tocado el cabello cuando la creía distraída. Jérôme soltó la trenza enseguida, avergonzado de su audacia. Matilde, sonriendo, se tomó la trenza y, con la parte final, como si se tratase de un plumero, le hizo cosquillas en la nariz. Jérôme rio, la primera risa que se le escapaba. Siguió acariciándolo con su cabello, en la frente, las sienes, los párpados, lo que lo obligó a cerrar los ojos, y en los cachetes, hasta que el niño se durmió. Lo besó, cerró el tul y se marchó.

La noche en vela y el día agotador comenzaron a minar su fuerza. Tenía los músculos ateridos y le dolía la cabeza; no obstante, estaba feliz. Al entrar en la casa, avistó a Auguste en la mecedora ubicada en la terraza que circundaba la vivienda, protegida por mosquiteros. Le observó el perfil de nariz larga y recta, los labios apretados y el ceño. Tomaba vino de palma, una bebida alcohólica típica de las zonas tropicales del África, de un color blanquecino y que N'Yanda preparaba a partir de la fermentación de la savia de las palmeras.

—Hola, Auguste.

Vanderhoeven giró la cabeza y le dirigió una sonrisa forzada e irónica.

—Volviste —dijo, con un acento que Matilde no atinó a calificar de alegre o de agresivo.

Se sentó junto a la mecedora y contempló la oscuridad que velaba el jardín, bien cuidado por N'Yanda y Verabey.

—¿Te ocurre algo?

—Nada —aseguró Auguste, incapaz de manifestarle que había sufrido una decepción al enterarse de que estaba en el hospital cuidando a un niño en particular; lo avergonzaba confesarle que los celos le habían amargado la tarde.

—Te noto preocupado. ¿Quieres que hablemos?

Vanderhoeven volteó el rostro hacia ella. «Está deshecha por el cansancio», se dijo al notar sus ojeras y sus trenzas medio desarmadas; no obstante, se preocupaba por él y le ofrecía hablar. Conocer a Matilde había constituido un fuerte cimbronazo para Auguste, y comenzaba a replantearse las prioridades de su vida profesional y personal.

—Matilde —carraspeó para eliminar los vestigios de emoción en su voz—, ¿por qué volviste al hospital? ¿Por qué no te quedaste a descansar? Trabajaste muy duro anoche. Necesitas descansar para rendir en el quirófano.

—Volví por el niño que trajo Amélie. Perdió a toda su familia y está tan solo... Me dio mucha lástima, por eso volví hoy, para estar con él.

Vanderhoeven extendió la mano y pasó el dorso de los dedos por la mejilla de Matilde. Durante las horas que destinaba a observarla, se había preguntado cómo sería su piel al tacto. «Como la de un bebé», se admiró. A pesar del sol abrasador del Congo, Matilde seguía tan blanca como durante el invierno parisino; se cuidaba con un sombrero y con bloqueadores solares. Con todo, las pecas que le moteaban el puente de la nariz se habían vuelto más oscuras.

Matilde alejó la cara con delicadeza y bajó la vista.

—Lo siento —musitó Auguste—. Debe de ser el vino de palma, que se me está subiendo a la cabeza.

—Está bien.

Vanderhoeven adivinó la intención de Matilde de proseguir su camino hacia el interior de la casa e intentó retenerla con una pregunta banal.

—¿Cómo está tu paciente dilecto, el niño que trajo Amélie anoche?

—Se llama Jérôme, y está bien, dentro de lo que cabe. Esta mañana le dije que su madre había muerto.

—¿Cómo se lo tomó?

—Con mucha entereza. Es un niño muy valiente.

—Te has encariñado con él —afirmó Vanderhoeven, y bebió otro sorbo de vino de palma antes de preguntar—: ¿Te gustaría tener hijos, Matilde?

La pregunta la incomodó, no porque le recordara su condición de estéril —ni un día pasaba que no la evocara—, sino porque, después de tres semanas de trabajar con Auguste, nunca habían abordado temas íntimos.

—No —respondió—. ¿Y a ti?

—No, en absoluto. Conozco demasiado la realidad mundial para querer traer un hijo a este planeta de locos. Sería un acto irresponsable, ¿no crees?

—Tal vez.

Auguste la contempló en tensión. Se había dado cuenta de que, en las últimas semanas, actuaba para ganarse su admiración, no sólo en el quirófano, exhibiéndole su habilidad como cirujano, sino como persona y, sobre todo, como hombre; quizá por eso, el día anterior, mientras comían un sándwich de prisa, había alardeado de ser bueno en los deportes de riesgo, en vano, porque ella no se mostró impresionada. El recuerdo, que lo humillaba, despertó su lado irascible, que el vino de palma acentuó. Se irguió con un movimiento rápido, como si hubiera recobrado la sobriedad de golpe. Matilde ahogó una exclamación cuando la aferró por los hombros y le clavó la mirada.

—Matilde —pronunció en voz baja y con timbre enojado.

Se quedaron callados y tensos, las miradas entrelazadas, las manos de Vanderhoeven sobre los hombros de Matilde. Ella identificó el instante en que él, con un desplazamiento imperceptible, se inclinó hacia delante y, con una presión sutil, la empujó hacia sus labios. Estaba cansada y se sentía sucia. Quería darse un baño e irse a la cama. No obstante, lo dejó avanzar. En el momento previo a que sus labios se rozaran, pensó: «Dice que no quiere tener hijos».

Vanderhoeven se regocijó con el primer contacto, le ocasionó una efervescencia en el estómago evocadora de los besos de la adolescencia. Prosiguió con tiento, porque percibía la resistencia de Matilde y la indecisión de su boca. La quería, la había querido desde sus primeros encuentros en París. La quería para recorrer el mundo con Manos Que Curan, y la quería después, para envejecer con ella. Nunca una mujer, en sus treinta y nueve años, le había inspirado ese pensamiento. Sí, había tenido novias y amantes ocasionales; sin embargo, ninguna le había hecho pensar en el matrimonio, una institución a la que, antes de Matilde, aseguraba no respetar. Le pasó las manos por los brazos hasta alcanzar su delgada cintura y profundizó el beso. Sabía que Matilde acababa de romper la relación con el hombre moreno del Aston Martin, el tipo con el cuerpo atlético y la pinta de *playboy*. Sabía que no se entregaría a otro tan pronto. Le tendría paciencia.

Matilde se dijo: «No siento nada, lo mismo que con Roy». Nunca un beso de Eliah le había resultado indiferente; por el contrario, cuando sus bocas se tocaban y sus lenguas se acariciaban, el efecto resultaba devastador, casi violento. No quería fingir con Auguste, él no se lo merecía. Por más que encarnara al hombre perfecto para ella —comprometido con la medicina, dedicado a los más débiles y miserables del mundo y decidido a no tener hijos—, no iniciaría una relación sin amarlo. La experiencia con Roy le servía de muestra y escarmiento. En realidad, nunca amaría a otro hombre porque el amor que sentía por Eliah Al-Saud era como un virus que corría por su sangre y para el cual no acertaba con la cura. Rompió el beso y habló con la cara ladeada.

—No, Auguste, por favor. No arruinemos nuestra amistad iniciando una relación de este tipo. Es un error. Complicaría las cosas, el trabajo… No, por favor.

Se puso de pie y se alejó en dirección a la entrada de la casa. Ni ella ni Vanderhoeven se dieron cuenta de que, desde la fronda del hibisco, Amburgo Ferro, equipado con una cámara fotográfica con visión nocturna, de las que sacan fotografías en tonalidad verdosa, apretaba el disparador una y otra vez para captar cada etapa del beso, mientras mascullaba en italiano: «Esto no va a gustarle al jefe ni un poco».

~: ℀ :~

El domingo por la mañana, Matilde se presentó a las nueve en el Servicio de Pediatría para hablar con la médica de guardia, una doctora norteamericana, contratada por el gobierno congoleño.

—Hoy, a primera hora, lo revisé concienzudamente y no encontré señales de abuso sexual. —Matilde sonrió, aliviada—. Mandé quitarle el suero porque ya está hidratado, con buenos niveles de diuresis. Lo medí y lo pesé. Sus parámetros son normales para un munyamulengue.

—Me asusta su delgadez.

—Así son ellos, altísimos y de una flacura llamativa. Lo ausculté —prosiguió la pediatra norteamericana—. Todo bien. Sus constantes vitales son óptimas.

—¿Tenemos algún resultado del laboratorio? Ayer le practicaron exámenes de sangre y orina.

—Hasta ahora, arrojan cifras en rango. —La alegría de Matilde se expandía como un cosquilleo por su cuerpo—. Ya sabes que para el VIH debemos esperar unos diez días. No encontré indicios de la enfermedad del sueño. Este niño congoleño tan saludable es un hallazgo.

—Sí, lo es. ¿No llegaron las vacunas antitetánicas?

—Todavía no. Apenas lleguen, ordenaré a Zakia que lo inocule.

—Gracias, Christine.

La alegría de Matilde se desmoronó al entrar en la sala y descubrir que Jérôme lloraba. Lo hacía de una manera descorazonadora, sentado en medio del catre, mordiéndose el puño para reprimirse, mirando a los niños a su alrededor, que no le prestaban atención.

—¡Jérô, tesoro! —Lo tomó entre sus brazos y enseguida percibió la desesperación con que se aferró a ella—. Dime, mi amor, ¿qué sucede?

El niño no habló de inmediato. Matilde lo meció y le canturreó *Alouette, gentille alouette* con los labios en la frente. Al cabo, Jérôme elevó el rostro y la buscó con ojos desolados.

—Extraño mucho a mi papá y a mi mamá —le confesó, entre espasmos y sollozos—. No quiero que estén en el cielo. Quiero que vengan a buscarme.

La carita de Jérôme se convirtió en una imagen enturbiada. Se le agarrotó la garganta y comenzó a respirar de manera profunda y veloz. «Daría mi vida para que tus padres resucitaran, Jérôme.»

121

—Lo sé, mi amor —dijo, y le secó las lágrimas con el pañuelo de Eliah—. Sé cuánto extrañas a tu papá y a tu mamá, pero te voy a contar un secreto. Mientras tus ojitos están llenos de lágrimas porque tú crees que ellos se han ido y que nunca más van a volver, tu papá y tu mamá están aquí, cerca de nosotros, mirándonos con mucho amor. No te sientas solo, Jérô. Ellos nunca te van a abandonar, aunque no los veas.

—¿Y tú, Matilde?

Se trataba de la primera vez que la llamaba por su nombre de manera espontánea. Recordó la oportunidad, durante el viaje de Buenos Aires a París, en que Eliah la interceptó en el pasillo del avión y le exigió: *«Quiero escucharte pronunciar mi nombre. Di Eliah»*.

—Yo tampoco, Jérô. ¿Acaso no he venido ayer y hoy? —El niño asintió—. Hoy es mi día libre. No tendría que estar acá y, sin embargo, aquí me tienes porque *tú* estás acá, y yo *quiero* estar contigo.

—Yo también quiero estar contigo, Matilde.

—¿Te gustaría salir a la terraza? Ha llovido temprano y hay un aroma a tierra húmeda exquisito.

A diferencia de la mayoría de los niños, que andaban descalzos, Jérôme había llegado con un par de tenis maltrechos; los usaba sin calcetines. Matilde lo ayudó a colocárselos y se asombró de la rapidez y la coordinación con que se ató las agujetas, un indicio más de que la enfermedad del sueño no corría por sus venas, al menos en su segunda fase, cuando se ensaña con el sistema nervioso central; la primera era de difícil diagnóstico y podía confundirse con una gripe.

Pasaron un día agradable. Se vivía un ambiente distendido en el hospital, un oasis en medio del infierno que significaba estar en el corazón del conflicto. Si bien al principio las habían aterrorizado, Matilde y Juana se acostumbraban poco a poco a oír disparos y explosiones; nunca se habían topado con un grupo rebelde, menos aún con un enfrentamiento, aunque sí les tocaba ocuparse de las víctimas. Cumplían las reglas de Manos Que Curan a rajatabla, y no se aventuraban fuera de la casa ni del hospital.

—Los rebeldes no son tontos —les había asegurado Ajabu—. Nunca bombardearán el hospital porque saben que es el único que hay en la zona, y ellos también lo necesitan.

Matilde no estaba tan segura. Si era cierto que muchos actuaban bajo el efecto de alucinógenos, ¿quién podía garantizar su comportamiento? Prefería no estancarse en esos pensamientos e intentaba hacer caso omiso de la guerra que se desarrollaba fuera; en caso contrario, no habría podido llevar adelante su trabajo.

Ese domingo, pasado el mediodía, llegaron las vacunas antitetánicas y la gammaglobulina desde Goma, y Zakia inoculó a Jérôme, que recibió los dos pinchazos con estoicismo. Por la tarde, Vanderhoeven la sorprendió presentándose en el hospital. La encontró sentada en una banca en la terraza, contando cuentos a los niños que se hallaban en condiciones de abandonar sus camas y salir al sol. Un negrito, cuyos ojos enormes y oscuros le llamaron la atención, estaba sentado sobre la falda de Matilde y la contemplaba con expresión devota.

—Así que éste es Jérôme —dijo, y extendió la mano hacia el niño, que le lanzó un vistazo desconfiado y no respondió al saludo.

—Jérô, él es mi amigo, el doctor Auguste. —El niño extendió la mano y Vanderhoeven se la apretó con ligereza—. Siéntate, Auguste —lo invitó, sin encontrarlo con la mirada—. ¿Te llamaron por una urgencia?

—No. Le di el día libre a Ajabu. Vine a buscarte.

Matilde levantó la vista y contuvo el aliento ante la belleza del azul de sus ojos, que destellaban con matices dorados en torno al iris. Vanderhoeven era atractivo, sin duda. Consultó la hora, sobre todo para romper la línea de contacto visual.

—Jérôme, hoy me iré más temprano. No pongas esa cara, mi amor. Me iré porque le pediré a Auguste que me lleve al mercado y te compraré ropa y otras cosas que necesitas. Mañana te traeré muchos regalos.

En la camioneta, apenas abandonaron el predio del hospital, Vanderhoeven expresó:

—No debes encariñarte con ese niño.

—Quiero adoptarlo —le replicó Matilde, e incluso ella misma se pasmó con la declaración porque, aunque su corazón lo había deseado desde un principio, su mente se negaba a abordar el tema. Le fastidió que Vanderhoeven se riera con indulgencia.

—¿Por qué ríes?

—Porque me recuerdas a mí en mis primeros años en MQC. Quería adoptar y salvar a cuanto niño caía en mis manos. Poco a poco, te vas desengañando y aprendes a convivir con la realidad de que no puedes salvarlos a todos.

Matilde no replicó. Ella quería salvar a todos sus pacientes, un lazo de cariño profundo la unía a ellos. No obstante, con Jérôme era distinto porque se sentía su madre; no podía explicarlo, sólo sabía que el amor que ese niño le inspiraba era el que ella habría experimentado por un hijo de sus entrañas.

En el mercado, una reunión bulliciosa de vendedores ambulantes, se adquirían desde cabras y gallinas hasta lociones para aclarar la piel. Si bien no había cobrado el sueldo de Manos Que Curan, le quedaban los ahorros con que había ido a París; vivir en lo de Eliah, sin gastos y con un chofer a su disposición, había ayudado para que el dinero no mermara. Le compró a Jérôme pantalones, playeras, camisas, tenis, calcetines, calzoncillos, sin demasiados miramientos en cuanto a la calidad y el buen gusto, y también un cinturón de cuero ecológico, dos cepillos de dientes, pasta de dientes y jabones. Como regalo especial le llevaría cuadernos, plumones, un lápiz y una goma con forma y aroma a chocolate. Vanderhoeven se ganó una sonrisa cuando le compró una pequeña pelota de futbol, por la cual pagó un precio exorbitante. «Los congoleños aman jugar al futbol», le aclaró. Por último y cediendo a la tentación, le compró una caja de bombones suizos, que casi costaron lo mismo que el guardarropa, y una bolsa con galletas de sagú, porque había disfrutado viéndolo comer con fruición los que Dadou le había regalado. Se regocijaba por anticipado al imaginar la expresión de Jérôme frente a tantas bolsas y paquetes.

Caía el sol cuando emprendieron el regreso por el camino sin asfaltar que los conducía a la casa de Manos Que Curan. Volvían en silencio, de pronto invadidos por una incomodidad nacida del beso compartido la noche anterior, a pesar de que Auguste no había intentado tocarla ni se había mostrado galante sino amistoso.

—*Merde!* —vociferó Vanderhoeven, y metió el freno con tanta violencia que Matilde se despegó del asiento; el cinturón de seguridad la salvó de terminar con la cabeza en el parabrisas.

Un grupo de rebeldes a juzgar por las armas que exhibían en la tenue luz del atardecer, saltaron desde la espesura del monte al camino y lo obstaculizaron. Apuntaban sus AK-47 y sus pistolas a la Land Rover blanca, donde el logotipo fluorescente de Manos Que Curan seguía visible aun en la oscuridad.

Matilde había oído de las frecuentes emboscadas. Los rebeldes, de cualquier grupo, aun los soldados del ejército regular, cuyos salarios rara vez llegaban a la región oriental, asolaban los caminos para hacerse de dinero, vehículos, combustibles y cuanto pudieran saquear.

Vanderhoeven insultó su suerte. No temía por él sino por Matilde. Esos rebeldes no desaprovecharían la oportunidad de divertirse un buen rato con una mujer blanca, de una belleza arrebatadora e inverosímil para esas latitudes. No sabía qué hacer, cómo proceder. Apretó el botón para bajar la ventanilla, al tiempo que aseguraba las puertas. Agitó un pañuelo blanco y gritó en francés:

—¡Hey, amigos! ¡Somos médicos de Manos Que Curan! —Lo repitió en swahili, un idioma generalizado en el Congo, más allá de las etnias—. ¿Tienen algún herido entre ustedes? ¿Necesitan nuestra ayuda?

Les respondieron con un disparo que atravesó el parabrisas y reventó el espejo retrovisor. Matilde soltó un alarido y se quedó estática, con la vista clavada en sus atacantes. No se percató de que Vanderhoeven le desabrochaba el cinturón. Reaccionó cuando lo tuvo encima. Una andanada cayó sobre la camioneta.

—¿Qué quieren? —lloriqueó Matilde, con la mejilla hundida en el asiento—. ¿Por qué nos disparan?

—Creo que son *interahamwes*. Los de Nkunda visten uniformes verdes y botas negras. Éstos tienen la traza de esos animales hutus.

—Dios mío, Auguste...

—No se te ocurra levantarte. Vamos, échate en el piso. Pondré reversa, intentaré escapar.

No lo consiguió. Las balas habían perforado las llantas, y la Land Rover no respondía con coordinación a las órdenes del volante. Un balazo afectó el sistema de electricidad de la camioneta, y el motor se apagó de súbito, terminando de frustrar la esperanza de una fuga. Aun en el estallido de disparos, escucharon que un vehículo se aproximaba a toda velocidad.

Derek Byrne, al volante de una camioneta Jeep Grand Cherokee, la cruzó delante de la Land Rover blanca y clavó los frenos. Las llantas crujieron sobre la grava. Amburgo Ferro saltó fuera, y los dos, parapetados tras las puertas del vehículo, vaciaron los cargadores de sus Browning High Power y Magnum Desert Eagle. Byrne acabó con un *interahamwe* que se aprestaba a dispararles con un lanzagranadas RPG-7. Después de eso, el grupo se desbandó; algunos volvieron al monte por el lado derecho del camino; otros saltaron a la espesura del lado izquierdo. Quedaron tres cadáveres en el camino.

—Cúbreme —pidió Byrne—. Iré a checar a la mujer del jefe.

Corrió con el torso inclinado y en zigzag por si algún rebelde decidía reiniciar el ataque desde el bosque. La camioneta blanca había quedado en pésimo estado, con orificios de bala en la parrilla, en el cofre y en el parabrisas; le habían bajado las llantas. «Malditos negros hijos de puta», masculló. Si a la doctora le había sucedido algo, el jefe les arrancaría los huevos. Se asomó por la ventanilla del lado del acompañante y soltó un suspiro al verla viva, agazapada en el piso, bajo la guantera.

—¿Está bien? —preguntó en inglés, y abrió la puerta.

—Sí. Creo... Creo que sí. —Matilde, sin pensar, aceptó la mano que le extendía el extraño que empuñaba una pistola enorme.

—¿Está segura? ¿No tiene alguna herida?

—No, no —murmuró Matilde, en tanto se palpaba.

—*Thank you!* —exclamó Vanderhoeven, que acababa de salir de la camioneta por el lado de Matilde—. No sé qué habríamos hecho si ustedes no hubieran aparecido.

—A usted lo habrían matado —replicó Byrne, de mal modo—. A la señorita le esperaba un destino peor.

Las palabras del desconocido la conmocionaron, y, por mucho que intentó reprimirlo, un sollozo se filtró entre sus labios apretados. Vanderhoeven le pasó el brazo por los hombros y la atrajo hacia su pecho.

—¡Vamos! —los urgió Byrne—. Tenemos que salir de aquí. No sabemos si siguen escondidos en el monte o si han ido por refuerzos.

—No podemos irnos y dejar a esos tres hombres tirados en el camino. ¡Somos médicos!

Byrne le destinó un vistazo entre azorado y colérico.

—Será un médico muerto si insiste en actuar sin sentido común. Su responsabilidad ahora es poner a salvo a la señorita. ¡Vamos! Los llevaremos en nuestra camioneta.

—¡Los regalos de Jérô!

Amburgo Ferro se ocupó de bajar las bolsas y los paquetes de la Land Rover, en tanto Byrne ayudaba a Matilde, que temblaba y lloriqueaba, a subir a la Grand Cherokee. Vanderhoeven vio las letras T y V en las puertas.

—¿Adónde los llevamos? —preguntó Ferro, y Auguste le indicó el camino.

—Ésta es mi quinta vez en el Congo y es la primera vez que me sucede algo así.

—Ha sido afortunado, entonces —manifestó Byrne—. Por si no lo sabe, esta zona se la disputan al menos cuatro facciones. No es para salir a dar un paseo de enamorados.

—No somos enamorados —pronunció Matilde con firmeza, su actitud temerosa olvidada—. Somos médicos de Manos Que Curan y volvíamos del hospital.

—Aquí está sucediendo una guerra, señorita —dijo Byrne—. Las cosas están que arden en Kinshasa, y los diplomáticos no están haciendo muy bien su trabajo. Justo es decir que el presidente Kabila no les facilita las cosas. Los ejércitos ruandeses y ugandeses se aprestan para invadir el Congo oriental de un momento a otro. Lo mejor sería que regresaran a sus países.

Como sucedía con frecuencia desde que pisaba el suelo congoleño, Matilde se acordó de una advertencia similar, la de Eliah, y de la furia que le había suscitado. En ese momento, después de haber visto la muerte de cerca, no la invadían la misma decisión ni el mismo arrojo desplegados en la seguridad del departamento de la calle Toullier. Pensó en Jérôme, y la embargó una emoción cercana a un regocijo absurdo dadas las circunstancias. Jamás lo abandonaría en ese infierno. No saldría del Congo sin él.

Los periodistas los condujeron hasta la casa de Manos Que Curan y se despidieron de manera lacónica, incómodos con las palabras de agradecimiento de Matilde y de Auguste, quienes, demasiado tarde, se dieron cuenta de que no les habían preguntado sus nombres ni a qué agencia pertenecían. Los miembros del servicio doméstico, Juana y Julia escucharon con semblantes descompuestos la relación de los hechos, a excepción de N'Yanda, quien, con la parsimonia de costumbre, señaló:

—Usted, doctora, está muy protegida.

—¿Protegida? —Matilde esbozó una sonrisa—. ¿Por quién? —En ese instante, recordó que la Medalla Milagrosa no la acompañaba y se apoderó de ella un miedo supersticioso.

—Por la fuerza del amor —manifestó la mujer, y regresó a la cocina para terminar de preparar la cena.

—Tengo que ir a recoger la camioneta o mañana no encontraremos ni una tuerca.

—Es demasiado peligroso, Ajabu —opinó Vanderhoeven—. Los rebeldes podrían seguir ahí.

—Le pediré a mi compadre, el dueño del taller mecánico, que me lleve con la grúa. Los *interahamwes* le temen a la noche. No se aventurarán ahora que no hay sol.

Más tarde, ya en la cama, cómoda y limpia, Matilde observaba la luna llena que divisaba tras el tul mosquitero; parecía más cercana a la Tierra esa noche. Se había tratado de un día de locos, caviló, en el que había sentido, experimentado y vivido con intensidad. También había pensado en Eliah; siempre pensaba en él; ese día lo había añorado especialmente; primero, mientras estaba con Jérôme; después, durante el ataque de los rebeldes, había deseado que fuera el cuerpo de su amado el que la cubriera y no el de Auguste. Sacó la mano por la apertura del mosquitero, encendió la veladora y tomó el libro del buró, el que tanto había significado en París: *El jardín perfumado*. Repasó las hojas, releyó párrafos y admiró las ilustraciones eróticas con el sereno contento de quien hojea el álbum de fotografías de una época feliz, hasta que la asaltaron imágenes, sonidos, aun aromas, de las cópulas apasionadas compartidas con Eliah, y el ánimo evocador se esfumó para convertirse en una excitación que la obligó a deslizar las manos bajo el camisón, una para acariciarse los pechos y la otra para estimular su clítoris de la manera en que Eliah lo había hecho tantas veces. En realidad, eran los dedos de él los que lo hacían crecer y palpitar, era su lengua la que le saboreaba y humedecía los pezones, su perfume el que ella olía, el del A Men mezclado con el olor a sexo que segregaban las partes íntimas. Susurró su nombre en la quietud del dormitorio y lo escuchó pronunciar el de ella antes de que el orgasmo le colmara la visión de chispazos verdes.

Al día siguiente, Ajabu los llevó al hospital en la camioneta de su compadre. Se encontraron con *sœur* Amélie y otra religiosa, Annonciation. Traían dos cajones de madera, uno para Alizée y otro pequeño para Aloïs, construidos por un munyamulengue que vivía en la misión.

—Anoche —explicó Amélie—, nos llamaron por radio desde el hospital para decirnos que darían de alta a Jérôme. Hablé con el padre Jean-Bosco, el párroco de la iglesia que está aquí cerca, la del Sagrado Corazón...

—Sí, el sábado entré un momento —comentó Matilde.

—El padre Jean-Bosco se ocupará de los trámites legales para llevarlo al orfanato de la misión y para que quede bajo mi tutela.

—¿Jérôme no tiene a nadie, entonces? —se interesó Juana.

—No que yo sepa. Estuve hablando con él hace un momento y me asegura que sus abuelos, los maternos y los paternos, murieron y que él no conoce a sus tíos, que están en Europa.

—Habría que tratar de ubicarlos —dijo Matilde, movida por la obligación y no por un deseo sincero.

—Sí, lo intentaremos, pero muchos congoleños se van a la aventura a Europa y nunca más se vuelve a saber de ellos. En este momento, no tengo a quién preguntar por los familiares de Alizée y de Oscar, el padre de Jérôme, porque la aldea, después del ataque, quedó desolada.

—Entre el sábado y el domingo —añadió Annonciation—, estuvimos haciendo averiguaciones. Hace más o menos un mes, una brigada *interahamwe* atacó la aldea de la familia de Jérôme y no dejaron nada en pie. Unos misioneros franciscanos se ocuparon de enterrar los cadáveres, entre los que contaba Oscar Kashala, el padre de Jérôme, y de hacer la denuncia. Oscar era muy conocido en la región gracias a sus dotes de albañil.

—Así lo conocimos nosotros —intercaló Amélie—, cuando hizo unos trabajos para la misión. Es obvio —comentó, con aire reflexivo— que Alizée y Jérôme lograron escapar de su cautiverio.

—Lo más probable —dedujo Annonciation— es que los aldeanos hayan ido a parar a un campo de refugiados. El de Kibati es el más cercano. Habría que ir a averiguar ahí.

Apareció Vanderhoeven y le entregó un sobre blanco a Amélie.

—Es el documento que certifica que la madre de Jérôme fue salvajemente violada y que falleció como consecuencia de una herida interna en la vagina. Quizás, algún día, Jérôme u otro pariente puedan hacer justicia por ella.

—Amélie —habló Matilde—, me das unos minutos con Jérôme. Quisiera despedirme de él.

—Por supuesto. Esperaremos aquí.

Matilde dejó los paquetes y las bolsas con los regalos en la sala de médicos y partió a buscar a Jérôme al Servicio de Pediatría. Lo encontró de pie, junto al catre, vestido con los mismos harapos con que había llegado al hospital y con la actitud de alguien que va a partir. Se mantenía al margen de los juegos de los otros niños y los contemplaba con tristeza. Desde la puerta, Matilde lo llamó por su nombre y le sonrió con el corazón emocionado. Se acuclilló y abrió los brazos. Jérôme corrió hacia ella y se cobijó en su pecho. Matilde lo besó varias veces en la coronilla de pelo rasposo, en la frente y en las sienes, como hacía su padre con ella, y lo llamó «*mon amour, mon trésor, ma vie*».

—Tengo algo para ti, tesoro. Ven conmigo.

Caminaron de la mano y en silencio hasta la sala de médicos, Matilde tan ansiosa como Jérôme. Deseaba darle una alegría.

—Todo eso es para ti, Jérô. —El niño se quedó mirando los paquetes y las bolsas y después giró la cabeza para ver a Matilde; su expresión se debatía entre la duda y el pasmo—. Vamos, mi amor. Abre los paquetes. Hay ropa nueva.

Matilde lo ayudó porque las manos de Jérôme se habían vuelto tímidas y débiles. Temía romper el papel o abrir las bolsas. Al cabo, reía y miraba con admiración los regalos. Eligieron una muda, y Matilde lo guió hasta el baño para que se cambiara.

—¡Estás hermoso! —exclamó, al verlo salir—. ¡Muy elegante!

—¿Qué es «elegante»?

—Ven, mírate en el espejo. —Lo subió a una silla para que se observase en el espejo colgado sobre el lavabo—. ¿Notas qué lindo, arreglado y limpio te ves? —Jérôme asintió—. Eso es ser elegante. Tesoro —dijo, y la inflexión que le imprimió a su voz puso en alerta al niño—, *sœur* Amélie va a llevarte con ella a la misión.

—No quiero. Quiero quedarme contigo, Matilde.

Matilde lo bajó de la silla y lo abrazó.

—Y yo quiero que te quedes conmigo. No hay nada que desee más, Jérô, créeme. Pero la casa en la que vivo no es mía y no puedo llevarte ahí. Estarás bien con *sœur* Amélie, ella es muy buena. ¿Sabes que *sœur* Amélie es mi prima hermana? —Sonrió al ver el modo en que Jérôme levantó las cejas y los párpados—. Sí, mi papá es hermano de la mamá de *sœur* Amélie. Te cuidará igual que lo haría yo. Además, podremos hablar por radio todos los días. E iré a la misión cada vez que pueda. Te prometo que el sábado que viene estaré allí.

De modo espontáneo, Jérôme cerró los brazos en torno al cuello de Matilde.

—¿No te vas a olvidar de mí, Matilde?

—¡Nunca, mi amor! Te lo juro. Y tú, ¿me olvidarás? —Jérôme se apartó y sacudió la cabeza con un gesto que revelaba lo descabellada que juzgaba la pregunta—. Mira, haremos una cosa. Te daré un mechón de mi pelo para que, cuando te sientas solo, lo mires y te acuerdes de mí, de que yo estoy pensando en ti todo el tiempo.

Se cortó el final de un bucle y lo sujetó con una liga. Vació una cajita de clips y acomodó el mechón dentro.

—Trataré de conseguir una caja más linda. Ésta servirá mientras tanto.

—Gracias, Matilde —dijo, y la guardó en el bolsillo de su camisa nueva.

—De nada, mi amor.

Los esperaban en la terraza del hospital. Festejaron la elegancia de Jérôme y lo adularon por su belleza. Matilde adoró el modo en que las mejillas del niño se coloreaban bajo el tono oscuro de su piel y cómo la buscaba con una mirada cómplice.

Horas más tarde, mientras bajaban los cajones a la fosa, primero el de Alizée y luego el de Aloïs, Jérôme sollozaba casi sin emitir sonido. No obstante, *sœur* Amélie percibía en el apretón de su mano el esfuerzo en que se empeñaba para contener el bramido de lástima, odio y miedo que bullía en su interior. Se preguntaba también qué contendría la cajita de cartón que Jérôme sostenía en la otra mano. Después de la cena, que el niño apenas probó, le propuso hablar por radio con Matilde. Sus palabras «¿Te gustaría hablar por radio con Matilde?» cambiaron la expresión angustiada de Jérôme como por ensalmo, y, al oír el entusiasmo que trasmitía la voz de Matilde, resultaba obvio que a ella también la hacía feliz escucharlo. «Algo muy fuerte ha nacido entre estos dos», meditó la religiosa, mientras observaba a Jérôme, asombrada de la rapidez con que había aprendido a manejar el receptor y el interruptor. Le contaba a Matilde los detalles del entierro.

—Están en el jardín de *sœur* Angelie, rodeadas de flores.

6

El lunes 27 de abril por la tarde, Eliah Al-Saud, recién llegado de Arabia Saudí y de camino al Hotel George V, visitó a su amigo Vladimir Chevrikov. Diez días atrás le había pedido que, a través de un agente corrupto del Mossad, a quien Chevrikov chantajeaba, consiguiera información sobre Aldo Martínez Olazábal.

—No fue fácil para Merari averiguar lo que averiguó, por eso le tomó tantos días. Pero finalmente se hizo de una información jugosa.

—Habla, Lefortovo. Estoy con poco tiempo.

—Como de costumbre, Caballo de Fuego. —Chevrikov colocó la fotografía de Aldo Martínez Olazábal sobre la mesa y le apoyó el índice sobre el rostro—. A éste, a quien tú llamas Aldo Martínez Olazábal, en el mundo del tráfico de armas y de la heroína se le conoce como Mohamed Abú Yihad.

A pesar de que, desde hacía un tiempo, Al-Saud sospechaba la clase de negocios en la que estaba involucrado el padre de Matilde, obtener la confirmación le provocó la misma desazón en la que lo sumían las sorpresas desagradables.

—Junto con su socio, Rauf Al-Abiyia, trabaja para el régimen de Bagdad, aunque también les proveen armas a las Brigadas Ezzedin al-Qassam, brazo armado de Hamás. —Bien sabía Eliah que las Ezzedin al-Qassam eran el brazo armado de Hamás, como también sabía que su cuñado, Anuar Al-Muzara, las comandaba—. Tanto Al-Abiyia como Abú Yihad están en la lista negra del Mossad, con prioridad número uno. Al-Abiyia prácticamente no abandona Bagdad y expone a su socio para que salga a buscar la mercancía. Se dice que ahora está tras la pista del uranio.

—¿Uranio? —El nombre de ese elemento radioactivo provocó una alteración en el semblante de Al-Saud—. ¿Uranio para quién? ¿Para Bagdad? Durante la Guerra del Golfo, destruimos las centrales nucleares de Hussein. No quedó nada en pie. ¿Para qué querría uranio si no tiene la tecnología para procesarlo?

—Tal vez no destruyeron *todas* las centrales atómicas —sugirió Lefortovo—, quizás alguna quedó en pie.

—Imposible —pronunció Al-Saud—. ¿Dónde puedo ubicarlo? A Martínez Olazábal —aclaró.

—¿Crees que si Merari lo supiera, Abú Yihad seguiría vivo?

Eliah tamborileó los dedos sobre la mesa mientras se llevaba la otra mano a la frente. Urgía hallar a Aldo Martínez Olazábal y ponerlo a buen resguardo. Un nombre saltó a su mente: Fauzi Dahlan. Se acordó de él porque tiempo atrás Lefortovo le había asegurado que pertenecía al entorno de Kusay Hussein, el segundo hijo de Saddam. Fauzi Dahlan, a su vez, conocía a Udo Jürkens, quien había asesinado al ex esposo de Matilde e intentado secuestrarla en la Capilla de Nuestra Señora de la Medalla Milagrosa, en París. ¿Conocería Dahlan a Aldo Martínez Olazábal? ¿El intento de secuestro de Matilde se relacionaría con los negocios turbios de su padre en lugar de los de su ex esposo? Como fuera, pensó, ella siempre terminaba en la mira de la gente más peligrosa del mundo.

Ya en sus oficinas en el George V, Al-Saud recibió a la jefa de Prensa de Los Defensores de los Derechos Humanos, una organización humanitaria respetada por la comunidad internacional. No era la primera vez que Dorianne Jorowsky solicitaba los servicios de la Mercure para recabar información sobre las condiciones humanitarias en zonas de difícil acceso que implicaban un riesgo para la vida de los empleados del organismo. En tanto Jorowsky le exponía su necesidad de conocer lo que se cocinaba en el Congo oriental, Al-Saud pensaba: «Ésta es una actividad de los mercenarios que Matilde no conoce», y lamentó no habérsela mencionado debido a su costumbre de cerrarse y de no hablar de sus negocios.

—Nos ha llegado información de que la violencia está recrudeciendo en la zona de las Kivu. Necesitamos que envíes a un grupo de tus hombres y que tomen fotografías, que filmen, que recojan testimonios de los habitantes. Sospechamos que está gestándose otra masacre como la de Ruanda en el 94. ¿Podrás hacerlo, Eliah? ¿En el corto plazo? Nos urge contar con esa información.

—Mañana te pasaré el presupuesto. Y si lo aceptas, en menos de diez días tendrás el primer reporte en tu escritorio.

No bien Dorianne Jorowsky abandonó la oficina de Al-Saud, éste recibió, por su línea directa, una llamada de Amburgo Ferro, desde el Congo.

La calidad de la comunicación, efectuada desde un teléfono satelital, dejaba mucho que desear.

—¡Digo que la señorita Matilde sufrió un ataque de los rebeldes en la tarde de ayer!

—¡Qué! —Cayó como peso muerto en su sofá y se sujetó la cabeza con una mano, mientras las entrañas se le volvían de piedra—. Dime cómo está ella —se atrevió a pedir.

Amburgo le relató los hechos de manera sucinta para no demorar la noticia importante: Matilde se encontraba sana y salva. La cordura regresó poco a poco a Al-Saud y, en tanto los latidos de su corazón se equilibraban, un pensamiento lo atormentó: Matilde paseaba sola, en su día libre, con el idiota.

La conversación con Ferro se cortó unos minutos después sin que el italiano mencionase la intimidad compartida entre Matilde y Vanderhoeven el sábado por la noche en la terraza de la casa de Manos Que Curan. Sin embargo, cuando Al-Saud consultó su e-mail por la noche, en la cocina de la Avenida Elisée Reclus, mientras Leila terminaba de preparar la cena, se encontró con que Amburgo le había enviado un archivo de imágenes con un pequeño mensaje: «Jefe, parece peor de lo que es». Al ver la secuencia de diez fotografías en la cual se desarrollaba el beso que habían intercambiado Matilde y Vanderhoeven, Al-Saud tomó el vaso de jugo de naranjas y zanahorias y lo estrelló contra la pared. Leila profirió un grito, y Marie y Agneska corrieron a la cocina. Al-Saud, indiferente al susto de las mujeres, repasó una y otra vez la secuencia como si lo necesitara para alcanzar niveles de odio y de rabia superiores; de nada valía lo que revelaban las dos últimas imágenes, que Matilde había interrumpido el beso y dejado al idiota solo en la terraza.

~· ⚛ ·~

El grupo de seis miembros de las Brigadas Ezzedin al-Qassam abandonó Libia para dirigirse hacia diferentes destinos europeos con pasaportes falsos. Udo Jürkens, su jefe mientras durara el asalto a la OPEP, partió, contra toda sensatez, hacia París, donde la policía lo buscaba por el asalto en la Capilla de Nuestra Señora de la Medalla Milagrosa acontecido dos meses atrás, cuando intentó secuestrar a Matilde para entregársela a su jefe, Gérard Moses.

Volvía a París por ella, por Matilde. En esta oportunidad, sin embargo, su jefe no tenía nada que ver. Quería verla. No podía quitársela de la cabeza. Ya sabía por qué había fallado en la capilla: porque había vacilado. Se trató de un momento fugaz, cuando Matilde se volteó y sus ojos grises y enormes lo miraron con amor primero, con pasmo y terror después. Le había tomado un tiempo comprender por qué había vacilado: porque creyó que volvía a ver a Ágata, la única mujer a la que había amado y a la que seguía amando a pesar de que llevara muerta tantos años. Sacó la fotografía maltratada de la billetera y la observó. Sus ojos grises y almendrados todavía lo emocionaban; su cabellera larga y rubia aún despertaba las memorias. ¿En verdad la mujer de Al-Saud se parecía a Ágata o había sido una ilusión? En París, cuando la acechaba de lejos, no lo había notado. Sin embargo, esa mañana, en la capilla, por primera vez tan cerca de ella, tuvo la certeza de tener a Ágata entre las manos. Guardó la fotografía e intentó contener las lágrimas bajando los párpados. Aún le dolía su pérdida. Aún la veía acribillada en el piso de la OPEP, adonde habían ido con Carlos, el Chacal, para secuestrar a los ministros y a los delegados. La desaparición de Ágata lo había sumido en una angustia airada que acallaba matando imperialistas, empuñando armas, colocando bombas, ejecutando planes para asaltar aviones, aunque, en realidad, nada apaciguaba del todo su dolor. A menudo soñaba con Ágata; a veces se trataba de sueños agradables, aun eróticos; en ocasiones, de pesadillas, donde una andanada de municiones la destrozaba. «Ágata, ¿por qué me abandonaste en este mundo de mierda?»

Necesitaba volver a ver a Matilde Martínez porque, en el instante en que descubrió a Ágata en ella, un cambio abrupto operó en él. Se llenó de paz, un sentimiento tan fugaz como la sonrisa que ella le destinó; para él, sin embargo, fue vida. Quería volver a experimentar esa sensación que creyó perdida para siempre la mañana en que Ágata se desangró en la OPEP. Podía comprender la ansiedad de los drogadictos. Quería sentir de nuevo, y sólo la visión de Matilde lo complacería.

Ese lunes 27 de abril, alquiló un automóvil e hizo guardia desde el mediodía frente a la casa de la Avenida Elisée Reclus. Vio a Al-Saud llegar solo, alrededor de las ocho de la noche. Cansado de esperar sin un atisbo de Matilde, cerca de las diez, buscó un teléfono público y se arriesgó a llamarla. Le contestó una voz de mujer, y Udo decidió hablar camuflando la voz con un pañuelo.

—Buenas noches —dijo—. ¿Podría hablar con la señorita Matilde?

—La señorita Matilde no se encu...

La mujer se quejó; alguien le había arrebatado el auricular.

—¿Quién habla? —tronó la voz de Al-Saud.

Jürkens colgó de inmediato. Al día siguiente, se decidió por medidas más drásticas y, cuando una de las sirvientas salió de la casa para realizar un mandado, la siguió. La joven tomó por la calle de Maréchal Harispe y se metió en el jardín público conocido como Campo de Marte, que ofrecía a Udo una variedad de recovecos para interceptarla. La siguió y, sin emitir palabra, la aferró por la espalda y le tapó la boca. La arrastró hacia unos arbustos. Se cuidó de que no lo viera a la cara y le torció el cuello hacia la izquierda para exponerle la yugular e hincársela con la punta de una navaja Hatamoto. Agneska gritó bajo la palma de Jürkens.

—Quieta —le susurró en su mal pronunciado francés—. Si me dices lo que quiero saber, te dejaré ir sin un rasguño. Si gritas cuando retire mi mano, te degollaré como a un conejo. ¿Qué dices, te portarás bien? —Agneska asintió—. Bien, no creo que tengamos problemas. ¿A qué hora saldrá Matilde hoy?

Retiró con cuidado la mano, y Agneska tomó una gran porción de aire por la boca antes de contestar:

—La señorita Matilde ya no vive en la casa.

—¿Dónde está?

—No lo sé.

—Trata de recordar —la urgió Udo, y le tapó la boca antes de practicarle un corte superficial.

—¡En el Congo! —soltó la muchacha, entre sollozos—. Se fue al Congo.

—¿Al Congo?

—Sí. Ella me contó que iría a curar a los niños de allá con Manos Que Curan. No sé qué es eso, Manos Que Curan —explicó.

—¿En qué ciudad del Congo? —presionó Jürkens.

—¡Eso no lo sé, se lo juro por Dios! —Resultaba evidente que no mentía.

La obligó a arrodillarse sobre la tierra y le aplicó presión en la nuca hasta que la cabeza de Agneska tocó el suelo.

—Cuenta hasta cincuenta y después vete. Si hablas con alguien acerca de este encuentro, volveré para matarte.

Agneska se preguntó cómo haría ese hombre para saber si ella lo comentaba con Marie, con su novio o tal vez con el señor Al-Saud. De todos modos, prefirió no arriesgarse y le prometió que no abriría la boca.

«El Congo, Manos Que Curan», repetía Udo Jürkens en tanto se alejaba en dirección a la Torre Eiffel para perderse en la multitud de turistas. «¿República del Congo o República Democrática del Congo, la antigua Zaire?», se preguntó. No contaba con tiempo para indagaciones. En breve tendría que partir a Roma, donde tomaría un vuelo de conexión hacia Viena, la ciudad que albergaba a la OPEP. Aunque le costara un ojo de la cara, acudiría a Charles Bonty, el mejor *hacker* que conocía. Para Bonty, no representaría un gran escollo violar los sistemas de seguridad de los archivos de Manos Que Curan y averiguar dónde se hallaba Matilde.

·:· ⚭ ·:·

La avioneta aterrizó en la pista clandestina, y Nigel Taylor se asomó por la ventana para analizar el entorno: la pista, de tierra roja y apisonada, y el paisaje selvático que se desarrollaba a los flancos, muy propicio para esconder centenares de hombres. Las náuseas, que lo habían asolado a lo largo del viaje desde París y que aún lo torturaban, le impedían concentrarse y pensar. Avistó un Jeep Rescue pintado con el camuflaje para la selva, y sonrió. Se trataba del vehículo más apto para penetrar en zonas montañosas, como esa del Congo, o bien desérticas. Cuando la avioneta tocó tierra, las puertas del Jeep se abrieron y el propio Laurent Nkunda descendió para darle la bienvenida, cortesía que sorprendió al mercenario inglés. A diferencia del traje hecho a medida con el que se había presentado en las oficinas de la Spider International cinco días atrás, esa tarde lucía un uniforme militar de color verde, boina de felpa en el mismo tono y botas negras; no faltaban sus lentes de cristales azules y el bastón con la cabeza del águila en plata; no parecía afectado por el calor. Una escolta de tres hombres lo seguía de cerca con los fusiles empuñados. La sonrisa de Nkunda, de dientes derechos y blancos, cobraba prominencia en su rostro delgado. Taylor le sonrió también y, al alcanzar el punto donde lo esperaba el general rebelde, aceptó su abrazo.

Sólo un hombre entrenado como Taylor, cuya subsistencia muchas veces se había basado en el sentido de la orientación, habría podido desandar el camino —en realidad, pensó Taylor, no se trataba de un camino sino de una senda abierta en el corazón del bosque congoleño a fuerza de transitarla y de machetazos— que unía la pista clandestina y el cuartel general del Congreso Nacional para la Defensa del Pueblo.

Una vez llegados al campamento, Nkunda guió a Taylor hasta su tienda con aire acondicionado.

—Lo veo pálido, señor Taylor —opinó el jefe tutsi.

—El viaje fue espantoso. Como nunca en mi vida, he sentido náuseas desde que despegamos en París.

Nkunda habló en swahili a un subalterno, con quien empleó un tono medido aunque imperioso. A los pocos minutos, entraron dos soldados, uno con un té humeante, bastante bueno, admitió Taylor, y el otro con un maletín de médico.

—Osbele es enfermero —manifestó con orgullo el general munyamu-lengue—. Obtuvo las mejores calificaciones en la Escuela de Enfermería de Kampala. Es casi mejor que un médico. Póngase en sus manos, querido señor Taylor, y, con la voluntad del Nuestro Señor Jesús, pronto se sentirá mejor.

De Osbele se limitó a aceptar un antiemético después de corroborar que provenía de un laboratorio alemán y que era lo que habría tomado en Londres para evitar el vómito. Sorbió el té a tragos pequeños en tanto discutían la estrategia con Nkunda y programaban un viaje de reconocimiento por la zona para el día siguiente. Taylor no planeaba quedarse mucho tiempo en esa primera visita, por lo que debían aprovechar cada minuto.

—General Nkunda, será necesario infiltrar espías entre los mai-mai y en el ejército regular del Congo.

—¿Para qué lo necesitaríamos?

—General, el grupo contratado por el industrial israelí podrá hacerse de la mina en un santiamén, pero conservar el poder sobre ella será difícil. Verá, estas empresas militares privadas suelen trabajar con pequeños grupos de hombres altamente capacitados. Su fuerza radica en la experiencia, pero no en la cantidad. Para eso, necesitan de las tropas regulares. En este caso, como el contrato viene por el lado de Kinshasa, es lógico deducir que tanto los mai-mai, aliados de Kabila, como su ejército se pondrán a disposición de esta gente. Por eso necesitamos infiltrar espías en sus tropas, porque ellas nos llevarán a la mina de coltán más rápidamente.

Los labios gruesos y largos de Laurent Nkunda se estiraron en una sonrisa sarcástica.

—Me pregunto si los blancos nos juzgan idiotas sólo porque somos negros. —Nigel le dirigió una mirada de ceño apretado—. ¿Se cree, señor Taylor, que he llegado hasta aquí desconociendo mi oficio, el de señor de la guerra? Conozco en profundidad la obra maestra de Sun Tzu, *El arte de la guerra*. —Y citó de memoria—: «*La información previa no puede obtenerse de fantasmas ni de espíritus, ni se puede tener por analogía, ni descubrir mediante cálculos. Debe obtenerse de personas; personas que conozcan la situación del adversario*». Como verá, señor Taylor, soy consciente del valor de los espías. No sólo los tengo entre los mai-mai sino también entre esos malnacidos y genocidas *interahamwes* y en el ejército de Kabila.

—A este punto —dijo Taylor— sólo me queda preguntar si ellos no tienen espías entre los suyos.

La declaración del mercenario inglés acabó con la risa confiada del general y llenó de arrugas su frente.

—Existen formas de saberlo, general —concilió Taylor—, y yo se las enseñaré.

Se retiró a descansar y declinó la invitación de Nkunda para cenar. No soportaría la visión ni el olor de los alimentos. Pasó la noche en vela, no porque el catre en la tienda militar fuera incómodo —había dormido en sitios menos confortables durante sus años en *L'Agence*—, sino porque la revoltura estomacal persistió hasta empeorar con una puntada en el bajo vientre que lo llevó a sospechar de una apendicitis, sospecha que Osbele, el enfermero graduado en Kampala, confirmó al amanecer. Le palpó la zona derecha de la ingle, y Taylor se mordió el labio para no bramar.

—El apéndice está muy inflamado, señor Taylor —diagnosticó Osbele en su fluido inglés—. La cirugía es la única opción, me temo.

—¡Maldita suerte! —escupió el mercenario—. ¿Qué propones, Osbele?

—Le pediré autorización al general para llevarlo al hospital de Rutshuru.

—¡No! ¡Un hospital en este sitio! ¡Me matarán con una infección!

—De ninguna manera, señor Taylor —se ofendió Osbele—. El hospital de Rutshuru es muy bueno, atendido por excelentes profesionales.

Para el mediodía, el dolor era intolerable, por lo que Nigel Taylor claudicó y le pidió a Osbele que lo condujera al «maldito hospital»; el general había prestado su consentimiento. Después de un viaje endiablado en el jeep, que se zarandeaba en el camino de lodo —había llovido esa mañana—, alcanzaron Rutshuru. A pesar de la defensa de Osbele, el hospital era más o menos el antro que Taylor había imaginado. Permaneció en el interior del vehículo mientras Osbele pedía ayuda. Regresó con un camillero.

—Señor Taylor, el general Nkunda me ordenó que me quedara con usted para asistirlo en lo que necesite.

—Gracias —masculló.

Lo condujeron a una sala con tantas camas como aceptaran sus enormes dimensiones. El olor a cuerpo sucio y a enfermedad le profundizó las náuseas. Osbele y el camillero lo recostaron en un catre sin sábanas, sobre un colchón, más bien una colchoneta, forrada en plástico que olía a desinfectante. Al rato, demasiado largo para el padecimiento de Taylor, aunque ya sabía que el tiempo se medía de otro modo en el África, apareció un nativo, que le palpó la ingle y le preguntó por los síntomas.

—Sin duda, es una apendicitis. Hablaré con la cirujana.

—¿Dijo «cirujana»? ¿Es una mujer? —se espantó Taylor.

—¡Oh, sí! La doctora Martínez es una de nuestras mejores profesionales en el quirófano. Quédese tranquilo. Estará en buenas manos.

Matilde estaba cansada después de una jornada de mucha tensión. Antes del amanecer, una mujer había abandonado a un niño en la terraza del hospital, que no lloraba sino que lanzaba alaridos desgarradores y se tapaba el rostro. En la primera revisión, descubrieron que lo tenía quemado. Con ácido.

—A estos niños se les llama *ndoki* en lingala, es decir, *enfants sorciers* —explicó la enfermera Zakia.

—¿Niños brujos? —repitió Juana, porque había creído entender mal.

—Sí, niños brujos. Es muy común en las distintas aldeas culpar a los vecinos de los males que caen sobre una familia, sobre todo de las enfermedades. Y se cree que son los niños los que tienen el poder para echar maldiciones a través de la magia negra. Las víctimas del supuesto hechizo arrojan ácido a la cara del brujo para exorcizarlo del espíritu diabólico.

Si bien había salvado los ojos de milagro, Kabú —ése era el nombre que el pequeño hechicero había dado entre gritos— presentaba quemaduras de tercer grado en algunas partes del rostro y, a pesar de la destreza de Vanderhoeven y de Matilde en el quirófano, le quedarían cicatrices para siempre, porque resultaba casi imposible que el pequeño o su familia alguna vez se encontraran en posición de costear una cirugía reconstructiva en alguna capital europea. Al igual que con la pierna ortopédica de Tanguy, Matilde empezó a maquinar la forma de lograrlo. Cada vez que pensaba en eso, el nombre de Eliah saltaba a su mente, porque, a pesar de que él se dedicase a un oficio execrable, ella lo conocía como nadie y sabía que era un hombre generoso. Sin embargo, pedirle dinero a Eliah para Tanguy o para Kabú estaba fuera de discusión.

Con la segunda emergencia, el aturdimiento en el que quedó atrapada durante unos segundos se esfumó para dar paso a una rabia que contuvo a duras penas —no tenía a quién destinarla— mientras procedían a entubar a una niña que había llegado casi sin signos vitales como consecuencia de la septicemia provocada por una infibulación, es decir, la mutilación del clítoris y de los labios de la vulva y el cierre mediante costura en la cual sólo se deja un pequeño orificio para la orina y el flujo menstrual. La enfermera de quirófano colocó el campo sobre la paciente, no mayor de diez años, y Matilde ahogó un grito al descubrir la carnicería cometida en su entrepierna. La infección se extendía como rayos de color magenta por los muslos, y el hedor que despedía la carne corrompida la obligó a apartar el rostro para inspirar aire fresco a través del cubrebocas.

No la sorprendió encontrar que mantenían unidos los labios mutilados con espinas; la enfermera le explicó que eran de acacia.

Finalizada la cirugía, en la que trató de reconstruir la vulva, salió a entrevistar a quien la había conducido al hospital. Creyó que las explicaciones se las daría a un pariente; no obstante, se topó con un sacerdote, que rondaba los cuarenta y cinco años y cuyo aspecto saludable se reflejaba en unas mejillas oscuras, de piel luminosa.

—Yo traje a Bénédicte. Soy el padre Jean-Bosco Bahala, de la parroquia Sagrado Corazón, que está aquí cerca.

—Sí, padre —dijo Matilde—. Ya me han hablado de usted. Mi prima, *sœur* Amélie Guzmán.

—¡Usted debe de ser Matilde! Amélie me ha hablado de usted justamente hoy. Esta mañana visité la misión.

—¿De veras? —El fulgor de los ojos plateados de Matilde llamó la atención del sacerdote—. ¿Tuvo oportunidad de ver a un niño llamado Jérôme?

—Qué interesante... —Bahala, con una media sonrisa, se acarició el mentón con el índice—. Jérôme me preguntó por usted.

—¿De verdad? ¿Y cómo está él, padre?

—Muy bien, dentro de lo que cabe.

—Gracias a Dios —susurró.

Lo invitó a tomar un café a la sala de médicos, donde el sacerdote le explicó que la infibulación es la forma más cruenta de la circuncisión femenina, donde no sólo se extirpa el clítoris sino también los labios mayores y menores.

—Es una de las prácticas heredadas de los viejos ritos paganos que más nos cuesta erradicar —manifestó Bahala—. Aun las mujeres cristianas son sometidas por la partera de la tribu a este horror, y a una mujer no se la considera pura hasta que el clítoris no deja su cuerpo. La partera la asiste en la noche de bodas, en la que corta la infibulación para permitir la penetración.

—¡El dolor debe de ser intolerable!

—Así es —ratificó el sacerdote—. Por eso, la consumación de un matrimonio puede llevar meses. Por supuesto, las mujeres no sienten ningún tipo de placer durante el coito. Me atrevería a decir que la mayor parte de las enfermeras de este hospital han sufrido algún tipo de circuncisión.

—¿Tan generalizada es la práctica? —El sacerdote bajó los párpados al asentir con solemnidad—. ¿Qué sucedió con Bénédicte? ¿Cómo logró traerla aquí? ¿Y sus padres? ¿No han venido con usted?

—¿Sus padres? ¡Tuve que robarla! Se considera que, cuando una infibulación sale mal (lo que ocurre con frecuencia, como podrá imaginar, dadas las condiciones higiénicas), es un signo de que la niña no es virgen o que no cuenta con la aprobación de los espíritus. Así que los familiares reciben su muerte con alivio.

—La agonía de esas criaturas debe de ser insoportable. Gracias por haberla traído, padre Jean-Bosco. ¿Qué será de Bénédicte ahora?

—Su familia no querrá recibirla de nuevo. No la aceptarán. Su destino será el de tantos niños de esta región, el orfanato de la Misión San Carlos. —El sacerdote exhaló un suspiro—. Como podrá ver, Matilde, la violencia, por una u otra razón, forma parte de la vida cotidiana del Congo y me atrevería a decir que de la mayor parte del África.

Descubrir en un mismo día la crueldad de la que eran objeto los niños congoleños en el seno de sus propias tribus y aldeas, sin mencionar los ataques de los grupos rebeldes, causó en Matilde un estado de ánimo que se balanceaba entre la desesperanza y el resentimiento. Por eso, cuando un enfermero se asomó en la sala de médicos, interrumpió su charla con el padre Jean-Bosco y le anunció que la esperaba la apendicectomía de un adulto, suspiró aliviada. Bebió el último trago de café y acompañó al sacerdote hasta la recepción.

—Volveré mañana —prometió Bahala— para ver cómo sigue Bénédicte.

—El cuadro de septicemia es grave, padre —le recordó Matilde—. Si se complica con una situación de VIH, las esperanzas se reducen muchísimo. Ya he ordenado que le hagan el análisis de sangre para ver a qué nos enfrentamos.

A punto de ingresar en el antequirófano, una enfermera le advirtió que el paciente estaba de mal humor después de que lo hubieran afeitado. Aunque se sorprendió de que se tratase de un hombre blanco, detalle que la enfermera no había mencionado, se cuidó de demostrarlo. Con el reporte en la mano, se acercó a la camilla.

—Buenas tardes, señor Taylor —lo saludó en inglés.

—Buenas para usted —respondió, y giró la cabeza para enfrentar a la que le hablaba en un inglés bien pronunciado.

Matilde sonrió ante el gesto demudado del paciente.

—Disculpe, doctora. No sabía que usted... que usted...

—¿Que yo qué?

—Bueno, que usted fuese blanca. No lo esperaba.

—Y si fuese negra —dijo, con una sonrisa taimada—, ¿sí habría merecido ese saludo tan descortés?

—No, por supuesto que no. Le pido disculpas de nuevo. Estoy muy nervioso porque no confío en las condiciones higiénicas de este hospital y temo que...

—Señor Taylor —lo interrumpió Matilde, el talante juguetón esfumado—, es verdad que el Congo es un país pobre y en aprietos y que este hospital no es como los de Europa o de los Estados Unidos. Sin embargo, ese quirófano —dijo, y señaló una puerta— es tan seguro como cualquier otro. Yo no operaría en él si no lo fuera. Así que, quédese tranquilo.

Matilde se alejó para hablar con una enfermera, y Nigel Taylor la siguió con la mirada. Aún no se reponía del asombro. No sólo era blanca sino hermosa. Frunció el entrecejo mientras se esforzaba por recordar a quién se parecía; sus facciones le resultaban familiares. Se preocupó de nuevo al caer en la cuenta de que, con esas dos trenzas, tenía aspecto de adolescente. ¿Le había visto pecas en la nariz o alucinaba?

—Doctora —la llamó—, no quiero parecerle más descortés de lo que ya me considera, pero necesito hacerle una pregunta. Mi vida está en juego. ¿Qué edad tiene?

La risa de Matilde le cortó el aliento.

—La suficiente para extraerle el apéndice inflamado. Quédese tranquilo, señor Taylor. Todo saldrá bien y en pocos días retornará a su vida normal. Vamos, extienda el brazo para que lo canalice.

—Doctora, ¿cuál es su nombre?

—Matilde Martínez.

«Matilde.» Rebuscó en su memoria el eco de esa palabra, Matilde. La repitió una y otra vez en tanto la médica y una enfermera lo canalizaban para anestesiarlo.

—Se sentirá un poco extraño, señor Taylor, como mareado. Pronto se dormirá.

Un nombre le vino a la mente: Mohamed Abú Yihad, el mercader de armas de Saddam Hussein, y enseguida evocó la escena con Ariel Bergman, ocurrida pocos días antes en su oficina de Londres. «*Tiene tres hijas. Ésta es la menor, Matilde. La fotografía fue tomada semanas atrás en un bar del Ritz, en París. Aquí está con su padre y una amiga. Y éste, madame, es un conocido suyo: Eliah Al-Saud. Matilde, la hija de Abú Yihad, es la mujer de Al-Saud. Actualmente, la muchacha trabaja para Manos Que Curan. Fue asignada a un hospital de Masisi, en el Congo oriental.*» «Matilde, la mujer de Al-Saud», fue lo último que pensó.

∴ ✿ ∴

Nigel Taylor levantó los párpados, y el brillo del sol le hirió la vista. Soltó un quejido y ladeó la cabeza. Una voz suave, femenina, ordenó en francés:

—Udmila, cierra la cortina. El sol molesta al paciente.

«Matilde, la mujer de Al-Saud», recordó Taylor, y se volteó hacia ella. «La vida me pone en bandeja la ocasión para vengarme de ese hijo de puta.»

—Buenos días, señor Taylor —saludó Matilde, y le apoyó el pulgar en la muñeca para medirle las pulsaciones—. ¿Cómo pasó la noche?

—Bien.

—¿Siente dolor?

—No. ¿Qué día es hoy?

—Hoy es jueves, 30 de abril de 1998.

—El año lo sé, doctora. No se burle de mí.

—No me burlo. Es común sentirse perdido después de la anestesia. Hay personas que no recuerdan siquiera el año en el que están. No se preocupe si se pone melancólico y le da por llorar. Es normal también.

—Yo no lloro, doctora. ¿Cuándo podré irme de aquí?

—Por favor, levante el brazo —le pidió antes de colocarle un termómetro—. Permítame ver la herida.

Matilde le apartó la túnica, sin descubrirle las partes íntimas.

—Todo luce muy bien —concluyó, luego de la revisión—. Udmila, por favor, ocúpate de la venda del señor Taylor y después acompáñalo al baño para que orine. Es importante que orine, señor Taylor —remarcó, mientras leía el termómetro—. No tiene fiebre, un buen augurio —acotó, con una sonrisa.

—Tengo hambre. Nadie me ha traído el desayuno.

—¡Yo lo traeré, señor Taylor! —ofreció Osbele, que se mantenía a un costado.

—Puede comprarlo en la cafetería —le indicó Matilde— y compre también agua mineral. El señor Taylor necesita beber mucho líquido —prescribió, e hizo el ademán de retirarse.

—¿Ya se va?

—Tengo mucho trabajo, señor Taylor. El día recién comienza.

—¿Hace cuánto que trabaja en este hospital?

—Pocos días. Antes estuve en Masisi.

Taylor la contempló con una fijeza que Matilde necesitó evadir.

—¿Qué hace una mujer como usted en un pozo ciego como éste?

—¿No resulta obvio? —contestó, algo irritada.

—Usted no es francesa, ¿verdad, doctora?

—No. Soy argentina.

—Alguien me dijo una vez que las argentinas son las mujeres más hermosas del planeta.

—Esa persona exageró.

—No lo creo. ¿Dónde aprendió a hablar francés tan bien?

—Hice un curso en París.

—¿Cuántos años tiene?

—Veintisiete —contestó Matilde, y, a pesar de sí, sonrió.

A Taylor lo enterneció el modo sincero de Matilde; resultaba fácil extraerle información porque no desconfiaba.

—¿Tiene amigos en París?

—El interrogatorio ha terminado. Mis otros pacientes me esperan.

—Tengo celos de sus otros pacientes. ¿Volverá a visitarme?

—Lo haré, más tarde —le prometió.

Nigel Taylor la siguió con ojos ávidos mientras Matilde se ocupaba de los enfermos y hasta que abandonó la habitación. Lo admiró que, a pesar de su figura delgada, el delantal blanco se le ajustara a la altura del trasero. Lo movía con una cadencia que lo llevó a imaginar sus manos sobre él. Se excitó aun en las condiciones en que se encontraba.

◦⁖ ✂ ⁖◦

Matilde y Juana salvaban el trecho que separaba la carpa con los enfermos de meningitis del edificio principal cuando avistaron un Suzuki Grand Vitara rojo, que ingresó en el predio y frenó delante de la terraza. Una joven nativa, alta, de excelente estampa y vestuario al estilo europeo, descendió del vehículo. Matilde la reconoció enseguida: se trataba de la muchacha que había visto en la iglesia el sábado por la mañana.

—Una negra en un auto tan lindo y nuevo —comentó Juana—, parece mentira. ¡Y con ese vestido!

—La vi en la iglesia el sábado. Ponía flores frescas en los jarrones.

Caminaba delante de ellas, con un paquete en la mano y un bolsito de lona azul colgado en el antebrazo, a juego con las sandalias de tacón chino. El vestido entallado en lino blanco con un cinto azul le realzaba la cintura delgada. Escucharon que preguntaba, en un francés desprovisto de la dureza característica de los congoleños, por Bénédicte Kabuli, la niña con la infibulación.

—Buenas tardes —saludó Matilde.

La muchacha se dio vuelta y, al girar, despidió un perfume que Juana identificó de inmediato: Anaïs-Anaïs, de Cacharel.

—Buenas tardes.

—Escuché que preguntaba por Bénédicte. Soy su doctora. Me llamo Matilde Martínez. —Extendió la mano y recibió un apretón firme—. Ella es la doctora Juana Folicuré.

—Mucho gusto —respondió—. Mi nombre es Joséphine Boel y soy la secretaria del padre Jean-Bosco. Él me pidió que viniera a ver cómo está la niña. Le he traído un poco de ropa y artículos personales —anunció, y levantó el paquete por el hilo—. Sé que el padre la dejó ayer sin nada.

—Gracias —dijo Matilde, y recibió el paquete—. Se lo entregaré a la enfermera de terapia intensiva.

—¿Cómo está Bénédicte?

—Para nuestra gran alegría, está mostrando una evolución favorable. Aún sigue con respirador y muy sedada, pero sus signos vitales están mejorando de forma lenta. Responde al antibiótico muy bien.

—Gracias, Dios mío —susurró, con la vista baja—. El padre Jean-Bosco me contó lo sucedido. Hace veintinueve años que vivo en el Congo, es decir, toda mi vida, y amo esta tierra, pero a veces me cuesta entender a mis compatriotas.

—¿Usted nació aquí, en el Congo?

—Sí, a unos kilómetros de Rutshuru, en la hacienda de mi padre.

—¿Le gustaría ver a Bénédicte? —la invitó Matilde—. Ha llegado en el horario de visitas.

Emprendieron el camino por el pasillo, en un principio, en silencio, hasta que Matilde le preguntó:

—¿No se acuerda de mí? La vi el sábado, colocando flores en los jarrones de la iglesia.

Joséphine ladeó el rostro para observarla.

—¡Verdad! —exclamó—. No la había reconocido. La iglesia no estaba muy iluminada. Trátame de tú, Matilde. Tú también, Juana. Somos demasiado jóvenes para tanta formalidad.

—Por supuesto —acordó Juana, encantada con la posibilidad de conocer a una mujer «normal», con ropa moderna y no prendas informes de colores estridentes, y un automóvil en lugar de un carro tirado por mulas. Comenzaba a aburrirle la vida invariable que llevaba desde principios de abril. La hastiaba heder a permetrina y rociar las prendas cada noche. Añoraba un baño de tina con sales y la piscina de la casa de la Avenida Elisée Reclus. Sobre todo, la fastidiaba la imposibilidad de comunicarse con Shiloah Moses salvo por cartas escritas, como en la época de la Colonia; desconocía si Fournier había podido despacharlas, menos aún si habían llegado a manos de su novio. Lo extrañaba, ni siquiera sabía cómo le había ido en las elecciones por las que tanto había trabajado. Temía que se sintiera abandonado y que la reemplazara por otra. Ahora sabía que Shiloah Moses era un hombre capaz de conquistar a la mujer que se propusiera.

—Joséphine, ¿tienes celular? ¿Teléfono móvil? —aclaró.

—Sí, sé lo que es un celular. Mi hermana Aísha tiene uno en Estados Unidos, pero aquí esa tecnología no existe. Me dijeron que en Kinshasa, los hombres de gobierno sí tienen celulares, pero aquí, a la zona de los Grandes Lagos, esa tecnología no ha llegado.

—¿Sabes cómo puedo hacer para comunicarme con el extranjero?

—Si quieres, puedes venir a casa y usar nuestro teléfono satelital.

Matilde advirtió el cambio en el semblante de Juana. Desde la llegada a Rutshuru, la notaba decaída, y no dudaba de que se debía a la falta de noticias de Shiloah. Ella también añoraba saber de Eliah, aunque en su caso, por muchos celulares y computadoras con conexión a Internet con los que hubiera contado, no habrían servido de nada.

—¿De veras, Joséphine? Te pagaré la llamada.

—De ninguna manera. Tú estás aquí, curando a mis connacionales. Lo menos que puedo hacer para retribuirte es permitirte hablar con tus seres queridos.

—¿El sábado? —se entusiasmó Juana.

—Pasado mañana no puedo —expresó, con pesar—. Visitaré la Misión San Carlos este fin de semana. Iré a dar una mano a las monjitas.

—¿La Misión San Carlos?

Joséphine percibió la ansiedad que, de pronto, se apoderó del ánimo de Matilde.

—Sí. ¿La conoces?

—Mi prima, Amélie Guzmán, es la superiora. ¿No te lo comentó el padre Jean-Bosco?

—No lo mencionó. Aunque no me extraña. Tiene tantos problemas y cuestiones que no sé cómo no se olvida de respirar. ¿Así que tú eres la prima de Amélie? ¡Esto sí que es auspicioso! Hace años que conozco a Amélie. Somos grandes amigas.

—¿Te molestaría que fuéramos contigo? ¿A la misión? —aclaró Matilde.

—*Au contraire!* Me encantaría. Y antes de irnos, tú, Juana, podrías hacer tu llamada desde casa.

—¡Sí! ¡Perfecto!

Joséphine se lavó las manos y se colocó un cubrebocas antes de entrar en la Unidad de Cuidados Intensivos, donde Bénédicte libraba su lucha con la muerte.

—¿Puedo tocarle la frente?

—Sí —respondió Juana.

Matilde, sobrecogida por una energía misteriosa, no atinó a articular. Joséphine ocultó la frente de la niña con su mano de dedos largos y uñas pintadas con esmalte blanquecino. «Hermosa mano», pensó Matilde. Le descubrió en la otra un rosario de cuentas de madreperla, que Joséphine besó luego de murmurar un rezo ininteligible. Su actitud de recogimiento, que se mantuvo durante unos minutos después del rezo, con los párpados ligeramente apretados, la boca generosa apenas fruncida y las paletas nasales dilatadas, la hipnotizó al igual que lo había hecho el sábado en la iglesia su suavidad al acomodar las flores en los jarrones.

Las tres salieron de la Unidad de Cuidados Intensivos calladas, con las miradas al suelo y un talante no entristecido, más bien sereno y reflexivo. Antes de despedirse, acordaron que el chofer de Joséphine las buscaría por el hospital, el sábado por la mañana, una vez finalizado su turno de la noche, y las conduciría a la hacienda *Anga La Mwezi*, que en swahili significa «luz de luna».

En tanto sacudían las manos para saludar a Joséphine, Juana torció la boca y expresó:

—Debes de estar desesperada por ver a Jérôme para haberte comportado como una caradura y pedirle que nos lleve con ella a la misión. ¡Nunca me imaginé que te vería actuar así! Te desconozco, Matilde Martínez.

—Y tú —retrucó Matilde— debes de estar desesperada por hablar con Shiloah para haber aceptado entrar en la casa de una desconocida y usar su teléfono.

—No es una desconocida. Es amiga de Amélie. ¡Y la secretaria de un cura! Pero sobre todo, tiene muy buen gusto. ¿No le viste el vestido? Creo que es un Escada.

Matilde soltó un bufido, dio media vuelta y caminó en dirección al quirófano.

7

A medida que llegaban a Viena por distintos medios de transporte y desde distintas capitales europeas, los miembros de las Brigadas Ezzedin al-Qassam se congregaban en un departamento frente a la Franziskanerplatz, o Plaza de los Franciscanos, un sitio en pleno centro de la capital austriaca que se hallaba a pocas cuadras de la sede de la Organización de Países Exportadores de Petróleo, en el 93 de Obere Donaustrasse, al otro lado del río Danubio, y del Grand Hotel Wien, el elegido por dos de los ministros más importantes, el de Arabia Saudí y el de Kuwait, y donde trabajaba desde hacía años el hermano de uno de los terroristas en el área de mantenimiento. El príncipe Kamal Al-Saud, el botín codiciado, por quien planeaban exigir un rescate de sesenta millones de dólares, arribaría a Viena en la mañana del evento y regresaría a Jeddah por la noche.

Para el miércoles 29 de abril, los seis miembros de las Brigadas Ezzedin al-Qassam y Udo Jürkens, se escondían en el departamento de la Plaza de los Franciscanos. Jürkens paseó la mirada por los jóvenes palestinos, los cuales comían y conversaban en un ambiente de tensión y expectativa. Los había entrenado con dureza y les había exigido más allá del límite de sus capacidades para conducirlos al punto de preparación en el que se encontraban en ese momento.

—Muchachos —los llamó, y ninguno se alteró ante el sonido metálico de su voz—, ha llegado la hora de prepararse. Los ministros se retirarán a dormir en unas horas y, entonces, nos tocará actuar.

Al cabo, los seis reaparecieron vestidos con trajes negros que les conferían un aspecto respetable. Para su desazón, días atrás se habían afeitado la barba y cortado el pelo a ras. Parecían lo que Udo quería que parecieran: guardaespaldas.

—Brahms y Liszt —los *noms de guerre* correspondían a los de músicos famosos—, ocúpense de los vehículos. Haydn y Mozart, chequen los bolsos con las armas. Tú, Chopin, revisa tu equipo de falsificación. Mahler, comprueba el buen funcionamiento del sistema de comunicación. Saldremos de aquí a las dos mil doscientas —informó, usando la jerga militar para expresar la hora, las diez de la noche.

Sonó un celular. Liszt respondió.

—Udo… —Liszt no tuvo oportunidad de pronunciar la siguiente palabra. Jürkens lo aferró por el cuello y le comprimió la tráquea y las cuerdas vocales.

—Vuelves a pronunciar mi nombre y te mato. —Le arrebató el teléfono y lo empujó sobre un sillón, donde el palestino tosió como un tísico.

La llamada era del hermano de Chopin, el empleado del Grand Hotel Wien.

—Habla —lo apremió Jürkens, y se acercó al plano del hotel extendido sobre la mesa.

—Bin Maimón, el ministro saudí, está en la habitación 505, y Al-Sabah, el kuwaití, en la 618.

Jürkens colgó sin más.

—En marcha —dijo.

Los vehículos que los condujeron hasta la calle Kaerntner Ring, donde se emplazaba el Grand Hotel Wien, ingresaron en las cocheras subterráneas gracias a unas tarjetas con códigos de barra. Sin descender de los automóviles, las deslizaron por el aparato empotrado en a la pared, y la barrera se elevó. El hermano de Chopin los esperaba en una habitación, dentro del estacionamiento, que funcionaba como depósito de cosas viejas. Allí les proporcionó dos uniformes de mesero, que Haydn y Mozart se colocaron deprisa. Las mesas móviles, cubiertas con manteles blancos y con un servicio de cena, los esperaban en un rincón. Los ataques se realizarían al unísono, uno en el quinto piso, el otro, en el sexto.

Haydn, cubierto por Chopin y Liszt, escondidos en el cuarto de los elementos de limpieza del quinto piso, llamó a la puerta de la habitación 505.

—¿Quién es? —preguntó una voz masculina.

—*Room service* —contestó Haydn.

El guardaespaldas del ministro bin Maimón asomó el rostro con la intención de aclarar que no habían solicitado un servicio a la habitación. Fue incapaz de expresarse. Haydn le apoyó el silenciador de la Heckler & Koch USP 9 milímetros y le alojó una bala en la frente. El hombre se desplomó sin emitir sonido. Chopin y Liszt ayudaron a Haydn a correr el cuerpo, abrieron la puerta y la cerraron. Cruzaron el vestíbulo sabiendo que les tocaba enfrentarse con otros dos hombres; un trabajo de inteligencia de Hamás les había advertido que el ministro del Petróleo saudí viajaba con tres custodios. Irrumpieron en la sala donde los otros dos guardaespaldas veían televisión. La sorpresa les impidió reaccionar. Chopin se ocupó de uno y Haydn del otro, mientras Liszt se dirigía al dormitorio principal. Los gemidos que se filtraban por la puerta lo alertaron de que bin Maimón no estaba solo. Irrumpió en el momento en que una prostituta le practicaba una felación.

En tanto, Mozart llamaba a la puerta de la habitación 618. Al igual que Haydn, anunció el servicio a la habitación; sin embargo, el guardaespaldas le expresó su negativa sin abrir. Volvió a llamar y, mientras repetía que no había errores, que el servicio correspondía a la 618, Udo Jürkens, después de cerciorarse de que el pasillo estuviera despejado, salió del cuarto de la limpieza y se acercó a la puerta, sobre la que apoyó el oído. Batió la mano en dirección al palestino para pedirle que prolongara el diálogo con el guardaespaldas. Al cabo, disparó tres veces su Beretta 92 en distintos puntos y, a pesar del silenciador, que restaba potencia a las balas Parabellum, hirió al guardaespaldas. Se oyó un quejido y un peso que se desmoronaba. Por fortuna, se dijo, el color negro de la puerta disimularía los orificios. Usó la llave maestra, proporcionada por el hermano de Chopin, y entraron. Brahms y Mahler los siguieron. Desconocían el número exacto de custodios del ministro kuwaití.

Otro guardaespaldas saltó en el vestíbulo con el arma en la mano y, antes de que disparase y la estampida despertase a los pasajeros del sexto piso, Udo Jürkens, haciendo gala de sus reflejos y de su puntería, le colocó una bala de nueve milímetros en el ojo derecho. El hombre cayó muerto sobre una mesa centro y destrozó el cristal.

—Controla el resto de la habitación —ordenó a Mahler.

El jeque Al-Sabah entró en la sala de mal talante, amarrándose la bata y dispuesto a echarles una bronca a sus custodios cuando descubrió a uno sobre los restos de la pequeña mesa. Levantó la vista y se vio rodeado por cuatro hombres. De modo maquinal, levantó las manos y pidió misericordia en árabe.

—Haydn, ¿me escuchas? —dijo Mozart por la radio.

—Te escucho. Aquí todo bajo control. —Haydn no mencionó la inesperada compañía de la prostituta porque, al igual que a los tres guardaespaldas, la habían liquidado.

En las dos habitaciones, se procedió de manera similar y coordinada. Antes de cerrar la puerta con llave y de echar la traba, colgaron el cartel que rezaba *Do not disturb*. Ataron a los ministros, cerciorándose de no ajustar demasiado las cuerdas. Llevaron los cadáveres al baño principal, y los que habían desempeñado el rol de meseros, regresaron a sus trajes negros. En la habitación del ministro saudí, Chopin tomó la palabra; en la del ministro Al-Sabah, se ocupó Mahler; se había acordado que, en presencia de los secuestrados, Udo Jürkens no emitiría palabra dado su timbre antinatural.

—Señor ministro, si colabora con nosotros, no terminará como sus custodios. Mañana por la mañana, tomaremos el lugar de sus hombres y entraremos con usted en la sede de la OPEP. Le colocaremos este cinturón con gelignita, un explosivo con alto poder destructivo. Si intentara llamar la atención de los guardias de la OPEP, oprimiríamos el detonador y su cuerpo se destrozaría en mil pedazos.

—Ustedes también morirían —se atrevió a señalar el ministro kuwaití.

—Estamos dispuestos a morir por nuestra causa.

—¿Cuál es esa causa?

—La del pueblo palestino.

Chopin, el experto en falsificaciones, trabajó primero en la habitación 505, donde adulteró las identificaciones de los tres guardaespaldas asesinados, a las cuales les agregó sus fotografías en el nuevo estilo occidental, sin barba, el pelo corto y en traje negro. Finalizó la labor volviendo a plastificar los documentos. Hizo lo mismo en la habitación 618, donde tuvo que reproducir dos documentos adicionales, uno para Udo Jürkens y otro para Mahler.

—¿Cómo harán para ingresar dos guardaespaldas más? —se preguntó el ministro kuwaití—. El Departamento de Seguridad de la OPEP me exigió que adelantara los nombres de los custodios que me acompañarían, como también los detalles de las armas que portarían. Esperan a dos, no a cuatro.

—Mañana, a primera hora —explicó Mahler—, usted llamará al jefe de Seguridad de la OPEP. Sabemos que es una visita frecuente de la casa y que Herman Helmuth lo conoce bien. Le dirá que ha incluido a último momento a dos guardaespaldas más, que ahora son cuatro. Dependerá de usted, señor ministro. Si no logramos pasar por la entrada de la OPEP, ya sabe lo que le sucederá —dijo, y levantó el detonador.

Mientras Chopin se ocupaba de las falsificaciones, los demás atiborraban dos maletines con granadas, cargadores, precintos de plástico, máscaras antigás, cuchillos de combate, Semtex y detonadores. También cargaron las partes de tres Kaláshnikovs AK-47 sin culata, el fusil de asalto favorito de las Brigadas Ezzedin al-Qassam. Estaban entrenados para armarlos en el tiempo en que se consumía un cerillo.

Cerca de las ocho de la mañana, desde cada habitación, la 505 y la 618, se pidieron suculentos desayunos. Los meseros que los llevaron hasta el quinto y el sexto piso recibieron la propina en la puerta y pusieron la mesa móvil en manos del que los atendió. Ninguno percibió nada anómalo. Junto con el café, los palestinos engulleron anfetaminas, en previsión de las largas horas que les tocaría afrontar sin dormir.

A las nueve, los ministros, con los torsos desnudos, levantaron los brazos para que sus captores les colocaran los cinturones de gelignita en torno a la cintura. Hecho esto, Mahler se comunicó con el Departamento de Seguridad en la OPEP y preguntó por el jefe.

—Su Alteza, el ministro Al-Sabah, necesita hablar con el señor Helmuth. Urgente —agregó. Tapó al auricular del teléfono y advirtió al kuwaití—: Dice algo inconveniente y tendrán que recogerlo en pedazos.

—Aquí el ministro Al-Sabah. —Por el gesto de impaciencia del kuwaití, resultaba obvio que el jefe de Seguridad se deshacía en halagos—. Gracias, Herman. Disculpe que le avise al filo de la hora, pero he incorporado a dos custodios más en mi guardia personal. Sí, lo sé, pero así me lo sugirió el jefe del servicio de inteligencia de mi país antes de partir ayer por la tarde. Alguna razón de seguridad de último momento, como usted comprenderá. Ya sabe cómo es esto —dijo, y rio con afectación—. Sus nombres son... —acercó el papel a sus ojos porque era miope—, ¿tiene con qué anotar, Herman? —Le pasó los nombres, los números de identificación y los datos de las armas que portarían.

A las once y veinte, abandonaron las habitaciones sin descolgar el cartel *Do not disturb* para evitar que el personal del servicio de limpieza ingresara y descubriera los cadáveres, al menos por unas horas. Descendieron por los ascensores hasta el estacionamiento del hotel. Al encontrarse, Al-Sabah y bin Maimón cruzaron vistazos sorprendidos y, luego, asustados y solidarios. Mahler les dirigió las instrucciones a ambos ministros.

—Ministro bin Maimón, usted entrará primero en la sede llevando este maletín. —Se lo mostró, pero no se lo entregó—. Chopin, Liszt y Haydn caminarán detrás. Si algún problema se presentase con los guardias, dependerá de usted solucionarlo. De lo contrario... —Le mostró el detonador—. Usted le seguirá, ministro Al-Sabah, llevando este maletín. Mozart, Brahms, Wagner y yo lo escoltaremos. La misma advertencia para usted —dijo, y volvió a levantar el detonador, que guardó en el bolsillo de su traje negro.

Udo Jürkens, que había elegido el nombre del músico Richard Wagner por su conocida aversión a los judíos, observaba a los muchachos palestinos y los evaluaba. Las anfetaminas comenzaban a hacer efecto;

lucían inquietos, casi eufóricos. Antes de subir a los vehículos que los conducirían a la sede de la OPEP, Mahler pronunció el típico grito de los *muyahidín*, es decir, de los que hacen la Guerra Santa o Yihad.

—*Allahu akbar!* —«¡Alá es el más grande!», y los demás, excepto Udo, respondieron con el mismo fervor.

Al descender de los vehículos, frente al moderno edificio de la OPEP, los periodistas se abalanzaron para arrancar comentarios a los hombres que manejaban el destino del recurso más importante de la Tierra. Los palestinos los apartaron y allanaron el camino hacia el acceso principal. Un guardia austriaco, que sonrió y saludó con cierta familiaridad a bin Maimón, ofreció llevarle el maletín hasta el cuarto piso al verlo medio agobiado por el peso. Bin Maimón alejó el maletín de la mano extendida del guardia y le devolvió la sonrisa.

—No puedo apartarme de este maletín, Viktor. Mi vida va en ello —añadió, con acento dramático y gesto burlón.

—¡Claro! —acordó el guardia—. Los secretos del mundo del petróleo están en él.

«Muy bien, señor ministro», pensó Jürkens. «Acaba de hacerlo muy bien.»

Se controlaron las identificaciones de Chopin, Liszt y Haydn y se les pidió que entregaran las armas declaradas antes de pasar por el detector de metales. Por deferencia, a bin Maimón se le excluyó de esa prueba. El mismo procedimiento se llevó a cabo con Al-Sabah, sin verificar contratiempos. El grupo de siete terroristas y dos ministros entró en el salón de conferencias del cuarto piso a las once y cincuenta y tres minutos. El inicio de la reunión estaba previsto para las doce.

～ ❀ ～

Kamal Al-Saud y su secretario y mano derecha, Fernando «Nando» Guzmán, entraron en el salón de conferencias y echaron un vistazo antes de seguir avanzando. Se trataba de una estancia de grandes dimensiones, más larga que ancha, con las banderas de los estados miembros en un extremo y un atril con micrófono en el otro. Dos mesas de varios metros, enfrentadas, con más de cuarenta sillas, dominaban el espacio central; en la brecha entre ambas, colgaban los cables de los micrófonos y de los audífonos para las traducciones simultáneas. La sala carecía de ventanas y sólo contaba con una puerta de acceso, la principal, de dos hojas.

El maestro de ceremonias avistó de lejos al príncipe Kamal. Hacía tiempo que no lo veía. Le calculó más de setenta años. Lo notó arrugado, si bien, admitió, sus ojos verde claro, enmarcados por unas cejas gruesas y aún renegridas, fulguraban y evaluaban el entorno con la misma fría inteligencia de finales de los años sesenta. Conservaba la postura derecha y elegante, enaltecida por su atuendo a la usanza árabe, de tocado blanco ajustado con un cordón negro y plateado, y la túnica o *thobe* de color mantequilla, que terminaba en un cuello Mao.

—Bienvenido, Alteza.

—Gracias, Saúl. Hacía años que no entraba en esta sala.

—Es una alegría contar con Su Alteza de nuevo y para un evento tan importante. El homenaje a su hermano, el gran rey Faisal, es una deuda que la OPEP tenía con la familia Al-Saud.

Kamal sonrió e inclinó la cabeza y presentó a su amigo, Nando.

—Por aquí, éste es su sitio, Alteza, cercano al atril.

Kamal saludó a viejos conocidos, estrechó la mano del ministro del Petróleo de su país, la que notó sudorosa y débil, y se ubicó en el sitio señalado con su nombre. Los intérpretes se alistaban en las cabinas, en tanto los asesores, los secretarios y los guardaespaldas se ubicaban en butacas detrás de sus jefes. Habría un centenar de personas en la sala de conferencias de la OPEP.

Saúl, el maestro de ceremonias, comenzó con las presentaciones, y Kamal notó que dos guardaespaldas, uno del ministro kuwaití y otro del saudí, se inclinaban sobre sus jefes al mismo tiempo y les hablaban al oído en lo que parecía una escena ensayada. Frunció el entrecejo y, de modo mecánico, contuvo el aliento, que no soltó cuando vio que los ministros, sin pronunciar palabra, se ponían de pie y, mirándose fijamente, uno frente al otro, separaban los faldones de sus túnicas. Muchos, dadas sus ubicaciones, no se percataron del comportamiento del kuwaití y del saudí, otros los observaban y comentaban con sus vecinos en voz baja. El maestro de ceremonias levantó la vista del papel y se quedó mudo. Kamal se acomodó los lentes y descubrió que los ministros enseñaban los cinturones con explosivos adheridos a sus cuerpos. Desvió la vista hacia la concurrencia y enseguida supo que se trataba de un asalto terrorista e identificó quiénes lo cometerían.

—*Allahu akbar!* —vociferó Mahler. Sacó su pistola Tokarev TT-33 y ejecutó tres disparos al techo, a los que siguieron gritos y reacciones intempestivas. Los custodios saltaron sobre los ministros y sobre los delegados con sus armas desenfundadas. Kamal levantó la mano para detener a los suyos, que pretendían arrastrarlo fuera del salón. Tres disparos más enmudecieron a la concurrencia.

—Si alguien mueve un músculo —amenazó Mahler—, detonaré los explosivos que los ministros de Kuwait y de Arabia Saudí tienen adheridos a sus cuerpos. Los custodios entregarán las armas, ¡ahora! ¡Vamos, deprisa! ¡Muévanse hacia este lado!

Haydn y Chopin los cachearon, los despojaron de las armas y de los celulares, a los que les quitaban las baterías antes de echarlos en una bolsa. Los maniataron con precintos en las muñecas y en los tobillos. Algunos hicieron gestos de dolor cuando las bandas plásticas les mordieron la carne.

Udo Jürkens se ocupó de echar llave a la puerta y de trabarla con el respaldo de una silla. Pasó un cable flexible por debajo con una pequeña cámara en la punta que los advertiría en caso de que alguien se aproximara al único ingreso. Encendió un aparato con pantalla y antena en el cual apareció la imagen del pasillo vacío. Las cabinas de los intérpretes no lo preocupaban porque sus vidrios estaban sellados. Levantó la vista y sonrió. No quedaba uno.

Mozart ya había armado dos de los tres Kaláshnikovs. Finalizada la tarea, entregó uno a Jürkens y otro a Mahler, lo que a Kamal le hizo pensar que, en realidad, el que comandaba el grupo no era el terrorista que llevaba la voz cantante sino el gigante que evaluaba la situación desde la puerta y manejaba a los demás con la mirada.

Liszt y Brahms congregaban a los ministros y delegados por un lado y a los demás concurrentes por otro. Varias mujeres lloriqueaban. Cuando Mahler se aproximó a una que lloraba con especial brío, la mujer se desmayó.

—¡Bah! —profirió, y pasó a otra; le habló en inglés—. Usted y todas las demás abandonarán esta sala en pocos minutos. Le entregará esta nota al jefe de policía.

Los intérpretes ya habían advertido a la policía, por lo que el jefe del destacamento se encontraba en la planta baja intentado analizar la situación. La puerta del ascensor se abrió, y un grupo de mujeres histéricas se abalanzó sobre él y sus hombres.

—¿Quién es el jefe de policía? —vociferó una.

—Señora —habló un uniformado—, yo soy el jefe de policía. Venga, tranquilícese. Siéntese acá.

—Uno de los… de esos hombres me dio esta nota para usted.

El comisario se ajustó los guantes de cuero antes de tomarla. Estaba escrita en alemán. «*¡Alá es el más grande! ¡Y Mahoma es su Profeta! En cuatro horas a contar desde las doce del mediodía de hoy, jueves 30 de abril, pondrán a nuestra disposición un helicóptero, que aterrizará en el helipuerto de la OPEP y que nos transportará al Aeropuerto Internacional de Viena-Schwechat, donde estará esperándonos un Boeing 747, con un piloto y un copiloto como única tripulación y con las alas llenas*

de combustible. Si a las 16 no tenemos noticias del helicóptero comen-
zaremos a ejecutar a los rehenes, uno por cada hora de retraso. Podrán
presenciar las ejecuciones a través de las cabinas de los intérpretes. Si
intentan entrar por asalto a la sala de conferencias, detonaremos dos
cargas de explosivos que convertirán a la sede de la OPEP en un mon-
tón de escombros. ¡Viva Palestina libre! ¡Mueran los asquerosos sionis-
tas! Brigadas Ezzedin al-Qassam.

El comisario levantó la vista y ordenó:

—Comuníquenme con el canciller Klima. ¡Ahora!

Eliah Al-Saud echaba la ropa dentro de la maleta con ademanes airados. Era jueves, y aún no conseguía quitarse de la cabeza las imágenes
de Matilde y del idiota besándose, las que su espía le había enviado
el lunes por la noche. La ira aniquilaba la ecuanimidad que a duras
penas había restablecido después de la partida de Matilde. Se sentía traicionado, cuando, en realidad, no tenía derecho a experimentar
una traición. También contaba lo del ataque de los rebeldes. ¿Qué habría sido de ella en manos de los salvajes si Byrne y Ferro no hubieran
llegado para salvarla? Apretó las mandíbulas al mismo tiempo que los
párpados.

—*Merde, merde, merde!* —explotó, y su puño rebotó tres veces en el
colchón.

Se deslizó al suelo, donde permaneció sentado, la espalda contra la
cama y la cara oculta tras las manos. «Tengo que recuperarla», se instó,
consciente de que, recuperándola a ella, recuperaría la cordura. Levantó
la vista y se topó con el cuadro de *Matilde y el caracol*, lo primero que
veía al despertar y lo último, al dormirse.

En pocas horas, viajaría a la República Democrática del Congo. No
servía engañarse; las reuniones con Joseph Kabila y con *Madame* Gulemale eran una excusa. Quería volver a ver a Matilde. A medida que se
aproximaba el momento de tocar suelo congoleño, la ansiedad le provocaba un desconcierto a nivel físico. Sólo pensar en volver a tocarla,
a olerla, a saborearla, le agitaba la respiración y el pulso. Se pondría de
rodillas si era necesario, suplicaría, rogaría, le pediría perdón; la quería
de nuevo con él; le prometería lo que exigiera.

El timbre del celular lo arrancó de sus ilusiones. Temió que se tratase
de Céline, que había estado llamándolo en los últimos días. Era su amigo,
Edmé de Florian, agente de la *Direction de la Surveillance du Territoire,*

el servicio de inteligencia nacional francés, y ex compañero de *L'Agence*. Carraspeó antes de contestar y simuló buen talante.

—¡Ey, Edmé! ¿Qué cuentas?

—Hola, Eliah. No tengo buenas noticias para ti.

Al-Saud se puso de pie de un salto. Pensó en Matilde, en que había acontecido una tragedia en Rutshuru. El corazón se le desbocó en la garganta. No coordinaba las ideas, no razonaba con claridad. Edmé no sabía que Matilde estaba en el Congo, ¿o sí? ¿Se lo habría comentado?

—Habla —atinó a pronunciar.

—Un grupo terrorista, aparentemente de las Brigadas Ezzedin al-Qassam, acaba de tomar como rehenes a los ministros y delegados de la OPEP, en la sede de Viena. —Tras un silencio, De Florian agregó—: Acaba de llegarnos un listado con los nombres de los que se encuentran en la sala de conferencias. Tu padre está entre ellos.

Eliah bajó los párpados y se llevó la mano a la frente.

—¿Entre los de la lista figura Fernando Guzmán?

—Espera un instante. Sí, aquí está. Guzmán, Fernando. ¿Quién es?

—El asistente y mano derecha de mi padre. ¿Qué más puedes decirme?

—Han entregado una nota a la policía austriaca, pero todavía no me ha llegado una copia. Se dice que han exigido un avión para sacarlos de Austria. Es una operación para pedir rescate, para hacerse de fondos para financiar sus actividades terroristas y las campañas políticas de Hamás.

—No hay que permitirles abordar ese avión —declaró Al-Saud.

—Lo mismo opino yo. ¿Qué harás?

—Lo único que se me ocurre en este momento. Viajar a Londres y hablar con Raemmers. Sólo confío en su gente para un trabajo tan delicado.

—Iré contigo —ofreció De Florian.

—¿Llegas en media hora a Le Bourget?

—Ahí nos veremos.

Al mismo tiempo que cerraba la maleta y le ordenaba a Medes, su chofer, por el intercomunicador que preparase el automóvil, marcaba el número telefónico del capitán Paloméro y le ordenaba que cambiara el plan de vuelo; no volarían a Kinshasa sino a Londres. Ya en el Aston Martin, de camino a Le Bourget, hizo varias llamadas, la primera, a sus hermanos mayores; decidieron que Shariar volaría a Jeddah para acompañar a Francesca, y Alamán, a Viena. Se comunicó con los guardaespaldas de Francesca y después con su primo Saud, el jefe del servicio de inteligencia saudí.

—Saud, es imperativo que el rey presione para que el gobierno de Austria permita actuar al grupo comando de élite de la OTAN. Ellos son los únicos capacitados para manejar esta situación.

—No será fácil —lo previno Saud—. Austria no es miembro de la OTAN y siempre se comporta como si quisiera demostrar que es distinta de los demás.

—¡Saud, mi padre no saldrá con vida si unos austriacos ineptos se ocupan de esto! No se caracterizan por tener el mejor ejército ni la mejor policía ni ningún grupo de élite confiable. Es preciso que el rey Fahd convenza al emir Jabir —se refería a la máxima autoridad de Kuwait— y que juntos presionen para obtener el permiso de Austria. De lo contrario, bin Maimón, Al-Sabah y mi padre no saldrán vivos de este secuestro. Tenlo por seguro.

—Lo sé —admitió el jefe de la inteligencia saudí.

—La alianza con los norteamericanos y con los ingleses puede ser de utilidad —sugirió Eliah.

—Existe una alternativa mejor. La OMV, la empresa petrolera austriaca, depende del crudo que le provee nuestra Aramco y la Kuwait Petroleum. Los amenazaremos con cortar el flujo si no se avienen a nuestras exigencias. Austria dejaría de funcionar sin petróleo, y se sumiría en una catástrofe económica.

—¿Crees que podrían conseguir otros proveedores?

—Tal vez Venezuela y Libia —admitió Saud—, pero ellos también tienen a sus delegados en manos terroristas, así que dudo de que nos traicionen. Por supuesto, como bien sugeriste, les pediremos ayuda a los americanos y a los ingleses. Sus palabras siempre resultan persuasivas.

A continuación, Al-Saud llamó al general Anders Raemmers, su antiguo jefe en *L'Agence*. Había pasado mucho tiempo desde la última conversación. El militar dinamarqués estuvo en la línea enseguida.

—*Allô*, Caballo de Fuego. Intuyo por qué me llamas.

—General, un placer volver a escucharlo.

—Lo mismo digo.

—Estoy viajando a Londres. Aterrizaré a las… —consultó la hora— a las mil seiscientas treinta en el Aeropuerto London City.

—Uno de mis autos estará esperándote y te traerán aquí directamente.

—Gracias, general.

A continuación se comunicó con Joseph Kabila y con *Madame* Gulemale. En el primer caso, le dejó un mensaje con su secretario; la visita a Kinshasa se posponía por tiempo indeterminado. En el segundo, habló con la misma Gulemale.

—Sí, cariño, entiendo —dijo la mujer—. Están pasando por televisión, en vivo, lo que está sucediendo en la sede de la OPEP. El nombre de tu padre se baraja entre los posibles rehenes. Supongo que tu viaje cancelado está relacionado con esto.

—Supones bien.

—Cualquier cosa que necesites, Eliah, no dudes en llamarme.

—Gracias, Gulemale.

Paloméro despegó el Gulfstream V con destino a Londres, mientras Al-Saud y De Florian analizaban la última información llegada a la central de la *Direction de la Surveillance du Territoire*. Contaban con una copia de la nota de los terroristas palestinos y con otros datos: la sala de conferencias era un recinto cerrado del cuarto piso, sin ventanas, con un único acceso, y las cabinas de los intérpretes estaban selladas.

—Según una de las mujeres que fueron liberadas, los terroristas son diez. Otra asegura que son seis y otra, siete. ¿A quién creerle?

Como había prometido Raemmers, un BMW E34 color rojo los esperaba en la pista del Aeropuerto London City y los condujo a la base de *L'Agence*, a varios metros bajo tierra de una vieja usina eléctrica en las afueras de la ciudad.

Resultaba extraño volver al sitio donde habían vivido las horas más intensas y excitantes de sus vidas, caminar por sus pasillos, encontrarse con rostros familiares. Raemmers les dio un abrazo y enseguida cambió el semblante para anunciar:

—Empezaron las ejecuciones.

—*Merde* —masculló Eliah, y disimuló el pánico con la rabia.

—Acaban de ejecutar al primer rehén, un empleado de la OPEP. Lo hicieron a las mil seiscientas quince.

—La nota le daba tiempo al gobierno austriaco hasta las mil seiscientas —comentó De Florian—. Sólo quince minutos de gracia.

—Le permitieron a la cadena catarí Al Jazeera televisar la ejecución —informó Raemmers—. Un camarógrafo fue autorizado a subir a las cabinas de los intérpretes.

—¿Al Jazeera? —se extrañó De Florian.

—Es una cadena muy nueva —explicó Al-Saud—. La fundó el gobierno de Qatar en el 96. Urge ver esa cinta.

—Ya la hemos solicitado.

—¿Algún intento de negociación? —quiso saber Al-Saud.

—Ninguno. Los negociadores de la policía se comunican por teléfono con el terrorista que dice llamarse Mahler. Reciben una única respuesta: cumplan con lo solicitado en la nota y no habrá víctimas que lamentar.

—Ya hay una —apuntó De Florian.

—Si ya no hay otra —dijo Raemmers—. Son casi las mil ochocientas —recordó.

En el despacho del general dinamarqués, había varias televisiones empotrados en una pared con las cadenas de noticieros más importantes del mundo; todas cubrían el mismo evento, la toma de rehenes en la OPEP, y todas establecían analogías con el asalto perpetrado a la misma sede por el terrorista venezolano Carlos, el Chacal, en diciembre de 1975. De manera simultánea, se armó un revuelo en los estudios de los programas de noticias cuando se supo que los terroristas habían ejecutado a una nueva víctima, el secretario del ministro del Petróleo de los Emiratos Árabes Unidos.

Raemmers se retiró a contestar una llamada y regresó unos minutos después.

—Lo ejecutaron porque un grupo comando del ejército austriaco intentó irrumpir en el recinto. Antes de que se aproximaran, los terroristas abrieron la puerta de la sala y les arrojaron dos granadas. Tres efectivos fueron heridos de gravedad.

—¡Son unos inútiles y unos irresponsables! —vociferó Al-Saud—. ¿No se dan cuenta de que vigilan el entorno con cámaras? ¿Y qué carajo pensaban hacer si lograban meterse en la sala de conferencias? ¿Abrir fuego y matar a todo el mundo? General, usted sabe por qué estoy aquí. Quiero que *L'Agence* se haga cargo del rescate de los rehenes, y quiero participar en él. Los ministros y los delegados no deben abordar ese avión o no volveremos a verlos con vida, al menos no a mi padre y a otros ministros a quienes los de Hamás llaman «víboras árabes».

Sonó el celular de Eliah. Se trataba de Sabir Al-Muzara, El Silencioso.

—Sabir, hermano.

—Llamo por lo del tío Kamal. ¿Qué sabes?

—Según la información con que contamos, son las Brigadas Ezzedin al-Qassam las responsables del ataque.

Un silencio lógico ocupó la línea.

—Si supiera dónde se esconde mi hermano por estos días, te lo diría sin dudar.

—Lo sé. ¿Adónde solía esconderse?

—Al sur del Líbano. Sé de buena fuente que trasladó su campamento. Él no habría llevado a cabo este ataque desde un escondite que yo conociera, porque sabe que lo habría entregado para salvar al tío Kamal. Si él se olvida de lo que tu padre y tu madre hicieron por nosotros, yo no.

—Cuando hablas del sur del Líbano, ¿a qué lugar con exactitud te refieres?

—Su campamento estaba cerca de Tiro, a unos veinte kilómetros de la frontera de Israel, en un pueblo de pastores. Una vez lo visité, años atrás. Podría marcarlo en un mapa.

—Hazlo y envíame el mapa a este fax. —Tapó el auricular, pidió a Raemmers un número telefónico y se lo dictó a Sabir—. Cualquier información que puedas brindarnos, nos será de utilidad —le aseguró Al-Saud.

Enseguida llamó Shiloah, flamante miembro del *Knesset* o parlamento israelí.

—Desde el gobierno, estamos presionando al presidente y al canciller austriacos para que permitan a fuerzas especializadas y bien entrenadas hacerse cargo del rescate de los rehenes; no podemos negociar con esas bestias.

—¿Crees que la presión de Israel sirva?

—Los austriacos no se comportaron muy bien con el pueblo judío antes de la Segunda Guerra Mundial y durante su transcurso, por lo que la culpa los vuelve permeables a nuestros pedidos.

El mapa del sur del Líbano, con las indicaciones hechas a mano por Sabir Al-Muzara, y una fotografía bastante actual de Anuar llegaron quince minutos más tarde. Raemmers se comunicó con el agente de la CIA asignado a la embajada norteamericana en Beirut, y le pasó la información. El hombre, que desde hacía años buscaba al jefe de las Brigadas Ezzedin al-Qassam, la recibió con entusiasmo y prometió enviar a uno de sus contactos nativos al sur del país.

—No basemos nuestras esperanzas en la investigación que lleve a cabo la CIA al sur de Beirut —dijo Raemmers—. Podría llevar semanas, y nosotros no contamos siquiera con una hora.

—General —habló Eliah—, quiero que su mejor grupo se ocupe del rescate de los rehenes.

—Sabes cómo funciona esto, Caballo de Fuego. Dependo de la orden de mi superior. Sé que te sientes impotente, Eliah —dijo, y le apoyó una mano sobre el hombro—, pero tú solo no puedes hacer nada por él.

—General, en caso de que lo autorizaran para intervenir en el rescate en Viena, ¿cuál sería su plan de acción?

—Por la poca información con la que contamos, es evidente que el rescate tendría que realizarse fuera de la OPEP, al menos, fuera del salón de conferencias.

—Yo creo —dijo Al-Saud— que deberíamos hacerles creer que sus demandas han sido satisfechas. Llevarlos en helicóptero al aeropuerto y hacerlos subir al Boeing. Nuestros hombres estarían dentro del avión, y, una vez atrapados en la cabina del *Jumbo*, comenzaríamos a aniquilarlos, uno a uno. Conozco al *Jumbo* de memoria. Sé dónde esconder una docena de hombres.

—Es un plan demasiado arriesgado —manifestó De Florian.

—Podría intentarse —interpuso Raemmers.

—Es la única forma de caer sobre esos hijos de puta —pronunció Al-Saud.

El asistente del general Raemmers se asomó en la sala de juntas.

—General, el doctor Solana al teléfono.

Al oír el nombre de Javier Solana, el secretario general de la OTAN, Eliah Al-Saud se puso de pie y esperó con ansias a que su antiguo comandante regresara. Tardó casi veinte minutos. Lo hizo con un semblante que no revelaba nada.

—La presión internacional sobre Austria es inmensa. El presidente Klestil autorizó a que nuestro grupo se haga cargo de la situación.

—¡Bien! —masculló De Florian, y golpeó la mesa con el puño.

—El canciller Klima designó a... —Raemmers consultó el papel que traía en la mano—... al general Wolfgang Schössil como nuestro enlace en Viena. Nos esperan en la base aérea Brumowski, en Langenlebarn, a veinte kilómetros de Viena.

Se convocó de urgencia una MSM (*Mission Strategy Meeting*), una reunión para fijar la estrategia de la misión. Los jefes de los distintos sectores —el de informática, el de tecnología y armamento, el de logística y el de los grupos tácticos— ocuparon sus sitios en la sala de estrategias, un recinto con mapas electrónicos y pantallas gigantes. Al-Saud y De Florian saludaron a sus antiguos compañeros; no había caras nuevas. Eliah era consciente de que su presencia en esa habitación se debía a la buena voluntad del general Raemmers. Participar en la operación de rescate sin ser miembro del equipo violaría todas las reglas, y Raemmers no se caracterizaba por romper ninguna.

—El padre de Caballo de Fuego —dijo Raemmers, luego de una breve introducción—, el príncipe Kamal Al-Saud, de Arabia Saudí, es uno de los rehenes. —La pantalla de cristal que bajó del techo proyectó una fotografía reciente de Kamal, con atuendo occidental, en la Universidad de Harvard, donde solía dar conferencias sobre recursos estratégicos—. También están los ministros y los delegados de las otras naciones miembros de la OPEP. —A medida que los nombraba, sus fotografías se deslizaban delante de los empleados de *L'Agence*.

Se presentó un mapa tridimensional del edificio de la OPEP y se determinó la ubicación de la sala de conferencias, de las salidas de emergencia y del helipuerto en la terraza. Se proyectó la filmación de cuatro minutos y treinta y ocho segundos registrada por el camarógrafo de Al Jazeera desde una de las cabinas de los intérpretes y que registraba la primera ejecución. Siete hombres, con los rostros cubiertos por máscaras antigás, rodeaban a la víctima, ejecutada de un disparo en la cabeza, quince minutos después de las cuatro de la tarde. Tres de los terroristas sostenían fusiles AK-47, sin culata, y los demás portaban pistolas de grueso calibre. La filmación se cortaba sin mostrar a los rehenes.

—Son siete —dijo el jefe de informática.

—Al menos siete —lo corrigió el jefe de los comandos—. Podría haber diez más.

—Lo dudo —intervino Raemmers—. Las mujeres liberadas hablaban de un grupo de entre seis y diez hombres. La consigna —prosiguió el general— es impedir que los terroristas huyan de Viena con los rehenes y apresarlos con vida para interrogarlos.

—Es obvio —opinó el jefe de logística— que debemos hacerlo una vez que salgan de la sala de conferencias.

—En el camino hacia la terraza —propuso otro.

Al-Saud prefería abstenerse de intervenir en la discusión. Conocía su lugar de invitado y no quería abusar. Luego de unos minutos de debate, el grupo se decidió por la propuesta de Raemmers: sorprender a los terroristas en el interior del *Jumbo*, para lo cual el grupo comando se ocultaría en lugares estratégicos que la rápida revisión que, de seguro, llevarían a cabo los de las Brigadas Ezzedin al-Qassam no bastaría para descubrir. El avión se desplazaría hasta la cabecera de la pista, el capitán ordenaría a los pasajeros que ajustasen sus cinturones de seguridad, y, cuando todos estuvieran sentados para el despegue, el rugido estruendoso de las turbinas, exigidas en su máxima potencia, ensordecería a los terroristas y marcaría el momento para entrar en acción. Gracias a las cámaras que se ocultarían en el fuselaje, los soldados de *L'Agence* conocerían la ubicación de cada persona, y el ataque sería certero.

—Ya que tienen que conseguir un piloto voluntario, ¿por qué no elegirme a mí? —propuso Eliah—. ¿Qué diferencia hay entre uno de las Austrian Airlines y yo? Cara Pálida —Al-Saud llamaba a Edmé de Florian por su *nom de guerre*— podría desempeñar el papel de copiloto, ya que no hay intenciones de despegar.

—Ni tú ni Cara Pálida podrán ir armados ni con chaleco antibalas —advirtió Raemmers—. Los terroristas querrán registrarlos. Podremos ocultar armas en la cabina, para cuando empiece la acción, pero al momento de subir al avión, estarán completamente desprotegidos.

—Acepto —dijo De Florian, y Eliah Al-Saud acordó con un asentimiento de cabeza.

A continuación, Raemmers caminó hacia su despacho para realizar una llamada.

—Señor, todo está listo —informó al secretario general Solana—. Sólo espero su orden para proceder.

—Procedan.

Raemmers volvió a la sala de estrategias y se dirigió a su jefe de logística:

—Comunícate con el general Wolfgang Schössil y dile que ordene a los negociadores satisfacer los pedidos de los terroristas, pero que les pida más tiempo para organizarlo todo.

⚜

A las siete de la tarde, tres horas después del límite fijado en la demanda, la situación dentro de la sala de conferencias de la OPEP se tornaba ríspida. Los terroristas no habían vuelto a ejecutar a nadie; sin embargo, la espada de Damocles se balanceaba sobre las cabezas, no de los ministros ni de los delegados, pues ellos representaban el salvoconducto fuera de Viena y hacia una suma millonaria de dinero, sino sobre las de los secretarios, guardaespaldas y empleados del organismo. Kamal temía por Nando.

De igual modo sabía que, para él, existían pocas posibilidades de sobrevivir. Tarde o temprano, si los palestinos los sacaban de ese edificio y los conducían a algún país «amigo» de Hamás, cobrarían los rescates y devolverían sus cadáveres, si se molestaban en hacerlo.

Con la mirada en las dos víctimas, a las que ni siquiera les habían cubierto los rostros o cerrado los párpados, Kamal meditó que no temía morir; simplemente, no tenía ganas de hacerlo. «No quiero que esta vida termine», se dijo, e imaginó a Francesca, en la última visión de ella, de pie en la puerta principal de la hacienda de Jeddah, mientras él se alejaba en el Rolls-Royce para abordar el avión que lo llevaría a Viena.

—Vuelve pronto, amor mío —habían sido sus últimas palabras, susurradas aún con los labios unidos en un beso.

«No quiero que ésas sean tus últimas palabras, Francesca. No quiero morir lejos de ti. Cuando llegue el momento, quiero que sea en tus brazos.» Imaginó la angustia de su esposa, y los ojos se le llenaron de lágrimas. Él había conocido ese tipo de desesperación y de desolación casi cuarenta años atrás, cuando su adorada Francesca, embarazada de su primogénito, cayó en manos del terrorista Abu Bark. Él había padecido la tortura de la espera, y no deseaba que Francesca atravesara por el mismo tormento. «No moriré, Francesca. Te lo prometo», se dijo con pasión, sin demasiado asidero. Añoraba una sonrisa de Yasmín, y una charla con Shariar acerca de sus nietos, y compartir una broma con Alamán, y abrazar a su hijo Eliah, siempre tan enigmático y difícil de comprender. No quería morir sin saber que su hijo menor había recuperado a la mujer que amaba.

Estaba cansado y tenso. La permanencia en la sala podía prolongarse por días, y las condiciones y comodidades eran pésimas. No había nada para comer ni para tomar, a excepción de las botellas de agua mineral para los oradores, que, poco a poco, se iban consumiendo. Como los baños se hallaban al final del pasillo, los terroristas no querían aventurarse, y negaban el pedido a las personas urgidas por sus necesidades fisiológicas; eso no duraría mucho tiempo; a la larga, tendrían que escoltarlos al baño.

Kamal se sobresaltó cuando el terrorista al que llamaban Mahler insultó en árabe y golpeó el auricular varias veces contra la mesa; resultaba obvio que la respuesta del negociador no lo satisfacía.

—¡Están tomándonos el pelo! Ejecutaremos a otro rehén —le vociferó al negociador—. ¡Hagan pasar al camarógrafo de Al Jazeera para que filme la ejecución!

Se oyeron lamentos y sollozos, y roces de cuerpos que se cerraban en un círculo apretado contra la pared. Kamal levantó la vista y la fijó en la de su amigo Nando, cuya amistad no había conocido un mal día, y cuya fidelidad a lo largo de los años se había mantenido inquebrantable. Nando Guzmán era el tipo más bueno, tranquilo y noble que conocía. Los ojos oscuros del cordobés le devolvieron una mirada serena. Apenas levantó las comisuras, y Kamal interpretó el significado de esa sonrisa apenas esbozada: «Tranquilo, amigo mío. Todo saldrá bien».

Los puños de Kamal se cerraron bajo la mesa y sus facciones se crisparon cuando el terrorista apodado Mozart cayó sobre Nando y lo arrastró fuera del grupo de los pelos.

—¡Ejecutemos a éste!

Kamal Al-Saud se puso de pie, y varias pistolas lo apuntaron.

—¡No! —pronunció con voz firme—. Les pagaré lo que me pidan a cambio de la vida de ese hombre.

—No se preocupe, Su Alteza. Con usted nos basta. Obtendremos suficiente dinero.

Kamal se movió con una velocidad que desmentía sus más de setenta años en dirección a su amigo, hasta que Chopin lo detuvo al propinarle un culatazo. Cayó de rodillas con un quejido y se llevó la mano a la nuca. La pieza de tela blanca que le cubría la cabeza comenzó a teñirse de rojo. Kamal se observó los dedos manchados con sangre. Se quitó el cordón y el tocado e hizo presión sobre la herida en la parte posterior de la cabeza.

—¡Al-Saud, vuelva a su sitio! —vociferó Mahler—. Mozart, trae a ese infiel acá, donde la cámara de Al Jazeera pueda tomarlo. Colóquense las máscaras antigás.

Kamal no conseguía ver a Nando. Al igual que a las otras dos víctimas, lo mantenían de rodillas dentro del semicírculo que formaba el grupo de siete terroristas enfrentado a las cabinas de los intérpretes, a la espera de que se presentase el camarógrafo para comenzar el espectáculo. El cuerpo de Kamal temblaba de ira e impotencia. Le latía la herida, y un zumbido le martilleaba las sienes. Una ligera náusea acababa de nacer en la boca de su estómago. Iban a ajusticiar a su mejor amigo, y él tendría que presenciarlo como un cobarde. Empezó a mascullar una aleya del sura treinta y uno del Corán, mientras los dedos de su mano derecha desgranaban las cuentas del *masbaha*. «*Alá posee el conocimiento de la hora y hace descender la lluvia y conoce lo que encierran las entrañas. Ningún ser sabe lo que le deparará el mañana, ni ser alguno sabe en qué tierra ha de morir, porque Alá es sapientísimo y conocedor.*»

Kamal se alteró al ver la figura del camarógrafo de Al Jazeera, que surgió tras el vidrio de una de las cabinas de los intérpretes con la cámara al hombro. La pulsación en su herida aumentó. Se puso de pie y reinició la plegaria en voz alta, y llamó la atención de los rehenes y de los terroristas, que lo contemplaron tras sus máscaras durante unos segundos antes de voltearse hacia el camarógrafo. La recitación del verso del Corán competía con el mensaje que Mahler le dirigía al público.

El timbre del teléfono acalló la plegaria, el discurso y enmudeció la sala. Mahler rompió el semicírculo, y Kamal obtuvo una visión de Nando, con la frente en el suelo y el cañón de la Heckler & Koch de Haydn en la parte posterior de la cabeza.

—Si llama para decirme las mismas mentiras de hasta ahora, ejecutaré a dos rehenes en lugar de a uno —amenazó Mahler.

—Mahler, tranquilícese y escuche —le pidió el negociador, en inglés—. Cumpliremos con todas las demandas escritas en su nota. Se les conducirá en helicóptero hasta el aeropuerto y se les proporcionará un Boeing 747 de Austrian Airlines con un piloto y un copiloto.

—Empezamos a entendernos.

—Pero tendrá que concedernos unas horas más. ¡Espere, Mahler! Permítame hablar. Los dos únicos Boeings 747 de Austrian Airlines están fuera del país. Uno llegará mañana, a primera hora. Lo limpiaremos, lo acondicionaremos, le proveeremos comida y alimentos y llenaremos las alas con combustible, de acuerdo con su solicitud.

—¿Cuándo estará listo el avión?

—Mañana viernes, a las nueve de la mañana.

—¡Ni un minuto más! Abordaremos el helicóptero a las ocho y treinta.

—Debe decirnos con cuántos rehenes planea realizar el vuelo. ¡Es un dato necesario! —aseguró el negociador al percibir que Mahler se negaría a dárselo—. No es lo mismo un helicóptero para transportar diez personas que treinta. Lo mismo cuenta para reaprovisionar el Boeing. ¡Debe entenderlo!

—Viajaremos veintitrés personas —concedió, después de consultarlo con Wagner.

—Permítanos proveerlo de lo necesario para pasar la noche en la sala de conferencias: mantas, almohadas, comida, bebida.

La conversación duró algunos minutos más. Mahler apoyó el auricular sobre el teléfono y dijo:

—Suelten a ese infiel. Que vuelva con los demás. Alá, el compasivo, le ha salvado el pellejo.

—*Al-hamdu li-llah* —«Alabado sea Dios», susurró Kamal, con el mentón pegado al pecho, y apretó el rosario.

Levantó la cabeza de golpe al percibir la vibración de su celular. Había entregado el otro aparato a los terroristas varias horas atrás; el segundo, el que nunca apagaba, que llevaba en un bolsillo interno en modo vibrador y del cual sólo su mujer y sus cuatro hijos conocían el número, seguía con él. Su familia sabía que sólo debía utilizarlo en caso de urgencia. El teléfono dejó de vibrar para recomenzar unos segundos después.

—¡Necesito ir al baño! —expresó en árabe, en voz alta y segura—. Lo siento, pero hace horas que nos tienen aquí. Además, quiero lavarme la herida.

—Liszt, Brahms, háganse cargo —ordenó Mahler, y le pasó su Kaláshnikov a Liszt.

Udo Jürkens comprobó que el pasillo estuviera despejado antes de franquearles la salida. Kamal se desplazaba con rapidez, haciendo caso omiso a las puntadas en la cabeza; temía que el teléfono cesara de vibrar. Al entrar en el baño, pasó de largo frente a los mingitorios y se dirigió al último compartimiento. Liszt le cruzó el fusil y le impidió entrar.

—Espere —dijo, y asomó la cabeza para revisar el cubículo—. Está bien, pase.

Kamal trabó la puerta y se sentó en el inodoro. Abrió el celular y lo acercó a su oído. Se mantuvo en silencio, expectante, atento al teléfono y a la conversación que sostenían los terroristas.

—¿Cuál era el nombre del primer caballo que le regalaste a tu esposa?

—Rex —susurró Kamal—. Estoy en un baño.

—No digas una palabra más, papá. Soy Eliah. Escúchame con atención. El rescate está planeado para mañana, cuando aborden el avión. En el momento en que el Boeing esté listo para despegar y las turbinas rujan a su máxima potencia, quiero que te cubras y te protejas porque ése será el momento en que unos soldados irrumpirán y abatirán a los terroristas. Papá, tose dos veces si el grupo de terroristas es de diez hombres. —Silencio—. ¿De seis? —Silencio—. ¿De siete? —Kamal tosió dos veces.

—¡Vamos, Su Alteza! —lo urgió Brahms, y descargó el puño en la puerta—. Si no pudo cagar hasta ahora, es obvio que no podrá hacerlo.

—Ya voy.

—Te quiero, papá —dijo Eliah, y cortó la llamada.

Kamal tragó varias veces para deshacer el nudo en la garganta. Cortó un trozo de papel higiénico y se secó los ojos.

⁙

Algunos lograron conciliar el sueño. Kamal, al igual que los terroristas, pasó la noche en vela, con un dolor de cabeza que se volvía tenaz a medida que se sucedían las horas. A excepción del más fornido, a los otros terroristas los vio ingerir pastillas, algún tipo de droga para mantenerse despiertos, conjeturó. Más que despiertos, lucían exaltados, aunque menos violentos desde que les habían prometido que cumplirían sus demandas.

La comunicación con Eliah lo había sumido en una tormenta de sentimientos y de recelos. Su tercer hijo era uno de los hombres más enigmáticos e introspectivos que conocía, por eso el «te quiero, papá», que aún sonaba en sus oídos y que lo había tomado por sorpresa, le provocaba una felicidad que suavizaba el pánico en que lo sumían las circunstancias y lo ayudaba a mantener en alto el espíritu cuando sus esperanzas flaqueaban.

Nunca había resultado fácil lidiar con Eliah; manejarlo se había convertido en una tarea imposible porque no conocía de reglas ni de órdenes ni de impedimentos, menos aún de miedo. Había vivido con intensidad sus treinta y un años, sin trabas ni límites. Kamal se preguntaba de dónde nacían la seguridad y la fuerza que lo guiaban, y sonrió con un aire de abatimiento al acordarse de los esfuerzos en que había caído para domarlo y volverlo dócil. Sólo Francesca parecía entenderlo.

«Eliah, hijo mío, ¿por qué sabes cómo y cuándo será el rescate?» ¿Se lo habría confesado Saud, el jefe de la *Mukhabarat* saudí? Un pálpito le indicaba que, en ese asunto, Eliah se encontraba mejor informado que su sobrino Saud. Al igual que Samara, siempre había sospechado que, después de la baja en *L'Armée de l'Air*, los negocios de su hijo no se relacionaban con la cría de frisones sino con cuestiones más turbias y peligrosas. Lo imaginaba relacionado con el mundo del espionaje, y, en cierta forma, la creación de Mercure S.A. confirmaba las suspicacias. En su opinión, la naturaleza de la compañía superaba la de una empresa de seguridad e información. ¿Sería verdad lo que había afirmado ese periodista holandés en la revista *Paris Match*? Casi había bautizado a Eliah Al-Saud con el título de «rey de los mercenarios». Lo sacudió un temblor cuando lo asaltó un pálpito: que su hijo participaría en el rescate.

A las seis de la mañana, el terrorista más corpulento, que no tenía pinta de árabe, abrió la puerta y arrastró dentro una mesa móvil atiborrada de vasos desechables con café y *croissants*. Designaron a dos rehenes para distribuir el desayuno. Kamal aceptó el café, pero rechazó el *croissant*; no soportaba la idea de comer con los dos cadáveres arrumbados tan próximos a él y con los ojos abiertos.

Cerca de las siete y media, se reiniciaron las conversaciones telefónicas. A las ocho y veinte oyeron el estruendo provocado por los rotores de un helicóptero.

—¡Arriba! —comandó Mahler, al tiempo que agitaba el cañón de su AK-47—. Formen una fila allí —dijo, y apuntó a la puerta—. ¡No, ustedes no! —les gritó a los empleados y secretarios—. Sólo vendrán con nosotros los delegados y los ministros. Y, por supuesto, Su Alteza Real, el príncipe Kamal Al-Saud.

Kamal y Nando cruzaron una mirada.

—¡Yo iré con el príncipe Kamal! —exclamó Nando, y dio un paso al frente.

—¡No, Nando!

—¡Vuelva a su sitio! —gritó Mahler, y el terrorista corpulento apoyó la culata del Kaláshnikov sobre el pecho de Nando y aplicó presión para obligarlo a retroceder.

—¡Iré con él!

—¡Basta! Hará lo que le indique. Y le indico que se quede callado y quieto.

Kamal y Nando volvieron a mirarse, y Kamal, con un ademán de su mano, le pidió calma y que permaneciera en su sitio.

Después de una última llamada telefónica en la cual el negociador anunció que un helicóptero Mil Mi-8 se encontraba listo en el helipuerto de la terraza, Udo Jürkens destinó varios minutos para estudiar el pasillo; no descubrió nada inusual. Desenfundó su Beretta 92 y le pasó el fusil AK-47 a Chopin, quien, junto con Mozart, abriría la marcha, seguido por la fila de dieciséis delegados y ministros. Brahms y Liszt se moverían de un extremo a otro para mantener el orden entre los rehenes, mientras que Haydn, Mahler y Jürkens cerrarían la procesión.

Chopin y Mozart salieron al pasillo apuntando con sus Kaláshnikovs, girando sobre sí para mantener bajo control todos los flancos. La hilera de delegados y ministros, con gestos aterrados algunos, abatidos otros, avanzó hacia la puerta cortafuegos que comunicaba con la zona de las escaleras. Mozart la mantuvo abierta. Subieron en silencio hacia la terraza. El rugido de los rotores del Mil Mi-8 se intensificaba a medida que se aproximaban al último piso, y a Kamal se le antojó un sonido siniestro.

~: ✿ :~

Los terroristas habían exigido que el piloto y el copiloto esperaran al pie de la escalerilla del *Jumbo*, por lo que Al-Saud y De Florian, con el uniforme de Austrian Airlines y las gorras bajo el brazo, se apostaban a la espera de la llegada del grupo de rehenes. Elevaron la vista al oír primero y al divisar después el helicóptero de fabricación rusa en el cielo nublado de la localidad de Schwechat, a pocos kilómetros de Viena. Eliah lo acompañó con la mirada hasta que aterrizó a un centenar de metros de distancia. Los periodistas, ubicados detrás de una valla con sus cámaras fotográficas, registraban las instancias del secuestro. Su madre en Jeddah y su tía Sofía en París seguirían las imágenes por televisión con el aliento contenido, lo mismo que su cuñado, Anuar Al-Muzara, por lo que Al-Saud había exigido que se reuniera a la prensa en un lugar alejado y que el vehículo utilitario desde el que Raemmers dirigía la operación lo ocultara de los reporteros. Se instó a olvidarse de todo, aun de su padre; necesitaba mantener la concentración y los reflejos afilados.

Chopin y Mozart saltaron del helicóptero, sus caras ocultas tras las máscaras antigás, y caminaron hacia el *Jumbo* con la misma actitud desconfiada empleada al abandonar la sala de conferencias. Se dirigieron en inglés al piloto y al copiloto para ordenarles que elevaran los brazos y separaran las piernas; los cachearon concienzudamente. Subieron al avión; Chopin se ocupó de registrar la clase turista, en tanto Mozart se dirigía al piso superior para revisar la primera clase y la cabina.

—Wagner —dijo Mozart, por un *walkie-talkie*—, todo en orden. El avión está limpio.

Los rehenes comenzaron a salir del helicóptero. El corazón de Eliah se aceleró al avistar la cabeza blanca de su padre, que superaba en altura a los demás. Le extrañó que se hubiera quitado la *ghutra*. Giró apenas y confirmó que los terroristas que los habían cacheado continuaban en la parte superior de la escalera, bajo el umbral del ingreso al avión. Los otros terroristas, también ocultos tras sus máscaras antigás, instaban a los rehenes a acomodarse en fila, la cual, una vez formada, se movió en dirección al *Jumbo*.

Udo Jürkens fue el último en bajar del helicóptero, cuyo piloto tenía órdenes de permanecer en pista y con los rotores en marcha hasta que el

Boeing 747 despegara. Se cercioró de que la hilera avanzara en orden y de que los muchachos se mantuvieran alertas. Estaba satisfecho con su desempeño y con el desarrollo de los hechos. En pocas horas, aterrizarían en el Aeropuerto Internacional de Trípoli, en Libia, y podrían sentirse a salvo y con un potencial de varios millones de dólares en las manos. Giró la cabeza hacia la izquierda, atraído por los flashes de las cámaras fotográficas y la visión de los periodistas que vociferaban preguntas y extendían sus micrófonos hacia ellos. La policía aeroportuaria se desplegaba a lo largo de la valla, sin atreverse a desenfundar las armas ni a aproximarse. Los dos muertos abandonados en la sede de la OPEP resultaban prueba suficiente de que no amenazaban en vano.

Al-Saud inclinó la cabeza ante el primer pasajero, el delegado de Indonesia, lo mismo que De Florian, y así, con el resto.

–Son dieciséis rehenes. –Al-Saud escuchó la voz de Raemmers en el micrófono oculto en su oído derecho–. Confirmado, los terroristas son siete. El último acaba de abandonar el Mil Mi-8 y cierra la fila de rehenes. Está armado con una pistola.

Eliah repitió el saludo ante su padre y apretó la visera de la gorra al descubrir manchas de sangre seca en los hombros de su *thobe*. Lo habían golpeado, lo habían hecho sangrar. Se sostuvieron la mirada por un instante, y fue Eliah el que rompió el contacto para saludar al ministro kuwaití con la misma flema empleada con los otros rehenes y que intentaba disfrazar la revolución que dominaba su interior. Se preguntó si el cuello de la camisa le ocultaría el latido de la yugular, y si las facciones de su rostro se verían tan distendidas como él se esforzaba por aparentar.

Udo Jürkens iba a la zaga, a cierta distancia de la fila, con la vista atenta y con su Beretta 92 lista para disparar. La máscara antigás le dificultaba la visión y le adormecía los reflejos; no obstante, se trataba de una buena medida de prevención, no sólo para evitar que los gasearan sino para impedir que los fotografiaran y que sus rostros se grabaran en los sistemas de la CIA y del Mossad, lo cual los habría obligado a someterse a cirugías plásticas; en su caso, ésta se imponía dado su mal desempeño en París; con todo, aún se resistía a modificarse las facciones.

Devolvió la atención al *Jumbo* y advirtió que el delegado de Nigeria, el último rehén de la fila, se hallaba a mitad de la escalerilla. No se había preocupado por el piloto y el copiloto hasta que su mirada pasó, indiferente, sobre el primero y volvió deprisa, apremiado por una sensación de familiaridad que activó sus alarmas. Se detuvo, lo miró a través del vidrio de la máscara y no precisó más que unos segundos para reconocerlo: Eliah Al-Saud. Debido a la obsesión de su jefe Gérard Moses, llevaba tiempo tras ese hombre y lo habría reconocido entre miles. Su presencia en ese avión y su disfraz de piloto sólo podían significar una cosa: se trataba de una emboscada. Elevó la vista: Chopin y Mozart seguían en la parte superior de la escalerilla, esperando a que los últimos rehenes ingresaran.

Udo se deshizo de la máscara, que terminó sobre la pista, y, al tiempo que agitaba la Beretta en alto, ordenaba en árabe:

—¡Vuelvan! ¡Al helicóptero! ¡Al helicóptero! ¡Es una trampa! ¡Es una emboscada!

Eliah Al-Saud y Edmé de Florian sufrieron un instante de estupor y no prestaron atención a los gritos de Raemmers («¿Qué ocurre? ¿Qué está diciendo? ¡Que alguien traduzca!»). La voz inhumana y metálica del hombre los sumió en un estado de estupefacción.

«Udo Jürkens», pensó Al-Saud, y advirtió que se había teñido el pelo de negro. En un acto reflejo, metió la mano en el saco para extraer la pistola cuando se acordó de que iba desarmado. Fijó la vista en el alemán y lo vio apuntar su Beretta hacia ellos. Se arrojó a la izquierda para proteger a Edmé en el instante en que el disparo se sobreponía a cualquier sonido, incluso al grito de Raemmers en su oído, «¡Código uno! ¡Código uno!», la orden para entrar en acción y liberar a los rehenes.

Experimentó un golpe en el pecho, como la descarga de un puño contra el corazón, y la visión de la pista se desvaneció. Lo inundó una negrura espesa, que le envolvió la cara como un plástico y lo ahogó, hasta que una pequeña luz entró en su campo visual junto con un soplo de aire. Inspiró con ansias para distender los pulmones. La luz avanzaba, desplazando a la oscuridad, ocupando su sitio. No lo encandilaba, y su tibieza le acariciaba el rostro. El resplandor seguía acercándose. Eliah comprendió que no se trataba de una luz sino del brillo de una cabellera esplendorosa, batida por la brisa fresca y perfumada que él seguía inspirando con afán. La figura luminosa cobraba nitidez, y unos ojos plateados sumaron fulgor al destello, lo mismo que unos dientes blancos, que se revelaran a causa de una sonrisa que lo impulsó a sonreír a su vez. «Matilde, amor mío», murmuró.

⁓·⚯·⁓

Matilde compartía la alegría de Juana desde una plácida serenidad en la parte trasera del Suzuki Grand Vitara de Joséphine Boel. Lo conducía su chofer, Godefroide Wambale, un negro alto y fornido, de gesto ominoso y mirada fría, con el pelo entrecano. El vehículo se desplazaba hacia el norte, bordeando el río Rutshuru y los lindes del Parque Nacional Virunga por un camino de tierra en mal estado y ceñido por un paisaje de tierra roja, ondulaciones verdes y montañas cuyas cimas se hallaban sumidas en la niebla; por encima, el cielo se presentaba despejado y diáfano.

—¡Gracias, Joséphine! —expresó Juana por cuarta vez—. No sabes qué feliz estoy por haber podido hablar con *mon fiancé*.

«Mi novio», repitió Matilde para sí, y levantó una ceja. En verdad, su amiga parecía haberse enamorado de Shiloah Moses; le había cambiado el semblante una hora atrás, mientras hablaba con el israelí por el teléfono satelital, en la casa de los Boel, hasta un chillido había emitido, que hizo reír a Joséphine. Por su parte, a Matilde le había causado una honda impresión saber que Shiloah, el amigo de Eliah, estaba del otro lado de la línea. La embargaron las memorias de París, y, como si con alejarse pudiera olvidarlas, se movió en dirección a una contraventana interior y se dedicó a admirar el jardín. Avistó a un hombre de espaldas a la casa, en una silla de ruedas ubicada bajo un quiosco cubierto por un rosal de flores blancas. Le llamó la atención que el pelaje dorado y brillante del perro sentado a sus pies semejara al del cabello de su dueño.

—Es mi papá —expresó Joséphine, y sonrió ante la mueca asombrada de Matilde—. Sí, mi papá es un hombre blanco. Congoleño, pero hijo de belgas.

—Pensé que los belgas se habían marchado en el 60, cuando el Congo se independizó de Bélgica.

—Papá jamás habría podido abandonar el Congo. Ama esta tierra sobre cualquier cosa. No, no la habría dejado —insistió, con una mirada fija en el hombre.

—¿Su vida no corría peligro?

—No a manos de mis compatriotas —aseguró—. ¿Sabes quién fue Patrice Lumumba?

—El doctor Loseke, el director del hospital, me dijo que es el héroe nacional.

—Así es. Fue nuestro primer presidente y lo asesinaron por querer hacer de nuestra patria un país de verdad. Patrice era el mejor amigo de papá. Se conocieron en la escuela, y la amistad duró hasta la muerte de Patrice. Él trabajó en la cervecería de mi familia y en nuestros campos de té y de cebada, y todos sabían que, cuando empezó con sus actividades políticas, papá lo financiaba. Nadie veía en Balduino Boel a un blanco colonialista y terrateniente sino al mejor amigo de Patrice. Si bien mi papá es blanco y de cabellos dorados, para los congoleños es negro, como ellos.

—Hablas de tu papá con gran admiración. Se nota que lo quieres mucho.

—Él y mi hermana Aísha lo son todo para mí. Ven —dijo Joséphine, y, con la suavidad que la caracterizaba, la tomó de la mano y la condujo hacia un mueble cubierto de portarretratos. Joséphine levantó uno especialmente llamativo, de marco de oro y malaquita—. Ésta es Aísha, mi única hermana. ¿No es preciosa?

—Sí, preciosa —acordó Matilde, y admiró los ojos del color del ámbar, que resaltaban en el rostro delgado de piel mate y oscura—. Es muy parecida a ti, Joséphine.

—Oh, no, no. Aísha es mucho más hermosa que yo. Y mucho más inteligente. Estudió en varias universidades europeas y norteamericanas.

Esa información no sorprendió a Matilde; se notaba que los Boel eran gente de dinero. Lo evidenciaba el casco de la hacienda, una mansión de principios del siglo XX, en un estilo campestre, de techos a dos aguas con tejas españolas, gabletes en madera, terrazas en ambos flancos limitadas por balaustradas y una aguja de madera forrada con pizarra y un pararrayos en la punta. Pintada en rosa, con detalles en blanco, sus aberturas de madera eran verde inglés. Desde la terraza en la parte posterior, cuyo piso damero en mármol rojo de Verona y blanco de Carrara llamó la atención de Matilde, se obtenía una visión óptima del jardín. La riqueza de los Boel también se apreciaba en los óleos que cubrían las paredes. Matilde estaba segura de haber visto una pintura de Camille Pissarro y otra de Jean-Honoré Fragonard.

—¿Tu hermana Aísha no está? —se interesó Matilde.

—Ella vive en Washington. ¿Sabes, Matilde? Estoy feliz de haberlas conocido. A veces me siento sola —declaró, con culpa—. Soy muy feliz acá —agregó deprisa—, éste es mi hogar, pero desde que Aísha se fue, extraño la compañía de una mujer de mi edad.

—La tienes a Amélie —sugirió Matilde.

—Ella y las otras hermanas son mis grandes amigas. Pero están lejos, y mis obligaciones en casa, en el campo, en la cervecería, en la parroquia son tantas… No me permiten visitarlas tan seguido como me gustaría. ¡Aún me cuesta creer que seas prima de Amélie! ¡Qué casualidad tan maravillosa!

—No existen las casualidades —expresó Matilde, y volvió la mirada hacia el jardín para ocultar la repentina turbación. Se acordaba de las palabras de Eliah como si las hubiera pronunciado el día anterior. «*Una vez te dije que no existen las casualidades. Ese día, se suponía que regresaría a París en mi avión, pero un desperfecto me obligó a abordar tu vuelo. Se suponía también que viajaría en primera clase, pero cuando tú y Juana se ubicaron cerca de mí, cambié de parecer. Tú ya estabas a mi lado y no podía dejar de mirarte. Y todo eso sucedió para que tú y yo estemos aquí esta noche, en mi cama.*»

—¿Qué pasa, Matilde? —Joséphine se aproximó con el sigilo de una libélula, desprendiendo su aroma a Anaïs-Anaïs—. De pronto, te pusiste triste.

No tuvo oportunidad de contestarle. Godefroide Wambale se presentó en la sala y se dirigió a su patrona con la confianza de un padre.

—José —la llamó, y lo pronunció «Yosé»—, si quieres que te lleve a casa de *sœur* Amélie, será mejor que vayamos saliendo.

—Sí, sí, Godefroide. Apenas Juana termine de hablar por teléfono, nos iremos. —A Matilde le dijo—: Iré a despedirme de papá. No se toma muy bien que me vaya de casa por más de un día, y está de mal humor, por eso no se los presento hoy.

Joséphine cruzó la terraza y caminó por el césped bien cuidado. Matilde admiró la delicadeza de su andar y lo bien que le sentaba el conjunto de corsé floreado, ceñido a su cintura y sujeto por dos tiras atadas en la nuca, y de falda globo en gabardina blanca. Joséphine, esa casa y el jardín con características palaciegas formaban parte de una realidad con visos de sueño, ilusión o fantasía en el contexto de muerte, enfermedad y sufrimiento en que se hallaba sumido el Congo. La vio acuclillarse frente a la silla de ruedas y apoyar la mejilla en el brazo del hombre, que le palmeó la coronilla con la mano izquierda, mientras el perro agitaba la cola y le olisqueaba el cuello perfumado con Anaïs-Anaïs. Joséphine se puso de pie y el hombre giró un poco la silla. Entonces Matilde vio que le faltaba la pierna derecha. Partieron hacia la Misión San Carlos minutos después, con una Juana exultante y agradecida, y una Joséphine afligida tras la despedida de su padre.

Un sacudón de la camioneta, que atravesaba un bache, trajo a Matilde de regreso al interior del cubículo.

—¿Cómo está Shiloah? —se interesó.

—Está bien, aunque lo noté preocupado. No era el mismo de siempre, bromista, alegre, optimista.

—¿Le preguntaste qué le pasaba?

—Obvio. Me dijo que estaba cansado porque la noche anterior habían tenido una sesión agotadora en el *Knesset* y no había dormido mucho.

—¡Miren, chicas! —exclamó Joséphine—. Los hipopótamos están bañándose en el Rutshuru. ¡Detente un momento, Godefroide! Sabes cuánto me gusta escuchar los sonidos del Virunga.

—Ni lo sueñes, José. Tu Virunga está atestado de rebeldes de Nkunda. ¿Quieres que nos acribillen con sus Kaláshnikovs?

Como si Wambale los hubiera conjurado, se oyeron disparos en la lejanía. En un país normal, pensó Matilde, habrían creído que oían fuegos artificiales. En el Congo, nadie habría dudado de que se trataba de la artillería de alguna de las facciones armadas. Wambale pisó el acelerador, y el vehículo voló sobre los baches. Sin quitar la vista del camino, abrió la guantera y extrajo una pistola que colocó sobre el tablero.

Una avioneta sobrevolaba los lindes del Virunga, y Matilde vio los chispazos que saltaban de sus alas al recibir los impactos de los proyectiles de las ametralladoras antiaéreas. No experimentaba miedo. Menos de una semana atrás había vivido, junto con Auguste, una situación en la que percibió la caricia de la muerte y de la que había salido con vida gracias a un par de periodistas preparados para una realidad violenta como la de las Kivus. Aunque creía en eso de que «la violencia engendra violencia», se daba cuenta de lo fácil que resultaba caer en ella, porque más de una vez había anhelado que alguien aniquilara los grupos armados del Congo, en especial los que habían asesinado a la familia de Jérôme. ¡Ella, una médica, que había realizado el juramento hipocrático! Comenzaba a darse cuenta de que, en ese contexto, los principios y los valores que con tanto ahínco defendía se desdibujaban a causa del dolor y de la impotencia causados por la injusticia. Tal vez, se dijo, se había apresurado a cuestionar el oficio de Eliah, porque lo había hecho desde su ignorancia y desde una posición cómoda y tranquila. ¡Qué tonta y presuntuosa debió de haberle parecido! Se negaba a imaginar la brutalidad de los *interahamwes* al caer sobre la aldea de Jérôme y pensó en lo agradecidas que se habrían mostrado esas gentes si un grupo liderado por Eliah las hubiera salvado.

Matilde observó las manos de Wambale, sujetas al volante, y se dio cuenta de que eran enormes y de que transmitían poder. El ataque a la avioneta persistía, los disparos resonaban en la jungla del parque nacional, la Suzuki se desplazaba a ciento cincuenta kilómetros por hora en un camino que no admitía ni sesenta, y ella aún no sentía miedo. La presencia de Wambale, su dominio y su seguridad la tranquilizaban. No había experimentado lo mismo junto a Vanderhoeven, y él lo había percibido. Desde el ataque ocurrido el domingo anterior, el belga se mostraba cabizbajo, apenado o tal vez avergonzado.

—¿Qué pasó con tu admirador? —se interesó Juana, y la rescató de sus cavilaciones. A Matilde, la pregunta le sonó a excusa para entrar en una charla trivial que enmascarara los tiros y la violencia desatados fuera y a los que no estaban habituadas, más allá de que en París hubieran vivido dos situaciones extremas.

—¿Mi admirador?

—El inglés, Nigel Taylor.

—Le di el alta esta mañana, antes de irnos. Debería haberse quedado un día más, pero estaba bien y me insistió en que lo dejara ir. Creo que si no le hubiera dado el alta, se habría escapado. Además, como las camas no sobran… Estará bien.

—Volverá —vaticinó Juana—. Ése quedó loquito contigo.

Matilde agitó los hombros en señal de desinterés, aunque la última conversación con su paciente la había sorprendido y aún la repasaba.

—Doctora Matilde, ¿no va a preguntarme qué hago en este infierno?

—No, señor Taylor —contestó, y siguió anotando en el reporte.

—Se lo diré igualmente.

—Si lo desea...

—He venido a entrenar a las milicias de Laurent Nkunda. Soy un soldado profesional.

Matilde levantó la vista y la fijó en los ojos azules y sagaces. Una sonrisa entre provocadora y vanidosa despuntaba en su rostro atractivo, de líneas duras, al que le habría venido bien una afeitada.

—¿Un mercenario?

—Si desea llamarme así, sí, soy un mercenario. Un soldado que cobra por sus servicios en un ejército extranjero.

—La milicia del señor Nkunda no es un ejército sino un grupo de salvajes que matan y asesinan. A diario recibimos a las víctimas de ese maníaco.

—¿Cree que los soldados del ejército regular son menos pervertidos y salvajes que los de Nkunda? Yo me atrevería a afirmar que son peores. En cierta forma, mi presencia en Kivu es para convertir a los muchachos de Nkunda en soldados de verdad, no en monos con fusiles. —Ante la mirada condenatoria de Matilde, el gesto de Taylor demudó—: ¿No aprueba mi oficio?

—No, señor Taylor, la verdad es que no lo apruebo.

—Es extraño —masculló.

—¿Extraño? ¿Por qué?

—Creí que a las mujeres les gustaba el tipo de hombre como Rambo.

Matilde rio a pesar de sí.

—Señor Taylor, admiro su sinceridad y, sobre todo, su seguridad, aunque también podríamos llamarla vanidad.

—Usted es una mujer única entre las de su género, ¿lo sabía? Quizá por eso me gusta tanto. —Taylor se quedó mirándola, de pronto inerme, el rostro relajado y sin un gesto artificioso; simplemente se quedó contemplando las mejillas sonrojadas de Matilde, y advirtió que el sonrojo le comprometía incluso la nariz y le destacaba las pecas—. Permítame decirle que estoy orgulloso de ser lo que soy. ¿Qué suerte habrían corrido los bosnios durante la Guerra de los Balcanes si no hubiéramos llegado nosotros, los *mercenarios*, para salvarlos de los serbios? Porque sepa que los Cascos Azules de la ONU no movieron un dedo para rescatarlos de las garras de Milosevic. ¿Y qué sería ahora de los banyamulengue (la gente de Nkunda) sin nuestra ayuda? Los hutus volverían a masacrarlos.

–Señor Taylor, me alegro de que esté satisfecho con su oficio. Sin embargo, éste se encuentra en pugna con el mío. Yo lucho por la vida. Usted, por la muerte.

–No lo creo así. Mi oficio y el suyo, al que considero el más noble de entre los oficios, son complementarios. Y yo no peleo por la muerte sino por la justicia.

A Matilde no sólo la había pasmado la seguridad de Taylor sino la sinceridad y el orgullo con los que había defendido su profesión. Lo admiró por eso, y se preguntó qué habría sucedido entre ella y Eliah si éste se hubiera mostrado tan abierto en materia de su trabajo. «¿Cómo habría reaccionado?», se preguntó. No tenía sentido torturarse; su relación habría terminado igualmente, no sólo por el amorío de Eliah con su hermana Celia sino por su condición de estéril.

Se desviaron del camino principal para internarse en uno que no podía llamarse sino sendero. La vegetación formaba una bóveda que impedía el paso del sol. Matilde bajó la ventanilla e inspiró el aroma de la selva, ese tan peculiar que, en los primeros días, no acertaba a definir como desagradable, aunque le ardiera en la nariz. Ahora sabía que era adictivo. Trató de identificar los sustratos que lo componían, el de la humedad de la tierra, el de las hojas en descomposición, el de las flores, el de los animales.

La Misión San Carlos, ubicada en el corazón del bosque tropical, emergió en ese paraje virgen como un iceberg sorpresivo en el mar. Los ruidos incesantes de la selva se mezclaron con el de los niños que jugaban al futbol, el de las matronas que lavaban y conversaban, el de los motores que proveían de energía eléctrica y el del tractor que cortaba el césped delante de una capilla. Al divisar la Suzuki Grand Vitara, los niños, los que jugaban y los que observaban el partido, corrieron para recibirlos. Matilde se bajó, ansiosa, y mientras acariciaba cabezas y sonreía, buscaba a Jérôme. Lo vio apartado, aferrado a la falda de *sœur* Tabatha, y experimentó celos. Corrió hacia él, llamándolo por su nombre, «¡Jérôme! ¡Jérôme!», y las lágrimas le nublaron la vista al ver cómo le mudaba el semblante y se le iluminaba con una sonrisa. Soltó la falda de la religiosa y le salió al encuentro. Matilde lo levantó en el aire y lo hizo dar vueltas. Era la primera vez que escuchaba la risa de Jérôme.

–¡Tesoro mío! ¡Jérô, tesoro! –repetía, mientras lo colmaba de besos.

–¡Viniste!

–Apenas pude, tesoro. Estaba tan ansiosa por verte. ¿Cómo has estado, mi amor? ¿Cómo te has sentido?

—*Sœur* Amélie está triste —manifestó el niño, de pronto serio—. Ha llorado mucho.

—¿Por qué?

—Ah, Matilde —suspiró *sœur* Annonciation—, ha ocurrido una desgracia.

—¿Qué desgracia? —se interesó Juana, que se aproximó con varios niños colgando de sus brazos y aferrados a sus piernas.

—¿Dónde está *sœur* Amélie? —se interesó Joséphine, igualmente entorpecida por un grupo de huérfanos.

—En la capilla, rezando. Desde el jueves no ha salido de allí. Se la ha pasado rezando el rosario. Vengan, entremos en la cocina. Ahí les contaré.

A Matilde le parecieron eternos los minutos que empleó Annonciation para servirles unas tazas de café. El corazón le galopaba, emocionado, por tener a Jérôme en el regazo, pero también de aprensión, por lo que hubiera acontecido.

—Jérôme, cariño —dijo Tabatha—, ve a decirle a *sœur* Amélie que las muchachas han llegado.

Matilde lo siguió con la vista, feliz al verlo con la ropa que le había comprado en Rutshuru. Tenía un caminar seguro y elegante; se le veía restablecido, aunque se angustió al pensar en las cicatrices de su alma que ella no podía ver ni curar.

—Vamos, Annonciation —la instó Joséphine—, no nos tengas en ascuas. Dinos qué ocurrió.

—El jueves por la tarde, nos llamó por radio la madre de Amélie. Lloraba desconsoladamente. Al principio no le entendíamos nada. Después logró tranquilizarse y le dijo a Amélie que su padre…

—¿Mi tío Nando? —la interrumpió Matilde.

—Sí, Nando. Él había acompañado a su jefe a una reunión en Viena, en no sé qué organización de qué, cuando un grupo de palestinos ingresó en la sala y los tomaron de rehenes.

—¡Dios bendito! —exclamó Joséphine.

—Malditos hijos de puta —prorrumpió Juana en español.

Matilde, incapaz de articular, quería preguntar por el jefe de su tío Nando.

—¿A quién te refieres cuando dices «el jefe» de Nando? —habló Juana—. ¿Al señor Kamal Al-Saud? —preguntó, y buscó la mano de Matilde sobre la mesa para apretársela.

—Sí, ese mismo.

Annonciation movió la cabeza hacia Matilde al oír el sollozo que se deslizó entre sus labios.

—¿Cómo están? —atinó a balbucear, y apenas escuchó su propio susurro porque los oídos le zumbaban.

—Ayer por la tarde, tu tía Sofía llamó por radio nuevamente. Tu tío Nando y el señor Kamal están bien. Un grupo comando los rescató, pero en el tiroteo, uno de los hijos del príncipe, que participó del rescate, fue herido de gravedad.

Ante esas palabras, Juana contuvo el aliento y miró a Matilde, quien palideció hasta volverse del color del papel; sus ojos plateados, congelados en la religiosa, se anegaron de lágrimas. Apoyó las manos sobre la mesa y se puso de pie. Annonciation observó, atónita, que la joven actuaba bajo la influencia de una emoción poderosa porque se frotaba las manos, se mordía el labio y caminaba hacia atrás. Juana dejó la silla y detuvo a Matilde en un abrazo.

—¿Sabes cuál de los hijos del señor Kamal resultó herido? —preguntó Juana.

—Su nombre es Eliah.

El alarido de Matilde perforó la paz de la casa, provocó un sobresalto en Annonciation, en Tabatha y en Joséphine y detuvo en seco a Amélie y a Jérôme, que acababan de entrar. La vieron romper en clamores en los brazos de su amiga.

—¡Dios, no! ¡Oh, Dios mío, no! ¡Eliah! —Prolongaba las sílabas del nombre en un llamado desgarrador—. ¡Eliah! ¡Dios mío, no!

Juana le acariciaba el cabello y la mecía. Amélie, sobrepuesta de la impresión, se acercó a las muchachas.

—Ven, Matilde.

—¡No, no! Quiero morirme. ¡Eliah!

—Vamos, Matilde. Ven conmigo.

Las siguieron hasta la sala del comedor, donde Amélie depositó a Matilde en un sillón. Juana ocupó el sitio a su lado y le pasó un brazo por el hombro; la cabeza de Matilde cayó sobre su pecho.

—Annonciation, por favor —pidió Amélie—, prepara un café bien azucarado para Matilde. Está muy pálida.

Amélie se sentó en una silla, frente a las jóvenes, y sujetó las manos heladas y temblorosas de su prima. Interrogó a Juana con la mirada.

—Matilde y Eliah eran novios. Terminaron días antes de que viajáramos al Congo. —Pasado un silencio, Juana añadió—: Nunca he visto a dos personas amarse del modo en que ellos se amaban... Se aman, porque la pelea que tuvieron no acabó con el amor que se tienen.

—Comprendo.

Matilde, que sollozaba sin fuerza sobre el regazo de Juana, se incorporó de súbito y, mientras se secaba los ojos con las mangas de la camisa, se dirigió a Amélie:

—¿Qué se sabe de Eliah? ¿Cómo está? ¿Recibiste alguna noticia?

—Le dieron un balazo en el pecho…

Matilde se mordió el puño para no estallar en gritos nuevamente; quería escuchar lo que su prima tenía para contarle.

—¿Dónde…? ¿Dónde está?

—En un hospital de Viena. Cuando mamá me llamó por radio, tía Francesca acababa de hablar con ella y le dijo que lo habían ingresado en el quirófano. Eso fue ayer por la tarde. Aún estamos sin noticias.

Matilde bajó los párpados y echó la cabeza hacia delante. «Esto no puede estar pasando. Señor, ¿por qué? Eliah, amor mío. Dios te proteja, amor de mi vida. Dios bendito, sálvalo. No permitas que nada malo le ocurra. Te lo suplico.»

—¿La señora Francesca está en Viena? —se interesó Juana.

—Viajó apenas supo lo del secuestro de tío Kamal, no hubo manera de convencerla de que permaneciera en Jeddah. Todos mis primos están ahí, en Viena.

—¿El señor Kamal está bien?

—Sí. Le dieron unas puntadas en la cabeza porque uno de los secuestradores le pegó con la culata de la pistola cuando intentó impedir que ejecutaran a papá. ¡No te alarmes! —se apresuró a exclamar al descubrir la mueca en el rostro de Matilde—. Papá está bien. Se salvó entre los indios, como dice él. Está bien, gracias a Dios y a la Virgen.

De manera autómata, Matilde empezó a susurrar el padrenuestro. Al recibir la taza de café de mano de Joséphine, elevó la mirada y se topó con Jérôme; la observaba con la carita bañada en lágrimas y oculto tras un mueble porque temía que *sœur* Amélie lo corriera. Matilde le pasó la taza a Juana y, con un ademán, le indicó a Jérôme que se aproximara.

—Ven, tesoro —dijo, con voz gangosa, y lo atrajo hacia ella cuando el niño se colocó a su alcance.

—¿Qué sucede, Matilde? ¿Por qué estás llorando?

Matilde se mordió el labio para controlar las sacudidas del mentón y tomó una inspiración profunda antes de hablar.

—Estoy muy triste, Jérôme, porque una persona a la que quiero muchísimo se encuentra en el hospital, muy grave.

—¿Tu mamá?

—No, mi amor. No es mi mamá. Se llama Eliah.

—¿Es tu amigo?

—Sí, un amigo a quien quiero mucho.

—¿Tienes miedo de que se muera? Eso es muy feo.

Matilde lo apretó de nuevo contra su pecho y, al sentir las manitas de Jérôme ajustarse en su espalda, lloró, emocionada.

A instancias de Amélie y después de que Matilde bebiera algunos sorbos de café, marcharon a la capilla y rezaron un rosario por la recuperación de Eliah. Matilde y Juana, que no sabían recitar el padrenuestro, el avemaría ni el gloria en francés, susurraban en español. Jérôme se mantuvo de rodillas, entre Matilde y Juana, lo que duraron los cinco misterios gozosos. Al finalizar, las religiosas anunciaron que debían ocuparse del almuerzo de los niños. Matilde se habría sentado frente a la radio a esperar la llamada de Sofía, sin embargo y dado que Jérôme no se despegaba de su lado, se dirigió al refectorio del orfanato para que comiera.

—Es una hermosa construcción —comentó Juana, en francés, para que Joséphine y las demás religiosas no quedaran excluidas.

Amélie, que alimentaba a un niño pequeño en su falda, tardó en responder.

—Mis primos Eliah y Alamán donaron el dinero para construirlo.

Un silencio cayó sobre las mujeres. Matilde no pestañeaba y permanecía estática, con la vista en el plato, mientras apretaba las manos bajo la mesa porque eso la ayudaba a calmar el llanto.

—Y la camioneta Range Rover, que de tantas nos ha librado —intervino *sœur* Tabatha—, también fue un obsequio de Eliah y de Alamán.

—Y la casa para las mujeres acogidas —aportó Angelie— la construimos gracias a la generosidad del señor Shariar Al-Saud y de su esposa, Jacqueline.

—Y la salita de primeros auxilios que estamos construyendo ahora —dijo *sœur* Edith— es un regalo del señor Kamal y de la señora Francesca. Ellos siempre están en nuestras oraciones.

—Sí —prosiguió Amélie—, la familia Al-Saud ha sido más que generosa con esta misión. Sin embargo, son Eliah y Alamán los que más nos ayudan. Nos giran dinero mensualmente, y sepan que girar dinero al Congo no es nada fácil, pero Eliah tiene contactos muy importantes en Kinshasa, y así el dinero llega a Goma, adonde vamos a buscarlo todos los meses. No sé qué haríamos sin lo que nos mandan. No podríamos alimentar ni comprar las medicinas para nuestros huérfanos y nuestras acogidas.

Jérôme, que, pese al lío de la sala, estaba pendiente de las palabras de los adultos, tocó el brazo de Matilde y, con la boca llena de ñame, afirmó:

—Tu amigo Eliah es muy bueno.

—Jérôme —dijo *sœur* Edith—, te he dicho que no comas y hables al mismo tiempo. Es mala educación.

Jérôme giró sus ojos redondos y oscuros hacia Matilde, y a ésta le dio ternura la turbación reflejada en ellos. Se inclinó y le habló en voz baja.

—Nunca tengas vergüenza de equivocarte. *Sœur* Edith tiene razón. Hay que tragar antes de hablar. A mí también me lo enseñaron cuando era una niña.

—¿Quién te lo enseñó?

—Mi abuela Celia. Y como yo seguía hablando sin tragar, me castigaba en mi recámara.

—¿De verdad? —La expresión azorada de Jérôme la hizo sonreír, a pesar de la amargura que le oprimía el corazón.

—Por supuesto —aseveró *sœur* Annonciation—, la ayuda de los Boel es igualmente inestimable.

—Oh —se apenó Joséphine—, dudo de que mi padre y yo hagamos ni la cuarta parte de lo que hace esta familia… ¿Cómo es su apellido?

—Al-Saud.

—¡Ustedes hacen muchísimo! —la contradijo *sœur* Edith—. La casa de las mujeres con fístula la construimos con las donaciones de tu padre. Y ni hablar de la obra que llevas adelante con las mujeres que han sido… maltratadas —remató, porque, frente a los niños (algunos entendían el francés), no pronunciaría la palabra «violadas», más allá de que muchos de ellos hubieran presenciado cuando los rebeldes o los soldados vejaban a sus madres y a sus hermanas.

—¿Qué obra? —se interesó Juana.

—En la parroquia, recibimos a las mujeres que han sido… Tú comprendes, ¿verdad? —Juana asintió—. Ahí las asistimos, las llevamos al hospital, donde ustedes trabajan, y, cuando les dan el alta, permanecen con nosotros hasta que se sienten con fuerzas para regresar a sus vidas normales. Algunas nunca lo hacen, porque sus esposos o sus familias las desprecian después de haber sido atacadas. Algunas son acogidas aquí, en la misión, y otras se van a trabajar a mis campos, a mi cervecería o donde el padre Jean-Bosco consiga —concluyó Joséphine.

—Muchas de ellas —comentó Tabatha—, si no son asesinadas después de la violación, son mutiladas. Les cortan las manos.

—¿Qué? —se horrorizó Juana.

—Sí, así es. Una vieja costumbre heredada de la época de Leopoldo II —explicó Tabatha—. Él mandaba cortar manos para sembrar el miedo y mantener sumisos a los esclavos.

—Tres de ellas —intervino *sœur* Angelie—, a las que les cortaron sólo una mano, a Dios gracias, se convirtieron en maestras y viven aquí, y dirigen la escuela. Más tarde se las presentaremos.

—El gran problema que tenemos en el hospital —comentó Juana— es que las mujeres que han pasado por ese calvario llegan demasiado tarde para ser asistidas. Si se presentaran dentro de las setenta y dos horas, en caso de haber sido expuestas al virus del sida, las trataríamos con antirretrovirales y así las salvaríamos de la infección. Pasado ese tiempo, no hay nada que hacer.

—Muchas no piden ayuda —explicó Joséphine— porque desconocen lo de las setenta y dos horas y el sida. Otras, simplemente, no lo denuncian por vergüenza.

—La última vez que Auguste trabajó en Goma —intervino Amélie—, los fines de semana organizaba charlas aquí, en la misión. En algunas hablaba sobre el parto y cómo evitar la fístula. En otras, les hablaba a las mujeres sobre la necesidad de que recurrieran a un centro médico apenas atacadas. Otras veces hablaba sobre la nutrición de los más pequeños... ¡Uf, infinidad de temas! Se llenaba de mujeres que caminaban kilómetros para escucharlo. Es cierto que en aquella época vivíamos un poco más en paz. Ahora trasladarse es muy riesgoso.

—Ni lo digas —expresó Juana.

—Podría hacerse de igual modo —sugirió Joséphine—. Hay muchas mujeres en las aldeas aledañas que no tienen que caminar tanto para llegar a la misión.

—Podríamos hacerlo en los campos de refugiados —aseguró Amélie—. Unas clases de higiene nos les vendrían mal. Les llevaríamos permanganato de potasio y les enseñaríamos a purificar el agua antes de usarla. Se evitarían muchas epidemias de cólera. Será más fácil que nosotros nos movilicemos a que lo hagan miles de desplazados.

—Habría que conseguir los permisos del ejército para ingresar en los campos...

Matilde las oía sin prestar atención, sintiéndose ajena y desganada. Temas que antes la habrían cautivado, ahora carecían de valor. ¿Cómo se preocupaban por algo cuando su Eliah luchaba por vivir? ¿Qué hacía ella mientras tanto? Se limitaba a mirar fijamente el plato de comida, abrumada por el dolor, la desesperanza y la culpa.

Vumilia, una de las cocineras que, en cada comida de los niños se la pasaba yendo y viniendo de la cocina al refectorio, entró a la carrera, llamando a *sœur* Amélie.

—¡Su madre en la radio! *Vite! Vite, sœur Amélie!*

Matilde saltó de la silla y desapareció del refectorio antes de que Amélie apartara al niño de su regazo y se pusiera de pie. Se precipitó sobre el aparato de radio, que Auguste Vanderhoeven le había enseñado a usar.

—¡Tía Sofía, soy Matilde! Cambio.

—¡Matilde, corazón! ¿Cómo estás? Cambio.

—¡Por amor de Dios, tía! ¿Cómo está Eliah?

Soltó el interruptor del auricular y contuvo el aliento a la espera de la respuesta.

8

—Matilde... Matilde.

Francesca se inclinó sobre la frente de su tercer hijo y lo besó.

—Tranquilo, mi amor —le susurró, aliviada porque la tenía fresca—. Ha estado llamándola desde hace un buen rato —les comentó a Yasmín y a Sándor, que permanecían detrás de ella, con aspecto cansado y semblantes sombríos—, desde que lo trajeron a la habitación. Su amigo, Edmé de Florian, me dijo que también la llamaba mientras lo trasladaban en la ambulancia.

La familia Al-Saud había pasado la noche del viernes 1° de mayo en el Hospital General de Viena, conocido por su sigla AKH, el centro médico más grande de Europa, donde, por la mañana, más bien cerca del mediodía, habían ingresado a Eliah con una bala en el pecho, a la altura del corazón. La abundante pérdida de sangre, que se constituyó en el problema más apremiante en el quirófano, se había producido como consecuencia de la media hora en que Eliah permaneció tirado en la pista, junto a la escalerilla del *Jumbo*, hasta que el grupo comando del general Raemmers consiguió abatir a cuatro terroristas, apresar a dos con vida y liberar a los rehenes. El séptimo, que había disparado a Eliah en una conducta que no terminaban de discernir, había corrido de regreso al helicóptero, amenazado al piloto con su arma y logrado escapar. Horas después, cuando el piloto del Mil Mi-8 consiguió aflojar la cuerda con que el terrorista lo había maniatado, llamó por radio a la base aérea Brumowski, en Langenlebarn, e informó que se hallaba en algún punto al norte del país, en los confines con la República Checa, y que no tenía combustible para regresar.

El aturdimiento y la conmoción en los que cayeron los seis palestinos al ver a su séptimo integrante estallar en gritos y echar a correr en dirección al helicóptero después de abatir al piloto, fueron aprovechados por el comando a cargo de Raemmers para surgir de sus escondites, irrumpir en la cabina del avión y completar el rescate. La operación concluyó antes de lo planeado y sin contratiempos. La pista se llenó de automóviles policiales y de ambulancias. Edmé de Florian se ocupó de que la primera asistencia la destinaran a su amigo, quien fue conducido al Hospital General e intervenido quirúrgicamente con éxito. Se prescribió que pasase el resto del viernes en la Unidad de Cuidados Intensivos para monitorearlo de manera constante. Ese sábado 2 de mayo, por la mañana, ante los signos favorables de su evolución, lo llevaron, muy sedado aún, a una habitación privada.

—Me gustaría que Matilde estuviera acá —deseó Francesca—. Si ella le hablara, tu hermano se calmaría.

—A mí no me gustaría que Matilde estuviera acá —manifestó Yasmín—. Le rompió el corazón en mil pedazos cuando lo dejó.

—Yasmín, por favor —intercedió Sándor—. Conocemos a Matilde y sabemos que es una buena persona. Habrá tenido sus razones para hacer lo que hizo.

—¿Para destruirlo? ¿No te acuerdas de cómo estaba cuando regresó de Ruán? No ha vuelto a sonreír desde que ella lo despreció de ese modo que no logro comprender, ¡después de todo lo que él hizo por ella! ¡Ingrata!

—No nos apresuremos a juzgarla —insistió Sándor en voz baja, no porque lo hiciera forzado, sino porque era su modo habitual de expresarse, Francesca había reparado en ello. Cada día le gustaba más el muchacho bosnio, la complacía que aplacara el carácter airado de su hija, que no le consintiera los caprichos, que le enseñara a dominar la ira y a razonar.

—Yasmín, no deberías hablar mal de Matilde —terció Francesca—. Gracias a ella, tu hermano está vivo.

—¿A qué te refieres?

Francesca caminó hasta la silla donde había depositado su sobre de cuero. Lo recogió con actitud serena, levantó la tapa y extrajo una cadena de oro, con un dije. Francesca lo presentó ante su hija, que observó el conjunto con el ceño fruncido.

—¿Qué es esto? —preguntó, y apoyó en su palma el dije—. Está retorcido.

—Es la Medalla Milagrosa que Matilde le regaló a tu hermano tiempo atrás. Nos la entregó, a tu padre y a mí, el cirujano cuando nos convocó apenas terminada la operación. Esta medalla desvió la bala, por eso quedó así, deformada, e impidió que diera de lleno en el corazón de tu hermano. Al final, la bala se alojó en el pectoral, sin provocar mayores daños.

Yasmín se cubrió la boca y percibió un calor en los ojos, que fue expandiéndose por sus mejillas hasta provocarle una comezón en los labios.

—Sí —pronunció Francesca—, Matilde, al regalarle esta medalla a tu hermano, lo salvó de una muerte segura.

Yasmín dio media vuelta y se refugió en el abrazo de Sándor. Lloró, aturdida por la revelación de su madre, por la angustia que le provocaba pensar qué cerca había estado de perder a su hermano, lloró también por el dolor de Eliah, que había perdido a la mujer que amaba, y por el pánico de perder a Sándor. Lloró como no se lo había permitido desde que la noticia del secuestro de su padre y de su tío Nando la alcanzó en el laboratorio, el jueves por la tarde.

—¿Por qué lloras? —La voz rasposa de Eliah se impuso al llanto de Yasmín y lo detuvo en seco—. No me he muerto aún.

—¡Eliah! —exclamó, y se recostó con cuidado sobre el pecho de su hermano, donde siguió sollozando, movida por sentimientos contradictorios y fuertes; por un lado, la alegría de verlo despierto y, por el otro, la lástima de saber que, pese a todo, tenía el corazón roto.

Al-Saud intentó levantar el brazo derecho para acariciar la cabeza de su hermana y sólo consiguió despegar la mano de la sábana. Una debilidad como nunca había experimentado lo aplastaba contra el colchón; percibía un peso en la zona izquierda, cerca del hombro. Al ladear la cabeza para seguir la estela de perfume que le resultaba familiar, encontró la mirada y la sonrisa de su madre, y la ansiedad que lo embargaba por la falta de vigor se esfumó.

—¿Por qué te arriesgaste? —le reprochó Yasmín—. ¿Qué hacías ahí?

—Vamos, Yasmín —la apremió Francesca—, no aturdas a tu hermano. Estás ahogándolo.

Yasmín se incorporó y permaneció unos segundos suspendida sobre el rostro de Eliah. Sus ojos verdes la observaban con picardía, y una contracción en las comisuras, que no terminaba de transformarse en una sonrisa, la hizo reír.

—¡Tonto! —dijo, y se incorporó—. Nos diste un susto de muerte. —Le apartó el pelo de la frente—. ¿Cómo te sientes?

—Ahogado por tu perfume.

—¡Uf! Ya veo que te sientes muy bien porque tienes ganas de martirizarme.

Al-Saud rio sin fuerzas y enseguida contrajo el entrecejo al percibir una puntada en el hombro izquierdo.

—Vamos, Yasmín —insistió Francesca—, ve a la cafetería y diles a tu padre y a tus hermanos que Eliah ya despertó.

—Hola, Sanny.

—Hola, Eliah. —Sándor se aproximó al filo de la cama y le apoyó la mano en el hombro derecho—. Leila y La Diana me pidieron que te dijera que están rezando por ti.

—¿La Diana rezando? ¡Me gustaría verlo!

—Eso has logrado haciéndote el Rambo —lo regañó Yasmín—, que La Diana, toda una agnóstica, se ponga a rezar.

Sándor y Yasmín abandonaron la habitación, y Francesca se inclinó para besar a su hijo, en la frente, en los párpados, en la cabeza, en las mejillas, con suavidad, como lo habría hecho una mariposa al posarse sobre una flor, casi con miedo, porque le parecía increíble que Eliah no la apartase; siempre, desde niño, se había declarado reacio a las muestras de afecto.

—Tesoro mío, amor mío. Gracias a Dios y a la Virgen Santa que estás bien.

—Sé que papá también está bien. De lo contrario, no estarías tan tranquila.

—Sí, él está bien, gracias a Dios. Tuvieron que darle unas puntadas en la cabeza porque le cortaron un poco el cuero cabelludo de un culatazo.

—*Fils de pute* —insultó Al-Saud, y recordó las manchas de sangre seca en la *thobe* de su padre, y varias imágenes lo invadieron como una bandada de murciélagos.

—No quiero que te pongas tenso, Eliah. Es importante para tu recuperación que estés tranquilo. ¿Cómo te sientes?

—Muy débil. No tengo fuerzas para levantar el brazo.

—El cirujano nos advirtió que te sentirías extenuado. Es por la pérdida de sangre.

—Tengo sed.

Francesca sirvió agua Evian en un vaso de vidrio, colocó el brazo bajo la nuca de Eliah y lo ayudó a sorber.

—Despacio, hijo. Traguitos cortos y pequeños, si no se te revolverá el estómago.

—Gracias. ¿Qué sucedió? ¿Cómo pasó todo?

—No se sabe con exactitud. El último terrorista, a punto de subir al avión, empezó a gritar, te disparó, corrió hacia el helicóptero y logró escapar.

—*Merde!*

Francesca siseó al notar que las mandíbulas de su hijo se contraían, y le pasó el dorso de los dedos por la mejilla izquierda para aplacarlo.

—¿Están buscándolo?

—Por toda Europa.

—¿A mí qué me pasó? Me pegaron un tiro, eso lo sé. ¿Cuál es el daño?

—El mínimo teniendo en cuenta que te disparó con una pistola de grueso calibre. —Francesca, que conservaba la cadena en el puño, la hizo pender frente a su hijo—. Te salvó la Medalla Milagrosa de Matilde.

Los ojos verdes de Eliah seguían el movimiento pendular de un trozo de metal informe.

—¿Qué dices, mamá? —La pregunta surgió como un murmullo, la formuló casi sin aliento y en francés.

—Por alguna razón, seguramente por algún movimiento brusco que hiciste hacia la izquierda, la medalla se movió sobre tu pecho, recibió el impacto de la bala y la desvió. De lo contrario, el cirujano asegura que habría ido directo a tu corazón. Y... —La voz de Francesca se estranguló, y se cubrió la cara con la mano—. La Virgen María te salvó —lloriqueó— y también Matilde, por haberte regalado su medalla.

Al-Saud giró la cabeza para ocultar las lágrimas que, sin remedio, rodaban por sus sienes. Apretó los ojos y los labios para no romper en un llanto amargo. El esfuerzo, que se alojó en su pecho, le provocó una ráfaga de dolor. Soltó el aire, que salió como una exhalación ronca, e inspiró bruscamente. Francesca se inclinó sobre su hijo y le deslizó las manos por la cara para secarle las lágrimas.

—Tranquilo, no te alteres, por favor. No debí contarte esto. Vas a recuperarla, mi amor. Estoy segura.

—No sé, mamá —dudó—. Cometí demasiados errores.

—Nada que un amor como el de ustedes no pueda perdonar. Yo sé lo que digo, Eliah. Matilde te ama como a nadie en este mundo. Anoche, cuando llamé a Sofía, le comenté que su Medalla Milagrosa te había salvado. ¿Sabes qué me dijo? «¿Cómo? ¿Matilde le regaló su medalla a Eliah?» Estaba muy sorprendida porque su hermana Enriqueta le había contado que Matilde jamás se separaba de ella, que la llevaba a todas partes. Fue un regalo de Rosalía, la mujer de su abuelo, el señor Esteban, cuando... Bueno, supongo que sabes que Matilde tuvo cáncer. —Eliah bajó los párpados en señal de asentimiento—. Rosalía se la quitó del cuello y se la entregó a Matilde para que la salvara del cáncer. Y la salvó. Por lo que Matilde le tenía muchísimo cariño a esa medalla y le adjudicaba poderes milagrosos. Enriqueta le explicó a Sofía que Matilde no se la quitaba nunca porque pensaba que si la medalla permanecía con ella, el cáncer no volvería.

La voz de Francesca se convirtió en un murmullo lejano e ininteligible, atenuada por la de Matilde, que ocupaba su cabeza y robaba su atención. «*Ésta es mi posesión más preciada. Me ha protegido desde que tengo dieciséis años. Ahora quiero dártela como símbolo de mi amor y de mi admiración. Eres el mejor hombre que conocí en mi vida, Eliah. Te la doy también para que siempre te preserve de todo mal.*» Si bien en aquella oportunidad había valorado el gesto de Matilde, en ese instante lo apreciaba en toda su magnitud; a la luz del relato de Francesca comprendía el significado de «posesión más preciada». Matilde se había desprendido de lo que juzgaba como el arma más eficaz contra su enemigo mortal para entregársela a él, para que lo protegiera de todo mal.

—Mamá, ponme la medalla, por favor.

Al-Saud levantó apenas el cuello y Francesca le colocó la cadena de oro con el dije maltrecho.

—Ahora vale más, así deforme —pronunció él, y se recostó sobre la almohada, de pronto extenuado. Levantó los párpados. Su madre lo contemplaba con intensidad.

—¿Qué pasa, Eliah?

—Matilde no puede tener hijos. Le extirparon el aparato reproductor por culpa del cáncer.

Francesca sufrió un instante de desconcierto.

—No lo sabía —admitió—. Sofía no debe de saberlo; me lo habría dicho.

—Parece ser que es un secreto que pocos conocen.

Eliah dirigió la vista hacia la ventana, por donde asomaba un cielo plomizo.

—Hijo, ¿eso es muy grave para ti?

—En absoluto. Pero sí lo es para ella.

—La comprendo perfectamente.

—¿Sí? —Se volteó para mirarla a los ojos.

—Por supuesto. Si no hubiera podido darle hijos a tu padre, no habría aceptado casarme con él. Por mi causa perdía el reino de Arabia. No iba a condenarlo también a no tener descendencia.

Al-Saud fijó de nuevo la vista en el cielo grisáceo. Estaba cansado. Cerró los ojos, y la visión de Matilde en brazos del idiota, sus labios en contacto con los del doctorcito belga, arrasó con su ánimo sentimental. Le había permitido que la besara, que su lengua entrara en su boca, ¡en su boca, que sólo a él pertenecía! Arrugó la sábana en el puño para acallar el rugido de furia que le pulsaba en la herida. ¿Ya lo habría aceptado en su cama? Vivían bajo el mismo techo, no resultaba difícil acertar con la respuesta. La emoción experimentada minutos atrás, mientras la medalla deformada se mecía delante de él, mudó en un odio ciego.

Las risas refrenadas, los siseos y los murmullos, que se volvían más nítidos, le anunciaron que su familia avanzaba por el pasillo y que invadiría la habitación en pocos segundos. Entraron con gestos iluminados y sonrisas, y lo ayudaron a diluir la ira y los celos que lo trastornaban desde que Amburgo Ferro le envió las fotografías.

—Salgo un momento —anunció Francesca— para llamar a Sofía. Estará angustiada sin noticias.

Sus hermanos rodearon la cama, incluso Edmé de Florian formaba parte del grupo, y lo importunaron y le dijeron bromas hasta que Kamal se abrió paso, se ubicó en el borde de la cama y aferró la mano derecha de su hijo. Eliah descubrió las huellas del cansancio y de la tensión en las bandas violetas bajo los ojos de su padre y en las líneas más pronunciadas a los lados de su boca.

—¿Cómo estás, hijo?

—Me siento débil como un bebé.

—Es normal después de la pérdida de sangre que sufriste. No te preocupes, en unos días volverás a ser el mismo. —Kamal fijó la mirada en la de su hijo, una mirada elocuente, cargada de cuestionamientos, con un tinte de reproche también—. ¿Qué hacías ahí, Eliah?

—Trataba de rescatarte de las manos de esos hijos de puta. ¿O qué pensabas?

—Eso lo entiendo. Lo que no comprendo es cómo llegaste a formar parte del grupo de rescate.

—Tengo contactos en las altas esferas —bromeó, y dirigió el mentón hacia Edmé de Florian.

—Por cierto, Eliah —intervino Edmé, para salvarlo del atolladero—, la operación fue todo un éxito. Los del servicio de inteligencia austriaco están interrogando a dos de los palestinos.

—¿Qué se sabe del que escapó?

—Están buscándolo por el norte, en el límite con la República Checa. Hasta allí fue con el Mil Mi-8.

Francesca regresó a la habitación y entrelazó su brazo con el de Kamal.

—Mi amor, tienes que descansar. Has estado en pie durante más de cuarenta y ocho horas. Es necesario que duermas y que te relajes.

—La verdad es que me duele un poco la cabeza —admitió Kamal, y se tocó la venda.

—Vamos al hotel —lo urgió Francesca—. Pediré unas aspirinas y te irás a dormir. Sofía te envía sus saludos —dijo a Eliah—. Ahora mismo llamará por radio a la misión porque Amélie no hace otra cosa que rezar desde que comenzó esta pesadilla. La pobre está muy angustiada.

Al final, se marcharon todos a excepción de Alamán y de Edmé de Florian, que acercaron sillas a la cama, se ubicaron con las piernas extendidas, cruzaron los brazos sobre el pecho y fijaron la mirada en Eliah.

—Ahora vas a explicarnos qué carajo sucedió —le exigió su hermano.

—¿Por qué el séptimo terrorista empezó a comportarse como un chiflado cuando todo se desarrollaba normalmente? —lo secundó De Florian.

—Porque me reconoció. Y yo a él una vez que se quitó la máscara antigás. Era Udo Jürkens.

—¿Qué? —Alamán se incorporó en la silla—. ¿Estás seguro?

—¿Quién es Udo Jürkens? —se impacientó De Florian.

—Udo Jürkens es el fantasma al que hemos estado dando caza en estos últimos meses: el asesino de Rani Dar Salem; el asesino del chico iraquí que fue encontrado en el Renault Laguna, en el *Bois de Boulogne*; el que gaseó a los otros iraquíes en Seine-Saint-Denis; el que envenenó a Blahetter... Y ahora, el que participó en el intento de secuestro de mi padre. —Ex profeso, había evitado mencionar el ataque a Matilde en la capilla porque en ese momento no tenía ganas de traer su nombre a colación.

—¿Cómo sabes que se llama Udo Jürkens?

—El dato me lo proveyó un contacto del Mossad. En realidad, su verdadero nombre es Ulrich Wendorff. Era miembro de la banda Baader-Meinhof.

—Su voz era desnaturalizada —recordó De Florian—. Debe de haber estado usando un distorsionador.

—Creemos que tiene un dispositivo instalado en las cuerdas vocales —explicó Alamán—, por esa razón habla con el timbre de un muñeco electrónico. Estoy investigando las compañías que fabrican esos artilugios, pero hasta ahora no he descubierto nada. Son más de las que imaginé en un principio —se justificó—. Este hijo de puta de Udo Jürkens está en todas partes, como el perejil. O es el sicario más efectivo y barato de Europa y por eso sus servicios son tan requeridos, o existe una conexión entre todos estos eventos.

—Me inclino por lo último —manifestó De Florian, y se puso de pie—. Me voy. Tengo un vuelo a París dentro de una hora y media. Apenas llegue, investigaré en el sistema de la DST —Edmé aludía a la *Direction de la Surveillance du Territoire*— a ver qué puedo averiguar sobre el tal Jürkens o Wendorff. Apenas sepa algo, me comunicaré contigo.

—Tengo una fotografía actualizada, Edmé, aunque ahora se tiñó el pelo de negro. Te la enviaré apenas vuelva a París. Es preciso detener a este hijo de puta antes de que se cambie los rasgos con una cirugía y la búsqueda se vuelva imposible.

De Florian aferró el hombro derecho de Al-Saud a modo de apretón de manos.

—Que te mejores, amigo.

—Gracias por todo, Edmé. Gracias, de verdad.

—Es lo menos que podía hacer después de que me salvaste la vida en Mogadiscio.

—Ayúdame a incorporarme —le pidió a Alamán, al quedar solos—. Dame un poco de agua, por favor. —La bebió con fruición; experimentaba una sed anormal; la lengua se le adhería al paladar, y tenía un feo sabor en la boca, como a medicamento—. ¿Dónde está mi celular?

—Edmô me lo dio ayer. Aquí está. ¿A quién vas a llamar?

—A Byrne. Hace dos días que no sé nada de Matilde.

—Una cosa es cierta: Matilde está en el Congo y Udo en la frontera con la República Checa. No creo que pueda llegar a ella en un largo tiempo.

—Es verdad, Udo por ahora no molestará a Matilde, pero Udo no es el único problema de Matilde. El domingo pasado, de regreso a la casa de Manos Que Curan, la atacaron unos rebeldes. Acribillaron la camioneta en que viajaba, sin importarles el símbolo de MQC.

—*Merde!*

—Salvó el pellejo gracias a Byrne y a Ferro, que iban detrás de ella. En caso contrario… Espero que Byrne o Ferro tengan el teléfono satelital a mano. *Allô! Allô!* ¿Derek? Soy Al-Saud. ¿Puedes oírme? —La conversación se extendió durante unos minutos; al cortar, Eliah se recostó sobre la almohada.

—¿Y? —se impacientó Alamán—. ¿Cómo está Matilde?

—Bien. En la misión, con Amélie.

—Entonces, ya se habrá enterado de todo. Debió de volverse loca de la angustia al saber que estabas herido.

—No te preocupes —expresó Eliah, con acento amargo—. Ya encontró un idiota que la consuela.

⁖ ❦ ⁖

Amaba el *Matilde*; sin embargo, ya no se sentía seguro en él. Después de la muerte de su colega, el sudafricano Alan Bridger, a causa de la explosión de su barco frente a la costa de Gibraltar, temía que el suyo corriera igual suerte. Las voces oficiales especulaban con una falla eléctrica y una pérdida de gasolina; en otros ámbitos se hablaba de una bomba lapa con la marca registrada del Mossad.

La muerte de Bridger, acontecida veinte días atrás, como también la del alemán Kurt Tänveider poco tiempo antes de la de Bridger, habían impulsado una orden desde el palacio de Bagdad: «Detén las negociaciones para conseguir la torta amarilla. Ocúltate durante un tiempo. No muestres la cara. Espera que pase la tormenta», y eso hacía Aldo, se ocultaba. Se sentía más seguro desde que su socio, Rauf Al-Abiyia, que permanecía en Bagdad, le había confesado que dos de los mejores hombres de la *Amn al Khass*, la Policía Presidencial iraquí, lo cuidaban. Debían de ser buenos agentes, meditó, porque, por mucho que lo intentase, nunca lograba individualizarlos. Se preguntó si en verdad Saddam estaría protegiéndolo o si se trataría de una argucia de Rauf para infundirle confianza, de modo que él siguiera arriesgando el pellejo tras la maldita torta amarilla. En la última conversación sostenida con Al-Abiyia el día anterior, desde la misma cabina telefónica frente al Hotel Bellavista, le había preguntado a bocajarro: «¿Estás seguro de que me protegen?». «Por supuesto. Me lo dijo mi amigo Fauzi. Él no me mentiría, hermano. Eres el hombre clave en este momento. Sin ti, el sueño del presidente no será posible.» No obstante, Aldo albergaba dudas y tenía miedo.

Rauf Al-Abiyia le había reiterado que mantuviera un perfil bajo antes de reiniciar las negociaciones. Sin embargo, Aldo sabía que no contaba con demasiado tiempo. En Irak se trabajaba a contrarreloj para fabricar las centrifugadoras del profesor Orville Wright, por lo que Saddam exigiría el uranio pronto. Se pondría impaciente si Aldo no le daba respuestas y exigiría algo a cambio del dinero que estaba depositando en la cuenta del Bank Pasche de Liechtenstein.

Apuntó a la televisión con el control remoto y levantó el volumen; estaba por comenzar el noticiero del mediodía. Desde el jueves por la noche, seguía con atención la toma de rehenes en la sede de la OPEP en Viena y con ansiedad desde la publicación de la lista con los nombres de las víctimas; Nando, su cuñado, estaba entre ellas. Se trataba de una ironía que el esposo de su hermana se hallara en manos de los miembros de las Brigadas Ezzedin al-Qassam, a quienes él había provisto de las pistolas, las municiones, las granadas y las Kaláshnikovs con que amenazaban a los rehenes. Pensó en Francesca, en su bellísimo rostro contraído por la angustia y el llanto.

—Francesca —susurró, porque necesitaba pronunciar su nombre. ¿Cómo podía ser que después de más de treinta años pensar en ella aún doliera tanto? Se cubrió la cara con las manos y apoyó los codos sobre las rodillas. «¿Qué hice con mi vida?», se lamentó. «¿Cómo llegué a caer tan bajo? ¿Cómo llegué a convertirme en un traficante al que persiguen como a un perro?» Se miró las manos y vio sangre en ellas, la de las víctimas que caían a causa de las armas que vendía y por las cuales se llenaba los bolsillos de dinero. ¿Qué pensaría su dulce Matilde si le confesara la verdad? Ella, que amaba a la humanidad y que luchaba por curar a los miserables del planeta. ¿Cómo reaccionaría si le dijera que conocía al asesino de Roy y que no se atrevía a hacer nada para vengar su muerte?

Al menos, se dijo, le quedaba un resto de nobleza porque, al saber que el príncipe Kamal Al-Saud había salido con vida del asalto en la OPEP y pese a los sentimientos que le inspiraba, experimentó alegría por Francesca y por él mismo, por ese resto de bondad en su corazón lleno de sombras. Se puso de pie con un impulso brusco. Por primera vez en mucho tiempo deseó tener un vaso de whisky en la mano. Quería abandonar la vida de traficante, quería desaparecer de las listas del Mossad, pero, sobre todo, quería mantener a salvo a su familia. No había resultado difícil entrar en aquel mundo de la mano de Al-Abiyia y guiado por su sed de riqueza; resultaría complejo y peligroso salir. No podría hacerlo antes de conseguir el uranio para el régimen de Irak. Una vez cumplido el encargo, desaparecería.

Extrajo su *masbaha* del bolsillo y, mientras subía a cubierta, desgranaba las cuentas y recitaba la *shahada*, la profesión de fe del Islam: «*La ilaha illa-llahu, Muhámmad rasulu-llah*» («No hay más dios que Dios, Mahoma es el mensajero de Dios»). Nada lo serenaba como la repetición de esas palabras, lograba que el desasosiego en que lo sumían las ansias por saborear un trago de alcohol remitiera.

Por esos días, no se exponía inútilmente en cubierta, por lo que recogió *La Tribuna de Marbella* y regresó a la sala, donde se apoltronó para hojearlo. Pasaba la sección de las crónicas policiales con apatía cuando volvió la página de pronto al vislumbrar un nombre: Paul Fricke. El artículo se titulaba «*¿Asesinato, suicidio o accidente?*» En el encabezado, decía: «*Murió en Ceuta, en extrañas circunstancias, Paul Fricke, el asistente privado del ministro de Defensa alemán*». Aldo se puso de pie movido por el pánico.

—¡Oh, Dios mío!

Siguió leyendo, aunque tuvo que esforzarse por sujetar el periódico porque las manos le temblaban. Paul Fricke, con quien había hecho negocios en el pasado, era su última alternativa para conseguir la torta amarilla antes de acudir a Gulemale, y acababa de esfumarse. No cabía duda, estaban eliminándolos uno por uno. Soltó el periódico y caminó por la sala, sorteando los muebles, yendo de un extremo a otro, sobando las cuentas del *masbaha*, repitiendo la *Bismallah*, la primera aleya del Corán: «*Bismallah ir-Rahman ir-Rahim*» («En el nombre de Alá, Clemente, Misericordioso»).

Agotado, con los nervios destrozados, se dejó caer de nuevo en el diván. Necesitaba escuchar la voz de alguien amado. Anhelaba escuchar la voz de Matilde. «Hola, papi» habría bastado para devolverle la alegría. Pero su princesa se hallaba a miles de kilómetros, en un sitio inhóspito del Congo, aislada, sin redes de comunicación, mientras arriesgaba la vida por unos negros llenos de pestes. Se contentaría con escuchar la voz de Sofía. Lo atendió Ginette, y por un instante temió que su hermana no estuviese en casa. Sofía tomó el auricular segundos después.

—*Allô?*

—Sofi, soy Aldo.

—¡Aldo! —Sin pronunciar otra palabra, Sofía comenzó a sollozar. La tensión padecida desde el jueves se desbordó ante el sonido de la voz de su hermano. Aldo aguardó con paciencia a que Sofía recobrase la compostura. Hablaron largo y tendido.

—¿Qué sabés de Matilde?

—Hablé con ella hace una hora más o menos, por radio.

—¡No me digas! ¿Cómo está mi princesa?

—Destruida por lo de Eliah. Amélie me dijo que se puso muy mal cuando se enteró de que lo habían herido en la operación de rescate. —Aldo apretó el puño en torno al teléfono—. ¿Aldo? ¿Me escuchas?

—Sí, aquí estoy.

—¿Qué pasa?

—No soporto al tipo ese. Imaginarás que no me hace ninguna gracia que mi hija se enrede con el hijo de Al-Saud.

—Aldo, Aldo... —dijo Sofía—. ¿Todavía no has superado aquello?

—¡Por supuesto que sí! Eso no significa que me resigne a la idea de que mi hija se meta con un Al-Saud. Además, él no me gusta. Es un pedante, con pinta de matón.

—¡Eliah es el hijo de Francesca! Y como tal, es un hombre noble, de los mejores que conozco. —Un silencio dominó la línea—. De igual modo, no tienes que preocuparte por ese asunto porque ellos cortaron antes de que Matilde viajara al Congo.

—¿Sí? ¿Por qué?

—No lo sé con exactitud, pero creo que fue por culpa de un artículo que se publicó en la *Paris Match* acerca de Eliah. Francesca me dijo que él los demandó por calumnias e injurias.

—¿Qué decía el artículo?

—Que Eliah es un mercenario. En realidad, que Eliah es el *rey* de los mercenarios. ¿Puedes creer semejante estupidez?

El sábado por la noche, Matilde experimentó un cansancio similar al de la primera semana en Masisi, cuando su cuerpo aún no se habituaba al calor agobiante de la selva tropical ni a la intensidad del trabajo de un hospital en crisis. La noche en vela a causa de la guardia de los viernes combinada con el impacto que significó enterarse de que Eliah había resultado herido en el rescate de los rehenes operaron con un efecto demoledor en su cuerpo y en su mente. El alivio que siguió a la comunicación con Sofía la orilló de nuevo al llanto. Según su tía, Francesca acababa de llamarla por teléfono para comunicarle que Eliah había superado con éxito la cirugía y que se encontraba bien, aunque débil como consecuencia de la gran pérdida de sangre.

—Francesca me dijo que fue tu Medalla Milagrosa la que lo salvó porque recibió el impacto de la bala y la desvió. De lo contrario, habría terminado en su corazón.

Amélie sujetó el receptor y prosiguió con la conversación cuando Matilde fue incapaz de continuar. Se encogió en el sofá y se echó a llorar con un desconsuelo que le tomó un rato dominar. Juana la abrazaba y le dirigía palabras de aliento.

—Mat, tu medalla lo salvó, amiga. ¡Dios mío! Es un milagro. Esa medalla es lo máximo. Eliah te debe la vida.

—No, no —sollozaba—, no me debe nada. ¡Nada!

Juana avistó a Jérôme, que se había escapado del refectorio y de nuevo contemplaba a Matilde medio escondido tras la puerta. Lo llamó con una sacudida de mano. El niño se aproximó y la imitó en sus caricias. Matilde percibió otras manos en su espalda y en su cabeza, más torpes, y supo a quién pertenecían. Se incorporó y, mientras se pasaba las mangas de la camisa con olor a permetrina por la cara, intentó sonreír.

—¿Se murió tu amigo?

Matilde emitió un sonido, una mezcla de llanto y risa, y atrajo a Jérôme hacia su pecho.

—No, tesoro mío, no. Mi amigo está bien. Ya está mejor.

—¿Por qué lloras, entonces?

«Porque lo amo, porque lo extraño, porque no puedo vivir sin él, pero debo aprender a hacerlo.»

—Tienes razón. Ya no hay motivos para llorar. Mi amigo está bien.

—¿Vamos a jugar?

Matilde, Juana y Joséphine pasaron la tarde con los niños, compartiendo sus actividades y juegos. Matilde se mezcló con los varones en un partido de futbol, mientras Juana ayudaba a un grupo de niñas con sus tareas escolares, y Joséphine, que resultó ser una eximia modista, les enseñaba a las mayores a confeccionar ropa con retazos de tela que había llevado. Durante la merienda, en tanto remojaban un pedazo de pan en una taza con té azucarado, Matilde les contó un cuento, e incluso los más grandes siguieron la historia con semblantes estáticos.

Jérôme no se apartaba de Matilde, y a ella le gustaba que la tomara de la mano o que la agarrara de la camisa. Se sentía amada y útil. Cada tanto, sin motivo, se detenía y, de cuclillas, lo abrazaba y lo colmaba de besos hasta hacerlo reír. Amaba a ese niño como a nadie; ni siquiera sus sobrinos, los hijos de su hermana Dolores, le inspiraban lo que Jérôme. Lo quería para siempre en su vida.

Como era sábado, día del baño de los huérfanos, antes de la caída del sol, ayudaron a las religiosas y a las maestras en esa tarea. El agua, que se preciaba como el oro, se racionaba entre los cincuenta y tres niños y se acarreaba desde una cisterna al refectorio convertido en sala de baño; la transportaban las mujeres acogidas, las violadas y las de la fístula que caminaban correctamente, en cubetas de veinte litros, que acomodaban sobre sus cabezas. Los lavaban sobre una palangana con jabones que *sœur* Edith fabricaba con las mujeres.

Matilde se recogió el cabello en un chongo antes de ponerse manos a la obra. Se ocupó primero de Jérôme y lo lavó a conciencia, incluso utilizó un cepillo para refregar sus pies y sus rodillas. Antes de enjuagarlo, le entregó el jabón y le ordenó que se lavara las partes íntimas.

—Ahí —le indicó—, sólo tú puedes tocarte. ¿Está claro?

El niño asintió, con los ojos bien abiertos al percibir la severidad de Matilde. Aunque de la parte del secado se encargaban *sœur* Angelie y *sœur* Annonciation, no objetaron cuando Matilde les pidió una toalla para secar a su protegido. Lo hizo con pasadas enérgicas para que la sangre circulara. Lo embadurnó con su repelente de mosquitos y le puso una muda de ropa limpia, de la que ella le había comprado en el mercado de Rutshuru. Como Jérôme no aceptaba alejarse de ella, lo sentó a unos metros para evitar que se salpicara, y continuó bañando a otros niños. Cada tanto, volteaba y lo descubría con la mirada seria, quieto, erguido contra el respaldo, con aspecto ceremonioso; parecía un adulto pequeño. Le sonreía para hacerlo sonreír y le guiñaba un ojo, algo que Jérôme imitaba sin éxito, lo que le arrancaba una carcajada. «Ah, Eliah, si pudieras ver lo que yo veo, lo amarías tanto como yo. Sus ojos enormes y oscuros, su cabecita perfecta, su nariz que parece un botoncito y su boquita que me recuerda a la tuya, pero sobre todo, su alma de niño bueno es lo más hermoso que tiene Jérôme. Ojalá estuvieras aquí para verlo.»

Después de la cena, un grupo de niños –cada noche le tocaba a uno distinto– levantó los platos y colaboró con Vumilia y las otras muchachas que se ocupaban de lavarlos. Compartieron un momento de oración dirigido por *sœur* Amélie antes de retirarse a las habitaciones. Los más pequeños se habían quedado dormidos en brazos de las religiosas y de las huérfanas mayores. Jérôme, a quien se le habían cerrado los ojos varias veces durante el rezo, pugnaba por mantenerse despierto y caminaba de la mano de Matilde en silencio y con el mentón pegado al pecho. Debido a la epidemia de meningitis, el laboratorio del hospital había colapsado, y los análisis menos urgentes demoraban semanas, por lo que Matilde aún no conocía el resultado de los que le habían practicado a Jérôme; no obstante, se daba ánimos al convencerse de que lo veía saludable; de igual modo, enfermedades como el VIH o la tripanosomiasis humana africana incubaban. *Sœur* Tabatha, quien mostraba una inclinación especial por el recién llegado, había reforzado sus esperanzas al asegurarle que comía con apetito, «aunque tiene pesadillas de noche y se despierta llorando», comentario que, si bien no sorprendió a Matilde –sólo Dios conocía los horrores que Jérôme había presenciado–, la había sumido en una gran tristeza e impotencia.

–¿Estás muy cansado, tesoro? –le preguntó Matilde, mientras le quitaba los tenis para ponerle el pijama que ella le había regalado.

–No –mintió Jérôme–. Quiero que me cuentes un cuento. Ese de los niños que se pierden en el bosque, el que me contaste en el hospital.

Matilde se recostó a su lado y acomodó el mosquitero en torno a ellos. Con voz baja, casi en susurros, le contó una versión modificada de *Hänsel y Gretel*. Se tapaba la boca y reprimía la risa que le provocaban los esfuerzos de Jérôme para no dormirse. Se despertaba con espasmos y levantaba los párpados hasta tocarse las cejas con las pestañas, aunque enseguida aquéllos comenzaban a caer de nuevo. Al término del cuento, Matilde abandonó la cama y se inclinó para apoyar los labios en la frente del niño.

–¿Ya no estás triste por tu amigo? –lo oyó murmurar.

–No, ya no. Estoy feliz por estar aquí contigo. Te extrañé mucho durante la semana.

–Yo también.

«Es cierto», pensó Matilde, porque Tabatha le había confiado que, cada mañana, Jérôme le preguntaba: «¿Hoy es sábado? ¿Hoy viene Matilde?».

–Vamos, duérmete que mañana quiero que juguemos de nuevo al futbol.

La sonrisa de Jérôme, que se apoderaba de cada facción de su rostro y que le iluminaba los ojos, bastaba para darle sentido a la vida. Le acomodó la almohada y, al hacerlo, su mano chocó con algo duro.

—¿Qué es esto? ¿Qué escondes aquí? —Extrajo la cajita de clips donde ella había guardado su mechón de pelo—. Ah —exclamó, emocionada y sorprendida; se había olvidado de ese detalle.

—Lo puse debajo de la almohada —explicó Jérôme— para no tener sueños feos.

—¿Y funciona? —El niño sacudió la cabeza para afirmar—. Buenas noches, tesoro mío. Que tengas dulces sueños.

Jérôme sacó velozmente los brazos fuera de la sábana y los cerró en torno al cuello de Matilde para empujarla hacia la cama. Matilde aceptó el abrazo y permaneció quieta y muda, con el rostro contraído y una opresión a la altura del esternón que la ayudaba a reprimir el llanto, mientras cada sollozo de Jérôme se clavaba en su pecho y le rompía el corazón.

—Extrañas a tu familia, ¿verdad? —dijo, al ganar compostura.

—Sí —fue la respuesta del niño, mezcla de gimoteo y de suspiro.

—¿Quieres contarme qué pasó con ellos?

Una vez más, Jérôme se negó, lo que llevó a Matilde a trazar conjeturas que la espantaron.

—Querida Alizée —pronunció, con voz pausada—, tu hijo Jérô, a quien yo quiero con toda mi alma, está muy triste porque te fuiste. —Matilde percibió que el niño ajustaba el abrazo—. Yo sé que, en realidad, no te fuiste y que estás aquí con nosotros, por eso te pido que duermas junto a él para que no tenga pesadillas. Gracias, querida Alizée. Buenas noches.

Hacía más de media hora que el generador no funcionaba y que las penumbras reinaban en la misión. Los niños dormían o simulaban hacerlo. Matilde, aún abrazada a Jérôme, buscó infundirle paz. Bajó los párpados, practicó uno de los ejercicios respiratorios que Eliah le había enseñado y se concentró en los sonidos de la noche, los que se deslizaban desde el bosque tropical y se metían furtivamente por las ventanas abiertas, protegidas por mosquiteros. El concierto de chirridos, maullidos y rugidos se mezclaba con los ronquidos del interior, y componían una música incesante y armoniosa, que la relajaba. Minutos después notó, por la manera en que Jérôme respiraba, que estaba dormido. Se desprendió de su abrazo y lo besó en la frente.

—Que Dios te bendiga, amor mío —murmuró, y se puso de pie.

Acomodó el mosquitero, procurando ajustarlo en todas las esquinas. Deseó las buenas noches a *sœur* Angelie, quien dormía esa noche en el orfanato, y cruzó a la carrera el espacio que la separaba de la casa de las religiosas. Entró de puntitas por la cocina, echó llave y se encaminó hacia la sala, donde Vumilia había acomodado tres colchones para ellas.

Al pasar frente a la habitación de Amélie, vio una línea de luz bajo la puerta. Llamó con un ligero golpeteo.

—Adelante.

Al ver la cara de Matilde que se asomaba con prudencia, Amélie depositó el libro sobre el buró y saltó de la cama. Sin el hábito ni el velo, su prima lucía diferente, más joven, más bonita, a pesar del cabello cortado como el de un hombre.

—Ven, pasa, pasa.

—No, no. Sólo quería agradecerte que me permitieras quedarme un rato más con Jérô.

—Debes de estar exhausta —conjeturó Amélie—. No me parece sensato que le exijas a tu cuerpo hasta el límite. —Matilde le contestó con una sonrisa cansada y entró—. Siéntate.

—Gracias —dijo, al tiempo que descubría la fuente de luz, una veladora halógena que funcionaba con pilas.

—¡Qué día el de hoy! ¿Verdad? —Matilde asintió—. ¡Qué intenso!

—Amélie, quería disculparme por el espectáculo que di esta mañana, cuando me enteré de que le habían pegado un tiro a Eliah, y el que di después, cuando tu mamá nos dijo que estaba bien.

—*Ex abundantia cordis.* —Ante el entrecejo fruncido de Matilde, tradujo—: De la abundancia del corazón. Tu espectáculo —dijo, e hizo la mímica de entrecomillar la palabra espectáculo— nació de la exuberancia de tu sentimiento por Eliah.

—Sí, supongo que sí.

—¿Lo amas mucho?

—Muchísimo —admitió, sin vehemencia y con la vista en el suelo.

—Lamento que terminaran, entonces.

—Lo nuestro no tenía futuro. Lo supe desde el comienzo, pero me atraía tanto que me dejé llevar. Sabía también que sufriría cuando lo dejara y, sin embargo, me permití vivir el sueño más hermoso de mi vida.

—¿Por qué no tenían futuro?

Matilde elevó el rostro antes de contestar:

—Porque no puedo tener hijos.

—¡Oh! No lo sabía. ¡Cuánto lo siento! —Las manos de Amélie cayeron sobre las de Matilde y las apretaron.

—El cáncer me arrebató el sueño de ser madre. Pocos lo saben. La abuela Celia le prohibió a la tía Enriqueta que se lo dijera a tu mamá. Supongo que para la abuela era vergonzoso que yo no pudiera engendrar.

—Eso no tiene nada de vergonzoso —se mosqueó Amélie—. Vergonzoso es lo que ella hizo conmigo… —Se detuvo, sacudió la mano—. No hablemos de eso. Volviendo al otro tema, ¿Eliah terminó contigo cuando supo de tu problema?

Matilde notó que su prima formulaba la pregunta con incredulidad, como si no creyera a Eliah capaz de una acción tan baja.

—No, fui yo la que corté.

—Ah. ¿No te parece excesivo haber terminado con él, amándolo tanto, solamente porque no puedes tener hijos?

—¡Solamente! —se pasmó Matilde—. ¿Te parece poco?

—La verdad es que sí.

—Hubo otras cosas que me impulsaron a decidirme, aunque, en realidad, sólo sirvieron para precipitar lo inminente. En el fondo, lo más importante es que soy estéril y no quiero condenar a Eliah a una vida sin hijos.

—Podrían adoptar.

Matilde sacudió la cabeza para negar.

—Conozco a Eliah. Es del tipo al que sólo le gustaría tener sus propios hijos. Además, es tan sano, está tan lleno de vida... No me parece justo atarlo a mi destino. No sé si sabes, Amélie, pero el cáncer es una enfermedad con alto riesgo de recaída, es decir, puede reaparecer.

—Eso sólo Dios lo sabe.

—En fin —musitó Matilde—. También venía para contarte que estoy decidida a adoptar a Jérôme. Quiero hacerlo cuanto antes.

—¡Vaya! —Amélie se puso de pie—. ¿Lo has pensado bien? Un hijo no es cosa fácil. Hoy tuviste una muestra ayudándonos a cuidarlos. Insumen mucho tiempo, necesitan mucha atención, y tú estarías sola para todo. Y necesitarías trabajar.

—Lo sé. No será fácil, pero lo que siento por él no se explica con palabras. Es algo misterioso, mágico. Tengo la impresión de que lo conozco de toda la vida.

—Jérôme es un niño muy especial. Cuando Oscar, su padre, hacía trabajos de albañilería en la misión, a veces lo traía, y yo lo observaba. Era muy chico, cuatro o cinco años, y, sin embargo, aprendía rapidísimo lo que su padre le enseñaba, y se tomaba muy en serio los encargos que Oscar le daba. Los hacía muy bien, con una meticulosidad que no era común para esa edad.

—Tesoro mío...

—Aquí también nos ha cautivado a todas. Tabatha está deslumbrada con él.

—¿Cómo se lleva con los demás niños? Hoy no quería jugar al futbol. Lo hizo porque yo lo hice.

—Y tú lo hiciste para que él lo hiciera. La verdad es que Jérô haría cualquier cosa para complacerte, eso se ve. Está costándole adaptarse e integrarse, pero no hay que olvidar que sufrió un… ¿cómo se dice? *Traumatisme*.

—Un trauma.

—Sí, un trauma terrible. No sabemos qué vivió, qué fue lo que presenció. Creo que deberíamos darle gracias a Dios porque, dentro de lo que cabe, está reaccionando bastante bien. Te diré lo que creo: él está bien gracias a ti, porque ha encontrado en ti el reemplazo de Alizée.

—Entonces, con más razón deberíamos comenzar con los trámites para la adopción.

—Uf —Amélie exhaló un bufido—. ¡Son tan burocráticos y corruptos!

—No me importa. No me importa nada. Quiero que Jérôme sea mi hijo. ¿Qué tengo que hacer? ¡Por favor, Amélie, ayúdame!

—No dudes de que te voy a ayudar. El lunes les escribiré a mis amigos en la Asociación de Adopción Internacional del Congo.

—¡Gracias! ¡Gracias, Amélie!

—¿Por qué no vas a dormir? Tus ojeras son más grandes que las mías, y eso es mucho decir.

～ ✿ ～

Después de caminar kilómetros hacia el este durante casi un día, Udo Jürkens halló una granja. Amenazó con su Beretta 92 a los propietarios, una pareja de ancianos, y los obligó a que lo condujeran hasta el poblado más cercano después de que lo alimentaran; desfallecía de hambre y de extenuación. El poblado resultó ser Gmünd, una ciudad al noreste de Austria, a escasos kilómetros del límite con la República Checa, un importante nudo de líneas ferroviarias que lo conducirían adonde se le antojara.

Si bien los ancianos habían escuchado en las noticias acerca de la fuga de uno de los terroristas que habían asaltado la sede de la OPEP, no lo asociaron con Udo, puesto que ese hombre tenía aspecto de teutón, no de palestino, sin mencionar que hablaba el alemán a la perfección. Le entregaron el dinero que llevaban encima y tomaron sus amenazas en serio. Nadie que tuviera una voz de tintes eléctricos y los contemplase con una mirada carente de humanidad hablaría en vano al afirmar que volvería por ellos y los degollaría si se atrevían a denunciarlo. Lo dejaron en la plaza principal de Gmünd y regresaron a su granja, donde bebieron unas copas de vodka antes de retornar a los establos para ocuparse de las vacas. Días más tarde, cuando vieron en las noticias la fotografía de un hombre con el pelo rubio, no dudaron de que fuera él. Los ancianos se contemplaron y siguieron comiendo.

El sábado por la noche, Jürkens se trasladaba en tren hacia Praga. Viajaba con el pasaporte falso provisto en Trípoli, cuya fotografía se correspondía con su nuevo aspecto, el pelo negro y las mejillas abultadas. De igual modo, de nada valdría su metamorfosis si Eliah Al-Saud, en caso de haber sobrevivido al balazo, le facilitaba a la policía las señas para confeccionar un retrato hablado. Aunque, meditó, como se había quitado la máscara a último momento para alertar a sus compañeros y se había tratado de pocos segundos, albergaba la esperanza de que Al-Saud no hubiera memorizado las peculiaridades de su rostro. «Esto es», se dijo, «si ese hijo de puta está vivo. En caso contrario...». Pensó en su jefe, Gérard Moses, y sufrió una fuerte turbación. Lo llamaría desde Praga al teléfono con la característica de Irak. No lograba medir las consecuencias que caerían sobre él si había asesinado al amigo de la infancia de Moses. La obsesión de su jefe por Al-Saud no conocía límites, y, si bien Udo no comprendía adónde pretendía llegar, se encontraba en posición de afirmar que Moses, por Al-Saud, era capaz de cualquier cosa.

Más allá de cómo terminara la comunicación con su jefe, Jürkens era consciente de que tenía que desaparecer de la escena por un tiempo. Irak se presentaba como la elección más sensata; allí encontraría refugio, ya fuera bajo el ala de Gérard Moses o la de su amigo Fauzi Dahlan. No obstante, la decisión recayó en otro sitio: el Congo, si bien antes se contactaría con el *hacker* Charles Bonty, que ya habría averiguado en qué ciudad trabajaba Matilde.

El domingo 3 de mayo, temprano por la mañana, arribó a Hlavní Nadrazi, la estación central de trenes de Praga, y caminó hasta la Plaza Wenceslao, donde tomó un suculento desayuno y leyó un periódico austriaco del día anterior, mayormente dedicado al asalto de la OPEP. Se enteró de que cuatro de sus compañeros habían muerto y de que dos habían sido atrapados con vida cuando las fuerzas ocultas en el *Jumbo* los sorprendieron en medio de la confusión que él mismo había propiciado al descubrir a Al-Saud disfrazado de piloto.

Avistó un teléfono público dentro del bar y cambió un billete de diez dólares para obtener monedas. Calculó la hora en Irak, y marcó el número telefónico que le había proporcionado Moses. Las llamadas se repitieron. A punto de devolver el auricular a su sitio, oyó la voz de su jefe.

—*Allô?*

—Jefe, soy yo —se anunció Jürkens, en francés.

—¿En qué mierda estabas pensando cuando hiciste lo que hiciste?

—Jefe, cálmese. Recuerde que no puede alterarse.

—¿Alterarme? ¡Por tu culpa tengo las pulsaciones a mil por hora! —Moses inspiró y se apretó los párpados con el pulgar y el índice—. ¿Qué pasó? —preguntó, sin abrir los ojos, casi en un susurro.

—Él estaba ahí —expresó, mientras se las ingeniaba para explicar sin dar nombres. ECHELON, el sistema de escucha norteamericano, lo habría localizado en segundos si pronunciaba la palabra incorrecta.

—¿Él? ¿Quién es él?

—Su amigo, el de la Avenida Elisée Reclus. —Udo esperó a que su jefe digiriese la información—. Él era el piloto —añadió.

—¿Estás seguro?

—¡Por supuesto! —exclamó.

—Dicen que el piloto está gravemente herido.

—Lo siento, jefe —murmuró Jürkens, con timbre pesaroso—. Lo siento, pero él hizo ademán de desenfundar un arma.

Moses apretó el puño y los párpados para reprimir la ira que se transformó en temblores que lo surcaron como olas. Necesitaba calmarse para pensar con claridad.

—Usted sabe que no le habría disparado…

—¡Cállate! —Respiró de manera entrecortada hasta que consiguió recuperar el habla—. Tienes que dar la cara a quien ya sabes. Él no tolerará que desaparezcas sin explicar lo que sucedió.

—Pero…

—¡Tienes que hacerlo! Lo conozco desde que éramos niños. Si te escondes, te buscará, te cazará como a un animal, vivirás con su sombra sobre ti.

—Si vuelvo a aquel sitio —Jürkens aludía al campamento de Al-Muzara en los alrededores de Trípoli—, me encontraré con nada.

—Sí, sí. Después del fiasco, ya habrá abandonado ese refugio. Él es así, nunca pierde tiempo. Es obsesivo. Debemos ir a París. Tarde o temprano nos enviará un columbograma. Aunque… París es inconveniente para ti —recordó de pronto Moses.

Jürkens, que sólo pensaba en encontrar la ubicación de Matilde, vio la oportunidad de hacerle una visita al *hacker* Charles Bonty.

—No será problema, jefe. Tomaré las precauciones necesarias.

—Bien. Nos veremos en París en unos días, en la casa de la *Quai* de Béthune.

Por más que hubiera querido dormir hasta tarde, Matilde no lo habría conseguido. A las ocho de la mañana del domingo, la misión era un enjambre de sonidos, de olores y de luz. Se quedó en el colchón, con el antebrazo sobre la cara para protegerse del sol que entraba por las ventanas sin cortinas. La sedujo el aroma del café, y decidió levantarse. Joséphine se peinaba a unos pasos de distancia bajo el umbral de una contraventana interior, la mirada fija en el paisaje. Así, de perfil, con el gesto reconcentrado y su cuerpo delineado por el corte del vestido, presentaba la belleza de una reina africana exuberante y orgullosa.

Para su sorpresa, Juana ya se había levantado y, según le informó Joséphine, estaba en el baño. Matilde se quitó el camisón y se echó encima una playera de manga larga —aunque hiciera calor, nunca llevaba las extremidades descubiertas—, se enfundó los jeans y se recogió el pelo, todo deprisa. Quería ver a Jérôme. Lo encontró esperándola en la cocina, en la actitud de quien se mantiene fuera del paso para no llamar la atención y propiciar que lo expulsen. Al descubrirla, Jérôme le concedió una sonrisa que le precipitó las pulsaciones. Se puso de rodillas y le abrió los brazos. Jérôme, esquivando con habilidad a Vumilia, corrió hacia ella. Matilde lo cobijó en su regazo y lo besó y lo meció, mientras le preguntaba cómo había dormido y si había tenido pesadillas.

—No me desperté ni una vez —aseguró el niño, reafirmando su declaración con el índice en alto.

—¡Qué alegría, Jérô, amor mío! Ya ves: tu mamá te cuidó toda la noche.

—Y tu mechón de pelo.

Cerca de las diez de la mañana, una camioneta Toyota, cuyo color blanco se adivinaba bajo las salpicaduras de lodo colorado, ingresó por el camino de la misión. Los niños abandonaron sus juegos y salieron a recibirla con gritos de entusiasmo. El padre Jean-Bosco Bahala descendió del vehículo con una sonrisa y sus mejillas brillantes, y destinó un buen rato para saludar y conversar con los niños, que lo ayudaron a bajar las provisiones que transportaba en la parte trasera de la Toyota.

Después de desayunar, el sacerdote se reunió con los mayores para proseguir con las clases de catecismo. Una hora más tarde, dio misa en la capilla, a la cual se unieron las mujeres que habitaban en el sector más alejado de la misión, incluso asistieron las de la fístula. Hacía años que Matilde y Juana no iban a misa; no obstante, al comentarlo al final de la jornada, ya de regreso en Rutshuru, coincidieron en que se había tratado de una ceremonia emotiva. Durante el sermón, el padre Jean-Bosco había hablado del amor, de la caridad y de la esperanza, en un sentido práctico y humano, sin definiciones teológicas; ni siquiera una vez pronunció la palabra pecado.

Matilde, con Jérôme al lado, cerraba los ojos y rezaba por Eliah con una devoción que no había empleado durante los meses de quimioterapia, once años atrás. A su vez, le agradecía a la Virgen, con igual fervor, por haberse interpuesto entre la bala y él. Al imaginar el instante en que el disparo lo había alcanzado, se le calentaban los ojos y la recorría un escalofrío.

Como no llovía, se dispusieron tablones largos frente a la casa de las religiosas y se compartió el almuerzo al aire libre. El padre Jean-Bosco bendijo los alimentos antes de que las acogidas se dispusieran a servir lo que para los congoleños se consideraba un manjar: tilapia, un pez de río, cocinado a las brasas en hojas de *marantacee*, con tanto pimiento *piri piri*, que quemaba la boca; también había *saka saka*, una especie de puré de hojas de yuca con aceite de palma y pasta de cacahuate, ensalada de col y mandioca horneada. Al final de la comida, *sœur* Edith les contó a Matilde y a Juana que el banquete era obsequio de Joséphine, quien le había ordenado a su chofer, Godefroide Wambale, que se presentase el domingo, temprano por la mañana, con los ingredientes. Había comprado toda la pesca de tilapias a unos pescadores que encontró a orillas del Rutshuru, en su camino hacia la misión.

Jérôme comía con ganas, se notaba que estaba familiarizado con los sabores, aunque no con los cubiertos. Dejó de masticar cuando el padre Jean-Bosco, sentado frente a él, lo elogió porque su maestra, ubicada junto al sacerdote, aseguraba que durante esa primera semana en la escuela había demostrado ser un alumno aplicado e inteligente. Matilde sonreía y le besaba la cabeza.

—Come, come —lo urgía, y le ponía el tenedor en la mano, que Jérôme hacía a un lado para seguir con las manos, al igual que la mayoría de los niños.

Al terminar el almuerzo, Matilde y Juana visitaron a las mujeres acogidas con sus maletines. Como muchas no hablaban francés, Amélie, diestra con el swahili y otras lenguas locales, hacía de traductora. Las que habían sido violadas, algunas mutiladas, se mostraban tímidas, no miraban a los ojos y prácticamente no articulaban palabra. Pocas, las que se habían presentado en un centro de salud antes de las setenta y dos horas de la vejación, tomaban antirretrovirales provistos por la Cruz Roja o por Manos Que Curan. Del resto, la mayoría estaba infectada con VIH, según Amélie, y vivían con los medicamentos que donaban las mismas instituciones.

—Dos quedaron embarazadas como consecuencia de la violación —les informó Amélie en español—, Lamale y Lesego —dijo, y apoyó las manos sobre las cabezas de las muchachas–. El hijo de Lamale falleció el año pasado, en la epidemia de cólera. No pudo sobreponerse con el cuadro de VIH que tenía desde su nacimiento. La de Lesego es Siki. –Amélie aludía a una de sus predilectas, una niña de tres años, muy despierta, que se la había pasado, durante el almuerzo, tocando los bucles de Matilde e intentando ganarse el favor de Jérôme, sin éxito.

–Entonces –habló Juana–, Siki no es huérfana.

–Su madre no la quiere –explicó Amélie, y avanzó para proseguir con la ronda.

En el pabellón de las mujeres con fístula, Matilde se preguntó si en verdad no habría una solución para ellas; tal vez, el doctor Gustafsson, con su maestría en la cirugía de fístula, lograría cerrar el orificio que nadie había conseguido cerrar y que provocaba la pérdida de orina y, en algunos casos, de heces por la vagina. Se alejaban, como leprosas, conscientes de que olían mal. Más de una, con el nervio de la cadera afectado, arrastraba la pierna.

–La solución sería contar con pañales desechables, pero es un lujo que no podemos permitirnos. Pañales para ellas o comida para todos. Cuando tenemos, les damos algodón. El resto del tiempo usan trapos, así al menos no se les desliza por las piernas. Lo del olor… Bueno, es el gran problema para ellas, a pesar de que se lavan varias veces por día.

De regreso al orfanato, para seguir la ronda con los niños, Juana manifestó:

–Te admiro, Amélie. Lo que haces por esta gente tendría que valerte el premio Nobel de la Paz.

–¡Qué bien me vendría para comprar tantas cosas que necesitamos!

–No sé cómo haces para aguantar aquí, día tras día, con tanto trabajo –se sinceró Juana–. Parece inacabable.

–Y con tantos problemas –completó la religiosa–. A veces me siento muy cansada y con ganas de volver a vivir en la casa cómoda de mis padres en París. Pero veo a mis niños y me pregunto: «¿Qué será de ellos si los abandono?». Entonces, todo vestigio de burguesa cómoda se borra de mi mente. En este momento me aterroriza que la epidemia de meningitis ataque la misión. Sería una catástrofe para nosotras. Me aterroriza también la guerra inminente. Nada debería aterrorizarme si tengo fe en Dios. «El Señor es mi pastor. Nada me puede faltar» –citó, y se calló de pronto al oír el sonido de un motor–. ¿A quién pertenece ese jeep?

El Jeep Rescue, pintado con el camuflaje militar, se detuvo a metros de la casa de las religiosas, en el sitio que había ocupado la camioneta del padre Jean-Bosco. Matilde se desconcertó al ver a su paciente, Nigel Taylor, descender del vehículo. El hombre se hizo sombra con la mano para contemplar los alrededores. Se detuvo al descubrirla a unos metros y caminó hacia ella con una sonrisa.

—Es un paciente del hospital —explicó Matilde.

—Un paciente muy guapo —comentó Amélie.

—Y que, por lo visto, está que babea por Mat.

—¿Babea? —se extrañó Amélie.

—Que se le cae la baba, saliva —explicó Juana—, por ella. Que Mat le gusta.

A unos pasos de las tres mujeres, Taylor se quitó los lentes para sol, y sus ojos azules destellaron en la luz del atardecer. Matilde apreció, por primera vez, sus pestañas y meditó que habrían sido la envidia de cualquier mujer.

—Señor Taylor, qué sorpresa —dijo Matilde en inglés y a modo de saludo, y extendió la mano para evitar la familiaridad del beso.

—Buenas tardes, doctora.

—¿Cómo se siente?

—Muy bien. Algo débil, debo admitir.

—Debería estar haciendo reposo. Han pasado sólo cuatro días desde la operación. ¿Tiene puesta la faja?

—Sí —contestó Taylor, con una sonrisa paciente.

—¿Cómo supo dónde encontrarme?

—Hoy volví al hospital para buscarla y la enfermera Udmila me contó que pasaría el fin de semana en la Misión San Carlos. Y mi colaborador —se giró apenas para señalar a Osbele, en el interior del jeep— me trajo hasta aquí. Es un sitio conocido en la zona. Supongo que usted vive en la misión, hermana —se dirigió a Amélie—. Mucho gusto. Mi nombre es Nigel Taylor, paciente de la doctora Martínez.

—Ella es mi prima, señor Taylor. Amélie Guzmán, religiosa de la orden Hermanas de la Misericordia Divina y a cargo de la misión.

—Encantado, hermana.

—Un gusto, señor Taylor —contestó Amélie, en inglés.

—Y ella es mi amiga, la doctora Juana Folicuré.

—Encantado de conocerla, doctora, aunque ya la había visto en el hospital. —Juana le apretó la mano y lo contempló con hostilidad, actitud que Taylor soslayó; en cambio, conservó la sonrisa mientras giraba sobre sí para estudiar el entorno—. Es un sitio encantador, aunque de difícil acceso. La selva es muy espesa aquí y no se podría aterrizar con un helicóptero en caso de ser necesario un rescate de urgencia.

—No pensábamos en eso, señor Taylor —apuntó Amélie—, mientras aceptábamos las únicas tierras que el gobierno congoleño se dignaba concedernos para fundar la misión. Hemos trabajado mucho para construir lo que usted ve, pero aún no está en nuestros planes desmontar para un helipuerto.

Taylor profirió una carcajada y se llevó la mano a la zona de la herida.

—Señor Taylor —dijo Amélie—, acompáñenos un momento a la casa. Allí podrá sentarse y tomar algo fresco.

—Debería estar en la cama —objetó Matilde.

—Necesito hablar con usted, doctora. Sólo será un momento.

Cerca de la terraza, Jérôme salió a recibir a Matilde, seguido por Tabatha. Corrió hacia ella y se colgó de su cintura y apretó la cabeza en su vientre.

—Hola, tesoro mío.

—Veo que tengo competencia —expresó Taylor, con una desfachatez que arrancó una risa a Amélie y profundizó el ceño de Juana.

—Señor Taylor —habló la religiosa—, desde ya le aviso que ha perdido la guerra. Pase, por favor. ¡Vumilia! Prepáranos té.

Antes de que la figura de Taylor se perdiera en el interior de la casa, Derek Byrne, que custodiaba a Matilde con unos binoculares de doce por cincuenta, con miras camufladas para que, al reflejarse la luz en la lente, no denunciara su posición en el bosque, los cambió por una máquina fotográfica con un objetivo catadióptrico, que le permitiría fotografiarla desde la gran distancia que lo separaba de la misión. En realidad, el interés de Byrne no se centraba en la mujer del jefe sino en el hombre europeo que acababa de bajarse de un Jeep Rescue.

Dentro, en el comedor, Taylor iniciaba una conversación banal con Amélie. *Sœur* Edith, cuya parte mundana le permitía evaluar que el inglés, con un polo Christian Dior, anteojos para sol Prada y un reloj Omega de oro, encarnaba a un potencial benefactor de la misión, se mostró tan simpática como parca solía ser el resto del tiempo. Matilde se cubría la boca, en tanto Juana, después de poner los ojos en blanco, se levantó y se fue al escritorio de Amélie para ver si Internet funcionaba; quería escribirle un mensaje a Shiloah.

—No te tardes, Mat —le dijo en español, antes de desaparecer—. Mira que nos vamos en un rato.

Después de la segunda taza de té, Matilde, que guardaba un silencio deliberado, se puso de pie y atrajo la atención de Taylor.

—En verdad, señor Taylor, creo que es una imprudencia que no esté haciendo reposo. Como su cirujana, le ordeno que vaya a descansar. ¿Le dieron los antibióticos que prescribí?

Lo acompañó con Jérôme interponiéndose entre ellos. Caminaron en silencio, ajenos a la velocidad con la que Byrne apretaba el disparador de su máquina fotográfica. Al llegar junto al jeep, Taylor la miró a los ojos y, en una pose masculina, el pie en el filo del vehículo y un brazo sobre el borde superior de la puerta abierta, le sonrió con una desvergüenza que ya no la pasmaba.

—¿No va a preguntarme a qué he venido hasta aquí?

—Dígamelo, por favor.

—A agradecerle porque estoy vivo y no muriéndome de una septicemia.

—Sólo hice mi trabajo, señor Taylor.

—Para mí hizo mucho más que eso. Operarse de apendicitis en este condenado hoyo negro es casi tan peligroso como un trasplante de corazón. —Al advertir que Matilde le sostenía la mirada con visos de hastío, apuró el discurso—: En el hospital de Rutshuru no querían cobrarme nada, porque es del municipio. De igual manera, hice una donación generosa.

—Gracias, señor Taylor. Lo aprecio mucho, de verdad.

Las facciones de Taylor no se inmutaron a pesar del sobresalto que dio su corazón cuando vislumbró que comenzaba a traspasar la coraza de la doctora Martínez. Durante los días de internación, mientras sus ojos se paseaban con avidez por la sala buscándola, se había preguntado cómo un hombre mundano y frío como Eliah Al-Saud había conquistado a una mujer sensible y profunda como la doctora Martínez, que prefería trabajar en ese sitio miserable en lugar de conseguir renombre en París.

—Soy un hombre muy rico, doctora.

—Su oficio es muy rentable, lo sé.

—¿Cómo lo sabe?

—Bueno, lo imagino —se corrigió.

—Sí, es rentable. El riesgo y la rentabilidad son directamente proporcionales —explicó Taylor—. Y yo arriesgo la vida en cada uno de mis trabajos.

—Le deseo que nunca le suceda nada malo. Ahora, me despido…

—No, espere.

Taylor la aferró del brazo y la atrajo hacia él. Lo impresionó la delgadez de Matilde; le parecía estar sujetando un palo de escoba. La médica se deshizo de su mano con un movimiento suave, aunque decidido.

—Dígame, señor Taylor, pero deprisa porque mis amigas me esperan para regresar a Rutshuru.

—Pídame lo que quiera. Necesito compensarla por lo que hizo por mí.

Matilde se quedó mirándolo, confundida en un primer momento. Segundos después, cuando pensó en la pierna ortopédica para Tanguy y en la cirugía reconstructiva para Kabú, el *enfant sorcier*, notó cómo la ambición ocupaba el lugar del desinterés.

—No debe compensarme por nada. Hice mi trabajo, y MQC me paga un sueldo por eso.

—En realidad, no quiero compensarla —admitió Taylor—, sino redimirme ante usted. No quiero que me desprecie por ser mercenario. Le demostraré que un soldado profesional también es una persona con sensibilidad.

—Compensándome no se redime. Por otra parte, usted no tiene por qué redimirse ante mí. Yo no lo desprecio, señor Taylor. Simplemente, no estoy de acuerdo con su modo de ganarse la vida.

—Quiero ganarme su respeto. Dígame cómo puedo hacerlo. ¿Colaborando con la misión de la hermana Amélie, tal vez?

Matilde lo observó con una mueca astuta, mientras aguzaba los ojos y se acariciaba la barbilla, a la que Taylor definió como adorable, por lo pequeña y afilada.

—Quizás acepte su ofrecimiento, señor Taylor. No para mí —aclaró deprisa—, sino para dos criaturas que han sufrido traumas muy severos y necesitan dinero para recuperarse, dinero que, por supuesto, no tienen.

—Yo se lo daré si eso la hace feliz a usted.

—Me haría muy feliz, señor Taylor.

—Dígame cuánto necesita y para qué es.

—Ahora no puedo decirle nada. Déjeme hacer averiguaciones. En unos días tendré la información necesaria.

—¿Cuándo puedo volver a verla?

—Trabajo en el hospital de lunes a viernes. Puede ir allí cuando guste.

No tuvo tiempo de extender la mano para evitar el beso. Taylor cayó sobre su mejilla con la agilidad de una cobra y apoyó los labios más tiempo del debido. No se quejaría; había iniciado un juego por el bien de Tanguy y de Kabú y tendría que jugar de acuerdo con las reglas. Acompañó con la mirada al jeep antes de que la selva lo engullera.

Jérôme la jaloneó de la manga de la camisa.

—¿Qué, tesoro?

—¿Ése es tu amigo, el que casi se muere?

—No. Te conté que mi amigo se llama Eliah. Este señor se llama Nigel.

—Nigel no me gusta.

Matilde no indagó si aludía al nombre o a la persona.

9

En el quinto día de internación, Eliah Al-Saud se paseaba de un extremo a otro de la habitación del Hospital General de Viena, mientras despotricaba contra el cirujano que no se decidía a darle el alta. Había demostrado ser un pésimo paciente desde el principio. El segundo día, cuando la enfermera estaba a punto de suministrarle un calmante a través del suero, Al-Saud se lo prohibió; adujo que le causaba náuseas y que le impedía comer, y que él necesitaba alimentarse para reponer el vigor físico.

—Le dolerá la herida —le advirtió la enfermera.

—No importa.

Al rato, se sentía mejor, aunque la herida pulsara, y pidió comida. Al tercer día, abandonó la cama y, aunque un poco mareado, caminó por la habitación. Con las horas, apreciaba los progresos. No comprendía la necedad del médico austriaco que insistía en recluirlo.

—Hace cinco días que me tienen acá. Me mandaré a mudar por mi cuenta —amenazó, y sus socios, Tony Hill y Mike Thorton, rieron por lo bajo.

—Todavía no te quitaron los puntos —mencionó Thorton.

—Cualquiera puede quitármelos en París, aun mi hermana.

—¿Por qué no te calmas y te tomas estos días como unas pequeñas vacaciones?

—Tony, ¿de qué hablas? —se irritó Al-Saud—. Este asunto del asalto a la OPEP y mi herida nos han retrasado muchísimo. Ya tendríamos que estar en el Congo, apropiándonos de la mina. Y seguimos acá, perdiendo el tiempo.

—Ya te hemos dicho —le recordó Mike— que McAllen ha aprovechado esta demora para intensificar el adiestramiento de los nuevos reclutas.

Y de los viejos también, que no les viene nada mal, sin hablar del aprovisionamiento, que siempre tiene retraso. ¿Sabías que el cargamento de PG-7M no llegó aún? –Thorton hablaba de la munición para los lanzagranadas RPG-7.

–Eliah, es importante que estén preparados para soportar las temperaturas y las condiciones del Congo. ¿Qué mejor lugar que la Isla de Fergusson?

–Por otro lado –le recordó Mike–, creemos que será conveniente no comenzar con la misión hasta después de tu visita a Gulemale.

Al-Saud liberó un soplido y se ubicó en el sillón frente a sus socios. Ladeó la cabeza y miró por la ventana. Se sentía prisionero, lo que atentaba contra su esencia de Caballo de Fuego, esa necesidad lacerante de saberse libre. Estaba inquieto, abrumado de cuestiones; no obstante, el pensamiento que le quitaba la paz era Matilde. A pesar de sentirse traicionado y del rencor que crecía en él día a día, se preocupaba por su situación en aquel endemoniado país y por la reaparición de Udo Jürkens, que una vez había intentado arrebatársela. Se volteó hacia sus socios cuando Mike preguntó:

–¿Qué se ha sabido del asalto a la OPEP?

–No más de lo que dicen los noticieros. Han interrogado a los dos palestinos que no murieron, sin mucho resultado. Los norteamericanos y los israelíes exigen su extradición. Si cayeran en sus manos, no se mostrarían tan pacientes como los austriacos durante el interrogatorio.

–Lo que más les interesa –apuntó Hill– es conocer el paradero de tu cuñado.

–Te aseguro –afirmó Al-Saud– que mi cuñado hace tiempo que abandonó su escondite. Es brillante. Durante años se ha mantenido lejos del alcance del Mossad y de la CIA. Para cuando sus hombres revelen bajo tortura su paradero, eso será historia antigua.

–Aún me resulta increíble que el propio Udo Jürkens haya participado del asalto. ¿Quién mierda es ese tipo? –preguntó Mike Thorton, de manera retórica.

–Lo único que agradezco es que no haya llevado el arma cargada con sus habituales balas Dum-Dum –comentó Hill–. En caso contrario, tu medalla no habría servido de nada.

–¿Han aumentado la custodia de mi familia? –cambió de tema Al-Saud.

–Peter se ocupa de eso. No es fácil reclutar buenos custodios de un día para otro. Está entrevistando a varios.

A continuación y ante el interrogatorio de Al-Saud, Thorton y Hill se embarcaron en un análisis de los temas más apremiantes de la Mercure. Al-Saud se mostraba impaciente por saber y, aunque se había comunicado varias veces con sus secretarias, Thérèse y Victoire, y con Stephanie, la jefa de Sistemas en la base, tenía la impresión de que perdía el control y de que no le decían todo para no preocuparlo durante su convalecencia.

—Volveremos juntos a París, mañana —resolvió, de mal genio—, sea con la venia del cirujano o sin ella.

Oyeron unos golpeteos en la puerta.

—Adelante —invitó Al-Saud, y, como esperaba a sus padres, se quedó mudo y quieto en el sillón al descubrir de quién se trataba: Gérard Moses.

Desde hacía semanas, Moses trabajaba sin descanso, algo que lo conducía al límite de sus fuerzas y que lo colocaba en la zona de riesgo de un ataque de porfiria. Sin embargo, nada lo había afectado de la manera en que lo había hecho saber que Eliah Al-Saud había caído herido por el fuego de su asistente, Udo Jürkens. Apenas terminó la conversación telefónica con Udo, percibió las primeras puntadas en el bajo vientre que, él sabía, terminarían por convertirse en calambres, consecuencia del desequilibrio en los electrolitos. También saboreó bilis en la garganta, y percibió la taquicardia como un tamborileo rápido en el pecho. Caminó a tropezones hasta la habitación que ocupaba en la base militar subterránea perdida en algún punto al norte de Irak, y hurgó con dificultad entre las cosas de un cajón hasta dar con un calmante y una barra de Snickers. Las manos le temblaban, y el sudor, que resbalaba por la frente, le penetraba en los ojos, a pesar de sus cejas tupidas. Tragó el comprimido con un sorbo de la bebida deportiva rica en minerales que le devolvería los electrolitos que perdía por segundo. Se echó en la cama y se acurrucó para comprimir el estómago. La barra de chocolate tembló antes de quedar atrapada entre sus dientes cafés. La ingesta de hidratos de carbono resultaba indispensable para impedir el ataque severo. Minutos más tarde, más tranquilo, pensó en la noticia de Jürkens.

—No, Eliah, no —sollozó—. Eliah no puede morir. Eliah...

No tuvo paz hasta averiguar que estaba fuera de peligro, incluso llegó al extremo de llamar a Shiloah, convencido de que su hermano le brindaría información fidedigna. Como no podía llamarlo desde la base —allí las comunicaciones se restringían por cuestiones de seguridad—, inventó una excusa y viajó en helicóptero a Bagdad, desde donde telefoneó a Shiloah. La actitud amistosa de su hermano menor, que siempre intentaba un acercamiento, propició que su preocupación mutase en mal humor.

—No te llamo para hacer las paces, Shiloah. Simplemente quiero saber cómo está Eliah.

—¿Cómo lo supiste? Su nombre no fue mencionado a la prensa y es imposible identificarlo en las filmaciones en el aeropuerto.

—Lo supe, y ya.

—¿Desde dónde me llamas?

—¿Eso qué importa? ¿Vas a decirme cómo está él?

Gérard oyó el bufido de su hermano.

—Me llamó Alamán el domingo. El viernes lo operaron para extraerle la bala, muy cerca del corazón. —Gérard apretó el puño en torno al auricular y cerró los ojos—. Por fortuna, una medalla que le regaló su novia lo salvó al desviar el curso de la bala.

—¿Su novia? ¿Qué novia? —simuló no saber.

—Una médica argentina. Matilde. Una chica maravillosa.

—¿Está en el hospital con él?

—No, ellos rompieron hace unas semanas.

Al igual que un momento atrás las palabras de su hermano lo habían sumido en los celos y en la angustia, las últimas le causaron un arrebato de felicidad.

—¿En dónde está internado?

—En Viena, en el AKH.

Colgó sin despedirse. Buscó en su agenda electrónica el teléfono de la compañía Iraqi Airways y llamó para reservar un pasaje. Llegó a Viena, vía Londres, el miércoles 6 de mayo, alrededor de las cinco de la tarde, cuando el sol todavía brillaba. Por fortuna, los hicieron descender por una manga, y no se expuso a la luz solar, acción que le habría ocasionado lesiones graves en la piel dada su condición de porfírico. Aguardó dentro de las instalaciones del Aeropuerto Internacional de Viena-Schwechat hasta que anocheciera. Tomó un taxi alrededor de las siete y ordenó al chofer en alemán que lo condujera al Hospital General. El vehículo se detuvo sobre la calle Währinger Gürtel, frente a la entrada principal. Gérard le arrojó cincuenta dólares al conductor, mucho más del costo del viaje, y se lanzó a la banqueta. Aguardó con impaciencia, zapateando el piso de granito y dándose golpecitos en la boca, hasta que la recepcionista le informó el número de habitación de Eliah. Se metió en un baño para hacer sus necesidades y para arreglarse y perfumarse. La orina, de un color café intenso, siempre le recordaba su enfermedad.

Al entornar la puerta y ver a su amigo sentado en un sillón, con buen semblante, experimentó una felicidad que sólo la visión de Eliah Al-Saud le provocaba. Enseguida el alma se le precipitó a los pies al descubrir a dos hombres sentados frente a él.

—¡Gérard! —Eliah abandonó el sillón con rapidez—. ¡Qué sorpresa! Pasa, amigo, pasa.

Se dieron un abrazo y se palmearon la espalda. Gérard dio un paso atrás para admirarlo. Lo notó ojeroso, y no lo sorprendió que una particularidad que afearía un rostro cualquiera, en Eliah servía para realzar el verde esmeralda de sus ojos y embellecerlo. Lucía un aspecto relajado, con el cabello revuelto y largo —se notaba que desde hacía tiempo no visitaba al peluquero—, la barba muy crecida y la bata de seda medio abierta que permitía entrever que sólo lo cubrían unos boxers. Gérard evitó mirar en esa dirección.

—¿Cómo supiste que estaba acá?

—Shiloah me dijo.

Si bien lo desconcertó la respuesta —conocía la pésima relación entre los hermanos Moses—, Al-Saud no hizo comentarios y, con una mano sobre el hombro de Gérard, lo condujo al interior y lo presentó a sus socios. Enseguida percibió la alteración que el aspecto de su amigo de la infancia operó en los ánimos de Thorton y de Hill. No los culpaba; Gérard Moses no era un hombre común sino que padecía una de las enfermedades más extrañas y desconocidas. La porfiria, una patología metabólica, que provoca una sobreproducción de porfirina —sustancia que le da el color rojo a la sangre—, causaba estragos en el interior de Moses, que se reflejaban en su exterior, como vello excesivo en el rostro y en las manos para protegerlo de la luz solar; heridas mal cicatrizadas, sobre todo en la frente, la nariz y los dedos; dientes oscuros, que volvían su sonrisa una mueca desagradable; aun su gesto, la forma en que miraba y en que hablaba, evidenciaban que algo no andaba bien. Como siempre, pensar en que el sistema nervioso central de su querido amigo se deterioraría hasta la insania lo embargaba de lástima.

—Iremos a cenar y luego al hotel —anunció Mike—. Cualquier cosa, llámanos.

Se despidieron y, al salir, dejaron tras de ellos una estela de silencio apenas alterada por lejanos claxonazos y ruidos de motor.

—¿Cuándo llegaste a Viena?

—Hoy, alrededor de las cinco, pero no podía salir del aeropuerto hasta que anocheciera.

—Sí, comprendo. Siéntate. No tengo nada para ofrecerte como no sea un vaso con agua.

—No, no. Estoy bien. Sólo quería verte para saber cómo estás.

—Ya ves, en forma como un violín —contestó Al-Saud en inglés, y ambos rieron porque era un refrán que solían repetir de niños.

La sorpresa inicial había dado paso a una incomodidad poco usual entre ellos. La última vez que se habían visto, a finales de enero, en las oficinas de la Mercure en París, Gérard y Shiloah habían protagonizado un altercado que Al-Saud no conseguía olvidar. Las acusaciones de Gérard eran, a criterio de Eliah, una prueba del deterioro de su sistema neurológico.

—¿Cómo está tu padre? —quiso saber Moses, y la pregunta dio pie para repasar los hechos del asalto a la OPEP. Pese a haber contado la historia un sinfín de veces, Al-Saud se explayó en los detalles, sin revelar nada importante, agradecido por contar con un tema que llenara el silencio y simulara la incomodidad. Desde hacía un tiempo era consciente del abismo que lo separaba de su gran amigo de la infancia, sobre todo desde que había renacido con el amor de Matilde.

—¿Qué me dirías —dijo Al-Saud, su cara de pronto iluminada— si te contara que he piloteado un Su-27? —Las pobladas cejas de Gérard se arquearon—. ¡Sí! Un Su-27, hermano. Nuestro avión favorito. —Soltó una risotada y palmeó a Gérard en la rodilla.

Al-Saud desconocía el impacto de algunas de sus palabras y de sus expresiones. «*Nuestro* avión favorito», repitió Gérard, y la emoción, que trepó hasta enturbiarle la vista y que le subió riesgosamente los latidos, casi lo impulsó a arrojarse a los brazos de su amado Eliah.

—Un *Flanker* —balbuceó, empleando la denominación de la OTAN—. ¡Volaste un *Flanker*!

Se embarcaron en una conversación tan animada y familiar como poco fluida había sido la anterior. Volvían a relacionarse en un terreno que los unía, la pasión por los aviones de guerra. Si Francesca los hubiese visto en ese momento, no habría notado diferencias con los dos adolescentes que se quedaban despiertos hasta la madrugada hablando de armas y de aviones. Al-Saud describía las características del caza ruso, y Gérard lo escuchaba con aire reconcentrado, que a veces se suavizaba con una sonrisa motivada por el entusiasmo de Eliah, que se explayó en la descripción de la cabina, la cual definió como «espartana».

—No hay nada digital —añadió—. Sólo los relojes analógicos y la pantalla del radar.

Se embarcaron en un ping-pong de preguntas y respuestas que habría excluido a la mayoría, porque manejaban un vocabulario técnico incomprensible. «¿Cuál es su envergadura? ¿Y el peso máximo de despegue? ¿Y el de aterrizaje? ¿Y la velocidad máxima? ¿Y la velocidad máxima al nivel del mar? ¿Hiciste la cobra de Pugachev?», y Al-Saud más que responder, disparaba las contestaciones. Le explicó acerca del sistema de control HOTAS, que permitía, desde la palanca de control, gestionar el resto de las funciones sin distraer la atención del blanco, y también le habló del radar Doppler, que permitía seguir y disparar a un blanco que se movía por debajo de la línea del horizonte.

—Mi primo Turki compró una unidad para entrenamiento, un biplaza. Lo tiene en la base aérea de Dhahran, en Arabia Saudí. Algún día podríamos volarlo juntos. De noche, claro.

—No, no, Eliah. Yo no estoy preparado para soportar las fuerzas G a las que te somete un avión de esa naturaleza. ¿Cuántas fuerzas G debes soportar al romper la barrera del sonido? ¿Cuatro, cinco? ¡Sería terrible para mí! Alcanzaría mucho antes el G-LOC —afirmó, y se refería a la aceleración en la cual habría perdido la conciencia—. A ti te entrenaron para eso. Sé que, con el traje anti-G y con las técnicas de tensado muscular, tú podrías soportar nueve G.

—Con el traje anti-G y a una velocidad prudente, no sufrirías en absoluto —le aseguró Al-Saud—. Sería una experiencia estupenda para ti, que sabes tanto de aviones de guerra y que jamás has subido a uno.

—Ya veremos —dijo, con acento evasivo—. ¿Cumpliste tu sueño de romper la barrera del sonido en picado?

—¿Pensabas que iba a perdérmelo a bordo de un Su-27?

Se rieron de pura emoción, hasta que las risas fueron languideciendo, y los ánimos, aplacándose. El silencio cayó de nuevo sobre ellos.

—Supe que fue una medalla la que te salvó la vida. Una medalla que te regaló tu novia. —Al-Saud levantó la vista y descubrió una mirada de reproche en los ojos de su amigo—. Tiempo atrás, cuando te pregunté si estabas saliendo con alguien, me dijiste que no. ¿Por qué?

Al-Saud soltó un suspiro y se puso de pie. Se alejó en dirección a la ventana. Se le ocurrió justificarse con una excusa, por ejemplo, que Matilde no había significado nada para él; sin embargo, esa mentira no la pronunciaría ni siquiera para no herir a su amigo.

—No te lo dije porque me duele saber que tú, por tu enfermedad, has decidido cerrarte al amor de una mujer. Sentía que, contándotelo, te restregaba en la cara una felicidad que tú no experimentarás jamás.

—Esta enfermedad morirá conmigo y nadie más tendrá que padecerla. Sería un irresponsable si engendrara un hijo. No repetiré lo que hizo el hijo de puta de mi padre. ¿Por qué no está ella aquí, contigo? —preguntó, sin pausar.

Al-Saud se dio vuelta y regresó junto a Gérard, que también se había puesto de pie.

—Me dejó a fines de marzo, antes de irse de París.

—¿Todavía la quieres?

Al-Saud encogió los hombros con indiferencia.

—Ya encontró a otro. Si ella pudo olvidarme tan rápido, yo también. —Cayó como un peso muerto en el sillón y soltó una espiración ruidosa—. La verdad es que las mujeres me tienen hasta la madre —dijo, y acompañó la expresión con una seña que provocó risa a Moses, en parte porque resultaba inusual la elocuencia y el histrionismo de Eliah, un tipo más bien parco y sobrio; también rio de alegría al saber que el asunto con la tal Matilde había terminado. De todos modos, Gérard olfateaba que, tras el fastidio de Eliah, se escondía una profunda amargura porque, sin duda, aún la amaba, y la amaba como no había amado a ninguna otra.

—Y tú, Gérard, ¿en qué andas?

—Principalmente estoy diseñando armas para la Fabrique Nationale.

—¿Vives en Herstal?

—Viajo mucho —respondió—, aunque sí, podría decirse que mi asiento principal está en Herstal. —De pronto recordó algo que le alegró el semblante—: ¿Sabes? Acabo de terminar un diseño que hará furor en la próxima exposición de armamento en Berlín.

—Siempre vamos, algunos de mis socios o yo. ¿De qué se trata?

—Es un adminículo al que he llamado «unidad de control de disparo» y que afina la puntería al momento de lanzar una granada desde un lanzacohetes con un margen de error de escasos centímetros.

—Muy interesante. ¿Ya está a la venta? Me interesaría comprar algunos.

—Entregué el prototipo hace casi tres meses. La fábrica ya debe de contar con una primera serie. Te conseguiré uno y te lo enviaré para que lo pruebes.

—Eso sería estupendo —se entusiasmó Al-Saud.

Una enfermera tocó antes de entrar sin esperar a que la invitara. Al-Saud le lanzó un vistazo poco amigable.

—La hora de las visitas ha terminado hace media hora, señor Al-Saud. El señor tendrá que retirarse —dijo, y señaló a Gérard Moses.

Al-Saud con dos palabras y un ceño habría despachado a la insolente enfermera; sin embargo, no lo hizo porque se sentía un poco cansado y quería quedarse solo. Ese día había sido un desfile de gente, primero su familia, después sus socios y, por último, la sorpresa de Gérard. Además, sospechaba que ya no quedaba de qué hablar.

—Me voy, me voy —prometió a la enfermera en alemán—. No te preocupes —dijo a Al-Saud—. De igual modo, tengo que irme porque mi vuelo para Londres sale a las once de la noche y son las diez. Sólo vine para verte y ya me marcho.

—Gracias, Gérard.

Se dieron un abrazo, y Al-Saud percibió que Gérard lo apretaba más de lo necesario. Se preguntó cómo sería la vida de su amigo. Solitaria y triste, conjeturó. En otro tiempo, cuando eran adolescentes, lo habían compartido todo; en ese momento, Al-Saud no sabía quién era Gérard Moses.

Moses abandonó la habitación y buscó un baño. Se metió en uno de los compartimentos, bajó la tapa del inodoro y se sentó sobre ella. Se cubrió la cara con las manos y rompió a llorar. Eran sollozos apagados, apenas un silbido. Lloraba porque le dolía amarlo tanto y por su propia cobardía. Se había echado atrás a punto de confesarle sus sentimientos, espantado ante la posibilidad de un rechazo. Lo aterraba causarle repulsión. Eliah Al-Saud, acostumbrado a su aspecto y a su enfermedad desde muy chico, era de los pocos que no se inmutaba ante él, como lo habían hecho sus socios al verlo entrar en la habitación. Se volvería loco si perdiera el vínculo de amistad, aunque resultara escaso. También se había echado atrás porque la sombra de Matilde se suspendía sobre Al-Saud de manera ominosa. No la había olvidado ni la olvidaría. Si conocía a su amigo, estaba seguro de que pelearía por recuperarla. Apartó las manos del rostro y las transformó en puños apretados. Quería conocerla. «Ah, si el imbécil de Udo no hubiera fallado aquel día...», se lamentó. ¿Cómo era la mujer que se había robado el corazón de Eliah?

Al día siguiente, Al-Saud, con el brazo izquierdo en cabestrillo, dejó el hospital. Aunque no estaba de acuerdo, el cirujano le dio el alta y le sugirió una semana de reposo antes de volver a la rutina. «Los ejercicios físicos quedan prohibidos hasta dentro de un mes», prescribió, y Al-Saud asintió, sin prestar atención, lo mismo que cuando le exigió puntualidad al tomar el antibiótico. El Learjet 45 partió del aeropuerto de Viena cerca del mediodía y aterrizó en el de Le Bourget dos horas más tarde. Medes, el chofer kurdo de Al-Saud, fue a recoger a su jefe y a sus socios, y los condujo a la casa de la Avenida Elisée Reclus.

Al oír la voz de Al-Saud, Leila detuvo el batido de las claras y corrió a recibirlo. Si bien apenas había pronunciado palabra desde la partida de Matilde, el comportamiento aniñado había quedado atrás. Se detuvo bajo el umbral que comunicaba la cocina con el garaje y lo contempló de arriba abajo: el cabestrillo, la barba larga, las bolsas bajo los ojos inyectados y el pelo desordenado. «Está muy cansado», pensó. Se abrazó a él suavemente y lo besó varias veces en las mejillas, humedeciéndolas con sus lágrimas. Al acabar el abrazo con Leila, Al-Saud descubrió a Peter Ramsay en la cocina. Se miraron, y Peter le sonrió con la expresión de quien ha sido pescado *in fraganti*. No necesitó preguntarle qué hacía en su casa cuando no sabía que él llegaría ese día. Desde hacía tiempo sospechaba la naturaleza de los sentimientos que albergaba por Leila. Si bien era bastante mayor que la muchacha bosnia, estaba en buena forma, era ágil, saludable y de buen carácter, y Eliah lo contaba entre sus amigos de confianza. De todos modos, Peter tenía una esposa en Londres, si bien se trataba de un «matrimonio extraño», como el propio Ramsay lo definía. Debería resolver la situación si pretendía obtener su consentimiento. A ese punto, Al-Saud se atribuía derechos sobre Leila, como los que un hermano mayor reclamaría sobre una hermana.

Ramsay y Al-Saud se dieron un abrazo e intercambiaron una mirada elocuente. Enseguida aparecieron Marie y Agneska en la cocina y saludaron a Eliah con la formalidad y el respeto que él les inspiraba, aunque con gestos que apenas ocultaban su alegría. Compartieron un almuerzo ligero en la cocina, alrededor de la barra de mármol. Por la actitud con la que Peter se conducía, con la seguridad de quien conoce qué contiene cada armario, dónde se guardan los cubiertos, dónde los platos, dónde las servilletas, resultaba obvio que últimamente había pasado muchas horas en el reino de Leila. Al-Saud comía y la observaba comportarse con una deliberada indiferencia hacia el inglés, conducta que servía para ratificar su sospecha: algo se cocinaba entre esos dos.

Después bajaron a la base, el centro neurálgico de la Mercure, tres pisos bajo tierra, y a la cual se accedía después de sortear una serie de medidas de seguridad, como un escáner de ojos. Al entrar en el amplio recinto, Al-Saud tomó una gran inspiración hasta colmar su nariz con el aroma familiar. Le parecía que habían transcurrido meses desde su última vez allí. Recibió los saludos de los empleados, y convocó a Stephanie a la sala de reuniones en el entrepiso, donde la joven experta en computación los puso al tanto de los pormenores de las distintas misiones y de los trabajos que los soldados profesionales de la Mercure desempeñaban en el mundo. A continuación, sostuvieron una teleconferencia con el coronel McAllen, quien, desde la Isla de Fergusson, les informó del arribo de la partida de granadas para los RPG-7.

—¿Cuándo partimos hacia el Congo? —quiso saber el militar norteamericano.

—En tres semanas —informó Hill, porque así lo habían decidido mientras regresaban de Viena—, hacia finales de mayo. La fecha exacta aún no podemos confirmarla. De igual modo, deben tener todo listo, porque podríamos ordenarles que se desplacen en cualquier momento.

—No será fácil mantenerlos entretenidos durante tres semanas —comentó McAllen—. Están ansiosos por lanzarse a la acción.

—Intensifique el entrenamiento, coronel —ordenó Tony—. La región de las Kivu es una trampa mortal, no sólo a causa de los grupos rebeldes sino por el terreno.

—¿Cómo se desempeña La Diana? —se interesó Al-Saud. Era la única mujer del equipo y se trataba de su primera misión militar; anteriormente se había desempeñado como guardaespaldas.

—Excelente *performance*. Llegará a ser una de nuestros mejores soldados.

—¿Cómo se lleva con el resto del comando? —preguntó Mike Thorton.

—Los muchachos aprendieron de la peor forma que con ella no se juega, sobre todo Sergei Markov, que todavía tiene un ojo negro.

Se oyeron risas antes de intercambiar saludos de despedida. Aunque comenzaba a sentirse cansado y la herida le molestaba, Al-Saud se encerró en su oficina para comunicarse con Derek Byrne o con Amburgo Ferro; aunque le pesara, ansiaba saber de Matilde.

—Le envié unas fotografías que tomé el domingo —dijo Byrne—. El objetivo pasó el fin de semana en una misión de monjas católicas.

«Sí», pensó Eliah, «es verdad, estuvo en la misión con Amélie. Allí se enteró de que me habían herido». Se preguntó si habría sufrido y concluyó que Matilde lo haría ante el dolor de cualquiera, estaba en su índole compadecerse de toda criatura.

Conectó el auricular al teléfono y se lo colocó en el oído para liberar la mano derecha. Abrió su e-mail, dispuesto a ver las fotografías, mientras seguía interrogando a Byrne acerca de los movimientos de Matilde durante los últimos días; en especial, le importaba conocer los avances de su relación con el idiota. La primera imagen se desplegó en la pantalla de la *lap top*, y experimentó un latido en el pecho que se localizó en la herida. Apretó el brazo izquierdo para ahogarlo, sin éxito, y siguió pasando las fotografías soportando el dolor, agrandándolas con la función *zoom*, angustiándose porque Matilde estaba muy delgada y con el semblante pálido, sobre todo en comparación con Juana, cuyo tono cetrino de piel se había intensificado hasta alcanzar un bronceado muy saludable. No se veía al médico belga, lo cual lo tranquilizó; en cambio, Matilde aparecía en la mayoría de las fotografías con el mismo negrito colgado de ella. Si bien había un enjambre de niños en torno, éste se destacaba porque siempre la contemplaba con una intensidad obsesiva y porque nunca rompía el contacto físico, ya fuera porque la tomaba de la mano o porque se sujetaba a los faldones de su camisa. Sintió celos, y sofrenó una risa amarga al caer en la cuenta de lo ridículo del sentimiento; quizá lo envidiaba por estar ahí, con ella, porque la tocaba, la miraba, la olía. Al llegar a la décima imagen, la sonrisa se le esfumó y dio paso a un ceño marcado. La agrandó al máximo para corroborar lo que no aceptaba estar viendo. «Nigel Taylor», vociferó en su interior, y el dolor en el lado izquierdo se agudizó.

Nigel Taylor con Matilde. Nigel Taylor con Matilde. No podía ser cierto. Esa imagen no era real. Matilde con uno de sus peores enemigos. Experimentó una sensación de vértigo, como si el suelo hubiera desaparecido bajo sus pies. Le zumbaron los oídos y no oía lo que Byrne le contaba acerca de los últimos desplazamientos de los banyamulengue de Nkunda. Su cuerpo, a excepción de la punzada feroz en el costado izquierdo, se había congelado; su mente, no obstante, trabajaba, frenética, para resolver el acertijo, sobre todo para determinar si existía la posibilidad de que Taylor conociera su relación con Matilde. «Gulemale», resolvió por fin, y bajó los párpados, abatido, mientras el pánico se esparcía en su interior como tinta negra. Se dijo que existía una mínima probabilidad de que el encuentro entre Taylor y Matilde fuese casual. Gulemale no sabía que Matilde estaba en el Congo, ¿o sí? ¿De qué modo se habría enterado? Y si lo supiera, ¿por qué se lo comentaría a Taylor? Si bien la exótica negra sospechaba que entre el inglés y él existía algo más que una antipatía, ¿por qué le hablaría de Matilde? Tal vez estaba ahogándose en un vaso de agua, tal vez Taylor y Matilde se habían conocido por casualidad. Se puso de pie con una violencia refrendada por el insulto que expresó. Descargó la fuerza de su puño sobre el escritorio.

—¿Sucede algo, jefe? —se preocupó Byrne del otro lado de la línea.

Sacudió la cabeza, con los ojos y los labios apretados. No tenía sentido engañarse, sabía que en el mundo en que se movía no existían las casualidades ni las coincidencias. De pronto lo vio con claridad, el lobo feroz que rondaba a la niña perdida en el bosque.

—Nada, nada —expresó al cabo—. Dime, Byrne, ¿qué sabes del sujeto que aparece junto a Matilde en la fotografía número diez?

En tanto Byrne consultaba el archivo, Al-Saud se inclinó sobre la pantalla y siguió avanzando hasta llegar a la última fotografía, en la cual Taylor besaba a Matilde en la mejilla. La contempló sin parpadear, con los puños apoyados a los costados de la *lap top*, y fue capaz de percibir, como si se hubiera adentrado en la imagen por un toque de magia, que no se había tratado de un beso social, sino de uno dado con estudiada lentitud, apoyando los labios sobre la mejilla de Matilde. Entonces pensó en Mandy, la apasionada y perturbada esposa de Taylor, que una tarde lo siguió hasta el vestidor del selecto club londinense en el cual solía jugar tenis con Nigel, y se metió, desnuda, en la ducha donde él se bañaba. Cerró los ojos y largó el aliento reprimido con lentitud. Volvió a inspirar y a repetir el ejercicio hasta conseguir serenarse.

—Aquí veo la foto número diez —anunció Byrne—. El sujeto llegó a la misión bien entrada la tarde. La señorita Matilde parecía conocerlo porque lo presentó a la religiosa y a su amiga Juana.

—Se llama Nigel Taylor —pronunció Al-Saud, y Byrne advirtió la inflexión en su voz, que se volvió más grave, más oscura—. Es un mercenario.

—¿El dueño de la Spider International?

—El mismo. Quiero que averigüen qué hace allá. No le quiten los ojos de encima. Si es preciso, contraten a un local para que lo siga. Puedo darte un contacto, si lo necesitas.

—No —dijo Byrne—. Ya estamos trabajando con uno, un desertor de las milicias de Nkunda.

—Bien. ¿Qué más puedes decirme de Taylor? ¿Ha vuelto a ver a Matilde?

—Sí —contestó Byrne—. La visita todos los días en el hospital, excepto hoy. Al menos hoy, jueves, no ha ido a verla.

Byrne guardó silencio y esperó con paciencia.

—¿Cómo es la relación entre ellos?

—La señorita Matilde lo trata con fría cortesía. Las intenciones de él son claras.

«Sí, por supuesto», se dijo Al-Saud, y despidió a su agente. Se sentó en la silla y volvió a concentrarse en la última fotografía, la del beso. «Fría cortesía», repitió. Sí, Matilde hacía un arte del uso de la fría cortesía; él podía dar testimonio, lo había experimentado en carne propia durante los primeros tiempos de su relación, cuando lo evadía y le imponía distancia. No obstante, él había vencido la barrera, y Matilde había terminado en su cama. Las intenciones de Taylor estaban claras, como había manifestado Derek Byrne, pero ¿qué había detrás de ellas? ¿Se habría enamorado de Matilde o buscaba una venganza? Siempre se había arrepentido de su aventura con Mandy Taylor; nunca tanto como en ese momento.

Sonrió con amargura mientras pensaba en lo paradójica que resultaba la vida, en cómo el pasado nunca quedaba sepultado por completo, en cómo regresaba para cobrar viejas deudas. También se acordó de cuánto había despreciado a Roy Blahetter, lo mismo a Aldo Martínez Olazábal, por enredar a Matilde en sus asuntos turbios y ponerla en peligro. Si Nigel Taylor quería lastimarla para lastimarlo a él, lo conseguiría.

Sus socios, reunidos en la sala de mapas, frente a una pantalla que proyectaba la región de las Kivus, lo vieron pasar hacia la salida con el gesto contraído en una mueca de dolor y cabizbajo. Intercambiaron miradas de consternación.

—Hace sólo seis días lo operaron para extraerle una bala —comentó Mike—. Es una imprudencia que aún siga en pie.

—¿Quién se atreve a decirle que vaya a descansar? —preguntó Ramsay.

—Dejémoslo en paz —propuso Tony Hill—. Él sabe lo que hace.

—Yo lo noto muy cambiado desde que Matilde lo dejó —comentó Mike—. No es el mismo —concluyó.

Al volver a la casa decidido a recostarse un momento, Al-Saud se topó con Marie y con Agneska, que discutían al pie de la escalera principal. Se aproximó con sigilo y se dio cuenta de que no peleaban, sino que Agneska lloraba y de que Marie la instaba a hablar.

—Debes decírselo, Agneska. Debes hablar con él.

—No, no. Ese tipo me mataría.

—La señorita Matilde podría estar en peligro.

—¿Qué pasa con Matilde? —La voz de Al-Saud retumbó en el vestíbulo, y las muchachas ahogaron una exclamación—. ¿Qué tienes que decirme de Matilde, Agneska?

La muchacha abrió grandes los ojos y le dirigió un vistazo en el que se resumía el pánico que la atenazaba. Marie, en un acto mecánico, pasó el brazo por los hombros de su amiga y la atrajo hacia ella.

—Señor, Agneska está muy asustada, pero quiere hablar, quiere contarle todo.

—¡Qué es, maldita sea! ¡Habla! —El llanto de Agneska se profundizó, y Eliah se cubrió la frente con la mano y refunfuñó un insulto—. Vengan —indicó, en un tono más calmado y conciliador—, pasen a mi escritorio.

Las empleadas entraron, y Al-Saud cerró detrás de ellas.

—Siéntense. ¿Quieres tomar algo, Agneska? —La muchacha agitó la cabeza para negar—. Trata de calmarte y dime qué sucedió. No tengas miedo. Lo mejor que puedes hacer es contármelo, de modo que me permitas protegerte. Hace tiempo que trabajas para mí y sabes que puedo hacerlo.

Agneska asintió y se secó los ojos y la nariz en el delantal antes de iniciar su relato.

—Sucedió hace casi diez días, el 28 de abril. Salí para hacer unas compras. Tomé por la Maréchal Harispe para cruzar el Campo de Marte, así me ahorro bastante camino. Y un hombre me tomó por detrás y me colocó un cuchillo en el cuello. —Señaló el sitio donde Jürkens había apoyado el filo de su Hatamoto—. Me preguntó a qué hora salía la señorita Matilde.

—¿Qué le respondiste? —la apremió Al-Saud al verla vacilar.

—Le dije que ya no vivía con nosotros. Me preguntó dónde vivía y, cuando le dije que no sabía, me cortó un poco aquí —dijo, y apoyó el índice sobre una marca rojiza—. ¡Yo no quería decírselo, señor! ¡Se lo juro! La señorita Matilde fue tan buena conmigo. Yo le tengo mucho cariño. ¡Pero me dijo que me degollaría! Y yo sé que no mentía. Aunque no pude verlo, yo notaba que era una persona mala, malísima. Su voz... —murmuró, y se quebró.

Los latidos de Al-Saud se dispararon y le retumbaron contra la herida.

—¿Qué pasa con su voz, Agneska? ¡Debes calmarte y contármelo todo! Háblame de su voz.

—No sé... Era muy rara. Como si hablara un robot.

«Udo Jürkens.» Ahora comprendía la llamada recibida el lunes 27 de abril, cuando alguien preguntó por Matilde y cortó cuando él se puso al teléfono.

—¿Qué más le dijiste acerca de Matilde?

—¡Tuve que decirle que se fue al Congo!

Al ver que Al-Saud bajaba los párpados y aflojaba el brazo al costado del cuerpo, Agneska soltó un gemido y lloró.

—¿Qué más le dijiste, Agneska? ¡Cálmate! ¿Qué más le dijiste?

—Que trabaja para Manos Que Curan. Me preguntó la ciudad, pero le dije que no sabía. Me amenazó con matarme si hablaba con alguien de todo esto. Después me obligó a pegar la frente en el suelo y se marchó.

Al-Saud no necesitaba saber más. Le indicó a Agneska y a Marie que se retiraran y que no abandonaran la casa. Por el interfón, le pidió a Leila dos aspirinas. Su intención de dormir unas horas se había ido al carajo. Aunque se le partiera la cabeza y le doliera la herida, tenía que analizar la situación y planear las nuevas medidas de seguridad. Llamó a su hermano.

—Alamán, soy yo. Eliah.

—¿Cómo estás? ¿Cómo te sientes?

—Como la mierda, pero no importa. Escúchame. —Le refirió el encuentro entre Agneska y Jürkens.

—Eso fue apenas dos días antes del ataque a la OPEP —calculó Alamán—. Ese tipo sí que tiene huevos. Meterse en París, sabiendo que su retrato hablado se publicó en todos los medios, y que la policía está tras él... ¡Es increíble! Parece obsesionado con Matilde.

—¿Para quién mierda trabaja? —se alteró Al-Saud, a quien el último comentario de su hermano no le había gustado—. ¿Dónde carajo está ahora?

—No dudes de que está tratando de llegar al Congo.

—Alamán, aunque no me cabe duda de que se trata de él, quiero repasar las filmaciones de las cámaras ocultas que están fuera de casa. ¿Podrías venir así las revisamos en la base?

—En media hora estoy allá.

Leila entró con una taza de té verde y dos aspirinas, y Al-Saud se las echó al delantal deprisa y las bajó con la infusión tibia y dulce. Se sintió mejor de inmediato. Leila lo observaba con dulzura.

—Gracias, *ma petite*. Siempre sabes lo que necesito. —Leila se ubicó en la silla, frente a él, y siguió contemplándolo con un halo de misterio–. ¿Qué sucede? ¿Quieres contarme algo? ¿Estás bien?

Al-Saud no esperaba que le contestara, por lo que, cuando Leila habló, lo desconcertó por partida doble, por el sonido de su voz apagada y de duro acento eslavo y por lo que le dijo.

—Ayer por la tarde, llamó Matilde.

Al-Saud, a punto de apoyar los labios en el filo de la taza, la devolvió al plato lentamente. Permaneció estático, con la vista clavada en los ojos oscuros y chispeantes de Leila, incapaz de articular.

—Quería saber de ti. Cuando le juré que estabas muy bien y que dejarías el hospital pronto, se puso a llorar.

El rostro de Leila se desdibujó, y el calor que comenzó detrás de los ojos se dispersó por su cabeza y le sensibilizó el cuero cabelludo. Un calambre le apretó la garganta, como si su tráquea se hubiera retorcido, y le provocó un dolor intenso que competía con el del balazo. Leila se incorporó en la silla, apoyó el torso sobre el escritorio y extendió la mano para barrerle las lágrimas que se le perdían en la barba.

—Como Matilde no podía hablar, Juana tomó el teléfono. Me explicó que sería una llamada corta porque estaban usando un teléfono... sale...

Al-Saud carraspeó y pronunció, en voz baja:

—Satelital.

—Sí, un teléfono satelital, que les prestaba una amiga. Pero como la llamada era muy costosa, no podía ser larga. Me dijo que están casi incomunicadas.

—¿Qué dijo Matilde exactamente?

—«Hola, Leila. Soy Matilde.» Yo ya la había reconocido con el «hola» —se rio Leila–. Su voz es muy especial, ¿no? —Al-Saud asintió, con una sonrisa trémula–. «Te extraño mucho, Leila. Siempre pienso en ti», y yo le contesté que la quería como quiero a Mariyana y a Sanny. «No puedo hablar mucho, pero *necesito* saber cómo está Eliah.» Dijo así, «*necesito*», con desesperación. Yo le aseguré que estabas muy bien, y ya no pudo volver a hablar porque se echó a llorar, muy bajito, apenas se escuchaba.

—¿Cómo la notaste? —A pesar de que le resultaba extraño compartir un diálogo adulto con la mujer que, hasta hacía poco, se había comportado como una niña muda, Al-Saud se sentía cómodo hablando acerca de Matilde con Leila, un tema que sólo había abordado en profundidad con su *sensei*, Takumi Kaito, y, de modo superficial, con su madre. Quizá, caviló, con Leila se liberaba porque ambos la amaban muchísimo.

—La noté triste. Muy triste. Aquí fue tan feliz, con nosotros...

—¿Y Juana? ¿Qué te dijo?

—«Dale un beso al papito de mi parte.»

Al-Saud rio por lo bajo por el modo en que Leila pronunció «papurri». Extrañaba a Juana, su optimismo, su alegría inquebrantable y la complicidad con la que siempre lo había apoyado.

—¿No mencionó a Auguste Vanderhoeven? —Leila negó con la cabeza—. ¿Ni Juana ni Matilde pidieron hablar conmigo? —La joven volvió a negar—. Gracias por habérmelo contado. Es muy importante para mí.

—Lo sé.

Leila abandonó el despacho, y Al-Saud necesitó unos minutos para reponerse. La noticia de la llamada de Matilde era una sorpresa que lo sumía en un océano convulsionado de sentimientos y de emociones. Carraspeó varias veces, se apretó los párpados y levantó el teléfono para llamar a Edmé de Florian. Lo encontró en su despacho de la *Direction de la Surveillance du Territoire*.

—¿Hablas desde una línea segura?

—Sí —contestó De Florian.

—Tus hombres no hacen un buen trabajo —abrió la conversación Al-Saud.

—¿A qué te refieres?

—El 27 y el 28 de abril, Udo Jürkens se paseaba por las calles de París, bajo las narices de tus agentes, y ellos, como si nada.

—¿Cómo lo sabes? —Al-Saud le narró la experiencia de su empleada—. Prometiste enviarme una fotografía actualizada de Jürkens. Hazlo, por favor. Será más útil que el retrato hablado que hicimos tiempo atrás.

—Enseguida te la envío a tu correo personal. Y recuerda que ahora lleva el pelo oscuro y las encías abultadas.

En tanto preparaba el correo con el archivo de imagen para De Florian, Al-Saud volvió a comunicarse con Byrne al teléfono satelital y le refirió los hechos en el Campo de Marte.

—No pueden bajar la guardia ni un instante —lo apremió—. El hijo de puta sigue tras Matilde.

Al colgar, se sintió impotente. ¿Qué más podía hacer? ¡Cómo deseaba encontrarse allá, para cobijarla en su abrazo y protegerla de todo! Aunque no debía olvidar que Matilde ya tenía un hombre que la cobijara y la protegiera, en tanto otro la rondaba con las mismas intenciones.

—*Merde!* —profirió, y se puso de pie para caminar por el amplio despacho con el aire de un tigre hambriento. Esos cambios bruscos de ánimo, tan poco familiares a su índole, lo desequilibraban, lo confundían, lo ponían de pésimo humor. Se exhortó a focalizar el pensamiento en lo que importaba, preservar a Matilde de Jürkens.

«Seguiré buscando a Aldo Martínez Olazábal hasta encontrarlo. Tal vez me oriente para descubrir de dónde proviene el golpe. Si es que Martínez Olazábal todavía está vivo», caviló al recordar los traficantes de armas que habían fallecido en circunstancias dudosas en el último tiempo. Según Yaakov Merari, agente del Mossad e informante de Lefortovo, el padre de Matilde formaba parte de la lista negra del servicio de inteligencia israelí. «Formar parte de la lista negra del Mossad», había manifestado en una oportunidad el general Raemmers, «es lo mismo que estar muerto. Sus *kidonim* son infalibles».

Matilde terminó una cirugía de intususcepción intestinal en un niño de tres años, y deseó que por ese día fuera la última, aunque lo dudaba ya que en breve comenzaría la guardia nocturna del viernes y siempre se presentaban urgencias. Como sucedía a menudo desde que trabajaba en el Congo, se había tratado de una semana vertiginosa y plagada de acontecimientos, pero sobre todo lo que la había agotado física y mentalmente era la espera por noticias de la salud de Eliah. Todos los días, fuera desde la radio del hospital o desde la que se encontraba en la casa de Manos Que Curan, se comunicaba con la Misión San Carlos para averiguar si su tía Sofía había llamado con novedades. Ni el lunes, ni el martes, ni el miércoles tuvo suerte, más allá de que se regocijaba al cruzar unas palabras con Jérôme, que le contaba cosas que la hacían feliz y que le arrancaban sonrisas, a veces carcajadas, como que *sœur* Amélie estaba enseñándole a hablar en español, que no había vuelto a mojar la cama (bueno, una sola vez), que Mashako, el único niño hutu de la misión, lo había invitado a jugar al futbol y que *sœur* Edith lo había obligado a tomar una medicina más fea que orina de mono. Las ansias por estrecharlo contra su cuerpo y por besarlo se convertían en una tensión muscular que la agotaba. Se atormentaba de noche pensando en los que ya consideraba sus dos grandes y únicos amores, Eliah y Jérôme, y no tenía paz, porque cuando hacía un esfuerzo por convencerse de que Eliah estaba bien, se preguntaba si Jérôme no estaría llorando solo, en la cama, porque extrañaba a sus padres. Ella era consciente de que amar implicaba sufrir, porque cuando la vida de uno dependía de la existencia y del bienestar de otro ser humano, no se alcanzaba nunca la tranquilidad. Habría preferido evitar el sufrimiento, pero, como le resultaba imposible no amar de aquella manera desmesurada a Eliah y a Jérôme, estaba condenada a una vida de padecimientos.

El miércoles por la tarde, cuando Joséphine fue a buscarlos al hospital, a Juana, a Auguste y a Matilde, para llevarlos a cenar en su hacienda, Matilde no pudo contenerse y le pidió prestado el teléfono satelital. Ofreció pagar la llamada, y Joséphine se negó con firmeza y algo ofendida. Después del postre, mientras Auguste jugaba al Monopoly con el dueño de casa, Balduino Boel, y Juana «chateaba» con Shiloah en la computadora de Joséphine, ésta y Matilde se acomodaron cerca del equipo de música para platicar.

—Gracias por haberme prestado el teléfono. Fue una imprudencia pedírtelo, pero te aseguro que la ansiedad por saber de él me privó de mi buena educación.

—Por lo que me contaste el sábado en la hacienda, pude sentir cuánto se amaron. O se aman. Por lo que te comprendo perfectamente. Yo habría hecho cualquier cosa por el hombre que amaba, pero él me engañó y destrozó mis ilusiones.

Matilde estiró la mano y apretó la de Joséphine.

—Lo siento, José. El que no ha sufrido por amor, no sabe lo doloroso que es.

—Sólo el que lo ha vivido puede comprender a otro que lo padece —acordó la congoleña—. Creo que este dolor nunca se irá, a pesar de que han pasado algunos años. Dudo de que vuelva a enamorarme.

—No sabes cómo te comprendo. A mí no me interesa nadie. Ningún hombre me resulta atractivo. Eliah me incapacitó para amar de nuevo.

Ni siquiera la seducía Nigel Taylor, un hombre de una belleza sajona indiscutible, alto, delgado aunque con hombros firmes y contextura fuerte, ojos azules embellecidos por pestañas negras que contrastaban con los mechones rubios que le ocultaban la frente amplia. A diferencia de Matilde, que se cuidaba del sol como de la peste y siempre andaba con sombrero y bloqueador solar, a Taylor lo tenía sin cuidado, y, en esos días bajo el sol ecuatorial, había adquirido una tonalidad cobriza que subrayaba todo lo demás: los ojos azules, los mechones rubios y los dientes blancos al sonreír, acción que repetía a menudo en presencia de Matilde. El inglés no hacía un secreto de su infatuación por la joven médica argentina y llegaba a cualquier extensión para complacerla. Le había asegurado que ponía su chequera a disposición de lo que ella considerara necesario.

—Señor Taylor —Matilde conservaba la formalidad, pese a que Nigel le pedía que lo llamara por su nombre de pila—, poner una chequera a disposición de una mujer es muy riesgoso.

—De una mujer cualquiera, sí —aceptó Nigel—. Pero usted no es una mujer cualquiera. Usted es única.

Apenas iniciada la semana, Matilde le había pedido al doctor Jean-Marie Fournier, quien, por sus viajes a Kinshasa, tenía más acceso al mundo, que averiguara el costo de una pierna ortopédica para Tanguy y el de una cirugía reconstructiva en Sudáfrica para Kabú, el *enfant sorcier* o niño hechicero. El director del hospital, el doctor Loseke, les había recomendado un cirujano plástico del Hospital Chris Hani Baragwanath, en Johannesburgo. *Sœur* Angelie se había ofrecido para acompañar al niño en el viaje y quedarse con él lo que durara la convalecencia. Una semana después de la cirugía, Kabú continuaba en el hospital de Rutshuru, en la Unidad de Cuidados Intensivos, sedado, y Matilde, una vez leído el reporte y checadas sus signos vitales, se quedaba contemplándolo y se preguntaba si algún día lograría olvidar la violencia ejercida sobre él. Lo mismo pensaba cuando visitaba a Bénédictc, la niña a quien, por extirparle los genitales externos para purificarla, le habían provocado una septicemia que la mantenía al borde de la muerte. Bénédicte, operada el mismo día que Kabú, también permanecía en la Unidad de Cuidados Intensivos, entubada y conectada al respirador artificial que Manos Que Curan había donado meses atrás. Matilde le acariciaba los bracitos delgados donde aún resaltaban las manchas rojas y violáceas, llamadas petequias y equimosis, un signo típico de los problemas de coagulación que se presentan en un cuadro de septicemia. Al igual que a Kabú, la visitaba todos los días y se inclinaba para susurrarle en francés, aunque el padre Bahala no le había dicho si lo entendía. Lo hacía para que la niña no se sintiera sola.

Ese viernes, terminada la cirugía de intususcepción intestinal, Matilde se quitó el delantal plástico con el que protegía el traje para no mancharlo de sangre, arrojó los guantes al cesto de residuos patogénicos, lo mismo hizo con las polainas que cubrían los zuecos quirúrgicos, y salió al exterior, ansiosa de ponerse en contacto con la Naturaleza. Caminó por el pasillo hacia la terraza principal, absorta en sus pensamientos, y se detuvo de golpe al levantar la vista y divisar, entre el gentío que se aglomeraba a las puertas del hospital, la cabellera rubia de Nigel Taylor. Resultaba obvio que él la observaba desde hacía un rato. Se miraron a través del espacio ruidoso e iluminado por los colores chillones de los ropajes de los congoleños. Matilde sonrió con ligereza para moderar la energía vibrante del intercambio, y avanzó hacia él. No debería asombrarse de encontrarlo ahí, caviló. Nigel Taylor la visitaba a diario, lo que arrancaba risitas a las enfermeras, bufidos a Juana y mala cara a Vanderhoeven.

—Aun con esa gorra —dijo Taylor, cuando Matilde se detuvo frente a él—, que oculta su estupendo cabello, usted sigue siendo la mujer más hermosa que conozco.

Matilde se quitó la gorra y sacudió la cabeza para acomodar los bucles, que cayeron hasta ocultarle el trasero. Como siempre, su pelo resultaba un espectáculo demasiado atractivo, por lo que varias mujeres congoleñas la rodearon para admirarlo. Algunas, mientras Matilde conversaba con el inglés, estiraban la mano y lo tocaban.

—Salgamos de acá —dijo Taylor, molesto.

—Sí. De hecho, tenía ganas de caminar por el jardín del hospital. Necesito un poco de aire fresco. Me lo he pasado en el quirófano y en la carpa de los enfermos de meningitis, practicando punciones. Estoy deshecha.

—¿No es peligroso para usted? Me refiero, entrar en la carpa de los enfermos de meningitis.

Matilde rio antes de contestar.

—Señor Taylor, ¿le teme un bombero al fuego? ¿O un corredor de autos a la velocidad? ¿O un alpinista a las alturas? ¿O un mercenario a las armas de fuego? —remató, y oyó la corta carcajada del inglés.

—Ha sido una pregunta estúpida la mía, lo sé. Me preocupo por usted. De eso se trata, de una genuina preocupación.

—Le agradezco, señor Taylor, pero hace años que trabajo en hospitales y estoy acostumbrada a esta vida y a este ambiente. Mi cuerpo también lo está. De igual modo, desde que comenzó la epidemia de meningitis, el *staff* de Manos Que Curan ha sido inoculado con gammaglobulina. En cambio, es usted el que se expone viniendo aquí. No sólo a la meningitis sino a otras enfermedades, como la tuberculosis.

—No importa, tomaré el riesgo. Aquí está lo que me interesa —añadió.

Caminaron en silencio hasta el portón de acceso al hospital, una rutina que había comenzado el lunes y que repetían sin necesidad de proponerla; simplemente, cuando Nigel la encontraba, se saludaban y emprendían la caminata. También formaba parte de la rutina comprar refrescos a dos niñas que se sentaban sobre sus hieleras de unicel a la salida del hospital. Matilde había notado que, no importaba a cuál le comprara las bebidas, ellas siempre dividían el dinero en partes iguales.

—¿Son hermanas? —les había preguntado, y las niñas negaron con la cabeza, lo que desconcertó a Matilde.

Taylor compró refrescos no sólo para él y para Matilde sino para medio hospital. El lunes, después de que él pagara por dos botellas de Coca-Cola, Matilde compró unas cuantas más, para Juana, para Auguste, para el doctor Loseke, para Udmila, para Danielle, para Zakia, para Julia y para Jean-Marie Fournier, que estaba de paso por Rutshuru. Taylor sospechaba que, en realidad, nadie le había pedido nada a Matilde y que ella las compraba para colaborar con las niñas, hasta les daba cambio para facilitarles la división de las ganancias. A partir del martes, Taylor adquirió tantas botellas como él y Matilde pudieran acarrear, y se ganó una sonrisa amplia y cómplice, de dientes blancos y pómulos elevados, que lo afectó físicamente; percibió un cosquilleo en la boca del estómago, y un calor, que no se relacionaba con la temperatura elevada, le surcó las tripas.

Le gustaba observarla cuando ella no lo notaba. A veces, se escurría hasta la sala de pediatría y la veía interactuar con los niños. Su espontaneidad lo prendaba, una cualidad que los niños también apreciaban. Sus caritas oscuras se iluminaban cuando la *doctoresse* «Mat» entraba en la crujía, con su bata de Manos Que Curan, el estetoscopio al cuello y una sonrisa eterna. Invariablemente, los pequeños enfermos le pedían a coro: «*Un conte, doctoresse Mat! Un conte!*», y ella, después de la ronda, cansada y ojerosa, les narraba un cuento de hadas que sacaba de la galera.

Matilde era equilibrada, serena, inteligente; siempre estaba de buen humor, y, aunque fuera delgada y confiriera la idea de fragilidad y de delicadeza, poseía el vigor de varios hombres. Trabaja sin descanso, movida por la pasión, y de buen ánimo, siempre con una palabra de aliento y de cariño. Para ella, amar resultaba fácil. En cambio a él, esa manada de negros, con pestes y llagas, le revolvía el estómago. No obstante, una sutil transformación ocurría en su interior con el paso de los días, y su percepción de los congoleños iba cambiando gracias a las charlas con Matilde, que le hablaba de sus pacientes, de sus historias, de sus personalidades, de sus problemas, y lograba conmoverlo. Eso era raro, conmoverlo. Lo conmovía que Matilde recordara sus nombres, sus lugares de origen, sus problemas, sus miedos y sus talentos. A él, sólo le importaba su propia persona y la Spider International. Y destruir a Eliah Al-Saud.

—¿Cómo hace para conocerlos en pocos días?

—Me gusta hablar con ellos —había sido la simple contestación—. Me encanta escucharlos.

«Es cierto», meditó Taylor, «a Matilde le gusta escuchar, lo hace con la sinceridad que emprende todo. Y uno cae hechizado ante ella y suelta los secretos más oscuros», concluyó, y se acordó del día en que le confesó que era un soldado profesional. Lo que había comenzado como un juego de venganza adquiriría una dimensión que lo superaba y lo devoraba. Debería haber regresado a Londres, donde asuntos urgentes lo reclamaban, y permanecía ahí, alojado en el campamento de los rebeldes de Nkunda, para visitarla a diario en el hospital de Rutshuru. Hacía muchos años que no se despertaba feliz por la mañana.

Ese viernes, pese al calor, la humedad opresiva y los olores densos, el cielo diáfano, de un azul intenso y untuoso, constituía un espectáculo que Taylor había apreciado en su viaje hacia el hospital. El paisaje que componían los volcanes, la exuberancia de la vegetación y la tierra roja habría convertido al Congo en un destino codiciado por los turistas europeos. Sin embargo, el Congo estaba anatematizado, y las embajadas comenzaban a exhortar a sus connacionales para que lo abandonaran debido a los aires de guerra que lo surcaban.

–¿Qué novedades hay de la operación para Kabú? –Taylor se sorprendía de sí; el simple hecho de llamar a un pobre niño congoleño por su nombre, con la misma familiaridad empleada por Matilde, lo hacía sentir bien. Incluso lo había visitado en la Unidad de Cuidados Intensivos, lo que ocasionó que su taimado interés por el *enfant sorcier* se convirtiera en uno genuino.

–El doctor Loseke se comunicó ayer con el cirujano de Johannesburgo. Él estaría disponible para operarlo a fin de mes. La recuperación se haría ahí mismo, en el Hospital Chris Hani Baragwanath, incluso alojarían a *sœur* Angelie por una cifra muy razonable.

–Ya le dije que no se preocupe por los gastos. Yo me haré cargo de todo. Kabú y *sœur* Angelie viajarán en mi avión privado a Johannesburgo cuando todo esté listo y serán tratados como reyes en el hospital porque pagaremos para eso.

–Gracias, señor Taylor. Imagino la carita de Kabú cuando suba a su avión. ¡Qué feliz estará!

Lo admiraba que Matilde siempre reparara en lo que el prójimo experimentaría ante tal o cual situación. Su empatía era tan natural como inexistente en él.

–Jean-Marie –Matilde aludía a Fournier– encargó la pierna ortopédica para Tanguy en Londres porque en Kinshasa no consiguió una apropiada. Será muy costosa. –Matilde hundió la cabeza entre los hombros y frunció la nariz en el gesto de quien dice: «Lo siento»–. Hacerla a medida y traerla desde tan lejos costará un ojo de la cara.

Taylor la habría tomado entre sus brazos y le habría aplastado la boca con un beso si la distancia que Matilde imponía no lo hubiera desalentado.

–Quizá –dijo Taylor, nervioso y deprisa a causa del arranque carnal– yo pueda traerla desde Londres cuando regrese en unas semanas.

–¿Se va?

–Sí –contestó Taylor, y la alegría que experimentó al notar la desilusión de Matilde casi lo lleva a proferir un grito de triunfo y a saltar como cuando era adolescente y anotaba un *try* para su equipo de rugby del colegio.

Repartieron los refrescos entre los pequeños refrigeradores de la sala de médicos y de la enfermería, y volvieron al jardín con los de ellos en las manos.

—Venga —le indicó Taylor, y se atrevió a tomarla por el codo—. Sentémonos sobre esos troncos.

El simple contacto lo aturdió. Segundos después reparó en lo diminuto del hueso, como el domingo anterior, cuando, para retenerla, la había sujetado por el brazo y tuvo la impresión de aferrar un palo de escoba. Matilde, para protegerse de los insectos, siempre usaba mangas largas, pero a veces, como en ese momento en que levantaba el brazo para llevarse la botella a la boca, él le atisbaba la muñeca, y era del tamaño de la de una niña.

—Matilde, disculpe que me inmiscuya. ¿Les dan de comer bien en el hospital y en la casa de MQC?

Matilde se tapó la boca para ocultar la risa.

—Señor Taylor, preguntarme eso y decirme que tengo el aspecto de una desnutrida es lo mismo.

—Oh, no, no, en absoluto.

—¿Entonces?

—Sólo me preguntaba si, por trabajar en un sitio tan pobre, ustedes, los médicos de MQC, no padecen necesidades básicas.

—No se preocupe. Nos alimentan muy bien. Por supuesto que, por vivir en el Congo, nuestras vidas cambian muchísimo. Por ejemplo, debemos ser cuidadosos con los insectos, acostumbrarnos a rociar la ropa con permetrina, lo mismo el mosquitero que protege nuestras camas, y, pese al calor, no llevar ropa ligera sino estar siempre bien cubiertos. No podemos usar el agua corriente ni siquiera para lavarnos los dientes, lo que nos obliga a acarrear una botella de agua mineral por todas partes. Al bañarnos, tenemos que usar la menor cantidad de agua posible, y le aseguro que, con mi cabellera, eso no es fácil.

—¡Nunca piense en cortársela!

—No, no, jamás. Ah —dijo, al oír unas explosiones en la lejanía—, tenemos que aprender a convivir con la violencia extrema, lo más difícil.

Los sonidos —la sirena de las ambulancias de MQC que entraban y salían sin tregua, el bullicio de un grupo de mujeres, que cantaban y bailaban a pasos de ellos, y el estruendo de los misiles que explotaban a pocos kilómetros de ahí— los envolvieron en su cadencia y los acallaron.

—Señor Taylor, ¿su presencia en el Congo se debe a que pronto habrá guerra?

—¿Quién le dijo que pronto habrá guerra?

—Es lo que se comenta.

—Sí, temo que sí. Estoy aquí porque pronto habrá guerra.

Matilde asintió, cabizbaja.

—¿Por qué habrá guerra?

—¿Qué desea saber, las razones que esgrimen las partes del conflicto o el motivo verdadero?

—Los dos.

—Bien. Las razones que justifican la guerra devienen del genocidio de los tutsis a manos de los hutus *interahamwes* en Ruanda, en abril del 94. Si Kabila echase a sus aliados, Ruanda y Uganda, del gobierno, y a sus tropas del país (y lo hará, no tenga duda), los tutsis, que ahora componen el gobierno de esos países, aducirán que los *interahamwes* que huyeron en el 94 y que se escondieron aquí, en el Congo oriental, intentarán masacrar a los banyamulengue, los tutsis congoleños. Y con la excusa de protegerlos, Ruanda y Uganda invadirán el Congo justamente por aquí, por la zona de las Kivus. Habrá que ver qué hace Burundi, que siempre está esperando un conflicto para sacar provecho.

—¿Y la real?

—La real es crear caos para explotar el coltán... ¿Oyó hablar del coltán? —Matilde asintió—. Pues bien, es una guerra creada para lograr el control de ese mineral, sin pagar tasas, sin soportar límites anuales de extracción, con absoluta libertad. Como dice el refrán: «A río revuelto, ganancia de pescadores».

—¿Y las grandes potencias mundiales no harán nada para impedir la guerra?

Taylor profirió una carcajada forzada y sarcástica.

—¡Son ellos los que la alientan! ¿Nunca pensó de qué origen son las compañías que usan coltán? Le aseguro que si dependiera de los congoleños o de los ruandeses, el coltán seguiría bajo tierra de por vida. ¿Para qué lo necesitan ellos? No sabrían que hacer con el «oro gris». En cambio, las compañías de celulares, de computadoras, de armas, de equipo médico y otras más, lo necesitan como nosotros necesitamos el aire, en especial porque el coltán es una rareza mineral con una gran cualidad: es capaz de almacenar energía durante mucho tiempo.

—Entonces lo usan para las baterías.

—Entre otras cosas. —Taylor hizo una pausa en la que clavó su mirada en el perfil serio y pensativo de Matilde—. Como si con el coltán no bastara para organizar un conflicto monumental, el Congo, en especial esta zona, la de los Grandes Lagos, es rico en oro, diamantes, cobre, maderas nobles, uranio. ¿Sabía que una de las menas más ricas de pecblenda se encuentra aquí, en el Congo?

—No, no lo sabía. ¿Qué es la pecblenda?

—La pecblenda es el mineral que mayor cantidad de uranio contiene. Si quiere encontrar uranio a gran escala, busque una mena de pecblenda.

De nuevo el silencio cayó sobre ellos.

—El padre Jean-Bosco Bahala, un párroco que vive no muy lejos de aquí —comentó Matilde—, asegura que Dios, al hacer tan rico al Congo, le ha tendido una trampa, porque los más poderosos vienen a saquearlo, y los congoleños son desdichados. ¿Los mercenarios proveen de armas a los grupos rebeldes? —disparó Matilde, sin pausa, y Taylor se tomó unos segundos para contestar.

—No —contestó—, los mercenarios no somos traficantes de armas.

—Una vez leí un artículo que aseguraba que una empresa militar privada le había vendido armas a los tamiles, mientras entrenaba al ejército de Sri Lanka que los combatía.

Taylor sonrió y sacudió los hombros. Sabía bien a qué artículo se refería porque él había proporcionado el noventa por ciento de la información que el periodista holandés Ruud Kok utilizó para perjudicar a Eliah Al-Saud.

—Creo que esa afirmación es imprecisa. Los mercenarios no somos traficantes de armas, no estamos metidos en ese mercado, pero conocemos a muchos traficantes porque, claro está, nos proveen de armas, y lo que usualmente hacemos es cumplir un rol de intermediarios entre nuestros clientes y nuestros proveedores.

—¿Cobran por esa intermediación?

—Por supuesto. En este mundo, por todo se paga.

—¿Cómo es una guerra, señor Taylor?

Nigel cruzó los brazos sobre el pecho, se presionó el labio inferior entre el índice y el pulgar y fijó la vista en el piso.

—La guerra es ruido, gritos, un denso olor a pólvora, humo, sangre y, sobre todo, terror. El terror se huele en el aire, junto con el olor de la pólvora. Lamentablemente, Matilde, la guerra es parte inherente a la naturaleza humana. Nunca hemos podido prescindir de ella. Platón aseguraba: «Sólo los muertos han visto el fin de la guerra». Pero en este mundo bipolar, si no hubiera guerra no apreciaríamos la paz.

A Matilde la impactó la última frase, y razonó que si estimaban la luz era porque existía la oscuridad; y si se codiciaba la salud era porque había enfermedades; y si se amaba, era porque también se odiaba. El mal existía para darle valor al bien, lo cual, meditó, la llevaba a concluir una paradoja, que el mal *debía* existir. No tenía sentido.

—Gracias por haber sido sincero conmigo, señor Taylor.

—De nada, Matilde. —Le tomó la mano, pequeña, de dedos largos y uñas cortas y arregladas, como se esperaba de una cirujana, y Matilde se quedó quieta, tensa a causa del contacto, en tanto maquinaba la forma de romperlo sin ofender al señor Taylor–. Me iré mañana, pero volveré pronto. Mientras tanto, quiero que se cuide, por favor. –Matilde sonrió y apartó la mano con la excusa de retirarse un mechón de la cara–. Lo mejor sería que se fuera, que saliera de este infierno, pero sé que no lo hará.

–No, no lo haré –ratificó Matilde, mientras las explosiones y los disparos continuaban en la lejanía.

–Lo sé. ¿Qué hará cuando empiece la guerra, se irá del Congo?

Matilde no tuvo oportunidad de contestar. Un camión militar cruzó el portón del hospital e irrumpió en el predio, provocando un revuelo entre los que por allí circulaban. El que manejaba tocaba el claxon y golpeaba la cara externa de la puerta con la mano izquierda para llamar la atención. Matilde se puso de pie de un salto para obtener una mejor visión. Observó que la caja del camión estaba llena de soldados heridos.

–Son del ejército regular –manifestó Taylor–. Deben de haber caído en una emboscada o haberse enzarzado en un enfrentamiento con los banyamulengue.

–Tengo que dejarlo, señor Taylor. No daremos abasto en el quirófano.

–Matilde –la detuvo–, cuídese, por favor.

–Sí, lo haré. Y gracias por lo que está haciendo por Kabú y por Tanguy. Nunca lo olvidaré.

Taylor dio un paso adelante con la evidente intención de besarla y Matilde giró sobre sí para encaminarse hacia el edificio del hospital.

–La acompaño –propuso Taylor–. Tengo que pedirle al doctor Fournier los datos de la empresa en Londres que fabricará la pierna ortopédica de Tanguy.

–¡Oh, sí! Lo había olvidado. ¡Usted es increíble! –expresó Matilde, algo agitada mientras caminaba a zancadas–. Nunca olvida ningún detalle.

–Un soldado profesional no puede permitírselo. Su vida muchas veces depende de los detalles.

–Entiendo.

10

—Tía Sofía, soy Eliah.

—¡Hola, tesoro! ¿Cómo estás, mi amor? ¿Cómo te sientes?

Al-Saud ladeó la comisura izquierda en un esbozo de sonrisa ante la exuberancia del saludo de su tía. Golpeó la pluma Mont Blanc repetidas veces sobre el escritorio, mientras Sofía continuaba con sus preguntas y aseveraciones.

—¡Y ese malnacido de Anuar! —explotó la mujer—. ¡Con todo lo que tus padres hicieron por él y por sus hermanos! Es un traidor, una basura.

—Pagará, tía. No te preocupes que, tarde o temprano, pagará.

—Eso espero —deseó Sofía.

—Tía, te llamo porque necesito ponerme en contacto con tu hermano.

—¿Con mi hermano? ¿Con Aldo?

Al-Saud inspiró profundamente y cerró los ojos.

—Sí, con Aldo, con el padre de Matilde.

—¿Para qué?

—Tengo que comentarle algo.

—¿Algo de Matilde? ¿Ella está bien?

—No se trata de Matilde sino de una cuestión de negocios.

—Ah. —Conocía el carácter de Eliah, por lo que se abstuvo de seguir indagando—. La verdad es que es más fácil comunicarse con Bill Clinton que con mi hermano.

—¿Por qué?

—Es él quien llama. Cuando quiere —añadió.

—¿No tienes un número telefónico donde encontrarlo?

—Sí, tengo un número de celular, pero siempre entra la contestadora.

240

—Dámelo, por favor.

Un momento después, Al-Saud marcó el teléfono provisto por Sofía. La lada internacional, el cincuenta y cuatro, correspondía a la Argentina. Después de varias llamadas, se activó la contestadora automática. Escuchó la voz de Aldo, que pedía, en inglés y en árabe, que se grabara un mensaje luego de la señal. Su árabe era bueno, fluido, aunque con una marcada entonación castellana.

—Señor Martínez Olazábal, soy Eliah. —Se abstuvo de dar el apellido; tampoco daría un número telefónico porque desconocía si hablaba a una línea segura—. Necesito ponerme en contacto con usted de manera urgente. Es muy importante. Lo veré en el lugar donde nos encontramos la última vez, el próximo martes 12 de mayo, a las 19. Es imperativo que nos veamos —insistió antes de colgar.

El lunes 11 de mayo, cerca del mediodía, Al-Saud estaba reunido con su abogado, el doctor Lafrange, en su despacho en el octavo piso del Hotel George V. Discutían los avances de la demanda por calumnias e injurias presentada en contra de la revista *Paris Match*.

—Les exigiremos que digan cuáles fueron las fuentes de información y que presenten pruebas fehacientes para respaldar sus afirmaciones. Como no lo harán, será fácil conseguir una sentencia a nuestro favor.

—¿Pudo comunicarse con el coronel Amberg? —Eliah hablaba de su superior en la base de Al Ahsa, en Arabia Saudí, durante la Guerra del Golfo.

—Sí. Fue muy amable y me aseguró que está dispuesto a atestiguar en su favor. Estaba muy contrariado por lo que habían escrito acerca de usted en la *Paris Match*. Me aseguró que nadie en *L'Armée de l'Air* sabía que el búnker militar de Amiriyah estaba lleno de civiles.

—Quiero que esos hijos de puta no sólo me paguen una fortuna por las mentiras que dijeron sino que escriban una nota de desagravio. ¡No aceptaré menos!

—Eso quedó asentado en la demanda. Esperemos que el juez acepte la petición.

Sonó el teléfono, y Al-Saud levantó el auricular de mal genio porque había ordenado a sus secretarias que no le pasaran llamadas.

—Disculpe, señor —se apresuró a decir Thérèse—. Lo interrumpo porque tengo a un señor en la línea que asegura ser el padre de Matilde.

Al-Saud se puso de pie y, tras unos segundos de deliberación, ordenó:

—Thérèse, páseme la llamada a la sala de reuniones. —Se giró hacia Lafrange—: Atenderé esta llamada. Sólo serán unos minutos. —Salió de su despacho y se precipitó a la sala de reuniones—. *Allô?*

—¿Para qué necesita hablar conmigo? —dijo Aldo, prescindiendo de las cortesías y de los formalismos.

Al-Saud se dio cuenta de que Martínez Olazábal no había pronunciado nombres.

—¿Me llama desde una línea segura?

—Sí. —Aldo utilizaba el teléfono de un hotel en Puerto Banús, escogido al azar y en el cual acababa de registrarse. No obstante, Al-Saud decidió no arriesgarse porque no confiaba en el criterio de Martínez Olazábal—. ¿Para qué me necesita? No hablaré de mi hija con usted.

—No se trata de ella —se enfureció Al-Saud—. No se atreva a pronunciar su nombre por muy segura que esta línea sea para usted. ¿He sido claro?

—Sí —contestó Aldo, más aplacado.

—¿Cómo consiguió este teléfono? —lo increpó Eliah.

—A través de un interesante artículo en la *Paris Match*, supe el nombre de su empresa —explicó, con acento sarcástico—. Y me acordé de que un conocido mío había requerido sus servicios tiempo atrás. Él me facilitó el número.

—Tenemos que hablar —lo urgió Al-Saud—. Es imposible hacerlo por teléfono.

—¿De qué se trata?

—De usted. De su seguridad. —Al-Saud calló y guardó un silencio intencionado.

Aldo se quedó mudo por la sorpresa. Convencido de que Al-Saud había descubierto su verdadero oficio, creyó que lo extorsionaría para que lo ayudara a recuperar a Matilde.

—¿De qué habla?

—Hablo de su actividad de bróker y de las consecuencias que le trae aparejadas.

Entonces sí sabía a qué se dedicaba, reflexionó Aldo. ¿O no?

—No sé de qué está hablando.

—Sí, lo sabe —pronunció Al-Saud, impaciente porque la llamada se prolongaba riesgosamente.

—No, no lo sé —se empecinó Aldo—. Hable claro o esta conversación termina ahora.

—No hablaré por teléfono. Encontrémonos mañana, donde lo cité.

—¿Se cree que puede disponer de mi agenda como si fuera mi jefe?

—Es de vida o muerte —soltó Al-Saud, y de nuevo se sumió en un mutismo deliberado.

—¿Qué sabe? —casi gritó Aldo, conmocionado—. ¿Por qué me dice esto?

—No hablaré por teléfono.

Martínez Olazábal quería concluir esa conversación cuanto antes. Lo fastidiaba que Al-Saud supiera tanto de él y que manejara información acerca de su destino. ¿Qué podía decirle que no supiera? ¿Que estaban cazándolo como a un animal? Ansiaba preguntarle por Matilde. No se había comunicado con ella desde su partida al Congo; el celular de Juana no funcionaba, siempre arrojaba el mismo mensaje: «El teléfono al que usted está llamando se encuentra apagado o fuera del área de servicio». Bien, no importaba. Pronto visitaría ese endiablado país y vería a su Matilde adorada.

—Entonces, si no hablará por teléfono, no lo hará en absoluto —resolvió, y cortó la llamada.

—*Merde!* —prorrumpió Al-Saud, y batió el auricular al devolverlo al teléfono.

Más tarde, ese mismo día, recibió una llamada de Gulemale.

—*Chéri*, no sabes cuánto me alegró saber que tu padre salió ileso de ese asunto.

—Gracias, Gulemale. ¿Cómo estás?

—Deseosa de verte y de mimarte. Supe que tú no saliste tan ileso como tu padre.

Al-Saud rio. Se suponía que nadie conocía la identidad del piloto que había recibido el balazo en el aeropuerto de Viena.

—Como siempre, querida Gulemale, sabes más que cualquier servicio de inteligencia. Deberían contratarte.

—A veces lo hacen.

—No lo dudo.

—Cariño, ¿cuándo vendrás a conocer mi paraíso en el Congo oriental?

—Tu paraíso, Gulemale, está construido sobre un polvorín.

—¡Ja! ¿No me dirás que tienes miedo, verdad? Aquí podrías recuperarte por completo. Recuerda que, antes de aquel episodio lamentable, estabas a punto de venir a visitarme.

—Sí, lo recuerdo. Te visitaré pronto, estoy ansioso por conocer tu *paraíso*.

—¿Cuándo, Eliah? —lo presionó, con voz insinuante.

—Apenas resuelva unos asuntos pendientes.

—No traigas a tu niña con cara de ángel porque tengo pensado hacerte cosas que la escandalizarían.

Al-Saud profirió una carcajada forzada por su necesidad de simular ligereza, si bien la advertencia lo había repugnado. No toleraba que Matilde se viera involucrada con gente tan por debajo de ella. Tenía la impresión de que, con nombrarla, la mancillaban. Algo similar experimentó horas más tarde, cuando, al salir del George V para ir al laboratorio de su hermana Yasmín —quería que le quitara los puntos—, se topó con Céline en la banqueta.

—¿Qué quieres? —le preguntó, sin saludarla y conservando la distancia.

—Hablar contigo —contestó la famosa modelo, y, como Al-Saud la notó tranquila, le señaló el Aston Martin estacionado detrás de ella, interesado en alejarla antes de que desatara un escándalo a las puertas del hotel de su hermano Shariar.

—Vamos a mi casa —propuso Céline, y Al-Saud asintió.

No cruzaron palabra lo que duró el corto viaje. Céline intentó besarlo en el ascensor mientras se dirigían al piso donde se ubicaba su departamento, pero Eliah la sujetó por los brazos y la apartó de él.

—Veo que sigues enojado conmigo.

Al-Saud se limitó a contemplarla con una fijeza y una seriedad que la acobardaron. Céline bajó la vista y se apretó las manos. Como le temblaban, Al-Saud le quitó la llave y abrió la puerta. Céline se precipitó dentro, arrojó la bolsa, de terciopelo en el sillón y se quitó los zapatos Chanel de tacón alto.

—¿Quieres tomar algo? —ofreció.

—No quiero tomar nada —expresó Al-Saud, tajante—. Me dijiste que querías hablar. Habla.

Céline se aproximó caminando como lo hacía en la pasarela y se detuvo a centímetros de él. No hizo ademán de tocarlo.

—Te he extrañado muchísimo, mi amor. Sé que estuve mal contigo.

—No, conmigo no, sino con tu hermana.

—¡No hablaré de ésa!

—Está bien, no hables, pero di de una vez lo que quieres decirme.

—Eliah, mi amor, quiero que volvamos a estar juntos, pero esta vez quiero que sea diferente. Este tiempo sin ti ha sido insoportable y he comprendido que ya no me basta con la vida alocada que he llevado hasta ahora. Quiero asentarme, formar una familia, tener hijos contigo.

—Céline, no me hagas reír. ¿Tú, asentarte? ¿Tú, una vida moderada? ¿Tú, hijos? —agregó por último, y levantó el tono—. Tienes los ovarios y el útero, lo que le falta a Matilde, pero tu instinto maternal es el mismo de una ameba.

Al-Saud percibió, como si de un olor se tratara, el cambio en la actitud de la modelo.

—Sé que tú y mi hermana ya no están juntos. Me lo dijo Ezequiel.

—Gracias a ti.

—¡Eliah, por favor! ¿No me dirás que Matilde es mujer para ti? ¡Esa cosita minúscula e insignificante! —Céline encendió un cigarrillo y dio una larga pitada; sus labios se ajustaron en torno a la colilla con avidez—. Vamos, Eliah, un hombre de mundo como tú, que podría tener a la mujer que quisiera, metido con mi hermana menor, cuyo único objetivo en la vida es despiojar negros africanos.

—No he venido hasta aquí para discutir las cualidades de tu hermana.

—Está bien, está bien. Hablemos de nosotros.

—Ahora hablaré yo, Céline. No hay *nosotros*. Nunca lo hubo, nunca lo habrá.

—¿Por qué? —Céline lo expresó como un lamento desgarrador; sus ojos celestes adquirieron brillo al tiempo que una tonalidad rojiza.

Eliah suspiró. Estaba cansado, quería que Yasmín le quitara los puntos y volver a su casa para meterse en la piscina. No tenía ánimos para soportar los desenfrenos de una drogadicta.

—Céline, la relación que sostuvimos por años, exclusivamente de índole sexual, ha terminado. Me gustaría ser claro en esto. Creo que te mereces mi franqueza. Se acabó, Céline. Espero que lo entiendas.

—¡Me dejas porque piensas que tienes esperanza de volver con la imbécil de Matilde! ¡Tú no la conoces como yo! Ella jamás volverá contigo después de saber lo que hubo entre tú y yo.

—No importa —pronunció Al-Saud, con calma estudiada y en un acento casi inaudible—. No importa. Aunque Matilde no volviera conmigo, yo no lo haría contigo. Lo nuestro se acabó de todas formas.

Dio media vuelta y se dirigió a la puerta. El instinto lo previno del ataque. Percibió el peligro como un ardor que se propagó a lo largo de su columna vertebral. Se apartó hacia la derecha, y Céline surcó el aire con el atizador, provocando un silbido de látigo. Ni un murmullo lo había alertado. Céline se había desplazado descalza por la alfombra sin arrancar un crujido al piso.

Agachó la cabeza cuando Céline retomó el ataque con un golpe, y luego con otro. Empuñaba el atizador con furia.

—¡Basta, Céline! ¡No quiero lastimarte! ¡Pero lo haré si no te detienes!

—¡Hijo de puta! —Levantó el hierro sobre su cabeza dispuesta a descargarlo en la de Al-Saud.

Eliah se inclinó y la embistió como un toro. Se oyó el gemido ahogado de Céline y el sonido amortiguado del atizador al dar sobre la alfombra. Céline, de espaldas en el suelo, se convulsionaba al intentar introducir aire en sus pulmones. Al-Saud notó que su rostro pasaba de una tonalidad rojiza a una azulada. La tomó de los brazos y la puso de pie.

—Vamos, tranquila —la animó, al tiempo que, con la mano abierta, le dibujaba grandes círculos en la espalda—. Vamos, cálmate. Intenta respirar con inspiraciones cortas y pequeñas.

Segundos después, Céline sollozaba y se cubría el rostro para no verlo. Al-Saud apartó sus manos de ella y se retiró dos pasos hacia atrás.

—¿Por qué teníamos que terminar así?

Céline levantó la vista, sabiendo que lucía espantosa, con la máscara para pestañas que trazaba surcos negros en sus mejillas, el cabello alborotado y la facha de una loca. No le importaba. La humillación la ayudaba a aumentar la ira.

—Voy a matar a Matilde, Eliah. Si no eres para mí, no vas a ser para esa malnacida. Te lo juro.

Lo afectó que Céline pronunciara la amenaza en español y que lo hiciera sobria —no tenía aliento a alcohol ni parecía drogada—. Estaba lúcida mientras lo juraba, a pesar de que lo hacía presa de una emoción violenta.

Céline vio cómo los rasgos de Al-Saud se endurecían al tiempo que se relajaban. El efecto resultaba paradójico, porque si bien desaparecía el ceño, se esfumaban las arrugas en la frente, se relajaban las líneas en torno a la boca, y los labios se unían hasta delinear esa boca en forma de corazón que ella ansiaba besar, su rostro adquiría una dureza pétrea. ¿Dónde se concentraba la maldad que su semblante comunicaba? En los ojos, resolvió, cuyo verde esmeralda había perdido la tibieza que ella había disfrutado durante sus largas horas de cópula, para volverse duros, con una actitud taimada acentuada por los párpados entornados; hasta habían sufrido una metamorfosis y parecían más claros, de un tono verde agua. Sólo un movimiento en el hueso de la mandíbula, cerca de la oreja, le dio la pauta de que apretaba los dientes.

—Retira lo que has dicho —le ordenó Al-Saud, y la coloración de su voz, profunda, algo rasposa, y calma, muy calma, dejó a Céline con la mente en blanco.

Se quedó contemplándolo, admirando su belleza, deseando que la virilidad que exudaba se volcara en ella, en su cuerpo, y que la hiciera gritar en un orgasmo.

—Céline, retira lo que has dicho.

—No —susurró—. No lo haré —repitió, en francés—. Matilde no te tendrá. Antes, la mato.

Céline hirió el silencio con un alarido antes de que Al-Saud le apretara el cuello y la obligara a ponerse en puntas de pie. Su rostro furibundo se situó a centímetros del de ella.

—Si llegas a tocarla, si llegas a lastimarla, *yo* te mataré a ti. Me conoces, Céline. Sabes que soy capaz de hacerlo. Y esto lo digo absolutamente consciente. Te prometo que te mataré si lastimas a Matilde.

—No tendré que hacerlo porque ella jamás volverá contigo.

El lunes 11 de mayo, por la mañana, Matilde se sentó a la mesa a desayunar, y todos, Auguste, Julia y Juana, advirtieron sus ojeras y su aspecto cansado. N'Yanda le sirvió café con leche, huevos revueltos, un plato con trozos de mango y un jugo de papaya.

—Coma todo, doctora Matilde —la instó la mujer en su modo directo, parco y autoritario—. Ha perdido peso desde que llegó a Rutshuru. Y lo que sucedió ayer en la misión es porque está mal alimentada y mal dormida.

Se oyó el soplido de Juana, que a continuación le dio un mordisco violento al pan de maíz tostado. Matilde giró la cabeza hacia ella, y sus ojos inyectados de sangre se tropezaron con los oscuros y vivaces de su amiga. «Sigue enojada», pensó. La discusión había comenzado el sábado por la madrugada, durante un descanso después del alboroto que había significado recibir un camión lleno de soldados heridos.

—Te vi con el *mister* Taylor esta tarde —mencionó Juana, con gesto de reproche.

—Sí, vino a verme.

—No sé adónde quieres llegar con el pirata inglés.

—Está ayudando a Kabú y a Tanguy.

—¡Ah, ésta me encanta! Nunca querías aceptar que tu viejo te diera dinero, aunque tuviéramos que comer arroz todo el mes, porque sospechabas que su dinero no era legítimo. Pero a éste, todo un mercenario, sí se lo aceptas. ¿Quién te entiende?

—Este dinero no es para mí sino para dos pobres niños.

—¡No digas «niños» que me pones loca! Y ahora que me acuerdo, ¿tú no lo dejaste a Eliah, entre otras cosas, porque era un mercenario?

Juana hizo chirriar la silla al retirarla de la mesa en la sala de médicos y se fue con porte airado. Dejó a Matilde con la respuesta en la boca. Horas más tarde, de regreso en la casa de Manos Que Curan, después de darse una ducha, Matilde se vistió con ropa cómoda y suelta y, mientras se ataba las agujetas de los botines, entró Juana. Acababa de bañarse, llevaba puesto el camisón y se secaba el pelo con movimientos enérgicos.

—¿Adónde vas?

—A la misión.

—¿Estás loca? No puedes hacer dos fines de semana seguidos esa locura. Anoche tuvimos una guardia de locos. Tienes que descansar. Puedes ir mañana.

—No.

—¡Ah, qué terca! Y todo por ver a Jérôme, ¿no?

—Sí. Le prometí que iría y no voy a defraudarlo. Además, *necesito* verlo.

—Estás esforzándote demasiado. Trabajas como loca en el hospital, no comes bien... ¡No me mires así! ¿Crees que no sé que comes como un canario? ¡Tienes el aspecto de un cadáver! Parece que te hubieran dado el día libre en la morgue.

—¡Gracias, amiga querida! Tú también estás muy linda.

—¡Uf! —se impacientó Juana—. Al menos trata de dormir en la misión —dijo, y salió del dormitorio sin darle tiempo a Matilde para que le contara que estaba feliz porque esa mañana, antes de regresar a la casa, había pasado por el laboratorio del hospital y le habían entregado el análisis de Jérôme. No había VIH en su sangre y estaba sano como un pez.

Ajabu la esperaba en la puerta con la Land Rover encendida, que, pese a haber sido reparada por el compadre del chofer, todavía mostraba los estigmas del ataque de los rebeldes en la carrocería. Matilde paseó la mirada por el cofre y, mientras se detenía a estudiar cada orificio de bala, percibía un zumbido que crecía hasta convertirse en el estruendo de los fusiles. El jardín de N'Yanda desapareció, y las imágenes de la tarde del asalto la obnubilaron. Se estremeció con un escalofrío en el calor asfixiante de la mañana y tuvo miedo de recorrer esos caminos de tierra roja y flanqueados por los espesos bosques tropicales donde podía camuflarse un ejército entero. «Las rutas en esta región», le había explicado Taylor, «son trampas mortales». «*Matilde, mi amor, no puedes ir al Congo. ¿Lo entiendes, verdad?*» «*¡No puedo permitir que te metas en ese infierno! ¡No irás al Congo!*» La voz de Eliah se coló en sus pensamientos. Casi deseaba haberle hecho caso. «¡No!», exclamó. «No habría conocido a Jérôme si no hubiera venido. *Tenía* que venir.»

Se sobresaltó cuando Vanderhoeven le apretó el hombro. Matilde advirtió que llevaba su morral en bandolera.

—Iré contigo. Días atrás hablé con Amélie y acordamos que convocaría a la gente de los alrededores para que les diéramos charlas este fin de semana.

—No me dijiste nada —le recriminó Matilde.

—Has estado muy ocupada con tu nuevo amigo inglés —arguyó el belga, y le abrió la puerta trasera de la Land Rover para que entrara; él ocupó el sitio del copiloto.

—¡Doctor Auguste! —Era N'Yanda, que bajó corriendo las escalinatas de la terraza y se dirigió al vehículo; su hija Verabey la seguía a paso lento, con una caja de cartón a cuestas–. ¿Puedo ir con ustedes? Hace tiempo que no veo a *sœur* Amélie.

–¿Verabey podrá sola con la casa? Mira que volveremos mañana por la noche.

–¡Claro que podré! –aseguró la muchacha, mientras acomodaba la caja en la parte trasera. Miró a Matilde y le explicó–: Son conservas y mermeladas que mamá preparó para las hermanitas.

Ajabu, que había nacido en Goma y que conocía las montañas Virunga como la palma de su mano, no condujo por el camino tradicional sino que los llevó por uno alternativo, sólo conocido por los baquianos y que resultaba menos riesgoso, aunque Matilde lo dudaba porque, a poco de andar, se internaron en una espesura verde, plagada de sonidos extraños que hablaban claramente de una vida salvaje que empezó a vislumbrarse cuando la cuatro por cuatro disminuyó la marcha debido a lo accidentado del camino. Entonces, Matilde avistó aves exóticas de colores inverosímiles, chimpancés y otro tipo de mono, más pequeño y con la cara negra; también divisó serpientes colgadas cabeza abajo. El olor a la selva se acentuaba a medida que se aproximaban a una marisma del río Rutshuru, al que vadearon por un sector de bancos de tierra. Matilde contuvo la respiración cuando la Land Rover se adentró en el río, y el agua comenzó a devorar la camioneta. Las cuatro llantas se aferraban al fondo cenagoso y jalaban el vehículo. A lo lejos, un grupo de hipopótamos se divertía en el agua, una bandada de flamencos pescaba y una manada de cebras bebía en la orilla, atenta a sus enemigos mortales, los cocodrilos, que abandonaban el descanso sobre el lodo y se deslizaban como flechas hacia el gran intruso de color blanco. N'Yanda, a su lado, no habría lucido más serena si estuvieran manejando por una calle tranquila del *Septième Arrondissement* de París. La sensación de irrealidad iba ganando el ánimo de Matilde, y para cuando alcanzaron la misión, ya había esbozado las líneas de un nuevo cuento para narrar a los niños, en el que una cebra y un flamenco ocupaban el lugar protagónico, y un cocodrilo encarnaría al malo de la historia que después se volvía bueno. Admitió que la fábula tenía similitudes con las historias que Horacio Quiroga había reunido en *Cuentos de la selva*, un libro que la había fascinado a los doce años.

Una muchedumbre ocupaba el predio de la misión. Resultaba obvio que las gentes de las poblaciones aledañas comenzaban a llegar para ocupar un sitio bajo el grupo de caobas del cual Amélie se sentía especialmente orgullosa. Las mujeres, con sus vestidos largos de estampados y colores llamativos, algunas con turbantes a juego con el género del ropaje, cargaban canastos en la coronilla, a sus bebés en las espaldas y avanzaban con varios niños al pie.

Matilde se subió al paragolpes de la parte trasera de la Land Rover y buscó a Jérôme entre la muchedumbre. Lo descubrió cerca de la casa de la misión, de la mano de *sœur* Tabatha. Por su gesto, de entrecejo fruncido, y por su actitud —se ponía de puntitas y estiraba el cuello—, resultaba obvio que estaba buscándola. «Aquí estoy, tesoro mío. Aquí estoy por ti», habría exclamado. Se bajó de un salto y corrió hacia él, abriéndose paso entre la gente sin demasiados miramientos y sin advertir que, en su carrera, perdía el sombrero; tampoco notó las miradas y las muecas de sorpresa que su cabello rubio levantaba entre las congoleñas.

—¡Jérô!

El niño se deshizo de la mano de Tabatha y corrió hacia ella. Matilde lo levantó en el aire y lo hizo dar vueltas. La risa de Jérôme le acarició los oídos, le calentó el pecho, la emocionó hasta enturbiarle la visión. Terminaron abrazados, Matilde sentada sobre sus talones, con las puntas del cabello sobre el suelo, y Jérôme acurrucado en su regazo, aferrado a su cintura. Era tan cariñoso y dulce. Matilde no se percató del grupo de gente que los circundaba, atraído por el espectáculo que componían, ella, tan blanca y rubia, y él tan oscuro.

—¿Cómo has estado, mi amor? ¿Cómo pasaste la semana? ¿Te has portado bien?

—Te extrañé mucho —fue lo que murmuró el niño, y su aliento se coló en el tejido de la camisa de Matilde y le llegó al vientre.

Auguste Vanderhoeven se aproximó y sacudió el hombro de Matilde.

—Recógete el cabello si no quieres que lo único que hagan sea mirártelo y no atiendan a lo que vamos a decirles.

Matilde simuló no darse cuenta de la hostilidad de su compañero y siguió abrazando a Jérôme hasta que su prima Amélie se aproximó a saludarla.

—Este caballero —dijo, y señaló al niño— se ha comportado muy bien en tu ausencia y ha obtenido excelentes calificaciones en la escuela.

—¡Voy a traer mi cuaderno! —exclamó Jérôme, y corrió hacia el edificio del orfanato.

—¿Qué sabes de Eliah? —preguntó Matilde, sin preámbulos, mientras se recogía el cabello en un chongo y lo cubría con el tipo de gorra que utilizaba en el quirófano; ni un mechón quedó fuera.

—Quédate tranquila. Hablé con mi mamá hace unas horas y me dijo que está completamente repuesto. —Amélie sonrió ante la transformación de Matilde, que de ceñuda pasó a emocionada—. Me comentó algo extraño. Me dijo que ayer, viernes, Eliah la llamó para preguntarle cómo podía ubicar a tu papá.

—¿A mi papá?

—Sí, por un asunto de negocios.

—Dudo de que mi papá quiera hacer negocios con él. Lo detesta.

—¿Por qué? —se azoró Amélie.

—Porque mi papá adoraba a Roy, mi esposo, como si fuera su hijo. Y culpa a Eliah de nuestra separación. Nada más alejado de la verdad, te lo aseguro.

La confusión que le produjo el comentario de Amélie quedó en el olvido cuando emprendieron las tareas. Con la ayuda de *sœur* Edith, de *sœur* Annonciation, de N'Yanda y de Ajabu, organizaron a la pequeña multitud en grupos de cinco personas para facilitar el *triage*, es decir, la clasificación de los pacientes de acuerdo con la gravedad de los casos. Acto seguido, se ocuparon de los más urgentes, como fiebres altas, vómitos, diarreas y convulsiones, y postergaron la revisión de las inflamaciones, las llagas y de una gran variedad de dolencias. Matilde cosió la mano de un hachador y le inyectó la antitetánica, drenó un absceso en la pierna de una niña y trató una quemadura en el brazo de una anciana. Algunos consultaban por estados gripales, y Matilde y Auguste sabían que, en la mayoría de los casos, se trataba de la primera fase de la tripanosomiasis africana, más conocida como enfermedad del sueño, o de malaria, que proliferaba en la época de lluvias. Sólo con estudios muy específicos se habría determinado con certeza si se hallaban frente a una u otra, o simplemente ante una gripe. No obstante, después de una concienzuda revisión, Auguste, sin dudar, diagnosticaba la enfermedad y medicaba en consecuencia, ya fuera con antipalúdicos, como la cloroquina, a la cual a veces reforzaba con artesunato cuando se trataba de casos muy graves, con resistencia a los medicamentos tradicionales; o bien con una inyección intravenosa de pentamidina para la enfermedad del sueño. Matilde admiraba sus conocimientos en materia de enfermedades tropicales y la solvencia que empleaba para decidir por una o por otra. Como lo mejor para combatir la tripanosomiasis africana y la malaria era la prevención, Ajabu y N'Yanda repartieron botellas con repelente para mantener lejos a la mosca tse-tse y al mosquito *Anopheles* y enseñaban medidas básicas para evitar atraerlos, como no conservar recipientes con agua en el exterior o basura cerca de la casa.

Entre la multitud, descubrieron casos graves, no sólo de tripanosomiasis o de malaria en estado avanzado sino de tuberculosis y de meningitis, y los apartaban porque por la tarde se presentaría el servicio permanente de ambulancias del hospital de Rutshuru, costeado por Manos Que Curan, y los conducirían a la ciudad para internarlos. Matilde elevó una corta plegaria rogando por los choferes, para que viajaran a salvo y para que nadie los detuviera ni los lastimara. Algunos pacientes no se sostenían en pie, y Matilde se admiraba porque la mayoría había recorrido kilómetros. Para ellos, se improvisaron camas bajo las caobas con mantas, lonas plásticas, sábanas y toallas. Algunos, los que presentaban casos muy graves, eran canalizados para medicarlos de inmediato; los parientes o quienes se ofrecieran de buena voluntad se turnaban para sostener el suero; a Matilde la conmovía la solidaridad que demostraban. Al mediodía, los recursos con que se habían trasladado desde Rutshuru comenzaron a escasear, y antes de la una de la tarde se quedaron sin botellas de suero fisiológico y sin la mayoría de los medicamentos.

Como a Amélie la aterraba que los niños pescaran las enfermedades de los recién llegados, sobre todo la meningitis, ella, las demás religiosas y las mujeres acogidas, se empeñaban en mantenerlos alejados de las caobas, el sitio donde Matilde y Auguste atendían. Jérôme mostró una veta rebelde que no le conocían y, encaprichado porque no aceptaba apartarse de Matilde, lloraba para que le permitieran estar con ella. En un descuido de Tabatha, el niño se soltó de su mano y corrió hacia la palmera de aceite, la cual trepó con la agilidad de un mono: con los brazos y las piernas sobre el tronco, paralelos al piso, se desplazó en pocos segundos hasta la copa.

—¡Baja de ahí! —le ordenó Amélie, con el alma en vilo, pues la caída habría sido mortal; la palmera medía más de diez metros de altura.

—¡Desde aquí veo a Matilde! ¡No quiero bajar!

—Dios mío… —susurró Amélie—. Virgen Santa, protégelo.

—Nunca he visto un amor tan profundo entre un huérfano de la misión y un adulto —comentó Tabatha, mientras, con la mano sobre la frente, observaba al pequeño acróbata.

Al final, el ascenso de Jérôme sirvió para mantener entretenidos a los demás niños, que no podían jugar al futbol debido a que la «cancha» estaba atestada de gente. Además, Jérôme se ganó la admiración de los mayores, que después le pidieron que les enseñara la proeza.

Jérôme aceptó bajar al comprobar que Matilde se alejaba de los pacientes y caminaba en dirección a la casa, aunque le prohibieron acercarse hasta que se hubiera higienizado con desinfectantes y cambiado de ropa. Después, nadie habría sido capaz de apartarlo de ella, ni siquiera cuando, a primera hora de la tarde, recién terminado el almuerzo, se iniciaron las charlas sobre fístula, violaciones sexuales, nutrición y prevención de enfermedades como sida, cólera, malaria y fiebre amarilla. Hablaban Vanderhoeven y Amélie, que manejaban el swahili, lengua franca comprendida por la mayoría. Resultaba evidente que habían presentado esa rutina infinidad de veces por la manera coordinada en la que compartían la exposición; cada uno sabía dónde comenzaba su parte, dónde debía callar, cuándo intervenir y sobre qué puntos hacer hincapié. Ajabu y N'Yanda se desempeñaban como intérpretes de los que sólo hablaban lingala, kikongo, kituba y kinyarwanda. Matilde, con Jérôme aferrado a su cintura, paseaba la mirada sobre el grupo de gente, atento a los disertantes, aun los niños mostraban interés, y, como le ocurría a diario en el hospital, experimentaba una corriente de cariño y de admiración hacia ellos. Algunos sufrían con una entereza que les impedía quejarse, y el corazón se le rompía de tristeza.

Las charlas terminaron a la llegada de las ambulancias, tres camionetas Nissan, adaptadas para transportar enfermos. No todos serían derivados al hospital de Rutshuru, que había colapsado la noche anterior con el camión militar repleto de heridos; algunos partirían hacia el de Goma.

A Matilde le llamó la atención que, antes de la caída del sol, las familias no iniciaran el viaje de regreso; a muchos les esperaba una caminata de horas por un terreno inhóspito y peligroso. En cambio, los vio acomodarse dispuestos a pasar la noche a la intemperie.

—Saben que mañana *mzee* Balduino hará carnear una vaca de su hacienda y la mandará a la misión para alimentarlos.

—¿*Mzee* Balduino? —repitió Matilde.

—Sí, el padre de Joséphine Boel. *Mzee* es una fórmula de respeto con que se trata a los hombres mayores. Significa «anciano sabio» en swahili. *Mzee* Balduino es muy querido en la región de las Kivus. Todos saben que era el mejor amigo de Patrice Lumumba, el héroe nacional de los congoleños.

—Sí, lo sé. Joséphine me habló de él.

—*Mzee* Balduino lo ayudó muchísimo, y ayuda muchísimo al pueblo. Es un patrón benevolente y generoso. Joséphine me dijo que si bien la cervecería da pérdidas, su padre no quiere cerrarla porque dejaría a los empleados en la calle. Y por aquí, como sabrás, no abunda el trabajo.

—Lo vi en una silla de ruedas el día en que fui a casa de Joséphine. Le falta una pierna.

—Es diabético y encima tuvo un accidente cerebrovascular hace unos años.

—¿Es viudo?

—No, su mujer lo abandonó, pero no sé nada acerca de ella porque Joséphine no la menciona. Está dedicada a su padre.

—¿No es peligroso que duerman a la intemperie? —se preocupó Matilde—. Lo digo por los mosquitos de la malaria. Se alimentan de noche.

—Ayer, previendo esto —le explicó Amélie—, mandé fumigar los alrededores. De todos modos —añadió, con aire resignado—, ellos están siempre expuestos. No creas que por permanecer dentro de sus chozas se libran de la picadura. Son muy precarias y con orificios por donde te guste. Me pareció muy acertado que repartieran repelente.

—Que les durará un suspiro —se afligió Matilde—. Y después, ¿qué?

—Matilde, no podemos salvarlos a todos. Es algo que vas a tener que entender. A mí me tomó tiempo comprenderlo. Hubo un momento en que la impotencia casi me llevó a colgar los hábitos y a abandonar la misión.

Se armaron dos fogatas, donde se cocinaron mandiocas, ñames y camotes envueltos en hojas de plátano. Se preparó fufú, con cuaco y hojas de yuca, y un guiso con frijoles a los que se agregó una gallina donada por la misión. Para los más pequeños, Amélie ordenó que se les diera leche con azúcar. Todos se ubicaron en torno al fuego, y, mientras unos comían, otros danzaban y cantaban. A Matilde le daba risa la ansiedad con la que devoraban y con la que participaban de la fiesta. Unos se sentaban y otros saltaban de pie para retomar el baile. Jérôme, ubicado entre las piernas de Matilde, aplaudía y cantaba entre bocado y bocado; conocía las letras de las canciones. Le besó la coronilla, y el niño se volvió hacia ella para mirarla.

—Un pajarito me contó que te subiste a la palmera como si fueras un monito.

—Quería verte —se justificó—. *Sœur* Tabatha no me permitía ir contigo porque estabas trabajando.

—No te permitía acercarte porque era peligroso para ti. Esas personas estaban enfermas y podían contagiarte.

—Y a ti, ¿no pueden contagiarte?

—No, a mí no —mintió, con lo que borró el ceño de preocupación del niño.

Matilde apoyó la espalda en el tronco de una caoba, cruzó los brazos sobre el pecho de Jérôme y fijó la vista en el fuego. Pensó en Eliah, en cuánto lo extrañaba. Le habría gustado que, así como ella sostenía a Jérôme, él los sostuviera a ellos. «Como si fuéramos una familia.» Se quedó dormida, y, cuando la fiesta terminó, Tabatha se ocupó de cargar a Jérôme hasta el orfanato, y Vanderhoeven, a Matilde. El médico belga atravesó el predio de la misión en dirección a la casa de las religiosas con Matilde en brazos, asombrado de lo diminuta y ligera que era.

—Llévala a mi dormitorio —indicó Amélie—. Por aquí —lo guió—. Acuéstala en mi cama. Yo descansaré en un colchón en el suelo. —Amélie contempló a Matilde mientras le quitaba los botines, y la conmovió su carita de niña en reposo—. Estás exhausta, primita —susurró—. Creo que estás exigiéndote de más. ¿Por qué? ¿Qué necesitas probar?

A la mañana siguiente, a Matilde le llevó unos segundos comprender dónde se hallaba. Se dio cuenta de que era tarde porque se adivinaba una luz brillante entre los resquicios de la persiana. El calor ya era excesivo. Se giró en la cama y se topó con Jérôme. La miraba fijamente desde una silla, con los codos hincados en las piernas, el mentón sobre el dorso de las manos y el cuerpito volcado hacia delante. Era tan hermoso, aun así, serio, con cara de preocupado. ¿Cuánto tiempo llevaría allí?

—Quítate los tenis y ven acá.

Matilde no apartó la sábana porque estaba en calzones. Le indicó que se recostara a su lado, por fuera. Se ubicaron de costado, uno frente al otro, con las manos bajo la barbilla, medio acurrucados. Matilde le pasó el índice por la nariz que parecía un botón.

—¿Cómo dormiste, tesoro?

—¡No mojé la cama!

—¡Felicitaciones! Eres un niño brillante, inteligente, hermoso. Te adoro, Jérô —dijo, y lo besó en la frente.

—¿Qué quiere decir «te adoro»?

—Quiere decir que siempre pienso en ti, que quiero que estés bien, que me preocupo por ti, que me gusta estar contigo, que me gustaría estar *siempre* contigo y no separarme nunca de ti. Que te quiero con todo mi corazón.

—Entonces, yo también te adoro, Matilde.

Jérôme frunció el entrecejo al notar que los ojos plateados de Matilde brillaban en la penumbra. Se dio cuenta de que se colmaban de agua, que cayó en forma de lágrimas. Le pasó la punta del índice por la mejilla para recogerlas.

—¿Lloras por Eliah?

Matilde se maravilló de la memoria del niño. Negó con la cabeza y refregó la cara en la almohada para secarla.

—No lloro, mi amor. A las personas también les salen lágrimas cuando sienten mucha felicidad. Y yo siento felicidad porque me has dicho que me adoras.

—Sí.

—¡Aquí estabas! —exclamó *sœur* Tabatha, y Jérôme giró la cabeza de súbito para volverla de inmediato hacia Matilde, a quien sonrió con complicidad, arrancándole una carcajada—. Debí imaginarlo.

—Vamos, vamos —urgió Amélie, batiendo las palmas, y entró en el dormitorio—. Debes ir a ayudar a poner la mesa para el almuerzo.

Jérôme se aferró al cuello de Matilde y la besó en la mejilla antes de bajarse de la cama, ponerse los tenis y marchar junto a Tabatha hacia el refectorio del orfanato. Amélie abrió la puerta y se sentó en la silla.

—¿Ya es mediodía? —se impresionó Matilde.

—Sí. Son las doce y cuarto. Has dormido muchísimo.

—¡Demasiado! ¡Y en tu cama!

—¿Demasiado? Matilde, anoche te quedaste tan profundamente dormida que no pudimos despertarte.

—¿Cómo llegué acá?

—Auguste te cargó.

Matilde emitió un quejido avergonzado y se cubrió la cabeza con la almohada.

—¿Te gustaría darte un baño? Le pediré a Vumilia que caliente agua.

—Sí, me gustaría mucho.

—Prima —dijo Amélie, y Matilde levantó una ceja porque previó un sermón—, creo que estás excediéndote. Estás exigiéndote demasiado. Auguste me dijo que trabajas sin aliento. Lo que hiciste ayer, trabajar todo el día después de tu guardia del viernes… No sé, Matilde, no es sensato.

—Sé que parezco un muerto que camina. Ya me lo dijo mi querida amiga Juana.

—Se preocupa, igual que yo.

Matilde abandonó la cama con dificultad y se sentó en el borde, con los hombros caídos y el mentón al pecho. Le dolía cada músculo, aun el cuero cabelludo y los dedos de los pies, y una náusea ligera le hormigueaba en la boca del estómago. Detestaba las náuseas porque le recordaban los días posteriores a las sesiones de quimioterapia. Se sintió mejor después del baño y del almuerzo que la propia Amélie le sirvió y le obligó a comer. Joséphine, que había llegado muy temprano con la carne y otras provisiones, le propuso sentarse bajo la sombra de unos irokos a beber limonada, mientras se relajaban en el sillón hamaca y esperaban que transcurrieran las horas de más calor.

—Te traje un regalo —dijo, y sacó de su bolsita primorosa, de una tela similar al yute en color rosa, un abanico con varillas de nácar y encaje blanco. La delicadeza y la feminidad de la pieza no correspondían a ese paisaje agreste; ni Matilde era digna de ella, con su olor a permetrina y sus ropas vulgares, de colores aburridos y géneros bastos.

—¡Oh, José! ¡Es precioso!

—Era de mi abuela. Lo trajo de Bélgica, de uno de sus tantos viajes. Es de encaje de Brujas —aseguró, y señaló el país con la punta de su abanico.

—No puedo aceptarlo. —Matilde lo colocó sobre el regazo de la joven congoleña—. No debes separarte de algo que te regaló tu abuela.

—Quiero dártelo, Matilde. No debes despreciarme, me ofenderé. En este poco tiempo, he llegado a quererte mucho. Te considero una gran amiga. —Joséphine le habló sin mirarla, con actitud avergonzada, y le apretó la mano—. Además, mírale el lado práctico: pasarás mejor estas horas de calor aventándote aire a la cara. Éste es para Juana.

—¡Uy! Juani se volverá loca de contenta con algo tan hermoso. De las dos, ella es la que más sentido de la estética tiene.

—¡Matilde! ¡Matilde!

Matilde se hizo sombra con la mano. Jérôme corría hacia ella. ¿Acaso no dormía la siesta? ¿Por qué corría a esa velocidad en el momento de más calor? La animó ver que sonreía. Le salió al encuentro y lo abrazó. El niño se separó, ansioso por hablarle.

—Matilde, Matilde —repitió, agitado.

—¿Qué, tesoro mío? —dijo, y le pasó la mano por la frente húmeda; lo abanicó después, lo que provocó la hilaridad del niño y la de Joséphine.

—¿Sabes lo que acaba de decirme N'Yanda?

—No, dímelo.

—Que tú me adoras y que yo te adoro porque, en otra vida, tú fuiste mi madre y yo fui tu hijo.

Tuvo la impresión de que la selva se sumía en un mutismo sacro, como si la Naturaleza hubiera contenido el aliento ante la magnitud de la revelación. Levantó la mirada y descubrió a N'Yanda a unos metros, atenta a lo que sucedía. La mujer la observaba con la seriedad de costumbre, aunque había un destello peculiar en sus ojos. Siempre había intuido que N'Yanda sabía cosas que los mortales comunes no podían ver ni comprender. La visión de la tutsi ruandesa se tornó difusa, aunque prevalecía con nitidez el destello verde de sus ojos. Hubo un cambio en la respiración de Matilde, se volvió rápida y superficial, y la náusea de la mañana regresó para atormentarla. Se desplomó segundos más tarde.

⚜

Jérôme sollozaba de esa manera desconsoladora que la había conmovido en el hospital de Rutshuru, con el puño entre los dientes para amortiguar el sonido y mirando a su alrededor con la desesperación de quien se sabe solo en el mundo. Matilde lo veía desde lejos y, por mucho que intentara alcanzarlo, no lo conseguía; tenía los pies pegados al piso.

—¡Ya vuelve en sí! Está moviendo la cabeza.

Matilde reconoció la voz de Joséphine y sintió unas ligeras palmadas en la mejilla. Oyó que la llamaban. Le costó despegar los párpados y focalizar los rostros que se cernían sobre ella. Se movió hacia el costado para sofrenar la náusea que le trepaba por el esófago y descubrió a Jérôme arrinconado cerca de la puerta, en el ánimo en que acababa de soñarlo: lloraba al tiempo que se mordía el puño; sus ojitos la miraban con pánico; una súplica se plasmaba en su expresión. Estiró la mano hacia él.

—Ven, tesoro.

Jérôme se arrojó a la cama, hundió la cara en la almohada y lloró con una amargura que aun a Vanderhoeven, celoso y enojado, emocionó.

—Por favor, Amélie —pronunció Matilde, en español—, déjenme sola con él.

La religiosa abrió los brazos en cruz para abarcar a los presentes y empujarlos fuera. Matilde cubrió al niño, le apoyó los labios en la sien y le cantó *Alouette, gentille alouette*, mientras le masajeaba la espalda. Se detuvo al percibir que el llanto menguaba y que sólo quedaban suspiros, espasmos y sorbidas de mocos.

—¿Te asustaste mucho?

—Sí. —La enterneció el «sí», similar al piar de un pajarito.

—¿Sí? —lo imitó—. ¿Por qué?

—Creí... Creí que te habías muerto, como mi papá y mi mamá.

—Sólo me desmayé.

—Sí. Me lo dijo José. Pero yo me asusté porque los ojos se te pusieron blancos y tu cara...

—¿También se puso muy blanca? —lo ayudó.

—¡Más blanca que antes! —exclamó, con una mueca de incredulidad, como si acabara de pronunciar un imposible—. Fue por mi culpa —admitió, en voz baja.

—¿Tu culpa? ¿Qué estás diciendo, Jérô?

—Te desmayaste por lo que te dije. Por lo que me contó N'Yanda.

—Escúchame, Jérô. —Le apretó el hombro para subrayar la importancia de lo que le diría—. Tú no tuviste culpa alguna. Me desmayé porque, desde que me desperté esta mañana, no me he sentido bien.

—¿Por qué?

—Porque estoy trabajando mucho, comiendo poco y durmiendo menos.

Jérôme se aferró a su cuello y recomenzó el llanto. Matilde percibía la angustia con que la atraía hacia él, aterrado ante la posibilidad de otra pérdida.

—No quiero que te mueras —refunfuñó por fin.

Matilde lo apartó y le sostuvo la cara entre las manos.

—Jérô, ¿recuerdas lo que te prometí tiempo atrás, cuando estabas internado en el hospital de Rutshuru? ¿Lo recuerdas, mi amor? —El niño asintió—. ¿No te prometí que jamás te abandonaría? —Jérôme asintió una vez más—. Nunca faltaré a mi promesa, Jérô. ¿Sabes? Quiero adoptarte. ¿Entiendes lo que significa? —Jérôme negó con una agitación de cabeza—. Quiero que te conviertas en mi hijo. Yo quiero ser tu mamá y quiero que tú seas mi hijito querido. ¿Qué opinas? ¿Te gusta la idea? —La sonrisa de Jérôme le dio risa, porque enseguida desapareció cuando el niño rompió a llorar de nuevo; la mueca había resultado graciosa–. ¿Lloras porque no quieres ser mi hijito querido?

–¡Sí quiero ser tu hijito querido! –exclamó, fuerte y rápido, con la intención de dejar en claro su postura.

–¡Qué suerte! –dijo Matilde–. Por un momento pensé que dirías que no.

–No –musitó–. Nunca diría que no.

N'Yanda golpeó la puerta dos veces y entró sin esperar el permiso. Se quedó bajo el umbral, con una taza humeante en la mano y la vista fija en Matilde y en Jérôme.

–Por fin han vuelto a reencontrarse –expresó en kinyarwanda.

–¿Qué dices, N'Yanda?

–Que por fin hemos vuelto a reencontrarnos –tradujo Jérôme.

–¿Entiendes la lengua de N'Yanda? –El niño asintió–. ¿Cómo la aprendiste?

–Me enseñaron –contestó de modo evasivo, porque no quería hablar de Karme, el jefe de los *interahamwes*.

En el viaje de regreso, mientras Vanderhoeven le soltaba una reprimenda con la autoridad de un padre y la amenazaba con repatriarla si no se cuidaba, Matilde contemplaba la alfombra verde que se extendía hacia las montañas y sonreía con aire ausente, la cabeza llena de imágenes y de palabras de Jérôme.

11

El lunes 11 de mayo, después del desayuno que Matilde debió comer bajo las miradas atentas de N'Yanda, Juana y Auguste, preocupados por el desmayo del día anterior, el equipo de Manos Que Curan se reunió en el comedor de la casa antes de partir hacia el hospital.

—Desde que me nombraron jefe de la misión en Rutshuru —manifestó Vanderhoeven—, he querido poner en funcionamiento una clínica móvil para recorrer los campos de refugiados y las ciudades que no cuentan siquiera con un dispensario. Por fin, la semana pasada Jean-Marie consiguió que un grupo de Cascos Azules nos escolten.

—¿No querías hacerlo sin la custodia de los Cascos Azules? —quiso saber Julia, la enfermera colombiana.

—No, es muy peligroso. Una cosa es trasladarnos del hospital a la casa, como mucho a la Misión San Carlos, que trasladarnos kilómetros hacia el norte.

—Tampoco es muy seguro trasladarse por aquí cerca —apuntó Juana, a quien la idea de viajar le disgustaba—. Recuerden lo que sucedió aquel domingo, cuando tú y Mat volvían del hospital, y unos rebeldes dejaron la camioneta como colador.

—Por eso no quise poner en marcha el programa de clínica móvil sin el apoyo de Naciones Unidas. —Vanderhoeven extendió un mapa de carreteras sobre la mesa—. Saldremos mañana, al amanecer. Iremos primero al campo de refugiados Kibati-1 —dijo, y señaló un punto, muy cerca de Rutshuru—. Seguiremos hacia el norte y visitaremos las ciudades de Kiwanja y Kanyabayonga, y el viernes volveremos a visitar la Misión San Carlos, donde se congregarán los vecinos de poblaciones aledañas, como sucedió el sábado pasado.

A Matilde la noticia de que iniciarían la labor con la clínica móvil no le causó tanta alegría como saber que pasaría tres días seguidos con Jérôme. Al día siguiente, martes 12 de mayo, a las seis de la mañana, se reunieron en el predio del hospital la camioneta Land Rover de Manos Que Curan, atiborrada de equipo quirúrgico —casi un quirófano ambulante, en palabras de Julia—, de medicamentos y de alimentos, otra camioneta Toyota con el símbolo de Manos Que Curan, los dos camiones que constituían el convoy de los Cascos Azules y una Grand Cherokee negra con las siglas TV en sus puertas, cofre y techo. La Toyota estaba a cargo de Jean-Marie Fournier y de dos ingenieros que se ocuparían de evaluar las condiciones sanitarias y de aprovisionamiento de agua, especialmente en los campos de refugiados, como también el drenaje de las lluvias, que se acumulaban en grandes charcos y atraían al mosquito *Anopheles*.

Matilde reconoció de inmediato a los dos ocupantes de la Grand Cherokee negra, los periodistas que los habían salvado del ataque rebelde semanas atrás. Se acercó con la mano extendida y con una sonrisa que evidenciaba su alegría. Volvió a agradecerles su intervención oportuna.

—¿Se unirán a nuestro convoy?

—Así es —confirmó Derek Byrne—. Aprovecharemos la escolta de los Cascos Azules para hacer nuestro trabajo.

—No creo que lo necesiten —comentó Juana—. A juzgar por lo que me contó Matilde, con ustedes dos nos bastaría para llegar a salvo a todas partes.

Byrne y Ferro rieron. En verdad, se trataba de una buena ocasión para permanecer cerca de la mujer del jefe e ideal para cumplir con otro de sus encargos, filmar, fotografiar y recoger testimonios de civiles acerca de la realidad del Congo oriental, lo cual les brindaba una pantalla excelente para el disfraz de periodistas. Días atrás, la jefa de Prensa de Los Defensores de los Derechos Humanos, Dorianne Jorowsky, había aprobado el presupuesto de la Mercure, y Al-Saud les había ordenado a sus agentes que comenzaran a recoger información que terminaría respaldando las denuncias que el organismo humanitario presentaría al secretario general de la ONU y en la Corte Internacional de Justicia, con sede en La Haya. No les había resultado fácil convencer al jefe del convoy, un coronel uruguayo, de que los autorizara a acompañarlos. Finalmente, diez billetes de cien dólares lo persuadieron más que las razones profesionales y humanitarias.

A medida que se aproximaban al campo de refugiados Kibati-1, un murmullo crecía y se imponía a los sonidos de la selva y al de los motores. Al alcanzar los confines del campo, circundados en toda su extensión por una reja de más de tres metros de altura, se encontraron con una crisis: la multitud, unas diez mil personas, se agolpaban a las puertas, empujaban las rejas, gritaban y exigían salir. Matilde y Juana se subieron al cofre de la Land Rover y, con una mano sobre la frente, estudiaron el espectáculo: miles de metros cuadrados cubiertos por chozas construidas con cañas de bambú, hojas de plátano y lonas, similares a las del campo de Mugunga, con un volcán como marco de fondo —Matilde no sabía cuál—, cuya visión, con nubes blancas suspendidas sobre el cráter, lucía tan amenazadora como la muchedumbre apretujada y enfurecida.

—¿Qué ocurre? —vociferó Juana al jefe de los Cascos Azules.

—Tienen hambre. Piden salir para hacerse de alimentos. Hace días que les cortaron los suministros.

—¿Por qué? —quiso saber Matilde.

—Porque los camiones de la ONU con alimentos fueron emboscados por los rebeldes del Congreso Nacional para la Defensa del Pueblo. Éste es un campo con mayoría hutu, y los del CNDP, que son tutsis, aseguran que aquí se refugian muchos de los asesinos del 94, los de la masacre de Ruanda —aclaró.

La multitud, ante la presencia de dos camiones de la ONU, creyó que, por fin, los suministros habían llegado. Cuando las autoridades administrativas del campo los sacaron del error, la ira se desplegó de manera feroz. El portón de rejas cedió, y la muchedumbre, a una vez, intentó huir, temerosa de que las puertas volvieran a cerrarse. Los primeros cayeron bajo el ímpetu de quienes los empujaban por detrás y terminaron arrollados por la estampida. La ira desapareció, y el terror tomó su lugar. Gritos de pánico inundaron el predio. Matilde y Juana saltaron de la camioneta para ayudar a los niños, a las mujeres y a los hombres atrapados bajo el peso de otros.

Les tomó unos minutos a los Cascos Azules restablecer el control. Realizaron disparos al aire, levantaron a los caídos y hablaron por megáfono. No obstante, esos minutos bastaron para que varios resultaran con heridas, fracturas y contusiones, por lo que el plan de tareas de Manos Que Curan para Kibati-1, metódicamente trazado y que comenzaría con el programa de vacunación contra la meningitis, se fue al carajo. Las autoridades del campo, aún temblorosas y sudadas, los guiaron a las oficinas donde se improvisó una sala de emergencias. Matilde y Vanderhoeven se pasaron la primera parte del día suturando cortes, enyesando extremidades y estudiando golpes, mientras Juana y Julia se ocupaban de las afecciones comunes, los ingenieros enseñaban a las autoridades a canalizar las aguas muertas y a construir letrinas, y los Cascos Azules repartían galletas energéticas, que los refugiados devoraban casi sin quitarles el envoltorio.

A Matilde la pasmó que hubieran violaciones dentro del campo. Por fortuna, dos muchachas, que habían sido vejadas menos de setenta y dos horas atrás, recibieron la profilaxis posexposición con antirretrovirales y curaciones; estaban muy lastimadas. El éxito del tratamiento dependería de la constancia y de la disponibilidad de los antirretrovirales, y si bien Manos Que Curan proveía de éstos al Kibati-1, los rumores aseguraban que las autoridades del campo los utilizaban para comerciar.

«El Congo excede mi capacidad de sorpresa», se dijo Matilde cuando, cerca del mediodía, se presentaron varios con heridas de bala. ¿Desde cuándo las tenían en sus cuerpos?

—Ayer llegó un grupo de desplazados de Mutongo —le informó Derek Byrne, que había estado entrevistando a los refugiados—. Su aldea fue saqueada por los *interahamwes*, que, entre otras cosas, les dispararon con AK-47 mientras huían. Su ingreso en el campo, que ya no tenía víveres, precipitó la estampida de hoy.

Con el equipo portátil de rayos X, a cargo de Julia, determinaban la ubicación del proyectil, y en una sala de cirugía que hasta ese momento era la oficina de un contador y que habría provocado horror a un cirujano europeo, Vanderhoeven y Matilde procedían a extraerlo. Si bien había llevado a cabo esa cirugía muchas veces desde su llegada al Congo, primero en el hospital de Masisi y luego en el de Rutshuru, a Matilde le resultaba imposible habituarse a la imagen de un bebé con una bala en su cuerpecito; había realidades para las que no estaba preparada y para las que nunca lo estaría, concluyó. Los recién operados acababan en colchonetas provistas por Manos Que Curan y bajo tiendas levantadas por los Cascos Azules, con los tubos de suero fisiológico sostenidos por cañas de bambú que los soldados habían obtenido en el bosque tropical.

«Como si no bastara con todo», se quejó Matilde, «ahora llueve».

En un descanso, mientras comía bajo la supervisión de Auguste, sentada sobre unas bolsas, en una elevación del terreno, Matilde contemplaba la extensión atiborrada de chozas y de colores vistosos. El aroma de la selva llegaba en oleadas y se mezclaba con el de las letrinas y el de los cuerpos sucios por falta de agua.

—Esto parece una prisión —comentó, y Auguste notó su cansancio aun en la voz—. ¿Por qué la reja?

—Por dos razones —contestó el belga—. La primera y más importante, porque muchos de los que están acá son *interahamwes*, y temen que si los dejan ir, se unan a los que asolan la región. Ya son suficientes, ¿no crees? Y la segunda, porque si les permitieran salir, se refugiarían en la selva, donde, tarde o temprano, perecerían, ya sea por enfermedades, por la violencia o por el hambre. Estos campos de refugiados son lo mejor de lo peor.

Matilde siguió contemplando el sórdido paisaje, mientras masticaba con desgano el sándwich de pan de maíz y de pollo que les habían preparado N'Yanda y Verabey. Todavía la conmocionaba pensar en la revelación de la mujer, que ella había vivido otra vida en la que Jérôme había sido su hijo. Amélie decía que N'Yanda era vidente y curandera. Matilde no aseguraba que fuera cierto, tan sólo que N'Yanda era muy especial. Su educación cristiana le impedía lanzarse a creer lo que anhelaba: que ella había sido la madre de Jérôme en otra existencia, lo único que habría explicado el vínculo que, desde un primer momento, la unió a su muchachito.

—¿Por qué no crees en la reencarnación y en que hemos vivido varias vidas?

Se acordó de una conversación sostenida con Juana tiempo atrás, en la que su amiga le había dado un voto de confianza a la teoría de las vidas sucesivas. En esa ocasión, Matilde había sospechado que Juana, con tal de ir en contra de la doctrina de la Iglesia católica, habría apoyado cualquier pensamiento que se le opusiera.

—Piensa, Mat —la había urgido—, lo que nos dicen los curas es un disparate. Resulta ser que Dios, ¡el Dios del amor, el Dios padre!, nos lanza a este mundo fallados de fábrica (no olvides el detallito del pecado original). Bien, nos lanza a este mundo, que no es justamente un paraíso, sino que está lleno de tentaciones, violencia, pecado y males, y nos dice: «Querido hijo mío, más vale que en este valle de lágrimas te portes bien porque si no te refundo en el Infierno». —Juana ensayó un gesto de incredulidad y se llevó el índice a la sien para indicar que la teoría le parecía de locos—. ¿No es mucho más razonable y más lógico pensar que Dios nos da muchas oportunidades para mejorar y elevar nuestro espíritu?

En ese momento, Matilde quería creer porque de ese modo su amor desmesurado por un niño negro y huérfano que había conocido tan sólo dieciocho días atrás adquiría sentido. Le habría gustado que su espíritu fuera libre y que no requiriera justificaciones para sentir lo que sentía. «Eliah jamás se habría cuestionado nada», pensó. Él era la persona más libre que conocía. Bajó los párpados para buscar una fantasía que le gustaba recrear, la de ellos tres en la sala de música de la casa de la Avenida Elisée Reclus, echados en la alfombra, abrazados, mientras escuchaban la canción *Can't take my eyes off of you*. Eliah le explicaba a Jérôme: «Ésta es nuestra canción, de tu madre y mía».

Al abrir los ojos, volvió a la realidad del Kibati-1, y elevó una plegaria para agradecer que Jérôme estuviera en la misión, protegido por el amor de las religiosas, bien alimentado y cuidado. «Es tan dulce mi chiquito», pensó, «a pesar de todo lo que ha padecido». ¿Qué horrores le habría tocado vivir? Esa pregunta le quitaba la paz.

Una niña, que desde hacía rato los acechaba, se aproximó, aunque mantuvo la distancia con actitud tímida. Matilde notó que iba descalza, como la mayoría de los niños. Extendió la mano y le ofreció un sándwich, que la niña aceptó de inmediato y comió con voracidad.

—Despacio, despacio —le indicó Auguste, en swahili— o te dolerá la panza.

La niña rio, y sus trencitas enhiestas se sacudieron. Aminoró el movimiento de sus cachetes y lo comió todo, incluso se lamió la palma de la mano y la punta de los dedos. Se colocó frente a Matilde y le habló en francés.

—¿Tú eres médica? —preguntó, y Matilde asintió—. Ven —dijo, y acompañó el pedido con un ademán.

Vanderhoeven se puso en marcha detrás de ellas. Caminaron por el laberinto de chozas, sorteando charcos, intentando no resbalar en el lodo rojizo y cuidando de no cubrirse la nariz para no ofender. La niña se detuvo frente a una choza bastante alejada y más pequeña, que a Matilde confirió la idea de aislamiento. Cuando la niña levantó la lona que cubría el ingreso, comprendió por qué. El olor a orina y a heces surgió como un aliento fétido, y, de manera mecánica, ocultaron la cara tras el antebrazo. La niña entró sin aspavientos, habituada al hedor. La siguieron. Una mujer, acurrucada contra el límite de la choza, lloriqueó y dirigió unas palabras a la niña, que le contestó con una sonrisa. Matilde reconoció que hablaban en kinyarwanda, la lengua de los ruandeses.

—Ella es mi mamá. Quiere que se vayan porque huele mal, pero yo le dije que ustedes son los que van a curarla del mal olor.

—Fístula vaginal —diagnosticó Auguste, sin dudar.

Matilde se puso de cuclillas frente a ella pensando en el olor de manera racional, analizándolo desde un punto de vista médico para no huir de ese lugar hediondo y caluroso, y sonrió a la mujer, que se giró y ocultó el rostro detrás de una pieza de tela. Matilde estiró la mano, la sujetó por el mentón y, con suavidad, la obligó a mirarla.

—Nosotros podemos ayudarte. ¿Cuándo empezó esto?

La mujer lanzó un vistazo a su hija, y Matilde comprendió que no hablaría frente a ella.

—Sal, por favor —le pidió, y la niña obedeció.

—Dime. ¿Desde cuándo tienes este problema?

—Desde que cuatro soldados abusaron de mí.

—¿Aquí, en el campo?

—No, de camino hacia aquí, después de cruzar el borde con Ruanda.

«¡Señor! ¿Por qué has abandonado a esta gente?», clamó Matilde.

—¿Hace cuánto que sucedió esto?

—Cuatro años. ¿Es verdad que pueden ayudarme?

—Sí.

—El lunes —intervino Vanderhoeven—, una ambulancia vendrá a buscarte. Ellos te conducirán al hospital de Rutshuru, donde intentaremos cerrar el orificio por donde pierdes orina y heces.

—¿Y mi niña?

—También pediré un permiso de salida para ella —resolvió Auguste—. Podrá acompañarte. Dame tu nombre y el de tu hija.

Vanderhoeven extrajo una libreta y un lápiz del bolsillo trasero de su pantalón y los anotó. La mujer sonrió entre lágrimas y tomó las manos de Matilde sobre las que vertió besos.

—No, no. No hagas eso.

—¡Gracias, gracias!

—Te mandaré comida con tu hija. Veo que no tienes nada —comentó Matilde—. Y deja levantada la lona de la entrada, para que el aire se renueve.

—Otros olerán —adujo la mujer.

—Nadie olerá. Estás alejada de las otras viviendas.

Abandonaron la tienda e inspiraron grandes porciones de aire. En tanto regresaban a la sala de urgencias, comentaban sobre el caso de fístula en inglés para que la niña, que iba a la zaga, no comprendiera, aunque probablemente hubiera atestiguado la violación con apenas cinco o seis años. ¿Jérôme habría atestiguado la de su madre?

—Debió de tratarse de un ataque muy agresivo —dedujo Auguste—, con objetos como ramas y botellas; a veces usan cuchillos.

—¡Basta, por favor!

Vanderhoeven le pasó un brazo por los hombros, y Matilde no se apartó.

—Discúlpame.

—¿Por qué le dijiste que mandarías por ella el lunes? Nadie en Rutshuru podrá operarla.

—El doctor Gustafsson llegará el lunes desde Bukavu. Estará con nosotros quince días.

—¿De veras? —se entusiasmó Matilde—. ¿Por qué no me lo dijiste? Sabías cuánto ansiaba ver una cirugía de fístula. Ya no me cuentas nada, Auguste.

El médico belga se detuvo y clavó sus manos en los hombros de Matilde. Se miraron fijamente.

—Ya no pareces interesada en nuestra misión. Sólo piensas en el inglés que te visita a diario y en Jérôme.

–¡Eres injusto! He trabajo más duro que nadie, y lo sabes.

–Y si no te cuidas y duermes las horas necesarias, no le diré a Gustafsson que te permita asistirlo en una cirugía de fístula.

–¡No serías capaz!

–Sí, lo sería.

Matilde trató de zafarse, y Vanderhoeven hundió los dedos en su delgada carne. La atrajo hacia él e intentó besarla. Matilde, sin emitir sonido, apartó el rostro, y Auguste hundió la boca bajo su oreja.

–¡Doctora! –Amburgo Ferro, con la cámara de video al hombro, los interrumpió–. ¿Nos concedería unos minutos? Nos gustaría hacerle una entrevista. Será muy útil. El mundo respeta a Manos Que Curan.

–Sí –balbuceó Matilde–, sí, está bien.

Al día siguiente del altercado con Céline, el martes 12 de mayo, Al-Saud llamó por teléfono a Ezequiel Blahetter.

–*Allô?*

–Ezequiel, soy Al-Saud.

–Ah, usted. ¿Qué quiere?

–Necesito hablar con Trégart.

–No está.

–Dame el número de su celular. Es urgente.

–¿Qué ocurre?

–Ocurre que Céline está descontrolada. Tiene que ver a un psiquiatra para que la medique.

–Céline ya no es responsabilidad de Jean-Paul. Dejó de ser su agente semanas atrás.

La noticia lo tomó por sorpresa. Trégart era de los pocos a quien Céline respetaba y obedecía.

–Entonces, disculpa la molestia.

–¡Al-Saud! –exclamó Ezequiel para evitar que colgara.

–Dime.

–¿Qué sabe de Matilde y de Juana? Desde que se fueron, no he tenido noticias.

–¿Por qué tendría que saber yo de ellas? Matilde me dejó a fines de marzo, algo que, según recuerdo, te causó un profundo placer.

–Sí, es verdad –expresó Ezequiel, con acento afligido–, no debí preguntarle.

–Adiós, Blahetter.

–¿Al-Saud?

–¿Qué quieres ahora?

–¿Ha sabido algo acerca de la investigación por la muerte de mi hermano?

–De nuevo, ¿por qué tendría que saber yo al respecto?

–Matilde me dijo que usted tiene amigos en la policía.

Ezequiel oyó la exhalación de Al-Saud, como la de quien expele el hartazgo, y creyó que cortaría la llamada.

–¿Tienes para escribir?

–¿Qué? ¡Ah, sí, sí! Aquí tengo...

–Comunícate con Edmé de Florian a este número –se lo dictó– y con el inspector Olivier Dussollier a éste. –Ezequiel los repetía en tanto los anotaba–. Diles que llamas de mi parte. Ellos sabrán informarte, aunque dudo que hayan avanzado en el caso.

–Gracias, Al-Saud. –Ezequiel iba a agregar algo más, pero enmudeció ante la señal sonora que le indicaba que, finalmente, Al-Saud había colgado.

Por la noche, Al-Saud regresó a su casa después de un día complicado. Finalmente, se había declarado la anunciada guerra entre Eritrea y Etiopía, y el general Odurmán, jefe del ejército eritreo, lo reclamaba en el terreno, como también lo urgía a intermediar en la compra de armas. Por un asunto u otro, pensó, todo apuntaba a un encuentro con Gulemale. Se metió en el vestidor y buscó la maleta, que prepararía esa noche para partir temprano, al día siguiente, hacia Asmara, la capital de Eritrea.

De pie frente los estantes del vestidor, paseó la mirada por los accesorios que le había regalado a Matilde y que ella había desdeñado al abandonarlo. Permanecían en el sitio donde los había dejado. Levantó la botella del Paloma Picasso y le quitó la tapa; dudó antes de acercarlo a su nariz porque sabía lo que desencadenaría, un montón de dulces recuerdos que en esa amarga realidad no le provocarían dicha sino que volverían a hundirlo en la melancolía del principio.

Desde el abandono de Matilde, Al-Saud había pasado por tres etapas: la melancolía, la desesperación y la furia. Por esos días, se encontraba cómodo en la última fase, en la cual la ira ahogaba los lamentos de su corazón destrozado. A menudo se sorprendía recreando la imagen del beso entre Matilde y el idiota para alimentar la fuerza del odio, que lo mantenía entero. Se convencía de que se trataba de una traición, y eso atizaba su orgullo herido. No obstante, después del ataque a la OPEP, se sumergía en un ánimo inestable, que pasaba de la ira a la sensiblería con facilidad. Detestaba el desequilibrio.

Por fin, inspiró el Paloma Picasso con la voracidad de quien lo hace con una línea de cocaína. *«Júrame que sólo conmigo vas a usar este perfume. Júrame, por favor.»* *«¿Por qué quieres que sólo lo use contigo?»* *«Porque quiero que sea nuestro perfume.»* *«¿Y tú sólo vas a usar el A Men conmigo?»* *«Te lo juro. Y tú sólo el Paloma conmigo.»* *«Sí, te lo juro.»* Estiró el brazo y se sujetó al filo del estante. Echó la cabeza hacia delante, agobiado, cuando una catarata de imágenes se derrumbó sobre él. Sus oídos se colmaron de los sonidos que ellos mismos produjeron en ese vestidor la mañana en que hicieron el amor con el desenfreno nacido de las ansias que se despertaban. El de ellos no había sido un amor tranquilo sino desesperado, atormentado, desmesurado; el de él, porque siempre había sospechado que Matilde no le pertenecía por completo, que era inasible, etérea y que se desvanecía en sus manos como la bruma; el de ella, porque cargaba con el estigma de la esterilidad.

Abandonó el vestidor con la premura de quien huye de una habitación en llamas, incluso salió del dormitorio y bajó las escaleras sin saber adónde dirigirse. Terminó en su escritorio y se ubicó en la silla. Levantó la tapa de la *lap top* y consultó el correo. Sus ojos cayeron sobre un mensaje de Amburgo Ferro, y lo abrió con el desasosiego que le causaba todo lo relacionado con Matilde. En tanto repasaba las primeras fotografías, tomadas en el hospital de Rutshuru, sonó su celular. Era Ferro.

—No pudimos llamarlo ayer porque las comunicaciones estaban imposibles —se justificó el agente italiano.

—Veo a Nigel Taylor en varias de las fotos —mencionó Al-Saud.

—Sí, fue a verla al hospital todos los días.

—¿Qué puedes decirme… —Al-Saud se interrumpió al llegar a una fotografía tomada de noche, en la misión; la tonalidad verdosa revelaba que Ferro había utilizado una cámara de visión nocturna; de igual modo, la imagen era nítida, no planteaba ninguna duda: se trataba del idiota cargando a Matilde dormida.

Sus demonios se alzaron con ira renovada, y las memorias revividas en el vestidor fueron arrasadas por el fuego del odio.

—¿Jefe? —lo llamó Ferro—. ¿Sigue ahí?

—Aquí estoy —dijo con voz ronca, transformada.

—El domingo —prosiguió el agente— ocurrió algo en la misión...

—¿Qué? —lo urgió Al-Saud, al percibir que titubeaba.

—La señorita Matilde se desmayó. Se puso de pie y se desplomó en el suelo.

La noticia le cortó la respiración, y percibió una sequedad tirante en la garganta. Carraspeó. Saltaba de una emoción a otra como si entrara en un refrigerador y luego pasara a un horno.

—¿Cómo que se desmayó? —Pánico, terror, espanto de que el cáncer estuviera acechándola nuevamente—. ¡Habla, Amburgo!

—No sé más que eso. Yo estaba a mucha distancia y, con mis binoculares, la vi caer por tierra. Me alarmé porque pensé que podría tratarse de un disparo con silenciador, pero una hora y media después la vi salir de la casa de las religiosas por su propio pie. Estaba más pálida de lo normal, pero nada más.

Minutos después, Al-Saud permanecía con los codos apoyados en el escritorio y la cabeza sujeta entre las manos. «Mon Dieu, mon Dieu», repetía, no como una muletilla proferida en un instante de sorpresa sino como el clamor de una criatura vulnerable a su Creador todopoderoso. Él no sabía rezar, nunca lo hacía; había prescindido de Dios la vida entera. En ese momento de desolación, la necesidad de convocarlo había nacido de manera espontánea y natural.

—¿Qué ocurre?

Al-Saud se sobresaltó y se irguió en la silla. Su hermano Alamán lo observaba desde la puerta del escritorio.

—Matilde se desmayó el domingo —soltó, sin pensar—. Estoy muy preocupado.

Alamán sacudió los hombros y se sentó frente a su hermano.

—¿Te preocupas porque una mujer se desmaya en uno de los climas más opresivos del mundo? ¿No tomas en cuenta que están a un paso del ecuador, donde la temperatura y la humedad alcanzan registros inhumanos? ¡Se le habrá bajado la presión!

—¿Tú crees que se trate de eso?

Alamán se quedó mirándolo, pasmado ante la aflicción de Eliah. Resultaba una novedad descubrirle un lado vulnerable.

—Durante sus primeros tiempos en el Congo, Amélie vivía por el suelo.

—¿De veras? —Alamán asintió—. Sí, puede ser —acordó, después de someter la información a su juicio—. En realidad, Matilde ha estado en el Congo poco más de un mes. No es tiempo suficiente para habituarse a un clima tan extremo.

—Por supuesto —ratificó Alamán—. Cambia esa cara. ¿Qué pensaste? ¿Por qué un simple desmayo de Matilde te puso así?

—Pensé... —No toleraba pronunciar la palabra cáncer; aunque le costara admitirlo, le temía con un recelo supersticioso. Sacudió la mano y se puso de pie–. Nada, nada. Olvídalo.

Sin abandonar la silla, Alamán se giró y le preguntó:

–Victoire me llamó esta tarde y me pasó tu mensaje. ¿Qué es eso de que partimos mañana para Eritrea?

–Hace unos días, se declaró la guerra entre Eritrea y Etiopía, y tengo intereses allá.

–¿Con cuál de las partes?

–Eritrea. Necesito que me acompañes para que asesores en materia de guerra electrónica al general Odurmán, el jefe del ejército. Es necesario que le expliques cómo impedir que el enemigo utilice el espectro electromagnético. Siento haberte avisado con tan poco tiempo, pero Odurmán me llamó hoy a la Mercure y me presionó para que fuera. De allí, seguiremos hacia el Congo.

–¿Cuáles son tus intereses en Eritrea? ¿Tienes un comando?

–Dingo y Axel estuvieron entrenando al ejército tiempo atrás. Ahora tenemos a un grupo de hombres al sur de Eritrea, adiestrando a unos guerrilleros sudaneses que se proponen derrocar al régimen de Jartum y que el gobierno eritreo apoya. Lo que Odurmán quiere ahora es asesoramiento para comprar armas y tecnología de guerra y, por supuesto, el contacto para hacerlo.

Cerca de las diez de la noche, Al-Saud se preparó para enfrentar la última obligación antes de partir hacia el África al día siguiente. Marcó el teléfono de Céline y, tras varias llamadas y a punto de colgar, en cierta forma aliviado, la modelo levantó el auricular y habló con una voz pastosa que reflejaba su estado de intoxicación.

–Céline, soy yo. Eliah.

–¡Mi amor! –gritó–. ¡No me dejes, Eliah! ¡No me abandones! ¡Perdóname! ¡Nunca quise hacerte daño! Anoche estaba como loca.

–Está bien, cálmate. Te llamo porque quiero pedirte un favor.

–¡Lo que quieras!

–Quiero que mañana visites a un médico.

–¿Un médico? ¿Qué clase de médico?

–Un psiquiatra.

–¡Yo no estoy loca!

–Los psiquiatras no sólo se ocupan de los locos, Céline. La gente normal como nosotros también necesita de ellos cuando las situaciones nos desbordan. Supe que Trégart no es más tu agente.

–Ese hijo de puta…

–¿Me harás ese favor e irás al médico? El doctor Brieger es uno de los mejores psiquiatras de París. Te atenderá mañana. Mi chofer,

Medes, irá por ti a las dos de la tarde, y Victoire y Thérèse te acompañarán.

Esa mañana, Al-Saud había sostenido una larga conversación telefónica con el doctor Brieger, el psiquiatra de Leila, al cual le había referido el encuentro con Céline de la noche anterior, la reacción desmesurada de la mujer y la amenaza de atentar contra Matilde. A pesar de que la primera cita era para finales de junio, el médico aceptó recibirla entre un paciente y otro al día siguiente, dadas la urgencia y la potencial peligrosidad del caso. Al-Saud le indicó que cobrara la consulta a Thérèse, su secretaria, quien acompañaría a Céline.

—¿Irás? ¿Te prepararás mañana a las dos de la tarde? —le preguntó Al-Saud, con un deliberado tono amistoso.

—No quiero ir a un médico para locos, Eliah. No estoy loca —sollozó.

—No estás loca, Céline, pero sí muy alterada. Permite que otros te ayudemos. A veces no podemos enfrentar los problemas solos.

—Tú sí. Tú puedes enfrentar todo solo, no necesitas de nadie.

«Necesito a Matilde desesperadamente.»

—Te equivocas. Yo tampoco puedo con todo. Muchas veces busco el apoyo de mis amigos. Y yo soy tu amigo, quiero ayudarte.

—Yo no quiero que seamos amigos sino amantes.

—Por ahora, te ofrezco mi amistad. Más adelante, veremos —la persuadió—, dependerá de ti. Pero si te niegas a entrevistarte con el doctor Brieger y si te niegas a hacer lo que él te indique, me perderás como amigo, y para siempre. Te lo juro, Céline.

El silencio se prolongó en la línea por más de un minuto. Al no percibir ningún sonido del otro lado, Al-Saud temió que Céline se hubiera dormido.

—Está bien —la escuchó pronunciar, y dejó caer los párpados a causa del alivio que experimentó—. Mañana iré a ver a tu psiquiatra.

—A las dos —le recordó Al-Saud.

—Me emociona que te preocupes por mí, mi amor.

«No lo hago por ti sino por tu hermana, para protegerla de tu locura.»

~·؋·~

Debido a la situación caótica hallada en el Kibati-1, Jean-Marie Fournier ordenó que permaneciesen el miércoles también, sobre todo para realizar el seguimiento de los recién operados y para completar el plan de vacunación contra la meningitis, por lo que el programa cambió; irían a Kiwanja el jueves, a Kanyabayonga el viernes, y destinarían sólo el sábado y el domingo para la Misión San Carlos, lo cual decepcionó a Matilde. No obstante, el viaje tenía sus compensaciones y, día a día, a pesar de ver situaciones injustas y crueles, su labor rendía frutos y les daba satisfacciones, como la sonrisa de los niños o la de las mujeres con fístulas a quienes les prometían una posibilidad de cura.

Vanderhoeven se había disculpado con Matilde esa misma noche e, impulsado por dos vasos de vino de palma, se atrevió a confesarle que la amaba y que estaba celoso.

—Me enamoré de ti apenas te conocí en París, pero no hice ningún avance porque estabas saliendo con el tipo del Aston Martin.

—Aunque haya roto con Eliah —habló Matilde—, sigo enamorada de él. No sería justa contigo si aceptara iniciar una relación.

Vanderhoeven asintió, con la mirada apartada. Se puso de pie con cierta dificultad y se metió en la carpa que compartía con Fournier y con los ingenieros.

Tanto en Kiwanja como en Kanyabayonga, no hallaron heridos de bala, aunque sí los cuadros típicos de desnutrición, de malaria, de tripanosomiasis, de tuberculosis y demás enfermedades que se elevaban sobre la población como dragones de siete cabezas imposibles de vencer. Esas patologías se volvían enemigos poderosos cuando se combinaban con el VIH. Se preocuparon al encontrar cinco casos de cólera, por lo que los soldados de la ONU repartieron pastillas de permanganato de potasio para la purificación del agua e hicieron hincapié en que debían hervirla una vez que las pastillas se terminaran.

—¿Con qué hacen fuego para calentar el agua? —preguntó Julia.

—Con madera hacen carbón —informó el jefe de los Cascos Azules—, que después usan para cocinar y calentar agua. Por eso los parques nacionales están tan diezmados. Porque los desplazados se refugian ahí y tiran abajo los árboles para prender fogatas. ¡Imagínense! Madera de caoba para calentar agua.

—Prefiero que usen caoba a que beban agua del río o de las lagunas sin purificar —espetó Juana.

—Si ésta es la situación ahora, con tantas enfermedades y epidemias, ¿cómo sería si llegara a declararse la guerra? —La pregunta de Matilde, que parecía retórica, fue respondida por el jefe de los Cascos Azules.

—Sería un genocidio. En mi experiencia, estas guerras en países del Tercer Mundo no se ganan con balas sino con enfermedades, y no hablo de armas biológicas sino de desidia, de brutalidad, de olvido y de marginalidad.

El viernes por la noche, Matilde y Juana habían pesado, medido y auscultado a tantos niños desnutridos y enfermos, con moscas revoloteando en las mucosas y sin fuerza para sostener la cabeza, que tenían el ánimo por el piso. Ambas los comparaban con los judíos del Holocausto, literalmente piel y hueso. Por eso, cuando a la mañana siguiente estacionaron las camionetas en la Misión San Carlos, Matilde rio de dicha al avistar a Jérôme que corría hacia ella, sano, limpio y bien cuidado. Tenía un regalo para él, una cajita de madera de okumé, que le había comprado a un artesano de Kiwanja.

—¿Para qué la usarás? —le preguntó Matilde, y le guiñó un ojo. Soltó una carcajada cuando Jérôme intentó imitarla, sin éxito, y en cambio ensayó un gesto en el que apretó ambos ojos y frunció la nariz. Matilde se acuclilló, lo abrazó y lo besó varias veces en el cachete—. Dime, tesoro mío, ¿qué guardarás en la cajita?

—¡Tu mechón de pelo! —respondió, con el aire exasperado de quien juzga estúpida la pregunta.

◡ ✄ ◡

El Gulfstream V partió de Asmara, capital de Eritrea, y después de un vuelo de cuatro horas sin inconvenientes, aterrizó en el aeropuerto de Kinshasa. Eran las dos de la tarde del sábado 16 de mayo, y en la pista los esperaba un Citroën XM con el secretario privado del ministro de Defensa, el general Joseph Kabila, ubicado en la parte trasera. El chofer cargó el equipaje en la cajuela, mientras Eliah y Alamán se acomodaban en la parte trasera y apretaban la mano extendida del congoleño sonriente, que les anunció que se alojarían en la casa de la familia Kabila.

Joseph los esperaba en las escalinatas de ingreso a la mansión ubicada en el mejor barrio de la ciudad, el de las sedes diplomáticas, inmersa en un entorno de naturaleza exuberante, con palmeras, hibiscos y magnolias que adornaban el camino de adoquines. Al-Saud descendió del Citroën y se fundió en un abrazo con su amigo. Hacía tiempo que no se veían y se inspiraban admiración y afecto. Joseph Kabila era, sin duda, un hutu, de piel muy oscura y lustrosa, de altura media, cabeza rasurada y cuerpo fornido, aunque en algunos círculos políticos se murmuraba que su madre, de quien no se sabía nada a ciencia cierta, había sido tutsi, y lo remarcaban porque sus rasgos eran más refinados que los de su padre, sobre todo se notaba en la forma del cráneo, de la nariz, afilada y angosta, y de los labios, menos voluptuosos, si bien se abstenían de mencionarlo abiertamente para evitar la ira del presidente Kabila. Por esos días, las relaciones con los tutsis de Ruanda no se hallaban en los mejores términos.

—Te has dejado el bigote —notó Eliah—. Has hecho bien. Ya no luces como el niño que llegó a la Isla de Fergusson en el 96. ¿Cuántos años tenías?

—No había cumplido veinticinco.

—¡Y ahora con veintisiete ya eres general y ministro!

—No lo merezco —expresó, con sinceridad, y en ese aspecto, el de la humildad y la mesura, también se distinguía de su padre.

—Te presento a mi hermano Alamán.

—¿Él es el genio de la electrónica?

—El mismo.

Después de los saludos, Kabila los urgió a entrar para disfrutar del aire acondicionado. En la sala, los esperaba una bandeja con jugos de frutas tropicales y entremeses.

—Almorzaremos cuando llegue mi padre. Está ansioso por verte.

Kabila se interesó por conocer la suerte de sus compañeros, los que había conocido durante el adiestramiento de seis meses en Papúa-Nueva Guinea.

—Y el coronel McAllen —prosiguió Al-Saud— liderará el grupo que custodiará la mina de coltán.

—Es el hombre ideal. Pocos conocen los trucos de la selva como él. Pocos conocen la guerra de guerrillas como él. Su experiencia con el Vietcong será muy valiosa en este caso. Pero, ¿y tú? ¿No lo comandarás tú?

—Lo comandaré durante el asalto. Después será responsabilidad de McAllen, aunque permaneceré en el terreno. Joseph, ¿qué posibilidades hay de que se haya filtrado la ubicación de la mina de coltán que explotará Zeevi?

La expresión de Kabila, que levantó los párpados y estiró los labios, mientras se acomodaba en el sillón, bastó para contestar la pregunta: las posibilidades eran muchas.

—Tomamos precauciones —aseguró—, pero a veces tengo la impresión de que no hay palabra que exprese que no termine siendo escuchada por los oídos del enemigo.

—¿Hacen limpieza diaria de micrófonos y de cámaras ocultas? —se interesó Alamán.

—No.

—Es fundamental hacerlo. Lo mismo que colocar contramedidas electrónicas.

—¿Es muy costoso?

—Sí, es costoso, sobre todo si empleas tecnología de primera línea, que es la que yo prefiero, obviamente.

—¿Podrías prepararnos un presupuesto?

—Cuenta con ello.

Joseph Kabila se volteó a Eliah para preguntarle:

—¿Cuándo iniciarás la operación?

—Todo depende de una reunión que sostendré en dos días con *Madame* Gulemale.

—No la menciones frente a mi padre —sugirió Kabila.

Como si lo hubiera convocado, se oyó el vozarrón del presidente, quien, desde la puerta, preguntó: «¿Dónde está mi viejo camarada de armas?» para referirse a Eliah, que exactamente un año atrás, el 16 de mayo de 1997, había guiado un comando de la Mercure que allanó el camino del ejército de Kabila en su viaje hacia Kinshasa, el último bastión de Mobutu Sese Seko. Cientos de cadáveres habían quedado al paso de su equipo, todos soldados aún fieles al anterior presidente.

—*Mzee* Kabila —dijo Al-Saud al verlo aparecer, y se puso de pie—, es obvio que la presidencia del Congo le sienta muy bien.

Kabila soltó una risotada desde el umbral de la sala.

—¡Lo has hecho a propósito, muchacho! —exclamó, con los brazos abiertos—. ¡Has venido a festejar mi primer año en el poder! ¿A que sí?

Al-Saud caminó con una sonrisa cómplice hacia el encuentro del primer mandatario de la República Democrática del Congo. Alamán, de pie a unos metros, observaba al hombre bastante más bajo que su hermano aunque notoriamente más ancho, que lo mantenía prisionero entre sus brazos. «¡Qué poco debe de gustarte ese manoseo, hermano mío!», pensó, y sonrió con sarcasmo. Al reparar en la cabeza del presidente, Alamán se preguntó: «¿Qué apodo le pondría Juana? Bola de boliche», se respondió.

Durante el almuerzo, el presidente Kabila devoraba el estofado con la pasión que encaraba cualquier actividad, y resultaba asombroso que no se atragantara, porque hablaba, gesticulaba y vociferaba al mismo tiempo. Joseph sacudía la cabeza con una sonrisa que revelaba la paciencia que debía conjurar cuando de su padre se trataba.

—¿Así que tu madre es argentina? —se sorprendió el presidente—. Yo conocí a un argentino treinta años atrás. ¡El mítico Che Guevara! Peleamos juntos por la revolución. ¡El año pasado, contigo y con tus hombres me habría bastado, Eliah! —explotó, sin preaviso—. ¡No habría necesitado a esas cucarachas ruandesas y ugandesas! ¡Mira en qué aprieto me encuentro ahora! Con sus funcionarios campando en mi gobierno y sus ejércitos paseándose por mi territorio. ¡Quieren quedarse con la parte oriental! ¿Crees que no sé que planean anexar las Kivus a sus territorios?

—Expúlselos —aconsejó Al-Saud.

–Eso desembocaría en una guerra, y no sé si es el momento para volver al combate. Hace apenas un año que colgué el fusil.

–Todo dependerá de los aliados que pueda ganar a su causa.

–¡Otra vez aliados! –se quejó el presidente.

–Son un mal necesario –admitió Al-Saud–. Hay que elegirlos con cuidado y saber qué ofrecerles.

–Lo que me recuerda –intervino Joseph– que tú y yo debemos hablar de las brigadas que precisarás durante el tiempo que dure la explotación de la mina.

–La toma la realizaré sólo con mis hombres. Luego de fijar el perímetro, necesitaré de los tuyos para las rondas y las custodias. Es un predio demasiado extenso por más que contemos con radares y tecnología de última generación. ¿Cuántos soldados estás dispuesto a cederme?

–Pocos, a decir verdad –confesó Joseph–. Solicitaremos el apoyo de los mai-mai. Ellos conocen esa región como la palma de su mano. Y por dinero, harán cualquier cosa, lo que les pidas y mucho mejor que el ejército.

–¿Cuánto dinero? –quiso saber Eliah, y se preparó para realizar una cuenta rápida que le permitiera confirmar si la rentabilidad de la Mercure seguía garantizada.

~: ⚜ :~

No pudieron abandonar Kinshasa antes del lunes porque el domingo 17 de mayo se vieron obligados a participar de los festejos por el primer aniversario de la entrada triunfal de *Mzee* Kabila en la capital. A Eliah lo apremiaba llegar al Congo oriental y entrevistarse con *Madame* Gulemale, aunque la ansiedad que experimentaba mientras piloteaba el Gulfstream V hacia el aeropuerto de Goma no se relacionaba con los negocios. Su corazón se aceleraba porque el avión lo conducía cada vez más cerca de Matilde, y, mientras intentaba alejarse de una zona de turbulencias, su espíritu se sumergía en una vorágine de sentimientos confusos y poderosos que profundizaban el desequilibrio que lo tenía asolado desde hacía semanas. Ni siquiera las disciplinas respiratorias y los momentos de meditación que su *sensei* le había enseñado durante años estaban resultando efectivos para volverlo a su centro.

El Gulfstream V aterrizó y aguardó unos veinte minutos en el final de pista hasta que lo autorizaron para transitar por la única calle de rodaje que conducía al hangar.

–Bienvenidos al África –expresó el capitán Paloméro, irónico y sin entusiasmo–. Ni en Heathrow, uno de los aeropuertos con más tráfico del mundo, nos harían esperar tanto. ¡Y con la renta diaria que nos cobran por estacionar aquí!

La tripulación abordó un vehículo que los conduciría al único hotel decente de la capital de Kivu Norte, con las recomendaciones necesarias para transcurrir una temporada en una zona selvática y abandonarla sin malaria ni enfermedad del sueño ni sida. A los hermanos Al-Saud los esperaba un helicóptero AS365 Dauphin, propiedad de *Madame* Gulemale, con los rotores encendidos, listo para despegar.

—*Mon Dieu!* —se quejó Alamán—. Esto es un baño turco.

—Y hoy está más fresco que ayer —comentó uno de los pilotos.

Eliah guardaba silencio y estudiaba el entorno que se desplegaba a cinco mil metros por debajo del helicóptero como una alfombra verde, salpicada por grandes lagos. El espectáculo de las montañas Virunga, una sucesión de volcanes en la Falla Albertina del Gran Valle del Rift, lo mantuvo concentrado lo que duró el viaje hasta la propiedad de Gulemale. «En esa selva», meditó, «será muy fácil esconderse, pero también caer en una emboscada».

Percibió el momento en que el piloto iniciaba el lento descenso, y avistó segundos después una piscina enorme entre palmeras y una vegetación abundante aunque cuidada. El Dauphin aterrizó en una loma alejada de la casa principal, de la cual los hermanos Al-Saud habían obtenido un vistazo antes del aterrizaje.

Tres nativos, que, por su uniforme de saco azul y bermudas grises, resultaba obvio que formaban parte del servicio doméstico, caminaban detrás de Frédéric, el asistente de Gulemale. Eliah saltó del helicóptero y, al verlo, se quitó los Ray Ban Clipper y frunció el seño. Frédéric, que se aproximaba en ojotas y un minúsculo traje de baño, le sonrió y caminó los últimos pasos con la mano extendida, que Al-Saud contempló con desprecio y no aceptó.

—Bienvenidos al oasis de Gulemale —expresó Frédéric, con simpatía, como si la grosería de Al-Saud no hubiera tenido lugar. Levantó la cámara fotográfica que llevaba al cuello y apretó el disparador.

—¿Qué haces? —lo increpó Al-Saud.

—Los fotografío. ¿No es obvio? Soy muy bueno.

—No vuelvas a fotografiarnos —ordenó, con gesto y voz amenazadores—. Y ahora, dame el rollo.

—Okey —se resignó Frédéric, y, después de maniobrar con la cámara, sacó el rollo y se lo entregó. Al-Saud extendió la película para velarla.

—Había buenas fotografías en ese celuloide. Qué pena —dijo, con una sonrisa triste—. Gulemale está ansiosa por verte, Eliah. ¿Me presentas a tu compañero? Aunque por el parecido podría apostar a que son hermanos.

Alamán extendió la mano y se presentó.

—Al igual que hoy, Eliah y yo no tuvimos un buen comienzo tiempo atrás en Londres —explicó Frédéric, ya de camino a la mansión— y temo que la culpa haya sido mía por invitar a bailar a su mujer en Ministry of Sound.

—¿Invitaste a bailar a Matilde? —Alamán sacudió la mano y silbó—. Eso sí que fue temerario.

—En ese momento, no era consciente de estar metiendo la mano en la boca del león. Después, Gulemale me iluminó un poco al describirme los talentos de tu hermano.

Alamán carcajeó, y Eliah soltó un bufido. A unos metros, emplazada en una elevación cubierta por césped, se hallaba la piscina, rodeada por sillas y sillones de jardín blancos con cojines rojos y por sombrillas bajo las cuales había mesas con bandejas llenas de frutas tropicales y vasos con bebidas de diversos colores. Dos nativas, con un uniforme similar al de los hombres que se habían hecho cargo del equipaje, se inclinaban sobre las mesas para reponer comida y quitar vasos vacíos. Podría haberse tratado del entorno de cualquier mansión de Niza, meditó Al-Saud. A unos metros, disimulados en la espesura de las plantas, descubrió a dos africanos de aspecto fornido, con fusiles M-16 en bandolera, que los estudiaban con expresiones poco amistosas.

Gulemale se incorporó de una *chaise longue*, giró la cabeza y le imprimió un aire de picardía a su rostro al encontrar la mirada de Eliah. Se puso de pie, se ató un pareo de colores vivos a la cintura y se puso unas sandalias. Caminó hacia ellos desplegando una sonrisa amplia, de dientes extremadamente blancos, de esa blancura antinatural que se obtiene con químicos. Sus senos se zangoloteaban bajo la bikini blanca. «Tiene el cuerpo de una mujer de veinte años», apreció Al-Saud, como también que la mujer no sudaba, a diferencia de su hermano y de él, que estaban empapados.

—¡Esta maravilla de ojos verdes como el jade debe de ser tu hermano Alamán! —exclamó la anfitriona, y se cubrió los ojos con histrionismo—. ¡Tanta belleza junta es como mirar al sol de frente! —Abrazó a Eliah y le plantó un ruidoso beso en los labios—. Te he extrañado muchísimo, amor mío. —Extendió la mano hacia Alamán y, en lugar de apretar la que le ofrecía, le acarició el dorso—. Bienvenido, Alamán.

—*Enchanté de faire votre connaissance, Madame* Gulemale.

—¡Tutéame, cariño! Creo que nos divertiremos todos juntos —afirmó, y paseó la mirada por los tres hombres jóvenes y esculturales que la circundaban.

—Yo también lo creo —opinó Alamán.

Otro invitado, que había permanecido apartado, se acercó a una seña de Gulemale.

—Eliah, Alamán, les presento a un querido amigo, Hansen Bridger.

Aunque nunca lo había visto, Al-Saud supo a quién tenía enfrente, al hermano del traficante sudafricano Alan Bridger, muerto en una explosión poco más de un mes atrás. Se rumoreaba que había decidido continuar con el negocio de su hermano, aprovechando la red de conexiones en Oriente Medio. Si Gulemale lo había invitado, tenía *in mente* una compra de armas, porque a juzgar por el aspecto del sudafricano —chaparro, panzón y rojo—, Al-Saud dudaba de que planeara llevárselo a la cama, a menos que con eso obtuviera una ventaja económica.

En media hora, los hermanos Al-Saud ya habían ocupado sus habitaciones —la de Eliah junto a la de Gulemale, según le informó la propia anfitriona— y se zambullían en la piscina. Gulemale, desde su trono en la orilla, los alentaba mientras los cuatro jugaban al volibol. Decidieron almorzar en el comedor, al amparo del aire acondicionado, porque la temperatura y la densidad del aire habían escalado a registros intolerables. Con la excusa de cambiarse antes de sentarse a la mesa, Eliah aprovechó para estudiar la distribución de la casa, la cual presentaba una sola planta de más de mil metros cuadrados. También se ocupó de ubicar las medidas de seguridad. Desde el helicóptero, había avistado el perímetro de la mansión, cercado por un muro alto coronado de alambre de púas, probablemente electrificado y conectado a una alarma. En el interior, descubrió el mismo sistema de cámaras infrarrojas de su casa de la Avenida Elisée Reclus, incluso de la misma marca, y se acordó de que él se la había recomendado a Gulemale. No dudaba de que, en esa caseta ubicada a varios metros de la casa principal, tres o cuatro hombres monitoreaban los movimientos de la parte exterior e interior de la propiedad, como también escuchaban los diálogos.

Por la tarde, los ánimos se aplacaron y ya nadie jugó al volibol sino que descansaron bajo las sombrillas y sorbieron jugos frutales con la postura lánguida que imponía el clima tropical. Cada tanto, cuando el sudor los empapaba, se daban un chapuzón para volver enseguida a la sombra. Después de una cena opípara y agotados a causa de las altas temperaturas y del ejercicio en el agua, los invitados fueron retirándose. Al-Saud notó que Gulemale había empezado a beber temprano; para la cena ya estaba muy vivaracha. Se trasladaron a la sala y se ubicaron en un sillón de varios cuerpos, donde la mujer jugueteó con la oreja de Eliah y con el pelo de sus sienes.

—¿Qué hace aquí el hermano de Alan Bridger?

—Ah, conocías a Alan. ¿Supiste que murió hace un mes, más o menos?

—Lo leí en el periódico. ¿Piensas comprarle armas?

—Oh, no, no. Está acá porque en unos días llegará un amigo a quien le haré el favor de presentárselo. Eso es todo. En tanto, disfruto de su compañía. Su atractivo, como habrás visto, reside en su carácter agradable y en su cultura. —Acercó la boca al oído de Al-Saud y le susurró—: Al fin te tengo en mis dominios.

—¿Planeas secuestrarme?

—¿Y terminar como los terroristas en Viena? No, gracias. —Al-Saud soltó una corta carcajada—. Me robas el aliento cada vez que te veo, pero cuando ríes, me pregunto si existe alguien más hermoso que tú —dijo, con la voz pesada de excitación y de alcohol.

Al-Saud giró la cabeza y estudió el rostro de Gulemale, de párpados entrecerrados y labios suaves y voluptuosos.

—Tú también eres hermosa, Gulemale. Pocas mujeres te harían sombra —dijo, con sinceridad, en tanto percibía la reacción de su cuerpo ante el estímulo de las manos de Gulemale después de tantas semanas de abstinencia sexual.

—¿Verdad? Pocas me harían sombra. Tu Matilde y sólo un puñado más.

La mención de Matilde enfrió la excitación. Al-Saud sujetó la muñeca de Gulemale y le retiró la mano del cierre. La mujer sonrió, con un aire entre irónico y paciente, y devolvió las manos a las orejas y al cabello de Al-Saud.

—Sé por qué estás aquí, en el Congo.

—Porque me invitaste.

—¿Verdad? —Gulemale chasqueó la lengua varias veces para contradecirlo—. Estás acá por dos razoncs: la menos importante, por tu contrato con el israelí Zeevi; la más importante, por Matilde. Eliah, sé que ella está acá. Sé también que trabaja para Manos Que Curan en Masisi.

Al-Saud congeló la expresión en un punto frente a él. En la tensión de su mandíbula, las caricias de Gulemale dejaron de ser un contacto agradable para volverse fastidiosas. Se preguntó, una vez más, quién sería el informante de esa exótica e inextricable congoleña. La imprecisión acerca de la ubicación de Matilde no importaba.

—También sé —prosiguió, y le pasó la lengua por la hendidura del mentón— que hace mucho tiempo que no estás con una mujer. ¿Verdad?

—Verdad —ratificó Al-Saud, y cerró los puños cuando la punta de la lengua de Gulemale con sabor a coñac le separó los labios. Apartó la cara para preguntar—: ¿Cómo te has enterado de que Matilde está en el Congo?

—*Chéri*, tengo mis contactos.

—¿A quién le interesaría saber que Matilde está en el Congo? —Las presunciones de Al-Saud se dispararon. ¿Se trataría de Udo Jürkens o del Mossad, que seguía la pista de su padre?

—Oh, a nadie de importancia —intentó calmarlo la mujer—. Resulta ser que me enteré de casualidad. Bésame, Eliah, ya no aguanto más tu indiferencia. ¿Crees que Matilde vale tanta fidelidad? Esa niña no valora al hombre que tiene. ¿Acaso si fueras mío te abandonaría para venir a este sitio a cuidar a unos negros apestados? ¡Jamás! Me ocuparía de tenerte en la cama la mayor parte del tiempo.

El perfume de Gulemale, Paloma Picasso, lo embriagaba y le traía recuerdos de Matilde, de la noche en Ministry of Sound, del beso abrasador que habían compartido, de la felicidad experimentada. La voz de Sade, que interpretaba *Your love is king*, se filtraba por los resquicios de su cordura obnubilada y los sellaba, dejándolo a oscuras, sumido en un deseo espeso y caliente como alquitrán derretido. Una onda le surcaba la piel hasta explotar en sus terminaciones nerviosas. Recostó a Gulemale sobre el sillón y la besó con desesperación. Quería volver a sentir. El abandono de Matilde y su posterior traición con el idiota le habían arrebatado la pasión por la vida. Él, movido por esa energía propia del Caballo de Fuego, había seguido adelante. Sin embargo, sus gestos eran artificiales e inertes, casi grotescos, en la máscara de dureza a la que había echado mano para esconder la humillación y salvar el orgullo. Por dentro, la tristeza se incrustaba en su corazón y lo lastimaba.

—Sí, tócame —lo incitó Gulemale—. ¿Ves? Estoy húmeda por tu causa. Estoy así desde que te vi bajar del helicóptero. Te deseo, Eliah. Te he extrañado tanto. Y a él también —añadió, y deslizó la mano hasta dar con la dureza bajo el pantalón. Al-Saud expulsó el aire que retenía en los pulmones.

Con un movimiento ágil, Gulemale se ubicó entre sus piernas y le bajó el cierre. Observó con codicia el pene oscuro, hinchado y erecto antes de engullirlo y succionarlo con una habilidad que, Al-Saud admitía, pocas mujeres poseían. Pensó en Matilde, en su impericia, y la imaginó mientras lo tomaba en su boca, y sus labios resbalaban sobre la carne tumefacta de su falo. Inútilmente intentó borrar las imágenes, porque otras lo asaltaban, como la de Matilde en el orgasmo. Sus clamores de placer al eyacular en la boca de Gulemale no lograron acallar los de Matilde en su mente.

Gulemale se ubicó encima de él para obtener su recompensa cuando el timbre del teléfono se mezcló con *Smooth operator* y la sobresaltó.

—*Merde!* —insultó la mujer—. ¿Quién será a esta hora? —No obstante, al consultar su reloj Chopard, cayó en la cuenta de que no era tan tarde, sólo las nueve y media.

Frédéric se marchó sigilosamente al oír los pasos de una de las sirvientas que se aproximaba con el teléfono inalámbrico para entregárselo a Gulemale. Una vez en su dormitorio, miró la cámara fotográfica y sonrió. Una revista porno le habría pagado buen dinero por la sesión que acababa de tomar.

—¿Quién es? —preguntó Gulemale de mal modo a la empleada, en tanto regresaba a su sitio el mechón rubio y se limpiaba las comisuras con el índice y el pulgar.

—El señor Bergman.

—Ah, sí. Contestaré en mi despacho. Enseguida vuelvo, cariño.

Aunque asintió y sonrió, el interior de Al-Saud se había vuelto de hielo. ¿Bergman? Él conocía a un Ariel Bergman, el jefe del Mossad en Europa. Sus alarmas se dispararon. Se deslizó de puntitas por el piso de mármol, y sus tenis Hogan no levantaron un sonido. Se detuvo frente a la puerta del estudio, evitando la cámara infrarroja apostada en el cielo raso, y apoyó el oído sobre la placa de madera, que, por fortuna, no era maciza. Escuchaba retazos de la conversación.

—Sí, sí, estará aquí en menos de una semana. Sé lo de... —Gulemale subía y bajaba los decibeles—. Al-Abiyia dijo que...

«Al-Abiyia», recordó Al-Saud. «El socio de Aldo Martínez Olazábal.» ¿Por qué hablaba Gulemale con un *katsa* del Mossad acerca del socio de Martínez Olazábal? ¿Qué tenía que ver la presencia del hermano de Alan Bridger en todo esto? ¿A quién se habría referido Gulemale cuando le aseguró que Hansen Bridger se hallaba en su mansión porque en uno o dos días se lo presentaría a un amigo?

—...no será buen momento. La casa estará llena de gente. —Gulemale bajó el tono al percatarse de que casi gritaba—. No seré responsable si las cosas salen mal —añadió, en voz baja y acento enojado.

Al-Saud regresó a la sala al entender que la conversación estaba por terminar. Se tiró en el sillón y simuló dormir. Gulemale se inclinó sobre él y le acarició la frente.

—Hey, Eliah —susurró, y Al-Saud, sin levantar los párpados, gruñó—. Lo siento, cariño. Tenía que atender, era importante.

—Está bien —balbuceó, siempre con los ojos cerrados.

—¿Estás muy cansado?

—Destruido —confirmó.

—Seré benevolente y te dejaré en paz. Mañana me lo cobraré con creces.

Sin embargo, temprano al día siguiente, Al-Saud le pidió prestado un vehículo para viajar a Goma.

—¿Para qué quieres ir a Goma? No irás a Masisi, a ver a Matilde, ¿verdad? —El hombre no contestó—. Esto no es París, Eliah. Ahí fuera es peligroso.

Al-Saud rio con sarcasmo e insistió en que le prestase uno de los vehículos.

—¡Por favor, Gulemale! No tengo todo el día. No me hagas perder el tiempo.

—¿Para qué quieres un automóvil? —insistió la mujer.

—Para visitar a unos amigos en Goma —mintió.

—¿Amigos en Goma? —Ante los ojos en blanco de Al-Saud y el soplido de hastío, cedió—. Está bien, está bien. Le pediré a Saure que los lleve adonde quieran.

—Nada de Saure —se opuso Eliah—. Iremos por nuestra cuenta. Ahora, ¿vas a prestarme el automóvil o no?

—¡Eres insufrible!

—Y no quiero que te preocupes si no regresamos esta noche —exigió, y la besó ligeramente en los labios—. ¿Trajiste el mapa y la brújula digital? —le preguntó a Alamán apenas se acomodó al volante de una Pick-Up Chevrolet C10 con cabina doble.

—Aquí tengo todo. Déjame colocar este perturbador electrónico. Si el vehículo tiene instalado algún sistema de seguimiento satelital, la señal electromagnética que emite este aparato la perturbará y no podrán localizarnos.

No resultó difícil llegar a Rutshuru. A los lados del camino se extendía una hilera infinita de desplazados que abandonaban sus aldeas, toda gente mansa y pobre. No se toparon con ninguna facción armada. Hallaron la pensión donde se hospedaban Byrne y Ferro cerca de las nueve de la mañana.

—¿Quién es? —preguntó Derek en francés, al oír los golpeteos en la puerta.

—Al-Saud.

—¡Jefe! —se sorprendió Derek Byrne, y los invitó a entrar—. Si me hubiera topado con Marilyn Monroe, no me habría sorprendido tanto.

—Pero estarías más feliz de verla a ella que a nosotros —apuntó Alamán.

Al-Saud estudió la covacha donde se hospedaban sus hombres, una habitación de unos nueve metros cuadrados, con la pintura despostillada, el cielo raso con manchas de humedad, un lavabo manchado con óxido y pésima iluminación.

—Es lo mejor que pudimos encontrar —se disculpó Byrne, al ver la cara de Eliah—. Pero está cerca del hospital y de camino a la casa de Manos Que Curan.

Sobre la única mesa de la habitación, había un monitor del que emergían voces familiares; estaba conectado a una cámara de video. Al-Saud rodeó la mesa y se ubicó frente a la pantalla; Alamán y Byrne se situaron a los costados. Eliah, con los pulgares enganchados en la cintura de los jeans, permaneció congelado frente a la imagen de Matilde, que, cubierta por su bata blanca con el logo de Manos Que Curan, guantes de látex y un cubrebocas, suturaba el párpado de una niña, la cual había estado llorando, eso resultaba claro por sus mejillas empapadas y sus pestañas aglutinadas, si bien en ese instante sonreía.

—Nunca he visto a una niña tan valiente como tú —la lisonjeó Matilde al tiempo que clavaba la aguja curva y pasaba el hilo negro—. Porque hasta los viejos lloran cuando les coso aquí, en el párpado. En cambio tú, Ramila, ni siquiera te quejas. Ramila —volvió a decir—. ¡Qué hermoso nombre! Tan hermoso como tú. ¿Sabes que eres *muy* bonita?

—¿Como usted? —preguntó la niña.

—¡Mucho más!

Alamán rio sin fuerza, más bien se trató de una sonrisa con un suspiro, lo que impulsó a Byrne a comentar:

—Sí, la doctora Mat, como le dicen, tiene un modo especial con los niños. Es muy dulce —añadió, medio refunfuñando, como avergonzado—. Estuvimos con ella la semana pasada, viajando de un sitio a otro —aclaró—. Esto sucedió el martes, en el campo de refugiados Kibati-1, donde obtuvimos información valiosa para Los Defensores de los Derechos Humanos. Estaba editándola, jefe, para enviársela.

Al-Saud no pronunció palabra ni apartó la vista del monitor. Lo subyugaban las manos hábiles de Matilde. Era la primera vez que la veía en su rol de cirujana, y una mezcla de orgullo y de puro deseo carnal le endureció el cuerpo y le elevó las pulsaciones. Apuntó la pantalla con el control remoto y pasó las escenas que no significaban nada para él, como los interiores de las chozas, las letrinas inmundas, los niños escuálidos, los montones de basura, y se detuvo ante la siguiente visión de Matilde. Llevaba un traje verde, la cabeza cubierta con una gorra del mismo color y unos lentes de acrílico transparentes que le cubrían aun la nariz.

—Nos permitieron ingresar en un quirófano que improvisaron para que filmáramos cómo extraían balas. Un grupo de refugiados, que había llegado la noche anterior a Kibati, había sido baleado por los de Nkunda. A ese pobre chico (no tenía más de trece años) la doctora Mat le extrajo una bala de la nuca.

«La doctora Mat», dijo Eliah para sí. Una semana compartida con ella, y sus agentes, duros y curtidos, caían como moscas. Avanzó un poco más y detuvo la cinta al verla salir de una choza junto al idiota. Apretó el control remoto en su puño cuando el médico belga colocó el brazo sobre los hombros de Matilde, y ella no hizo nada para apartarlo. Aunque su rostro guardó compostura y permaneció inmutable, su corazón dio un vuelco al ver que Vanderhoeven se colocaba frente a Matilde y le apretaba los hombros. Discutían, resultaba evidente, pero no entendía lo que se reprochaban. Matilde trató de zafarse, y el belga la mantuvo sujeta. Al-Saud hizo crujir el control remoto cuando el idiota la atrajo con la clara intención de besarla. Como Matilde giró el rostro, el idiota la besó en el cuello.

—Amburgo intervino para ayudarla a zafarse del médico belga. Es un imbécil.

Byrne se calló de súbito ante el vistazo que le lanzó Al-Saud.

—¿Dónde está Ferro? —preguntó, con voz oscura.

—En el hospital.

Al-Saud volteó la vista hacia el monitor cuando oyó la voz de Matilde. Amburgo Ferro estaba entrevistándola.

—Lo que ocurre en el Congo es un genocidio del que nadie habla —declaró—. Aquí se mata con AK-47, pero también con la negligencia y la corrupción. Mueren por miles a causa de la falta de una política de salud. A nadie le importa mientras se pueda seguir saqueando los recursos de las provincias Kivu Norte y Kivu Sur.

—¿Cuál es la realidad de la mujer congoleña? —la interrogó Ferro, en su disfraz de periodista.

—La mujer se ha convertido en el campo de batalla del Congo. Las distintas facciones saben que, destruyendo a la mujer congoleña, desarticularán el tejido social. Entre las mujeres se cuentan más muertes a causa de violaciones que por la tripanosomiasis africana. Los ataques son de una crueldad inaudita. Si los violadores no las matan, las mutilan.

—Borra eso —ordenó Al-Saud—. Todo. —Como Byrne y Alamán se quedaron mirándolo, insistió—: Ahora, Derek. No quiero que esas declaraciones lleguen a ninguna parte.

—Son valiosísimas para Los Defensores de los Derechos Humanos. Una declaración así, expresada por un miembro de Manos Que Curan...

—Te ordené que la borraras. Ahora. Son excelentes declaraciones, de acuerdo, pero son peligrosas.

Una vez que Al-Saud corroboró que se hubiera eliminado la entrevista con Matilde y de que no existieran copias, se apropió del videocasete.

—Buen trabajo —dijo a Byrne—. Ahora, vamos al hospital.

Ferro había estacionado la Grand Cherokee negra con las siglas TV en un punto estratégico cercano al linde del predio, bajo la sombra de un sicomoro y con una buena visión de la terraza de ingreso. Encendía el motor cada tanto para poner en marcha el aire acondicionado y refrescarse. Dedicaba unos minutos de vigilancia a través de los binoculares con pantalla de cristal líquido y cámara. Después apretaba los párpados para descansar la vista, y si el ardor no remitía, lubricaba sus ojos con lágrimas artificiales, todos trucos aprendidos durante su adiestramiento.

Byrne golpeó el vidrio polarizado del lado del conductor. Ferro abrió los ojos, sobresaltado, y se incorporó con la mano sobre la culata de su Browning HP 35. Consultó la hora y frunció el entrecejo: aún no era tiempo para el relevo. Abrió la puerta y se llevó una sorpresa al descubrir a su jefe y a Alamán Al-Saud a unos metros, dentro de una camioneta con cabina doble.

—A esta hora —dijo Ferro, después de los saludos—, la doctora Matilde suele salir a caminar por el predio, a menos que tenga una emergencia.

Al-Saud miró su Breitling Emergency. «Las once.» Quería conocer sus hábitos en el Congo como los había conocido en París.

—Ahí está —dijo Ferro, y le pasó los potentes binoculares.

Matilde caminaba junto a Juana, que, como de costumbre, agitaba las manos al hablar. Matilde sonreía bajo el ala de un sombrero de paja. Iba cubierta con la bata de Manos Que Curan y llevaba el estetoscopio al cuello. Estaba tan cerca, y con los binoculares la estudiaba en detalle. La emoción de Al-Saud enterró la ira, los celos y la frustración, y la necesidad de estrecharla entre sus brazos, que lo invadió como una fiebre, casi lo impulsó a correr hacia ella.

Una Suzuki Grand Vitara entró en el predio del hospital y se detuvo cerca de las médicas argentinas. Una muchacha negra, de porte aristocrático y muy bien vestida, bajó del vehículo y se dirigió hacia Juana y Matilde. Las saludó con familiaridad.

—¿Quién es esa chica? —se interesó Alamán, que espiaba junto a Eliah con su monocular electrónico.

—Se llama Joséphine Boel —respondió Byrne—. Su padre, Balduino Boel, es blanco y uno de los pocos belgas que no abandonaron el Congo en el 61. Es muy rico. Tiene una plantación de té, de café y de cebada, que usa en su fábrica de cerveza. La hemos probado, es buena —dictaminó—. Joséphine Boel trabó amistad con la doctora Matilde y con la doctora Juana. Suelen ir juntas a la misión.

Una enfermera, que se acercó corriendo, se plantó frente a Matilde y la tomó por el brazo, y, mientras la arrastraba hacia la terraza de ingreso, le hablaba con gestos elocuentes. Matilde entró en el edificio del hospital y desapareció de su campo visual.

—Así es todo el día. —Al-Saud oyó la voz de Ferro y se giró para mirarlo—. Digo que así es todo el día. No tiene descanso. Le pagamos a una empleada de la limpieza para que nos cuente qué hace la doctora Mat cada día, y la verdad es que se la pasa en el quirófano o de ronda. Rara vez toma un descanso.

—Y si lo hace, la interrumpen a los pocos minutos —acotó Byrne.

«Malditos explotadores», bramó Al-Saud para sí. Abusaban de su pericia y de su buena voluntad sin importarles nada de ella. Estaba tan delgada. Aunque iba cubierta, él le había atisbado la muñeca, y su flacura lo había espantado. Además, sus pómulos sobresalían en las mejillas sumidas y provocaban un efecto dramático en su rostro, porque los labios y los ojos cobraban preponderancia; parecían aún más grandes.

Alamán extendió el mapa sobre el cofre de la camioneta, y Byrne y Ferro les indicaron el camino para acceder a la misión. Al-Saud se dio cuenta de que se trataba de un enclave situado en el corazón de la espesura del bosque tropical, rodeado por volcanes y cerca del Parque Nacional Virunga.

—No habría forma de acceder por helicóptero —informó Byrne— como no fuera lanzándose por cuerdas entre los árboles.

—¿Dónde se encuentra el claro más cercano para aterrizar?

—Aquí —indicó Ferro—, a unos diez kilómetros al norte.

⁓ ⚜ ⁓

—Gulemale —la llamó Frédéric, y entró en la habitación de la mujer.

—¿Qué necesitas, cariño?

—Mostrarte algo.

La congoleña se giró en el taburete, con el lápiz labial cerca del rostro.

—Por la cara que traes —dedujo—, es algo que va a complacerme.

—Sí —afirmó Frédéric, y le presentó varias fotografías abiertas como un abanico—. Acabo de revelarlas. ¿No son maravillosas?

Los ojos de Gulemale fueron entornándose a medida que se observaba en las fotografías con el pene de Al-Saud en la boca. Frédéric sonrió al percatarse de que los labios de la mujer se separaban para dejar escapar un jadeo de excitación. Sin levantar la vista, Gulemale estiró la mano y la refregó en la erección del argelino.

—Eres un estupendo fotógrafo. A pesar de que evitaste el flash para no delatarte, las fotos son grandiosas.

—La calidad brumosa del ambiente va a tono con la escena. Magnífico ejemplar —susurró y, con la punta del índice, recorrió el falo de Al-Saud—. Estoy caliente, Gulemale.

—¿Verdad? —Y tras un silencio en el que repasó las fotografías, exclamó—: ¡Cómo me gustaría tenerlos a los dos en la cama!

—Sabes que soy como un *boy scout*. ¡Siempre listo!

—Sí, tú sí, tesoro, pero Al-Saud es duro de atrapar. Si logro atraerlo a mi cama, no podré compartirlo contigo. No le gusta.

—Ven —dijo Frédéric, y le quitó las fotografías—. Hazme lo mismo que a Al-Saud.

~: ❦ :~

Los niños, que después del almuerzo se ocupaban de su tarea escolar, salieron desbandados del orfanato al oír el rugido de un motor. No esperaban a nadie ese día, y siempre se emocionaban con las visitas. Conservaron la distancia en tanto la Chevrolet C10 estacionaba bajo las caobas. Dos hombres con aspecto de blancos aunque con la piel oscura descendieron del vehículo, se retiraron los lentes para sol y observaron el entorno. Las cabecitas se volvieron al unísono al oír el alarido que provenía de la capilla. Varios pares de ojos, aun los de las maestras, se abrieron de manera desmesurada al reparar en *sœur* Amélie que, exclamando como loca, corría hacia los recién llegados. Uno de ellos la tomó en sus brazos y la hizo dar vueltas. El otro la abrazó largamente.

—*Mon Dieu!* ¡Eliah, Alamán, qué hermosísima sorpresa! ¡No puedo creer estar viéndolos aquí, en la misión! —Las lágrimas rodaban por las mejillas morenas de la religiosa, por lo que Eliah le pasó su pañuelo—. ¡Estoy tan feliz! —proclamó Amélie, y los abrazó a los dos juntos—. ¡Miren lo que he construido con su dinero! —Abarcó las edificaciones con un barrido de su brazo derecho—. Vengan, quiero mostrarles todo. Pero, ¿qué hacen acá? ¿Por qué no me avisaron que vendrían? Les habríamos preparado una fiesta de bienvenida. ¿Almorzaron?

—No —dijo Alamán— y la verdad es que me muero de hambre.

—¡Vumilia! —La muchacha se acercó al trote, feliz de contar con una excusa para aproximarse a los hombres—. Prepara algo de comer, deprisa.

Se encaminaron hacia la capilla, a cuya puerta se congregaban las hermanas, que contemplaban el espectáculo con sonrisas desconcertadas. Amélie presentó a Eliah y a Alamán como sus primos, los benefactores de la misión, y los rostros de las religiosas se iluminaron, y el agradecimiento que les inspiraban se transformó en muestras de hospitalidad que no tenían fin, a las que Eliah y Alamán respondían «gracias, gracias» sin cesar.

—Éstos son nuestros niños —dijo Amélie, al llegar al orfanato—. Son cincuenta y tres, pero pronto recibiremos dos más, una niña y un niño, que están reponiéndose de graves heridas en el hospital de Rutshuru.

Eliah paseó la mirada por las caritas oscuras, de ojos grandes y negros, y se esforzó por experimentar el cariño y la compasión que despertaban en Matilde, sin éxito. Le gustaba saber que, en parte, se les alimentaba gracias a sus donaciones; no obstante, su interés no iba más allá.

Almorzaron en la casa de las religiosas. Como las hermanas ya habían comido, los acompañaron con infusiones. Primero, Amélie los acribilló a preguntas acerca de París, de su familia, de los Al-Saud, de viejos amigos, y luego se sumergió en un momento de memorias y de nostalgia de la infancia y de la adolescencia compartida.

—Me usabas de muñeco para jugar —se quejó Eliah.

—Yo tenía nueve años cuando tú naciste. Eras la cosita más linda que había visto en mi vida. Sólo pensaba en llegar a casa de la tía Francesca para cargarte y cambiarte.

—Y así siguió hasta que me acuerdo.

—¡Oh, qué gruñón eres! Te mimaba más que a tus hermanos y a ti te encantaba.

—Doy fe —intervino Alamán.

Las hermanas regresaron a sus obligaciones, y Amélie y sus huéspedes se movieron a la sala para conversar en privado.

—Eliah, casi muero de la angustia cuando supe que te habían herido durante el rescate en la OPEP. Pero, ¿qué haces aquí? Hace tan poco estuviste internado ¡y grave!

—No tan grave —adujo—. Me operaron el 1° de mayo y hoy es 19. Pasó mucho tiempo. Como ves, estoy recuperado.

Amélie se abrazó a él y lo besó en la mejilla.

—Muéstrame la Medalla Milagrosa que te salvó la vida. ¿La llevas contigo?

—Sí —contestó, y la sacó de debajo de la camisa.

—*Mon Dieu* —susurró Amélie, mientras observaba el dije informe—. Qué milagro más maravilloso.

Un niño, a quien Al-Saud había descubierto desde hacía varios minutos, asomaba la cabeza de rizos a ras y los observaba con atención. A medida que ganaba valor, se adentraba con pasos cortos, aunque decididos. Finalmente, se ubicó junto a Amélie, quien, sin detener su perorata, lo cargó y lo sentó en su falda. Eliah notó la fijeza con que lo observaba; ni por un segundo desvió la atención hacia Alamán. Le dio gracia la seriedad con que lo contemplaba, y no advirtió antipatía en su expresión, sino puro interés. Lo estudió, atraído por sus facciones delicadas, de nariz pequeña, labios carnosos pero no exagerados, que parecían dibujados a mano, frente amplia, cabeza bien formada y un mentón con una incisión minúscula, aunque visible, que le despertó ternura. Sorprendido por ese sentimiento, apartó la vista y se reacomodó en el sillón.

—¿Tú eres el amigo de mi mamá?

—¿Cómo? —preguntó Al-Saud, al darse cuenta de que el niño se dirigía a él.

—¿Tú eres el amigo de mi mamá?

Al-Saud buscó la complicidad de Amélie, la cual le devolvió una expresión taimada de labios tensos a causa de una risa contenida.

—Yo no conozco a tu mamá.

—Sí, la conoces. ¿Eres Eliah? —Al-Saud asintió—. Mi mamá me dijo que te quiere muchísimo.

Incómodo, Eliah volvió a requerir la ayuda de su prima.

—Habla de Matilde —se compadeció Amélie, y siguió en español—. Matilde y Jérôme han desarrollado un vínculo afectivo inexplicable. Se adoran, como madre e hijo, y Matilde le dijo a Jérô que quiere adoptarlo. Desde que supo eso, cuando habla de ella, la llama mamá, y sueña con el día en que Matilde se lo lleve de aquí.

Alamán expresó su sorpresa en forma de silbido largo y agudo, que provocó una carcajada en Jérôme. Eliah, en cambio, se volvió de piedra, aun contuvo el aliento. Acababa de darse cuenta de que Jérôme era el niño que aparecía colgado de Matilde en todas las fotografías.

—¿No dices nada, Eliah?

—¿Qué tengo que decir?

—Si te gusta la idea —sugirió Amélie.

Agitó los hombros, torció los labios y levantó las cejas.

—No es algo de mi incumbencia —manifestó, con acento rencoroso. Matilde lo había sacado para siempre de su vida. Planeaba dar un paso definitivo y fundamental sin él. No lo necesitaba, podía vivir sin su amor, prescindía de él. «*Mi mamá me dijo que te quiere muchísimo.*» Se odió, porque, como un adolescente, ansiaba apartar al niño y pedirle los detalles que habían suscitado el comentario.

—Vamos —invitó Amélie, en francés—. Me gustaría mostrarles las instalaciones, las que hemos levantado gracias a su generosidad.

Jérôme los seguía, y resultaba obvio que Amélie no planeaba remediar la intrusión. Al salir de la casa, Al-Saud sintió que el niño le tomaba la mano. Se puso incómodo y, aunque deseó soltarla, reprimió el impulso porque temió ofenderlo. Notó que la manita era suave y cálida y que lo aferraba con firmeza. «Es decidido», reflexionó, «y valiente también», pues Al-Saud no se había mostrado amistoso, más bien lo contrario. Él jamás inspiraba simpatía a los niños, ni siquiera a los hijos de su hermano Shariar, que lo eludían. En el caso de Jérôme (le gustaba el nombre), sucedía lo opuesto; el niño se comportaba como si estuviera subyugado por él. Siguió caminando, con la mano de Jérôme en su puño, como si nada hubiera pasado. Si Amélie y Alamán advertían la situación, simulaban desconocimiento.

—Y esta casa —siguió explicando la religiosa— la construimos con el dinero de Shariar. Acá viven las mujeres acogidas, las mayores víctimas de la violencia en el Congo oriental.

—¿Y aquella casita? —se interesó Alamán.

—Ahí viven dos señores, a quienes los *interahamwes* los despojaron de todo, de sus familias, de sus casas y de sus aldeas. Ellos se ocupan de los trabajos de mantenimiento.

Al-Saud percibía el jalón en la mano y fingía no darse cuenta, hasta que Jérôme, además de agitarle el brazo, le hincó el índice en la pierna.

—¿Qué?

—Quiero mostrarte algo.

—Ahora no porque Amélie está mostrándome...

—Ven, por favor.

Se quedó mirándolo. «Es hermoso», pensó, «y muy dulce». Lo apabullaba la ternura que nacía en su pecho como un calor latente. En un primer momento, había odiado a ese niño por suscitar en Matilde un amor tan desmesurado para desear adoptarlo. A Jérôme lo quería para siempre a su lado; a él, en cambio, lo había abandonado. Sin embargo, en ese instante en que el niño lo contemplaba con ojos cargados de decepción, tuvo un impulso loco: deseó abrazarlo.

—Está bien, llévame adonde quieres.

Se detuvieron unos minutos después frente a un jardín circundado por una reja blanca de madera. Jérôme abrió el portón y entró.

—Ahí está enterrada mi mamá. Mi verdadera mamá, la que me tuvo en la panza.

—Y esa cruz, ¿para quién es?

—Para mi hermanita Aloïs. Mi papá también está muerto. Lo mataron unos hombres malos.

—Lo siento.

—Sí.

—¿Quieres mucho a Matilde?

—¡Sí! —contestó, y giró la cabeza para mirar a Eliah a los ojos—. Y ella te quiere muchísimo a ti. Me lo dijo un día.

—¿De veras? —Jérôme asintió, de nuevo con la vista clavada en las tumbas de Alizée y de Aloïs—. ¿Por qué te lo dijo?

—Yo le pregunté por qué lloraba.

—¿Matilde lloraba?

—¡Muchísimo!

La inquietud de Al-Saud lo llevó a plantar la rodilla en tierra y obligar a Jérôme a voltearse para obtener su atención.

—¿Por qué lloraba Matilde? ¿Te acuerdas, Jérôme?

—Sí. Lloraba porque tú estabas muriendo. Y tú eres muy bueno, Matilde me lo dijo.

«No lo suficiente.»

—Quiero mostrarte otra cosa.

—¿Otra cosa? —repitió Eliah, y sonrió por primera vez—. Está bien, muéstrame.

—Ven.

Lo condujo hasta la habitación del orfanato, la que compartía con otros diez niños, que lo observaron avanzar hasta la cama de Jérôme con expresiones de miedo, impresionados por el tamaño y por el gesto poco amistoso del amigo de sœur Amélie.

Jérôme extrajo una caja de la parte inferior de su catre, el cual, calculó Al-Saud, no medía más de cincuenta centímetros de ancho.

—Esta caja me la regaló sœur Tabatha. —Jérôme levantó la tapa con reverencia; había ropa cuidadosamente doblada y acomodada—.Todo esto me lo regaló mi mamá.

—¿Matilde?

Jérôme asintió al tiempo que extendía una playera sobre la cama.

—Ésta es mi favorita.

—Muy linda —acordó Al-Saud, que debió evaluar y opinar acerca de cada prenda.

Para un niño como Jérôme, reflexionó, esa ropa constituía un gran tesoro. Lo enterneció la manera en que la doblaba y la devolvía a su sitio, con cuidado y con aire reconcentrado.

—Matilde debe de quererte mucho para haberte regalado tanta ropa.

—Me adora.

—¿Te adora? —repitió Al-Saud, y levantó las cejas y la comisura izquierda.

—Sí, ella me lo dijo. ¿Sabes qué significa?

—No, la verdad es que no —mintió Al-Saud, y no pudo saber que, desde el día en que Matilde se lo había explicado, Jérôme repetía las palabras para retenerlas en la memoria.

—Quiere decir que siempre piensa en mí, que quiere que esté bien, que se preocupa por mí. —Dudó, como si hubiera olvidado la línea de un parlamento—. ¡Ah, sí! Que le gusta estar conmigo, que le gustaría estar *siempre* conmigo —desplazó la mano para subrayar el «siempre»— y que no quiere separarse nunca de mí. Me quiere con todo su corazón.

Sin advertir la envidia que su declaración despertó en Al-Saud, Jérôme escurrió la mano bajo la almohada y extrajo una cajita de madera. La abrió y observó el contenido antes de elevarlo para compartirlo con el amigo de Matilde.

—Es un mechón de mi mamá. Ella me lo dio.

Las emociones que se agitaron en su interior fueron muchas y de distinta índole. Celos, rabia, tristeza, ternura, amor, codicia, desesperación. Había existido un tiempo en el cual él se había considerado el dueño de Matilde, de toda ella, de sus ojos plateados y de su cabellera inverosímil también, la cual se había ganado su atención en el aeropuerto de Buenos Aires. Sintió una añoranza tan profunda y visceral por Matilde que no logró evitar que sus ojos se volvieran cálidos y acuosos.

Al descubrir las lágrimas de Eliah, Jérôme tomó el mechón entre el índice y el pulgar, y, con un movimiento delicado, lo levantó hasta colocarlo delante de Al-Saud.

—Te lo regalo, Eliah.

Al-Saud sacudió la mano y carraspeó.

—No, no, Jérôme, es tuyo —dijo, con voz afectada—. Tú debes conservarlo.

—Cuando yo estaba muy triste, miraba el mechón y se me iban las ganas de llorar porque dejaba de pensar en cosas tristes y pensaba en Matilde.

Le nació un impulso: querer tocarlo. Extendió la mano y le acarició la coronilla rasposa, y luego descendió hasta acunarle la mejilla regordeta.

—Ya sé por qué Matilde te quiere tanto, Jérôme. Porque eres un niño muy bueno. Mira, quiero regalarte algo para que me recuerdes. —Desprendió del cintillo de los jeans su llavero Mont Blanc, de cuero negro y oro blanco, del que quitó las llaves de la casa de la Avenida Elisée Reclus antes de entregárselo a Jérôme—. Para que, cuando seas grande, pongas aquí las llaves de tu casa y de tu auto. ¿Te gusta?

—¡Uy, muchísimo! —aseguró, sin apartar la vista del llavero, al que estudiaba desde todos los ángulos—. ¡Gracias, Eliah! —exclamó, y, sin darle tiempo a reaccionar, se le echó al cuello y lo besó en la mejilla.

A Eliah lo emocionó que Jérôme guardara el llavero junto con el mechón de Matilde, en la cajita de madera. Lo juzgó simbólico, como si el niño los hubiera acercado de algún modo.

12

Tal vez, se dijo Nigel Taylor, su vuelta precipitada a la región de los Grandes Lagos se vinculaba a cuestiones que nada tenían que ver con Nkunda y sus rebeldes sino con Matilde. Había abandonado el Congo el 8 de mayo, y el 20 ya estaba de regreso. Lo admitía, estaba loca y profundamente enamorado de la médica argentina, al punto que había desterrado a Al-Saud y a su venganza para pensar sólo en ella, en poder compartir el espacio que ocupaba, en respirar el aire que respiraba, en arrancarle una sonrisa, en obtener su aprobación. No se había tratado de un proceso forzado o premeditado sino de un sentimiento que, con sutil firmeza, había desplazado a la ira alojada por años en su corazón.

Tenía la pierna para Tanguy, y le propondría ir juntos a Masisi para entregársela. Había pagado una fortuna para que el ortopedista la fabricara rápidamente, y no veía la hora de entregársela para recibir su recompensa: una mirada dulce que transmitiera admiración.

Sin embargo, tendría que esperar para verla. Ese jueves, 21 de mayo, lo dedicaría a Nkunda y, por la tarde, cumpliría con la invitación de Gulemale. Entró en la tienda y, aunque el generador hacía un ruido endemoniado, agradeció que proveyera de electricidad para el aire acondicionado. Aún no eran las diez de la mañana, y esa región del Congo oriental parecía un sauna. Tenía la piel pegajosa y sudada.

El general Laurent Nkunda, que hablaba por un teléfono satelital, sonrió al verlo y lo invitó a sentarse con una sacudida de mano. Aunque hablaba en francés, lengua que Taylor manejaba a medias, comprendió que conversaba con un distribuidor de coltán en Bruselas. De hecho, acababa de ver despegar el avión que, según Osbele, transportaba más de quinientos kilos del mineral codiciado por las compañías de electrónica.

—En Walikale —el enfermero aludía a una ciudad cuyos entornos eran especialmente ricos en coltán—, hallaron una mena gigante. El general hizo trabajar duro a los muchachos y la recogida fue increíble.

A Taylor no le costó imaginar lo que el eufemismo «hacer trabajar duro» escondía. Sabía que Nkunda, como también los mai-mai y los *intera- hamwes*, secuestraba niños para esclavizarlos en las minas y los ponía bajo la vigilancia de hombres armados con AK-47 y látigos de piel de rinoceronte.

Nkunda seguía hablando por el teléfono satelital, y Taylor comenzó a experimentar desprecio por el hombre bien vestido, de piel lustrosa y saludable, que tenía frente a él. «Yo no soy mejor que este munyamulen- gue», admitió, porque, a pesar de conocer los abusos que Nkunda perpe- traba, seguiría adelante con el acuerdo, no sólo por el dinero involucrado sino porque ése era su oficio; él no sabía hacer otra cosa.

—Disculpe por haberlo hecho esperar, señor Taylor —dijo el general congoleño cuando acabó la llamada, con modos impecables y una sonrisa.

—¿Ése es el mapa de la región de los Grandes Lagos? —preguntó el inglés, y señaló un pliego extendido sobre una mesa.

—Sí. Venga, acérquese. Estaba estudiándolo con mis comandantes, tratando de establecer cuál es la mina que el gobierno de Kinshasa le ce- dió a la *joint venture* chino-israelí.

—¿Alguna noticia de su espía en Kinshasa?

—Sí. Según nuestro informante, la mina se encuentra en esta región. —Con una pluma fuente Waterman, trazó un círculo sobre un área que comprendía a las ciudades de Rutshuru y Walikale.

—Ésa es un área muy extensa —apuntó Taylor.

—Es verdad —acordó el general munyamulengue—, pero en esta área sólo hay cuatro minas de coltán, dos de las cuales están bajo nuestro control. Ésta y ésta. —Señaló dos puntos cercanos a Walikale—. Si quie- ren apropiarse de alguna de ellas, se encontrarán con que están muy bien vigiladas.

—Las otras dos —quiso saber Taylor—, ¿dónde se ubican?

—Una acá y la otra acá.

—Ajá. Próximas a Rutshuru. Esta zona pintada de verde más oscuro, ¿qué es? ¿El Virunga?

—Así es —contestó Nkunda—, el Parque Nacional Virunga.

—¿Por qué no se apoderó de estas minas primero?

—Porque las otras son más rentables y el coltán está más a flor de tie- rra. Es un trabajo casi artesanal el que se emplea para obtener el mineral. No contamos con gran tecnología.

–¿Existe la posibilidad de que los estudios de prospección de los israelíes hayan dado con minas que usted no conoce, general?

–Sí, existe esa posibilidad, aunque la juzgo remota.

–¿Dónde se halla la pista donde sus hombres sorprendieron al grupo de la empresa israelí? –Nkunda señaló un punto al norte de Rutshuru–. Ajá. Por una cuestión de cercanía, podríamos inferir que la mina a explotar será ésta –expresó el inglés.

–Sí y no –lo contradijo el general–, porque en esta zona sólo existe esta pista. Bien podría ser usada para ir a esta mina o a esta otra, indistintamente.

–Bien. –Taylor se acarició el mentón, con la vista fija en el mapa–. Necesitaré una de sus unidades para ir al terreno –manifestó, y movió el índice de una de las minas no explotadas a la otra–. Necesito realizar tareas de reconocimiento, por lo tanto quiero que me acompañe gente que conozca la zona como la palma de su mano.

–¿Cuándo llegarán sus hombres, señor Taylor? –Nkunda no se esforzó por ocultar la ansiedad.

–Después de verificar las condiciones del terreno. –Consultó la hora–. Ahora debo cambiarme. *Madame* Gulemale me espera en su casa y, según Osbele, el camino es largo y lento.

–Yo también fui invitado por *madame*.

–Iremos juntos, entonces –decidió el inglés.

~᛬ ❀ ᛬~

Matilde iría porque Joséphine se lo había pedido con fervor y miedo en la mirada, aunque habría preferido no verse en la obligación de pedir autorización a Vanderhoeven para salir dos horas antes del hospital. Juana iría por Joséphine y porque le encantaban las fiestas.

–¿Quién iba a decirnos que tendríamos una fiesta en el Congo? *Party, party, party!* –exclamó, mientras, sentada en el tocador de Joséphine, le usaba el maquillaje–. Toma, José –le alcanzó un pomo–, cúbrele las ojeras a Mat, que parece muerta.

Matilde, que rara vez se maquillaba, le permitió hacerlo porque, en verdad, sus ojeras le traían memorias de la época de la quimioterapia; incluso le permitió que le pusiera máscara en las pestañas, rubor en las mejillas y un brillo rosado en los labios.

–No te pondré base porque tu piel no la necesita. Además, cubriríamos las pecas de la nariz, que son adorables.

–Maquillas muy bien, José –comentó Matilde.

—Mi hermana Aísha y yo tomamos un curso en París, hace unos años.

—¡Qué *chic*! —dijo Juana.

—Estás hermosa, Mat. Nunca imaginé que tus pestañas fueran tan largas.

—Lo que sucede —intervino Juana— es que, como son rubias, son transparentes. ¿De quién es la fiesta, José?

—Es el cumpleaños de mi mamá.

—¿Hoy mismo, 21 de mayo?

—Sí, pero ella no lo menciona porque detesta que empiece a especularse con su edad. Simplemente organiza una fiesta y se divierte.

—¿Cuántos años tiene?

—No lo sé —admitió la congoleña.

—¿No sabes cuántos años tiene tu mamá?

—Ella dice que no sabe con certeza cuándo nació.

—Pero sí sabe cuándo cumple años.

—Las monjas católicas que la acogieron en el orfanato de Kinshasa donde se crió eligieron el 21 de mayo porque fue el día en que la encontraron abandonada en el torno del convento. Era una recién nacida.

—¿Y qué año era? —persistió Juana.

—Mi madre nunca quiso decirnos, ni a mi hermana ni a mí.

—Tus padres están divorciados, ¿verdad? —se interesó Matilde.

—Sí, desde que éramos niñas.

—Es extraño que no vivas con tu mamá —expresó Juana.

—¡Vivir con mi mamá! —Joséphine rio ante el comentario, como si se tratara de un disparate—. No, imposible. Mi mamá es una mujer muy especial. Además, fue ella quien se marchó de casa y nos abandonó.

—Sin embargo, ahora irás a verla.

—Porque siempre llora al teléfono cuando rechazo sus invitaciones y me parte el corazón. En el fondo, creo que está sola y triste.

Joséphine consultó la hora en su reloj y se llevó la mano a la frente.

—*Vite!* Ya son las seis. Llegaremos tarde, y mi mamá detesta la impuntualidad.

⋄ ❧ ⋄

Nigel Taylor y el general Laurent Nkunda llegaron a la mansión de Gulemale escoltados por un jeep con cuatro soldados. Traspusieron el portón después de que los guardias, con M-16 en bandolera, controlaran las identificaciones. Nigel detectó las cámaras de seguridad que se movieron para seguir el recorrido de los vehículos, y también observó el paredón de tres metros que se extendía a ambos lados del portón de metal, posiblemente blindada, y que desaparecía de la vista, engullido por el espesor de la vegetación; había rollos de alambre de púas rematando el muro. A poco de subir por un camino pavimentado con pórfido, divisaron la casa, una construcción moderna, de una planta, que, a un simple vistazo, se caracterizaba por la abundancia de aberturas de paño fijo sin cortinas, como si el interior estuviera expuesto y no guardase ninguna intimidad. El diseño arquitectónico, de líneas duras y revestimiento en piedra laja, confería la idea de frialdad, soberbia y suntuosidad, a tono con la índole de la propietaria. Taylor prestó atención a los hombres, algunos blancos, que, tras sus lentes para sol, vigilaban el predio, siempre con M-16 en bandolera, *walkie-talkies* en mano y actitud atenta.

Había varios automóviles en el sitio dedicado al estacionamiento, todos costosos y salpicados con lodo rojo. Taylor y Nkunda descendieron de la camioneta, y dos sirvientes, ataviados con sacos azules y bermudas grises, los guiaron al área de la piscina, donde ya se congregaba un grupo de gente bulliciosa, mayormente hombres. Frédéric, el asistente de Gulemale, salió a recibirlos y, antes de saludarlos, levantó la cámara que le colgaba en el pecho y disparó dos fotografías.

—General, le haré una copia y se la enviaré. Es inusual verlo tan elegante en un traje.

—El uniforme me sienta mejor.

—¡Sin duda! Pase, general, sírvase lo que guste. Diviértase. ¡Ah, querido Hansen! ¡Ven, aproxímate! Quiero presentarte al general Nkunda. General, él es Hansen Bridger, hermano de Alan, su amigo.

—Sí, sí —dijo el general, y extendió la mano, que Hansen estrechó con firmeza—. Un gran amigo. Lamento tanto su pérdida. Lo siento, señor Bridger.

—Gracias, general.

—Gulemale se reunirá con ustedes en un momento —intervino Frédéric—. Iré a avisarle que han llegado.

Frédéric subió por la ligera pendiente que conducía a la mansión. Se detuvo abruptamente, levantó la cámara fotográfica y disparó varias veces hacia una ventana, la de la biblioteca: Eliah Al-Saud y Gulemale se debatían en un beso que dejaba la mente en blanco. Frédéric rio de manera afectada sin apartar la cámara de su rostro.

Dentro de la casa, Eliah se preguntó por qué besaba a Gulemale. Su anfitriona lo asediaba como perro en celo con talante agresivo.

—Anoche te esperé hasta tarde en mi habitación —le reprochó.

—Te dije que estaba cansado.

—¿Por qué? ¿Qué estuviste haciendo?

—Gulemale, hace tiempo que no doy explicaciones a nadie.

Después de cambiarse para la fiesta, Gulemale abandonó el enojo, y de la actitud combativa pasó a una seductora. Lo encontró solo, en la biblioteca, husmeando entre los libros, y se acercó por detrás. Le pasó la mano abierta por los glúteos, firmes bajo el género liviano del pantalón, y la excitó que él siguiera leyendo sin inmutarse, sin articular palabra, como si continuara solo. No obstante, percibía el ligero endurecimiento de los músculos y, cuando hundió el dedo mayor y dibujó la raya del pantalón, lo oyó inspirar. Sonrió con aire triunfal.

Al-Saud devolvió el libro al estante y se dio vuelta. Se topó con los ojos negros de su anfitriona, que no parpadeaba y contenía la respiración. Le pasó una mano por la nuca, otra por la cintura, y la pegó a su cuerpo para besarla. ¿Por qué lo hacía? ¿Para castigar a Matilde? ¿Porque deseaba a Gulemale? ¿Porque estaba aburrido? En tanto el beso tenía lugar, el apetito se despertaba en la mujer; en Al-Saud, en cambio, se diluía. Fastidiado, se apartó y, cuando Gulemale se movió para atraparlo de nuevo en su abrazo, Al-Saud levantó la mano y la detuvo.

—¡Mírame! —exigió ella, y lo sujetó por el mentón para obligarlo a cumplir la orden.

—¿Qué quieres, Gulemale? —le preguntó con hastío.

La mujer le sujetó los testículos y el pene a través del pantalón y los comprimió con cuidado.

—Esto quiero. Y esto —dijo, y deslizó la mano hacia la zona del corazón— y esto —repitió, y le contuvo el costado de la cabeza con la palma abierta—. Te quiero todo, Eliah. —Al-Saud rio sin ganas y se apartó—. ¿Qué te ha hecho esa criatura? Te ha despojado de tu energía y de tus ganas de vivir. En otra época, ya me habrías tomado en todas las habitaciones de la casa y en todas las posiciones que la mente humana es capaz de inventar. Estaríamos riéndonos de todo y de todos.

Al-Saud se giró, y Gulemale retuvo el aliento, conmovida por la mirada siniestra y el gesto de Eliah, transformado por la ira.

—La tengo clavada aquí —pronunció, en un susurro de dientes comprimidos, y se apretó el bulto bajo el cierre del pantalón— y aquí —descargó el puño sobre el lado izquierdo del pecho— y aquí —agregó, y apoyó la punta del índice en su frente—. Está volviéndome loco.

Gulemale permaneció quieta y callada. Sólo sus ojos se movían sobre las facciones de Al-Saud, contorsionadas por una mezcla de rabia y de dolor. Levantó la mano y le acarició la mejilla áspera a causa de la barba de dos días.

—Matilde es un ser muy superior a nosotros, Eliah. Somos simples mortales, llenos de defectos y de ambiciones; ella, en cambio, es como de otra dimensión, más elevada por cierto. Es alguien que se encuentra por sobre las mezquindades de este mundo.

Al-Saud bajó los párpados y exhaló un suspiro por la nariz ante la franqueza de Gulemale y, sobre todo, ante lo acertado de sus palabras.

—Yo conozco a una persona así —prosiguió la congoleña— y te aseguro que nunca te sientes a la altura. Te parece que jamás lograrás alcanzarla; que, por mucho que subas, apenas le rozarás el talón.

—Pero yo la quiero toda para mí.

—Nunca la tendrás por completo —profetizó la mujer, y giró hacia la puerta—. Me voy a la fiesta. Mis invitados me esperan —declaró, sin voltearse, y abandonó la biblioteca.

Al-Saud permaneció unos minutos en recogimiento, asolado por la declaración de Gulemale. Salió de la biblioteca envuelto en un impulso de rencor. No le gustaba el hombre en que se había convertido. Quería volver a ser un Caballo de Fuego, egoísta, seductor y libre. Con ese espíritu, se unió al festejo que se desarrollaba en torno a la piscina.

～ ✿ ～

Matilde, Juana y Joséphine llegaron a la fiesta apenas oscureció. Caminaron por un sendero de laja hacia la mansión, cuyos enormes ventanales descollaban en la penumbra, soltando sobre el exterior un fulgor de luz y colores. La música, una canción bastante movida de los ochenta, *Call me*, de Spagna, se filtraba y competía con el incansable rumor de la selva. Matilde observó que la fiesta había comenzado en el jardín, porque, gracias al reflector que iluminaba el área, descubrió las copas, los platos, los ceniceros y las botellas vacías que atestaban las mesas apostadas alrededor de la piscina. Resultaba obvio que los invitados se habían desplazado al interior al caer el sol para protegerse del mosquito de la malaria, más allá de que se percibía el olor del insecticida con que habían fumigado el predio, un lujo que la mayoría de los congoleños no podía permitirse. La puerta blanca, imponente, de dos hojas, se abrió, y la casa expulsó una onda fresca, aromatizada y sonora que las envolvió como en un puño y las atrajo dentro. Matilde puso pie en el amplio vestíbulo experimentando poca simpatía por la madre de Joséphine.

La intimidó el movimiento de gente unos metros más allá. Se trataba de un grupo nutrido, especialmente compuesto por hombres, que se desplazaban por un amplio salón con copas, cigarros y canapés en la mano.

Reían, bebían, algunos bailaban. Juana a duras penas reprimía las ganas de bailar y sacudía los brazos y estiraba el cuello, impaciente por que Joséphine terminara de saludar al hombre del servicio doméstico que les había abierto la puerta y a quien ella le preguntaba por cada uno de sus hijos.

Matilde divisó una cabellera aleonada que le produjo inquietud. La mujer se dio vuelta, y su mirada se congeló en la de Matilde. El desconcierto de Gulemale al descubrirla en su casa se reflejó en una expresión de ojos bien abiertos, cejas levantadas y labios que no terminaban de dibujar un «oh». Matilde, en cambio, permaneció inmutable en tanto la palidez que robaba el color de sus pómulos le volvía fría la piel. Pensó lo mismo que la vez en Ministry of Sound, que Gulemale le recordaba a Cruella de Vil.

Gulemale se repuso enseguida y caminó hacia el vestíbulo con una sonrisa. Matilde, aunque seguía fijando la mirada en ella, no habría sido capaz de distinguir que la mujer lucía un vestido largo y ajustado de lentejuelas amarillas, una estola de plumas blancas en torno al cuello y guantes de raso blanco hasta el codo.

—*Mon Dieu, Matilde!* —exclamó, y la envolvió en un abrazo.

Matilde percibió el aroma del Paloma Picasso, y la acometió una punzada de celos y de rabia. No la sorprendía, esa mujer siempre despertaba en ella los sentimientos más bajos, aun cuando fuera porque usaba el perfume que sólo pertenecía a ella y a Eliah.

—Hola, Gulemale.

—¡Qué sorpresa tan inesperada!

—Vine con una amiga —manifestó, y miró a Joséphine, quien, acabada la conversación con el mayordomo, se acercó para saludar.

—Hola, mamá.

—¡Joséphine! ¿No me digas que Matilde es tu amiga? —La muchacha asintió, seria—. ¡Dios las cría y ellas se juntan! —Ninguna pidió explicaciones por el significado del refrán—. Cuánto me alegro de que este año hayas venido con Matilde y no con el padre Jean-Bosco, como el año pasado. El pobre estaba tan fuera de lugar.

—Mamá, te presento a otra amiga, la doctora Juana Folicuré. —Juana extendió la mano y la retrajo cuando Gulemale cayó sobre ella para abrazarla.

—¡Qué casualidad! —volvió a proferir Gulemale, mientras mantenía abrazadas a Juana y a Matilde—. ¡Cuánto me alegra saber que te has hecho amiga de estas dos jóvenes tan maravillosas!

—¿De dónde conoces a Matilde? —Joséphine no abandonaba el talante serio y distante.

–¿Cómo nos conocimos, Matilde? ¡Ah, sí! En una disco en Londres, hace unos meses. Ella iba muy bien acompañada en aquel momento. ¿Qué haces en el Congo, Matilde? ¡Es increíble encontrarte aquí!

–Juana y yo trabajamos para Manos Que Curan.

–¡Matilde! –La voz de Frédéric se abrió paso entre el bullicio–. ¡Gulemale, una foto con tu hija y sus amigas! –vociferó el argelino, y la anfitriona estiró los brazos enguantados para cobijar a las chicas como una gallina acomoda a los pollitos bajo el ala.

–Hola, Frédéric –saludó Matilde, y aceptó los dos besos de rigor.

Frédéric se detuvo frente a Joséphine y le sonrió con una mueca ladina a la cual la joven respondió con una mirada dura, sin parpadeos.

–¿Cómo estás, José?

–Bien, gracias. Mamá –dio la espalda a Frédéric, que siguió sonriendo con sarcasmo–, te preparé tu pudín de mango, el que te gusta.

–Ah, José. –Gulemale pasó el brazo por el hombro de Joséphine y la apretó contra su cuerpo–. ¿No es un tesoro invaluable?

–El más valioso –contestó Frédéric, y las fotografió.

–Eres tan buena y caritativa como tu padre. Tu hermana Aísha, en cambio, es más parecida a mí.

–Aísha y tú no se parecen en nada –manifestó Joséphine, y Matilde advirtió el instante de incomodidad sufrido por Gulemale. Parecía improbable que algo la perturbara; no obstante, las palabras de su hija habían atravesado el disfraz de mujer de hierro para golpearla en el corazón.

–¡Saure! –exclamó, con una sonrisa, como si Joséphine le hubiera dirigido un halago.

–A sus órdenes, *madame* –dijo el mayordomo.

–Recibe el pudín que cocinó José y pídele a Désirée que lo corte en cuadrados pequeños y lo sirva a los invitados. Todos mis amigos deben probar el manjar que José preparó. –Volvió a mirar a Joséphine y, mientras sonreía, la observaba–. ¡No sabes cuánto me alegro de que estés aquí esta noche! Y con estas amigas tan maravillosas. ¡Qué alegría que por fin tengas amigas! Vives tan sola en *Anga La Mwezi*. Pasen, pasen. Disfruten y siéntanse como en su casa.

Matilde caminó, desganada, hacia el gentío, aún sumida en el estupor que le provocaba que Gulemale fuera la madre de Joséphine, incapaz de dilucidar de qué modo la afectaría el descubrimiento. Avanzó con la mente aturdida de recuerdos y de imágenes de Ministry of Sound. Como a veces la asaltaba un espíritu supersticioso, se dijo que, al igual que la noche de su cumpleaños en Londres, nada bueno le auguraba el encuentro con esa mujer. Enseguida supo que su recelo no era infundado. Eliah Al-Saud se hallaba a metros de ella, de perfil, sentado en un sillón, el codo en el apoyabrazos y el dorso de los dedos contra los labios. Atendía a un comentario de su interlocutor, sentado frente a él, y, bajo el puño, se le adivinaba una sonrisa. Matilde le admiró el cuello grueso y moreno, la barba de varios días y el cabello negro y lustroso, recién cortado a ras en la nuca; el copete conservaba la espesura, no iba peinado con gel, sino que, alborotado, le caía sobre la frente.

—Ya lo vi —susurró Juana al oído de Matilde—. Te pido que te quedes tranquila.

—Estoy temblando.

—Aquí estoy yo. —Juana le apretó la mano—. No te muevas de mi lado.

—No puedo creer que esté pasándome esto otra vez —dijo, con voz chillona, mientras se acordaba de la fiesta en casa de Jean-Paul Trégart—. Quiero irme.

—¡Juani! ¡Matilde! —Alamán se aproximó dando zancadas, y Juana se adelantó para echarse en sus brazos.

—¡Cabshita! ¡Dios mío, Cabshita! ¡Qué alegría tan grande! ¡Qué sorpresa!

Eliah giró la cabeza en dirección al alboroto y descubrió a Matilde. Sus miradas se tocaron, se encadenaron, se entrelazaron. En el corto espacio que los separaba, atestado de personas, de ruidos, de colores, ellos sólo eran conscientes de la presencia del otro, como si lo demás se hubiera desintegrado, como si la sala se hubiera sellado al vacío.

Pasado el segundo de aturdimiento y simulando parsimonia, Al-Saud volvió la cara para prestar atención al funcionario ruandés que le narraba historias divertidas acerca de Mobutu Sese Seko, el antiguo dictador congoleño, incluso soltó una risotada, a sabiendas de que Matilde seguía con la vista fija en él, cuando el hombre le contó que Mobutu, uno de los ladrones más grandes que se recuerdan, había expresado en un discurso: «*Las masas deben entender que, si todos tratan de satisfacer sus ambiciones, el resultado inevitable será la anarquía*». Se empeñó en que su fachada no evidenciara el trastorno que le había causado la visión de Matilde. «¿Qué haces en este antro de traficantes, mercenarios y funcionarios corruptos? ¿Por qué te expones a este mundo que te devoraría sin que te dieras cuenta?» Se mantuvo quieto, en tensión, mientras se apretaba la boca con el puño hasta que el filo de los dientes se le clavó en la carne.

La indiferencia de Eliah desproveyó a Matilde de pensamiento, aun de la respiración. Sintió una puntada en el estómago, como si le hubieran propinado un puñetazo. Unas manos cálidas se posaron sobre sus hombros y le exigieron que se volteara. La familiaridad del rostro de Alamán, su sonrisa cargada afecto y sus ojos vivaces la ayudaron a recomponerse.

—Hola, Mat.

—Hola.

Se encogió dentro del abrazo de Alamán y se aferró a él.

—¿Qué hacen acá? —susurró Matilde—. No puedo creer estar viéndote.

—Somos invitados de Gulemale.

—Cabshita —Juana los obligó a separarse—, quiero presentarte a nuestra amiga, Joséphine Boel. José, éste es un gran amigo nuestro, Alamán Al-Saud.

Se contemplaron a los ojos mientras se daban la mano y murmuraban un saludo. Alamán reconoció de inmediato a la joven que había divisado dos días atrás en el hospital de Rutshuru. A pesar de haberla encontrado atractiva a través de la lente de su monocular, de cerca su belleza africana le pareció arrebatadora. Le sonrió, y obtuvo una respuesta tímida, apenas un temblor en las comisuras, y una bajada de párpados para esconder la mirada del color del sol.

—¡Vamos a la fiesta! —propuso Juana, y los arrastró con su entusiasmo hasta el sitio donde algunos bailaban.

—No, no —se negó Joséphine, cuando Juana le tomó las manos y la incitó a seguir el ritmo de un tema de The Police—. No sé bailar, Juani. Por favor, no quiero hacer el ridículo.

—Déjala, Juana —intervino Matilde—. Yo tampoco tengo ganas de bailar. Ven, José, vamos a sentarnos.

Después de hacer un gesto de disgusto a Matilde, Juana tomó dos copas de champaña de las que le ofrecía una sirvienta y le entregó una a Alamán.

—¡Jamás imaginé tomar champaña en el Congo!

—Y no es cualquier champaña —le advirtió Alamán—. Es Dom Pérignon.

—¡Mirá! Langostinos cmpanizados —dijo, y robó dos de la bandeja.

—Llegaron hoy en un vuelo de Bruselas. Saure fue a buscarlos al aeropuerto de Goma.

—¡No te lo puedo creer! ¿Aquí no hay langostinos? No, claro que no —se respondió—. Si no tenemos gasa ni alcohol yodado en el hospital, menos langostinos. Mientras no hayan perdido la cadena de frío... —dijo, de pronto preocupada.

—Lo sabremos esta madrugada, después del exceso —vaticinó Alamán.

—¡Por Dios, Alamán! Contame qué carajo hacen en el Congo.

—Gulemale invitó a Eliah a pasar unos días en su mansión.

—Sí, claro, porque este país se presta para el turismo. ¡No me tomes el pelo, Cabshita! Es un lugar hermoso, me refiero a los paisajes naturales, pero la vida acá es de película de terror. ¿El papito no se va a dignar a saludarnos?

—Está con el ministro de Defensa de Ruanda —lo justificó Alamán.

·: �֍ :·

Nigel Taylor no daba crédito de su suerte. Contra todo pronóstico, Matilde acababa de aparecer en la recepción de Gulemale. La estudió mientras terminaba con los saludos y las presentaciones. Resultaba un cambio radical verla sin delantal ni estetoscopio al cuello. Aunque simple, su vestido blanco y largo hasta los tobillos, con encaje en los puños, la cintura y el ruedo, y alforzas en la pechera, le acentuaba el aire virginal y la destacaba de los trajes recargados de las otras invitadas. Se había soltado el pelo, y lo usaba con la raya sobre el costado izquierdo y una delgada trenza recogida en el derecho. Sus únicos ornamentos eran una bolsa de tejido rústico, colgada en bandolera, un par de aretes de perlas y un reloj que él le conocía, negro, con bisel de oro. Aun de lejos, llamaba la atención el impacto que ocasionaba un poco de máscara negra en sus pestañas; los ojos adquirían una dimensión casi inverosímil en sus facciones de pómulos sobresalientes y mejillas sumidas.

Se aproximó al sillón donde Matilde conversaba con la hija de Gulemale y se ubicó a sus espaldas. Apoyó los antebrazos en el respaldo y le susurró un saludo casi al oído.

—Hola, Matilde.

Matilde giró la cabeza, sobresaltada.

—¡Nigel! —se sorprendió, y lo miró con alegría.

Ese detalle, comprobar que la hacía feliz verlo, bastó para borrar las malas intenciones que lo habían guiado, la de provocar celos e ira a Al-Saud. Se vio inmerso en la belleza de sus ojos plateados y en la pureza de su sonrisa. Rodeó el sillón y se detuvo frente a ella. Se inclinó para besarla en la mejilla, y una estela cálida de perfume le jugueteó bajo las fosas nasales. Era la primera vez que no olía a alcohol yodado o a jabón antiséptico. Apoyó el trasero sobre la mesa centro apostada muy próxima a las rodillas de Matilde y separó las piernas para que las de Matilde quedasen dentro del triángulo que formaban las de él.

—Nigel, te presento a Joséphine Boel, una amiga.

·: ✤ :·

Desde la aparición de Matilde diez minutos atrás, la mente de Al-Saud se había precipitado en un torbellino de pensamientos oscuros, en el cual, la presencia de Nigel Taylor no ocupaba un lugar menor. También se preguntaba dónde estaría el idiota. Si eran pareja, ¿por qué no estaba con ella en la fiesta? En medio de esos cuestionamientos y escrúpulos, recreaba la mirada que Matilde le había dirigido, entre atónita, expectante y dolida. La había visto empalidecer a sus ojos, y había volteado la cara porque un segundo más tarde habría corrido para sostenerla, besarla y olerla. ¡Ah, cuánto ansiaba probar sus labios, disfrutar la suavidad de su piel! Pero ella no le pertenecía, ahora era de Vanderhoeven.

Un movimiento de Taylor lo alertó de que el inglés se ponía en movimiento hacia su presa. Olfateaba el deseo que lo gobernaba. Sus ojos azules destilaban hambre, y rodeó a Matilde con la cadencia empleada por un lobo para acechar a un cordero. Se puso de pie, indiferente a la anécdota que le refería el ministro de Defensa de Ruanda, y caminó hacia Matilde sin detenerse ante las sirvientas que le ofrecían comida y bebida ni ante los invitados que lo saludaban. Cruzó la sala con la precisión de una flecha. Alamán y Juana cesaron de bailar y lo siguieron con la mirada.

—Nigel —explicó Matilde a Joséphine— ha traído de Londres una pierna ortopédica para un niño de Masisi al que tuvimos que amputársela a causa de una llaga de Buru... —Una voz baja, grave, algo rasposa, la cortó en seco.

—Matilde.

Se volteó hacia la derecha y echó la cabeza hacia atrás para encontrar la mirada de Eliah, cuyo metro noventa y dos se exacerbaba desde esa posición. Lo conocía enfurecido y le temía cuando sus párpados le celaban los ojos, el entrecejo se le arrugaba y las fosas nasales le palpitaban. Se quedó inerte, mirándolo. Resultaba inverosímil tenerlo junto a ella, en esa tierra remota del África. Lo estudió, sin darse cuenta, de la cabeza a los pies, y le gustó la combinación del pantalón azul de gabardina y la camiseta blanca de hilo, con líneas azules en los puños, la cintura y el escote en V. Como le quedaba entallada, le destacaba la dureza de los pectorales y de los bíceps. Matilde supo que no llevaba nada debajo porque una mata de pelo negro asomaba por la V del escote.

—Ven un momento —Al-Saud se expresó en español a propósito—, quiero hablarte.

—¿Por qué? —atinó a susurrar, y la juzgó una pregunta idiota, lo que puso color a sus mejillas.

Debido a que Matilde no reaccionaba, le pasó una mano por la axila y la levantó con el esfuerzo que habría empleado para recoger una fruta del suelo. Matilde ahogó una exclamación, y habría caído, enredada entre las piernas de Taylor, si Al-Saud no la hubiera sujetado. Taylor, impedido por la abrupta salida de la joven, pudo abandonar su sitio sobre la mesa un instante después. Aferró a Al-Saud por el hombro y lo detuvo.

—Al-Saud, no veo que Matilde vaya contigo por su voluntad. Quita tu mano de ella.

—Taylor, no te entrometas entre mi mujer y yo.

—Matilde no es tu mujer.

—Oh, sí, Taylor —afirmó, con acento irónico y una sonrisa que no suavizaba la ferocidad instalada en sus ojos—, te aseguro que Matilde *es* mi mujer.

—Por favor —articuló ella, y movió el brazo en un intento por zafar de la garra de Al-Saud—. ¿Qué pasa? ¿Ustedes se conocen?

—Sí, nos conocemos —fue la respuesta sombría de Al-Saud—. Y no tienes idea de la calaña que es Nigel Taylor.

—Es ella la que no sabe qué clase de basura eres tú.

—Sé muy bien por qué quieres acercarte a mi mujer.

—¿Sí, lo sabes? ¿Se lo cuentas tú o yo?

Al-Saud dio media vuelta y arrastró a Matilde hacia la puerta de la biblioteca con una rudeza que la hizo reaccionar de súbito.

—¡Suéltame! —le exigió, y su orden se mezcló con el chasquido de un golpe seco y el quejido de Al-Saud. Matilde exclamó al salir despedida hacia un costado cuando Eliah la alejó para frenar la embestida de Taylor.

El rumor de los invitados se elevó sobre la música, y bastante bebidos, algunos con cocaína en sangre, rodearon a Taylor y a Al-Saud para alentar la pelea. Tres gritos de Gulemale detuvieron a los contrincantes. Se interpuso entre ellos, con los brazos extendidos.

—Si tienen que pelear, que así sea. ¡Pero fuera de mi casa!

Los sirvientes se apresuraron a abrir las puertaventanas, y el gentío se desplazó hacia el jardín para escoltar a los que prometían ofrecer un buen espectáculo. Alamán intentó detener a Al-Saud.

—¡Déjame! ¡Este hijo de puta ya me tiene hasta la madre! ¡Es hora de que ajuste cuentas con él! Ve con Matilde —le pidió.

Matilde, contenida por Alamán y por Joséphine, observaba la pelea que se desarrollaba frente a ella e intentaba discernir de qué modo las cosas habían alcanzado ese matiz dantesco. Un hombre levantaba apuestas, mientras los invitados alentaban a los adversarios como si fueran gallos de riña. La situación adquiría tonos de pesadilla. Aún no se reponía de la sorpresa de que Gulemale fuera la madre de Joséphine, ni de que Eliah estuviera en el Congo en calidad de invitado de esa mujer horrible, que la forzaban a presenciar algo que detestaba, una pelea con puños. Matilde desaprobaba cualquier tipo de conflicto; era conciliadora por naturaleza; pero a la violencia física la detestaba con el mismo ímpetu con el que

308

Al-Saud y Taylor se arrojaban puñetazos y patadas. No se atrevía a apartar la mirada de Eliah por temor a que algo malo le sucediera. Ambos eran excelentes luchadores, eso podía verse, y lo hacían con técnica y precisión, lo que los volvía mortíferos.

Al-Saud trastabilló después de una patada voladora de Taylor, y éste aprovechó para arrojársele encima con la furia de un toro de Miura. Al-Saud recobró el dominio y se desplazó hacia un lado en el último instante. El inglés pasó de largo. Eliah, sin voltearse, le plantó un codazo a la altura del riñón izquierdo, que lo echó por tierra. Taylor cayó de bruces y profirió un quejido largo y lamentoso. Intentó incorporarse, pero Al-Saud se lo impidió colocándole la bota sobre la nuca. Taylor oyó los vítores de quienes habían apostado por Al-Saud y pensó en Matilde, en que estaba mirándolo, en la humillación que padecía a causa de ese mestizo hijo de puta. Se retorció, sin éxito; Al-Saud le había inutilizado las manos a la altura de los omóplatos y, en cuclillas, le habló en un susurro jadeante:

—Nigel, ya te desquitaste tendiéndome una emboscada en Mogadiscio y usando a ese periodista holandés para que escribiera una sarta de mentiras acerca de mí, que destruyeron mi reputación. Agradece que no haya ido a buscarte para matarte. Pero no te metas con Matilde, porque entonces nada me detendrá.

—*Yo* no me detendré hasta destruirte —Taylor jadeó la promesa.

—Ven detrás de mí, estoy más que listo para hacerte frente, pero mantente lejos de mi mujer. Nigel, te lo juro por mi vida, si tocas a Matilde, te arrancaré los brazos.

Al-Saud se puso de pie, se retiró el copete de la cara y supo, por el ardor que percibió en el ojo y en el pómulo derechos, que, si no se ponía hielo, al día siguiente se le hincharían como una pelota de tenis. Oyó que Taylor se revolcaba en el suelo.

—¡No te tengo miedo, Al-Saud!

—Sí, sí, ya te escuché decir eso antes —manifestó, sin voltearse y con timbre condescendiente.

Lo detuvo el instinto; supo que Taylor lo apuntaba con un arma desde su posición en el suelo. Fijó la vista en Matilde, flanqueada por Alamán y por la hija de Gulemale, y descubrió las lágrimas que se deslizaban por sus mejillas. Resultaba claro que no se había percatado de la acción de Taylor.

—Guarda esa arma, Nigel. —Sus palabras provocaron en Matilde el sobresalto que había presagiado. Alamán la detuvo por la muñeca cuando intentó moverse en su dirección. «¿Qué pensabas hacer, mi amor?», le preguntó Al-Saud con la mirada, y una oleada de ternura ocupó el sitio de la rabia que ella le inspiraba últimamente.

—¡Nigel! —se enfureció Gulemale, al acercarse—. ¿Qué estás haciendo?

—Sólo un cobarde mataría a sangre fría y por la espalda —declaró Al-Saud—. Y yo sé que tú no lo eres, Nigel.

«Sí, lo soy. No fui capaz de retener a mi mujer y entregué a mis compañeros en Mogadiscio.» Al-Saud volvió sobre sus pasos lentamente, con la vista clavada en los ojos inyectados de sangre del inglés.

—Eliah —habló Gulemale—, vete de aquí, entra en la casa, no lo provoques. Y tú, Nigel, guarda esa arma. ¡Ahora!

Al-Saud siguió avanzando hasta que la pistola CZ 75 estuvo a escasos centímetros de su pierna.

—¡Eliah! —El grito de Matilde pareció enmudecer a la selva. Al-Saud apretó los puños para sofrenar el impulso de voltear y mirarla; no se distraería, no cometería ese error.

Joséphine advirtió el vigor que empleaba Alamán para sujetar a Matilde, quien, movida por la desesperación, había cobrado una fuerza impensable para una mujer de su tamaño. La oyó murmurar, y supo que rezaba en español.

Nigel Taylor bajó el brazo y guardó el arma en su pistolera axilar. Se puso de pie y miró de hito en hito a Al-Saud.

—Algún día te destruiré como tú destruiste a Mandy —susurró.

Al-Saud dio media vuelta y caminó hacia la casa envuelto en el murmullo que se levantó entre los invitados. Al trasponer la puertaventana de la sala, advirtió que Matilde se había acercado a Taylor y que le dirigía unas palabras. Taylor, con la vista al piso, sacudía la cabeza, con aire compungido, en el rol de víctima. Chasqueó la lengua, disgustado, y marchó a la cocina en busca de hielo.

—Lo siento, Nigel. ¡Cuánto lo siento! Ha sido por mi culpa.

—Matilde, esto no tiene nada que ver contigo, te lo aseguro. Al-Saud y yo nos conocemos desde hace años y tenemos deudas pendientes. Esta noche, tú fuiste la excusa. ¿Al-Saud es tu pareja? —Matilde negó con un movimiento rápido, mientras se mordía el labio inferior porque tenía la impresión de que mentía—. Él no es una buena persona, Matilde. Él no es bueno para ti.

—Permíteme que te vea las heridas.

—No son nada —desestimó el inglés.

—Señor Taylor —intervino Nkunda—, creo que la fiesta ha terminado para nosotros. Lo mejor será que nos vayamos.

Taylor asintió, a pesar de que Gulemale los había invitado a pasar la noche en su mansión. Regresar al campamento a esa hora no era juicioso dadas las condiciones de los caminos. La rapiña de Mobutu Sese Seko, sostenida durante treinta y dos años, había reducido la red de carreteras de ciento veinte mil kilómetros a unos meros veinte mil y en estado calamitoso. No obstante, permanecer bajo el mismo techo que Al-Saud estaba fuera de discusión.

—Buenas noches, Matilde —dijo, y se retiró, mortificado.

Alamán regresó al interior de la casa junto con los demás invitados, que polemizaban acerca de los detalles de la pelea, muy impresionados por la destreza de los luchadores; otros contaban los billetes que habían ganado con la victoria de Al-Saud. Las puertaventanas se cerraron, regresó la música y las sirvientas se movieron entre la gente para repartir bebidas y comida. Todo se desarrollaba con normalidad, como si la pelea, con final casi trágico, no hubiera acontecido.

La divisó en un rincón, inclinada sobre una mesa con portarretratos, a los cuales estudiaba con una sonrisa que le formaba hoyuelos junto a las comisuras. Joséphine Boel era parecida a *Madame* Gulemale; no obstante, sus facciones, de lineamientos más redondeados y regulares, le conferían un aire cálido en contraposición con el frívolo y beligerante de la anfitriona. Sorbió champaña y se movió para estudiarla desde otro ángulo. Si bien alta y delgada, poseía un trasero suculento, el cual mostraba de manera imprudente en esa posición y enfundado en un vestido color naranja. Alamán notó la manera armoniosa en que se elevaba entre sus caderas estrechas, como un pompón de lana. Se imaginó dándole palmadas hasta que la piel, de una tonalidad similar a la del té con leche, se tornase rosácea. Sintió el jalón en la entrepierna y se cerró el saco para ocultar la erección.

En su camino hacia Joséphine, se detuvo al divisar a Frédéric que le fotografiaba el trasero mientras sonreía con cara maliciosa. Depositó la copa sobre un secreter antes de encarar al argelino.

—¿Qué mierda haces?

—¿No se nota? —preguntó Frédéric a su vez, con el ojo pegado al visor—. ¡Ey! —exclamó, cuando Alamán le arrebató la cámara—. ¡Cómo te atreves! —se enfureció al ver, impotente, que le velaba el rollo.

Joséphine se incorporó y observó el cuadro que se desarrollaba frente a ella con el entrecejo fruncido. Alamán arrojó la cámara sobre un sillón antes de colocar el índice cerca de la nariz de Frédéric, que respiraba de manera congestionada.

—Ya he tenido que soportar bastante de los Al-Saud —pronunció, y lanzó un puñetazo a la cara de Alamán, que lo detuvo con la palma de la mano. Frédéric aulló de dolor cuando sus dedos crujieron en el puño de Al-Saud.

—Compórtate como un caballero con la hija de tu anfitriona —le ordenó, y lo empujó al soltarle la mano. Frédéric trastabilló y rebotó sobre el sillón.

—¿No te gustó que fotografiara las nalgas de Joséphine? ¿Por qué no? Son las mejores nalgas que he visto en mi vida.

Alamán oyó el gemido de Joséphine y se dio cuenta de que no controlaría su ira.

—Retráctate —ordenó, con voz grave y calma—. Pídele disculpas a la señorita Boel.

—¡Ja! ¿Disculpas? Las nalgas de la señorita Boel fueron mías tantas veces como quise.

—¡Oh! —exclamó Joséphine al mismo tiempo que la mandíbula de Frédéric crujía bajo el puño de Alamán.

—¡Basta! —intervino Gulemale—. No toleraré otra pelea en mi casa. Frédéric, levántate y retírate.

Alamán se angustió al descubrir los ojos de Joséphine, que lucían como topacios iluminados por el sol a causa del efecto de las lágrimas. Se miraron con la misma intensidad del momento en que Juana los había presentado. Alamán le sonrió y sacudió la cabeza para negar.

—No, Joséphine, no llores. Ese gusano no se lo merece.

—¡Estoy tan avergonzada! —dijo, en un tono casi inaudible, y Alamán debió leerle los labios para comprenderla.

—José —habló Gulemale, e intentó tomarla por el brazo, pero la muchacha se lo impidió—. No le prestes atención. Ya sabes cómo es cuando bebe.

Alamán advirtió que Joséphine evitaba hacer contacto visual con su madre. Le temblaban las manos y el mentón. Habría arrastrado al jardín a Frédéric y lo habría ahogado en la piscina; ya arreglaría cuentas con él al día siguiente. En ese momento, le interesaba devolver la sonrisa a Joséphine. Se puso nervioso cuando la muchacha consultó la hora y anunció que se iba. Se sorprendió al experimentar esa inquietud.

—No —dijo Gulemale—, no puedes irte. Recién llegas. Es muy temprano aún. Hija —la llamó, y Alamán percibió el efecto que la palabra surtió en la joven; por ensalmo, le borró la angustia de las facciones—. No te vayas todavía. Nunca estamos juntas. Y estoy muy feliz de tenerte esta noche conmigo. Por favor, José.

Gulemale era una excelente actriz, reflexionó Alamán, porque del papel de mujer mundana había pasado al de madre devota en un tris. Joséphine asintió, y Alamán se sintió aliviado.

—Alamán —dijo Gulemale—, te encomiendo a mi hija. Sé que eres una excelente compañía. Haz que olvide este desagradable momento.

—Dalo por hecho, Gulemale —se comprometió Al-Saud, y, con el brazo extendido, le indicó a Joséphine que tomara asiento. Llamó a una de las sirvientas, que les presentó una bandeja con bebidas. Le gustó que Joséphine eligiera un jugo de piña. Otra se aproximó con unos bocaditos.

—Pruebe éstos, señor —sugirió la muchacha—. Es el pudín de mango de la señorita José. Es exquisito.

Joséphine sonrió ante el gesto de placer, algo exagerado, de Al-Saud mientras saboreaba el pudín, y se tapó la boca para sofrenar una carcajada cuando le quitó la bandeja a la empleada y le dijo: «Este manjar se queda acá. Será todo para mí».

—Gracias.

—¿Por qué? —quiso saber Alamán.

—Por disfrutar de mi pudín.

—Es excelente —aseguró, y se metió otro pedazo en la boca—. ¿Es una receta propia del Congo?

—Oh, no. La aprendí en *Le Cordon Bleu*.

—¿*Le Cordon Bleu* de París? —Joséphine asintió—. ¿Viviste en París?

—Sí. Y en Bruselas, donde estudié interna en un colegio. De las dos ciudades, por supuesto, prefiero París. París es mi lugar favorito en el mundo. Amo recorrer la Avenida des Champs Élysées temprano, por la mañana...

Alamán quedó absorbido por la belleza de sus labios carnosos y de contornos definidos, que se movían sin perder el brillo del lápiz labial fucsia. Encontraba encantador su acento, con ese cantito que había oído entre los nativos, aunque más refinado, y que ella no intentaba ocultar. Le gustó que no se esforzase por imitar el de los parisinos.

—...tanto como quisiera porque la administración de la cervecería me consume demasiado tiempo y...

—¿Administras una cervecería? —la interrumpió Alamán, de pronto arrebatado del estado de ensoñación.

—Sí. La fundó mi abuelo, a principios de siglo. Y también administro la hacienda de mi familia.

—¿De veras?

—Pareces asombrado. ¿Acaso no luzco como una mujer que podría hacerse cargo de un negocio?

—No, no —se apresuró a aclarar Alamán—. Me resultas tan femenina, tan... mujer, que imaginé que te dedicarías a otras cosas más tradicionales, como cocinar —dijo, y levantó otro pedazo de pudín—. Lo admito, soy un machista empedernido.

—Sí que lo eres, Alamán —le reprochó, risueña.

—Un defecto que estoy más que dispuesto a corregir.

Joséphine apartó el rostro para ocultar una sonrisa de complacencia, y su cabello largo y lacio, inusual en una africana, al acompañar el movimiento, exhibió un cuello delgado, de piel lisa y perfecta. Alamán sintió un impulso irrefrenable de besarle el tendón que se exponía.

—Me encanta esta canción —aseguró Joséphine, y, al voltearse de súbito, provocó un sobresalto en Al-Saud, que se retrajo a su posición inicial—. ¿Sabes cómo se llama?

—*I just died in your arms tonight*, de Cutting Crew. Se ve que a Gulemale le gusta la música de los ochenta.

—No, a mi madre no. A Frédéric —musitó.

—¿Te gustaría bailar conmigo, Joséphine?

Otro impulso lo asaltó, un impulso nacido de la ternura que le provocó la actitud asustadiza y vergonzosa de Joséphine, que miró hacia el grupo de invitados, que comían, bebían y charlaban, pero no bailaban. Alamán le pasó el dorso de los dedos por el cuello, y la vio trepidar y bajar la mirada.

—Nadie está bailando.

—¿Qué importa? Nosotros queremos bailar y lo haremos.

Joséphine levantó la vista y contempló a Al-Saud en lo profundo de los ojos, seria, segura, mientras un cosquilleo que no experimentaba desde hacía años se arremolinaba en su estómago. «Es tan atractivo», pensó, mientras una sonrisa amplia, de labios separados, dientes lustrosos y hoyuelos que coronaban las comisuras, ponía brillo en sus ojos de topacio.

—*Mon Dieu, Joséphine...* Eres tan hermosa. —Alamán rio al verla sonrojarse y le pasó los dedos por la mejilla incapaz de reprimir el deseo de tocarla—. Quiero bailar contigo. Por favor —le suplicó, y ella asintió y aceptó la mano que él le ofrecía.

La canción no era lenta, sin embargo, los dos se acercaron para bailarla pegados. No existió un instante de duda o de vacilación cuando la necesidad de poner sus cuerpos en contacto los guió a los brazos del otro. Después de cerrar los dedos en la cintura de Joséphine y de aferrarle la mano para colocarla sobre su corazón, Alamán soltó el aliento retenido. Se dio cuenta de que estaba nervioso como un inexperto. Tal vez, se dijo, en el sentimiento que esa chica le inspiraba, sí era un inexperto.

Juana llamaba a la puerta del baño y presionaba a Matilde a salir.

—Voy a salir cuando me digas que Joséphine está dispuesta a irse de esta casa. No voy a volver a esa fiesta. No quiero cruzarme con Eliah. ¡No quiero volver a verlo en mi vida! Ha sido un grosero con Taylor. Y conmigo.

Un invitado se aproximó e inquirió a Juana con la mirada.

—Mat, aquí hay un señor que necesita el baño.

Se oyó el chirrido del pestillo, y la puerta se abrió. Matilde salió con el ímpetu de un ventarrón, y Juana, después de elevar los ojos al cielo y de suspirar, la siguió.

—¿Adónde vas? —le preguntó.

—A buscar a Joséphine. Nos vamos ahora. Mañana tengo una cirugía de fístula y no quiero que el doctor Gustafsson vea que estoy ojerosa y mal dormida.

—¿No ves que Joséphine está charlando con Alamán? —la increpó, y le señaló hacia un rincón de la sala—. Se la ve muy contenta. Y a él también, que no dejó de mirarla desde que llegamos. Serías una egoísta si le pidieras que nos fuéramos. Sabes que es más buena que Lassie en coma y que, por darte el gusto, se iría. Pero no sería justo para ella, que está tan sola y conoce a tan poca gente de su nivel para divertirse.

—¡Está bien! La esperaré en el auto.

—¿Con el amargo de Godefroide?

—Prefiero a Godefroide que toparme de nuevo con Eliah. Déjame salir de aquí antes de que me cruce con él.

—¿No vas a despedirte de la mamá de Joséphine?

—No —contestó, y, después de pedirle a una empleada su *shika*, se la colgó en bandolera y salió de la casa.

—Qué fiesta de mierda —masculló Juana, que se debatía entre seguir a su amiga o darle una oportunidad a la reunión que tanto la había entusiasmado pocas horas antes.

—Juana, ¿dónde está Matilde?

Al-Saud la sobresaltó, y se dio vuelta con la mano alrededor del cuello.

—Hola, Eliah. ¿Cómo estás? Para mí también es un gusto verte de nuevo después de tanto tiempo.

—Hola, Juana —dijo Al-Saud, y sonrió con una mueca de contrición—. Discúlpame.

—Sí, te disculpo por haberte comportado como un estúpido y un grosero desde que llegamos.

—Me sorprendí mucho al verlas.

—En cambio, a nosotras no se nos movió un pelo. —Al-Saud bajó la cara y rio con desgano—. Eliah, Matilde se puso fría cuando te vio. Temblaba como una hoja. ¡Encontrarte aquí, en la casa de Gulemale! ¡En medio de este país de mierda! ¿Qué carajo piensas que le pasó?

—¿Por qué no vino Vanderhoeven?

—¿Eh?

—Vanderhoeven, el belga.

—Sí, ya sé que Auguste es belga. ¿Qué pasa con él?

—¿Por qué no vino esta noche con Matilde?

—¿Por qué tendría que venir con Matilde?

—¿Dónde está?

—¿Mat? No aguantó más y se fue a esperar al auto.

—¿Está sola allá fuera?

—No, está con Godefroide, el chofer de José.

—*Merde!*

—¿Qué pasa? —Juana correteó detrás de él—. ¡Déjala, Eliah! No vayas a molestarla. ¡Hazme caso! ¡Eliah! ¡Ah! —se asustó, cuando Al-Saud frenó de golpe y giró sobre sí.

—¿En qué auto está?

—¡Qué noche de mierda!

—Juana.

—En aquel Grand Vitara rojo.

Matilde agitaba el abanico, regalo de Joséphine. Detuvo el movimiento al divisar la figura de un hombre que se aproximaba a paso rápido hacia el sector del estacionamiento. Ella habría reconocido esa manera de caminar entre un millón de personas. Se recostó en el asiento trasero, nerviosa, porque aun desde esa distancia percibía la rabia que dominaba a Eliah Al-Saud. Simuló enojo cuando el hombre abrió la puerta y le ordenó en francés:

—Baja ya mismo y entra en la casa.

—Papito, ¿qué te pasa? ¿Por qué no te calmas un poco? ¿Por qué le hablas así?

—¿Cómo quieres que le hable cuando la encuentro coqueteando con ese imbécil de Taylor?

Godefroide Wambale, tan alto como Al-Saud y más fornido, se plantó frente al hombre que se atrevía a maltratar a la doctora Matilde.

—Le voy a pedir que se retire, señor.

—Oh, está bien, Godefroide —medió Matilde para evitar otra pelea—, no hay problema. Iré con él. —Descendió del vehículo y caminó deprisa hacia la casa.

Al-Saud y Juana iban detrás. Eliah la observaba avanzar envuelta en ese talante entre ofendido e iracundo que la apremiaba a sacudir el trasero que lo volvía loco y del cual él se sentía el dueño porque lo había tocado, lamido, mordido, palmeado y al que ansiaba penetrar. Lo emocionaba tenerla tan cerca de nuevo. ¡Cómo la había extrañado! ¡Cuánto la necesitaba para ser feliz! Incluso haciéndolo ahogarse de rabia, lo enloquecía la emoción de volver a verla o la expectativa de poder besarla y tocarla.

Matilde lo esperó en la puerta con los brazos cruzados y un gesto de indignación.

—De aquí no me muevo —le aseguró, cuando él le apoyó la mano sobre el hombro para guiarla dentro—. No pienso entrar en esa casa de locos.

—Vamos a mi habitación para hablar tranquilos —dijo él, mesurado y conciliador.

—¿A la habitación que estás compartiendo con Gulemale? No, no voy.

—No estoy compartiendo la habitación con nadie.

—Los dejo solos —habló Juana, y entró.

—Por favor, Matilde. No quiero hablar aquí.

—¿Hablar? ¿De qué? Cuando llegué a la fiesta no parecías inclinado a… no digamos conversar conmigo, ni siquiera a saludarme.

—¿Cómo conociste a Taylor?

—No tengo por qué darte explicaciones. ¡Suéltame! —le exigió, cuando Al-Saud, de nuevo colérico, la aferró por los brazos, a la altura de las axilas, y la obligó a ponerse de puntitas.

—No quiero que vuelvas a verlo —le exigió, mostrándole los dientes—. Ese hijo de puta me odia y quiere hacerte daño para hacérmelo a mí.

—¿Qué tengo que ver yo contigo?

—Matilde —dijo, con los ojos cerrados, mientras buscaba una brizna de cordura a la cual aferrarse—, te lo suplico, aléjate de ese tipo. Es un perverso hijo de puta.

—Es un buen hombre. —Matilde tembló cuando Al-Saud levantó los párpados. Sus ojos se habían vuelto negros y la aborrecían desde esa oscuridad.

—Deberías odiarlo y despreciarlo tanto como a mí porque él también es un mercenario.

—Ya lo sé. —El instante de desconcierto de Al-Saud no significó un triunfo, por el contrario, la tribulación del hombre que amaba le causó dolor físico. Notó que aflojaba la sujeción y que la alejaba de él.

—¿Cómo lo sabes?

—Porque me lo dijo poco después de conocernos. A diferencia de ti, él no me mintió ni me ocultó la verdad. Y te aseguro que él no quiere lastimarme para lastïmarte. Ni siquiera sabía que tú y yo nos conocíamos.

—¡Ja! —reaccionó Al-Saud—. ¿Y tú te crees eso? ¡Claro que lo sabía!

—Jamás le hablé de ti.

—¡Él de algún modo lo supo! ¿Cómo lo conociste?

—Llegó un día al hospital con un cuadro de apendicitis. Yo era la cirujana disponible para practicarle la apendicectomía, y eso hice. Le extirpé el apéndice y se convirtió en mi paciente. Así lo conocí. ¿Estás satisfecho ahora?

La declaración de Matilde destruyó los argumentos de Al-Saud y lo sumió en un estado de estupor.

—¿Puedo volver al auto?

—Matilde...

—¡No me toques!

Al-Saud se cerró sobre ella, la aprisionó contra la pared y le inutilizó los brazos y las piernas con el poder y el peso de su cuerpo. Sus ojos, aún oscurecidos, se fijaron en los de ella con una intensidad tan abrumadora que, pese a que luchó, no logró controlar los sollozos que brotaron de su garganta y que la humillaron.

—Déjame —le pidió, sin fuerza—. ¿Qué estás haciendo acá? ¿Por qué tuvimos que encontrarnos? ¡Dios mío! —exclamó.

Al-Saud hundió la cara en el cuello de Matilde y absorbió el aroma que despedía su piel húmeda y caliente. No se encontró con la colonia de bebé esperada, aunque el aroma lo enloqueció igualmente, una fragancia floral, femenina, delicada, aunque intensa al mismo tiempo. ¿Se la habría regalado el idiota o Taylor?

—¿Qué perfume estás usando? —le preguntó, y Matilde percibió el movimiento de sus labios sobre la piel—. ¿Quién te lo dio?

—Me lo prestó Joséphine —se resignó a contestarle, para calmarlo—. Por favor, suéltame.

—¿Cómo se llama? Quiero comprártelo.

—No —se negó en un susurro.

—Sí —contestó él, con un fervor en la voz que se trasladó a sus extremidades, y que Matilde notó en el aumento de la presión—. Decime cómo se llama.

—Anaïs-Anaïs.

—Anaïs-Anaïs —repitió él, y la sensualidad de su acento se le alojó entre las piernas como un pinchazo. La fastidió su debilidad y el descaro de Al-Saud, que jugaba con ella a las puertas de la casa de su amante africana.

—Déjame ahora. No quiero otro escándalo. Si Gulemale nos encuentra así, no creo que se ponga contenta.

—Entre Gulemale y yo no hay nada.

—No te creo. Me mentiste demasiado.

—Tú también.

—Por eso, porque hubo demasiadas mentiras es que todo terminó entre nosotros. Déjame ir.

Al-Saud irguió la cabeza y la miró a los ojos, afectado por la serenidad con que Matilde se había expresado. ¿Cómo podía hablar de un final entre ellos si estaban unidos para siempre, en cuerpo y alma? Lo encolerizó su frialdad, también su necedad, y se alejó de ella con dos pasos hacia atrás.

—No quiero que vuelvas a ver a Taylor. ¿He sido claro?

—Basta. Por favor.

—Taylor es una mierda y quiere lastimarte.

—¿Qué pasó entre él y tú?

—Una vieja rivalidad.

—Él ha sido muy bueno con dos chicos del hospital. Ha donado mucho dinero para ellos.

—¡Porque quiere impresionarte!

—No importa. Ayudó a dos criaturas muy desdichadas.

—¿Qué diría si supiera que te acuestas con el idiota de Vanderhoeven? —Se arrepintió incluso antes de terminar la frase. La facilidad de Matilde para ponerse colorada era la misma que para perder el color, y la vio palidecer de una manera tan drástica que estiró los brazos en un acto instintivo para sujetarla. Las tonalidades de los labios y de la piel se emparejaron en la misma blancura, la del papel.

—Miserable.

—Matilde, perdóname…

—¡No! Y no vuelvas a acercarte a mí. ¡Déjame en paz!

Impotente, la vio correr en dirección a la Suzuki Grand Vitara, con su cabello que flameaba y que, al atrapar la luz de la luna, fosforecía en la oscuridad.

13

A la mañana siguiente, mal dormido y de pésimo humor, Al-Saud saltó dentro de la Chevrolet C10 y condujo como un loco por una carretera atestada de depresiones. Un retén de soldados, que se había cruzado en el camino, lo obligó a detenerse y a perder unos minutos al exigirle su identificación. Al final, Al-Saud sacó unos dólares y arregló el asunto. Sabía que, desde hacía meses, el gobierno no pagaba la soldada, y que los hombres del ejército deambulaban en busca de comida, convertidos en una manada de perros tan salvajes como los *interahamwes* o los mai-mai. También rondaban los soldados ruandeses y los ugandeses, y, aunque recibían la paga de sus gobiernos, tenían órdenes de dedicarse al pillaje y a la violencia.

Reinició el viaje más calmado, indiferente al paisaje y a la gente que se desplazaba por los costados del camino. Un instante de sensatez lo apremió a cumplir su plan para ese día: visitar, con Derek Byrne, los alrededores de la mina de coltán que debían asegurar para los empleados de Shaul Zeevi. No sabía para qué se planteaba la posibilidad de no ir a ver primero a Matilde al hospital de Rutshuru cuando, por mucho que su mente lo reprobara, su cuerpo y sus entrañas lo gobernaban sin que él pudiera ni quisiera rebelarse. Matilde lo ocupaba por completo. Apoyó el codo en el filo de la ventanilla, se sujetó la cabeza y siguió manejando con la derecha, cavilando acerca del desastre de la noche anterior. Golpeó el volante con el talón de la mano. Había imaginado otro escenario y otras circunstancias para el reencuentro. Pocas veces la vida lo había tomado tan distraído como en el instante en que la descubrió en la sala de Gulemale. En contra de su temperamento, adiestrado para evitar el efecto sorpresa, le permitió al asombro, a los celos y a la rabia que se adueñaran de su juicio. Desde ese instante, sólo cometió errores.

Encontró a Byrne y a Ferro montando guardia en los lindes del hospital; habían cambiado el vehículo para evitar levantar sospechas. Amburgo le confirmó que Matilde había ingresado en el hospital pasadas las ocho de la mañana y que no habían vuelto a verla. Una muchacha, tímida como un cervatillo y con el garbo de una langosta, se aproximó a la camioneta y esperó con la vista en el suelo. Ferro explicó a Eliah que se trataba de la muchacha de la limpieza que les daba información acerca de la doctora Mat, y se alejó para hablar con ella. Byrne se comunicó con ella a través de su swahili rudimentario porque la joven no manejaba bien el francés.

—Dice que la doctora Mat se la ha pasado dentro del quirófano desde que llegó. Que ahora mismo está operando. ¿Esperamos, jefe, o nos ponemos en marcha hacia la mina?

—Esperaremos —decidió Al-Saud, después de consultar la hora.

Matilde se lavaba las manos en la sala prequirúrgica junto al doctor Gustafsson, incapaz de experimentar el entusiasmo de meses atrás, cuando, en París, Vanderhoeven y el médico sueco le explicaban las complejidades de una operación de fístula vaginal, y ella no veía la hora de hallarse en el sitio en el que se hallaba en ese instante, a punto de cerrar por primera vez el hueco que convertía en un infierno la vida de Kutzai, la mujer que habían conocido en el campo de refugiados Kibati-1. Desde el lunes, había asistido a Gustafsson mientras éste operaba a cinco mujeres por día, preguntándole e interviniendo en las tareas más simples. A su vez, Gustafsson la había visto realizar una punción para extraer líquido cefalorraquídeo y, el día anterior, se había pasmado cuando Matilde le salvó la vida a un pequeño al que se le había formado un hematoma intracraneal a causa de un machetazo. Si bien no era neurocirujana sino cirujana pediátrica, aseguró que se atrevía a realizar el procedimiento después de haberlo presenciado en varias ocasiones en el Hospital Garrahan. En el de Rutshuru no contaban con un neurocirujano, y los signos vitales del niño empeoraban minuto a minuto; urgía disminuir la presión dentro de la cavidad craneana. Como solía decir Jean-Marie Fournier, en el Congo era preciso arreglarse con lo que había, nadie podía ponerse exigente, por lo que el doctor Loseke la autorizó a intervenir al niño.

Por fortuna contaban con el instrumental para obtener una angiografía que, colocada a la luz del negatoscopio, les permitió estudiar los vasos sanguíneos de la cabeza del paciente para establecer lo que sospechaban, que se trataba de una hemorragia extradural, un coágulo alojado entre la parte interior del cráneo y la duramadre, la capa que recubre el exterior del cerebro. Con suerte, un orificio pequeño en el hueso bastaría para que la sangre fluyera y la descompresión fuera inmediata. El riesgo mayor, el de daño cerebral, casi paralizaba a Matilde. Un niño con discapacidades físicas y neurológicas no tenía ninguna posibilidad de sobrevivir en un contexto como el del Congo; si no servía para cuidar el ganado o para trabajar en el campo, su familia lo relegaría al lugar de paria.

No podría temblarle el pulso mientras abriera la pequeña cabeza rasurada, por lo que inspiró profundo y se encomendó al Espíritu Santo. Trepanó el periostio, colocó compresas, fijó el separador autoestático, que mantendría retraído el tejido, y horadó el hueso. De inmediato, la sangre del coágulo brotó del orificio e inundó el campo, y Matilde procedió a aspirarla. Despejada la zona, recibió el aparato para la electrocoagulación de los vasos, que se cerraron sin dificultad. De inmediato, una vez liberada la presión intracraneal, los signos vitales del niño comenzaron a normalizarse.

El desempeño de Matilde en el quirófano convenció a Gustafsson de que la médica argentina estaba lista para cerrar fístulas, y así lo expresó la mañana del viernes, frente a Vanderhoeven, que levantó las cejas, asombrado; con él, el sueco había sido más exigente, y recién en esa visita a Rutshuru le había permitido llevar adelante una cirugía sin su intervención. Matilde entrevió algo de envidia y resentimiento en el gesto del belga, pero la juzgó con la misma indiferencia con que valoraba todo esa mañana. Lo vivido en la fiesta de Gulemale la habían dejado inerte y sin lágrimas. La noche anterior, volvió al automóvil de Joséphine y se recostó en el asiento, donde se echó a llorar sin importarle la presencia de Wambale.

Un cansancio, que la acometió de pronto y le pesó en los párpados, la despojó aun de las ganas de llorar y se extendió por sus piernas y sus brazos, haciéndola sentir torpe y pesada. Estaba deprimida, lo sabía, y ni siquiera la perspectiva de la cirugía que la esperaba le devolvía el entusiasmo. Pensó en Jérôme, en que volvería a verlo al día siguiente, y sonrió débilmente, en tanto levantaba los brazos para que la enfermera de quirófano le colocara el delantal de plástico. La mujer la miró y sonrió a su vez, porque le había extrañado que la doctora Mat estuviera tan callada y taciturna esa mañana.

El de Kutzai, la mujer del Kibati-1, constituía un caso complicado, pensó Gustafsson, mientras seguía con atención las manos de la doctora Martínez, que colocaba la sonda en la vejiga y le inyectaba azul de metileno para comprobar que el cierre que acababa de realizar en la fístula vesico-vaginal fuera a prueba de agua. El sueco sonrió al verificar que no brotaban gotas azules entre los labios de la sutura.

Antes de retirarse del quirófano, Matilde se quitó el cubrebocas y se acercó a la paciente, que había permanecido despierta a lo largo de la operación pues se usaba anestesia raquídea. Le acarició la frente.

—Kutzai, todo salió muy bien —le aseguró en swahili, de modo pausado, con mala pronunciación, y la mujer soltó una risa corta, con lágrimas en los ojos.

—*Merci* —contestó, y, cuando Matilde se inclinó para besarle la frente, la mujer le aferró las manos, libres de los guantes de látex, y las presionó contra sus labios—. Dios la bendiga, doctora Mat.

Matilde la contempló a los ojos, sintiendo misericordia y cariño por esa criatura que había sufrido una tortura, y su pena adquirió otra dimensión, no sólo en comparación con la de Kutzai, sino porque el haber contribuido a colocar una sonrisa en el rostro oscuro de la mujer, la hizo más pequeña, la volvió insignificante.

Le explicó en francés que, en una semana, le cerrarían la fístula recto-vaginal, que provocaba la evacuación de las heces por la vagina. El martes, con apenas un día en el hospital y después de que Gustafsson analizara la estenosis en la parte final del recto, Kutzai había ingresado por primera vez en el quirófano para que Matilde le practicara una colostomía, una intervención por la cual el excremento termina en una bolsa colocada fuera del cuerpo del paciente, paso fundamental que preparó a Kutzai para la última cirugía, la que enfrentaría al cabo de siete días, el viernes 29 de mayo.

En cuanto a la operación recién practicada, le dijo que conservaría la sonda para orinar durante quince días, pasados los cuales, con ejercicios de kinesiología, aprendería a usar la vejiga de nuevo. Se trataba de una etapa difícil porque algunas vejigas se volvían «holgazanas» y costaba hacerlas funcionar.

—Kutzai, piensa que sólo falta una cirugía para que vuelvas a tu vida normal. Quiero que estés contenta y que sigas siendo valiente.

—Haré lo que me diga, doctora Mat. Seré valiente.

Las enfermeras movieron la camilla y se llevaron a Kutzai a la sala de recuperación. Se encontraron con Auguste en el vestidor; el médico belga acababa de operar de urgencia a un rebelde con una esquirla de granada en el estómago.

—¿Cómo te fue? —se preguntaron al unísono, con sincero interés y ansiedad, y rieron, aun Gustafsson, un hombre más bien parco, soltó una carcajada.

Salieron al pasillo de mejor talante del que los había dominado antes de las cirugías. Reían y comentaban los pormenores de las intervenciones.

—Acaba de pasar su bautismo de fuego, doctora Martínez —expresó Gustafsson—. Un caso difícil para empezar. La felicito. Se ha desempeñado con gran pericia. Yo no lo habría hecho mejor.

—Fue fácil con usted a mi lado, doctor —admitió Matilde—, porque sabía que solucionaría cualquier error que yo cometiera.

—Mañana por la mañana, cuando vuelva a Bukavu, me iré con la certeza de que dejo a dos grandes cirujanos de fístula en Rutshuru.

—Jean-Marie —Vanderhoeven hablaba de Fournier— está planeando un viaje a Goma en unas semanas para operar allá.

—Eso sería... —Matilde no acabó la frase. Al final del pasillo, en un charco de luz natural que lo embellecía y que exacerbaba su altura y la cuadratura de sus hombros, se hallaba Eliah Al-Saud.

Él la había visto atravesar unas puertas vaivén, escoltada por el idiota y por un doctor de raza blanca, mayor, la cabeza completamente encanecida. Reían y hablaban con entusiasmo. Al igual que los dos hombres, Matilde vestía traje de cirujano, compuesto de saco y pantalón en color turquesa, incluso llevaba el gorrito y el cubrebocas al cuello, que se quitó y, al hacerlo, arrastró el gorro y desarmó el chongo, que se deshizo sobre su espalda. El idiota, que caminaba un paso por detrás, admiró el cabello de Matilde con codicia, y Al-Saud apretó las mandíbulas. Se obligó a controlarse para evitar los errores de la noche anterior. Le dolió la dureza que se apoderó del semblante de Matilde cuando su mirada cayó sobre él. El hombre mayor y el idiota se detuvieron a su vez y siguieron la línea visual de Matilde. Entonces, Al-Saud posó la mirada en Vanderhoeven, quien, después de unos instantes de perplejidad, lo contempló con abierto antagonismo. Vio que Matilde se volvía hacia sus compañeros, les destinaba unas explicaciones y avanzaba hacia él. Al-Saud caminó a su encuentro, simulando un aire triunfal para que el idiota, que permanecía al final del pasillo, enfureciera.

Matilde metió las manos en los bolsillos del saco y lo miró a los ojos, simulando calma, la que estaba lejos de sentir; las manos le temblaban, por eso las había escondido, y dudaba de que su voz surgiera con normalidad. Guardaron silencio mientras se contemplaban, emocionados por estar tan cerca el uno del otro después de tanto tiempo.

A Matilde le molestó que el atractivo de ese hombre la afectara al punto de reducirla a un ser estúpido, sin voluntad, ni dominio, con la respiración acelerada y un latido veloz que le lastimaba el pecho. No podía creer que aún le quitara el aliento el modo en que los mechones negros del copete se regaban sobre su frente, o la forma de sus labios, o el hueso de la mandíbula, que se agitaba porque él estaba apretándola, o el color del bozo después de la afeitada que se había dado esa mañana, o el diseño de sus orejas, pequeñas y pegadas al cráneo, o su elegancia, aunque vistiera unos pantalones sueltos color caqui y una camiseta blanca. Enseguida advirtió que el dobladillo del pantalón estaba embutido dentro de unas botas negras, el calzado típico de los soldados, pensó.

Luchó por no acariciarle la media luna morada que le contorneaba el hueso del párpado inferior, fruto de la pelea de la noche pasada. La fastidiaba que, en lugar de enojarla su postura pedante, de piernas ligeramente separadas, de pulgares enganchados en la cintura del pantalón y de mentón apenas elevado, la derritiera.

—Hola —la saludó, y ella no se dignó a responderle—. Pareces contenta. ¿Te fue bien en la cirugía?

—Sí, muy bien, gracias a Dios.

—Gracias a ti, que eres una excelente cirujana.

—Tú no sabes si soy buena o mala cirujana.

—Tú eres buena en cualquier cosa que emprendes.

—¿A qué viniste? Anoche me trataste como a una cualquiera y me acusaste de acostarme con Auguste.

—Anoche me acusaste de acostarme con Gulemale.

—¿Acaso no es verdad?

—No.

Matilde forzó una sonrisa y sacudió los hombros.

—Discúlpame. No tengo por qué preguntarte. No es de mi incumbencia. Tengo que irme. En una hora vuelvo al quirófano y quiero almorzar.

Giró para retirarse, y Al-Saud la sujetó por la muñeca y la arrastró fuera de la vista del idiota, y ella se lo permitió porque no deseaba apartarse de él. Resultaba paradójico: estaba amargada porque estaba feliz. Experimentaba una inmensa dicha por tenerlo de nuevo junto a ella, en un sitio impensado, en un tiempo inesperado, y a su vez se despreciaba por permitirse esa debilidad. Se alejaron hacia un sector silencioso, oscuro y apartado donde las mujeres de la limpieza estacionaban sus carritos. Lo único a lo que atinó cuando él se detuvo frente a ella fue a bajar la vista para protegerse del ascendiente de su mirada.

—¿Por qué Vanderhoeven se quedó mirándonos? ¿Con qué derecho lo hace?

—Con ningún derecho. Lo hace y basta. No es mi problema como tampoco es mi problema si te acuestas con Gulemale.

—¡Sí es tu problema!

—No, no me interesa.

—¿Yo no te intereso?

—No.

—¿Es éste uno de esos momentos en que dices exactamente lo opuesto a lo que piensas?

Matilde, terca en su decisión de no mirarlo, guardó un silencio condenatorio. Su vista se fijaba en el escote en V de la camiseta blanca, por donde asomaba el vello espeso y negro, y se imaginó enredando los dedos y rozando las tetillas erectas, y a las palpitaciones de su pecho se sumaron unas en la vagina, que se convirtieron en una punzada cuando las manos de Al-Saud le rodearon el cuello y sus pulgares le ejercieron presión en la barbilla para exigirle que lo enfrentara.

—Sí —pronunció Al-Saud—, no dices lo que piensas. ¿Por qué llamaste a mi casa para saber cómo estaba si ya no te interesa? Leila me lo dijo. —Sonrió con malicia cuando los pómulos de Matilde se encendieron, aun el puente de su nariz—. Sólo con mirarte me pongo duro. Volver a tocarte… Dios mío, Matilde, me enloquece. Matilde —suspiró, con los ojos cerrados—. Te extraño tanto, mi amor. —Se inclinó para besarla, pero Matilde apartó la cara y, al hacerlo, sus fosas nasales se colmaron de Givenchy Gentleman. ¿Por qué no usaba A Men, para cumplir la promesa hecha en Ministry of Sound?

Al-Saud intentó atrapar los labios de Matilde de nuevo, y ella lo esquivó otra vez.

—No —la oyó musitar—. No quiero. —«Aguanta», se instó, y conjuró imágenes que vivían atormentándola, de Eliah y de su hermana Celia en la cama, compartiendo una cópula abrasadora.

—¿Por qué no? —susurró él, y sus manos se calzaron en la cintura de ella y le pegaron la pelvis a su bulto, duro, caliente y palpitante—. ¿Ya no te excito?

—No —mintió—, ya no.

—¿Ya no? —Matilde notó que las manos de Al-Saud se volvían bruscas y que su voz se endurecía—. ¿Acaso encontraste otro que te caliente? ¿El imbécil del belga tal vez? ¿O Taylor?

Matilde se escurrió para librarse.

—Suéltame. No tengo ganas de escuchar tus insultos. Con los desplantes de anoche tuve suficiente.

Al-Saud entornó una puerta con el pie y se introdujo, con Matilde entre sus brazos, en un cuartito que, por los olores, era el depósito de los productos de limpieza. El cuarto de servicio, apenas iluminado gracias a la luz que se filtraba por el poste, tenía anaqueles con frascos, latas, botellas y cubetas. Al-Saud aprisionó a Matilde contra la puerta, le envolvió la cintura con el brazo izquierdo y le sujetó la mandíbula con la mano derecha, propiciando que sus labios sobresalieran.

—¡No te atrevas! ¡Déjame! —se quejó Matilde, con la voz distorsionada.

No se trató de un beso sino de un asalto violento en el que la boca de ella desapareció dentro de la de él. Literalmente, la devoró, e inició un juego diestro, camuflado en la fiereza, hasta conseguir que Matilde separase los dientes y lo dejara entrar. Se produjo un cambio en la respiración de ambos cuando Al-Saud consiguió penetrarla e iniciar una lucha con la lengua de ella. Le hurgó las encías, los dientes, el paladar y cada recoveco con el señorío que le confería su dignidad de dueño de esa mujer. Le succionó la lengua como lo habría hecho con un pezón y se introdujo profundamente en su boca hasta saber que la ahogaba. Identificó el instante en que Matilde claudicaba y se entregaba, y la malicia volvió a curvarle las comisuras cuando las manos de cirujana le encerraron la nuca. La reacomodó entre sus brazos, y le besó el cuello, y le dibujó las líneas de las orejas con la punta de lengua hasta que la boca de ella salió a buscar la de él.

Junto con la tenue luz que se escurría por el poste, también se colaban los sonidos del hospital —la sirena de una ambulancia, el llanto de los niños, las voces de los pacientes, las órdenes de las enfermeras—, y, sin embargo, no bastaban para acallar los clamores de Matilde ni la respiración impetuosa de Al-Saud.

Eliah escurrió la mano por el elástico del pantalón y la deslizó bajo el calzón de algodón hasta apretarle un glúteo. «Por favor», se lamentó, «¡qué delgada está!», y odió a Vanderhoeven con fuerza renovada por explotarla, y la odió a ella con la misma intensidad con que la deseaba y con que la amaba por permitirle a ese imbécil que abusara. Hundió la mano en la hendidura entre las nalgas y le acarició el ano, una y otra vez, hacia atrás y hacia delante, con suaves tirones. Matilde se convulsionó contra el pecho de Al-Saud como atacada por una descarga eléctrica; echó la cabeza hacia atrás, profirió un grito y, de manera mecánica, como si estuviera por caer de espaldas, le cubrió el rostro con una mano y le clavó las uñas de la otra en la carne del cuello. Al-Saud le habló sobre la palma, humedeciéndosela, caldeándosela, rozándosela con los labios.

—¿Qué fue eso? ¿Un orgasmo?

Matilde asintió apenas, agitada, pasmada, aturdida a causa del placer. Al-Saud le tocó la palma con la punta de la lengua, y Matilde retiró la mano para depositarla en el hombro de él.

—Júrame —le exigió en francés— que sólo conmigo has temblado así.

Como ella se empecinaba en el silencio, con los ojos cerrados, los labios empalidecidos y las fosas nasales dilatadas, Al-Saud continuó el descenso de su mano hasta alcanzar la vagina viscosa. Matilde hizo rodar la cabeza sobre la puerta y se quejó débilmente. Al-Saud, implacable, soltó una risita sarcástica y la penetró con el índice y el mayor, mientras dibujaba círculos con el pulgar sobre el clítoris hinchado de Matilde.

«¿Por qué lucho contra esto?», se cuestionó. «¿Por orgullo? ¿Por vergüenza con él? ¿Para protegerme?» No podía resistirlo. Profirió un gemido, más bien un lamento, y su pelvis inició un vaivén sobre la mano de Al-Saud en contra de su voluntad. Sollozó cuando él detuvo los masajes para hablarle de nuevo en francés sobre los labios.

—¿Quién te calienta como yo? —la increpó, y, con tal de que siguiera frotándola, le confesó la verdad, cayendo fácilmente en la lengua de él.

—*Personne.* —«Nadie»

—¿Quién te ha tocado así?

—*Personne.* ¡Por favor! —suplicó, y él volvió a penetrarla con los dedos y a besarla, hasta que retiró la lengua de su boca y la mano de su vagina para causarle una nueva frustración.

—¿Quién es el único que te calienta?

—Tú.

—Di mi nombre. No has pronunciado mi nombre desde que volvimos a vernos. ¡Dilo!

—Eliah.

—Otra vez.

—Eliah.

Matilde ni siquiera era consciente del chantaje. Sólo quería satisfacerlo para que él la satisficiera a su vez.

—¿Qué significo para ti, Matilde? —le preguntó, más manso, mientras arrastraba la boca por el rostro de ella, aun por la nariz, donde depositó pequeños besos para marcarle las pecas que amaba.

—Tú eres todo.

Los labios de Al-Saud se separaron en una sonrisa triunfal; le gustó que lo manifestara en español. Retomó las caricias y el movimiento de sus dedos dentro de ella con lentitud intencionada hasta conducirla a la desesperación.

—¡Por favor, Eliah!

—Sí, mi amor, sí.

No implicó una tarea laboriosa, la condujo al alivio en pocos segundos. Matilde perforó el silencio de la despensa con chillidos agudos y sostenidos, más adecuados en caso de haber estado recibiendo un castigo físico. Eliah carcajeó, ufano, y deseó que Vanderhoeven, guiado por los gritos de Matilde, los descubriera.

Quedó inerte, la frente apoyada sobre el lado del corazón de Al-Saud. La firmeza de su cuerpo y la dureza de sus músculos la reconfortaban. Sus manos, que la mantenían en pie, aún la excitaban sólo con transmitirle calor y poder. No quería mirarlo a la cara. Tenía vergüenza ahora que repasaba los momentos recién vividos. Se mantuvo quieta y contuvo el aire cuando supo que Eliah, tras apoyar los labios sobre su oído, le hablaría.

—No vuelvas a decirme que no te excito. Mientes con mucha facilidad, Matilde. ¿Cómo puedes estar con Vanderhoeven cuando el que te calienta soy yo?

Le quitó el apoyo, el de sus manos y el de su cuerpo, y, sin darle tiempo a corregirlo de su error, se deslizó de costado por el resquicio de la puerta y se marchó. Las piernas no la sostuvieron, y resbaló hasta convertirse en un bulto en el suelo.

⌁ ⚘ ⌁

Frédéric se levantó de mal humor, con un moretón en la mandíbula y sin su cámara fotográfica al cuello. Desayunó poco junto a la piscina, oculto tras sus lentes para sol y una mueca de enojo que arrancaba sonrisas burlonas a Gulemale y a Hansen Bridger, y vistazos poco amistosos a Alamán.

—¿Dónde vive tu hija, Gulemale? —preguntó Al-Saud.

—Anoche te vi muy entusiasmado con ella —comentó la mujer.

—Es una chica excepcionalmente hermosa y agradable. Te felicito.

—En verdad, Gulemale —acordó Bridger—, tu hija es una preciosidad. Además de poseer un encanto angelical. Te felicito yo también.

—Oh, no me feliciten a mí sino a su padre. Él hizo todo el trabajo.

—Su belleza, no lo dudo, proviene de ti —la lisonjeó Bridger.

—*Merci beaucoup, chéri.*

—Quiero verla —expresó Alamán—. ¿Vas a decirme dónde vive?

—No te atrevas a interesarte en Joséphine —habló el argelino, y Alamán hizo caso omiso.

—Si me das la dirección y eres tan amable de facilitarme un vehículo, podría visitarla.

Frédéric, al descargar el puño sobre la mesa, causó que la vajilla tintineara y que una copa se volcara. Se puso de pie.

—¡Te dije que no te atrevas a acercarte a Joséphine!

Alamán lo imitó, se puso de pie también, y su semblante, habitualmente afable, adquirió una expresión oscura y amenazadora que llevó a Gulemale a descubrir el gran parecido con Eliah. Frédéric retrocedió cuando Alamán avanzó sobre él; era algunos centímetros más bajo y varios kilos más liviano. A diferencia de su hermano menor, de cuerpo delgado y atlético, Alamán Al-Saud presentaba una estructura maciza que lo habría hecho pasar por un peso pesado del boxeo. Comenzó a arrepentirse de la bravuconada, mientras se acordaba del puñetazo de la noche anterior.

—Por favor, muchachos —terció Bridger.

—Alamán —pronunció Gulemale—, ordénale a Saure que te dé un vehículo y que te indique cómo llegar a *Anga La Mwezi*, la hacienda de mi ex esposo.

—Gracias, Gulemale —dijo, sin apartar la vista de Frédéric.

Al contrario de la propiedad de Gulemale, con hombres armados por doquier, la hacienda de los Boel no presentaba un solo escollo para ingresar en el predio. El portón, una hermosa pieza de hierro forjado negro, estaba abierto de par en par, y Alamán quedó escandalizado al comprobar que no había cámaras de seguridad ni sistema de alarma. Su asombro iba en aumento en tanto el Renault Safrane avanzaba por el camino pavimentado y no avistaba a un guardia, tampoco perros. La casa, una mansión de estilo imponente y señorial, apostada en una porción de terreno con césped bien cuidado, emergió después del bosque que flanqueaba el camino, espeso de palmeras, bambúes y árboles tropicales. Detuvo el automóvil al divisar a un jinete que se aproximaba al galope, con un golden retriever que corría junto a los cascos del caballo. Descendió al reconocer a Joséphine sobre el alazán y la aguardó con una sonrisa, los antebrazos apoyados en el filo de la puerta del Safrane.

—¡Hola! —saludó ella, agitada y hermosa, antes de desmontar.

—Hola.

—Oh, no, no —se negó Joséphine—. Démonos las manos. Estoy sudada para un beso.

—No me importa —aseguró Alamán. La tomó por la parte más fina de la cintura, la atrajo hacia él y la besó con ligereza en los labios, como si fuera costumbre entre ellos, como si lo hubiera hecho decenas de veces. Joséphine lo miró, turbada, al tiempo que sus pómulos su cubrían de una tonalidad rojiza. Alamán le devolvió una mirada inocente y una sonrisa que le embellecía las facciones. Por fin, Joséphine sonrió, indecisa, y le señaló dónde estacionar el automóvil. Ella caminaba delante de él, con las riendas en la mano, y profiriendo risitas cada vez que el caballo le olisqueaba el cuello o que el perro saltaba para darle un lengüetazo.

De manera irremediable, su vista se posó en el trasero de Joséphine, que los pantalones para montar de color beige destacaban de una manera que despertó sus celos, porque, de un modo irracional, se dijo que eran sólo para él, que no debía mostrarlos de esa manera. Se dio cuenta de que lo comparaba con los de sus novias anteriores, y decidió que ninguno era tan voluptuoso como ése. «Es perfecto», concluyó. Al igual que la noche anterior, no consiguió borrar a tiempo la imagen de esas nalgas enrojecidas debido a la acción de sus dientes y de sus palmadas, y sufrió una erección. En un intento por borrar el trasero ruborizado de Joséphine, evocó el recuerdo, impreso a fuego en su memoria, de la ocasión en que la abuela Fadila telefoneó para avisar que el tío Faisal había sido asesinado a la salida de una mezquita en Riad. Antes de descender del Safrane, el bulto bajo el cierre del pantalón había disminuido a un tamaño decente.

Joséphine entregó las riendas a un muchacho y caminó hacia Alamán, que permanecía junto al automóvil. La muchacha se volteó al oír relinchar al caballo, y, en el movimiento brusco, el botón superior de su camisa celeste se soltó, por lo que Alamán le admiró el nacimiento de los pechos y la curva turgente que formaban bajo un corpiño con terminación de encaje. Inspiró profundamente y pensó de nuevo en la muerte del tío Faisal.

—¿Te molesta que haya venido sin avisarte? —quiso saber, mientras caminaban en dirección a la casa.

—¡En absoluto! Has llegado justo para almorzar conmigo y con mi papá. Él estará feliz de tener un invitado.

Balduino Boel no mostró el entusiasmo pronosticado por su hija y la sorprendió porque Joséphine había creído que disfrutaría con la visita de Alamán Al-Saud tanto como con la de Juana, Auguste y Matilde semanas atrás. Sucedía que Balduino, aunque viejo y achacoso, aún contaba con instintos afilados y supo que ese muchacho de sonrisa amigable y tamaño de ropero se había introducido en *Anga La Mwezi* para robarse su mayor tesoro.

—Ven, Alamán —dijo Joséphine, incómoda por la frialdad de su padre—, acompáñame a la cocina para ver cómo va el almuerzo.

Pasaron primero por un baño de recepción y se lavaron las manos. Para Alamán resultaba una novedad la alegría que significaba compartir con Joséphine una acción tan simple como higienizarse antes de comer. El corazón le latía velozmente; se sentía vivo, y la dicha lo desbordaba. Admiró los detalles de la decoración, clásica y acogedora, con tapices de Gobelinos, géneros de seda y de damasco, muebles primorosos, figuras de porcelana y jarrones de cristal rebosantes de flores, y en cada detalle la descubrió a ella, a su esencia delicada y profundamente femenina. «Es tan mujer», se dijo, emocionado cuando Joséphine entró en la cocina como una reina y suscitó la admiración y el contento de sus empleadas, mientras controlaba los guisados y lo participaba a él en la degustación y le pedía su parecer, que él le concedía con comentarios que hacían reír a las cocineras. Joséphine agregaba sal al guiso, nuez moscada al postre, abría los refrigeradores —había tres—, consultaba el estado de las verduras y de las frutas, planeaba las futuras comidas, se aseguraba de que se hubiera abierto el vino favorito de su padre para acompañar el pato, agregaba azúcar, huevos y calvados al listado de compras, y lo hacía con soltura, naturalidad y dominio. Alamán, que la seguía con ojos ávidos, se dijo: «Quiero que sea la reina de mi hogar», consciente de que en sus casi treinta y cuatro años jamás una mujer le había inspirado un pensamiento de esa índole.

Un investigador de la CIA no habría desempeñado su trabajo de manera tan minuciosa como Balduino Boel durante el almuerzo. Le preguntó aun por el nombre de la familia para la cual había trabajado su abuela Antonina en Córdoba, y levantó las cejas, azorado, cuando Alamán le explicó que se trataba de la familia de Matilde. Balduino fue muy directo hacia el final del interrogatorio:

—¿Qué religión practica su familia, señor Al-Saud? Dijo que su apellido es saudí, ¿verdad?

—Así es, señor.

—¿Son cristianos?

—No, mi padre es musulmán. Mi madre es católica —agregó, con ánimo de justificar el pecado anterior, y se despreció por eso.

Balduino frunció el entrecejo y miró fugazmente a su hija para regresar de inmediato al objeto de su interés.

—Y usted, señor, ¿por cuál religión se decidió?

—Por ninguna, a decir verdad —contestó Alamán, y Joséphine advirtió que la paciencia y la benevolencia de su huésped se agotaban—. Me criaron en la fe islámica, pero nunca me sentí atraído por el Corán.

—Un hombre sin religión —musitó Balduino, mientras se masajeaba el mentón.

—Alamán —intercedió Joséphine—, ¿te gustaría tomar el café en mi salita? Tiene aire acondicionado.

—Me encantaría —contestó, aliviado—, si tu padre nos excusa.

—Sí, sí —expresó Boel, con aire ausente.

La salita era el reflejo de su dueña, femenino, cálido y hermoso, una habitación circular, vidriada por completo, con piso a cuadros y muebles laqueados de blanco, y rematada con una cúpula de cristales de colores.

Alamán se contuvo al poner pie dentro de la pequeña habitación, asaltado por el escrúpulo de mancillar la perfección y la pulcritud del lugar. Apreció la dulce fragancia de la vainilla.

—¡Qué bien huele!

—Estoy quemando un aceite esencial en ese hornito. Mi hermana me los envía de los Estados Unidos. Este de vainilla es mi favorito —explicó, y Alamán notó que se había puesto nerviosa—. Siéntate, por favor.

Una sirvienta entró con una bandeja, que depositó sobre la mesa, frente a los sillones de mimbre blanco. Joséphine le agradeció en swahili y la despidió. Le tembló la mano cuando le extendió la taza con café.

—Tienes un hermoso lugar aquí.

—Aquí me gusta pasar la mayor parte de mi tiempo libre, que no es mucho.

—¿Cómo es un día de Joséphine? —se interesó Alamán.

Conversaron largo y tendido, y, a medida que los minutos se deslizaban, ambos reparaban en la facilidad con que se comunicaban. De pronto, Joséphine cayó en la cuenta de que estaba mencionando temas que no compartía con nadie, tan sólo con Aísha, como, por ejemplo, su relación con Frédéric.

—¿Estabas muy enamorada de él?

—Sí.

Alamán movió la vista hacia el suelo, dolido a causa de la respuesta, por cierto, un dolor inesperado, porque, al preguntar, no había previsto que los celos lo asaltasen y lo lastimaran.

—¿Qué ocurrió? —preguntó, sin mirarla.

—Me mintió. Me dijo que me amaba y no era cierto. Me traicionó.

—¿Con otra mujer?

—Lo encontré en la cama con mi mamá.

La cabeza de Alamán se disparó hacia arriba, y su mirada se congeló en el rostro de Joséphine. Lucía tan serena y majestuosa en el sillón, con las rodillas pegadas, las piernas ligeramente inclinadas hacia la izquierda y la vista fija en el jardín, que Alamán experimentó el impulso de inclinarse frente a ella y besarle las manos.

—¿Cómo es posible que hayas ido anoche a casa de tu madre?

—Porque la perdoné. Jesucristo dice que hay que perdonar siempre a los que nos hacen daño. Mi madre me pidió perdón, y yo la perdoné de corazón, aunque a veces… Crees que soy una tonta y una ingenua, ¿verdad?

—Oh, no, no —musitó Alamán, y extendió la mano para rozar la de Joséphine—. Al contrario. Te admiro. Profundamente —remarcó, y Joséphine giró el cuello largo y delgado hasta que sus ojos dorados encontraron los verdes de él, y le cortaron el aliento.

—Gracias.

Se sostuvieron la mirada durante algunos segundos, y el intercambio se convirtió en una sensación, al tiempo que placentera, insólita porque no experimentaban incomodidad a pesar de que se habían conocido pocas horas atrás. Para Al-Saud, los ojos de Joséphine, cuya tonalidad constituía un misterio, resultaban tan locuaces y transparentes como sus palabras.

—Alamán, ¿eres amigo de mi madre?

—No, acabo de conocerla. Mi hermano Eliah es muy amigo de ella. Si fuera amigo de tu madre, ¿eso se interpondría entre tú y yo?

—No, de ninguna manera. Desde que viví aquella experiencia horrible, he tratado de perdonar y de no llenarme de resentimiento y de amargura. De igual modo, a veces cuesta mucho —admitió, y fijó la vista en sus manos, entrelazadas sobre las piernas, y percibió un ardor cuando Alamán las envolvió en su puño y las apretó en el acto de solidarizarse—. ¿Te gustaría conocer mi jardín? —dijo rápidamente, con una sonrisa, porque detestaba inspirar lástima.

Alamán asintió, serio, y se puso de pie. A punto de abandonar la salita, tomó a Joséphine por los hombros y ejerció una ligera presión para obligarla a voltearse. Se contemplaron antes de que Alamán inclinara la cabeza para besarla. Joséphine apartó el rostro.

—¿Qué sucede? —susurró detrás de la oreja de la joven, mientras se embriagaba con el Anaïs-Anaïs y le dibujaba con las manos el contorno de la espalda hasta descansarlas en su cintura—. ¿Por qué me rechazas?

—Porque no quiero volver a sufrir. No quiero —repitió, con voz estrangulada.

—Yo jamás te haría sufrir.

—Frédéric decía lo mismo.

Alamán se distanció con un movimiento brusco, y Joséphine no reunió valor para mirarlo.

—Tú no me conoces, Joséphine, por lo tanto es injusto que me compares con esa basura. —Le enojó que siguiera apartándole la mirada y que no pronunciara palabra—. ¿No crees que estás siendo injusta conmigo?

—Es verdad, no te conozco. Pero me conozco a mí misma. Soy tonta y fácil de engañar, y ya no quiero seguir exponiéndome. —Joséphine se apartó—. Mamá dice que no tengo sentido de la supervivencia.

—¿Acaso no sientes esto que yo siento? —se exasperó Alamán—. ¿No percibes la atracción? ¡Por Dios, si es difícil de controlar! He tenido que sujetarme las manos desde anoche para no abrazarte y tocarte. ¡Bailar contigo y mantener las manos en su lugar fue un martirio! ¿No te das cuenta de qué fácil nos resulta comunicarnos? Nunca me he sentido tan a gusto con una mujer, Joséphine. Creo que eres única. —Colocó el índice bajo la barbilla de la joven y le levantó el rostro. La buscó con la mirada hasta hacerla claudicar en su desconfianza. Cuando volvieron a mirarse, Alamán atestiguó cómo el dorado de Joséphine cobraba un fulgor inverosímil a causa de las lágrimas.

—No, Joséphine, no —le suplicó, y sus labios bajaron lentamente hasta rozar los de ella, que temblaron con el contacto, el cual Alamán prolongó con caricias suaves y pequeños besos, mientras sus respiraciones se mezclaban, se caldeaban e iban cobrando rapidez. Ninguno tocaba al otro salvo a través de los labios, que cosquilleaban con una energía poderosa y creciente. Por fin, Alamán tomó una inspiración profunda y se internó en la boca de Joséphine. Le abarcó la espalda con el mismo ardor con que su lengua la penetraba y buscaba despertar la de ella, que se había retirado imitando la actitud medrosa de su dueña. Pero Alamán no se la había pasado seduciendo mujeres para que la que en verdad le interesaba no capitulara. Sus manos descendieron hasta el codiciado trasero, y lo apretaron y lo masajearon, caóticas, enloquecidas. Se arqueó, asaltado por un deseo demasiado intenso, y jadeó dentro de la boca de Joséphine, que gimió a su vez, y ese gemido se convirtió en el grito de rendición. Acarició la espalda de Alamán, acomodó su cuerpo al torso de él y gozó del arrebato de excitación que su entrega provocó en el hombre al que acababa de conocer y al cual, no obstante, le había confiado sus secretos más oscuros. Una parte de Joséphine, que repetía que sólo se trataba de un beso, aún se resistía a la entrega; las cosas no se saldrían del redil. Otra parte le vociferaba desde las entrañas que renunciara a sus miedos y que le permitiera a esa pasión que la desbordara. Le decía también que si rechazaba a Alamán y lo sacaba de su vida, sufriría igualmente por no arriesgarse. El dolor asociado a la pérdida sería tan molesto como el arrepentimiento.

En tanto movía la cabeza hacia uno y otro lado, insaciable en su beso, Alamán era consciente de que algo definitivo acababa de ocurrir en su vida. Lo azoraba la certeza del sentimiento, la contundencia con que lo abordaba. Le costaba separarse de ella, no quería poner fin al beso, deseaba que se prolongara un minuto más, dos, tres. La oyó gemir de nuevo, y pensó que tal vez se quejaba. ¿Estaría ahogándola? Él mismo se sentía corto de aliento. Su ímpetu mermó y sus labios se apartaron. Apoyó la frente en la de Joséphine, que permanecía con los ojos cerrados y que aún temblaba por efecto del beso.

—¿Te molesta que sea árabe? —preguntó, con voz enronquecida.

—¿Te molesta que sea una negra africana?

Alamán echó la cabeza hacia atrás y rio. Las manos de Joséphine le apretaron la carne de los hombros.

—En absoluto —contestó él, entre risas.

—A mí tampoco —le aseguró Joséphine.

—¿Te importa que sea musulmán?

—¿Te importa que sea católica?

—No, en absoluto.

—A mí tampoco. Además, tú no eres musulmán. Eres un hombre sin religión.

Rieron con las frentes pegadas. Ahora se miraban, sumidos en una abstracción que les impidió oír el crujido de la silla de ruedas. Balduino Boel se detuvo bajo el umbral y observó la escena.

—Joséphine.

—¡Oh, papá! —Ejerció presión sobre los pectorales de Alamán, que la retuvo por un instante antes de permitirle apartarse.

—¿Te has olvidado de que iríamos a la cervecería?

Joséphine se mostró confundida, y Balduino le observó las mejillas sonrojadas y los labios hinchados.

—Lo has olvidado —afirmó.

—No, no…

—Será mejor que nos pongamos en camino. Buenas tardes, señor Al-Saud.

—Buenas tardes, señor Boel.

Alamán tomó a Joséphine de la mano para salvar el trecho hasta el Renault Safrane, y la obligó a apoyarse sobre el automóvil para darle el beso de despedida. Las manos de Joséphine se enredaron en el cabello de Alamán, y éste descansó su pelvis sobre el vientre de ella. Ninguno se percataba del calor ni de la humedad, tampoco de la presencia del jardinero ni de su ayudante, que los observaban, pasmados.

—¡Qué locura! —musitó ella—. Apenas te conozco.

—En realidad, la locura es sentir que te conozco desde siempre.

—Sí. Tal vez fue eso lo que me llevó a contarte cosas que sólo he compartido con mi hermana.

—Gracias por habérmelas contado.

—De nada.

—No puedo irme, no quiero dejarte.

—No quiero que te vayas, pero papá está esperándome.

—No le caí bien.

—Le caerás bien cuando vea que no eres como Frédéric, cuando esté seguro de que no me lastimarás.

—¿Cómo podría? —se preguntó Alamán—. Sólo pienso en cuidarte y en adorarte. —Se acordó de la falta de medidas de seguridad del predio y se dijo que abordaría el tema con Boel en la próxima visita—. Mañana volveré, Joséphine.

—Mañana iremos con Matilde y con Juana a la Misión San Carlos. —Acarició la frente de Al-Saud y lo besó en el filo de la mandíbula.

—No hagas eso si quieres que me vaya.

—No quiero que te vayas.

—Mañana estaremos juntos en San Carlos.

—Sé que tu hermano Eliah y tú son grandes benefactores de la misión.

—Díselo a tu padre, para que vea que no soy un hombre sin religión.

—Lo haré.

—¿Paso por ti para ir a la misión?

—No te molestes. Godefroide nos llevará.

A Alamán le caía bien ese africano gigantesco, con cara de malo, no porque se hubiera mostrado amable con él, al contrario, sino porque irradiaba un espíritu protector que envolvía a Joséphine. La noche anterior, cuando la acompañó hasta el área de estacionamiento, Wambale se comportó con celo, atento a lo que Joséphine parecía ignorar: que se hallaban en una región peligrosa, a punto de estallar. No mencionaría el tema de las medidas de seguridad a Boel, sino a Wambale.

—¿Cuándo me darás el último beso? —preguntó Joséphine, sin abrir los ojos, después de que Alamán la besara varias veces, siempre con la promesa de que partiría enseguida.

—Nunca —dijo, con vehemencia, antes de hundirse en su boca de nuevo y arrancarle un gemido.

Alamán subió al Renault, lo puso en marcha y bajó la ventanilla. Joséphine se acodó sobre el filo del cristal.

—Ten cuidado, Alamán.

—Tú más —le pidió.

Al regresar a la casa, se topó con su padre en el vestíbulo y le sonrió con aire benevolente.

—Papá, hace años que no sales de esta casa. ¿No tenías una excusa mejor para echar a Alamán?

—No se me ocurrió otra idea para deshacernos de él, aunque tú no parecías dispuesta a dejarlo ir.

—Es un buen hombre, papá. Y me gusta. Me gusta mucho.

—Lo conociste en casa de tu madre, al igual que a Frédéric —manifestó Boel. Joséphine perdió la sonrisa, y la mirada se le apagó—. Hija, nada que provenga de tu madre puede ser bueno. ¿Cometerás dos veces el mismo error? Además, es musulmán. Bueno, su padre lo es, por lo que él ha recibido esa educación retrógrada. ¿Tienes idea del trato que les dan los musulmanes a sus mujeres?

~: ✿ :~

Eliah Al-Saud abandonó el hospital de Rutshuru con el ánimo convulsionado por los celos, la rabia y el deseo. Caminó a zancadas largas, esquivando a los pacientes, algunos apoltronados en el suelo, y mascullando insultos a causa del mal olor, del llanto de los niños y del calor que se acentuaba debido a la aglomeración. Al salir a la terraza, se preguntó de qué manera Matilde soportaba esa realidad todos los días. Miró hacia atrás y vio el enjambre de negros y de colores chillones, y no logró compadecerse de ellos. Sólo atinaba a experimentar celos por esos desdichados a los que Matilde daba prioridad y por los cuales había abandonado una vida de reina a su lado.

Ferro y Byrne lo vieron aproximarse, y, si bien estaban habituados al gesto serio y endurecido de Al-Saud, advirtieron que lo circundaba un talante agresivo, por lo que permanecieron callados y se limitaron a seguir con la vigilancia del hospital. Al-Saud se metió en la camioneta y bajó con un mapa en la mano, que desplegó sobre el cofre; era de la región de las Kivus.

—Derek, ven —ordenó—. Aquí está ubicada la mina que el gobierno cedió a Zeevi —señaló un punto cercano a la parte oeste del Parque Nacional Virunga—. Quiero hacer un reconocimiento. Iremos en cuanto lleguen Alamán y tu baquiano. Aquí están las coordenadas —dijo, y se las pasó en un papel—. Ingrésalas en el GPS.

—Esta zona está bajo el dominio de los del CNDP, los de Nkunda —aclaró el irlandés.

—Sí, lo sé. Prepara las armas —le ordenó, mientras envainaba un pequeño cuchillo Bowie en una funda calzada al costado de su bota—. Iremos en la C10.

—Disculpe, jefe —dijo Ferro—. Su anfitriona, *Madame* Gulemale, ¿no está haciéndolo seguir?

Al-Saud profirió una corta risotada que no mitigó su aspecto malhumorado, por el contrario, pareció acentuarlo.

—Gulemale sabe que me daría cuenta enseguida, Amburgo. Y que me llevaría cinco segundos deshacerme de él. No, no es tonta. Me conoce.

Una vez que se les unieron el baquiano y Alamán, se pusieron en marcha. Yuvé, el baquiano, un desertor del ejército de Nkunda, ataviado con su uniforme para camuflarse, conocía la región del derecho y del revés, y hablaba un francés aceptable. Describió la organización del Congreso Nacional para la Defensa del Pueblo, no sólo el modo en que se agrupaban los soldados y las armas con que contaban, sino el proceso para obtener el coltán y para exportarlo a Ruanda, desde donde partía hacia los distribuidores en Bélgica. Se internaron en el Parque Nacional Virunga. Al-Saud contaba con un permiso extendido por el propio ministro del Interior para circular, aunque esperaba no toparse con soldados ni con guardabosques.

—¿Aquí están los gorilas? —se interesó Alamán.

—Sí —contestó Yuvé—. En este parque trabajaba Dian Fossey, la norteamericana que protegía a los gorilas y que fue asesinada en el 85 por los cazadores furtivos.

—Se hizo una película con su vida —aportó Byrne—. *Gorilas en la niebla*.

—Ahora nadie protege a los gorilas —se lamentó Yuvé—. Mueren porque los refugiados los cazan para comerlos, también por enfermedades y porque están destruyendo su hogar. Los refugiados talan los árboles para hacer leña.

Eliah no participaba en la conversación, ni siquiera la escuchaba, atento al mapa, al camino y al entorno; tampoco apreciaba las laderas de las Sierras Virunga cubiertas por el bosque tropical. A indicación del baquiano, abandonaron el camino de tierra y marcharon a los tumbos por la espesura, bordeando un arroyo flanqueado por altísimas cañas de bambú. El aroma resultaba embriagador, dulce, húmedo y denso, y Al-Saud no terminaba de decidir si le gustaba o le daba asco.

—Aquí nos detendremos —anunció Yuvé— y seguiremos a pie. Es demasiado riesgoso seguir con la camioneta. Podrían oír el motor.

—Marca las coordenadas para poder encontrar la camioneta de nuevo —le exigió Eliah a Alamán—. Colóquense las chamarras con el camuflaje.

Derek sacó de su morral un estuche con pinturas. Untó los dedos índice y mayor en los colores verde y café y, con gran destreza, se cubrió el rostro; sólo se veían sus ojos celestes; la pintura le confería un aspecto atemorizador. Le pasó el estuche a Al-Saud, que se camufló en un santiamén.

—Baja la voz —ordenó Eliah a Alamán, cuando éste aseguró que no se pondría esa pasta en la cara.

—Soy un ingeniero electrónico, no un soldado —se quejó, entre dientes, mientras su hermano le pasaba los dedos cargados de pintura por la frente, y Yuvé y Byrne cubrían la camioneta con hojas de palmeras y de plátanos.

—Sé que no eres un soldado —expresó Eliah—, pero necesito que vengas al terreno para que después puedas diseñar las medidas de seguridad.

Quiero que lleves esta pistola —dijo, mientras accionaba la corredera de una Glock 18C para colocar la primera bala de calibre cuarenta y cinco ACP en la cámara—. Ya sabes cómo usarla. —Le pasó un cargador de repuesto, que Alamán guardó en el bolsillo de la chamarra camuflada—. Cuídala. Es una rareza difícil de encontrar. No, no te pongas los lentes. El reflejo del sol atraería al enemigo. Si no te ven, no te convertirás en su blanco —concluyó.

Se adentraron en la selva. El baquiano lideraba la fila, seguido por Alamán y Derek Byrne. Eliah cubría la retaguardia. A pesar de la exuberancia de la vegetación, transitaban por un sendero marcado por el paso del hombre y que se volvía ascendente mientras escalaban por la ladera de una colina. Yuvé los guiaba, y Al-Saud confirmaba con la brújula electrónica que respetara la dirección. No se fiaba del muchacho, tampoco del entorno, que encerraba trampas mortales. Los sonidos de los animales, el juego de luces y sombras de los árboles, los olores intensos, todo se confabulaba para mimetizar cualquier rastro humano. Como había llovido, el suelo estaba blando, y Derek, experto en seguimientos, tenía la misión de buscar huellas. Hasta ese momento, sólo había reconocido las de un animal, según Yuvé, un jabalí.

Comenzaron un descenso abrupto, y se sujetaron a las raíces y a las ramas porque resbalaban. Alcanzaron una cañada con rocas entre las cuales corría un arroyo. Lo cruzaron, y reiniciaron el ascenso por la siguiente ladera.

—Desde la cresta de esta colina —explicó Yuvé—, avistaremos la mina.

Al alcanzar el punto de mayor exposición, Al-Saud les ordenó a Yuvé y a Alamán que se agacharan para evitar convertirse en los objetivos de los rebeldes en caso de que éstos se hallaran ocultos en el follaje de la hondonada.

Al-Saud se colocó los binoculares con miras camufladas para refractar la luz del sol sin provocar destellos, y estudió la hondonada. Un arroyo, más caudaloso que el que acababan de cruzar, corría entre dos barrancas de tierra roja.

—¿Cuál es la mina? —preguntó Byrne en un susurro, mientras apuntaba su binocular con cámara incorporada y registraba la hondonada y los alrededores.

—Ahí —insistió Yuvé, en voz baja—. Las minas de coltán no son como las de otros minerales, sino que son a cielo abierto. La tierra del terraplén y la del fondo del arroyo está llena de coltán. Se extrae a mano. Los hombres cavan en el lodo. Después, hacen remolinear el agua en torno al cráter, lo que causa que el coltán se precipite al fondo, de donde lo recuperan con cubetas. Lo limpian y lo separan del lodo y de las piedras.

—¿Por qué Nkunda no está explotando esta mina?

—Porque no cuenta con suficientes mineros. Atacan las aldeas para secuestrar hombres y niños y obligarlos a trabajar en las minas. Pero nunca son suficientes. Los *interahamwes* hacen lo mismo, pero ellos controlan menos minas, y dominan la zona norte de la Kivu Norte.

—Bajemos —propuso Byrne.

Al-Saud lo retuvo por el brazo y chistó para pedir silencio. Enfocó el binocular hacia la hondonada, convencido de que las ramas se habían mecido de una manera sospechosa. Algo que refulgió entre la maleza ratificó la presunción. Derek también lo había captado con sus binoculares. Cruzaron una mirada de confirmación.

—No se muevan ni hablen —susurró Al-Saud—. Hay hombres allá abajo.

Intentaban determinar cuántos eran y si pertenecían a alguna facción rebelde o al ejército; tal vez se trataba de desplazados que buscaban refugio en el Virunga. El alarido de Yuvé se distinguió en la sonoridad de la selva y provocó un sobresalto a sus compañeros y a los hombres ocultos en la maleza. Varios soldados emergieron con sus AK-47.

Al-Saud se arrojó sobre Yuvé, quien, en una especie de danza alocada, gritaba y saltaba en una pierna, mientras las balas de los fusiles rusos le acariciaban la coronilla. Divisó a la víbora larga y grisácea que reptaba entre las matas y reconoció las características que la convertían en una especie venenosa. Volvió la mirada en dirección a Yuvé y descubrió que el baquiano no calzaba botas sino tenis; ni siquiera llevaba calcetines. Le retiró la mano de la pierna con dificultad, se subió el pantalón y encontró lo que temía: la marca de los incisivos y de dos puntos más pequeños detrás. Miró la hora porque sabía que los médicos le preguntarían cuándo había sido inoculado el veneno.

—¡Están cruzando el río! —anunció Byrne, mientras los apuntaba con su Magnum Desert Eagle.

—¿Cuántos? —preguntó Al-Saud, mientras extraía el cuchillo Bowie de una de sus botas y cortaba un trozo del pantalón de Yuvé y a continuación un pedazo de rama.

—Veo siete.

—¿Puedes identificar a qué facción corresponden?

—A la de Nkunda.

—Son todos tuyos, Derek.

Colocó el pedazo de tela a unos centímetros de la mordedura, en torno a la pantorrilla, y lo ajustó con ayuda de la rama, a sabiendas de que la solución del torniquete encerraba contraindicaciones graves. A continuación, con la punta del Bowie, sajó las perforaciones de los colmillos, se ensalivó la boca y succionó. Escupió a un lado, si bien un poco del veneno se deslizó por su garganta; no le haría nada, pero sabía a hiel.

—Quédate quieto, Yuvé. No te muevas para que el flujo sanguíneo baje.

—¡Voy a morir, voy a morir!

—No morirás, pero quédate quieto y cállate.

Al-Saud se deslizó, sobre los codos y los antebrazos, hasta la cresta de la colina. Apuntó su Colt M1911 y disparó en el instante en que un rebelde se incorporaba tras una roca con su AK-47 dirigido hacia ellos. La bala lo alcanzó en el pecho. Cayó de espaldas y chapoteó en el arroyo.

—Derek, ¿cuántos quedan?

—Ya liquidamos dos. Quedan cinco. Al menos, son los que he podido contar. Pero sabemos que los batallones de Nkunda cuentan con sesenta hombres aproximadamente. Tal vez los demás se esconden en el bosque —admitió, y siguió disparando y recargando su Magnum.

—No creo que esto sea un batallón —opinó Eliah—, sino un retén de vigilancia.

—¿Por qué no nos vamos? —propuso Alamán—. Les llevamos ventaja.

—Avisarían por radio a otra patrulla y nos emboscarían más adelante.

—¡Ya deben de haber avisado! —conjeturó, exasperado a causa de la serenidad con que actuaban Byrne y Eliah.

—No —objetó Al-Saud, y prosiguió con los disparos—. No veo que lleven una radio portátil ni tampoco veo ningún vehículo cerca —manifestó, en tanto cambiaba el cargador—. Pero si les damos tiempo, podrían dar aviso. Tal vez tengan una radio en algún vehículo estacionado a unos kilómetros de aquí.

—¡Estás siendo insensato! —le reprochó Alamán—. Sabes que, mientras éstos nos balean, otros pueden correr al vehículo y dar aviso. Estamos perdiendo tiempo.

—No me iré sin liquidar a la mayor cantidad de enemigos, Alamán —admitió Al-Saud.

—¡Lo haces por gusto! —se pasmó su hermano mayor.

Eliah guardó silencio y siguió disparando. Sí, disfrutaba de la acción, le servía para descargar las tensiones de los últimos meses y para compensar el dolor y la ira causados por el abandono y la traición de Matilde.

—Si están custodiando la mina —vociferó Byrne, sobre el bullicio del tiroteo—, es porque Nkunda sospecha que podría tratarse de la que estamos por tomar.

—No me extraña —dijo Al-Saud—. En Kinshasa las medidas contra el espionaje son paupérrimas. Atento, Derek. Los haré saltar. —Se incorporó de rodillas y, una vez descargados los siete cartuchos Parabellum de su Colt M1911, permaneció expuesto por una fracción infinitesimal de tiempo, imprudencia que alentó a los rebeldes a imitarlo y a abandonar sus escondites tras las rocas y los troncos de palmeras–. ¡Ahora! —gritó Al-Saud, y se colocó junto a Derek, que disparó tres tiros certeros. Al-Saud se ocupó de los otros dos. De nuevo se oyeron quejidos y chapoteo.

—¿Qué haces? —se enfureció Alamán—. ¿Qué haces, imbécil? ¡Podrían haberte llenado el cuerpo de balas!

—Derek, cúbreme mientras me ocupo de bajar a Yuvé.

—¡Eliah! —exclamó Alamán—. ¿Te has vuelto loco?

—¡Qué fastidio es trabajar con civiles! —masculló, antes de ayudar al baquiano a incorporarse–. Vamos, tenemos que descender la colina. No apoyes la pierna.

Como sospechaban, había dos rebeldes ocultos en la maleza, que emergieron al divisar la figura de Al-Saud en la cima de la elevación. Derek se ocupó de uno y Alamán, de otro.

—¡Vamos! —gritó el irlandés, y tiró de Alamán, que permanecía con la vista fija en el cadáver del hombre que acababa de asesinar–. Es duro la primera vez —reconoció Byrne, una vez que alcanzaron la hondonada y mientras cruzaban el pequeño arroyo.

Byrne caminaba de espaldas, cerrando la fila. Yuvé se apoyaba en Eliah y avanzaba a saltos. Alamán imitaba al irlandés y, con la Glock en alto, escudriñaba los árboles, entre las cañas de bambúes y en la maleza que se devoraba el camino y los latigueaba a su paso. Se daba cuenta de que, por concentrados que se mantuvieran, los peligros podían asaltarlos sin que ellos tuvieran tiempo de nada. Observó a su hermano Eliah, que caminaba delante de él, con Yuvé prácticamente a cuestas; no obstante, conservaba una actitud alerta y se manejaba con soltura. Resultaba evidente que había vivido situaciones límite similares. Alamán sabía, gracias a una confesión del propio Eliah, que su hermano había formado parte de un grupo militar de élite y recibido un adiestramiento que habría aniquilado a más de uno. Eliah no hablaba del tema, salvo la vez en que le confió la verdad sobre su oficio, por lo que Alamán no conocía detalles de peso, como, por ejemplo, a qué organización había pertenecido ni por qué se había dedicado a un oficio de esa índole. Sospechaba que se trataba de un grupo secreto de la Legión Extranjera, porque si bien Eliah era francés, también tenía la nacionalidad saudí. ¡Qué hombre peculiar era su hermano menor! Desde que Alamán recordaba, Eliah había desoído los cánones y preceptos familiares con una parsimonia y una desfachatez increíbles, lo que le había significado un enfrentamiento continuo con su padre. Se había casado a los dieciocho años y no había ido a la universidad, sino que había ingresado en *L'Armée de l'Air* para recibirse de piloto muy joven y con las mejores calificaciones. Había participado en varias guerras y recibido condecoraciones, a las que destinaba el mismo interés que a una moneda de cinco centavos. Un día del 91, los sorprendió anunciándoles que abandonaría la fuerza y que se dedicaría a la cría de frisones. Samara estaba feliz, Francesca y Yasmín también. Los hombres de la familia intercambiaron miradas desconcertadas, incapaces de creer que un hombre con el fuego de Eliah Al-Saud se contentaría con la hacienda de Ruán, recién heredada y medio derruida. Años más tarde, cuando fundó Mercure S.A. y lo invitó a participar, Eliah le explicó que, si bien para la familia la empresa se dedicaría exclusivamente a proveer seguridad, en realidad, su finalidad traspondría ese límite. «Soy un soldado, Alamán», le había confiado. «Hace cuatro años que pertenezco a un grupo militar secreto.» No ahondó en detalles por mucho que Alamán lo interrogó. «No puedo decirte más», aseguró.

La camioneta seguía donde la habían estacionado, escondida bajo las hojas de palmeras y de plátanos. Alamán y Byrne las quitaron con rapidez, y Eliah acomodó a Yuvé en la cabina trasera. El baquiano permanecía consciente, aunque comenzaba a acusar el efecto del veneno en el torrente sanguíneo.

—Aguanta, Yuvé —lo instó Al-Saud—. Te llevaremos al hospital.

—No, al hospital no —musitó el hombre—. Llévenme con el curandero de mi aldea. Él sabe de venenos de serpiente. Él me salvará. En caso de que pierda la conciencia, díganle que me mordió una mamba negra.

—Yo sé dónde está su aldea —aseguró Byrne, y puso en marcha la camioneta.

Al-Saud recargó su Colt M1911, la Glock 18C de Alamán y checó su HP 35. Aún faltaban varios kilómetros para cruzar el Virunga, y se trataba de un camino irregular, atestado de lomas, lagunas y lodo. La C10 no era el vehículo ideal; más les habría servido la Range Rover de Amélie.

Alamán vigilaba el costado derecho del camino, un barranco oculto bajo el colchón verde que formaba la exuberancia de la vegetación. Eliah controlaba la ladera que bordeaba el flanco izquierdo, menos espesa y más lúgubre debido a que los árboles, las palmeras y los bambúes impedían que los rayos de sol se filtraran.

Se trató de un parpadeo, de un destello fugaz que no podía soslayar. Bajó la ventanilla, sacó medio cuerpo fuera y miró con los binoculares la fracción de bosque que iba quedando atrás.

—¡Derek, acelera! —vociferó, cuando entrevió el perfil de un vehículo.

El Jeep Rescue, camuflado para la selva, avanzaba ladera abajo, dando tumbos y zangoloteándose, mientras se abría camino entre los troncos de los árboles. Al llegar al camino, el conductor dio un hábil giro para evitar terminar en el fondo del barranco.

—¡Todavía quedaban de esos hijos de puta! —masculló Byrne—. Malditos negros del demonio —dijo, y, tras un cambio de velocidad, aceleró.

Al-Saud bajó la ventanilla y disparó, aunque costaba acertar en el blanco cuando la camioneta se sacudía como en una coctelera. Alamán también abría fuego, sin grandes resultados.

—¿Qué está haciendo? —vociferó Alamán, al ver que el copiloto del jeep emergía por el techo y los apuntaba con un tubo largo que apoyaba sobre el hombro.

—Derek —habló Eliah—, se preparan para dispararnos con un RPG.

—*Shit!* —soltó el irlandés.

Aún contaban con unos segundos, el tiempo que le tomaba al rebelde insertar la granada en el disparador, probablemente una PG-7N.

—Derek, cuando te diga, quiero que dobles bruscamente hacia la izquierda y trepes la ladera.

La maniobra implicaba un alto riesgo porque cabía la posibilidad de terminar incrustados en el tronco de una palmera. Al-Saud descorrió el techo de la Chevrolet y, al igual que el rebelde, sacó el torso fuera. Apuntó su HP 35, buscando abstraerse de las sacudidas, y disparó. El tiro falló, y el rebelde accionó el RPG-7.

—¡Ahora! —gritó Al-Saud, al tiempo que se metía dentro de la camioneta y caía sobre su hermano a causa del viraje del vehículo, que trepó la ladera y fue ganando rayones, abolladuras y ópticas destrozadas a medida que se abría paso entre los matorrales y los árboles.

Enseguida volvieron al camino. El rebelde se alistaba para probar suerte otra vez con el RPG-7. Al-Saud pensó: «Esta vez los liquido a los dos». Ablandó el cuerpo y, tal como hacía al montar, que acompañaba al caballo en sus subidas y en sus bajadas, como si fueran una sola carne, se aunó al ritmo que imponían las sacudidas de la camioneta, como si flotara en el mar y las olas lo mecieran. Estiró el brazo y ubicó en la mira al primer objetivo, el rebelde con el lanzagranadas. Respiró normalmente, mientras se adaptaba al movimiento del vehículo y calculaba la influencia del viento. Durante sus años en *L'Agence*, había realizado misiones como francotirador en varias oportunidades, y, aunque no eran sus favoritas dada la falta de acción, Raemmers lo elegía gracias a la precisión de sus disparos. De todos modos, siempre contaba con el apoyo de un marcador de puntería que, ubicado junto a él, con una mira especial, medía la distancia al blanco y la velocidad del viento, entre otras cosas. En ese instante, estaba solo y no podía fallar. Habían escapado del primer proyectil; tal vez no contarían con la misma suerte si el rebelde lanzaba el segundo.

—¡Disminuye la velocidad! —le ordenó a Byrne, que, al pasar a la tercera velocidad, hizo rugir al motor.

El jeep se acercó peligrosamente a la parte trasera de la Chevrolet, pero Al-Saud consiguió lo que buscaba: tener al congoleño a menos de treinta metros. Contuvo la respiración y disparó. La bala impactó en el cuello del rebelde, que quedó tendido de espaldas sobre el techo del jeep, en tanto el lanzagranadas rebotaba en el camino. El conductor abrió grandes los ojos cuando comprendió la situación. Su compañero había muerto y el segundo disparo, el que el tipo de la camioneta se aprestaba a realizar, estaba destinado a él. No atinó a nada. El proyectil de nueve milímetros Parabellum perforó el parabrisas y terminó enterrado en su mejilla. El vehículo perdió el control, dio un tumbo, aplastó el cuerpo del primer rebelde liquidado y se desbarrancó.

Completaron el trayecto hasta la aldea de Yuvé sin contratiempos. El hombre llegó inconsciente a su choza. Una mujer, que se presentó como la compañera de Yuvé, se subió al vehículo y los guió hasta la vivienda del curandero. Derek y Eliah lo transportaron dentro y lo depositaron sobre un catre hecho de cañas y cubierto con hojas de plátano.

—Lo mordió una mamba negra —explicó Eliah al anciano—. Le hice un torniquete y le succioné el veneno.

—¿Hace cuánto que la mamba lo mordió?

Al-Saud consultó la hora.

—Dos horas, veinte minutos.

La compañera de Yuvé sollozaba junto al catre. Al-Saud le entregó trescientos dólares, una fortuna para ella, y se fue. Al subir a la camioneta y ubicarse para conducir, experimentó un gran cansancio y un deseo turbador por descansar en el regazo de Matilde y por sentir sus manos en el rostro. Manejó hasta el hospital en silencio, sumido en meditaciones turbulentas: por momentos pensaba en Matilde y en el idiota, luego en los rebeldes que habían eliminado y en las implicancias, después en Taylor y en su presencia en el Congo. Lo puso de mal humor que ese nombre, Nigel Taylor, se relacionara con el de Matilde. El destino se reía en su cara. ¿Había llegado la hora de pagar por la muerte de Mandy?

—Jefe —Byrne rompió el mutismo—, por tierra, no hay forma de acceder a esa condenada mina como no sea a pie. —Al-Saud masculló su consenso—. Es una trampa mortal.

—¿Qué radio deseas que tenga el perímetro en torno a la mina? —quiso saber Alamán.

—Diez kilómetros.

Alamán profirió un silbido para expresar su sorpresa.

—Costará una fortuna.

—Lo tuvimos en cuenta en el presupuesto que le hicimos a Zeevi, ¿recuerdas? Se hará como estaba planeado. Diez kilómetros asegurados con los mejores sistemas infrarrojos de detección. Acabamos de ver que no lidiamos con monos indisciplinados. Son soldados con bastante conocimiento y bien armados.

Al llegar al hospital, Al-Saud experimentó con fuerza renovada el deseo de ver a Matilde y de sentir sus manos en la cara, como ese mediodía mientras le provocaba el orgasmo. Se echó un vistazo. Con restos de pintura para camuflar, la chaqueta militar y los pantalones inmundos, no se encontraba en condiciones para enfrentarla.

—Mañana por la mañana —anunció Al-Saud—, quiero que escolten a Matilde hasta la Misión San Carlos. A partir de ahí, yo me haré cargo. Pueden tomarse el fin de semana.

—Gracias, jefe.

Llegaron a casa de Gulemale de noche. Eliah apuntó el portón con el control remoto y lo abrió. Los guardias los encandilaron con linternas antes de franquearles el paso.

—¡Qué mala facha! —exclamó Hansen Bridger, al ver a los hermanos Al-Saud.

—¿Qué les ha sucedido? —se escandalizó Gulemale—. ¿Qué es esto? —se extrañó, y pasó el índice por un resto de pintura para camuflar en la cara de Eliah.

—Grasa de la camioneta. Tuvimos un accidente. Nada grave —desestimó—. Te pagaré la reparación. Mañana la llevaré a Goma porque no creo que haya talleres mecánicos confiables en Rutshuru. —La observó con aire amenazador antes de comentar—: He visto el automóvil de tu querido Taylor en la entrada.

—Nadie es tan querido como tú —afirmó la congoleña, y pegó el cuerpo a la ropa polvorienta de Al-Saud.

—Será mejor que vaya a mi cuarto y tome un baño —dijo Alamán, y se retiró.

—No, Gulemale —se fastidió Al-Saud—. ¿Nos ves que estoy inmundo?

—¿Verdad? Hasta se te ha pegado el olor de la selva. ¿Dónde has estado? ¿Buscando la mina para tu cliente israelí?

—¿Dónde está ese hijo de puta de Taylor? —preguntó Al-Saud, en cambio—. ¿Volvió para recibir otra paliza?

—Déjalo en paz, Eliah. Está afuera, usando la piscina.

—Es tan hijo de puta que ni siquiera los mosquitos con malaria lo van a picar.

—No seas malo, ya déjalo —le pidió, mientras lo arrastraba lejos de

Bridger–. Mejor, vamos a mi dormitorio y terminemos lo que comenzamos noches atrás en este sillón.

—No, estoy destruido.

—¿Destruido? —Gulemale levantó las cejas y se apartó–. Querrás decir que no piensas tocarme un pelo porque ahora es Matilde la que ocupa tu mente, ¿verdad?

—Gulemale, Matilde no tiene nada que ver con esto.

—¿Por quién me tomas, Eliah? ¿Por una estúpida?

—Por favor, Gulemale. Tuve un día de mierda y sólo pienso en bañarme e irme a la cama.

—¡Al final, has tomado esta casa como una pensión! ¡No estás nunca! ¡Me dejas abandonada todo el día cuando yo cancelé muchos compromisos para pasar este tiempo aquí, en Rutshuru, contigo!

—Me iré mañana mismo para que puedas retomar tu vida normal.

—No, querido, no. —Gulemale lo detuvo por el brazo–. No quiero que te vayas, Eliah.

—Entonces, no me presiones porque no estoy de humor para nada últimamente.

—Está bien, no te enojes. Lo único que quiero es que descanses un poco. Para eso quise que vinieras acá. Hace tan poco que te hirieron y que estuviste cerca de la muerte…

—¡No exageres, Gulemale! Nunca estuve cerca de la muerte.

Se oyeron risas y el chirrido de la contraventana al abrirse. Frédéric y Nigel Taylor entraron con el cabello húmedo y toallas alrededor del cuello. La sonrisa de Taylor se congeló para desvanecerse instantes después. Los hematomas en su rostro denunciaban la golpiza de la noche anterior. Al-Saud le sostuvo la mirada. Sentía la ráfaga de odio que manaba del inglés, la cual compitió con el desprecio que a él le inspiraba. Dio media vuelta y se adentró en el interior de la casa.

⌐: ⍟ :⌐

El sábado por la mañana, Matilde se la pasó contando cuentos a Kabú, el *enfant sorcier*, lo que duró el trayecto del hospital a la misión. Wambale manejaba el Grand Vitara en una mañana de inusual tranquilidad y de buen clima. Juana aportaba comentarios a la historia de Matilde que hacían reír al niño, mientras Joséphine guardaba silencio en la parte delantera. Las había saludado con un abrazo, prácticamente no había pronunciado palabra y se cubría el rostro con unos lentes para sol enormes de los cuales no se desembarazó en ningún momento.

—Es la primera vez que ando en automóvil –dijo Kabú en swahili, su lengua madre, porque si bien comprendía el francés, no le gustaba hablarlo; le costaba.

—Dice que es la primera vez que se sube a un automóvil –tradujo Joséphine, y Juana y Matilde le notaron la voz apagada y sin fuerza.

—¿Sabes qué, Kabú? –dijo Matilde–. También subirás a un avión cuando vayas a Johannesburgo con *sœur* Angelie para curar las heridas de tu rostro.

—Los niños de la misión se burlarán de mí –se opacó Kabú de pronto, con las manos sobre sus mejillas quemadas con ácido; aún llevaba vendas en algunas partes que no terminaban de cicatrizar.

Matilde lo colocó sobre su regazo y lo abrazó, mientras se acordaba de la reacción del niño al verse por primera vez en el espejo, sin vendas. Nadie lo quería, ni su familia ni los aldeanos, por lo que el doctor Loseke había apurado los trámites para liberar su cama y enviarlo a la misión, bajo la tutela de *sœur* Amélie.

—Te aseguro, Kabú, que nadie se burlará de ti. En la misión hay un niño llamado Jérôme a quien le hablé mucho de ti y que está esperándote porque quiere ser tu amigo.

—¿Jérôme? –Matilde asintió–. ¿Sabe que me quemaron el rostro por ser brujo?

—Pregunta si Jérôme sabe que lo quemaron por ser brujo –intervino Joséphine.

—¡Tú no eres brujo, muchachito! –saltó Juana y le hizo cosquillas en la panza–. ¡Tú eres un encanto! Ven con la doctora Juana –ordenó, y lo sacó de brazos de Matilde.

—Kabú –dijo Matilde, y le acarició la mejilla con el dorso de la mano–, en la misión todos están esperándote con mucha alegría. Allí te querrán como te queremos la doctora Juana y yo.

—¿Y mi familia? ¿Ellos ya no me quieren?

—No lo sé –admitió–. Quizá te quieren, pero tienen miedo de que tus vecinos vuelvan a hacerte daño. Por eso prefieren que vivas en la misión. Lo mismo le ocurrirá a Bénédicte, cuando salga del hospital. Ella irá a vivir a la misión.

—¿De verdad?

Matilde asintió, emocionada. La carita deforme de Kabú cobró luz con una sonrisa que para otros habría resultado una mueca grotesca. En contra de todo pronóstico, Bénédicte, la niña sometida a una infibulación cruenta, había superado el cuadro de septicemia y, a casi un mes de su internación, se recuperaba en una sala de cuidados intermedios. Como su familia tampoco la recibiría de nuevo –de hecho, jamás habían ido a visitarla por mucho que el padre Jean-Bosco les insistió–, el doctor Loseke se ocupaba de tramitar la documentación para enviarla al orfanato de las Hermanas de la Misericordia Divina. Kabú no conocía a Bénédicte sino a través de los relatos de Matilde; no obstante, pensaba a menudo en ella y en el día en que la conocería. Los unían la desgracia y el rechazo de sus familias.

Como de costumbre, los niños salieron a recibirlos al divisar el automóvil de Joséphine. Kabú se puso nervioso al ver tanto movimiento y bullicio y se puso en posición fetal sobre en el regazo de Juana, que lo bajó en brazos y así lo sostuvo por un buen rato. Matilde se ocupó de transportar unas bolsas con medicamentos y botes con repelente, donación de Manos Que Curan. Levantaba las bolsas sobre su cabeza para que los niños no metieran las manos, incapaz dc reprenderlos u de ahuyentarlos porque la ahogaba la risa. La rápida intervención de *sœur* Amélie, que se abrió paso con aplausos y vociferando: «*Allez, enfants! Laissez doctoresse Mat tranquille!*», puso fin al asedio.

Eliah, con Jérôme de la mano, la observaba reír y dar saltitos, y sonrió a pesar del mal humor con el que había llegado a la misión. El encuentro con los rebeldes del día anterior sólo traería consecuencias desfavorables para la Mercure, porque pondría sobre aviso a Taylor y a Nkunda acerca de la ubicación de la mina que el gobierno de Kinshasa había concesionado al *joint venture* de Shaul Zeevi y de la empresa china TKM. Hasta ese momento, el secreto acerca de la posición de la mina jugaba en su favor. Cabía la posibilidad de que creyeran que se había tratado de un enfrentamiento con el ejército o con otras facciones rebeldes, aunque Al-Saud lo desestimaba; posiblemente Nkunda arribaría a esa conclusión, pero no Nigel Taylor. Además, si hallaban el sitio en la cima de la colina desde donde habían disparado, descubrirían los cartuchos de armas que no correspondían con las que empuñaban el ejército ni los rebeldes.

Su mal humor remitió un poco al sentirse halagado por la devoción de Jérôme, que, atento a sus movimientos, se fue aproximando hasta colocar la manita en la de él. La ansiedad, que compartían y que crecía minuto a minuto en tanto esperaban la llegada de Matilde, también fue barriendo con la rabia que lo asolaba por tantas cosas. Al oír el motor del Suzuki Grand Vitara, Jérôme saltó de la silla que ocupaba junto a él y lo apremió a salir.

—¡Vamos, Eliah! Llegó mi mamá.

Se detuvieron cerca de la entrada a la casa de las religiosas, ambos absortos mientras contemplaban a Matilde, con su sombrero de paja y el pelo recogido en dos trenzas. Aún tenía puesto el delantal blanco con el que había hecho guardia toda la noche, pero, como lo llevaba abierto, se veía una blusa suelta y floreada muy «hippie», decidió Al-Saud, que caía por fuera de los jeans. Se fijó en el calzado y lo complació que usara botas, a pesar del calor.

—Juana trae a un niño con ella —comentó Jérôme—. Debe de ser Kabú, el *enfant sorcier*. Tiene la cara quemada.

Al-Saud no oyó el comentario; Matilde acababa de descubrirlo. No lo supo por su expresión de azoro, ya que el ala del sombrero, al proyectar una sombra en el rostro de Matilde, le ocultaba los ojos y las facciones, salvo la boca. Lo supo porque Matilde se detuvo de pronto, apretó las agarraderas de las bolsas y se mordió el labio inferior.

Rescatada del asalto de los niños, Matilde avanzó hacia la casa de las religiosas aún riendo, mientras buscaba a Jérôme entre los huérfanos. Lo avistó apartado, como siempre, y de la mano de un hombre con gorra de beisbol azul y lentes Ray Ban espejeados. Se paró en seco, con la mente congelada en una imagen que parecía extraída de un sueño: Eliah y Jérôme, los dos juntos, de la mano. La emoción resultó tan perturbadora que no atinó a nada, y sin darse cuenta, cesó de inspirar.

—¡Matilde! —exclamó Jérôme, y corrió hacia ella.

Matilde soltó las bolsas y le abrió los brazos para recibirlo. Al-Saud caminó sin apuro detrás de Jérôme, levantando la comisura izquierda en una sonrisa segura que disimulaba la ternura y, al mismo tiempo, los celos que le provocaba ver a Matilde abrazar con tanto ardor al huérfano. Él también quería que le llenara la cabeza y la cara de besos y que lo llamara «*mon trésor*».

—¡Matilde, está Eliah! ¡Tu amigo al que quieres muchísimo! —Se alejó para tomar de la mano a Al-Saud y arrastrarlo los últimos pasos, y permaneció expectante, alternando la mirada entre Matilde y Eliah, que se contemplaban con fijeza.

—Hola —dijo Al-Saud en español, y se inclinó para besarla muy cerca de la comisura izquierda, tanto que Matilde percibió su respiración sobre los labios húmedos. Bajó los párpados e inspiró el perfume de Al-Saud. Reconoció el A Men e intentó retenerlo dentro de sus fosas nasales, sin éxito; se disipó en el aire de la selva.

—Hola —saludó, seca, cortante, contrariada porque olía a hospital, a alcohol yodado, a permetrina, y tenía pinta de rea. Él, en cambio, estaba listo para una caminata por la *Avenue des Champs Élysées*. Le sentaba muy bien la gorra de beisbol, le daba un aire juvenil y relajado. No le conocía los anteojos, iguales a los Ray Ban Clipper, aunque espejeados; le otorgaban una veta amenazadora e intrigante que la subyugaba. Se aprestó a recoger las bolsas, pero Al-Saud se adelantó y las levantó del suelo antes de que ella las tocara.

—Yo las llevo.

—Gracias.

Jérôme se colocó en medio y tomó la mano libre de Al-Saud y la de Matilde. Con su parloteo incesante, llenaba el silencio que había caído sobre los adultos.

—La maestra me dijo que soy muy inteligente.

—No lo dudo —expresó Matilde— porque lo eres. ¿Por qué te lo dijo?

—Porque hice dos sumas muy difíciles sin que nadie me ayudara. Ayer, *sœur* Tabatha me prestó sus lápices de colores. Hice dos dibujos, uno para ti y otro para Eliah.

—¡No veo la hora de que me des el mío! —exclamó, al tiempo que simulaba con su modo llano la curiosidad. ¿Desde cuándo conocía a Eliah?—. ¿Qué me dibujaste?

—Lo dibujé a Eliah. ¿Sabías que Eliah es aviador? Sabe volar aviones. —Matilde asintió—. Algún día me llevará a volar en un avión de guerra. ¿No es verdad, Eliah?

—Sí, algún día te llevaré a volar.

Matilde giró el rostro para enfrentar a Al-Saud y recriminarle de un vistazo la promesa vana. Él seguía imperturbable, con una expresión en la boca que, ella sabía, refrenaba la risa. Se escondía tras los lentes y caminaba con la vista en el suelo. Entraron en la casa. Matilde saludó a las religiosas y a las muchachas que trabajaban en la cocina, consciente de los ojos hambrientos que la seguían como los de un depredador a su presa. Estaba nerviosa, no sabía qué esperar de la presencia de Al-Saud.

Juana, Joséphine y Alamán, con Siki sobre los hombros, entraron un momento después, seguidos por Godefroide, que cargaba dos cajas con provisiones. Ante el anuncio de *sœur* Edith, de que pronto se serviría el desayuno, Matilde le indicó a Jérôme que se lavara las manos. Fueron juntos al baño. Aunque no lo oía, porque él sabía deslizarse como un gato, Matilde sentía la presencia de Al-Saud detrás de ellos.

Eliah se apoyó sobre el marco de la puerta del baño, se cruzó de brazos y observó la escena. Matilde le enseñaba a Jérôme a higienizarse y lo hacía de manera divertida, contándole una historia acerca del señor virus y de la señora bacteria, que arrancaba risas al niño, tan cristalinas e ingenuas que lo contagiaron, y empezó a reír por lo bajo de pura dicha, mientras un deseo lo turbaba, el de abrazarlos a los dos y llevárselos lejos de ese lugar de dolor, enfermedad y carencia. «¡Qué buena madre será!», se dijo. Matilde lavó la cara de Jérôme y lo secó con suavidad, y, mientras le revisaba las uñas y le decía que más tarde se las cortaría, le preguntaba cómo había dormido, si había comido bien, si había tenido pesadillas, si había jugado al futbol. Entre pasadas de toallas y respuestas, Jérôme le daba un beso en la mejilla.

—¡Jérôme! —La voz de *sœur* Tabatha se hizo oír aun en el baño—. ¿Dónde te has metido, muchacho?

—Ve —le pidió Matilde—, no la hagas esperar.

Se lavó las manos y se las pasó humedecidas por la cara. Fingía no reconocer la presencia de Al-Saud, más allá de que su corazón desbocado se lo recordaba sin permitirle recobrar el dominio. Él la miraba con una media sonrisa que la habría fastidiado. Matilde se secó, acomodó la toalla en el toallero y se dispuso a salir. Al-Saud se incorporó y le obstruyó el paso. Se detuvo a centímetros de él y clavó la vista en su pecho. No debía concentrarse en la mata de pelo negro que asomaba por el bolsillo de su polo rojo. ¡Qué bien le sentaba el rojo!

El silencio se prolongaba, y Matilde no se atrevía a herirlo con palabras falsas, como por ejemplo «déjame pasar», que, por otra parte, surgirían disonantes. No sabía cómo estaban las cosas entre ellos, y la mortificaban los recuerdos de lo que él le había hecho el día anterior, en el cuartito de la limpieza, y del modo en que ella se había comportado, como una cualquiera.

Al-Saud le apartó un mechón de la frente y se lo colocó detrás de la oreja. Matilde no se movió y apretó las manos para sofocar el temblor.

—¿Estás cansada?

—No —susurró.

—¿Cómo no? Estuviste toda la noche en pie.

—¿Cómo lo sabes? —le preguntó, y se dignó a mirarlo—. ¿Te lo dijo Amélie?

—Sí —mintió.

—Vamos. —Trató de pasar, pero Al-Saud no se movió—. Permiso, Eliah. Tengo muchas cosas que hacer después del desayuno.

—No quiero que hoy trabajes. Quiero que te lo pases descansando.

Matilde abrió grandes los ojos, incapaz de armar una frase coherente. Por fin, soltó un suspiro y aflojó los hombros y la cabeza.

—Por Dios, Eliah, ¿qué estás haciendo en el Congo?

—Quería verte. Estaba loco por verte.

«¿Por qué viniste? ¡Estoy tratando de aprender a vivir sin ti! ¡Así no puedo, contigo delante de mí! Yo también estaba loca por verte, mi amor. Te extraño tanto…»

—¿Estás aquí por la guerra?

—No.

—No me mientas, Eliah.

—No te miento. —Dio un paso adelante y cerró las manos en torno a la cintura de Matilde.

—No, no. Déjame.

—¿Por qué? —le susurró en el cuello, y Matilde maldijo porque con el roce de sus labios bastaba para que su vagina respondiera; se volvió húmeda y palpitante—. ¿Podrías jurarme que no quieres esto tanto como yo?

—¡Tú no lo quieres! —se enojó, y plantó las manos en los antebrazos de Al-Saud para alejarlo—. Ayer me dejaste tirada como una basura.

—Tenía rabia.

—¿Por qué?

—Por todo.

—¿Por todo? Todo es demasiado, Eliah.

—Demasiado es saber que le permites al imbécil de Vanderhoeven que te toque, que se crea con derechos sobre ti, que…

—¿Qué estás diciendo? Entre Vanderhoeven y yo no hay nada. Y si tuviéramos algo, ¿qué te importaría a ti? ¿Acaso yo cuestiono tu romance con Celia o con Gulemale?

—¡Por Dios! —Al-Saud se llevó las manos a la cabeza y se aplastó el copete—. ¡Celia, Gulemale! ¿Qué tengo que ver yo con ellas?

—¡Uf! —exhaló Matilde, y se escabulló hacia la cocina.

No ayudó a aplacar los ánimos que encontraran a Vanderhoeven sentado a la mesa del desayuno. Jean-Marie Fournier y la enfermera Julia también formaban parte del grupo. Acababan de llegar y explicaron que comenzarían la campaña de vacunación contra la meningitis en el orfanato de las Hermanas de la Misericordia Divina para seguir viaje hacia la próxima aldea. Al-Saud dio la mano a Fournier y a Julia cuando Matilde los presentó y ni siquiera miró al médico belga, quien, por su parte, conservó una actitud similar.

Kabú seguía prendido al torso de Juana y ocultaba el rostro en su pecho. Nadie conseguía hacerlo entrar en razón. Estaba asustado y se sentía fuera de lugar.

—¿Entiende francés? —preguntó Alamán a Juana en español.

—Bastante, pero no lo habla muy bien.

—¡Ey, Jérô! Ese niño que está con Juana, ¿es tu amigo? —se interesó Alamán, y Jérôme, con la boca llena de mango, negó con la cabeza—. ¿Sabes cómo se llama?

—Kabú.

Al-Saud advirtió que Matilde se inclinaba en el oído de Jérôme y le decía: «Tesoro, traga antes de hablar», y no comprendió por qué ese simple acto provocó que en su interior se alzase con fuerza renovada el sentido de la propiedad que Matilde siempre le inspiraba, sólo que ahora también reclamaba la propiedad sobre el niño, como si los dos, Matilde y Jérôme, fueran una misma cosa, una cosa de él. Tal vez porque Matilde deseaba ser su madre, y él quería satisfacer todos sus caprichos; tal vez por la presencia de Vanderhoeven, que sacaba su lado más oscuro.

—¿Qué crees que le pasa a Kabú, Jérô?

—Es un *enfant sorcier*.

—¡No soy un *enfant sorcier*! —replicó Kabú, en francés.

—¿No te gusta que digan que eres un *enfant sorcier*? —Con la cara sobre el escote de Juana, Kabú sacudió la cabeza. —Yo sé cómo demostrar que tú no eres un *enfant sorcier* —afirmó Alamán, y el niño se movió apenas para mirarlo con el ojo izquierdo.

Joséphine había devuelto la taza de café al plato y observaba con atención el intercambio. De manera deliberada, había tratado con frialdad a Alamán, aunque le costaba seguir haciéndolo, en especial si él le lanzaba vistazos desconcertados que le perforaban el corazón y, sobre todo, si tenía en la falda a Siki y se comportaba con tanta dulzura con un pobre niño congoleño deformado por el ácido. No obstante, las palabras de su padre, que habían sembrado la duda y el dolor, aún la perseguían.

—¿Cómo demostrarías eso, Alamán? —intervino Amélie.

—Es muy fácil —dijo, y paseó la mirada sobre la mesa hasta dar con la frutera—. Una leyenda cuenta que un día, un *enfant sorcier* que caminaba por la selva se encontró con un mango gigante.

—Cabshita, ¿un mango gigante? —gritó Juana, y lo miró con una expresión que decía: «¿No se te podría haber ocurrido algo mejor?», y a Joséphine le dio risa la mueca afligida y la sacudida de hombros que le devolvió Alamán—. Un mango gigante —se apresuró a agregar Juana— es algo muy peligroso. Si rueda, te aplasta.

—¡Claro! —acordó Alamán—. Antes, hace mucho, mucho tiempo, todos los mangos eran gigantes. Y rodaban para aplastar a la gente que quería comérselos.

—¿Cómo de gigantes eran? —preguntó Joséphine, y Alamán la miró con seriedad antes de contestar:

—Eran tan altos como yo.

—¡Enormes! —exclamó, y consiguió que Kabú apartase un poco más la cara del escote de Juana para estudiar a Alamán, que se puso de pie y propició un aspaviento en las facciones deformadas del niño—. ¿Y qué sucedió entonces? —Joséphine lo animó a continuar.

—El *enfant sorcier* tenía mucha hambre y quería comerse el mango. El mango, por supuesto, no iba a permitírselo. —Tomó un mango de la frutera; primero lo sostuvo en pie y luego lo acostó para hacerlo rodar sobre la mesa en dirección a Kabú—. El mango empezó a rodar con la intención de aplastar al *enfant sorcier*, que era un *sorcier* muy poderoso y que, con sólo levantar la mano e imaginar al mango pequeño, logró reducirlo a este tamaño. —Recuperó el mango y lo levantó en el aire. Para ese momento, Kabú se había apartado por completo de Juana y lo miraba con atención.

—¿Qué sucedió después? —lo alentó Joséphine.

Alamán se sentó antes de proseguir.

—El *enfant sorcier* recogió el mango del suelo, cerró los ojos y lo imaginó pelado. Al abrirlos, el mago estaba pelado, listo para ser comido.

—¿Y lo comió? —preguntó Kabú.

—Pregunta si se lo comió —tradujo Joséphine.

—¡Todo! Se lo comió todo.

—¿Qué pasó entonces? —lo apremió Joséphine.

—De la nada, apareció la reina de los mangos. —Todos ahogaron una exclamación, y Kabú se incorporó un poco más en el regazo de Juana—. Era el mango más hermoso de todos los mangos. Ella también era una *sorcière* muy poderosa, aunque no tanto como el *enfant sorcier*, por lo que no pudo hacerle daño.

—¿Qué hizo la reina?

—Les echó una maldición a todos los *enfants sorciers*. Dijo: «Por haber comido a uno de los nuestros y por habernos reducido a un tamaño tan pequeño, nunca jamás un *enfant sorcier* podrá comer un mango sin que la boca se le convierta en fuego y el estómago se le disuelva». —Otra exclamación unánime—. Desde ese día, la gente sabe si un niño es un *enfant sorcier* porque los obligan a comer mango. Si le sale fuego de la boca y si el estómago se le vuelve de agua, entonces saben quién es.

Joséphine pinchó un bocado de mango de su plato y le habló a Kabú en swahili.

—Oye, Kabú, ¿te animas a probar un bocado de mango? Así les demostrarías a todos que no eres un *ndoki* sino un niño como cualquier otro. —Kabú asintió y estiró el brazo con actitud insegura para atrapar el pedazo de fruta—. Muy bien, cariño. Ahora, cómelo.

Todos contuvieron el aliento como si esperaran que saliera fuego de la boca del niño.

—¡Vamos! ¡Coraje! —lo alentó Joséphine—. Tú sabes que no eres un *ndoki*, por lo tanto no tienes nada que temer.

—¿Y si lo soy?

—¿Por qué duda? —quiso saber Juana.

—Tiene miedo de ser un *enfant sorcier* y que la boca se le prenda fuego.

—¿Acaso nunca ha probado el mango? —se sorprendió Juana.

—La fruta es un bien de lujo entre los congoleños. Los más pobres rara vez la prueban —explicó Amélie en español, y prosiguió en swahili—: Dime, Kabú, ¿tú sabrías cómo convertir este pequeño mango en uno gigante? —El niño negó con la cabeza—. Entonces, no eres un *ndoki*. Vamos, demuéstrales a todos que no lo eres.

Kabú atrapó el trozo de mango entre los dientes y lo tanteó con la lengua. El sabor dulce y la textura resbaladiza de la fruta lo animaron a metérselo en la boca. Lo mordió con cuidado, lentamente, y, a medida que el mango se diluía en su boca y ninguna quemazón lo afectaba, los ojos del niño se abrían y sus labios se separaban en una sonrisa.

—¡Bravo! —exclamaron al unísono.

—¿Lo ves, Kabú? —dijo Amélie—. Tú no eres un *enfant sorcier*.

Todos compartían la sonrisa de Kabú y lo colmaban de elogios, a diferencia de Joséphine y de Alamán, que guardaban silencio y se miraban a través de la mesa.

—Tesoro —dijo Matilde al oído de Jérôme—, ¿quieres acompañar a Kabú y presentarle a los otros niños? Él se siente muy solo y asustado, como cuando tú llegaste y no conocías a nadie. —Jérôme asintió—. Límpiate la boca con la servilleta. Así, muy bien. Ahora ve con él.

Jérôme abandonó su silla junto a Matilde y se dirigió hacia Kabú. Le tiró de la manga de la playera y le habló en swahili, algo que impresionó a Matilde porque era la primera vez que lo escuchaba hablar en esa lengua.

—¿Vamos afuera a jugar futbol?

—¡Qué buena idea! —dijo Amélie—. Ve con Jérô, Kabú. Te divertirás mucho.

Matilde, Eliah, Juana, Alamán y Joséphine los siguieron varios pasos detrás. Los huérfanos detuvieron sus juegos y se aproximaron a los niños; los rodearon. Con la sinceridad carente de protocolo de los más pequeños, uno señaló la cara de Kabú y preguntó qué le había pasado. Dado que hablaban en swahili, Joséphine tradujo, y, mientras lo hacía, sintió la mano de Alamán cerrarse sobre la suya.

—Lo quemaron con ácido —explicó Jérôme, y Matilde se preguntó si sabía lo que era un ácido.

—¿Por qué?

—Porque era un *ndoki*. ¡Pero no es un *ndoki*! —se apresuró a aclarar Jérôme—. Recién comió mango y no se le prendió fuego en la boca. Por eso no es un *ndoki*.

Los adultos ocultaron las risas tras sus manos.

—Si hubiera sido un *ndoki*, ¿se le habría prendido fuego en la boca?

—Fuego en la boca, y las tripas se le hubieran vuelto de agua.

—¿Por qué?

Jérôme repitió la leyenda narrada por Alamán frente a un auditorio enmudecido.

Como le costaba esconder su ira, Al-Saud se mantuvo lejos de Matilde, que colaboró con la vacunación de los niños; también habló con las mujeres que padecían fístula, aquellas a las que la cirugía no les había resuelto el problema, y revisó a uno de los hombres que vivían en la misión y que sufría dolores abdominales, y a dos niños con fiebre; sobre todo quería descartar la posibilidad de cólera en el adulto y de inflamación de las meninges en los más pequeños.

A pedido de Amélie, Eliah y Alamán armaron un catre para Kabú y lo ubicaron junto al de Jérôme. Joséphine se ocupó de colocarle sábanas y de armar el mosquitero. Al enterarse de que Alamán era ingeniero clcc-trónico, *sœur* Edith colocó pequeños electrodomésticos −un secador de pelo, una radio, una linterna, un par de *walkie-talkies*, una batidora y una lámpara− sobre la mesa del comedor y le pidió que los reparara. Joséphine, con aire tímido y en silencio, se sentó junto a él para observarlo.

−Sabes mucho de estas cosas −comentó, cuando la radio funcionó después de una segunda prueba.

−Me especializo en otro tipo de tecnología −contestó Alamán, y se dispuso a desarmar el secador de pelo.

−¿En qué tecnología?

−En seguridad y en contramedidas electrónicas, algo que necesita desesperadamente la hacienda de tu padre.

−¿De veras?

−Ayer entré en *Anga La Mwezi* sin ninguna dificultad. El portón estaba abierto, no había guardias, ni cámaras, nada −dijo, y levantó la vista para fijarla en la de Joséphine−. Eso sería peligroso en cualquier lugar del mundo, pero aquí, en el Congo, es una insensatez. ¿Por qué tu padre vive así, sin precaución? Tiene una hija que proteger.

−Mi padre ama esta tierra y tiene una percepción un poco irreal del Congo −admitió Joséphine−. Piensa que todos respetan el apellido Boel y que nadie se atrevería a hacernos daño.

−¡Ja! −se burló Alamán, y siguió trabajando.

−¿Estás enojado conmigo?

−¿Debería estarlo?

−Sí. −Alamán apoyó el secador sobre la mesa y, después de unos segundos, elevó la mirada−. Te traté fríamente cuando llegué.

−Muy fríamente.

−Discúlpame.

−¿Por qué lo hiciste?

—Ya te lo dije ayer, en casa. Porque tengo miedo de que me lastimes.

—Ya te lo dije ayer, en tu casa: jamás te lastimaría.

—Eso dicen todos.

—Yo no soy todos.

Alamán se puso de pie con un chasquido de lengua y se dirigió hacia la puerta. Joséphine caminó deprisa tras él y lo detuvo poniéndole la mano sobre el hombro. Lo sintió grueso y fuerte, y se excitó.

—Perdóname, Alamán. Sé que soy injusta contigo, pero no puedo evitarlo. Sufrí muchísimo.

—Y tu padre colaboró para aumentar tu miedo hablándote mal de mí, ¿verdad?

—Me haces sentir como una estúpida que permite que otros influyan sobre sus decisiones.

—¿No es así? —Joséphine asintió, sin mirarlo, y Alamán percibió que la rabia se debilitaba y la dulzura lo embargaba—. ¿Por qué no te preocupas sólo por lo que sientes tú? Eres una mujer inteligente, Joséphine.

—Oh, no, no lo soy —dijo, con voz ahogada.

Alamán la sujetó y la pegó a su torso.

—¿Piensas que me habría enamorado de ti si fueras una tonta?

—¿Estás enamorado de mí?

Alamán rió apenas y ajustó el abrazo en torno a Joséphine.

—¿No se nota que estoy loco por ti?

—Quiero que me lo digas.

—Joséphine, estoy locamente enamorado de ti. Anoche no pude dormir por tu culpa. Me lo pasé pensando en ti.

—Yo tampoco dormí anoche pensando en ti.

—¿En lo malo que soy? ¿En cuánto te haré sufrir?

—No, pensaba en el beso que me diste ayer, imaginaba el beso que me darías hoy.

Joséphine acarició la espalda de Alamán, se puso en puntas de pie y apoyó la boca entreabierta sobre la de él, que se mantuvo quieto, expectante, mientras la joven movía los labios con suavidad, y le clavaba los dedos en la nuca y en la base de la cabeza. Ese contraste, entre las caricias de su boca y el fervor de sus manos, lo enloqueció. Le devoró los labios, la penetró con la lengua y le acarició los pechos hasta hacerla gemir.

—Sí, mi amor, gime, vuélveme loco. Entrégate a mí, Joséphine. Por favor, entrégate a mí.

—Alamán… Mi amor…

El beso cobró salvajismo. No les bastaba con sus bocas para expresar la pasión que se despertaban, ni con sus manos para comunicar el ardor que sentían. Los gemidos se prolongaban, sus respiraciones se aceleraban. Alamán la arrastró hasta una pared y curvó su cuerpo sobre el de ella, como si quisiera fundirla dentro de él. Así los halló *sœur* Annonciation cuando entró en el comedor dispuesta a poner la mesa, enredados en un beso que habría escandalizado a un mundano.

–¡Oh! –profirió, y se congeló con la vista en un espectáculo que, al tiempo que la repugnaba, la atraía–. Disculpen –murmuró antes de salir a paso rápido.

Alamán y Joséphine se miraron y rieron.

~: ⅋ :~

Juana hablaba con Shiloah por el teléfono satelital de Eliah; Alamán y Joséphine charlaban, mecidos en el sillón hamaca, bajo los irokos; los niños dormían la siesta para evitar el golpe de calor, lo mismo que las religiosas y las mujeres acogidas. La lluvia se olía en el ambiente opresivo de las primeras horas de la tarde, y la furia con la que caería se adivinaba en la calma que se había apoderado de la selva.

Matilde, exhausta, pero incapaz de pegar ojo, deambulaba por el orfanato, sumido en un silencio turbador. Jérôme y Kabú acababan de dormirse después de escuchar un cuento. Se preguntó dónde estaría Eliah. No la había mirado mientras almorzaban, ni siquiera cuando Fournier repitió los elogios que Gustafsson le había destinado tras haber compartido con ella una semana en el quirófano. «Es de una habilidad con el bisturí pocas veces vista», «Su seguridad al momento de resolver imprevistos es de un cirujano con más de veinte años de experiencia», «La doctora Matilde ha nacido para operar, y todo aquel que esté en sus manos es un afortunado». A ella, los elogios sólo le importaban si Eliah los escuchaba. Él, sin embargo, no acusó recibo, al contrario de Vanderhoeven, que se zambulló en un panegírico de Matilde que dejaba pocas dudas respecto de sus sentimientos. Para colmo de males, cuando, después del almuerzo, Juana y Matilde acompañaron a sus colegas hasta la camioneta de Manos Que Curan, el médico belga la tomó por sorpresa al abrazarla. Aunque no se dio vuelta, Matilde sabía que Al-Saud estaba viéndolos.

Momentos atrás, cuando Jérôme le mostró a Kabú su tesoro, la cajita con el mechón de Matilde, ésta advirtió que había algo más, un llavero Mont Blanc que le resultaba familiar.

–Me lo regaló Eliah –contestó el niño, muy suelto.

–¿Cuándo? ¿Hoy?

–No, el otro día, cuando nos conocimos.

—¿Por qué te lo regaló?

—Para que me acuerde de él.

Salió del orfanato con el ánimo por el piso y caminó hacia la casa de las religiosas. Avistó a Alamán y a Joséphine en el sillón hamaca, muy pegados; reían. En la sala, Juana seguía hablando por teléfono satelital con Shiloah, tirada en el sofá, con cara de ensueño. Amélie y Eliah conversaban y bebían café envueltos en un aura intimista que, junto con sus sonrisas de aire nostálgico, la hizo sentir excluida, por lo que decidió irse al dormitorio de su prima y recostarse un momento. Le dolía la cabeza, y su cuerpo se quejaba de la noche en vela, del trabajo extenuante de la semana y del mal rato vivido en la fiesta de *Madame* Gulemale.

—¡Ey, Mat! —la llamó Amélie, en una exclamación sofocada—. Ven. —Amélie se desplazó en la banqueta y le hizo un lugar a su lado. Eliah no levantó la vista y prosiguió doblando una hoja de papel con expresión reconcentrada—. Te sirvo un café.

—No, gracias.

—¿Y un té? Te hago un té. —Matilde aceptó con una sonrisa—. Te felicito, prima —dijo Amélie, mientras preparaba la infusión—. Jean-Marie no dejaba de elogiarte. Parece que como cirujana eres excelente.

—De eso quería hablarte —expresó Matilde, para acabar con el tema de los halagos—. Me gustaría intentarlo de nuevo con las mujeres con fístula de la misión. Tal vez tengamos suerte esta vez.

—¿Sí, te parece? Algunas, como Niara, han pasado por dos cirugías.

—Lo sé, pero me gustaría intentarlo. Podríamos empezar por los casos que han tenido una cirugía solamente. Esta semana, yo haría los arreglos en el hospital para recibirlas la que viene.

—¡Qué bendición sería poder devolverles la normalidad! —exclamó Amélie, y colocó la taza de té frente a Matilde—. Ponele mucha azúcar. Estás pálida.

Al-Saud detuvo las manos y levantó la vista por primera vez. La miró fugazmente y volvió a concentrarse en los dobleces del papel.

—Me voy a encender las bombas para subir agua a los tanques —dijo Amélie—. Hoy es el día de baño de los niños. En un rato empezarán a llegar las mujeres con las cubetas para acarrear el agua al refectorio.

Se quedaron solos en un silencio tan profundo que Matilde no se atrevía a romper llevándose la taza a la boca y haciendo ruido al sorber y al tragar.

—¿Qué estás haciendo? —susurró por fin, incapaz de sostener el mutismo.

—Un avión para Jérôme. Un amigo me enseñó a hacerlo cuando éramos chicos, pero no estoy teniendo mucho éxito.

—¿Qué amigo?

—Mi mejor amigo. Gérard Moses.

—¿Moses? ¿Como Shiloah Moses?

—Son hermanos, pero no se llevan bien.

—Nunca me hablaste de él.

—Nunca hablo de Gérard.

—¿Por qué?

Al-Saud sacudió los hombros, siempre con la vista en el papel.

—Tal vez porque es muy especial y sólo yo lo comprendo.

—¿Especial? ¿En qué sentido?

—Padece una enfermedad congénita, que la heredó del padre. No puede llevar una vida normal —expresó, segundos más tarde.

—¿Qué enfermedad? —Como Eliah la miró con dureza, Matilde se retrajo—. ¡Discúlpame! Estoy preguntando demasiado. Y sé que no te gusta que invadan tu privacidad.

—Antes, mi privacidad y la tuya eran la misma cosa. La enfermedad de Gérard se llama porfiria —manifestó, sin pausa, sin darle tiempo a cavilar acerca de la primera contestación—. Es una afección que, entre otras cosas, le impide exponerse al sol.

—Sí, la porfiria. Es un desequilibrio en la producción del hemo —dijo, más para sí—. Es una enfermedad muy rara, poco común. Casi no se sabe nada de sus orígenes ni de su cura. Me habría gustado conocer a Gérard.

Al-Saud no comentó nada, aunque le dolió pensar que a él no le habría gustado que su mujer y su mejor amigo se conocieran, no porque temiera que Matilde se espantara de los rasgos toscos y de los dientes cafés de Gérard, resultaba claro que estaba habituada a cosas peores, sino porque no quería exponerla a él; intuía que había algo malo en su amigo. Hizo el último doblez y levantó el avión de papel para estudiarlo desde diferentes ángulos.

—Quiero verle la cara cuando le entregues ese avión —dijo Matilde, con timbre risueño, que Al-Saud no compartió—. Eliah, ¿por qué le dijiste que lo llevarías a volar? Está muy ansioso con eso. Y muy ilusionado.

—Se lo dije porque pienso hacerlo.

El silencio se prolongó. Al-Saud persistía en su actitud esquiva y malhumorada. De pronto, la desazón y el cansancio formaron un frente demasiado poderoso, y Matilde claudicó: necesitaba descansar o terminaría desvaneciéndose otra vez. Se puso de pie y rodeó la mesa, arrastrando la mano sobre el mantel, que Al-Saud atrapó antes de que la levantara para irse.

—Te llama «mamá» cuando no estás —dijo, sin mirarla, con la vista fija en los dedos de Matilde.

–¿En serio? –Al-Saud asintió–. Jamás imaginé que alguien me llamaría «mamá» en esta vida –aseguró, y carraspeó para deshacer el nudo de emoción.

–Nunca había visto a un niño querer tanto a un adulto –admitió Al-Saud, más sorprendido que celoso–. Solamente habla de ti, todo el tiempo habla de ti.

–Pues recién, mientras intentaba que se durmiera, sólo hablaba de ti.

–Me quiere porque piensa que soy tu amigo.

–Te quiere porque le caés bien. Vanderhoeven es mi amigo y a él no lo quiere en absoluto.

–¿Sólo tu amigo?

–Sólo mi amigo. A él le gustaría que fuéramos algo más, pero yo no puedo.

–¿No puedes? –replicó él, agresivo, mordaz–. ¿Eso quiere decir que querrías?

«No, no quiero. Tampoco puedo porque te amo a ti.»

–Eliah, estoy tan cansada –dijo en cambio, y que lo admitiera fue suficiente para que Al-Saud se preocupara. Abandonó la silla y la abrazó con delicadeza. Matilde hundió la nariz en su pecho donde anidaban los olores que ella relacionaba con la dicha, el de su perfume, el de su sudor, el del suavizante con que Leila le lavaba la ropa. Ajustó los brazos en torno a él y descansó en su cuerpo sano y joven.

Al-Saud apretó los párpados, emocionado por la entrega de Matilde, angustiado por su delgadez. La sintió temblar de extenuación, y la levantó del suelo con el esfuerzo que habría aplicado para recoger a su sobrina Francesca. Matilde se aferró a él, apoyó la cabeza sobre su hombro y cerró los ojos, que le ardieron , y ese ardor se propagó por sus extremidades, debilitándolas, relajándolas. Soltó un suspiro, que humedeció el cuello de Al-Saud.

La llevó en brazos hasta la sala, donde, con un ademán de cabeza, le indicó a Juana que abandonara el sillón para acomodarse con Matilde como si se tratara de un bebé.

–¿Está dormida? –susurró Juana.

–No –murmuró Matilde, sin fuerza–. Tengo que ir a bañar a Jérô.

Al-Saud le apoyó los labios sobre la sien antes de hablarle.

–Duerme. Te lo suplico, mi amor, duerme.

–Matita –le dijo Juana al oído–, yo me encargo del baño de mi sobrino –lo que arrancó una sonrisa tenue a Matilde antes de que se durmiera en el regazo de Al-Saud.

El trueno la estremeció. Alteró el ritmo de la respiración, cambió la posición y siguió durmiendo. Al-Saud, echado en la cama de Amélie junto a Matilde, la observaba dormir desde hacía tres horas. No podía apartar sus ojos de ella.

Jérôme, con la maestría que poseía para escabullirse, se deslizó dentro de la casa de las religiosas después de que Juana lo ayudara con el baño para comprobar que no le mentían, que su «mamá» dormía. Hasta que no entornó la puerta de la habitación de *sœur* Amélie y la vio tendida en la cama con Eliah a su lado no recuperó la calma. Temía que se hubiera ido, que lo hubiera abandonado.

Al-Saud le hizo la seña de guardar silencio y, al descubrir el pánico en la expresión del niño, se le oprimió el corazón. Lo invitó a pasar con un ademán de su mano. Notó que Jérôme estaba recién bañado, con ropa limpia y con los ricitos húmedos, tan apretados que parecían abalorios negros. El niño se arrodilló cerca de la cabecera y susurró, más bien, movió los labios:

—¿Mi mamá está enferma? —Al-Saud agitó el índice para negar; todavía le costaba oír ese «mamá»; la parte posesiva y salvaje en él se rebelaba y gritaba—. ¿Qué le pasa entonces?

—Estaba muy cansada. Si no dormía, se iba a desmayar.

Apretó los labios para reprimir la carcajada que le causó la mueca de Jérôme, que levantó las cejas, luego frunció el entrecejo, se mordió el labio y sacudió los hombros, abrumado por la impotencia y la preocupación. Apoyó la mejilla en la almohada, sobre la cabellera de Matilde. Eliah lo observaba. Movía los párpados lentamente, como si las pestañas, tan rizadas y tupidas, le pesaran. La respiración se le acompasaba y los hombros se le relajaban. No debía de estar cómodo, caviló Al-Saud, con las rodillas sobre el piso de ladrillo, y, sin embargo, se mantenía estoico, en actitud protectora; lo admiró por eso.

Un nuevo trueno perforó el silencio de la habitación y abrió paso a la lluvia, que cayó sin misericordia. Al-Saud abandonó la cama para cerrar la puerta y se acostó de nuevo. Matilde agitó la cabeza y las piernas y despertó. Al-Saud la aguardó, expectante, hasta que sus ojos plateados lo descubrieron junto a ella y le sonrieron. Al-Saud le pasó la punta de los dedos por la mejilla caliente y sonrosada, y se inclinó para besarla en los labios. Jérôme le depositó varios besos en la espalda y en el brazo derecho.

—¿Quién anda ahí? ¿Una ratita?

—No —dijo el niño, serio—. Soy Jérô.

—¡Ah, mi tesoro está aquí! —exclamó, sin voltearse—. Quítate los tenis y acuéstate con nosotros.

A Eliah le dio risa la velocidad con que se descalzaba y subía a la cama, muy angosta para los tres. Se introdujo entre Matilde y él, más bien se embutió, dándole la espalda y mirando a Matilde con una adoración en la que Eliah se reconoció.

—Juana nos ayudó a bañarnos a mí y a Kabú.

—¿Se portaron bien?

Jérôme asintió, solemne.

—A Kabú le curó las quemaduras y a mí no me dio asco verlas.

—Es que eres tan valiente, tesoro mío.

—¿Ibas a volver a desmayarte si no dormías?

—Estaba muy cansada —admitió Matilde—, pero no creo que hubiera vuelto a desmayarme.

—¿Por qué te pregunta eso? ¿Te desmayaste alguna vez por cansancio? —Al-Saud simuló no saber, y Matilde elevó la mirada para encontrar sus ojos verdes, severos y cargados de reproche. No reparó en la preocupación ni en el enojo de Eliah; pensó, en cambio, que se trataba de un sueño hecho realidad tenerlos a los dos juntos, con ella. Resultaba tan estremecedor e inverosímil que temía que fuera parte de una ilusión que se desvanecería cuando ella despertara.

—Hace más de diez días, me desmayé, aquí, en la misión.

—*Merde, Matilde!* —exclamó—. Eso es porque trabajas sin descanso y te alimentas como un pájaro. ¡Ese hijo de puta de Vanderhoeven te explota! Lo voy a matar.

Matilde estiró la mano y le acarició la mejilla de barba incipiente con el dorso de los dedos, lo que causó un efecto inmediato en la ira de Al-Saud: la neutralizó. Él le buscó la mano con la boca y le mordisqueó los dedos y los besó.

—¿Qué pasa? ¿Qué dice Eliah? ¿Está enojado?

—Sí —admitió Matilde—. Dice que no como ni descanso lo suficiente.

—¿Y por eso te desmayas?

—Sí —intervino Al-Saud, la rabia a duras penas sofocada—, por eso se desmaya.

—¡No quiero que trabajes tanto y quiero que comas mucho! —lloriqueó Jérôme, y hundió la cara en el pecho de Matilde y le pasó el brazo por la cintura para pegarse a ella.

—Estás asustándolo —lo increpó Matilde, en español—. Ha perdido a toda su familia. ¿No te das cuenta de la angustia que le causa pensar que va a perderme a mí también?

Al-Saud la contempló con una expresión contrita, una mueca tan inusual en él que Matilde se esforzó por no reír.

—Ey, campeón —lo llamó Eliah, y se inclinó sobre el oído del niño—, no tengas miedo. A Matilde no le sucederá nada porque tú y yo no lo permitiremos.

—¿No? —lloriqueó, sin apartar la cara del escote de ella.

—No, y tú vas a ayudarme. ¿Vas a ayudarme?

—Sí —aseguró, y giró para enfrentar a Al-Saud, que experimentó una emoción fuerte ante la carita húmeda de lágrimas. El sentimiento volvió a tomarlo por sorpresa, a pesar de que ya sabía que Jérôme contaba con la cualidad de Matilde, la de despojarlo de la coraza para dejarlo inerme, expuesto, vulnerable. Le arrastró el pulgar por el cachete para secárselo, y la belleza de su rostro de niño volvió a admirarlo. Era tan hermoso, de rasgos regulares y de mirada dulce.

—Tú y yo —dijo, con acento cómplice— nos ocuparemos de que duerma muchas horas, de que no trabaje tanto y de que coma bien. ¿Qué te parece? ¿Me ayudarás?

—¡Sí, sí!

—¿Están formando un complot en mi contra?

Un alboroto, que no lo conformaban risas sino voces asustadas y correteos, interrumpió el diálogo. Al-Saud abandonó la cama de un salto. Matilde y Jérôme lo siguieron.

—¡Mat! —El llamado de Juana, con un claro timbre de terror, se convirtió en un escalofrío en el cuerpo de Matilde, que salió del dormitorio como un vendaval.

—¡Aquí estoy! ¿Qué sucede?

Alamán, empapado, traía a una niña en brazos. Las religiosas y Joséphine los seguían, al igual que algunas de las mujeres acogidas.

—¡La picó una abeja! —explicó Juana—. Y resultó ser muy alérgica. El edema de glotis está obstruyendo las vías respiratorias. La disnea es muy severa. Y el pulso, muy bajo.

Si bien tenía la cara inflada como un globo, tanto que los ojos se le habían sumido bajo los párpados, y la piel cobraba un tinte azulado, Matilde reconoció a Siki, la niña de tres años, la favorita de Amélie, la rechazada por su madre, Lesego, por ser el fruto de una violación.

—¡A la mesa de la cocina! —ordenó—. Joséphine, pídele a Godefroide que traiga mi maletín. Quedó en tu camioneta.

Al-Saud y Jérôme permanecieron en la habitación aun después de que el grupo se hubiera desplazado en bloque hacia la cocina.

—¿Se va a morir? —preguntó el niño.

—No —afirmó Al-Saud, sin asidero—. Vamos —dijo, y tomó a Jérôme de la mano.

En la cocina, Al-Saud descubrió que Siki ya había sido colocada de espaldas sobre la mesa, con un trapo enrollado bajo la nuca. Juana apoyaba su mano sobre la frente para mantener la cabeza hacia atrás y exponer el cuello. Godefroide, empapado, apareció con el maletín y lo colocó sobre la barra. Matilde se echó povidona en las manos y las refregó rápidamente; no contaba con guantes de látex.

La disnea de Siki era casi total; prácticamente no inspiraba, y el riesgo a un daño cerebral urgía la intervención.

—Que salgan todos —pidió Matilde, mientras extraía elementos de su maletín.

Amélie los sacó fuera, a excepción de Al-Saud y de Lesego, que, con aire testarudo, negaron con la cabeza y se quedaron en un rincón.

—Juani, consígueme una pluma o cualquier cosa tubular, y desinféctala.

Al-Saud la observaba actuar con el semblante congelado, como si sobre él hubiera caído un hechizo. Sólo sus ojos se movían para seguir las manos de la cirujana. A pesar de la urgencia, Matilde le hablaba a Siki, la llamaba por su nombre y la animaba a aguantar.

—Le haré una coniotomía —dijo, y Al-Saud no sabía a quién se dirigía—. En esta situación, es menos peligrosa que una traqueostomía.

—Sí —contestó Juana, que sostenía un bolígrafo al cual había despojado de su interior—. Ya tengo el tubo. Lo voy a desinfectar con alcohol.

Eliah contemplaba, absorto, el movimiento de los dedos de Matilde sobre el cuellito de la niña. Lo palpaba para ubicar algo, y lo hacía con gran destreza. De hecho, intentaba localizar el cartílago tiroideo y la membrana cricotiroidea, sobre la cual realizaría la incisión. Una vez localizado el sitio, lo pintó con alcohol yodado.

—Amélie, Eliah, sosténgala. Voy a cortar.

Matilde aplicó presión sobre la piel de la niña y realizó una incisión no mayor a un centímetro y medio, de la cual brotó sangre oscura y espesa. Siki, inconsciente, no se movió. Matilde embebió el corte con una gasa y siguió adelante hasta saber que había abierto una vía en la tráquea.

—El tubo —pidió, y Juana se lo entregó. Lo insertó en el orificio, y enseguida notaron que el pecho de la niña se expandía cuando sus pulmones se colmaron de aire.

—¡Gracias a Dios! —exclamó Amélie.

—Se está restableciendo el pulso —informó Juana.

—Hay que llevarla al hospital de Rutshuru. Ya —urgió Matilde, mientras rodeaba de gasa la base del tubo y lo pegaba al cuello de Siki con cinta adhesiva.

—¿En esta tormenta? —se espantó Amélie—. Es muy peligroso.

—La coniotomía es un procedimiento que se practica en medios extrahospitalarios, cuando la disnea es total, pero requiere cuidados intensivos inmediatos. Los riesgos son muchísimos. *Tenemos* que ir a Rutshuru.

—Amélie —intervino Al-Saud—, dame las llaves de la Range Rover. Yo llevaré a la niña a Rutshuru.

—Yo voy contigo —dijo Matilde, y Al-Saud, conocedor de esa expresión resuelta, supo que de nada valía intentar hacerla desistir.

Cargó a Siki empleando un cuidado extremo, atento a las directivas de Matilde. Entre ella y Juana cuidaban que el tubo no se moviera, mientras *sœur* Angelie y *sœur* Tabatha las protegían con paraguas. Lesego caminaba detrás, y nadie se opuso cuando subió a la camioneta y se ubicó junto a Matilde, que le ordenó que sostuviera las piernitas de la niña. Como Matilde no podía y Lesego no sabía cómo, Alamán, a un pedido de Eliah, les colocó los cinturones de seguridad.

—¡Eliah, mantente lejos del río! —le pidió Amélie.

—¡Estaremos rezando por ustedes! —exclamó Joséphine, mientras la Range Rover avanzaba en reversa.

La lluvia arreciaba y dificultaba la visión a un punto alarmante. Matilde se preguntaba de qué modo Eliah sabía por qué camino manejar. Los limpiaparabrisas no daban abasto para apartar el agua, que se precipitaba como una cortina. La camioneta se sacudía al cruzar los baches, y Matilde temía que la cánula se saliera de su sitio; la incisión había comenzado a rezumar sangre, y pronto la gasa no sería suficiente para absorberla. Su pulgar y su dedo mayor intentaban permanecer en la muñeca de Siki para medir el pulso radial en todo momento.

En sus viajes a la misión, Al-Saud había notado que, en ese sector, el río Rutshuru corría por costas bajas, a diferencia de otros sectores, donde lo hacía dentro de una cañada, con barrancas elevadas. No dudaba de que se hubiera desbordado, y, por mucho que él se mantuviera apartado, simplemente por instinto, ya que no veía nada, el agua los alcanzaría pronto. Se arrepentía de no haber amarrado a Matilde a una silla para impedirle que lo acompañara.

Un elemento contundente golpeó el lado derecho de la Range Rover, a la altura de Lesego, y Matilde contuvo una exclamación de pánico.

—¿Están bien? —preguntó Al-Saud.

—Sí. ¿Qué fue eso?

—El agua, que ya inundó el camino.

Matilde se sorprendió porque había pensado que se trataba de un tronco, tal vez de un animal que los había arrollado. El golpe se repitió, y una ola de color café trepó por la ventanilla y se retiró. Matilde bajó la vista, la fijó en la cánula y empezó a rezar el padrenuestro de manera mecánica, ni sabía lo que decía, pero la confortaba repetir una y otra vez la oración.

El río no sólo avanzaba sobre el camino de tierra roja y pedregosa sino que lo carcomía al paso de la camioneta, hasta que la velocidad de la

Range Rover no resultó suficiente para escapar del derrumbe, y sus ruedas traseras patinaron sobre el filo del barranco y quedaron sin asidero, bajo el agua. La cola del vehículo dio un latigazo, y los ocupantes se zarandearon. La camioneta quedó inclinada como si subiera una cuesta. Si Al-Saud permitía que la tracción delantera dejara de impulsarlos, caerían al río y serían arrastrados, por lo que sus extremidades se movían con rapidez y de manera coordinada para acelerar y cambiar las velocidades, buscando un punto en donde la camioneta encontrara una porción de terreno sólida donde sujetarse para propulsarse hacia delante. Segundo a segundo, el cofre se elevaba en un ángulo que terminaría en los noventa grados si la suerte no cambiaba pronto.

Matilde, que había cesado de rezar y de respirar, percibía los esfuerzos de Eliah por sacarlos de donde fuera que hubiesen caído. No podía retirar la vista del apoyacabeza de su asiento al tiempo que imaginaba la tensión en los músculos de sus antebrazos y de sus piernas debido a la lucha que entablaba con los cambios de velocidad, con el volante, con los pedales. Era diestro manejando, ella lo sabía, y manejaba una camioneta preparada para caminos difíciles; no obstante, ¿quién se medía con la fuerza de la Naturaleza?

En una fracción de segundo, Al-Saud puso primera y aceleró. Las ruedas delanteras mordieron el terreno, dejaron de patinar y se adhirieron al camino. La Range Rover corcoveó hacia delante y, dada la fuerza de la aceleración, se impulsó, hendió el agua del camino y avanzó. Matilde oyó los movimientos rápidos de Al-Saud en la palanca de cambio y los de sus pies sobre los pedales para aprovechar el golpe de fortuna que los había salvado de caer al río. Notó que se alejaban hacia la izquierda del camino, hacia el límite con el bosque tropical, para evitar el filo del barranco, cuyos límites se ampliaban a medida que la corriente adquiría fuerza y devoraba la arcilla.

Aunque su vista se había enturbiado con lágrimas de alivio y de amor por el hombre que las había salvado, advirtió que la cánula se había movido y abandonado el orificio en la tráquea. Comprobó que el pulso de Siki se debilitaba, y que su pecho no subía y bajaba con la regularidad de segundos atrás.

—Lesego, pásame mi maletín.

—¿Qué sucede? —se preocupó Al-Saud, y sus miradas se encontraron en el espejo retrovisor.

—Nada —dijo, y le sonrió, sin conseguir que él aflojara el ceño que le convertía las cejas en una línea única, ancha y negra.

Matilde quitó la cinta y la gasa y maniobró con la cánula hasta dar con el orificio que la conectaba con la tráquea. La disnea persistía aún con el tubo en su sitio, por lo que procedió a ventilar soplando en el extremo. Enseguida, el pecho de Siki se infló y bajó, y volvió a inflarse y a bajar, y Matilde percibió el alivio como un frío en el rostro; supo que estaba pálida como un muerto. Si bien la niña respiraba, le temía al daño cerebral permanente.

Por fortuna, la lluvia no caía con la ferocidad inicial, y pese a que no remitía por completo, Al-Saud ya no manejaba a ciegas. El camino seguía anegado, y el oleaje del río aún golpeaba el lado derecho de la Range Rover. A pocos kilómetros de Rutshuru, donde la geografía del terreno marcaba una elevación, el agua fue retirándose hacia su cauce y despejando el camino, que había quedado deshecho, plagado de huecos, de ramas, de animales pequeños que flotaban, hinchados y tiesos.

Matilde pensó que si Alamán no les hubiera ajustado los cinturones de seguridad, sus cabezas, la de ella y la de Lesego, habrían terminado incrustadas en los asientos delanteros cuando la Range Rover cayó de punta en un bache más profundo que los demás. Al-Saud intentó poner reversa, sin éxito, pues las ruedas traseras estaban en el aire.

Matilde habría gritado: «¡No, por amor de Dios, no bajes!», cuando vio que Al-Saud se desabrochaba el cinturón de seguridad y abandonaba la seguridad del interior. De nuevo, empezó a rezar el padrenuestro, sin apartar la vista de la cánula. Le preocupaba que la sangre de la herida se filtrase en la tráquea y ahogara a Siki. «Señor mío, ahora que su madre muestra interés por ella, no permitas que esta criatura tan hermosa muera o quede incapacitada.» La mortificaba la culpa, porque se le dio por pensar que había sido una locura iniciar ese viaje en medio de la tormenta; se reprochaba el arrebato de llevarla al hospital cuando, entre ella y Juana, podrían haber controlado la coniotomía hasta que la lluvia cesara. Un momento después, se desdecía al enumerar los riesgos a los cuales Siki quedaba expuesta por la falta de atención apropiada.

Al-Saud se deslizó por la pared del bache y, con el agua hasta la cintura, plantó los pies en el fondo y endureció los muslos para impedir que la corriente lo arrastrara. Se enjugaba los ojos con frecuencia mientras estudiaba la situación y sopesaba las alternativas para sacar a la camioneta del pozo. El cofre de la Range Rover se sumergía en el agua turbia, por lo que debió hundir las manos y tantear hasta hallar el cabrestante. Se felicitaba por haber tenido la idea de hacerlo colocar, uno de última tecnología, para tres mil kilogramos. Lo accionó, y el motor, preparado para operar bajo el agua, comenzó a desenroscar el cable de acero. Al-Saud se alejó en dirección a un árbol, a cuyo tronco ajustó el cable. Regresó junto a la camioneta y cambió el sentido de la tracción del motor.

—Quiero que estés tranquila —le habló a Matilde, en francés, a través de un resquicio en la ventanilla del conductor—. La camioneta se sacudirá, pero todo estará bien.

Matilde no tuvo oportunidad de rogarle que se cuidara. La silueta de Al-Saud se alejó del vidrio empañado y regresó junto al cabrestante para encenderlo. El árbol tembló cuando el aparato comenzó a enroscar el cable, y Eliah temió que, debido a lo flojo de la tierra, lo arrancara de raíz. Transcurrían los segundos, el motor tragaba el cable e impulsaba fuera la Range Rover, y el árbol se mantenía en pie. Por fin, la camioneta se bamboleó cuando sus cuatro ruedas se apoyaron sobre el camino.

Al-Saud saltó dentro, puso primera y aceleró. Llegaron al hospital en menos de media hora, y, a los insistentes claxonazos de la Range Rover, dos enfermeros se precipitaron en la terraza de ingreso y se hicieron cargo de Siki. La acomodaron sobre una camilla y la condujeron a la zona de los quirófanos, cuidando de que la cánula no se desplazara.

Al-Saud observaba a Matilde desde el extremo del pasillo. Ella se afanaba por explicar a un colega lo sucedido. Lo embargaba un orgullo que en contadas ocasiones había experimentado por otro ser humano. La amaba. ¡Oh, Dios, cuánto la amaba! Con sus hábiles manos de cirujana, había salvado a una niña de morir ahogada; sus manos, de dedos largos y uñas cuidadas, jamás pintadas, que él añoraba sentir sobre el cuerpo. Un estremecimiento lo surcó, mezcla de excitación y de emoción.

Matilde se despidió de su colega al que acababa de detallarle las maniobras ejecutadas en Siki, y apoyó la frente contra la pared ante un ligero mareo. Sintió unas manos en torno a su cintura y sonrió. Nadie la sujetaba con ese imperio excepto su Eliah. Dio media vuelta y, sin abrir los ojos, apoyó la frente sobre el pecho empapado de él.

—¿Qué quieres hacer? —lo oyó preguntarle.

—Quiero acostarme y dormir diez años —admitió.

—Vamos. Encontraré un hotel. No podemos volver a la misión.

—No. Vamos a la casa de Manos Que Curan. Sólo están N'Yanda y Verabey, las empleadas del servicio doméstico. Pero antes, llamemos por radio a Amélie. Deben de estar muy angustiados.

Después de hablar con Amélie, buscaron a Lesego, quien se negó a acompañarlos. Matilde no insistió. Sería bueno para Siki despertar y encontrar a su madre junto a la cama, más allá de que esa mujer era prácticamente una extraña para la niña. Al-Saud le entregó unos francos congoleños, que la mujer agradeció con un *merci* musitado, sin levantar la mirada. Se despidieron con la promesa de que volverían a la mañana siguiente.

Matilde se detuvo frente a la Range Rover y observó las ramas que colgaban de la defensa, de la parrilla, y también del lodo rojo que se prendía al cofre, y cayó en la cuenta de la odisea que acababan de atravesar. La línea del agua persistía y rozaba las manijas de las puertas. Se dio vuelta y observó la traza de Al-Saud. Se había peinado los mechones hacia atrás y tenía las pestañas aglutinadas. Estiró la mano para tocar su camiseta polo roja, dura de lodo. Se abrazó a él y se pegó a su torso en un intento por absorberle la humedad y devolverle un poco el confort.

—Gracias —dijo, y Al-Saud, sin pronunciar palabra, la besó en la coronilla—. Vamos. Quiero que te saques esa ropa mojada.

De camino hacia la casa de Manos Que Curan, Matilde, todavía abrumada por el giro de los hechos, observaba el paisaje y sólo rompía el silencio para indicar a Al-Saud la dirección que debía tomar. Les abrió Verabey, que profirió una exclamación de sorpresa. N'Yanda se presentó en la sala y se quedó quieta y callada ante Al-Saud. Pronunció unas palabras en kinyarwanda, que Verabey no se molestó en traducir. Matilde los presentó, y las mujeres se limitaron a inclinar la cabeza de lejos, como si temieran acercarse.

—N'Yanda, ¿podrías traer una toalla y un jabón para Eliah? Necesita tomar un baño. ¿Y podrías prepararnos algo de comer, por favor?

Al rato, Verabey se ocupaba de lavar las ropas sucias de Al-Saud, incluso de limpiar sus botas, mientras N'Yanda cocinaba estofado y tortilla de mandioca.

—No te atrevas a reírte —la amenazó Al-Saud, al salir del baño envuelto en la bata de raso violeta de Juana, que no le tapaba las rodillas, y con los pies embutidos en las pantuflas a juego.

—Era eso o ropa de Vanderhoeven —se burló Matilde, y obtuvo un gruñido y una mala cara.

Comieron en la habitación de Juana, que contaba con una mesa pequeña, y Al-Saud se mostró insistente y persuasivo al momento de cumplir la promesa hecha a Jérôme, que cuidaría de Matilde y que la obligaría a comer y a dormir.

—¡Basta, Eliah! No me entra un bocado más.

—Qué bueno, señor, que la obligue a comer —se entrometió Verabey, al deslizarse en la habitación para servirles una compota de papaya—, porque la doctora Mat come muy poco y a todos nos tiene preocupados.

—Sí, lo sé. Y como es terca, *muy* terca —recalcó—, hay que sentarse con ella, como si fuera una criatura, y ponerle la comida en la boca.

—No doy más —se empecinó Matilde—. Me voy a la cama.

Aunque no eran las ocho de la noche, decidieron irse a dormir. Se lavaron los dientes compartiendo un momento de intimidad que les recordaba su convivencia en la casa de la Avenida Elisée Reclus, cuando, cada uno en un lavabo, se miraban en el espejo y reían de felicidad. En esa oportunidad, se encontraron en el espejo y se contemplaron con un ardor que no daba lugar a risas. Se despidieron en el pasillo, a las puertas de la habitación de Juana.

–Gracias –volvió a decir Matilde.

–¿Por qué?

–Por haberte arriesgado para traer a Siki al hospital.

–De nada. –Se inclinó y, sin tocarla, apoyó los labios entreabiertos sobre los de ella, aún frescos y con aroma a menta.

–Buenas noches –dijo Matilde, deprisa, y se metió en su habitación. Se trataba de un juego perverso el que jugaba con él y consigo. A pesar de desearlo hasta que la entrepierna le doliera, lo castigaba por haber amado a Celia antes que a ella; lo castigaba porque Celia podía darle hijos y ella no; y porque no la había considerado digna de confiarle su verdadero oficio. ¿Por qué no lo había hecho con la soltura y la naturalidad de Nigel Taylor?

El general Nkunda se introdujo en la tienda con temperamento airado, el puño derecho apretado en torno a su bastón, y se quedó en medio, agitado como toro de lidia. Uno de sus comandantes acababa de confirmarle las sospechas: el retén enviado a vigilar la mina llamada del Arroyo Viejo había sido aniquilado; dos de los muchachos y el Jeep Rescue seguían desaparecidos, lo que llevaba a suponer que se trataba de una deserción, algo común entre sus soldados. De nada valía la leva compulsiva si los imbéciles, entrenados y con armas, se dejaban matar como moscas y otros desertaban en la primera oportunidad.

Nigel Taylor, con la paciencia en un hilo, lo siguió y esperó a que el general volteara.

–¿Qué me dice de esto, querido Nigel? –preguntó el munyamulengue, con fingido entusiasmo–. Nueve de mis hombres asesinados y dos desaparecidos, sin mencionar el vehículo, que vale miles de dólares.

–¿Sospecha de alguien, general?

–Pudo ser cualquiera. El ejército, aunque no creo, porque la puntería de los soldados de Kabila es pésima, y el comandante Bakare, que vio los cuerpos, asegura que a algunos les colocaron balas entre las cejas. Podrían ser los mai-mai o los *interahamwes* de Karme. Ese hijo de puta es muy pícaro y se está aproximando demasiado a mi territorio. Tengo unas ganas de matarlo... –pronunció en voz baja.

Nigel Taylor barajaba una cuarta posibilidad: Eliah Al-Saud.

—General, muéstreme la ubicación de la mina que vigilaban sus hombres.

—Aquí —dijo, y señaló, con la punta del bastón, un punto en el plano extendido sobre la mesa—. La llamamos del arroyo viejo.

—Se encuentra dentro de la región que su espía en Kinshasa señaló como la que encierra a la mina concesionada al israelí Shaul Zeevi. Podría tratarse justamente de esa mina, la que Kabila le entregó al consorcio chino-israelí.

—¿Por qué dice eso?

—Es una suposición. El ataque podría haber sido perpetrado por elementos de la Mercure, la empresa contratada para asegurar la mina.

—¿Por qué tomar esa mina cuando ésta y ésta son más ricas en coltán? Sin contar las que actualmente explotamos nosotros. Además, Bakare, que fue al lugar de los hechos, lo halló desierto. No hay nadie haciendo guardia ni trabajando.

—Es una suposición —reiteró Taylor, con pocas ganas de explicar lo evidente a un hombre de carácter bipolar. Su humor tampoco era el más jubiloso ni constante desde la paliza de Al-Saud y la humillación sufrida frente a la doctora Martínez. No había regresado al hospital ni había ido a la misión. La extrañaba, quería aclarar la situación. La ansiedad empeoraba su estado de ánimo porque no veía la hora de arrebatársela a ese hijo de puta y convertirla en su mujer.

—General, le pido que disponga de tres hombres para que me acompañen a recorrer los alrededores de la mina. Quiero que Osbele sea parte del grupo.

—Es un muchacho muy despierto, ¿verdad?

—Sí —dijo, con hostilidad—. Es importante descubrir desde dónde se realizaron los disparos que mataron a sus hombres. Tal vez, al analizar los casquillos, sepamos qué tipos de armas se utilizaron y de ese modo identifiquemos al agresor.

—Lo más probable —conjeturó Nkunda— es que encuentre restos de balas de 7,62 milímetros, las municiones de los fusiles Kaláshnikov. Si en algo nos ponemos de acuerdo todos los ejércitos que intentamos ocupar el Congo oriental es en la mejor arma para combatir: el AK-47 —dijo, y soltó una risotada.

De acuerdo con el columbograma arribado a París y sujeto a la pata de Ivoire, Udo Jürkens debía abordar un ferry en el puerto egipcio de Port Said para que lo transportara al de Limassol, en Chipre.

Una vez que Gérard Moses decodificó el mensaje, que, como siempre, venía en forma de acertijo —parecía que, pese al chasco del asalto a la OPEP, Anuar Al-Muzara no perdía el buen humor—, regresó a Irak, donde le urgía continuar con la construcción de las centrifugadoras de uranio, y abandonó a Jürkens a su suerte para que escapara de Francia, una acción riesgosa si se tenía en cuenta que la policía y los agentes de la *Direction de la Surveillance du Territoire* lo buscaban con renovado ahínco. Lo del renovado ahínco era una conjetura a la que ambos arribaron después de descubrir, en el Aeropuerto Charles de Gaulle y en la estación de trenes Gare du Nord, el retrato hablado de Udo pegado en sitios estratégicos, y no se trataba de carteles viejos y maltratados a quien nadie habría prestado atención sino recién pegados, además de que se trataba de un diseño actualizado en el que le habían pintado el pelo de negro y abultado las mejillas. ¿Qué había motivado el nuevo impulso dado a la búsqueda del asaltante de la Capilla de Nuestra Señora de la Medalla Milagrosa? ¿De qué modo habían averiguado sus nuevos rasgos?

A Udo le tomó varios días salir de Francia. Evitaba los aeropuertos y las estaciones de trenes, pues, si bien había alterado su aspecto una vez más, con barba artificial y lentes, no se fiaba. Se trasladaba de ciudad en ciudad alquilando automóviles cuya renta pagaba en efectivo. Cruzó los Pirineos por un paso que, años atrás, le habían enseñado sus amigos del grupo terrorista Euskadi Ta Askatasuna, más conocido como ETA, y entró en el País Vasco. Dos viejos camaradas de armas etarras lo ayudaron a salir de España con rumbo a Egipto.

En el ferry abordado en Port Said y que cruzaba el Mediterráneo con destino a Limassol, Jürkens se dijo que estaba a punto de enfrentarse a su destino. Los revolucionarios, en especial los palestinos, no aceptaban ni perdonaban las fallas, y él había fallado. Quizá no saliera con vida del encuentro con Al-Muzara, o tal vez surgiera con nuevas fuerzas. Lo que sabía era que no escaparía. Él, un revolucionario de alma, que después de creer que su vida como tal había acabado la noche en que Abú Nidal le metió un balazo en la nuca y le cercenó las cuerdas vocales, había vuelto a materializarse, como de las cenizas, para recuperar su razón de ser. Admitía que lo persiguieran los policías y los agentes franceses, era parte del juego, pero no admitiría que lo persiguieran los que él juzgaba como camaradas y que le habían dado una oportunidad. «Maldito Al-Saud», masculló, que se había entrometido para arruinar un golpe planificado al detalle, que prometía ser un éxito.

El ferry hendió las aguas de la bahía de Akrotiri y atracó en el puerto de Limassol al atardecer. Había gran afluencia de turistas, por lo que los empleados de migraciones despachaban con rapidez y no prestaban puntual atención a la documentación ni a las facciones de los visitantes. Fiel a las instrucciones, Jürkens se alojó en un hotel de la zona céntrica y, pocas horas más tarde, deslizaron un papel bajo la puerta. *«En la calle Nicosia, a la entrada de Le Méridien, un sedán amarillo estará esperándolo en quince minutos.»* Como se trataba de una locación cercana, caminó las cuadras hasta el Hotel Le Méridien con una gorra de beisbol y lentes para sol. Avistó el sedán de inmediato, y el corazón le palpitó de emoción y de miedo. Se sentía vivo. Con los vidrios polarizados, resultaba imposible ver quiénes iban dentro. Subió cuando la puerta trasera se abrió. Enseguida, sin darle tiempo a nada, le cubrieron la cabeza con una bolsa de yute, le ataron las manos a la espalda y lo cachearon, incluso le recorrieron el contorno del cuerpo con un censor de metales para descubrir si llevaba algún dispositivo bajo la piel que condujera a los enemigos de Ezzedin al-Qassam a su nuevo escondite en los bosques de las montañas de Tróodos.

El viaje duró más de una hora, según calculó Jürkens, y la parte final del recorrido la hicieron por un camino escarpado y con accidentes. Al descender del vehículo, notó que el aire era más fresco y que olía a humedad y a vegetación. Lo obligaron a agacharse para entrar en algún sitio, una habitación, una tienda, no supo dónde, y le aplicaron presión en los hombros para que se sentara en una silla. Esperó dos o tres horas sin que nadie le ofreciera un vaso con agua, ni le quitara la bolsa de la cabeza; la transpiración le ardía, y, al rascarse las mejillas sobre los hombros, se las irritaba contra la aspereza del yute. Estaba en un sitio precario, ya que el suelo era de tierra. Oía voces en el exterior, risotadas ocasionales, ruido de motores. Se quedaba dormido para despertar con un sobresalto, a punto de caerse. Dedujo que debía de ser bien entrada la noche porque la temperatura había descendido. A él, de todos modos, no lo afectaba, aunque sí la sed y el hambre. Se irguió, con un sacudón nervioso, al oír pasos.

—Señor Jürkens, tiene que dar cuenta por el desastre de la OPEP —dijo una voz desconocida en árabe— y por nuestros seis compañeros perdidos.

—Sí —se limitó a contestar.

Anuar Al–Muzara, flanqueado por su lugarteniente, Abdel Qader Salameh, y por otro hombre, clavaba la vista en la cabeza cubierta por la bolsa de yute hasta que, con un ademán, ordenó que se la quitaran, junto con la cuerda que le sujetaba las manos.

Jürkens se restregó los ojos para acostumbrarse a la luz tenue de una tienda de campaña, según descubrió momentos después. Al-Muzara y dos de sus hombres estaban frente a él. Los miró con decisión, sin mostrarse incómodo en tanto el silencio se prolongaba.

—Un vaso con agua, por favor —pidió, y Al-Muzara asintió—. La explicación que les debo —dijo, luego de beber el agua de un trago— es una sola: me di cuenta, a metros de la escalerilla del avión, de que se trataba de una emboscada.

—¿Cómo se dio cuenta? —preguntó Salameh. Al-Muzara seguía sin articular.

—Porque reconocí al piloto, que, según nuestras exigencias, debía encontrarse al pie de la escalerilla. Supe que si él estaba allí, nos esperaba una trampa.

—¿Quién era?

—Eliah Al-Saud —respondió, y estudió el semblante de Al-Muzara en busca de una mudanza.

—Entiendo —habló Al-Muzara por primera vez— que los noticieros y los periódicos dieron otro nombre, uno austriaco, Johann von Kalvest.

—Mintieron. Eliah Al-Saud era el piloto y estaba ahí. Y si él estaba ahí, lo demás era una emboscada.

—¿De qué manera un hombre común y corriente llegaría a ese sitio?

—Eliah Al-Saud no es un hombre común y corriente. Es el dueño de Mercure S.A.

—Lo sé. Mercure S.A. es una empresa de seguridad.

—Es mucho más que eso. Es una empresa de mercenarios altamente capacitados, con armamento de tecnología de punta, capaces de aniquilar a un grupo de rebeldes en días. Así facturan millones de dólares por año. A los gobiernos les venden su destreza y a los rebeldes les consiguen armas, sacando una tajada por la intermediación. Después, los destruyen. La verdadera naturaleza de la Mercure se puso de manifiesto meses atrás, en un artículo publicado en la *Paris Match*.

Al-Muzara mostró un instante de desconcierto. Tal vez su alejamiento de la civilización y de la tecnología lo aislaba al punto de convertirlo en un desinformado, lo cual también constituía un peligro y lo volvía vulnerable. La información que acababa de recibir, a la par que azorarlo, lo sumió en una profunda reflexión. Su cuñado había sido piloto de guerra, no soldado. ¿De qué manera había adquirido el *know how* para dirigir una empresa de mercenarios? Ese hijo de perra siempre había guardado secretos, lo cual había enloquecido de rabia y de dolor a Samara. Ella desconfiaba de sus largas ausencias «por cuestiones de negocios», negocios relacionados con la cría y la venta de frisones, no con la guerra. De pronto, una idea se encendió como una luz en una habitación oscura. Al-Saud contaba con dinero, armas y hombres entrenados en el arte de la guerra, todo lo que él necesitaba para combatir al imperio sionista. Si él le encontrase un talón de Aquiles donde golpearlo para doblegarlo, obtendría de manera gratuita lo que hoy le costaba millones, cada vez más difíciles de hallar. Desde que Muammar Qaddafi había cortado el chorro de petrodólares, la financiación de las actividades se convertía en una pesadilla diaria, tanto que a veces pensaba que las Brigadas Ezzedin al-Qassam terminarían por desaparecer. Abandonó la tienda sin dirigir un vistazo al berlinés.

Jürkens se la pasó entre esas cuatro paredes dc tela dos días. No volvieron a atarlo; no obstante, los muchachos, con AK-47, se turnaban para vigilarlo. Le proveyeron un colchón y una manta, y le daban de comer. No sabía qué esperar. A la noche del segundo día, Anuar Al-Muzara volvió a presentarse. Ya no era el mismo del primer intercambio con Jürkens; ahora contaba con información que respaldaba las aseveraciones del ex miembro de la banda Baader-Meinhof.

—Hemos deliberado y decidido —dijo, sin preámbulos— que, si has vuelto a nosotros y has dado la cara, es porque crees en nuestra causa.

—Sí, creo —expresó Jürkens.

—Pero tienes que compensarnos por el desastre de la OPEP.

—Lo haré. Sólo díganme cómo.

—Si es cierto lo que dices de Al-Saud, consígueme su dinero, sus armas y su destreza.

Jürkens guardó silencio, con la vista clavada en su interlocutor, en tanto sopesaba la orden del jefe de las Brigadas Ezzedin al-Qassam.

—Él tiene una mujer a la que estima por sobre cualquier otra cosa y por la cual estaría dispuesto a todo.

Anuar enseguida pensó en Samara, que había venerado a ese perro. Lo golpeó que Al-Saud amase a otra y de manera incondicional, como nunca había amado a su hermana.

—Encuéntrala y tráela.

—Lo haré, pero con una condición. La mujer será mía.

—Lo que hagas con la mujer no me importa. Sólo tráela.

14

Matilde despertó con calma. Levantó los párpados sin pesadez, como si, un instante atrás, no hubiera estado profundamente dormida. Enseguida lo vio, a Eliah, junto a ella. Dormido. Desnudo. Lo único que llevaba encima eran su reloj y lo que quedaba de la Medalla Milagrosa.

El resplandor plateado que se filtraba por la ventana y a través del mosquitero bañaba su cuerpo oscuro y le confería una tonalidad metálica y fría, aunque sólo en apariencia, porque, al tocarle la cadera, Matilde comprobó que su piel irradiaba calidez, la que ella había valorado durante las noches heladas en París. Ante el contacto, Al-Saud inspiró, hizo unos ruidos con la boca y se embarcó de nuevo en un sueño tranquilo y de respiración constante.

Se alejó hacia el filo de la cama para obtener una visión completa de su cuerpo. Dormía de lado, sobre el lado derecho, y sus pies sobresalían fuera del colchón, cubiertos por la gasa del mosquitero. En el juego de luces y sombras, los músculos de las piernas se proyectaban como las elevaciones y las depresiones que, de manera armoniosa, trazaban la geografía de un terreno. Matilde estiró la mano y arrastró la punta de los dedos desde la rodilla izquierda de Al-Saud hasta su glúteo, y, en tanto lo hacía, un estremecimiento la surcaba, como si, en realidad, él estuviera acariciándola a ella.

Aproximó el rostro hasta encontrarle, cerca del corazón, la herida causada por el proyectil al perforarle la piel y desgarrarle los músculos, y lo imaginó recibiendo el impacto, y cayendo con un grito de dolor, y sangrando en la pista. La recorrió un espasmo, que profundizó la sensibilidad que se expandía por sus extremidades, y se mordió el labio para refrenar el llanto porque en ese momento no quería ponerse triste. Estaba feliz por tantas cosas, por la presencia de Eliah, por el amor infinito que Jérôme le inspiraba, por haberle salvado la vida a Siki, por el interés que su madre mostraba en la niña. No permitiría que imágenes turbias le quitaran la luz. Tampoco pensaría en Celia, en las noches de sexo y pasión compartidas con Eliah durante años; ni tampoco en que él era un mercenario y en que no se lo había contado. La pregunta recurría: ¿por qué la había mantenido al margen de una parte tan sustancial de su vida? En ocasiones se adjudicaba la culpa. ¿Se presentaría como una moralista implacable, incapaz de comprender la realidad y el punto de vista de otra persona? Odiaba sospechar que otros la juzgaran como ella juzgaba a su abuela Celia.

Colocó el índice y el mayor sobre la depresión que formaba la herida de bala, y se concentró para percibir los ecos de los latidos de Al-Saud, que iban a tono con su respiración. Se inclinó y apoyó los labios sobre la cicatriz. Los movió con delicadeza y, al tacto, reconoció la juventud de la herida. Se irguió, y su corazón se sobresaltó cuando descubrió la mirada de Al-Saud, oscura, imperiosa, demandante, intensa, fija en ella. Se le erizó la piel hasta dolerle. Resultaba asombrosa la sensación que provocaba el contraste entre la dureza de los pezones y el calor y la morbidez en la vagina.

Al-Saud inició su caricia en la frente de Matilde, le recorrió el filo de la nariz, le hundió la carnosidad de los labios, le dibujó la barbilla respingada y descendió por el cuello hasta acabar con la punta del índice en el pezón derecho, al que encontró duro y al que hizo girar para obtener lo que estaba obteniendo, que Matilde se arquease y gimiera. Le quitó el camisón sin apremio, y ella colaboró estirando los brazos y levantando el trasero; lo mismo hizo con el calzón. Le pasó la mano por la hondonada que formaba su cintura de lado, se la alojó en la espalda e imprimió una presión suave al tiempo que firme para atraerla hacia él.

Vivieron con emoción el contacto de sus cuerpos desnudos, y, aunque esperaban esa especie de cimbronazo, al final los tomó por sorpresa. Se abrazaron con un fervor que crecía y crecía dentro de ellos, en sus pechos, en sus vientres, en sus manos, en sus piernas, y también en sus bocas, en sus narices, en sus oídos, en sus cuellos, y los devoraba, y les desataba los nudos y liberaba el lado salvaje y libre que los colmaba de dicha. Nada bastaba para comunicarse lo que uno representaba para el otro, lo que se inspiraban, lo que se ocasionaban, lo bueno y lo malo, lo feroz y lo dulce, lo mesurado y lo disparatado. Su amor tenía de pasión y de pureza, pero también de celos, de dudas, de desconfianza, y el conjunto se resumía en el abrazo desenfrenado que compartían. Sus bocas se entrelazaron sin besarse, más bien quedaron estáticas, para intercambiar jadeos y el aliento que se aceleraba segundo a segundo. No podían hablar; lo sublime del momento los desproveía de palabras. Tampoco pensar; la magia del momento les robaba esa capacidad, porque se trataba de una energía mágica que los unía y los volvía uno con el otro. Ambos —ella, en su escasa experiencia, él, con un largo camino recorrido— sabían, desde lo instintivo y lo visceral, que el torbellino de emociones, sensaciones y deseo que los dominaba estaba poniéndolos frente al sentido mismo de sus vidas. Para amarse habían venido a este mundo, ésa era la revelación.

Al-Saud experimentaba todo al mismo tiempo, la excitación de la carne, la desesperación de los celos, la angustia por perderla, la gula por Matilde, la humildad frente a su grandeza, la vanidad de poseerla, el imperio sobre ella; no obstante, era la dicha la que se elevaba sobre lo demás y le hacía desear que la vida nunca acabara. Le resultaba inverosímil que el cuerpo de Matilde estuviera bajo su peso, que sus gemidos lo envolvieran, que sus manos se prendieran a su espalda con desasosiego. Suspiró, aliviado. Tenía la impresión de que había esperado cincuenta años para gozar de nuevo.

Le envolvió el muslo derecho con la mano y lo levantó. Matilde abrió los ojos, y, al toparse con los de Eliah, iluminados por un fuego estremecedor, se dio cuenta de que él, a pesar de su soberbia, de su autosuficiencia y de su seguridad, estaba pidiéndole permiso, tal vez no con sumisión, más bien con impaciencia. El vasallo esperaba, con ansiedad mal reprimida, a que la reina lo autorizara a penetrar su carne sagrada. Matilde, abrumada de ternura y de compasión, le apretó la nuca y lo atrajo hacia su boca.

—Sí, mi amor, entra dentro de mí. Ya hemos esperado demasiado tiempo.

Si bien él le había infundido un instante de dulzura, de igual modo, no lo habría contrariado, porque la llama que había avistado en sus ojos mostraba la verdadera esencia que habitaba en él, la del Caballo de Fuego.

Con el consentimiento de Matilde, la habitación volvió a poblarse de los sonidos de la excitación —los jadeos, las respiraciones agitadas, el crujido de la cama, los gemidos, el roce de las sábanas—. Eliah rebuscó entre las piernas de ella, y su glande se empapó en la viscosa humedad antes de deslizarse dentro de su vagina apretada y tibia, y lo hizo lentamente, no sólo para evitar la eyaculación, sino porque quería prolongar la solemnidad del acto. Con las manos hundidas en el colchón, ocultó la cara en la almohada, por encima del hombro de Matilde, y fue introduciéndose en ella centímetro a centímetro, tomando conciencia de cómo su carne lo recibía y lo devoraba, del anillo apretado que formaban sus piernas en torno a él, de la sujeción de sus manos en su trasero, del vaivén de su cuerpo, atrapado bajo el peso del de él. Amaba esos cuerpos calientes y vibrantes, que les daban la oportunidad de expresar su amor con plenitud.

Al-Saud terminó de penetrarla y exhaló el aire retenido en sus pulmones, acallando los otros sonidos, aun el chirrido de los resortes de la cama. Ese clamor provocó cierta tensión en Matilde, que percibió la debilidad en él, su estupefacción también. Le habló al oído.

—Mi amor, no pares. Por favor, Eliah, no pares.

Esa nueva licencia de la reina, susurrada y apasionada, lo atravesó como una corriente eléctrica desde la coronilla hasta los pies y gimió cuando su pene cobró todavía más firmeza dentro de ella. Las embestidas que comenzaron con cuidado reverencial fueron adquiriendo un ritmo febril, que Matilde acentuaba agitando la pelvis, friccionando el pubis, ajustando las piernas, gimiendo, apretándole los glúteos, separándoselos para acariciarlo aun en los testículos. Al-Saud empujó y empujó dentro de ella sin la consideración del principio, desmadrado por completo, incapaz de frenarse. Era como una locomotora sin el control de sus mandos. Y como quería que acabaran juntos, deslizó la mano entre sus cuerpos hasta dar con el clítoris de Matilde. Lo refregó y lo apretó con el mismo ímpetu con que la penetraba. Una voz que le decía: «Más, más, dale más», estaba enloqueciéndolo. Quería alcanzar la cima de lo que fuera que estuvieran escalando. Matilde llegó primero, y Eliah, sin abandonar los impulsos dentro de ella, se concentró en la expresión de su rostro, porque durante los meses de separación, en sus noches solitarias, muchas veces había recreado la expresión de Matilde al borde del orgasmo, cuando separaba los labios en un grito mudo que al final adquiría una sonoridad de gemido doliente, como si hubiera estado aguantando un padecimiento físico. Rio, satisfecho, en tanto el lamento de Matilde se prolongaba porque él le prolongaba el placer. Las risas se disolvieron, las respiraciones agitadas tomaron su lugar. Al-Saud la embistió con brutalidad una, dos veces, asiéndose al respaldo de la cama, antes de explotar y vaciarse en ella.

Matilde levantó los párpados y descubrió a Eliah estático, tieso. Aunque hubiera encontrado el alivio, lo sentía en tensión sobre ella. Su cuerpo conservaba la rigidez, se le remarcaban los tendones del cuello, apretaba los párpados y sumía los labios entre los dientes. Cuando los soltó, lo hizo con un jadeo estentóreo que ocupó cada rincón de la habitación. No quiso desmoronarse sobre ella porque estaba convencido de que su fragilidad había aumentado durante los meses de separación, por lo que plantó el codo en el colchón y se mantuvo a un lado mientras, con la cabeza caída, recuperaba el aliento. Matilde le apartaba el pelo, que le cosquilleaba en la frente, y le apretaba la espalda obligándolo a cubrirla por completo, a descansar en su cuerpo.

Al-Saud levantó la cabeza, y sus miradas se tocaron. Lo emocionaba el cambio en Matilde; la expresión arrobada del orgasmo había mutado en un gesto de ojos bien abiertos, expectantes como los de una niña. Las pulsaciones de Al-Saud sufrieron una alteración y percibió un tironeo en la garganta al darse cuenta de que se colmaban de lágrimas. Con un chasquido de lengua, la aprisionó entre sus brazos, y la amó con tanta intensidad y desesperación que necesitó pronunciar su nombre para saber que se trataba de ella, que ella era de él. El «Matilde» surgió con voz ronca e inestable, y sonó como un diapasón en el mutismo del dormitorio. Sus vibraciones los recorrieron con un movimiento serpenteante. La fiereza con que sus brazos y sus piernas se entrelazaban fue flaqueando a medida que el sueño los iba venciendo.

⁓ ൠ ⁓

Se despertaron alrededor de las ocho, cuando el sol colmaba de luz la habitación y les hería los ojos, por lo que, a ciegas, sin decir palabra, volvieron a amarse, a pesar de que escuchaban el ir y venir de N'Yanda y de Verabey, ocupadas en las cuestiones domésticas. Entre risas sofocadas, cruzaron el pasillo de puntitas y se metieron en el baño, donde se ducharon juntos. De vuelta en la habitación, hallaron la ropa de Al-Saud en la silla, una bandeja con el desayuno sobre la cama y un ramo de hibiscos rojos.

—Estoy segura de que N'Yanda sabe que pasamos la noche juntos —aseguró Matilde, mientras rozaba la mandíbula de Al-Saud con el pistilo de la flor; parecía terciopelo.

—¿Algún problema con eso?

Matilde agitó la cabeza para negar. Depositó el hibisco sobre la almohada y tomó un pedazo de pan de maíz. Se lo ofreció a Al-Saud.

—Prueba. Lo hace N'Yanda. ¿No es riquísimo?

—Todo lo que he probado en esta casa es riquísimo —afirmó él, y sonrió con aire travieso mientras la pegaba a su cuerpo—. Pero en mi vida había probado algo tan exquisito como tú, Matilde. —El ánimo picaresco se convirtió en uno serio, aunque no grave, más bien solemne—. Lo que compartimos anoche fue sublime, mi amor.

Matilde desvió la cara y fijó la vista en el ramo de hibiscos, cuya tonalidad semejaba la de sus pómulos. Sin duda, lo vivido la noche anterior en esa cama angosta e incómoda había sido algo inusual, tal vez sobrenatural, y ella aún se estremecía al evocarlo. No obstante, la realidad se imponía de manera categórica, y los problemas que los habían separado a finales de marzo volvían a asomar sus cabezas detestables. De todo lo que ella tenía para reclamarle, su amorío con Celia era lo que más pesaba. ¿Habrían compartido el mismo fuego alguna vez?

—¿Qué pasa, mi amor? —Al-Saud le aprisionó el mentón entre el pulgar y el índice y la obligó a volver el rostro—. Matilde, estoy tan feliz, tan inmensa y completamente feliz por todo, por lo de anoche, por lo de esta mañana, por estar contigo, por haberte recuperado. ¿Por qué no te siento igual de dichosa?

—Es que nada ha cambiado —admitió, y bajó los párpados para ocultarse porque él no le permitía apartar la cara—. El hecho de que estés aquí y de que anoche hayamos vivido lo que vivimos no ha cambiado nada.

Al-Saud se quitó la toalla en torno a la cintura con un jalón y la arrojó sobre la cama.

—Me desprecias por ser mercenario y en cambio aceptas la amistad de Taylor, que también lo es. ¿Sabes con quién estaba en la fiesta de Gulemale? Con el general Nkunda. Taylor sí está aquí por la guerra.

—Ya lo sé, él mismo me lo dijo. Y tú, ¿por qué estás?

Iba a apresurarse a darle una respuesta y decidió callar. Exhaló un suspiro y se sentó en el borde de la cama. Rodeó la cintura de Matilde con las manos y la colocó entre sus piernas. Matilde no pudo evitar dirigir la mirada hacia su pene, que le rozaba el muslo, y recordar el placer que le había brindado.

—No lo mires —le ordenó en francés— o lo despertarás. ¿Por qué estoy acá? —repitió para sí—. Hace unos meses, un empresario israelí, dueño de una compañía fabricante de computadoras, obtuvo una concesión del gobierno del Congo para explotar una mina de coltán, aquí, en Kivu Norte. De acuerdo con las condiciones del contrato, este empresario tiene que explotar la mina con empleados bien pagos, todos mayores de edad, y protegerlos con medidas de seguridad, además de dejar una parte sustanciosa de los ingresos en las arcas del Congo, como se haría en cualquier país civilizado. Pero el Congo está lejos de ser civilizado, y cuando el empresario envió a su gente, los de Nkunda los ahuyentaron a balazos. El israelí contrató a la Mercure para que aseguremos la mina y para que protejamos a sus empleados en tanto la explotan. Vine a organizar la operación.

—Me dijiste que estabas aquí por mí —comenzó a enojarse—. De nuevo me mentiste. Me dijiste que estabas loco por verme.

–¡Y lo estaba! –exclamó él, con pasión e ira, que amedrentaron a Matilde–. ¡Estaba enloqueciendo sin ti! ¡No tienes idea lo que fueron estos meses, Matilde! Tal vez para ti haya sido fácil vivir sin mí...

–No, no –susurró ella, visiblemente afectada, y lo acalló con una mano sobre los labios–. No fue fácil en absoluto, te lo aseguro, Eliah. En realidad, fue lo más difícil que me ha tocado vivir.

«¿Más difícil que el cáncer, que la quimioterapia?», habría querido preguntarle, pero no reunió el valor para hacerlo.

–Estoy aquí por ti, mi amor. No te mentí cuando te lo dije. Mike, Tony o Peter podrían haberse ocupado de este asunto. Sin embargo, el contrato con el israelí me dio la excusa perfecta para venir a buscarte. –La ubicó sobre sus piernas, y el glande rozó el trasero de Matilde a través del género de la bata–. *Mon Dieu...* –suspiró, y descansó la frente en la sien de ella, que cerró los ojos y le acunó la cara con la mano, mientras percibía cómo los pezones, la piel y la vagina respondían al simple hecho de que la respiración de Eliah le golpeara la cara. Comprobó que el pene de él también respondía e intentaba alzarse bajo el peso de sus nalgas. Las movió, y Al-Saud jadeó y aumentó la presión de las manos. Matilde volvió a refregarse sobre el falo, y, al notarlo muy duro y caliente, retiró la bata y lo atrapó en la hendidura de su trasero, e inició un movimiento que devastó los escrúpulos de Al-Saud. La excitación lo obnubiló, y se olvidó de que estaban en la casa de Manos Que Curan, que eran pasadas las nueve de la mañana y que las del servicio doméstico estaban atentas a ellos.

Con una maniobra carente de delicadeza, la ubicó a horcajadas sobre sus piernas, de espaldas a él, y la levantó por la cintura para introducirse con un embiste sordo, que impulsó su miembro por completo dentro de Matilde. Ella, en un acto de preservación, echó el brazo hacia atrás buscando sujeción en la nuca de él. Al-Saud le mordió el hombro para ahogar el clamor que habría proferido a causa de su propia destemplanza, y pensó que le quedaría un moretón, la impronta de su arrebato, y esa reflexión despertó los sentimientos más oscuros que Matilde le provocaba. Pensó: «Ojalá el idiota y Taylor vieran mis dientes clavados en ella». La sujetó por los pechos y atrapó los pezones entre los dedos.

–Muévete como hace un momento –le exigió en francés–. Sí, oh, sí, así.

El aliento de Eliah le quemaba y le humedecía la piel. El placer se propagaba como ondas en un estanque, cuyo centro se hallaba entre sus piernas, donde el pene de Eliah se había enterrado hasta hacerla sentir completa y llena. Tenerlo otra vez dentro de su cuerpo se trataba de una experiencia que si bien habían compartido muchas veces, en esas circunstancias parecía un sueño.

La cama se sacudía con el vaivén de los amantes, y los hibiscos iban deslizándose uno a uno hasta acabar en el suelo. La vajilla del desayuno tintineaba al entrechocar, y ese tintineo se sumaba al chirrido de la estructura de la cama para componer los únicos sonidos de la habitación, porque Matilde y Eliah, más allá de respirar con violencia, se cuidaban de gemir. Un pájaro, posado en el alféizar de la ventana, echó a volar, espantado, cuando Al-Saud profirió un gruñido, incapaz de seguir conteniendo la presión que se acumulaba en su cuerpo.

Todo le dolía, que le apretara los pezones, que le mordiera la espalda, incluso las piernas debido al esfuerzo de moverse para él, y, no obstante, era incapaz de pedirle que se detuviera, era incapaz de detenerse, porque ella ya conocía esa sensación, la del malestar que se mezclaba con la anticipación del placer. Ella había notado que existía un punto en donde las molestias se desvanecían y un calor la inundaba. Amaba ese instante previo al orgasmo. Repitió el nombre de él varias veces en tanto el balanceo de sus piernas, cansadas segundos atrás, se tornaba febril. Al-Saud atinó a taparle la boca, y Matilde se alivió en su palma. Aún no se recuperaba cuando él la siguió en un cataclismo de embestidas, dedos enterrados en la cintura y clamores que no se molestó en reprimir y que hicieron que N'Yanda y Verabey detuvieran sus quehaceres e intercambiaran una mirada, primero de pasmo, después cómplice.

~ ⚜ ~

De regreso a la misión, Matilde iba en silencio observando el camino que el día anterior se hallaba cubierto por las aguas del Rutshuru y que ahora mostraba los vestigios, como charcos y baches profundos. En dos oportunidades, habían estado a punto de ser arrastrados por el río, y Al-Saud las había salvado. Quizás, entre sus talentos como mercenario, contaba el de saber enfrentar a las fuerzas de la Naturaleza.

—¿Les enseñan a los soldados a sobrevivir en diferentes geografías?

—En general, sí.

—¿Por qué dices «en general»?

—A los soldados rasos no los adiestran con la misma intensidad con la que adiestran a los grupos de élite.

—¿Grupos de élite?

—Son soldados especializados. Se les envía a realizar misiones puntuales, de alto riesgo.

—¿Tú eras un soldado de élite?

Al-Saud mantuvo la vista en el camino y guardó silencio. Para Matilde, la respuesta era clara; no obstante, necesitaba oírla de sus labios, y lo miró con insistencia.

—Sí —contestó Eliah—. Pertenecía a un grupo de élite secreto. Sólo Alamán y tú lo saben.

—Y a tu familia, ¿qué le decías?

—Que me dedicaba a la cría de frisones, lo cual no era completamente mentira.

—¿Samara estaba al tanto? —Al-Saud negó con una sacudida de cabeza—. ¿No podías decirle la verdad? —Otra negación—. Debió de ser difícil para ti.

Sacudió los hombros antes de decir:

—Así se me había ordenado.

—¿Por qué abandonaste esa carrera? La de soldado de élite.

—Porque, como siempre, empezó a aburrirme. Además, nunca tuve paciencia para recibir órdenes.

Matilde sonrió con el recuerdo de las palabras de Takumi Kaito. «*Un Caballo de Fuego no admite los consejos ni las órdenes. Rara vez puede trabajar con un jefe… Es capaz de encarar diez proyectos al mismo tiempo. Es trabajador e industrioso; detesta la vagancia. Ahora bien, una vez logrado su objetivo, enseguida se aburre. La rutina lo agobia, lo espanta.*»

—¿Te aburrirás de mí? —preguntó, con talante divertido, que se esfumó en cuanto Al-Saud giró la cabeza para mirarla con enojo.

—No hagas preguntas a la ligera, Matilde. No juegues con lo que hay entre nosotros después de lo que vivimos anoche y esta mañana. Y no olvides, *nunca*, que fuiste tú la que me dejó.

Un mutismo incómodo se apoderó de la cabina de la cuatro por cuatro. Matilde prefirió callar a exponer sus puntos de vista porque, en palabras de Juana, eran falsos, simples vías de escape nacidas del miedo a enfrentar el gran monstruo de su vida: la esterilidad. Al pensar en ella encontrándose tan cerca de Al-Saud, comenzó a experimentar un ahogo que fue creciendo hasta obligarla a bajar la ventanilla, sin importarle el aire acondicionado, y a sacar la cabeza para recibir el aire cálido y húmedo de la selva.

—Me dijo Amélie que quieres adoptar a Jérôme —comentó Al-Saud, después de un rato sin hablar.

—Sí, quiero adoptarlo.

—¿Es un niño sano? Quiero decir, ¿tiene sida, la enfermedad del sueño o algo por el estilo?

—No. Jérôme es tan sano como tú, un hallazgo en esta tierra plagada de pestes. ¿A qué viene la pregunta? ¿No debería adoptarlo si estuviera enfermo?

Al-Saud meditó la respuesta.

—Siempre has sabido, porque yo mismo te lo he dicho, que no me caracterizo por la compasión que en ti es algo natural. De todos modos, la respuesta es: sí, deberías adoptarlo igualmente. Jérôme es el único niño que no me pone incómodo ni me hace sentir torpe. Es inteligente y tiene un sentido de la ubicación que muchos adultos no alcanzan ni de viejos.

Matilde contempló el paisaje como estrategia para ocultar la sonrisa de satisfacción. Era consciente de la transfiguración de su rostro; sentía los cachetes calientes y los ojos acuosos. Con la seguridad de que no le fallaría la voz, dijo:

—Amélie está ayudándome. Tiene amigos en la Asociación de Adopción Internacional del Congo, y los ha llamado para agilizar los trámites. Son muy burocráticos igualmente.

Al-Saud manejó sin pronunciar palabra el resto del trayecto, aunque las preguntas y los comentarios bullían en su mente. Anhelaba saber si ella deseaba que él fuera el padre de Jérôme y, sobre todo, quería saber si, después de lo compartido la noche anterior, las cosas volvían a ser como antes entre ellos, como en la casa de la Avenida Elisée Reclus, donde la dicha parecía no tener fin. Matilde era la única persona a la que ponía por encima de él y a la que temía. En cierta forma, todo seguía siendo igual.

El rugido del motor atrajo a los niños, que evacuaron la capilla como en bandada y corrieron para dar la bienvenida a los recién llegados. Jérôme vociferaba los nombres de Eliah y de Matilde, y, mientras Al-Saud estacionaba la camioneta, saltaba junto a la puerta; Kabú lo imitaba. Cuando Eliah bajó y Jérôme se echó en sus brazos, lo levantó en el aire, le dio un beso en la mejilla y lo hizo dar vueltas. Las carcajadas del niño contagiaron a Matilde, que observaba la escena con embeleso. Nunca había visto a Eliah tan cariñoso con una persona como no fuera Leila o ella.

Las religiosas, Juana, Joséphine, Alamán y el padre Bahala, con los hábitos sacerdotales todavía encima, salieron de la capilla con no menos ansiedad y expectativa que los huérfanos. Amélie abrazó a Eliah y le dijo «merci» varias veces al oído. Hizo lo mismo con Matilde, aunque en español.

—¿Cómo está Siki? —preguntaron a coro.

—Estuvimos con ella antes de venir acá —informó Matilde—. Está muy bien, gracias a Dios, aunque asustada. No dijo una palabra. Sólo nos miraba con ojos desmesurados.

—¿No dijo una palabra? —repitió sœur Edith—. Entonces, sí que está asustada.

—¿Y su madre? —quiso saber Amélie.

—Con ella, junto a su cama.

—¡Bendito sea Dios! —exclamó *sœur* Annonciation.

Después del almuerzo, mientras Eliah y Jérôme lavaban la Range Rover —Al-Saud había conseguido que Amélie le perdonara la siesta—, y Joséphine y Alamán conversaban en el que parecía haberse convertido en su sitio predilecto, el sillón hamaca bajo el iroko, Juana y Matilde, tiradas en el sofá del comedor, esperaban a que transcurriera el momento más caluroso del día.

—¿Así que usó mi bata violeta?

—Y tus pantuflas violeta.

—¡Daría cualquier cosa por verlo con mi bata y mis pantuflas! ¿Durmió en mi habitación? Porque no me lo imagino yendo a la de Auguste. —El silencio de Matilde levantó suspicacias. Juana le codeó las costillas—. ¿Dónde durmió el papito, Matita?

—Se suponía que dormiría en tu cama. Pero a la madrugada, me desperté y lo encontré durmiendo en la mía.

—¿Pasó lo que tenía que pasar? —Matilde sonrió y se puso roja, y Juana soltó un gritito.

—Shhh —la calló—. Las hermanas duermen.

—¿Y? ¿Qué tal? ¿Estuvo bueno? Porque después de tanto tiempo... No sé... Yo tengo miedo de que, cuando vuelva a estar con Shiloah, no sea lo mismo de la última vez. A veces uno se decepciona, o decepciona al otro. ¿Cómo estuvo? ¡No me tengas en ascuas!

Matilde se acomodó de lado y juntó las manos bajo la barbilla. Habló en susurros.

—Juani, no puedo describírtelo con palabras. No sabes lo que fue.

—¡Ay, amiga! No me des detalles, que con esta abstinencia de mierda, me mojo sola.

—No fue sólo el sexo, que estuvo maravilloso. Hubo algo más. Una magia. Algo que no puedo definir. Lo sentí tan mío, como una parte de mí, como si la ausencia de él fuera la muerte.

—¿No has estado medio muerta todos estos meses lejos de él? Mat, Eliah y tú son almas gemelas, las que se reencarnan una y otra vez para reencontrarse en este mundo y amarse.

Matilde profirió un sollozo y abrazó a su amiga.

—Juani, tengo tanto miedo.

—¿De qué, tonta?

—De él, de su naturaleza. Takumi *sensei* me explicó lo que significa en el Horóscopo Chino ser Caballo de Fuego. Es uno de los animales más complejos, en especial el de fuego.

Juana ronroneó.

—Sólo con el nombre, Caballo de Fuego, me caliento.

—Sí, es un nombre muy lindo y romántico, pero no deja de ser atemorizante. Él no tiene límites, ni paz, nada le basta. Ya ves, es un mercenario, tenía amoríos con Celia cuando estaba casado...

—¡Porque no era feliz con su mujer!

—¿Y cuándo se cansará de mí? Otra característica de su personalidad es que se aburre rápidamente.

—Oy, Matita, no te pongas pesada. En mi vida he visto un tipo más obsesionado con una mujer.

—Sí, quizá se reduce a una obsesión, y una vez que me tenga asegurada, se aburrirá de mí, como con todo. Él mismo acaba de decírmelo, que, a la larga, todo lo aburre.

—No sé qué decirte, Mat.

—Y no estoy mencionando a Celia ni a su profesión. Con csas dos cuestiones, todo se complica.

—¿Y qué hay de tu incapacidad para engendrar?

—Ay, amiga. Jamás imaginé que me pesaría tanto. Cuando me convencí de que no me importaba si no podía tener hijos, cuando decidí llenar mi vida con la medicina, había dado por cierto que nunca me enamoraría. Mi matrimonio con Roy no cuenta. Tú sabes que no cuenta. Pero con Eliah... Dios mío, él hizo pedazos la organización tan meticulosa que yo tenía. Hizo pedazos mis planes, mis sueños. No soporto la idea de no poder darle hijos —admitió, con voz gangosa y mentón tembloroso.

—Mat, a él le importan un pito los hijos.

—Ahora, tal vez. Pero esas cosas pesan con el tiempo.

—¡Basta de hablar de estas pendejadas! ¿Por qué no vamos a ver qué está haciendo tu futuro hijo que es la cosa más linda del mundo?

De camino al grupo de caobas donde se hallaba la Range Rover, Matilde se detuvo de pronto y apretó la mano a Juana. Eliah, al volante, con Jérôme sobre sus piernas, señalaba el tablero y le hablaba al niño, que se mantenía serio y atento, con una expresión de entrecejo apretado que Matilde había advertido en otras oportunidades.

—Juana —susurró Matilde—, verlos juntos... Y de esa manera tan armoniosa... Parece un sueño.

—¡Mamá! —vociferó Jérôme, al verla a la distancia, y esa vez fue Juana quien apretó la mano de Matilde—. ¡No te muevas de ahí! ¡No te muevas!

—¡No me muevo! —prometió Matilde, como pudo, porque, con un tirón en la garganta, le costó hablar—. ¿Acabas de oír lo que yo oí?

—Sí, amiga. Te llamó «mamá».

Al-Saud puso en marcha la camioneta y permitió al niño ocuparse del volante. La sonrisa de Jérôme se expandía y brillaba, y alcanzaba a Matilde en el corazón, que palpitaba, descontrolado. La camioneta se detuvo junto a ellas, y Jérôme se precipitó fuera, a los brazos de Matilde, que lo esperaban abiertos.

—¿Viste cómo manejé? ¿Me viste, me viste, mamá?

—Sí, tesoro mío, te vi. ¡Lo hiciste tan bien! Igual de bien que Eliah.

Al-Saud y Matilde intercambiaron una mirada cargada de significación, hasta que Matilde rompió el contacto porque Jérôme le atrapó las mejillas entre las manos y la obligó a mirarlo.

—Eliah me prometió que, cuando cumpla dieciocho años, me va a comprar un auto, que será sólo para mí. ¿Verdad, Eliah?

—Así es, campeón.

Matilde, nerviosa, apoyó la mano en la frente de Jérôme y le preguntó:

—¿Te mojaste la cabeza como te dije?

—Eliah me la mojó muchas veces. Y no me dejaba ir al sol.

—Gracias —expresó ella, y destinó un vistazo rápido a Al-Saud, de pronto incómoda, avergonzada.

—¿Y no hay beso ni abrazo para la tía Juana?

—¡Sí! —aseguró Jérôme.

Al-Saud, que permanecía en el asiento del conductor, con la puerta abierta, extendió el brazo hacia Matilde, la jaloneó con suavidad hasta el borde de la camioneta y le rodeó la cintura. Matilde descansó la frente en su hombro.

—Te llamó «mamá» —le susurró, y Matilde se limitó a asentir—. Le pregunté por qué te llamaba «mamá» sólo cuando no estabas presente.

—¿Qué te dijo?

—Nada. Me miró a los ojos, medio desconcertado, y después estuvo callado un buen rato. Cuando te vio, gritó «mamá» con la soltura de quien lo ha hecho por años.

—Tesoro mío.

—¿Yo también soy tu tesoro?

—Me temo, Eliah, que tú, para mí, eres la vida.

··: ✆ :··

Godefroide Wambale, en un gesto de generosidad inusual dado su temperamento, le cedió el puesto de conductor a Alamán, que se ofreció a acompañar a Joséphine hasta *Anga La Mwezi*, en tanto su hermano Eliah llevaba a Juana y a Matilde a Rutshuru, para después pasar a buscarlo y regresar juntos a casa de Gulemale.

Joséphine, sentada a su lado, iba atenta al camino, en una postura de hombros erguidos que realzaba su elegancia, tan natural en ella como el color de su piel. La miraba de reojo, extasiado de dicha y de orgullo, aún azorado por el hecho de que esa criatura buena y sensible hubiera salido del vientre de Gulemale. Conducía y, cada tanto, disfrutaba de la visión que componían su nariz pequeña y recta, el perfil de sus labios llenos, la curvatura de su frente amplia y el largo de su cuello, expuesto gracias a que se había recogido el cabello en un chongo. Se mantenía serena, y confería la idea de solidez, de mujer sensata, y eso lo seducía tanto como su belleza.

A lo largo de su vida, Alamán se había embarcado en muchas relaciones sentimentales, algunas más serias que otras, con mujeres de todo tipo, jóvenes, mayores, casadas, solteras, aun viudas. Con la mayoría lo había pasado muy bien y disfrutado del sexo. No obstante, con ninguno de esos amoríos había experimentado la sensación de plenitud vivida ese fin de semana en la Misión San Carlos, porque, a pesar del incidente con Siki, sostener en su mano la cálida y firme de Joséphine Boel era suficiente para cobrar fuerzas y enfrentar cualquier calamidad. Se trataba de una experiencia novedosa, la de sentir que ella le daba fuerza. Con cada beso que le había robado ese fin de semana, Joséphine lo había transformado. Las emociones lo asaltaban al unísono, lo inquietaban por nuevas y por ardientes. Si se hubiera hallado solo en la cabina del Suzuki Grand Vitara, habría proferido un grito de felicidad.

—*Anga La Mwezi* es una hermosa propiedad. ¿Qué significa su nombre?

—Significa «luz de luna» en swahili —explicó Joséphine—. La hacienda tomó el nombre del lugar donde se encuentra. Así llamaban a ese sitio mis compatriotas, antes de que mi abuelo comprara las tierras al gobierno belga.

—¿Se sabe por qué lo llamaban así?

—Según cuenta la leyenda, es porque la luna estaba enamorada de una laguna ubicada a unos kilómetros al norte de la casa principal, sobre la cual le gustaba reflejarse para mostrarle cuán bonita era y conquistarla. Su luz era tan intensa que se refractaba en las aguas de la laguna e iluminaba varios kilómetros a la redonda.

—¿Existe la laguna?

—¡Sí, y es hermosa! Algún día te llevaré. Iremos a caballo. Es un lindo paseo, si soportas el calor.

—Oye, Godefroide —dijo, y buscó al hombre en el espejo retrovisor—, ¿qué opinas de la seguridad de *Anga La Mwezi*?

Wambale se tomó unos segundos para meditar.

—Es pésima —contestó—. Yo duermo dentro de la casa, cerca de los dormitorios de las niñas y del patrón, con mi Winchester al lado de la cama. Tendrían que pasar sobre mi cadáver antes de hacerles daño a ellos. Y créame, señor Al-Saud, no sería fácil convertirme en cadáver.

—Estoy seguro de que no sería fácil —acordó—. Pero ¿qué ocurriría si entraran varios hombres, digamos una veintena, y te resultara imposible eliminarlos a todos?

Alamán percibió la mano de Joséphine sobre su rodilla derecha y se quedó quieto mientras ella la subía y la bajaba. Junto con ese ir y venir, la respuesta de su cuerpo vibraba en cada centímetro de piel. Lo maravillaba que Joséphine, con una simple caricia, lo pusiera duro como una piedra. Giró la cabeza para observarla, consciente de que era incapaz de suavizar la severidad de sus ojos, que no se relacionaba con el enojo, sino con un deseo tan carnal y agudo que eliminaba los artificios que solía emplear con una mujer que le gustaba; lo desproveía de toda urbanidad; lo desnudaba. ¿Por qué esta mujer era distinta de las demás? Ella le sonreía, y le expresaba agradecimiento por su preocupación.

—Si nos invadiera una veintena de hombres —habló Wambale, después de una nueva reflexión—, me vería en serios problemas, señor Al-Saud. —Pasado un silencio, el hombre manifestó—: Señor Al-Saud, si usted hablara con el señor Boel sobre las medidas de seguridad para *Anga La Mwezi*, yo lo apoyaría.

A medida que se aproximaban a la hacienda de los Boel, Alamán percibía el nerviosismo que se apoderaba del ánimo de Joséphine. Sabía que se relacionaba con su padre. Al llegar, Joséphine saltó del vehículo y corrió hacia la terraza, donde Balduino Boel esperaba el regreso. El golden retriever, a quien Joséphine llamaba Grelot, le saltó, alborozado, hasta que, a una orden de Boel, se sentó junto a la silla de ruedas. Alamán, que se aproximaba con la bolsa de Joséphine, se detuvo a unos pasos del sitio donde padre e hija se abrazaban. Boel advirtió la presencia de Al-Saud, y la alegría se borró de su semblante.

—Ah, usted otra vez. Buenas tardes.

—Buenas tardes, señor Boel —saludó, mientras palmeaba el lomo de Grelot, que se había incorporado para darle la bienvenida.

—Encontré a Alamán en la Misión San Carlos. Me acompañó hasta aquí, papá.

—¿Le pasó algo a Godefroide?

—No, no —se apresuró a aclarar—. Pero como ayer llovió tanto y el camino está muy pantanoso, Alamán se ofreció por si se presentaba algún inconveniente.

—Gracias —masculló el hombre, quien, desde su silla de ruedas, percibía a Alamán como a un cíclope.

—¿Qué te gustaría tomar, Alamán? Café, té, jugo, vino de palma.

—Lo que tomes tú para mí estará bien.

La muchacha abandonó la terraza, nerviosa, inquieta. Al-Saud, en cambio, se sentía sereno frente a la hostilidad del colono belga. Tomó asiento en un sillón de mimbre blanco a un ademán de su anfitrión.

—Mi hija no me comentó que usted estaría en la misión. —Como no tenía nada que manifestar ante esa declaración, Alamán guardó silencio—. ¿Por qué fue usted allá, señor Al-Saud?

—Fui porque *sœur* Amélie, la jefa de la misión, es mi prima. —Pese a la penumbra que se apoderaba de la terraza, Alamán advirtió que la información pasmaba a Boel—. Prácticamente, nos criamos juntos, como hermanos.

—¿A qué se dedica, señor Al-Saud?

—Soy ingeniero electrónico.

—¿Dónde trabaja?

—Trabajo como *freelance*. Mi principal cliente es la empresa de mi hermano Eliah, que vendrá a buscarme en un momento. No me quedaré a cenar, no se preocupe, señor.

Boel se recostó en la silla de ruedas, incómodo ante la mención tácita de su descortesía.

—La verdad es, señor Al-Saud, que ésta no es una región donde uno pueda andar hasta muy tarde por las carreteras y en las calles.

—Coincido con usted, señor Boel. Justamente, quería mencionarle que...

Se presentó Joséphine con las bebidas, un jugo de mango para ella y otro para Alamán, y un té para su padre.

—¿No me trajiste unas galletas de chocolate? Dos me abren el apetito antes de cenar.

—Papá, sabes que no puedes —le recordó Joséphine—. A veces eres como un niño caprichoso. —Con una sonrisa tímida, se dirigió a Alamán—: Mi padre es diabético.

En ese momento, Alamán comprendió la falta de la pierna derecha de Boel.

—Este jugo es delicioso, José —expresó Alamán—. Gracias.

—Señor Al-Saud, estaba a punto de mencionarme algo.

—Sí, el tema de la seguridad de su propiedad, señor Boel.

—Alamán es ingeniero electrónico, papá —intervino Joséphine, alborotada y nerviosa, buscando congraciarlo a los ojos de su padre—. Es experto en medidas de seguridad.

—¿Y qué tiene que ver eso con mi propiedad?

—Usted acaba de mencionar los peligros de andar de noche por las carreteras y por las calles de esta región. Y su propiedad no presenta ningún escollo para franquearla. Entrar aquí me resultó muy fácil. No hay seguridad en el portón, no hay cámaras, no hay hombres armados.

—¡Señor Al-Saud! ¿Está insinuando que soy un irresponsable y que no protejo a mi propiedad y a mi familia?

—Papá, por favor…

—No —contestó Alamán, sereno—, estoy diciendo que su propiedad carece de medidas de seguridad, las que yo me encuentro más que dispuesto a proveerle.

—¡Es un vil vendedor! Se cree que, porque mi casa es palaciega, este viejo está lleno de dinero. ¡Se equivoca!

—Papá, tranquilo…

Grelot sumó sus ladridos a las exclamaciones de Boel.

—¡Treinta y dos años de Mobutu Sese Seko me llevaron a las puertas de la ruina! ¡No podrá sacarme un centavo!

—Señor —pronunció Alamán, y, al ponerse de pie de súbito, causó un sobresalto al dueño de casa, que, de manera instintiva, movió la silla de ruedas hacia atrás—. Las medidas de seguridad que planeaba instalar en su casa iban a ser un obsequio. Un regalo para usted y para su hija. Lo único que quiero es que Joséphine esté protegida.

—¿Se atreve a entrar en esta casa y echarme en cara que no protejo a mi hija, a lo que más amo en este mundo? ¡Es usted un impertinente! ¿Y a cuento de qué se atreve a hacerlo?

Joséphine, también de pie, apretó el antebrazo de Alamán.

—Por favor, no lo alteres. Le hará mal.

—Le pido disculpas, señor Boel, si le he parecido un impertinente. Le aseguro que ésa no fue mi intención. Simplemente quise poner mi conocimiento a su servicio y al de su hija. ¿A cuento de qué, me pregunta? A cuento de que amo a Joséphine.

—¡Ja! ¡Ama a Joséphine! Una muchacha que apenas conoce. Todos vienen aquí a decirme lo mismo. Pero le aseguro que ninguno está a la altura de mi hija. Usted, menos que nadie.

—Lo sé.

—Vamos, Alamán, por favor. Te acompaño fuera.

—Buenas noches, señor Boel —lo saludó, sin obtener respuesta.

—¡Grelot, quédate aquí! ¡Ven ahora mismo!

El perro volvió sobre sus pasos y, gañendo, se echó a los pies de Boel.

—Estoy tan mortificada —lloriqueó Joséphine en la recepción, junto a la puerta principal—. Perdónalo, Alamán. Tú, que eres tan bueno y generoso, perdónalo. Es muy celoso de sus cosas.

—Y de ti —añadió, y la atrajo hacia él—. Dios mío, José, no soporto dejarte en esta casa insegura. Quisiera llevarte conmigo.

—Bésame, Alamán, por favor.

Lo hizo con suavidad, tratando de calmarla, de infundirle paz. Saboreó sus lágrimas e intentó absorber sus temblores. No quería que sufriera, que nada la dañara. Quería hacerla feliz.

—¿Cuándo me llevarás a la laguna? —le preguntó, para hacerla olvidar de la discusión con Boel.

—Mañana. Ven temprano para evitar las horas de sol más duras. ¿Es cierto lo que le dijiste a papá, que me amas? ¿Cómo puede ser, Alamán? Hace apenas unos días que nos conocemos.

—Lo sé, lo sé. No creas que no estoy desconcertado. Lo que siento por ti es tan repentino e inesperado. Pero es verdad, te amo, Joséphine. Te amo, y no me importa si la lógica no puede explicarlo. Quiero sentirlo y basta.

—¡Alamán! ¿Cómo puede ser verdad esto que está sucediéndonos? Es como una fiebre que nos devora desde el momento en que nos vimos en la casa de mi mamá. No puedo dejar de pensar en ti. Sueño con tu presencia. Con tu olor —dijo, de manera enfática, y se puso de puntitas para olfatearle el cuello—. Amo tu perfume.

—Eau Sauvage, de Christian Dior, por si quieres regalarme un frasco. —Joséphine rio, y Alamán le contuvo el rostro pequeño y delgado con las manos—. Quiero que sonrías siempre. Quiero hacerte sonreír a cada segundo. Quiero hacerte feliz, Joséphine. No sé por qué, pero de pronto ése parece ser el sentido de mi vida, hacerte feliz. Mi amor, dime la verdad: ¿están pasando necesidad? Tu padre dijo que está al borde de la ruina.

—¿Luce esta casa como la de una familia que pasa necesidad? —Alamán negó con la cabeza—. Es verdad que la fortuna de los Boel está llegando a su ocaso. Era inmensa, por eso soportó los años de rapiña de Mobutu, pero se agotó. Aún nos quedan los cultivos, pero sin tecnología y con las tierras agotadas, cada vez rinden menos. La cervecería no cuenta porque da pérdida. Mi hermana y mi mamá me dan a manos llenas. Papá no lo sabe. Nunca debes mencionarlo en su presencia.

—Nunca lo haré.

—Por otro lado, con sólo vender uno de los cuadros que tenemos en la sala podríamos vivir varios años. Sucede que no lo haría porque papá ama todas y cada una de las pinturas que coleccionó a lo largo de su vida.

—Entiendo. ¿Crees que tu padre quiera volver a verme?

—No lo sé —admitió, y el espíritu de Alamán decayó—. Será mejor que tú y él no se encuentren por un tiempo. Le pediré a Godefroide que lo ablande. Es el único que puede hacerlo.

El sonido de un motor anunció la llegada de Eliah. Antes de permitirle que abriera, Alamán apretó a Joséphine contra la puerta y la besó, no con la suavidad empleada minutos antes para tranquilizarla, sino con un fervor desmesurado para transmitirle la pasión que despertaba en él.

—Deseo tanto hacerte el amor. —Joséphine emitió un gemido ahogado, que enardeció a Alamán—. *Mon Dieu, Joséphine!* ¿Qué locura es ésta?

—Te deseo, Alamán.

—Dímelo de nuevo, por favor.

—Te deseo, amor mío. —Y no lo dijo porque no sabía cómo lo tomaría, pero estuvo a punto de agradecerle por haberle devuelto las ganas de gozar con un hombre, por haberle devuelto su índole de mujer.

Se despidieron con dificultad. Joséphine permaneció en el umbral hasta que la Chevrolet desapareció en el bosque que circundaba la casa. Agitó la mano con el mismo entusiasmo con que se empeñaba en no romper el contacto con los ojos color del jade que la devoraban desde la cabina de la camioneta, hasta que el anochecer cayó de pronto, como es su costumbre cerca del ecuador, y ya no pudo verlos.

Cerró la puerta y se encaminó hacia la terraza en una extraña disposición, por un lado exaltada, por el otro deprimida, dada la hostilidad de su padre. Aun antes de alcanzar la terraza, en el mutismo de la casona, Joséphine oyó la respiración agitada de Boel y su refunfuñar sin sentido. Corrió el último trecho, enloquecida de miedo porque sabía que su padre estaba sufriendo un ataque de hiperglucemia. Lo halló sudado, arrojando manotazos como si espantara murciélagos, sacudiendo la cabeza, balbuceando incoherencias. Boel clavó los ojos inyectados en su hija e intentó golpearla. Joséphine, acostumbrada a esos episodios, lo sujetó con vigor y le bajó los brazos.

—Tranquilo, papá. Tranquilo. ¡Godefroide! ¡Godefroide, ayúdame! ¡Papá está sufriendo un ataque!

—¡No vas a dejarme por ése! —vociferó Boel—. ¡No te irás! ¡No me dejarás! ¡No abandonarás a tus hijas! ¡Gulemale! ¡Gulemale! —clamó, y a Joséphine se le partió el corazón.

—Tranquilo, papá. No te dejaré, no te dejaré —le prometió, y apretó la boca en la frente del anciano, bañada en sudor, para detener las sacudidas.

Se presentó Godefroide. Asió las muñecas del hombre y empezó a hablarle en swahili con voz grave, monótona y tranquila, que lo apaciguó hasta dejarlo laxo sobre la silla de ruedas. Joséphine, flanqueada por las sirvientas, volvió a la terraza con una bebida deportiva que hacía traer de Sudáfrica, saturada de minerales.

—Bebe, papá. Por favor, bebe —le susurró, y le aproximó un popote a la boca—. Te sentirás mejor.

Boel retiró los párpados, y sus ojos celestes cobraron luz en la maraña de venitas rojas. Atrapó el popote entre los labios temblorosos y, mientras succionaba con esfuerzo, clavaba la mirada en la de su hija.

—No me dejes, José. No me abandones.

—No, papá. ¿Cómo crees que te dejaría?

—Te irás con ese musulmán.

—No, papá, no me iré a ningún lado con nadie.

—¿Me lo prometes?

—Te lo prometo.

Godefroide lanzó un vistazo furibundo a su patrón y abandonó la terraza.

⊱ ✿ ⊰

—¿Qué hay entre tú y la hija de Gulemale?

Eliah lo preguntó sin desviar la vista del camino oscuro y amenazador. Alamán permaneció en silencio, con gesto reconcentrado, hasta que, luego de una inspiración profunda, manifestó:

—Supongo que lo mismo que hay entre Matilde y tú.

—¿Así de grave está la cosa? —expresó Al-Saud, con talante bromista.

—Me temo que sí.

—¿Cómo lo sabes? Digo, que el sentimiento es tan profundo. Recién la conoces —agregó.

—Dime, ¿cuánto tiempo te llevó saber que Matilde era la mujer correcta?

Eliah levantó la comisura izquierda, en una mueca comprensiva, antes de contestar.

—Algunas horas, lo que duró el viaje de Buenos Aires a París.

—¿Qué te dio la pauta de que ella era la correcta?

Meditó la respuesta, con el semblante de pronto serio.

—Toda ella me dio la pauta. Su mirada, su sonrisa, su pelo. Su carácter. Me encantaba que fuera suave y también firme cuando necesitaba serlo. Me fascinaba su bondad. Me gustaba que tuviera ideas tan claras. Que fuera médica y que amara su profesión. ¿Sabes qué? Es la única mujer a la que admiro. Sí, creo que en el fondo se trata de eso, de que, además de calentarme, provocaba en mí admiración y respeto. Es una combinación rara.

—Y no es fácil ganarse tu admiración y tu respeto, ¿verdad?

—No, no lo es.

Frente al portón de la propiedad de Gulemale, Al-Saud lo abrió con un control remoto que le había dado el jefe de seguridad. La camioneta inició el ascenso por el terreno a baja velocidad porque no se habían encendido las luces y parecía una boca de lobo.

—Qué extraño —dijo Alamán—. El sistema de seguridad perimetral está desconectado.

—¿Cómo lo sabes?

—Porque la luz testigo no está titilando. Está ubicada allá, en la columna del portón. Cada vez que salgo o entro, me fijo y siempre está encendida. Deben de estar realizando tareas de mantenimiento.

—¿A esta hora?

—O habrá algún desperfecto —aventuró Alamán.

Al-Saud, cuyo instinto le indicaba que algo andaba mal, abandonó la camioneta en el bosque para aproximarse a la mansión a pie, aprovechando el follaje para esconderse.

—¿Traes la Glock que te di el otro día? —le murmuró a su hermano.

—Sí.

—Empúñala. No me gusta nada esta oscuridad y que el sistema perimetral esté desconectado.

Al-Saud desenfundó su Colt M1911, y avanzaron hacia la casa. Eliah extendió el brazo y le indicó a Alamán que se detuviera. Desde esa posición, tras un helecho gigante, avistaban la mansión y la piscina. La luz del interior se regaba sobre algunos sectores del parque.

—No veo a ningún guardia. ¿Dónde se metieron todos?

—Es realmente inusual —comentó Alamán.

Corrieron hasta la casa y, con las espaldas pegadas a la pared y las armas en alto, se aproximaron a la primera contraventana, la correspondiente a la sala principal. Eliah se asomó y descubrió que, en el interior, se vivía un ambiente distendido y amistoso. Gulemale, Frédéric y Hansen Bridger, sentados en un sofá, conversaban con un invitado a quien Al-Saud no le veía la cara.

—En principio, aquí no pasa nada. Volvamos a buscar la camioneta.

Minutos más tarde, entraron en la mansión.

—¡Ah, queridos! —exclamó la anfitriona al verlos aparecer, y caminó con paso rápido hacia ellos—. ¡Estaba tan preocupada! ¿Dónde han estado ayer y hoy?

—En Goma —mintió Al-Saud—, buscando un taller mecánico decente para reparar la camioneta. No encontramos ninguno.

—Oh, deja ya de preocuparte por eso, Eliah. Ven, quiero presentarte a un querido amigo. Llegó esta tarde.

Al-Saud y Alamán avanzaron tras Gulemale, ataviada con una túnica de seda en vivos colores, cuyas mangas en forma de mariposa flameaban a su paso. La estela de Paloma Picasso que se suspendía en torno a ella embriagaba a Al-Saud con recuerdos de Matilde y de Londres. No había resultado fácil dejarla en la casa de Manos Que Curan, sobre todo porque Vanderhoeven estaba de regreso. En tanto se despedía de Matilde, no había cesado de escudriñar las ventanas iluminadas de la casa, hasta que vio la silueta del idiota recortada en lo que correspondía a su habitación. Seguro de que estaba espiándolos, tomó a Matilde por sorpresa y la besó con ánimo desaforado. Ella, ajena a su intención, se entregó al beso con tal abandono que, luego de varios minutos de juegos de lenguas y de manoseo, Al-Saud había olvidado el objetivo original. Con todo, se fue de mal humor porque Matilde pasaría la noche en el dormitorio contiguo al del belga.

Su mal humor no había mitigado al llegar a casa de Gulemale, por eso tenía pocas ganas de conocer al recién llegado y, menos aún, de socializar.

—Alamán, Eliah, les presento a un querido amigo...

Eliah, que se disponía a extender la mano para estrecharla con la del invitado, la retrajo como si temiera que se la cortaran. El padre de Matilde se encontraba frente a él, con una mueca tan desencajada y reveladora de confusión como debía de ser la de Al-Saud.

—...Mohamed Abú Yihad —pronunció Gulemale.

—¿Qué hace aquí? —preguntó Eliah, en español.

—Lo mismo quisiera saber yo —replicó Aldo.

—¿Cómo? ¿Ustedes se conocen? —simuló pasmarse la congoleña—. Hablen en inglés, por favor.

—Disculpa, Gulemale —expresó Al-Saud—. Resulta ser que conozco al señor... Abú Yihad. ¿Cómo está? —dijo, y por fin le tendió la mano, que Aldo miró con desprecio antes de aceptarla—. Le presento a mi hermano, Alamán Al-Saud.

—¡Qué feliz coincidencia! ¿Verdad? Pero, ¿cómo se conocen? ¿De dónde?

—Mi hija menor, Matilde, es conocida del señor Al-Saud.

Eliah habría ahorcado a Martínez Olazábal por poner en manos de una mujer como Gulemale semejante pieza de información. Su sentido de la protección se agudizó, y de nuevo el instinto le señaló que, en ese cuadro, algo no encajaba.

—¿Verdad? ¿Matilde? ¿Qué Matilde? ¿Tu Matilde, *chéri*?

Al-Saud asintió con gesto implacable, y Gulemale levantó las cejas y sonrió con complicidad. Los invitó a sentarse y pidió a Saure, el mayordomo, que trajera más aperitivos y que apresurara las cosas en la cocina. Estaba famélica y quería cenar.

Aldo Martínez Olazábal volvió al sillón que ocupaba antes de la irrupción de los hermanos Al-Saud. Los tenía enfrente, uno junto al otro. En ambos se descubrían rasgos de Francesca, aunque en el menor resultaban más evidentes que en el otro. Sonreía ante los comentarios de Hansen Bridger e insultaba por dentro. Maldita suerte: Al-Saud, amigo de Gulemale. ¿Cómo explicaría el nombre árabe con que la mujer lo había presentado? «¡Qué situación de mierda!», se lamentó. La posibilidad de que Al-Saud se enterara de su verdadero oficio se tornaba muy certera con el correr de los segundos, no porque Gulemale fuera a mencionar la compra de torta amarilla y de armas en ese salón y en esas circunstancias, sino porque Al-Saud la sonsacaría hasta conseguirlo. Y contaba con armas para hacerlo. Se notaba la codicia y el deseo con que la mujer lo observaba. ¿Se habrían acostado? Sí, entre ellos se advertía el halo de complicidad que une a los amantes. Pues bien, se dijo, más tranquilo, él también poseía información que podía dañar a Al-Saud frente a Matilde.

—Gulemale —dijo Alamán—, cuando entramos en tu propiedad, noté que el sistema perimetral estaba desconectado.

—¿Verdad? —Se mostró preocupada. Apoyó la copa con Martini en la mesa centro y se incorporó en el sofá—. ¿Estás seguro?

—Sí. La luz testigo estaba apagada. A menos que el *led* se haya estropeado, lo cual es improbable, eso indica que todo el sistema está fuera de funcionamiento.

Gulemale levantó el teléfono, oprimió un botón y habló en swahili. Segundos después, se personó el jefe de seguridad, que exhibía con descaro su pistolera axilar con una Jericho 941, de manufactura israelí. Eliah había probado una y admitía que se trataba de un arma estupenda. Sin duda, Gulemale no se quedaba atrás en materia de tecnología armamentística. Recordó haber visto a los guardias con fusiles de asalto Galil, y a unos pocos con ametralladoras livianas Negev, salidas al mercado tan sólo el año anterior, mayormente desconocidas en el mundo. ¿Cómo las habría obtenido? Dudaba de que la Israel Military Industries proveyera a la mujer que, por décadas, se había ocupado de venderle armas a la OLP. ¿O sí?

Gulemale se dirigió en swahili a su empleado. Si bien Al-Saud no lo hablaba fluidamente, lo entendía bastante bien, algo que su anfitriona desconocía. En cierta forma, no lo tomó por sorpresa que la mujer no mencionara al jefe de seguridad lo del sistema perimetral; de igual modo, sus pulsaciones se aceleraron porque, como un perro de caza, olfateó el peligro.

—Ten todo listo —dijo Gulemale al hombre con la Jericho 941—. He ubicado al objetivo en la última habitación del ala derecha. —Se refería al sector de la casa donde dormía Hansen Bridger, opuesto al que albergaba los dormitorios de ella, de Frédéric y de los Al-Saud.

Eliah apoyó los codos sobre las rodillas e inclinó el torso para ocultar su turbación. Las piezas acababan de encajar con un sonido estrepitoso. Bajó los párpados y ejecutó unos ejercicios respiratorios para dominar las energías desatadas en su interior. En ese momento, entendía el diálogo telefónico de días atrás entre Gulemale y «el señor Bergman». No cabía duda: se había tratado de Ariel Bergman, el jefe del Mossad en Europa. Aldo Martínez Olazábal, alias Mohamed Abú Yihad, estaba en la lista negra del «Instituto», y Gulemale se había convertido en la entregadora. Tampoco cabía duda de que el Mossad conocía el parentesco entre Matilde y Abú Yihad. Gulemale sabía que Matilde trabajaba para Manos Que Curan y que se encontraba en el Congo porque Bergman se lo había informado. No bastaba con que Udo Jürkens estuviera tras ella; ahora se sumaban los del Mossad.

No quería comer ni beber porque temía que Gulemale hubiera ordenado contaminar los alimentos y las bebidas con narcóticos. Quien se ocupase de aniquilar a Abú Yihad, no querría toparse con escollos. ¿Planeaban liquidar a Hansen Bridger también? Desvió la mirada, y vio al sudafricano envuelto en una conversación con Martínez Olazábal. Hablaban con aspecto reconcentrado y aire intimista, los entrecejos fruncidos y los torsos ligeramente inclinados, como si se contaran un secreto. Un negocio de armas. ¿Para Saddam Hussein? Yaakov Merari, el informante de Lefortovo, aseguraba que Abú Yihad trabajaba para el régimen del carnicero de Bagdad y que se hallaba tras la búsqueda de uranio. Alan Bridger había sido un famoso proveedor de torta amarilla, el combustible básico para una centrifugadora. ¿Su hermano Hansen retomaría el negocio? ¿Para quién sería el uranio? ¿Para Irak? ¿Acaso, contra todo pronóstico, Saddam estaba desarrollando su poderío atómico otra vez? ¿Con qué dinero? Desde el embargo decretado por la ONU en 1991, Irak era un páramo.

Nada de eso importaba de momento. Lo único que contaba era sacar a Martínez Olazábal con vida de la casa de Gulemale. Se puso de pie y apartó a su anfitriona del grupo sujetándola por el brazo.

—Voy a darme un baño.

—No ahora, *chéri*. La cena está por ser servida.

—No cenaré, Gulemale. No me siento bien. Debe de ser algo que comí en Goma.

—¡Qué necio eres, Eliah! Irte a Goma para arreglar esa camioneta del demonio y dejarme sola todo el fin de semana. Cuando te invité a mi casa, jamás imaginé que fueras tan difícil de domar, que nada ni nadie pudiera retenerte. Te mueves, de aquí para allá, todo el tiempo.

—Así soy yo. No te preocupes. Esta noche terminaremos lo que empezamos el día en que llegué.

—¿Verdad? —Los ojos oscuros de Gulemale brillaron como si de pronto tuvieran estrellas en el iris.

—Asegúrate de que Frédéric no aspire a lo mismo que yo.

—Descuida. Dormirá como un ángel toda la noche. Yo me ocuparé de eso. Apresuraré todo aquí para desocuparme lo antes posible. ¿Y qué hay de Matilde?

—Ella y yo terminamos —aseguró, y destinó un vistazo a su hermano Alamán, que lo siguió hasta el dormitorio, donde Eliah se ocupó de correr las cortinas y echar llave a la puerta.

—¿Qué mierda está pasando acá? —Alamán habló en árabe—. Las cámaras infrarrojas también están desconectadas.

—Han levantado todas las medidas de seguridad.

—¿Por qué? —se pasmó Alamán.

—¿Recuerdas la fotografía que apareció en *Le Monde* semanas atrás, la que te pedí que analizaras con Lefortovo?

—Sí, la foto en donde salía el padre de Matilde. ¿Qué está haciendo él acá?

—A punto de cerrar un negocio con Bridger. Para comprar armas y, probablemente, uranio.

Alamán profirió un silbido y empezó a caminar por la habitación.

—¿Uranio?

—Eso no importa ahora. Escúchame, Alamán. Esta noche, métete en la cama vestido, con tu arma lista. Vendrán por el padre de Matilde para llevárselo, y yo planeo impedirlo.

—¿Quiénes? ¿Cómo lo sabes?

—No lo sé con certeza. Es algo que intentaré confirmar más tarde, con Gulemale. Pero todo apunta a que así será. No tengo tiempo de explicártelo ahora. Vuelve al comedor y actúa normalmente. Yo me excusé con Gulemale. Trata de no beber ni comer, finge hacerlo. Sospecho que Gulemale ha ordenado echar narcóticos en la comida y en la bebida.

—*Merde!* Se me fue el apetito. Además, ¿cómo carajo se finge comer y beber?

—Dile que algo que comiste en Goma te cayó mal. Fue mi excusa. Yo iré por ti a tu habitación. Quiero que estés listo. Abandonaremos esta casa con Martínez Olazábal apenas se hayan ido todos a dormir. Aquí tienes las llaves de la camioneta. Tú conducirás.

—Ya casi no tiene combustible.

—Pídele a Saure que le eche dos bidones. Con eso bastará para llegar al aeropuerto de Goma.

Alamán se marchó, y Eliah se cambió la camisa blanca por una camiseta negra. Apagó las luces. Buscó a ciegas los lentes de visión nocturna. Puso el soporte en torno a su cabeza y los encendió. De inmediato, la habitación adquirió una tonalidad verdosa. En tanto Gulemale y sus invitados compartían la cena, se deslizó por los interiores de la casa hasta ubicar la recámara de Aldo. Entró. La maleta yacía, intacta, sobre la cama. Se aproximó al buró, donde halló tres elementos que lo desconcertaron: un *masbaha*, el rosario musulmán, una brújula y un ejemplar del Corán. Lo abrió, estaba en árabe, incluso tenía anotaciones de puño y letra en ese idioma. ¿La brújula sería para establecer la dirección a La Meca? ¿Acaso Martínez Olazábal se hacía llamar Mohamed Abú Yihad porque se había convertido al Islam y no como simple cubierta para traficar armas y drogas?

Al-Saud regresó a su dormitorio, se puso unas botas y aprestó sus armas: el cuchillo Bowie, la Colt M1911, la HP 35, una High Standard Victor calibre veintidós y varios cargadores, y todo lo hizo en la oscuridad. La certeza de que se enfrentaría a los sicarios más preparados del mundo le aceleraba los latidos, y la adrenalina navegaba con velocidad por sus venas para mantenerlo despierto y alerta. Un rato después, oyó los pasos de los invitados y sus voces soñolientas en tanto recorrían el pasillo rumbo a sus recámaras. Alamán reía con Frédéric; parecían borrachos. Aguardó quince minutos antes de abandonar su habitación para dirigirse a la de Gulemale. Entró sin tocar. La mujer, sentada frente al tocador, en bata, se colocaba perfume detrás de las orejas. Al ver a Eliah en el espejo, separó las rodillas y se perfumó la entrepierna.

—¿Podemos estar tranquilos? —quiso saber Al-Saud, y se ubicó detrás de ella.

—Sí. Frédéric dormirá toda la noche como un bebé. Tu hermano y Hansen también.

—Qué niña mala eres, Gulemale —la regañó Eliah, y se inclinó para oler su perfume.

—Siempre hemos sido muy bruscos y ruidosos, *chéri*. ¿Por qué estás vestido? —le reclamó, de pronto ceñuda.

—Porque quiero que tú me quites la ropa.

Gulemale ronroneó y giró sobre el taburete; su cara quedó al nivel de la bragueta de Al-Saud. Pasó la mano abierta varias veces por su bulto hasta sentir que cobraba dureza. Jadeó de dolor y de placer cuando Eliah le aferró la melena y le echó la cabeza hacia atrás. Le apoyó la punta del cuchillo Bowie en la mejilla. Gulemale se estremeció de miedo, no obstante sonrió con suficiencia.

—Veo que será realmente brusco esta noche. Me excita tanto…

—Seré brusco esta noche, *chérie*, si no me dices a qué hora vendrán los sicarios del Mossad a buscar a Abú Yihad. —Al-Saud percibió la tensión que se apoderaba del cuerpo de la mujer–. Habla, o este bellísimo rostro sin edad quedará desfigurado. –Le apoyó la punta del Bowie en el pómulo izquierdo.

–No te atreverías –lo desafió, y, al intentar sonreír, el cuchillo le lastimó la piel–. ¡Aleja el cuchillo de mi rostro, hijo de puta!

–Lo haré si respondes a mis preguntas. ¿A qué hora vendrán los sicarios del Mossad y cuántos serán?

–¿De qué estás hablando, Eliah? Maldito hijo de puta, ¡suéltame! –le ordenó, al tiempo que le asestaba golpes a los costados del cuerpo.

–No te muevas así, Gulemale. Mi mano podría deslizarse sin querer y clavarse en tu rostro. ¿A qué hora? –insistió, y apretó el filo en la base del cuello.

–Eliah, por favor, hablemos como gente civilizada.

–¡A qué hora!

Gulemale se contrajo instintivamente.

–No te atreverías a desfigurarme.

–No me conoces, Gulemale. Soy capaz de cualquier cosa, lo que se necesite para cumplir un objetivo.

–¿Cuál es tu objetivo?

–Salvar al padre de Matilde. –Un corte superficial en el cuello provocó un gimoteo histérico en la mujer–. Cada véz me aproximo más a estas facciones tan hermosas –amenazó Al-Saud, y deslizó la punta hasta la barbilla.

–Eres un hijo de puta.

–Ya lo has dicho antes y empiezas a cansarme. Dime lo que te pregunto y nada malo le ocurrirá a tu belleza.

Gulemale, aferrada al antebrazo de Al-Saud, percibía la dureza de sus músculos y la sinuosidad de sus tendones, tirantes y dilatados.

–¿Sabes, Eliah? Me calientas igualmente. Creo que si quisieras que cogiéramos después de esto, lo disfrutaría todavía más.

–Habla, Gulemale. Nunca he sido famoso por la paciencia. Estás hartándome.

Gulemale no gritaba, no lloraba ni se quejaba, mientras el hilillo de sangre le cosquilleaba entre los senos.

–¿Hablarás ahora o tendré que ser más convincente?

–Vendrán esta noche. A las dos de la madrugada. Serán cuatro.

–¿Por qué tú? ¿Por qué pedírtelo a ti?

–Porque saben que Abú Yihad y yo somos amigos y socios.

–¿Quién es tu contacto en el Mossad? ¿Ariel Bergman?

Gulemale movió rápido los ojos hacia los de Eliah. Su asombro resultaba evidente. Apenas inclinó la cabeza para asentir.

—¿Cómo lo conociste?

—Nigel me lo presentó.

—¿Qué te ofrecieron a cambio de este servicio? ¿Las armas israelíes con las que se pavonean tus guardias?

Gulemale recobró algo de su ironía al reír por lo bajo, con aspecto cansado. Al-Saud extrajo una cuerda de cáñamo del bolsillo trasero del pantalón, la desplegó con un sacudón, acomodó los brazos de Gulemale en la parte baja de la espalda y le ató las muñecas.

—Lamento hacer esto, *chérie*, pero me traicionaste y no me fío de ti.

—Pagarás por esto, Eliah —lo amenazó, antes de que Al-Saud la amordazara con el cinturón de seda de la bata.

—Lamento que hayamos acabado así, Gulemale.

La obligó a ponerse de pie y la empujó para que se dirigiera hacia la cama, donde la acomodó, con las almohadas bajo la cabeza, para después atarle los tobillos. Consultó su Breitling Emergency. Cuarto para la una de la mañana. Al salir, echó llave a la puerta. De regreso en su habitación, se colocó los lentes para visión nocturna y también cerró con llave al salir. Entró en el dormitorio de su hermano y, sin encender la luz, le habló en árabe.

—Estoy listo —confirmó Alamán, y se colocó el monocular que Eliah le extendió. Le costó acostumbrarse a la luz verdosa y a que su ojo izquierdo permaneciera sumido en la oscuridad, incluso se mareó. Salieron con las armas en alto.

Caminaron sobre la alfombra envueltos en un silencio sepulcral; en ese sector de la casa, ni siquiera penetraban los chirridos nocturnos de la selva. Cerca del objetivo, Eliah elevó la mano para indicar a su hermano que se detuviera. Tres hombres, apostados en la puerta de la habitación de Martínez Olazábal, vestidos con trajes de neopreno negro para eludir las cámaras infrarrojas —sin necesidad, porque estaban apagadas, pensó Al-Saud— y equipados con cascos de visión nocturna, lanzaban vistazos en torno y dentro del dormitorio. Gulemale le había mentido o el Mossad había cambiado los planes; aún no eran las dos de la mañana. Segundos después, cuando otros dos sacaron a Martínez Olazábal a rastras, de nuevo la información de Gulemale se probó imprecisa: ella había dicho cuatro.

La cabeza de Martínez Olazábal colgaba sobre el pecho. Lo habían golpeado o narcotizado, más lo segundo, se convenció Al-Saud. Sin articular, le indicó a su hermano que esperara. Alamán no alcanzó a retenerlo. ¿Pretendía enfrentarse a cinco asesinos profesionales?

Pegado a la pared, Al-Saud siguió a los *kidonim* del Mossad. El que cerraba la fila volteaba cada tanto para proteger la retaguardia, y Eliah se escondía tras los muebles que poblaban el amplio pasillo. No debía permitir que llegaran a la sala, se le complicaría encargarse de los cinco en un espacio abierto. Corrió el último trecho, y, cuando el *kidon* giró para vigilar, Al-Saud le clavó el Bowie en la yugular. Asestó un golpe seco, un impulso sordo para traspasar la vestidura de neopreno y el músculo del cuello. El quejido del israelí puso en alerta a los otros cuatro. Dos, los que no se ocupaban del cuerpo inerte de Martínez Olazábal, se cerraron en torno a Al-Saud, uno de ellos con una Beretta 92 apuntándole a la cabeza. No esperó a que disparara y lo tomó por sorpresa al impulsarse con la velocidad del rayo y descargar una patada voladora que le rompió el hueso, a milímetros de la muñeca. No pateó la pistola sino el radio, que, sabía, se quebraría con facilidad y dejaría al enemigo fuera de combate, al menos por un momento. La Beretta del *kidon* voló. El hombre soltó un rugido ahogado dentro del pasamontaña de neopreno, y se sujetó el antebrazo derecho; la mano enguantada le pendía. El otro se abalanzó sin pérdida de tiempo. Al-Saud se dijo que urgía neutralizarlo porque los que tenían a Martínez Olazábal se alejaban hacia la salida.

No resultó fácil. El hombre era uno de los luchadores de *Krav Magá* más diestros con que Al-Saud se había topado, por cierto, más rápido y hábil que los *kidonim* del Hotel Summerland, en Beirut. Terminaron enredados en la alfombra, enzarzados en una lucha a todo o nada. Al-Saud escuchó un tiro y un quejido. Un cuerpo se desplomó, y la cabeza del israelí al que le había quebrado la muñeca terminó muy cerca de la de él. Se preguntó si Alamán habría disparado, pero enseguida lo olvidó y se concentró en quitarse de encima al experto en *Krav Magá*. Un cuchillo de acero negro, similar al que le había robado al *kidon* en el Summerland, se cernía sobre su ojo izquierdo. La hoja temblaba a milímetros de su pupila debido al esfuerzo con uno se empeñaba en alejarla y el otro, en clavarla. La mano izquierda de Al-Saud mantenía apartado el cuchillo, en tanto la derecha se cerraba en torno al cuello del atacante, sin poder ejercer la fuerza necesaria para ahorcarlo. Acomodó con dificultad el pulgar y el índice y le apretó la tráquea, lo que causó una molestia insoportable al israelí y lo desconcentró. Al-Saud recobró algo de vigor y de dominio para apretar aún más la tráquea. El hombre se convulsionó y soltó el cuchillo. Al-Saud apartó la cara para evitar la punta al caer y levantó la cabeza con violencia para golpear a su rival con el hueso frontal, que dio de lleno en la nariz del hombre.

Al-Saud se lo quitó de encima, se puso de pie de un salto y, antes de que el israelí pudiera incorporarse, lo remató con dos tiros en la cabeza.

—¡Vamos, Alamán! —gritó, y corrió en dirección a los que secuestraban a Martínez Olazábal.

En la sala, descubrieron una contraventana abierta, de las que daban a la piscina. Eliah supo que se trataba de una argucia para perderlos.

—No, por ahí no. Vamos por la puerta trasera, la de la cocina.

Los minutos empleados por Al-Saud para deshacerse de los *kidonim* habían bastado a los otros para arrastrar el peso de Martínez Olazábal y acarrearlo hasta una camioneta; sin embargo, no habían bastado para cargarlo en la parte posterior. Como Alamán no comprendía el lenguaje de señas de los soldados, Eliah debió arriesgarse a susurrar su plan.

—Cuenta hasta quince y preséntate ante ellos con el arma en alto y lista para disparar y ordénales en inglés que liberen a Abú Yihad o que los matarás.

De nuevo, Alamán no tuvo tiempo de expresarse. Insultó entre dientes cuando su hermano menor desapareció en la oscuridad del patio trasero. Empezó el conteo al ritmo desbocado de su corazón, por lo que llegó deprisa al número quince, inspiró profundo y caminó hacia el vehículo. Los hombres de negro habían cargado el cuerpo inconsciente de Martínez Olazábal y cerraban la puerta lateral corrediza.

—¡Arriba las manos! —vociferó, y se sintió un idiota—. Descarguen a Abú Yihad ahora mismo o los mataré.

Vio a Eliah asomarse detrás de la camioneta y avanzar hacia los sicarios desprevenidos, que voltearon antes de que aquél tuviera oportunidad de atacarlos por la espalda, aunque no contaron con tiempo para desenfundar las armas, por lo que apelaron a la lucha cuerpo a cuerpo.

—¡Alamán, sube a la camioneta y arráncala! —le vociferó en español.

Intentó propinar una patada a la rodilla de uno, sin éxito, y, tras un amago que descolocó al adversario, le hundió los dedos en la garganta protegida por el grueso neopreno. Recibió un golpe en las costillas flotantes, que lo desestabilizó, y otro en la espinilla, que le provocó un dolor lacerante. Cayó de rodillas, y sintió la punta del arma en la cabeza. Levantó la cara y el cañón, después de quitarle los lentes para visión nocturna, terminó sobre su tabique nasal. Se dio cuenta de que la camioneta era blindada porque el otro *kidon* le apuntaba a las llantas. Alamán avanzaba a unos cuarenta kilómetros por hora hacia el camino de adoquines que conducía a la salida, y pronto desaparecería de la vista. Al-Saud no quería que abandonara la propiedad, convencido de que afuera se toparía con más agentes del Mossad. Enseguida se confirmó su sospecha cuando el que lo apuntaba habló por un micrófono insertado en el casco. Lo hizo en hebreo, y Al-Saud no logró siquiera captar la idea, aunque no lo necesitó.

Después de varios disparos fallidos a las llantas, el sicario se decidió por correr tras la camioneta. Eliah, de rodillas, con el arma en la nariz, fijaba la vista en su rival, que no la apartaba de la de él. No podía saber que el hombre lo había reconocido; sabía que, frente a él, tenía a Eliah Al-Saud, a quien, les habían advertido, no podían volver a importunar o estallaría un infierno para Israel. En palabras de Ariel Bergman, el malnacido los tenía agarrados de los huevos. Se admiraba también de que, pese a haber liquidado a tres de sus compañeros, respirara como si hubiera estado sentado, leyendo. Sin duda, se trataba de un profesional altamente entrenado, tan bueno o mejor que un *kidon*. Decidió darle un culatazo en la cabeza para dejarlo fuera de combate.

Eliah recordó una lección de Takumi *sensei*: «*No existe la situación de la que no puedas salir*». Lo urgía salir de ésa para proteger a su hermano. La fijación con que el sicario lo miraba había creado una especie de abstracción entre los dos, como si una cúpula de cristal los hubiera aislado y un vacío los rodeara. Al-Saud no pestañeaba, se mantenía estático y respiraba sin expandir el pecho; parecía haberse congelado. En esa tensión, soltó un alarido y sacudió las manos como loco. El efecto resultó demoledor en su enemigo, que soltó un disparo antes de perder el arma a manos de Al-Saud. Recibió varias patadas en los testículos y un puñetazo en la sien que lo dejó tendido en el césped.

Al-Saud corrió tras el último *kidon*. La camioneta ya no se veía. El sicario escuchó sus zancadas y, sin detener la carrera, le disparó. Eliah se echó cuerpo a tierra. Desde esa posición y con lentes para visión nocturna, resultaba difícil dar en el blanco. No obstante, Al-Saud apeló a su puntería y abrió fuego con su Colt M1911. El hombre arqueó la espalda, emitió un lamento y cayó. Como lo vio moverse, corrió hacia él y le colocó una bala en la parte posterior de la cabeza.

Alcanzó el vehículo a metros del portón principal y, con la culata del arma, golpeó varias veces la parte posterior.

—¡Alamán, soy yo!

La camioneta disminuyó la velocidad, y Eliah saltó dentro. Accionó el control remoto, y las hojas se abrieron.

—Escúchame, hay más agentes aquí fuera. Puede ser que los encontremos apenas salgamos o más adelante. Éste es un vehículo blindado, así que avanza y no te detengas por mucho que nos disparen.

—Okey.

Al-Saud se pasó a la parte trasera, donde Martínez Olazábal aún dormía. Le tomó el pulso y lo juzgó normal.

—¡Ahí vienen! —avisó Alamán.

—¡Sigue! No te detengas.

Alamán esquivó el Renault Laguna, cambió la velocidad y pisó el acelerador hasta el fondo. Eliah esperó a que el Laguna diera un giro en U y reemprendiera la persecución. Deslizó la puerta lateral, se sujetó del cinturón de seguridad y asomó el torso para disparar. Vació el cargador y agujereó varias veces el parabrisas. No le había dado al conductor. Entró, recargó la pistola y volvió a asomarse. Apuntó y se tomó un momento para disparar. El automóvil hizo zigzag hasta desbarrancarse por la colina.

Al-Saud cerró la puerta y regresó al asiento del copiloto. Alamán conducía, tenso y sudado, y con la vista inalterable sobre el camino oscuro.

—¿Arriba las manos? —se burló Eliah, y explotó en carcajadas.

—Eres un enfermo, ¿lo sabías? ¿Cómo puedes reír después de lo que vivimos? ¡Tengo los huevos en la garganta! No hace una semana que llegué al Congo ¡y ya maté a dos personas! Dios mío… Voy a volverme loco.

—Piensa que mataste a dos de los malos.

—¡Y sigues gastándome bromas! Eres insufrible. ¿Crees que haya otro grupo esperándonos más adelante?

—No lo sé —admitió Al-Saud, todavía risueño, mientras chequeaba la recarga de la Colt M1911.

Alamán giró la cabeza y le lanzó un vistazo fulminante.

—¿A esto te dedicabas? ¿Esto era lo que hacías en ese grupo militar?

—No siempre era tan divertido.

Alamán resopló con exasperación.

—¿Qué haremos ahora con el padre de Matilde?

—Esconderlo.

—¿Dónde?

—En un lugar impensable.

~· ⚘ ·~

Antes de seguir hacia Goma, se detuvieron en Rutshuru, en la pensión donde Amburgo Ferro dormía. Apenas oyó el golpeteo, el italiano empuñó la HP 35, escondida bajo la almohada, y se aproximó a la puerta. Vio la hora al favor de la luna, cuya luminiscencia se escurría por la ventana. Diez para las tres.

—Soy yo —dijo Al-Saud, y Ferro aflojó el pecho y espiró.

—¿Qué pasa, jefe? —Se apartó para que Al-Saud entrase. Alamán había quedado en la camioneta.

—Tengo que salir del Congo de inmediato. Antes necesito hacer algunas llamadas. La situación se ha complicado. Necesito vigilancia mucho más agresiva para Matilde. Gulemale podría querer lastimarla, además de Udo Jürkens y del Mossad.

—¿El Mossad? —se pasmó Ferro, y elevó los ojos al cielo.

—Conecta la antena satelital. Me urge hacer esas llamadas.

Despertó a Peter Ramsay, que, con voz soñolienta, le recordó que la mayor parte del personal se preparaba en la Isla de Fergusson para el asalto a la mina del Congo.

—Y no olvides —añadió Ramsay— que, después del ataque que sufrió tu padre en la OPEP, incrementamos la custodia a todos los miembros de tu familia. Estamos cortos de personal —concluyó.

—Necesito dos hombres aquí, Peter —insistió Eliah—. Saca a Meyers y a Sartori de la misión en Afganistán. Los quiero aquí hoy mismo.

—¡Hoy mismo! ¿Te has vuelto loco?

—La situación es complicada.

—¡Qué toca huevos que eres! Haré lo que pueda.

—Gracias. Envíalos a Rutshuru. Anota la dirección de la pensión donde se alojan Byrne y Ferro.

A continuación, llamó a Riad, a su primo Turki Al-Faisal.

—Necesito que envíes a tu chofer para que me recoja en el Aeropuerto Rey Khalid. —Al-Saud se refería al aeropuerto de Riad, el más grande del mundo.

—¿Cuándo? —La voz rasposa de Turki evidenció que a él también la llamada lo había sorprendido durmiendo. En Arabia Saudí eran las cinco de la mañana.

—Llegaré hoy en… —Al-Saud consultó su reloj—. En cinco horas —calculó—, a las diez de la mañana, hora de Riad.

Después de las últimas indicaciones a Ferro, Al-Saud abandonó la pensión, se subió a la camioneta y le ordenó a su hermano que condujera hacia el sur, hacia Goma, la capital de Kivu Norte, donde llegaron sin inconvenientes. Despertaron a la tripulación, que, aunque sobresaltada y mal dormida, se sintió feliz ante la noticia de que abandonarían el hotel, que más tenía de hostería barata, y la ciudad. El aeropuerto estaba cerrado, y la torre comenzaba sus actividades a las seis de la mañana.

—No podemos esperar —manifestó Eliah.

—¿Qué pretendes? —se alteró su hermano—. ¿Despegar sin plan de vuelo, ni autorización, ni guía de la torre?

—Por supuesto.

—¡Podrías chocar con un avión!

—Usaremos una carretera despejada. ¡No jodas, Alamán! Sé de aviones y de vuelos un poco más que tú, ¿no crees? Los del Mossad podrían caer de un momento a otro. De seguro hay un dispositivo en la camioneta y estarán sobre nosotros en poco tiempo. *Tenemos* que salir de aquí.

—¡Las autoridades del aeropuerto te denunciarán! ¡Podrían incautarte el avión!

—Alamán, eso es lo que menos me preocupa ahora. Después lo arreglaré. Algo bueno tiene la corrupción del Congo: todo lo solucionas con dinero o con contactos.

Al-Saud fue generoso con el guardia, que les permitió ingresar en el predio y en el hangar. La situación era en extremo irregular; no obstante, Paloméro guardó silencio y se aprestó a cumplir con su trabajo, habituado a las decisiones intempestivas y no siempre razonables de su jefe. El sueldo que recibía, el triple de lo que se pagaba a un piloto privado, y otros beneficios compensaban los sinsabores y los nervios.

Aldo Martínez Olazábal se recostó en el asiento del Gulfstream V mientras Natalie, la azafata, le ajustaba el cinturón. Siguió durmiendo y despertó al cabo de dos horas de vuelo. Miró en torno, con ojos desorbitados, hasta que se topó con los de Al-Saud, que lo miraba fijamente.

—¿Qué hago aquí? ¿Dónde estoy?

—En mi avión.

—Estoy muy mareado. Me siento muy mal.

Natalie lo acompañó al baño, donde el rugido de las turbinas no bastó para acallar las arcadas de Martínez Olazábal mientras vomitaba. Regresó a su asiento y se acomodó entre quejidos y suspiros. Cerró los ojos y se cubrió la cara con el antebrazo.

—Natalie, tráigale algo para tomar. ¿Un té? —preguntó en dirección de Aldo.

—Sí, un té con limón. ¡Dios mío! ¡Qué mal me siento!

—Le dieron una droga para dormirlo.

—¿Quién?

—Probablemente, Gulemale. O tal vez los que lo secuestraron.

—¿De qué carajo está hablando, Al-Saud?

—Usaré este idioma —indicó en árabe—, el cual sé que usted comprende muy bien. La azafata habla español y no deseo que se entere de lo que le diré.

Martínez Olazábal movió la cabeza para asentir, y esa simple maniobra le provocó giros y náuseas. Sorbió el té, que le aplacó el revoltijo en el estómago.

—Hable, Al-Saud. ¿Qué quiere? ¿Qué mierda hago acá?

—No sé en qué lío está metido, pero, esta noche, nuestra anfitriona estuvo a punto de ponerlo en manos del Mossad.

—¿Qué dice? —se ofuscó, y soltó un quejido cuando, al tratar de incorporarse, la cabina dio vueltas en torno a él.

—Mire, Martínez Olazábal, no creo que todo esto lo tome por sorpresa. Alrededor de quince días atrás, usted y yo sostuvimos una conversación telefónica en la cual traté de advertirle que algo así ocurriría. No estoy aquí para jugar ni para perder el tiempo. De hecho, sacarlo del Congo y salvarle el pellejo me está costando mucho, en todos los sentidos. Le pido que coopere y que no me haga las cosas difíciles.

—¿Cómo sé que no es usted quien está secuestrándome? ¿Por qué tendría que confiar?

—Su árabe es muy aceptable —ironizó Al-Saud—. Soy el único en quien puede confiar ahora. Como ya le expuse, mi intención es sacarlo con vida del lío en que está metido.

—No confío en usted, Al-Saud. Es un mercenario de lo peor, sin contar que jugó con el corazón de mis hijas, Celia y Matilde. Estuve con Celia en París antes de viajar al Congo. Me confesó que usted le había prometido matrimonio.

—Su hija Céline está loca. Jamás le prometí nada.

—Siendo el amante de Celia, se metió con Matilde. Matilde no es como Celia, Al-Saud. Ella es pura, vulnerable e indefensa. ¿Por qué la quería a ella también?

—Es por Matilde que estoy acá, tratando de salvarle la vida. Ella es lo único que me importa en este mundo. Y no quiero que sufra. Si los del Mossad lo asesinaran, como sospecho que planeaban hacer esta noche, ella sufriría muchísimo. No sé por qué su hija lo quiere tanto, cuando usted ha sido un padre deplorable.

—Así es Matilde, Al-Saud, una criatura demasiado elevada espiritualmente para que nosotros, simples pecadores, la comprendamos. Usted está muy por debajo de ella.

—Lo sé. Pero la amo con un sentimiento sincero y honesto. Le aseguro que el hecho de que Matilde me ame es algo que me honra, algo que me hace mejor persona.

Aldo Martínez Olazábal guardó silencio. ¿Debía confiar en un hombre que vendía al mejor postor su pericia en el arte de matar? ¿Cómo asegurarse de que no era él a quien el Mossad había contratado aprovechando su vínculo con la menor de sus hijas?

—Usted y Matilde terminaron. Me lo dijo mi hermana Sofía.

—Viajé al Congo para recuperarla.

—¿Lo logró?

—Señor Martínez Olazábal —expresó Al-Saud, con impaciencia—, perdemos el tiempo hablando de mi vida sentimental. Deberíamos abordar otros asuntos, mucho más apremiantes.

—¿Por qué debería creerle? Gulemale y yo somos amigos desde hace mucho tiempo. Hemos hecho negocios y jamás me ha traicionado.

—Siempre hay una primera vez. Gulemale no tiene amigos. Es, sobre todo, una mujer de negocios.

—¿Por qué sospecha que quieren matarme?

—Sé de buena fuente que usted y su socio Al-Abiyia están en la lista negra del Mossad, como también lo estaban Alan Bridger, Kurt Tänveider y Paul Fricke, todos muertos en extrañas circunstancias.

Martínez Olazábal volvió a cerrar los ojos. Al-Saud notó cómo se acentuaba la palidez de sus mejillas, la parte que la barba no cubría, y el cambio que se operaba en el ritmo de su respiración. Para terminar de convencerlo, añadió:

—No sólo lo persiguen por proveer de armas a las Brigadas Ezzedin al-Qassam y a Irak, sino porque se dice que está tras la pista de torta amarilla. Y cuando de uranio se trata, en Israel saltan todas las alarmas.

—¿Qué piensa hacer?

—Llevarlo a un sitio seguro, ocultarlo por un tiempo. También pretendo hablar con usted. Hay cosas graves que están ocurriendo, cosas que ponen en peligro la vida de su hija menor.

—¿De qué está hablando? —se ofuscó.

—Hablaremos después.

—De acuerdo, pero ahora quiero que me diga cómo terminé acá.

Al-Saud le narró los hechos, que Alamán corroboraba y completaba dada la escasa inclinación de su hermano por entrar en detalles. Aldo los escuchaba con atención, mientras repasaba los últimos momentos que recordaba. Después de la cena, en la que se había excedido con la comida, entró en su dormitorio con dolor de cabeza y malestar de estómago. Justificó el cansancio con el viaje y las tensiones de los últimos días. Atinó a sacar de los bolsillos del pantalón la billetera y el celular, que terminaron sobre el buró, antes de tirarse en la cama sin desvestirse. Se instó a practicar las abluciones; aún faltaba la última oración del día.

Despertó un rato más tarde, perdido, sin saber dónde estaba o qué hora era. La oscuridad lo abrumaba y, sin embargo, distinguió una silueta que se inclinaba sobre su antebrazo extendido y descubierto. Quiso preguntarle qué estaba haciendo, pero no consiguió articular.

—Me inyectaron algo —dijo de pronto, e interrumpió a Alamán. Retiró la manga de la camisa y se estudió la articulación, del lado de las venas—. Sí, acá tengo un pinchazo.

—¿Pudo ver quién lo hacía?

—Sólo vi una sombra. Estaba muy oscuro.

—Y sus secuestradores iban de negro —acotó Al-Saud.

—Usted también va de negro. ¿Adónde me lleva?

—A un sitio seguro, donde nadie pueda encontrarlo.

Ariel Bergman, que comandaba la operación Tango (así la habían clasificado dada la nacionalidad del principal objetivo) desde un hotel en Kigali, capital de Ruanda, viajó a Goma a primeras horas del lunes 25 de mayo, y arribó a la propiedad de *Madame* Gulemale, en Rutshuru, antes de las diez de la mañana. Se encontró con una carnicería y con la dueña de casa sumida en un ataque histérico. De los cinco hombres enviados para secuestrar a Mohamed Abú Yihad y para asesinar a Hansen Bridger, sólo uno quedaba con vida y con los testículos inflamados y morados.

Si bien Abú Yihad había escapado, Hansen Bridger no había corrido igual suerte. Sus hombres cargaron el cadáver del sudafricano en una camioneta para conducirlo hasta la sabana, donde las hienas y los felinos se ocuparían de los restos.

—¿Qué pasó? —preguntó a Gulemale, con severidad.

—Pasó que les dije que no era buen momento para llevar a cabo la operación. Pero no quisieron escucharme. Ahora no vengan con reclamos.

—¿Qué pasó? —insistió Bergman.

—Uno de mis invitados se les adelantó y se llevó a Abú Yihad.

—¿Uno de sus invitados? ¿Quiere hacerme creer que uno de sus invitados aniquiló a cuatro de mis hombres y dejó inconsciente a otro?

—Eso es lo que estoy diciéndole, Bergman.

—¿Quién?

—Eliah Al-Saud —confesó Gulemale, con reticencia.

—¡Eliah Al-Saud! —se enfureció Bergman—. ¿Él estaba aquí y no se me informó?

—¡Les advertí que la casa estaría llena de invitados y que no era buen momento!

—*Madame* —pronunció el *katsa*, e intentó calmarse—, cuando por fin acordamos la fecha de la operación, usted nos aseguró que se haría cargo de todo.

—Y así lo hice, pero no contaba con que Eliah se diera cuenta de que ustedes vendrían por el padre de su mujer.

—¿Cómo que se dio cuenta?

—Sí, se dio cuenta. No me pregunte cómo. Vino a mi dormitorio, después de la cena, y, amenazándome con un cuchillo en la cara… ¡Mire, me hizo un corte aquí, en el cuello! —La marca era apenas visible, y Bergman ni se molestó en confirmar su existencia—. Así me sonsacó a qué hora vendrían por Abú Yihad y cuántos serían. Le mentí en ambas cosas, pero lo mismo se salió con la suya, el muy desgraciado.

«¡Maldito Al-Saud!», explotó Bergman, aunque su semblante no reflejó la erupción en su interior. Lo odiaba con la misma intensidad con que lo admiraba, y se sorprendió al preguntarse si existiría manera de tentarlo para que trabajara para el Mossad.

Al aterrizar en el Aeropuerto Rey Khalid de Riad, Martínez Olazábal expresó su voluntad de tomar un avión, el que fuera, para regresar a su vida normal.

–Usted no tiene vida normal –manifestó Al-Saud–. ¿No ha comprendido que su nombre forma para de la lista negra del servicio de inteligencia más eficaz del mundo? Adonde sea que vaya, lo encontrarán y terminarán el trabajo que hoy no pudieron concretar.

–Algo por lo cual le estoy muy agradecido, Al-Saud, pero no puedo esconderme donde sea que usted pretenda. Mi vida y mis negocios deben continuar.

–¿A riesgo de la vida de su familia, de Matilde particularmente? Aldo... ¿Puedo llamarlo por su nombre? –Martínez Olazábal asintió–. Aldo, usted es un traficante de armas y de heroína que ha jugado demasiado tiempo con la suerte. Ya es hora de abandonar todo si quiere conservar la vida.

Alamán se negó a acompañar a su hermano. La salida intempestiva de Rutshuru, la noche de perros, sin mencionar que cargaba en su conciencia con la vida de dos hombres, pero, sobre todo, la separación de Joséphine, habían aniquilado su simpatía y buen humor. Se quedaría en casa de tía Fátima para que ella y sus primas lo mimaran, e intentaría llamar a *Anga La Mwezi* para explicarle a Joséphine por qué no se había presentado a su cita para visitar la laguna.

–Por favor –pidió Eliah–, dile a Joséphine que le avise a Matilde que tuve que dejar el Congo de urgencia. Que intentaré comunicarme con ella cuando pueda.

Aldo Martínez Olazábal subió al helicóptero con espíritu airado, dispuesto a resistir; no pondría su destino en manos del hijo que Francesca le había dado a Al-Saud. «¡Qué macabra coincidencia!», se lamentó.

Estaba cansado de la vida. Desde joven, había cometido errores, uno tras otro, en especial cuando, al salir de la cárcel, solo y desprotegido, eligió dedicarse al tráfico de productos prohibidos. La ambición, que se había apoderado de su genio como una fiebre, terminó conduciéndolo por caminos en donde las ganancias ya no compensaban el riesgo. Meterse con el régimen de Bagdad le había proporcionado los mayores beneficios económicos, aunque también los mayores desasosiegos. Su vida se había convertido en un calvario desde que descubrió que el profesor Orville Wright le había vendido a Hussein la invención genial de Roy Blahetter. Callar como un cobarde, incapaz de reivindicar la memoria de quien había considerado un hijo, le había quebrado el espíritu. No podía negarlo: odiaba lo que hacía y ya no se acordaba de que en un principio lo había colmado de excitación. Abandonarlo todo, desaparecer de la faz de la Tierra implicaría ganarse la ira de una de las personas más peligrosas del mundo: Saddam Hussein. De algún modo y aunque lo deplorara, tenía que regresar.

Levantó la vista y vio a Eliah Al-Saud de perfil, con los audífonos y unos Ray Ban Clipper espejeados, junto al piloto del helicóptero, mientras la máquina se elevaba sobre la pista. ¿Qué destino le esperaba? ¿Adónde lo llevaría ese hombre? Lucía tan decidido, sólido e íntegro, que no le sorprendía que sus hijas hubieran perdido la cordura por él.

Se acomodó en el asiento, echó la cabeza hacia atrás y bajó los párpados. Suspiró. Una puntada le horadaba la parte posterior de los ojos; las náuseas no remitían; le dolían los músculos de las piernas. Pensó en Matilde, la imaginó riendo, y rio a su vez. Lo inquietaba la aseveración de Al-Saud, que sus actividades habían puesto en peligro a su princesa. ¿Lo habría dicho para asustarlo y para convencerlo? Probablemente. La desconfianza no lo abandonaba. Su mundo era un nido de serpientes; nadie confiaba en nadie, y Al-Saud era parte de esa red de mentiras, intereses y codicia. No se fiaba de él, un mercenario. Estaba seguro de que el secuestro en casa de Gulemale era una parodia bien orquestada por Al-Saud y por su hermano. ¿Para quién trabajarían? Por el momento, no tenía escapatoria.

El Bell 406 Combat Scout, provisto por las Reales Fuerzas Aéreas Saudíes y camuflado para el desierto, voló hacia el este para cubrir los más de setecientos kilómetros que lo separaban del Oasis Liwa, al sur de los Emiratos Árabes Unidos. Aldo despertó cuatro horas más tarde, cuando el helicóptero se disponía a aterrizar. Se asomó por el cristal y vio un mar de palmeras y una laguna; el resto era puro desierto.

Al-Saud abandonó el lugar del copiloto y se sentó junto a él.

—¿Dónde estamos? —preguntó Aldo, en español.

—En el Oasis Liwa, al sur de los Emiratos Árabes Unidos. Aquí acampan los Al-Kassib, la tribu beduina más antigua y respetada de la península. Mi abuela, la madre de mi padre, era hija del jeque Harum Al-Kassib y hermana del actual jeque, Aarut Al-Kassib. Ellos se convertirán en sus guardianes, y su campamento, en el mejor escondite.

—¿Por qué me recibirían? No me conocen.

—Lo harán porque yo se lo pediré. No baje del helicóptero aún. Mandaré buscarlo cuando sea oportuno.

Una hora más tarde, el calor dentro del aparato se tornaba intolerable. Calculó que a esa hora del día —pasadas las tres de la tarde—, la temperatura ascendía a unos cincuenta grados. La cabeza iba a estallarle, y de nada valían el agua y la bebida con minerales que el piloto le proveía cada quince minutos. Por fin, un chiquillo de piel oscura y curtida, con los pelos duros de arena y viento, le indicó que lo acompañara en un árabe de acento cerrado que le costó comprender. A poco de andar, tras una duna no muy alta, divisaron un campamento de carpas enormes y blancas que se extendía entre las palmeras y en torno a una laguna. La imagen resultaba inverosímil, porque, en medio de las tiendas, los camellos y las cabras, había camionetas cuatro por cuatro, antenas satelitales y generadores eléctricos. Se cruzó con jóvenes cubiertos por las típicas túnicas y los tocados ajustados con cordones, además de rifles en bandolera y cananas a la cintura, aun alfanjes muy ornamentados; algunos se paseaban con halcones posados en los antebrazos. Le sonreían y lo saludaban con la antigua fórmula: se tocaban el corazón, la boca y la frente antes de una corta reverencia. Aldo respondía de igual modo.

El niño apartó la loneta que cumplía la función de puerta y, con un ademán, le indicó a Martínez Olazábal que entrara en la tienda. Para su sorpresa, Aldo se encontró con que el ambiente estaba refrigerado. Medio mareado a causa del calor, de la sed y del cansancio, se echó sobre unos cojines, alcanzó a decir *shukran* al niño y se quedó dormido.

∻ ✿ ∻

—Aldo, despierte —susurró Eliah, y lo sacudió por el hombro.

—¿Qué hora es?

—Las nueve de la noche. Ha dormido más de cinco horas.

Martínez Olazábal se incorporó y, con un ceño de malestar, se cubrió la frente.

—No me dolía así desde la época de mis peores resacas.

—Haré que traigan analgésicos. —Al-Saud le habló con consideración a una mujer que, completamente cubierta, disponía platos sobre una mesa. La mujer asintió y abandonó la tienda.

—Mañana me iré a primera hora —informó Al-Saud—. Antes tenemos que hablar. Venga, acérquese a la mesa. Comamos algo. Mi tío, el jeque

Aarut, concedió su permiso para que permanezca entre su gente. Ayudó mucho el hecho de que usted practicara el Islam. Porque lo practica, ¿verdad?

—Sí. Me convertí al Islam estando preso. Supongo que Matilde le contó que estuve en la cárcel, ¿no? —Eliah asintió—. Ahí conocí a mi socio, Al-Abiyia, y él me ayudó a pasar los primeros meses de abstinencia de alcohol. Después, el Corán y el Profeta me sedujeron, y no tomar se volvió tarea más fácil, por el precepto religioso que prohíbe la ingesta de bebidas alcohólicas. No he probado una gota en años.

—Bien. Por lo que veo, conoce la cultura árabe y sabrá moverse entre ellos.

—Éstos son beduinos. No conozco nada de ellos.

—Respételos, sea prudente, no mire a sus mujeres y no tendrá problemas.

La mujer regresó y entregó a Eliah una tira de aspirinas, que arrancó una sonrisa cansada a Martínez Olazábal. Por lo visto, meditó, esos beduinos no se privaban de nada. Tomó dos comprimidos con una bebida dulce que lo reconfortó. Sintió hambre, y devoró el *hummus*, el pan de pita, los vegetales asados y el cuscús. Al-Saud lo acompañó en silencio, si bien no comió con la misma avidez. Volvió a hablarle mientras la mujer servía un café espeso y negro.

—La vida de Matilde corre peligro.

—Ya me lo dijo antes.

—Sufrió dos ataques en París.

—¿Dos? Supe de uno, en la puerta del instituto donde estudiaba francés.

—Hubo un segundo, relacionado con el primero. Se produjo el 27 de febrero. Mi madre había llevado a Matilde a...

—¿Su madre?

—Sí, mi madre, Francesca De Gecco. Entiendo que la conoce. Mi abuela Antonina fue cocinera de su familia por años.

—Sí, sí —afirmó Aldo, de pronto nervioso—, claro que las conozco y las recuerdo. Siga, siga. Cuénteme lo del ataque.

Al-Saud le refirió los hechos vividos en la Capilla de Nuestra Señora de la Medalla Milagrosa y le habló acerca de Udo Jürkens, cuyo verdadero nombre era Ulrich Wendorff, antiguo miembro de la banda Baader-Meinhof. A Martínez Olazábal el apellido Jürkens le resultó familiar.

—Jürkens sigue detrás de Matilde. Él sabe que trabaja en el Congo.

—Dios mío...

—Necesito que me ayude a encontrar a ese hijo de puta, Aldo. Tenemos que detenerlo.

—Lo haría, pero no sé cómo. ¿Qué tengo que ver yo con el tal Jürkens?

—Hábleme de Blahetter. ¿En qué negocios andaba? ¿Por qué lo envenenaron? ¿Sabe que se sospecha que fue Jürkens? —La expresión de Aldo bastó para reflejar su azoro—. Atemorizador, ¿verdad? Y Matilde está situada en el ojo del huracán. Ayúdeme.

Aldo inspiró profundamente y exhaló el aire con fuerza para distender la opresión en el pecho.

—No sé nada acerca de los asuntos de Roy —mintió—. Era una persona muy reservada, al extremo de la obsesión.

—Aldo, ¿conoce a un tal Fauzi Dahlan?

—Tal vez —contestó, evasivo—. ¿Por qué me pregunta?

—Porque Dahlan y Jürkens están conectados. Los muchachos iraquíes que atacaron a Matilde en la puerta del *lycée* fueron contratados por Jürkens, pero fue Dahlan quien los puso en contacto.

—¡Esta telaraña está volviéndome loco!

—¿Qué sabe de Dahlan?

—Es la mano derecha de Kusay Hussein, el jefe de la policía secreta de Saddam. No sé nada acerca de ese tipo. Lo he visto en algunas reuniones en las que he participado en Bagdad. Hace poco estuve con él en una cena que dio el *rais*… Quiero decir, Saddam, en su palacio de Sarseng.

—Eso es al norte —indicó Al-Saud, que había bombardeado la zona durante la Guerra del Golfo; se acordó de los misiles antiaéreos Crotale que los soldados de la Guardia Republicana le lanzaban desde el techo del palacio.

—¿Por eso pensó que mis negocios ponían en riesgo a Matilde? ¿Porque Dahlan y Jürkens están relacionados?

—Sí.

—No lo creo. ¿Y qué hay de usted? Porque usted no es justamente el Dalái Lama. Como mercenario, se habrá granjeado varios enemigos a lo largo de su carrera.

—No lo niego —admitió, y se acordó de Nigel Taylor, tan cerca de Matilde, tan decidido a arrebatársela—. Pero el que está metido hasta el cuello con el régimen de Bagdad es usted, no yo. Y todas las amenazas parecen originarse allá.

—Como sea, no tengo idea de quién es Jürkens. Si me permitiera salir de esta prisión natural, regresaría a Irak y lo averiguaría.

—No saldrá de acá hasta que neutralicemos la amenaza del Mossad. Usted aún no me cree cuando le digo que hoy estuvo a punto de terminar en una celda de interrogatorio en Tel Aviv, ¿verdad? —El silencio de Aldo sirvió como respuesta—. Traté de advertirle tiempo atrás, cuando hablamos por teléfono, pero usted cortó la llamada. —Se contemplaron con fijeza, y en sus miradas se reflejó la desconfianza que se inspiraban—. Me tiene sin cuidado si lo cree o no —declaró Al-Saud, al cabo—. Se quedará acá porque lo único que me importa es mantenerlo con vida para Matilde. Ella ya ha padecido demasiadas pérdidas para perderlo a usted tan joven. Déjeme contarle un poco más sobre esta *prisión natural*. El Oasis Liwa se encuentra en los límites del desierto más inhóspito de la Tierra, el Rub al-Khali. Algunos lo llaman «el rincón vacío», porque no hay nada. El Rub al-Khali es incompatible con la vida. No intente escapar porque terminará perdiéndose en un mar de dunas de cien metros de altura y sufrirá una muerte espantosa. Ahora, deme su celular.

—Mi celular y mi billetera quedaron en lo de Gulemale. Además, si lo tuviera, ¿por qué debería dárselo? Dudo de que en este sitio haya señal.

—No sólo se trata de impedirle a usted hacer una llamada. En un celular podrían haber plantado un transmisor para seguirlo.

—Lo dudo —negó Aldo.

—Cuando me decían que usted es el hombre más insensato del mundo, no exageraban. —Al-Saud se puso de pie con un movimiento brusco. Se detuvo antes de cruzar el umbral porque Aldo lo llamó, empleando por primera vez su nombre de pila.

—Eliah, Matilde no sabe nada de mi verdadera vida ni de mi ocupación, ni siquiera de que me convertí al Islam. Me gustaría ser yo quien se lo contara.

—No diré una palabra. Se lo prometo.

—Gracias.

—Buenas noches.

⁓: ❀ :⁓

Los dos iraquíes que custodiaban a Mohamed Abú Yihad lo siguieron hasta una propiedad en los suburbios de Rutshuru, el domingo 24 de mayo, por la tarde, y no volvieron a verlo. Por la madrugada, una camioneta cruzó el portón de hierro negro a gran velocidad, y, a lo largo del día, desde muy temprano, hubo intenso tráfico. De acuerdo con el transmisor plantado en el celular de Abú Yihad, él permanecía en la propiedad. Sin embargo, no lograban divisarlo con los potentes binoculares, que, al máximo aumento, les permitían distinguir pequeños detalles. Eran expertos en seguimiento y rastreo, sabían cómo controlar los pasos de una persona sin que ésta sospechara; el instinto y la experiencia les indicaban que una situación inusual alteraba la rutina de esa casa y que el ir y venir de automóviles y de gente no era normal. Se turnaban para vigilar, montando guardia desde el paredón que circundaba el terreno, lo que no resultaba fácil con el alambre de púas, tantas cámaras y perros dando vueltas.

El *software* conectado al transmisor delataba otra situación irregular: el celular de Abú Yihad no se había movido del mismo sitio en horas. De todos modos, ¿para qué lo necesitaba si no había señal en esa región del Congo? Debía de haberlo guardado en la maleta.

Cerca de las cinco de la tarde, el celular se puso en movimiento. En la pantalla de la computadora se advertía que el aparato se aproximaba a las coordenadas que correspondían a la salida de la propiedad. Un Renault 19, por fortuna sin vidrios polarizados, cruzó el portón. Allí iba el celular de Abú Yihad, pero no había rastro de él. ¿Lo habían ocultado en la cajuela o en el piso de la parte trasera? Corrieron al vehículo que escondían en el bosque, le quitaron la lona que lo camuflaba y se pusieron en marcha. Avistaron al Renault 19 media hora después. Se dirigía hacia el sur, por la carretera que conectaba Rutshuru con Goma. El automóvil entró en el aeropuerto de la capital de Kivu Norte y se detuvo. Uno de los iraquíes tomó fotografías de los hombres que descendieron y que se alejaron hacia la pista. Era el momento para revisar el vehículo. En el interior no había nada inusual. Con una ganzúa, abrieron la cajuela, y corrieron el riesgo de que se accionara la alarma. Estaba vacía. En su sistema de rastreo, confirmaron que la señal del transmisor plantado en el celular de Abú Yihad había muerto.

Regresaron al automóvil, donde abrieron un maletín, extrajeron el teléfono satelital, desplegaron la antena y llamaron a Bagdad, a su jefe, Fauzi Dahlan.

—Mohamed ha desaparecido.

—¡Inútiles! —se ofuscó Dahlan, y, después de una pausa, les ordenó—: Vuelvan aquí de inmediato.

15

Matilde inició la semana con nuevos bríos; no obstante, en tanto transcurría y Al-Saud no se presentaba en el hospital ni en la casa de Manos Que Curan, su ánimo se eclipsaba. Nada la gratificaba, ni haberle dado el alta a Siki y que su madre la cargara en brazos hasta la Range Rover de Amélie; ni que Bénédicte hubiera superado el cuadro de septicemia provocado por la infibulación; ni que Kutzai estuviera de tan buen talante mientras las enfermeras la preparaban para la última cirugía, en la que le cerraría la fístula rectovaginal. Al final, se lamentó, lo que le había expresado a Eliah en un arrebato de sinceridad, que él, para ella, era la vida, cada día probaba ser verdad. Le temía a esa verdad.

«¿Adónde estás, Eliah?», se preguntó, angustiada, preocupada y furiosa, en tanto le tomaba el pulso a un enfermo de meningitis. Consultó el reloj, y, como siempre, le recordó a él, a la noche en que se lo había entregado en el Aston Martin. ¡Qué feliz había sido! Miró el reloj de nuevo. Las doce del mediodía. Se quitó los guantes de látex y los arrojó en el cesto para residuos patogénicos antes de regresar al edificio principal; tenía que higienizarse y vestirse para la cirugía de Kutzai.

Nigel Taylor la vio salir de la carpa donde aislaban los casos de meningitis. La notó preocupada y abstraída. Hacía más de una semana que no se encontraban, desde la fiesta en lo de Gulemale. Había esperado a que las huellas de la pelea con Al-Saud, que componían una paleta de colores violáceos, azules y amarillos en sus pómulos, párpados y maxilares, se desvanecieran, al menos un poco.

—¡Matilde!

Ella le sonrió, con aire cansado, y ambos caminaron hacia el encuentro.

—Hola, Nigel.

—Hola —dijo, y se inclinó para besarla en la mejilla; se trató de un beso lento que la incomodó.

—Hacía mucho que no te veía —comentó Matilde, y se apartó.

—He tenido mucho trabajo.

—La guerra es una cuestión laboriosa, ¿verdad? —preguntó, con una mordacidad relacionada con su mal humor y no con sus principios.

—¿Cómo? —replicó Taylor—. ¿Al-Saud nunca te lo dijo? Él de guerras sabe tanto o más que yo.

Se sostuvieron la mirada hasta que Matilde bajó los párpados.

—Lo siento. Lucho por mantener con vida a mis pacientes, mientras otros planean guerras sin importarles las personas que mueren. Eso saca lo peor de mí.

—Así es este mundo, Matilde. Algunos están hechos de luz, como tú, otros de oscuridad, como yo. Pero la luz no brillaría si la oscuridad no existiera.

—Tú no estás hecho de oscuridad. Ayudaste a Tanguy con su pierna ortopédica y vas a pagar la operación de Kabú.

A Taylor le habría gustado responder: «Lo hice por ti».

—Vine a verte justamente por eso, por la pierna de Tanguy. ¿Quieres que se la llevemos mañana sábado a Masisi?

—Me encantaría, pero no puedo. Pasaré el fin de semana en la Misión San Carlos. Si quieres, podemos ir el martes. Nos trasladaremos hasta allá para seguir con el plan de vacunación contra la meningitis.

—¿Te gustaría viajar conmigo, en mi jeep? Tiene aire acondicionado —la tentó, con una mueca que hizo reír a Matilde— y llevaré Cocas frías y sándwiches.

—¿Quién puede negarse a una oferta tan tentadora? —le coqueteó, y, mientras lo hacía, pensaba en Al-Saud, en que no había vuelto a buscarla, en que estaría en lo de Gulemale, disfrutando con ella, y la fortaleció violar la orden que le había dado, que no volviera a acercarse a Taylor—. Pasa por mí el martes a las siete de la mañana. ¿Tienes dónde anotar la dirección?

Taylor sacó una pluma Waterman de oro y anotó en un pedazo de papel la dirección de la casa de Manos Que Curan.

—Ahora tengo que irme —dijo, de pronto nerviosa por lo que acababa de hacer—. Me espera una cirugía.

—Hasta el martes —se despidió él, y volvió a besarla en la mejilla con lentitud deliberada.

Cerrar una fístula rectovaginal era aún más complicado que cerrar la que conectaba la vejiga con la vagina. A Matilde le pesaba la ausencia del doctor Gustafsson, aunque se animó a medida que avanzaban los minutos y sus manos adquirían seguridad y certeza. Sabía lo que tenía que hacer, y lo haría bien, se alentó. Saber que Auguste Vanderhoeven estaba a su lado la reconfortaba.

La operación fue un éxito, y la fístula quedó sellada. Kutzai lloraba y agradecía, y Matilde no sabía si estaba prestándole atención a lo que le explicaba. Vanderhoeven y las enfermeras la felicitaron, el doctor Loseke se presentó para comunicarle su alegría y su admiración, lo mismo que otros colegas. A Matilde, sobre todo, la complacía que Kutzai volviera al campo de refugiados Kibati-1 como una mujer normal y que afrontara la desdicha de habitar en un sitio tan desolador con una nueva energía. Aún le quedaban varios días de recuperación y de fisioterapia; no obstante, lo peor había quedado atrás.

Con todo, su espíritu decayó de nuevo. Era viernes a las tres de la tarde y seguía sin noticias de Al-Saud. Partió a la cafetería para almorzar, aunque no tenía hambre. Apenas entró, avistó a Juana y a Joséphine que conversaban en una mesa. Se alegró de ver a su amiga, de quien tampoco había tenido noticias en la semana. Se saludaron con un abrazo.

—¿Cómo salió la operación? —quiso saber Juana.

—Un éxito.

—¡Bravo, amiga! ¡Eres una genia! Voy a traerte algo para comer. Debes de estar famélica.

Se sentó frente a Joséphine y enseguida advirtió las ojeras en su rostro demacrado.

—Sí, lo sé, tengo cara de muerta. Es que papá ha estado muy mal desde el domingo por la noche.

Matilde extendió el brazo y apretó la mano de su amiga.

—¡Lo siento tanto, Joséphine!

—Su diabetes.

—¿Cómo está ahora?

—Mejor. Aunque temo que recaiga. Sus ataques siempre son causados por malos ratos, por disgustos.

—¿Qué ocurrió? ¿Qué causó el ataque esta vez? ¡Discúlpame! —se apresuró a decir—. No quiero parecerte entrometida. Simplemente me preocupo por ti.

—Lo sé, Matilde. Fue por Alamán.

—¿Le ocurrió algo a Alamán? —se alteró Matilde.

—No, no, tranquilízate. No le ocurrió nada. Papá no aprueba mi relación con él.

—¿Por qué? —se extrañó Matilde—. Alamán es tan buena persona.

—Lo sé, pero mi padre no opina igual, y puede ser muy terco cuando quiere. Antes que lo olvide, tengo que pasarte un mensaje. Alamán me llamó el lunes por la tarde para avisarme que Eliah y él tuvieron que dejar el Congo de urgencia el domingo por la noche. Eliah quería que te avisara para que no te preocuparas. —Matilde percibió la felicidad como un calor que le coloreaba las mejillas—. Disculpa que no haya venido antes a decírtelo, pero estuve como esclava junto a la cama de papá. No permitía que me moviera de su lado.

—No te preocupes —dijo, aunque lamentaba no haberlo sabido antes para ahorrarse tantas horas amargas—. ¿Por qué tuvieron que viajar tan de repente?

—Alamán no lo mencionó y yo no me atreví a preguntarle. Parecía algo de gravedad porque lo noté serio e irritado.

—¿Volverán? —preguntó, con el alma en un hilo.

—Alamán me aseguró que sí, apenas resuelvan el inconveniente. No mencionó cuándo.

~: ❧ :~

El miércoles 27 de mayo, apenas regresado del desierto, Al-Saud entró en las oficinas de la Mercure en el Hotel George V, saludó a sus secretarias y les ordenó que lo acompañaran a su despacho. El listado de asuntos pendientes y llamados era largo. Al último, Al-Saud les preguntó por Céline.

—¿Ha estado yendo al consultorio del doctor Brieger?

—Fue las dos primeras veces —informó Victoire.

—Después resultó imposible localizarla —añadió Thérèse—. Lo siento, señor.

Al-Saud inspiró profundamente, con hastío, y bajó los párpados.

—Comuníquenme con Brieger. Victoire, usted ocúpese de comprar una botella del perfume Anaïs-Anaïs, la más grande.

—Sí, señor.

—Además, quiero que compre juguetes para alrededor de cincuenta y cinco niños, desde un año de edad a trece.

—Sí, señor —contestó la secretaria, mientras apuntaba el pedido.

El psiquiatra no le pintó un panorama alentador. La señorita Martínez Olazábal padecía un trastorno psicológico grave debido al consumo de alcohol y de cocaína que llevaba alrededor de diez años. Su caso requería la internación inmediata en un centro de rehabilitación. Al-Saud cortó la llamada y se comunicó al celular de Céline.

—*Allô, Eliah, mon amour!*

Al-Saud la notó exaltada.

—Hola, Céline.

—¿Estás en París?

—No —mintió.

—¡Ah, qué lástima! Tenía tantas ganas de que hiciéramos el amor.

—Céline, acabo de hablar con el doctor Brieger...

—Ah, ese pelmazo.

—Céline, me prometiste que irías a verlo.

—¡Fui a verlo, Eliah! Fui *dos* veces.

—Tienes que seguir yendo. Tienes que ponerte en sus manos para curarte. Tienes que hacer todo lo que él te diga.

—¿Qué sucederá si no lo hago?

—Terminarás en un manicomio, loca a causa del consumo de alcohol y de droga.

—¡Eliah, no exageres!

—¿Dices que exagero? ¿Vas a negarme que estás drogada en este momento? ¡Y son las once de la mañana, Céline!

—¡No tengo por qué darte explicaciones, Eliah! Hago con mi vida lo que quiero.

—Perfecto. Haz con tu vida lo que desees, pero no interfieras en la mía. No vuelvas a presentarte en el George V.

Al-Saud cortó la llamada y resopló. Apoyó el filo del celular sobre sus labios y se quedó meditabundo. No conseguía neutralizar ninguna de las amenazas que se cernían sobre Matilde. Al menos, se animó, Martínez Olazábal se encontraba a salvo. Cierto que no le había extraído información valiosa para dar con Jürkens. En realidad, Martínez Olazábal conocía los asuntos que habían llevado a la muerte a Roy Blahetter, sólo que no confiaba en él para exponérselos. En un tiempo, cuando estuviera en camino la misión en Kivu Norte, volvería al Oasis Liwa y lo interrogaría.

Sonó el celular. Era Zoya, la prostituta ucraniana que trabajaba para la Mercure y para *L'Agence.*

—*Allô, Zoya.*

—¿Cómo estás, cariño?

—Dime qué necesitas.

—Natasha acaba de llamarme. —Se produjo un silencio en la línea—. Me pidió más dinero. —El silencio se prolongó—. Dice que no está trabajando, que no puede.

—Si quiere mi dinero, tendrá que comunicarse conmigo y explicarme dónde está y qué está pasando.

—No quiere hablar contigo. Si se enterara de que estoy contándote esto, me mataría.

—¿Por qué? —se asombró Al-Saud—. ¿Qué tiene en mi contra? Mientras estuvimos juntos, la traté bien, no tiene nada que reprocharme.

—Lo sé, Eliah, lo sé. Natasha fue muy feliz cuando estuvo contigo. De todos modos, no quiere decirme nada, ni siquiera dónde está.

—Pues bien, no seguiré jugando a las escondidas, Zoya. Si necesita dinero, se lo daré, pero tendrá que llamarme y explicarme por qué desapareció.

El resto del día, Al-Saud lo pasó reunido con sus socios y en videoconferencias con la base de la Mercure en la Isla de Fergusson. El coronel McAllen aseguró que el *Jumbo* estaba listo para despegar en cuanto se lo ordenaran.

—¿Cargaron los helicópteros? —quiso saber Mike Thorton.

—Zlatan Tarkovich está terminando de desarmar las aspas del Black Hawk. El Mil Mi-25 y el Apache ya están cargados.

Gracias al conocimiento que Al-Saud había obtenido en el terreno, introdujeron cambios en el plan de ataque. Repasaron el listado donde se detallaban el armamento, las municiones y tantos otros elementos que hacían de ese tipo de misión una operación compleja; debían transportarse desde vehículos y computadoras hasta agua mineral, comida enlatada, jabones y pasta de dientes. Por último, se decidió que, al día siguiente, el grupo que desde hacía semanas se entrenaba en Papúa-Nueva Guinea viajaría a Kinshasa, donde se reunirían con Al-Saud, Thorton y Hill para transportarse hasta la Provincia de Kivu Norte y hacerse con la mina.

—Coronel —dijo Al-Saud—, que Guerin —aludía al paramédico del equipo— se ocupe de llevar distintos tipos de sueros antiofídicos, en especial para inocular en caso de mordedura de mamba negra.

Por la noche, Al-Saud invitó a sus socios y a su hermano Alamán a cenar a la casa de la Avenida Elisée Reclus. Pasaron dos horas en la base, definiendo con Stephanie, la jefa del Departamento de Sistemas, el soporte que necesitarían desde París. En la sala de proyección, volvieron a ver la filmación realizada por Byrne el día en que visitaron la mina y revisaron el mapa. Repasaron el plan de ataque y elaboraron distintas hipótesis. Le comunicaron a Alamán que esperaría en Rutshuru, en la pensión que ocupaban Byrne y Ferro, hasta tanto se apoderaran de la mina. Una vez asegurada, comenzaría a trabajar con los sistemas de seguridad y de contramedidas electrónicas en el terreno.

—Por lo visto —comentó Peter Ramsay—, no obtuviste nada bueno durante tu visita a Gulemale.

—Ni siquiera tuve oportunidad de hablarle de la mina ni de ofrecerle un trato —admitió Al-Saud—. Tuvimos un pequeño altercado que arruinó todo.

—Mujeres —bromeó Mike Thorton.

—Sin duda —dijo Ramsay—, la custodia de la mina se habrá triplicado después del incidente que tuvieron con Byrne.

—Aunque nunca pudieron saber quiénes los habían atacado, es probable que sospechen de nosotros —dedujo Tony.

—Taylor sabe que fui yo —apuntó Al-Saud—. Si encontraron los casquillos de nuestras armas, lo confirmará. Ninguno de los grupos locales tiene pistolas como las nuestras. Sólo manejan AK-47.

Después de la cena, subieron a la sala de música, como de costumbre. Ramsay estaba nervioso. Al-Saud lo había sorprendido besando a Leila en la cocina. No había abierto la boca; se había limitado a mirarlo a los ojos antes de regresar al comedor sin llevarse lo que había ido a buscar.

En la sala de música, Al-Saud se apoltronó en su sillón Barcelona mientras contemplaba a la muchacha, que servía el té de acuerdo con la enseñanza de Takumi *sensei*. Peter se ubicó junto a él, sobre la alfombra. Eliah lo estudió de reojo. En esa posición, sentado en el piso con las piernas cruzadas como los indios, el cabello hacia atrás con gel —era la primera vez que lo veía peinado de ese modo—, un polo negro y jeans blancos, Ramsay lucía más joven. En verdad, se veía resplandeciente.

—Gracias por lo de Meyers y Sartori —dijo Al-Saud, sin mirarlo—. Hoy hablé con Ferro y me confirmó que acababan de llegar a Rutshuru.

—¿Qué pasó? ¿Por qué la prisa por incrementar la vigilancia en torno a Matilde? —Al-Saud le refirió los hechos—. ¿Crees que Gulemale intente algo en contra de ella para vengarse de ti?

—Gulemale o el Mossad.

Cayó un silencio sobre ellos. La música —una pieza de jazz que no gustaba a nadie excepto a Tony Hill— amortiguaba el sonido de las conversaciones.

—Quiero hablarte de Leila —anunció Peter, con la vista fija en la muchacha.

—Habla —lo invitó Al-Saud, que también la miraba con intensidad.

—Sé lo que piensas, que soy un viejo para ella.

—Si le gustas así, viejo como eres, ¿yo qué tengo que decir?

—Entonces, ¿por qué sospecho que no apruebas nuestra relación?

—Peter, sabes que quiero a Leila como a una hermana. Pretendo que, después del martirio que vivió, sea feliz.

—Es lo que yo más quiero.

—No considero que ser la amante de un hombre casado a la larga la haga feliz.

—Eliah, la semana pasada inicié los trámites del divorcio. —Por primera vez en el diálogo, Al-Saud giró el cuello para mirar a su socio—. Sí, es verdad. Te mostraré los papeles que firmé para que mi abogado inicie la demanda cuanto antes.

—¿Qué hay de tu esposa?

—A ella no la tomó por sorpresa mi decisión. Nuestro matrimonio languidecía desde hacía años. Le pasaré una buena pensión. Estará bien.

—¿Leila lo sabe? Digo, que vas a divorciarte.

—Por supuesto, fue la primera en saberlo. Sólo así me permitió que le diera el primer beso —confesó, con aire avergonzado que le acentuó el aspecto juvenil.

—Parece que la influencia de Leila te sienta bien. Te ha quitado al menos diez años.

—Estoy feliz, como un chico —admitió—. A veces me siento ridículo. Me peiné así, igual que tú, porque a Leila le gusta.

—Qué niña sensata —expresó Al-Saud, con talante bromista.

—Quiero hacerla feliz, Eliah.

—Más te vale.

Leila terminó de repartir las tazas y los pedazos de pudín de naranja y se colocó detrás de la silla de Al-Saud. Apoyó el mentón sobre su coronilla y le pasó los brazos por los hombros. Eliah le aferró las manos y se las besó.

Ramsay se puso de pie con un movimiento ágil que demostró su buen estado físico a pesar de que contaba con más de cincuenta años, y anunció que se marchaba. Al día siguiente, dijo, madrugaría para iniciar el viaje a Kinshasa. Leila se apartó de Al-Saud y, sin pronunciar palabra, lo siguió hasta la planta baja. Ramsay la abrazó apenas entraron en la cocina, y Leila se apartó para mirarlo a los ojos porque le gustaba cómo destellaban sus iris azules al favor de las dicroicas. Ramsay la admiró, no sólo su belleza delicada, su piel untuosa y blanca, sino la pureza que los serbios no habían logrado arrebatarle durante el cautiverio en el campo de concentración de Rogatica.

—Te amo tanto —dijo, con un fervor que había creído perdido con sus años de juventud.

Ella sonrió, y eso bastó para Ramsay. Leila seguía siendo silenciosa; vertía pocas palabras; a veces ni siquiera formaba una frase. Aun esa característica de la joven, su silencio, le gustaba. No necesitaba que le dijera que lo amaba si lo contemplaba con tanta dulzura.

—Eliah aprueba lo nuestro. Ya le dije que he iniciado los trámites del divorcio. Nos casaremos apenas tenga en la mano la sentencia.

La sonrisa de Leila le rasgó los ojos y reveló sus dientes blancos. Ramsay amaba las paletas de Leila. Enredó los dedos en la cabellera rubia de la muchacha, que ella no había vuelto a cortar y casi le rozaba los hombros, y la besó. Tampoco había perdido la destreza para besar a una mujer y hacerla suspirar, pensó.

~: ⚛ :~

El viernes 29 de mayo, cerca del mediodía, cuando el sol y la humedad convertían al Congo en una caldera, el equipo de élite de la Mercure trabajaba sin descanso en una base aérea abandonada al norte de Kinshasa. Al-Saud, ataviado con su uniforme militar para camuflarse en la selva, botas y la vista protegida con sus lentes espejeados, se aproximó a Zlatan Tarkovich, que se ocupaba de devolver las aspas al AH-64, más conocido como Apache, la última adquisición de la Mercure al gobierno de Arabia Saudí, uno de los mejores helicópteros de combate, con una tecnología capaz de evitar los misiles tierra-aire y con blindaje para soportar impactos de grueso calibre.

A Tarkovich lo asistían cuatro hombres, entre ellos, Sándor Huseinovic, desafectado de la custodia del embajador saudí en Francia y agregado al equipo a último momento, pese a no haber recibido el entrenamiento de los demás. En vista de las circunstancias, habrían debido incorporar a cinco o a seis soldados más, pero no contaban con personal ni con tiempo para seleccionarlo.

—¿Cómo va todo? —inquirió Al-Saud.

—En una hora completaremos el Apache, señor —aseguró el croata Tarkovich—. El Mil Mi-25 y el Black Hawk están listos —agregó, y los señaló con la pinza.

Como habían comprendido que el ataque aéreo definiría la contienda, Al-Saud había hablado con el ministro de Defensa congoleño, Joseph Kabila, que se comprometió a prestarles un helicóptero de ataque de la mermada Fuerza Aérea de la República Democrática del Congo, un Mil Mi-24 que se había salvado de milagro del saqueo de Mobutu Sese Seko. Llegaría de un momento a otro. Con cuatro helicópteros artillados, arrasarían con los rebeldes de Nkunda y los mercenarios de la Spider International.

—Apenas llegue el Mil Mi-24 quiero que lo revises, Zlatan. No me fío de los mecánicos del Congo.

—Sí, señor.

La Diana, con pantalones militares, una camiseta blanca adherida al torso sudado y un sombrero de ala ancha, que combinaba con la estampa de los pantalones, se aproximó a Eliah y le entregó el teléfono satelital. Era Alamán, para avisar que había llegado a Rutshuru sin novedades.

—¿Ya viste a Matilde? —le preguntó Al-Saud, ansioso.

—¡Eliah, acabo de llegar! —se impacientó su hermano.

—Ve a verla cuanto antes, por favor. Me fui del Congo sin decirle una palabra.

—Joséphine debe de haberle pasado tu mensaje.

—Igualmente, ve a verla pronto.

—No sé si podré hacerlo hoy porque quiero preparar el equipo y el *software* para el domingo. Iré mañana por la mañana, cuando termine su guardia de los viernes.

—¡Qué pelmazo eres! —se quejó Eliah, y cortó.

—Dice Tony que quiere hablar contigo —le informó La Diana, y recibió el teléfono que Al-Saud le entregaba.

En una tienda que habían improvisado para preservarse del sol, Tony, Mike y Peter intercambiaban opiniones, en tanto sorbían una bebida enriquecida con minerales. El día anterior, Derek Byrne les había suministrado información clave: un congoleño, de la misma aldea de Yuvé, el hombre mordido por la mamba, aseguraba que Laurent Nkunda, luego del ataque sufrido por sus soldados en la mina del Arroyo Viejo, había comenzado a explotarla.

—Hace una semana de eso —recordó Al-Saud—. La explotación no puede estar muy avanzada. Ni siquiera habrán tenido tiempo de instalarse.

—Según el informante —expresó Mike—, en este sector se agrupan las tiendas donde duermen los mineros.

—Debemos evitar ese sector —apuntó Tony—. No queremos bajas de civiles. Incluso podrán servirle a Zeevi para explotar la mina o a nosotros para custodiarla.

—A menos que sean niños o adolescentes —manifestó Al-Saud—. En ese caso, serán devueltos a sus aldeas.

—Atacar de noche —apuntó Mike— nos beneficia en este sentido porque los mineros no estarán desperdigados sino concentrados en ese sector, durmiendo.

A las dos de la tarde, con los preparativos completados y con el Mil Mi-24 a punto, los soldados y los comandantes se dieron un baño en unas carpas muy angostas, con duchas. Comieron algo ligero y se retiraron a descansar. Dos empleados dedicados a las cuestiones domésticas, los despertaron alrededor de las nueve de la noche para servirles espaguetis con salsa boloñesa. De postre, repartieron barras de chocolate con almendras. Se trató de una comida rica en hidratos de carbono, lo que les demandaría el cuerpo en las próximas horas de actividad física intensa.

A las once, los soldados se cubrieron los rostros con pintura para camuflaje que no impedía la transpiración ni se barría con ésta, y que «enfriaba» la piel para eludir el rastreo con cámaras infrarrojas; similar característica presentaban los uniformes, confeccionados con una tela muy costosa de origen holandés que disminuía la «huella de calor» que irradiaba el cuerpo humano. Checaron sus armas, se colocaron los cascos y probaron los sistemas de comunicación y los lentes de visión nocturna. Cada soldado llevaba miles de dólares en vestimenta, chalecos antibalas, armamento y equipo.

A las once y media, los cuatro helicópteros artillados se elevaban sobre la pista, con rumbo este. Les tomaría algo más de cuatro horas llegar a destino. El ataque estaba previsto para el sábado 30 de mayo, a las cuatrocientas horas.

~: ૐ :~

La Diana iba sentada en el Mil Mi-25, flanqueada por Martin Guerin y por Dingo. A pesar del estruendo de los motores, la muchacha se inclinaba sobre el australiano y forzaba la garganta para hablarle; el hombre sonreía y asentía. Sergei Markov, ubicado frente a ella, la observaba con fijeza y sin disimulo, aprovechando la lobreguez. La Diana abría la boca en contadas ocasiones y sólo lo hacía voluntariamente con Al-Saud y con Dingo. Resultaba evidente que al primero la unía un vínculo forjado de respeto, de cariño y, sobre todo, de agradecimiento; con el segundo, en cambio, la cosa era distinta; en opinión de Markov, La Diana estaba enamorada del mercenario australiano.

Siguió mirándola. Sabía que, bajo ese casco, esos lentes y ese uniforme militar, se ocultaba un cuerpo de hembra que lo hacía vibrar. Durante las semanas en que se ocuparon de la protección de la mujer de Al-Saud, había apelado a su fuerza de voluntad para mantener la concentración en la tarea. Las piernas de La Diana, largas y delgadas, enfundadas en sus jeans, lo mismo que su pequeño trasero, lo atraían sin remedio. Le gustaba el cuello esbelto y blanco de La Diana, que ella ponía al descubierto sujetándose el pelo en una cola de caballo, larga y negra como la noche. Cuando le hablaba, en las pocas ocasiones en que lo hacía, y sus ojos celestes se fijaban de manera efímera en los de él, Markov percibía una alteración en el ritmo de sus pulsaciones, algo que le pasaba sólo frente al inicio de una misión. En ese momento, en que la observaba con fijeza, no sabía si el corazón le galopaba porque faltaba media hora para alcanzar el objetivo, por celos o por el desbarajuste que le provocaba la visión de La Diana. No sabía cómo abordarla. No estaba habituado a la sensación de impotencia en que la muchacha bosnia lo sumía. Había tenido su primera novia a los diez años; a los doce, dio el primer beso en la boca, con lengua y todo; a los catorce, vivió su primera relación sexual, con una de diecinueve, la cual estaba segura de que él tenía más de veinte, dados su complexión y su aire sombrío. La Diana era la primera mujer que lo contemplaba con indiferencia y, desde el puñetazo en la Isla de Fergusson, con desprecio. Ojalá no la hubiera fastidiado con el tamaño de sus senos. Lo había hecho enloquecido por la visión de sus «melones» (así los había llamado), con demasiado vodka en el estómago y bastante celoso. Hacía tiempo que el moretón había desaparecido de su ojo; la hostilidad de La Diana continuaba imperturbable.

Tony Hill habló a través del sistema de comunicación desde el Mil Mi-24; Peter Ramsay y Mike Thorton, cada uno a cargo de un comando, viajaban con él.

—Caballo de Fuego, nos aproximamos al punto de descenso.

Al-Saud, que ocupaba el sitio del copiloto y artillero en el Apache, bajó la vista hacia el aparato de GPS para corroborar lo que Hill aseguraba. Se movían sobre el paralelo correspondiente a un grado, sur, y avanzaban hacia el este en busca del meridiano de los veintinueve grados.

—Coordenadas uno, once, treinta y tres, sur —leyó Eliah—. Veintiocho, cincuenta y siete, cinco, este.

En unos momentos, el rugido de los cuatro helicópteros anunciaría a los rebeldes la presencia del enemigo, y abrirían fuego, si bien les llevaría unos minutos organizarse, porque a la mayoría los sorprendería durmiendo, lapso que el grupo de la Mercure aprovecharía para descargar la furia de la artillería con la que contaban el Black Hawk, los Mil Mi-24 y 25 y, sobre todo, el Apache.

Una vez controlada la zona desde el aire, Viktor Oschensky, Lambodar Laash, Martin Guerin, Harold McAllen, Sergei Markov, Dingo, Sándor Huseinovic y La Diana, junto con los socios de la Mercure, Al-Saud, Tony Hill, Mike Thorton y Peter Ramsay, bajarían por cuerdas y se ocuparían del resto en tierra. Los pilotos, entre los que se contaba Zlatan Tarkovich, buscarían un claro cercano para aterrizar.

Eliah retiró la visera del casco y se colocó los binoculares de máxima potencia, con visión nocturna. Superada una elevación, avistó las luces y las fogatas de la mina.

—Estoy viendo el objetivo —anunció Eliah, y consultó de nuevo el GPS—. Entraremos por el flanco norte para evitar el campamento de civiles, ubicado al sur.

Al alcanzar las coordenadas acordadas en el plan, Al-Saud ordenó que se abriera fuego.

Los que montaban guardia, medio adormilados, se espabilaron al oír una especie de ronroneo. Los soldados de la Spider International no distinguían si se trataba de los rugidos de un gorila que copulaba o de otra cosa. El sonido de las aspas y de los motores de los helicópteros se volvió inteligible demasiado tarde. Los cuatro hombres aferraron sus armas y despertaron al campamento, mientras una lluvia de proyectiles y misiles caía sobre ellos. Los helicópteros del enemigo —no acertaban a determinar cuántos eran— realizaban vuelos rasantes y descargaban la potencia de su armamento sobre ellos. Los rebeldes de Nkunda, algunos en calzoncillos, otros con los torsos desnudos, todos descalzos, vaciaban los cargadores de sus AK-47 para dar en los tanques de gasolina o en los rotores. Otros, con la rodilla en tierra, disparaban cohetes sin mayores resultados, porque si no resultaba fácil dar en el blanco con un lanzagranadas a plena luz del día, de noche, sin lentes para visión nocturna, era casi imposible.

Los soldados de la Spider International echaron mano de las tres ametralladoras DShK, conocida entre los mercenarios como dushka, «queridita» en ruso, ubicadas sobre bases móviles. Uno le dio al fuselaje del Mil Mi-25, sin causarle daño, y recibió a cambio una ráfaga de municiones del cañón M230 del Apache, que lo mató en el acto.

Dos helicópteros de la Spider International despegaron y se lanzaron a la persecución de los atacantes. Al-Saud distinguió el logotipo de la empresa de su enemigo en la cola de los Kamov Ka-50, con sus famosos rotores coaxiales, y sonrió con malicia. El desmembramiento de la URSS había propiciado que se consiguieran magníficos aparatos voladores de manufactura rusa por precios irrisorios, y Taylor aprovechaba las condiciones favorables del mercado.

—¡Gamma! —vociferó al piloto del Mil Mi-24—. ¡Misil en vuelo a tus tres!

Al-Saud contuvo el aliento hasta que el misil aire—aire Vympel R-73 disparado desde un Kamov, rozó la parte superior de la cabina del helicóptero y terminó estrellado en el bosque.

—Gamma y Beta —ordenó Al-Saud para llamar a los helicópteros Mil Mi-24 y 25—, ocúpense del Kamov ubicado a mis nueve, el camuflado.

Alfa e Ípsilon, nosotros nos ocuparemos del Kamov negro. Zeta —dijo, para llamar a su piloto, Zlatan Tarkovich, que piloteaba el Apache con maestría—, ¿listo para la *dogfight*? —Lo invitaba a un combate cerrado o de contacto visual, algo que él había disfrutado en el pasado mientras piloteaba un Mirage 2000 y se enfrentaba con los Mig-21 iraquíes. La sangre le latía en las venas al ritmo creciente de la emoción. Se sentía vivo y eufórico.

—Listo, Caballo de Fuego —aseguró Tarkovich, y en su respuesta se evidenció la misma pasión, lo que complació a Al-Saud, quien, en su puesto de artillero, se aprestó para atacar al helicóptero enemigo.

Los pilotos de la Spider eran hábiles y describían maniobras para sortear el fuego pesado, al tiempo que disparaban su artillería. El ataque desde tierra proseguía, y las dushkas, los cohetes y los AK-47 no se detenían. Al-Saud percibió el impacto de un cohete en el fuselaje blindado del Apache, y se propuso acabar con esa contienda; estaba durando demasiado porque no habían contado con la presencia de dos helicópteros artillados. Encendió los motores cohete del misil aire-aire AIM-92 Stinger, ubicado bajo el ala del Apache, una adquisición reciente que había costado una fortuna y que en ese momento probaría su utilidad. Tarkovich esquivaba el fuego enemigo en tanto pugnaba por posicionarse tras el objetivo. Al-Saud admiró su destreza para manejar el aparato. Con el interruptor maestro de armas encendido, movió la perilla hasta ubicarla en el modo aire-aire. Un ruido persistente le reveló que los motores de los misiles se habían encendido. En la pantalla, se dibujó el círculo verde del radar. Seleccionó en el tablero el número correspondiente al misil que deseaba disparar, apuntó guiándose por el círculo en la pantalla y disparó. El misil, guiado por el calor, se propulsó a una velocidad que duplicaba la del sonido e impactó en el Kamov Ka-50 negro. El aparato se convirtió en una fogata que ardió como una bola en la negrura del cielo. La operación no había tomado más de cinco segundos.

—¡Bravo! —gritó Zlatan, y enseguida oyeron otra explosión.

—¡Nos han dado con un cohete desde tierra! —informó Ramsay desde el Mil Mi-24, el helicóptero de las Fuerzas Armadas Congoleñas.

—Gamma —llamó Al-Saud al piloto—, usa el claro ubicado a tus cinco para aterrizar. ¿Puedes controlarlo?

—Sí, señor.

—Procede. Zeta —le habló a Tarkovich—, ocupémonos del otro Kamov.

—Sí, señor.

Pero no tuvieron oportunidad. El helicóptero ruso, rodeado por los cuatros flancos, se elevó y huyó hacia el este.

—Déjenlo que se vaya —se burló Mike Thorton—. No queremos que Nigel sufra demasiadas pérdidas, ¿verdad?

Se oyeron risotadas en el espacio radioeléctrico.

—¡Lancen las GL-307! —ordenó Al-Saud, y enseguida se arrojaron granadas de luz, que provocaron un estruendo y una luminosidad que enceguecíó y aturdió a los enemigos.

Se soltaron las cuerdas, y los soldados de la Mercure bajaron al terreno, y, si bien estaban habituados al olor de la guerra, fruncieron la nariz al hundirse en la nube densa y hedionda que se suspendía sobre el suelo. Markov y La Diana descendieron al mismo tiempo, por cuerdas paralelas. El ruso no apartaba los ojos de la muchacha bosnia, por eso notó que se sacudía del dolor al poner pie en tierra y recibir un disparo en el brazo. Saltó sobre ella y la protegió con el cuerpo, al tiempo que disparaba la Browning HP 35 contra el agresor, un rebelde a medio vestir, que se disponía a rematarla y que murió con un balazo en el pecho. Markov levantó a la muchacha, aturdida por el dolor y el impacto, y la condujo tras una defensa construida por sacos de arena para contener el curso del arroyo. La sentó sobre el suelo húmedo y gredoso y la obligó a apoyar la espalda contra la pared de sacos.

—Doc —dijo, y llamó a Martin Guerin, el paramédico, por su nombre de guerra—, La Diana está herida.

—Ve con La Diana, Doc, de inmediato —se oyó la voz de Al-Saud, que había abandonado su puesto de copiloto y artillero del Apache para lanzarse sobre el terreno.

Guerin avistó la señal fluorescente que emergía tras unos pilones de sacos de arena, y corrió, sin cesar de disparar contra los últimos rebeldes y soldados. Una vez que el paramédico alcanzó el lugar donde se hallaba La Diana, Markov regresó a combate. En los minutos que estuvo a su lado, se limitó a contenerle la hemorragia y a fijar la mirada en su rostro tensionado por el dolor y la rabia.

Los soldados de la Mercure finiquitaron la tarea en menos de veinte minutos. Los sobrevivientes soltaron sus armas y elevaron los brazos en señal de rendición. Al-Saud observó, a la luz tenue del amanecer, los cuerpos regados sobre la tierra roja; algunos flotaban en el riachuelo. Comenzaba la tarea pesada y fastidiosa, la de poner orden.

Los cuatro helicópteros aterrizaron en el claro despejado y ocupado por los de la Spider International; se notaba que habían desmontado una zona de plátanos y de palmeras. Cada uno sabía qué hacer. Mike, junto con Viktor Oschensky y con Lambodar Laash, se ocupó de contener a los mineros ubicados en la zona sur del campamento. Los hallaron en sus carpas, sudados de miedo, y los obligaron a salir a punta de fusil. Los nativos se alinearon con las manos en alto; algunos temblaban. El coronel McAllen, con el apoyo de Sergei Markov y de Dingo, redujo a los soldados sobrevivientes –diez rebeldes y dos mercenarios de la Spider International–, mientras Guerin, que ya había realizado una primera curación a La Diana, buscaba heridos entre los cuerpos.

Trazar un perímetro provisional de seguridad en torno a la mina y colocar un sistema de alarma y contramedidas electrónicas se convertían en las tareas primordiales que el grupo debía encarar. En unos días, extenderían el perímetro a diez kilómetros. Tony Hill y Peter Ramsay, junto con Zlatan Tarkovich y La Diana, que aseguraba sentirse bien, aunque con el brazo en cabestrillo, colocaron los sensores infrarrojos que Alamán le había provisto a Ramsay en París, y cubrieron un radio de cien metros, el cual incluía el claro donde se hallaban los helicópteros. Dos horas más tarde, encendieron una *lap top* y probaron el *software*. El sistema funcionaba a la perfección; nada ni nadie ingresaría en el predio sin que las alarmas saltaran.

En el campamento, Al-Saud dirigía las operaciones para organizar el desbarajuste provocado por el ataque. Ordenó alinear los cadáveres después de haberles quitado las armas, los *walkie-talkies* y demás adminículos. Eligió quince mineros entre los adultos –había niños y adolescentes– y les ordenó en un swahili rudimentario que cavaran una fosa de tres metros de profundidad y cinco de largo donde se enterrarían los cuerpos; urgía hacerlo antes de que el calor y la humedad aceleraran el proceso de descomposición. Ordenó amontonar las armas del enemigo de acuerdo con una previa clasificación: los Kaláshnikovs por un lado, los RPG-7 por otro, las granadas en un montículo aparte, lo mismo que las pistolas, los machetes y los cuchillos. Una vez que McAllen y sus hombres obligaron a los sobrevivientes a ubicarse en cuclillas y en hilera y les ataron las manos tras la espalda con precintos de plástico, Al-Saud caminó frente a ellos para estudiarlos. Los rebeldes de Nkunda, ocho hombres y dos mujeres, los diez muy jóvenes, presentaban un aspecto cuidado; se notaba que recibían buena alimentación y vestían un uniforme adecuado; calzaban botas. «Hay mucho dinero detrás del Congreso Nacional para la Defensa del Pueblo», meditó. Dinero de Somigl, la empresa minera presidida por Gulemale y conformada por capitales europeos de compañías de celulares, de computadoras, de armamento, de aparatos para medicina. El listado era largo.

Al-Saud, con un fusil M-16 cruzado sobre el torso, escaló una loma, opuesta al lado del arroyo desde donde había espiado la semana anterior, y observó la mina a sus pies. Necesitaba alejarse del hedor de la pólvora y del aire viciado. Consultó la hora: las seis y cinco de la mañana. El amanecer los había sorprendido, y el sol caía sobre el cañon sin misericordia, un anticipo de lo que sería a las doce del mediodía. Se soltó el barboquejo del casco y se lo quitó para secarse la frente con un pañuelo, que quedó con rastros de la pintura de camuflaje. El paisaje había cambiado en pocos días, la virginidad del terreno estaba perdida para siempre. Desde la altura, el sector lucía como una herida roja en medio de la frondosidad de la selva, cuyo verde intenso brillaba al efecto de la luz diurna. Había carretillas, palas, bombas de achique, mangueras, grupos electrógenos, botes de doscientos litros con gasolina, sacos de arena diseminados por todas partes. Avistó dos obradores, construidos con chapas de zinc y madera; un tercero estaba sin terminar. Nkunda, seguramente asesorado por Taylor, no había perdido tiempo en poner la mina en funcionamiento, si bien resultaba claro que no habían iniciado grandes trabajos de excavación.

Se colocó el casco, se acercó el micrófono a la boca y habló por el radio:

—Doc, ¿qué me dices de La Diana?

—La bala entró y salió por el brazo, señor. Le desgarró el músculo, pero no rompió el hueso. Más tarde le realizaré una curación definitiva. Por ahora, le eché coagulante en la herida y la vendé.

—Bien. ¿Cuántos heridos encontraste?

—Sólo tres, señor. Estoy atendiéndolos. Dos no son de gravedad. El tercero podría tener una hemorragia interna. No puedo asegurarlo.

Al-Saud bajó la loma a un trote ligero y se dirigió al obrador más grande. Estaba cerrado por fuera con candado. Lo partió con una pala y entró. Tiró de una cadena y se encendió una lámpara que apenas eliminó la oscuridad. Se acuclilló frente a dos montículos de arenisca grisácea y supo que se trataba de coltán. Zeevi estaría contento, pensó. Se haría de unos kilos del mineral sin que sus hombres hubieran movido un dedo. También había tres tablones largos con bancas y sillas, por lo que dedujo que ahí comían los mineros y los soldados. En el obrador más chico, cuya puerta estaba abierta de par en par, se topó con los pilotos —a excepción de Zlatan, no participaban de las tareas en tierra—, que preparaban café y té con los utensilios del enemigo.

—Usen agua mineral —les recordó, y el piloto del Black Hawk levantó una botella y se la mostró—. Zlatan —dijo a continuación sobre el micrófono inserto en el casco—, encuéntrame junto al Mil Mi-24. Quiero que evaluemos el daño.

—Sí, señor.

—Coronel —prosiguió Al-Saud—, en el obrador más pequeño hay colchones, cobijas y otras cosas que apestan. Quiero que desaparezcan en diez minutos. No queremos a nuestros hombres llenos de pulgas.

—Sí, señor —contestó McAllen.

Alrededor de las cinco de la mañana, el estruendo de un helicóptero irrumpió en la tranquilidad del campamento del Congreso Nacional para la Defensa del Pueblo. Los guardias apuntaron con sus AK-47, mientras los soldados emergían de las tiendas en paños menores empuñando sus armas. Osbele despertó a Nigel Taylor, que había ingerido un sedante para conciliar el sueño. El inglés se enfundó los pantalones y una chamarra con prisa y salió. Enseguida reconoció su Kamov Ka-50 camuflado y supo que algo iba muy mal.

—¡No disparen! ¡No disparen! —vociferó, en tanto corría para acercarse al lugar del aterrizaje.

En quince minutos, se hallaba en la tienda de Laurent Nkunda interrogando al piloto del Kamov. Aunque se moderó, lo enfureció saber que había perdido un helicóptero y a un excelente piloto.

—¡Éste es un pésimo antecedente! —proclamó el general rebelde, y golpeó la mesa con la empuñadura de plata del bastón—. ¡Ahora Kinshasa se creerá en condiciones de concesionar todas las minas, estén o no en mi poder!

—Cálmese, general —pidió Taylor—. Dime, Edward —se dirigió al piloto—, ¿cuántos helicópteros los atacaron?

—Nos atacaron de noche, señor, pero alcancé a ver cuatro. Le dimos a uno.

Taylor masculló un insulto. Sus informantes aseguraban que la Mercure sólo contaba con dos naves artilladas, un Black Hawk y un Mil Mi-25.

—¿Pudiste ver de qué naves se trataba?

—Vi un Apache. Son inconfundibles. A las otras no pude reconocerlas.

«¡Un Apache!», se azoró. ¿Cómo lo habrían conseguido? Gracias a la Reales Fuerzas Aéreas Saudíes, se contestó de inmediato. Maldito Al-Saud, y maldito su poder y sus contactos y su dinero.

—Edward, ¿puedes calcular cuántas fueron las bajas?

—No, señor. Apenas escuchamos los rotores, corrimos a los helicópteros para encenderlos e iniciar el ataque. Puedo decirle que el campamento estaba bajo un intenso fuego enemigo. Vi caer a muchos, no sé a cuántos.

—Recuperaremos la mina —declaró Nkunda—. Hoy mismo iniciaremos el operativo.

—No será tan fácil, general. La Mercure habrá trazado un perímetro que resultará prácticamente infranqueable. Y no contamos con helicópteros para emprender un ataque aéreo. Yo sugiero que, en lugar de perder tiempo, hombres y municiones en recuperar la mina del Arroyo Viejo, nos concentremos en reforzar las demás.

—¡De pronto, sin helicópteros, no somos nada! —se exasperó el general—. ¡He conquistado esta región del Congo, la más rica de mi país, sin un solo helicóptero!

—Pero si su enemigo ataca con helicópteros, señor Nkunda, entonces los helicópteros se vuelven necesarios. Así es la guerra.

Nigel Taylor abandonó la tienda con una combinación de ira y de desánimo. Acabaría con Al-Saud, no con su vida sino con su espíritu.

~ ⚬ ~

Alamán se presentó en la mina al día siguiente, domingo 31 de mayo. Derek Byrne lo condujo por el mismo camino de la vez anterior. El irlandés le lanzaba vistazos de reojo y se abstenía de comentar acerca del aspecto inusualmente taciturno de Al-Saud y del gesto severo que le confería un parecido sorprendente con su hermano menor.

Alamán fijaba la vista en el paisaje del Virunga y pensaba en Joséphine. El día anterior, sábado 30 de mayo, había vivido los momentos más emocionantes y felices de su vida. Después de visitar a Matilde muy temprano en el hospital de Rutshuru, antes de que ésta se fuera a la misión, para avisarle que Eliah la buscaría apenas concluyera un asunto de trabajo, condujo hasta *Anga La Mwezi* con una ansiedad que lo impulsaba a apretar el acelerador de manera imprudente. Le abrió la puerta Godefroide Wambale, que si bien no le sonrió, le demostró que lo alegraba verlo. Lo acompañó hasta la sala, donde Joséphine escribía en la computadora. Al verlo, se puso de pie con un sobresalto y echó un vistazo poco amigable a su empleado. Alamán captó el intercambio de miradas y se sintió incómodo. ¿Acaso Joséphine amonestaba a Wambale por haberle permitido entrar?

—He llegado en mal momento —dijo, apenas el empleado abandonó la sala.

—Estaba trabajando —contestó la joven, sin moverse.

Alamán se aproximó y se inclinó para besarla. Joséphine apartó la boca y le ofreció la mejilla.

—¿Qué pasa? ¿No te alegra verme?

Joséphine bajó la vista y apretó los labios. «No quepo en mí de la felicidad que tengo por volver a verte, Alamán», pensó.

—El lunes, cuando llamaste, te dije que estaría muy ocupada con los asuntos de la cervecería y del campo.

—Hoy es sábado. Deberías tomarte el día libre para descansar.

—Estoy muy ocupada —insistió, con fastidio, e intentó alejarse de Alamán, pero éste la sujetó por el brazo desnudo y le puso la mano bajo la axila.

—¿Tan ocupada que ni siquiera tienes un momento para mí? —le susurró, y Joséphine vibró cuando los labios de él le acariciaron el pabellón de la oreja.

—Alamán, por favor —se quejó, sin convicción.

—Dime qué ocurre, mi amor. El domingo pasado, cuando nos despedimos, me prometiste que iríamos a la laguna. Estábamos tan felices... Y ahora, te noto tan fría, distante. Enojada.

—Papá estuvo enfermo y en cama toda la semana. La discusión contigo lo puso muy mal, y tuvo un ataque. Él es diabético, Alamán, y malos ratos como el que vivió el domingo pueden matarlo.

—Juro que no discutiré más con él —expresó Alamán, con espíritu contrito—. Lo prometo —insistió—. ¡Cuánto lo siento, mi amor! —dijo, luego de una pausa en la que fijó la vista en el perfil de Joséphine y advirtió cuán empecinada estaba en apartarlo—. Imagino lo preocupada que habrás estado por tu padre. Y yo, lejos de ti.

—No quiero que vuelvas —susurró, sin convicción—. No quiero que papá se ponga mal por nuestra culpa.

—No me pidas eso —suplicó él, y apretó la mano en torno del brazo delgado, y le pegó los labios a la sien—. No vuelvas a decirlo, por favor.

—Alamán... —musitó, con la voluntad y la voz quebradas—. Por favor, vete. Papá podría enterarse de que estás acá y ponerse mal de nuevo.

—Joséphine, si te hago una pregunta, ¿prometes responderla con sinceridad? —Joséphine asintió, siempre de perfil, siempre con la vista al suelo—. ¿Tú *quieres* que me vaya y que nunca vuelva?

Al-Saud notó cómo la muchacha comprimía la barbilla para frenar los temblores y vio las lágrimas que brotaron entre sus pestañas apretadas. Las fosas nasales se le dilataban, desesperadas por inspirar, al tiempo que ella encogía el pecho para que los sollozos no explotaran. La sujetó con vigor, casi con violencia, hasta sentir que ella se rendía en sus brazos y lloraba.

—¡No, no quiero que te vayas! —le susurró con vehemencia, entre sollozos ahogados—. ¡No quiero que me dejes! ¡Dios mío, cuánto te amo!

Alamán hundió la cara en el hombro desnudo de Joséphine y lo empapó de lágrimas y saliva. Se mantuvieron abrazados con un fervor que les entumeció los músculos. Emergieron al rato, cansados y serenos. Se miraron los ojos húmedos y las pestañas aglutinadas y sonrieron con ternura.

—Llévame a la laguna, por favor.

—Sí.

Wambale se presentó en la sala y anunció que los caballos estaban listos. Petra, la cocinera, apareció con una canasta repleta de manjares y una sábana doblada y almidonada. Alamán casi suelta una risotada ante el complot doméstico.

—Le diré a *mzee* Balduino que ha tenido que ir a la parroquia, niña José —se apresuró a decir Petra—. Nosotras nos haremos cargo de él.

—No te olvides de que a las once tiene que medirse el azúcar.

—Vaya con Dios, niña José. Nosotras sabremos qué hacer.

Los caballos adivinaron la energía que dominaba a los jinetes y se lanzaron a galopar a gran velocidad. Alamán admiraba la destreza de Joséphine, y codiciaba su cuerpo inclinado sobre la cruz del animal, y notaba el modo en que la camisa se adhería a su cintura delgada, y el pantalón, a sus glúteos regordetes y firmes. Tuvo una erección dolorosa, apretada contra la tela gruesa de los jeans. Al alcanzar la laguna, saltó del caballo, bajó a Joséphine con apremio y la besó sujetándola por las mandíbulas, penetrando en su boca, irrumpiendo con la lengua, que latía y pulsaba con la misma cadencia desesperada de su pene. Tembló y gimió cuando las manos de Joséphine le levantaron la playera y se escurrieron por su espalda. Ella se apartó con impaciencia, y lo dejó pasmado y tembloroso. La siguió con ojos ávidos mientras Joséphine extendía la sábana bajo un árbol.

—Ven, Alamán —lo invitó, y se tendió de espaldas, con las rodillas plegadas y los brazos en cruz.

Al-Saud caminó enceguecido hacia ella. No admiraba la laguna detrás de ellos, ni la belleza del paisaje, ni las bandadas que tomaban vuelo y ejecutaban danzas coordinadas. Sus ojos eran sólo para Joséphine. Cayó de rodillas delante de ella, que levantó los párpados y extendió las manos.

—Quiero sentirte dentro de mí.

—Joséphine… —exclamó, en un susurro ahogado, y se sintió torpe e inexperto.

Le quitó las botas y los calcetines y le admiró los pies largos y delgados, y las uñas arregladas y pintadas de rojo. Le gustaba la combinación del esmalte con el color moreno de su piel; lo excitaba su feminidad. Le besó los tobillos antes de desajustarle el cinturón y bajarle los pantalones, que echó a un lado sin miramientos. Sus manos enormes le recorrieron las pantorrillas y los muslos, y se detuvieron a centímetros de la entrepierna. Ella sofocó un chillido de frustración y extendió la mano para frotarse el pubis , como si buscase calmar un dolor.

443

—¡No! —la detuvo Alamán, y le retiró la mano—. Eso es sólo para mí. Después —prometió.

Le desabrochó la camisa con una lentitud que exasperó a Joséphine. Sus manos se afanaban sobre las de Al-Saud sin conseguir apresurar la faena. Él separó las pecheras de la camisa para revelar su torso, pero no se la quitó. Joséphine se arqueó y gimió cuando la punta dura, caliente y húmeda de la lengua de Alamán se le clavó en el ombligo. La arrastró por el centro del vientre, por el valle entre sus senos y hasta el mentón, saboreando la sal de su sudor y disfrutando de la suavidad de su piel.

—Levanta la espalda para que te desabroche el brasier.

Al-Saud le aflojó la prenda, que descansó sobre el escote de Joséphine. Le cubrió los pechos con las manos, los contuvo, los masajeó, mientras sonreía, satisfecho, por el modo en que ella se contorsionaba y gemía. La boca de Alamán atrapó un pezón y lo succionó; el otro era objeto del juego de sus dedos. Joséphine estrujó la sábana con la mano izquierda y clavó los dedos de la derecha en la cabeza de Al-Saud para acercarlo a su mama, para impelerlo a unirse con ella.

—¡Oh! —gritó, y las aves que bebían en la orilla de la laguna echaron a volar, espantadas. Alamán se había metido bajo el elástico de su calzón y le acariciaba la entrada de la vagina—. ¡Alamán! —imploró, cuando el suplicio se tornó insoportable.

Lo vio erguirse sobre ella, imponente, gigantesco, sólido, confiable. Sus ojos lo siguieron mientras él, con apremio torpe, se bajaba los pantalones y los boxers y liberaba su pene. Alamán sonrió con envanecimiento cuando Joséphine levantó las cejas en una expresión de asombro. Rasgó el envoltorio de un condón y embutió su miembro erecto y enorme dentro de él. Se recostó sobre Joséphine, cuidando de no aplastarla, y, mientras le besaba el cuello, le preguntó:

—¿Te gustó lo que viste?

—Sí —suspiró ella—. Muchísimo.

—¿Todavía lo quieres dentro de ti?

—¡Sí! ¡Oh, sí, Alamán! ¡Ahora, amor!

Joséphine no pudo acabar su súplica. Alamán la penetró con un impulso decidido, y resbaló con facilidad dentro de la vagina lúbrica y ajustada. Ambos parecieron congelarse, Joséphine, con la cabeza echada hacia atrás, la boca entreabierta y los párpados bajos y relajados; Alamán, con la espalda arqueada y el cuello en tensión. Soltaron el aliento contenido e iniciaron un vaivén con sus pelvis hasta adquirir una vertiginosidad que sacudía a Joséphine y la enviaba cerca del tronco del árbol. Los gemidos de ella en el placer lo enloquecieron, y empujó y la golpeó entre las piernas hasta que su carne la penetró por completo, e imaginó que le alcanzaba el útero. La violencia de la eyaculación lo dejó exánime, y, mientras gritaba, transido de gozo, lamentó que su semen no quedase en ella.

Junto con el alivio, volvió la calma a la laguna, cuya fauna se había alborotado a causa de los estertores de los amantes. Sin embargo, no duró mucho. Alamán, aún dentro de Joséphine, percibió, indefenso, cómo su pene crecía en tanto ella le susurraba frases eróticas y le acariciaba los glúteos.

—Qué maravilloso eres en el orgasmo. Te pareces a un animal salvaje. No podía dejar de mirarte. Tus gemidos me pusieron la piel de gallina. Cuando me penetraste, sentí dolor y después sentí que me llenabas con tu pene enorme y hermoso. Quiero que lo pongas en mi boca. ¿Te gustaría que lo chupara?

—Joséphine —suspiró Alamán, de nuevo duro y excitado.

Hicieron el amor durante horas. Una mezcla de pasmo por la insaciabilidad que los dominaba y de frenesí por la pasión que se inspiraban, alimentaba una y otra vez el deseo. Se amaron en todas las posiciones y formas que conocían, aun ensayaron algunas novedosas con el desparpajo y la libertad de los amantes que se conocen desde hace años. Se amaron en el agua, sobre la orilla, contra el árbol, muchas veces sobre la sábana, con él de espaldas y ella a horcajadas; o ella en cuatro patas porque Alamán adoraba verle el trasero mientras la penetraba. Devoraron los manjares preparados por Petra y bebieron el jugo de naranja del termo, que lo conservaba frío. Al final, durmieron abrazados. Al despertar, se dieron cuenta de que eran las cinco y cuarto. Entre apuros y risas, recogieron los restos de comida, la vajilla y la sábana, y emprendieron el regreso. Los caballos habían descansado, comido y bebido, por lo que galoparon durante el trayecto hacia la mansión.

Joséphine entró riendo, mientras Alamán intentaba pellizcarle el trasero. Se detuvo como si un hechizo la hubiera congelado. Su padre, sentado en la silla de ruedas, la esperaba en el vestíbulo. No tenía dudas de que en su cara se reflejaba el placer que había experimentado, y, bajo la mirada condenatoria y dura de Boel, se sintió sucia y avergonzada.

—¡Papá! ¿Por qué te has levantado? —balbució.

—¿Adónde has estado todo el día? ¡Dudo mucho de que en la parroquia!

—Papá…

—¿Qué mentira vas a decirme, Joséphine?

—Buenas tardes, señor Boel —intervino Alamán.

—¡Con usted no deseo hablar, Al-Saud! Ha venido a esta casa para manchar la reputación de mi hija, para arrastrarla como si fuera una cualquiera.

—¡Señor Boel!

—¡No, Alamán! —Joséphine giró con violencia y apoyó las manos sobre el pecho de su amante—. ¡Por favor, no discutas con él! ¡Vete, vete! No quiero que vuelva a sufrir un ataque.

—¡Está manipulándote!

—¿Manipulándola? —se enfureció el hombre—. ¿A mi propia hija? ¡No quiero que arruine su vida junto a un hombre poco respetable como usted!

—¡Usted no me conoce!

—¡Conozco lo que se dice de la familia Al-Saud! ¡La familia reinante en Arabia! ¡Son corruptos…!

—¡Basta! —vociferó Joséphine, y su clamor se propaló en el silencio de la casona—. Basta —insistió, corta de aliento—. Por favor, Alamán, vete. Vete, te lo suplico.

Alamán recordaba la última escena en casa de Joséphine mientras el irlandés Byrne lo conducía a la mina. No tenía ganas de hacer nada, salvo echarse en la cama y pensar en Joséphine. Sin embargo, frente a él se alzaba una tarea compleja y que le insumiría al menos una semana: trazar el perímetro de seguridad de un radio de diez kilómetros en torno a la mina. Su ánimo no podía ser más negro.

⚜

El miércoles 27 de mayo, por la noche, si bien seguía sin noticias de su socio y amigo, Mohamed Abú Yihad, Rauf Al-Abiyia no sospechó que algo anduviera mal. Sabía que los celulares no servían en el Congo y que hablar por teléfono satelital no era fácil. Lo intrigaba conocer el destino de las negociaciones con Gulemale y con Hansen Bridger; no obstante, controlaba los desvelos y confiaba en Abú Yihad, que siempre había demostrado una genialidad en las transacciones complejas y arriesgadas.

A las diez de la noche, mientras cenaba y veía televisión, llamaron a la puerta de su departamento recién alquilado. Lo extrañó que no hubieran tocado el timbre de la entrada del edificio. ¿Se trataría de Abú Yihad, que tenía llaves? Saltó de la silla y se apresuró a abrir. Dos hombres fornidos lo empujaron dentro.

—¿Qué pasa? ¿Quiénes son ustedes?

—Fauzi Dahlan quiere verlo. Vístase y venga con nosotros.

Nada bueno le deparaba, se convenció Al-Abiyia, mientras, con la puerta abierta de su dormitorio —el matón no le había permitido cerrarla—, se ponía unos pantalones encima del pijama y se calzaba unas sandalias deprisa. No le contestaron adónde lo llevarían. Lo supo veinte minutos después cuando reconoció las calles del barrio bagdadí de Hai Al Tashriya, donde se erigía el edificio de la Policía Presidencial, el *Amn al Khass*, una especie de pandilla feroz que protegía al presidente y se ocupaba de llevar a cabo los trabajos sucios del régimen. Rauf no consiguió subyugar los temblores. Ambos hombres lo aferraron para guiarlo por los pasillos vacíos, silenciosos y mal iluminados del edificio del *Amn al Khass*. Entraron en una oficina. Detrás del escritorio estaba Fauzi Dahlan. Se puso de pie y lo saludó deseándole la paz.

—*As-salaam-alaikun*.

—*Alaikun salaam* —contestó Al-Abiyia, para nada convencido de la sonrisa benévola de Dahlan.

—Disculpa que te hayamos sacado de tu casa a esta hora. Espero que no hayas estado durmiendo.

—No, no. No hay problema. ¿Qué sucede, Fauzi?

—Abú Yihad ha desaparecido.

—¿Cómo?

—Toma asiento —lo invitó Dahlan—. Disculpa mi rudeza. Es que estamos preocupados.

—¿Cómo que ha desaparecido?

—El domingo ingresó en una propiedad en el Congo oriental. Los hombres que lo protegían permanecieron fuera. Creemos que de allí salió en la madrugada, en una camioneta.

—¡El Mossad! —se ofuscó Al-Abiyia, y se puso de pie de un salto—. ¡Gulemale lo entregó al Mossad!

—¿Gulemale?

—Más conocida como *Madame* Gulemale. Ella era la que lo pondría en contacto con un posible proveedor de uranio. No tengo duda de que lo entregó a los sicarios de Tel Aviv.

—Tal vez ésas eran las intenciones de *madame*, entregarlo al Mossad. No obstante, alguien se les adelantó y lo sacó de allí.

—¿Quién? ¿Quién pudo ser?

—Pensamos que tú podrías ayudarnos a dilucidar este misterio.

—¿No hay ninguna pista de su paradero?

—No, es como si la tierra se lo hubiera tragado.

Al-Abiyia se derrumbó en el sofá. Fauzi Dahlan le estudió el semblante demacrado sin conmoverse. Resultaba increíble la cantidad de buenos actores que frecuentaban su oficina.

—¿Es cierto que Abú Yihad te ha mencionado su intención de dejar el negocio?

—¡En absoluto! —Rauf se irguió en el asiento—. Está muy comprometido con la causa del *rais* Saddam. Está arriesgando su vida para conseguir la torta amarilla. Como sabes, los del Mossad han asesinado a varios traficantes que operan con países enemigos de Israel.

—Es verdad —aceptó Dahlan—. Sin embargo, nos llegaron versiones fidedignas que aseguran que, en los últimos tiempos, Abú Yihad había expresado deseos de abandonar el proyecto nuclear del *sayid rais*.

—¡Quien dice eso miente para perjudicar a Abú Yihad! —Volvió a ponerse de pie—. Fauzi, pongo las manos en el fuego por él. Su adhesión a la causa es inalterable. Fauzi —dijo, con acento conciliador—, sabes que en este negocio se sacan los ojos por obtener una tajada. Ser el comprador del *sayid rais* es un gran honor, que más de uno quisiera ostentar. No permitas que la maledicencia arruine la reputación de un hombre que ha demostrado su lealtad.

—Escúchame bien, Rauf. Hemos entregado muchos millones de dólares a tu socio y aún no hemos obtenido una sola maldita torta amarilla.

—Ya te lo he dicho, Fauzi, la cosa está difícil por culpa de los malditos sionistas. Para comprar torta amarilla, hay que llegar con mucho dinero para tentar al vendedor. Si no, no se arriesgan por estos tiempos.

—Sí, sí —expresó Dahlan, con fastidio y una sacudida de mano—, ya lo sé. Pero si Abú Yihad no da señales de vida en tres días, tendrás que responder por él.

~∶ ⚜ ∶~

Hacía días que Udo Jürkens viajaba hacia el centro del África. Alcanzó la ciudad de Brazzaville, la capital de la República del Congo, el viernes 29 de mayo. El calor y la humedad no le sentaban al berlinés, en especial con la barba artificial; el pegamento ardía. Se la quitó en el baño de una gasolinera y suspiró, aliviado.

Sólo el río Congo separaba a Brazzaville de Kinshasa, la capital de la vecina República Democrática del Congo, donde la doctora Martínez se encontraba desde hacía casi dos meses. Le gustaba pensar en ella como en Ágata y se dijo que sólo la llamaría de ese modo en la intimidad.

Compró una Coca-Cola bien fría y la bebió sin respirar. La sed persistía. Como no se atrevía a tomar agua, pidió una Seven Up.

No cruzaría el río Congo ese día. No se sentía bien. El cansancio, las presiones y el estrés comenzaban a mellar la fortaleza de la que siempre se había jactado; no obstante, los años pesaban, y él estaba abusando. Desde el desastre de la OPEP, no se había tomado un día para descansar.

En los últimos tiempos se la había pasado viajando, escapando, durmiendo en tiendas, en hoteluchos, comiendo mal. Imaginó una cama cómoda y una ducha larga y refrescante.

Consultó con un empleado de la gasolinera por un hotel bueno y cercano, y le entregó mil francos CFA —el equivalente a tres dólares— por la información que le proporcionó. Manejó hasta la Avenida Nelson Mandela y enseguida avistó el edificio del Hotel Laico Maya-Maya, que había sobrevivido a la guerra civil del año anterior, a pesar de que en su fachada se advertían los orificios de las balas. Experimentó alivio cuando cerró la puerta de la habitación. No le importaba que hubiera visto cucarachas en el pasillo, que el botones aplastó sin disimulo, ni que el aire acondicionado rechinara como una motosierra. Se desnudó con lentitud; le dolían las articulaciones y, sobre todo, la base de la nuca; la sentía tiesa. El agua fría de la ducha le bañó la espalda, y Jürkens expulsó un suspiro de complacencia. Al día siguiente, se dijo, después de dormir y recuperar el vigor, atravesaría el río Congo en un ferry. Desde Kinshasa, ¿cuánto le tomaría llegar a Masisi, donde estaba Ágata?

En pocos días, el aspecto de la mina del Arroyo Viejo había cambiado por completo, no sólo porque se habían tirado abajo los obradores y levantado tiendas modernas, con aire acondicionado, refrigeradores, hornillas y provisiones, sino porque la mina se había poblado de maquinaria de última tecnología que facilitaba el trabajo a los mineros. Éstos seguían ocupando el sector sur de la mina, si bien ahora, en lugar de dormir en chozas construidas con plásticos y cañas de bambú, dormían en carpas fabricadas de una tela que repelía la lluvia, la cual tampoco se filtraba por la base, y sobre colchonetas suaves, que debían sacar a diario para airear. Las medidas de higiene se respetaban a rajatabla, a riesgo de ser despedido en caso de incumplimiento. Lo mismo ocurría con los elementos de seguridad que debían utilizar; sobre todo, cascos, botas y guantes de carnaza para los que manipulaban mazas y cortafríos. Aunque se fumigara con insecticida, se les obligaba a cubrirse con una capa de repelente para mantener alejados al mosquito de la malaria y a la mosca tse-tse. Tenían prohibido beber agua del arroyo o de la laguna que se hallaba a corta distancia. Otra novedad en la mina del Arroyo Viejo era el control permanente de las menas por parte de los ingenieros, que se aseguraban de la ausencia de elementos como el uranio, el torio y el radio, tóxicos para el ser humano y que solían presentarse con el coltán.

A diferencia de lo que sucedía antes del ataque, ningún minero quería perder el trabajo, porque no sólo les daban buena comida, buen trato y mejores condiciones —podían tomarse dos días de descanso cada diez de trabajo y visitar a sus familias—, sino que les pagaban un excelente salario. Los niños y los adolescentes fueron devueltos a sus aldeas; si éstas habían desaparecido, los conducían a campos de refugiados para que buscaran a los suyos. Si bien Martin Guerin se ocupaba de la salud de los mineros, sus conocimientos médicos eran limitados, por lo que el ingeniero Rosín, jefe de la mina, dispuso contratar a un profesional de Kinshasa, experto en enfermedades tropicales; lo tentarían con honorarios suculentos, y sólo le llevaría dos o tres jornadas completar la tarea de revisión.

A los pocos días de la ocupación de la mina, Al-Saud ordenó que se trasladara al grupo de trabajo —expertos en prospección, ingenieros de minas, geólogos y demás— y los aparatos necesarios para las labores mineras en el *Jumbo* de la Mercure, que esperaba en la base aérea al norte de Kinshasa. Dentro del radio controlado por el sistema de seguridad, habían descubierto una pista clandestina en muy buen estado, y Al-Saud pensaba sacarle provecho; desde su punto de vista, el hallazgo era un golpe de buena suerte.

—¡Aterrizar un *Jumbo* en una pista de tierra! —se escandalizó Tony Hill.

—Tony —dijo Eliah, con paciencia—, la Mercure no gastó sesenta y cinco mil dólares sólo en reforzar el tren de aterrizaje del *Jumbo* para nada. Te aseguro que yo mismo me ocupé de que quedara tan sólido como el de un Hércules. He visto aterrizar y despegar a varios Hércules en playas de arena húmeda y en otros terrenos menos propicios. No habrá problemas para que nuestro avión aterrice y despegue en esta pista.

El *Jumbo*, piloteado por tres aviadores franceses, amigos de Eliah de la época en la base de Salon-de-Provence, aterrizó sin inconvenientes y en un solo viaje transportó al personal, la maquinaria, tres camionetas y provisiones, como también soldados del ejército congoleño que se sumarían a la custodia de la mina. De ese modo, Joseph Kabila cumplía la promesa; no obstante, Al-Saud se preguntaba cuánto duraría el apoyo militar en caso de que se declarara la guerra con Ruanda y Uganda; las tensiones aumentaban.

Por las tardes, cuando el sol se escondía tras las montañas Virunga, a Eliah le gustaba alejarse del campamento, escalar una elevación y admirar el paisaje y la actividad frenética de la mina. Habían realizado un buen trabajo; todo marchaba de acuerdo con los planes. Aún esperaban las represalias de la Spider International, por lo que Alamán se mantenía alerta a las pantallas de las computadoras, donde monitoreaba el sistema de protección, lo mismo que Stephanie y su equipo desde París. Las tres antenas parabólicas ubicadas en sitios estratégicos del campo los mantenían comunicados, además de captar cualquier movimiento en el espacio radioeléctrico, lo que significaba que si helicópteros enemigos intentaban caer sobre ellos, los detectarían con antelación suficiente para defenderse con los propios. Zlatan, con su talento para la mecánica, había reparado el daño provocado por un cohete lanzado desde tierra al Mil Mi-24, y la Mercure contaba de nuevo con su fuerza de cuatro naves artilladas, lo cual no sería fácil de igualar para Taylor.

Desde esa posición elevada, avistó a La Diana, todavía con el brazo en cabestrillo, que cumplía con su turno de ronda y vigilancia. Por fortuna, la herida de bala cicatrizaba sin complicaciones, aunque la limitaba, y eso la ponía de mal humor. ¿O tal vez la fastidiaba que Dingo le dispensara el mismo trato que a los demás? Se quitó los anteojos para sol y se masajeó el puente de la nariz, mientras sonreía. Lo ponía feliz que La Diana volviera a experimentar atracción por un hombre, aunque se cuestionaba si el hecho de que admirara a quien le había quitado de encima al serbio que estaba violándola, no implicaba que confundiera el agradecimiento y la idolatría con el amor. Aunque, ¿no había algo de eso implicado en el amor: la admiración, el respeto, la idolatría? Él se postraba ante Matilde; admiraba su espíritu evolucionado, desapegado de las cuestiones mundanas, naturalmente inclinado al bien; la veneraba. Matilde, en cambio, no lo admiraba, no respetaba su oficio ni su talento para la guerra; en realidad, despreciaba esa parte de su vida. ¿Lo amaría, entonces? *«Me temo, Eliah, que tú, para mí, eres la vida.»* La resignación con que lo expresó lo había lastimado, como si lamentara la necesidad que sentía por él.

¡Cómo la extrañaba! Matilde estaba tan cerca. De todos modos, aún no era tiempo para alejarse de la mina, ni siquiera por unas horas. La seguridad de los mineros, de los empleados de Zeevi, la de sus hombres y la de varios millones de dólares en equipo estaban en juego. En unos días, cuando Alamán terminara de aceitar los sistemas y ajustara los programas, y el área quedara tan custodiada que no se movería un gorila sin que ellos lo supieran, entonces, Al-Saud iría a ella.

Se alejaba a esa hora de la tarde y subía a la colina para releer por enésima vez la carta que Matilde había garabateado el sábado 30 de mayo en el hospital de Rutshuru, en tanto Alamán conversaba con Juana. La sabía de memoria; no obstante, desplegaba el papel y la releía porque quería apreciar su caligrafía, tan clara, redondeada, grande, algo caída hacia la derecha; no era letra de médico. *«Eliah»*, comenzaba, y con ese inicio lacónico, él, que la conocía tanto, advertía el castigo que le imponía por haber desaparecido sin avisarle. «*Eliah, Alamán acaba de decirme que tuvieron que salir del Congo de urgencia el domingo por la noche. Espero que no haya sido nada de gravedad. Tu hermano no lo ha mencionado y yo no quiero preguntarle.*

»*En unos momentos, nos iremos a la misión. Jérô se decepcionará al no verte porque ayer hablé con él por radio y me dijo que tiene preparada una sorpresa para ti. Amélie me espera con noticias de la adopción de Jérôme, y estoy muy ansiosa por eso. Dios quiera que sean buenas nuevas, más allá de que estoy preparada para lo burocrático que será todo. No me importa.*

»*Estoy contenta porque Siki, la niña que se salvó gracias a ti, regresó a la misión en brazos de su madre, que antes la rechazaba por ser el fruto de una violación; y también estoy contenta porque una de mis pacientes, la primera a la que le cerré una doble fístula, evoluciona muy bien. Su nombre es Kutzai. Además, Bénédicte, la niña a la cual le extirparon el clítoris, ¿te acuerdas de que te hablé de ella?, pronto será dada de alta. Amélie se hará cargo porque la familia no la quiere.*

»*Debo apurarme porque Alamán está ansioso por irse a casa de Joséphine. Si puedes, llámame por radio a la misión. Me gustaría escuchar tu voz. Matilde.*»

No había cumplido con su deseo. El domingo, con apenas un día en la mina, había sido una jornada intensa, en la que nada, ni siquiera Matilde, podía desconcentrarlo. En su oficio, una equivocación, un cálculo erróneo significaba la muerte. Y los días que siguieron fueron igualmente ajetreados y plagados de complicaciones; apagaban un incendio y enseguida se encendía otro.

Ese instante, al atardecer, lo dedicaba a ella, a releer su carta. Le fascinaba la ilación de hechos que le refería, como si los uniera una rutina de años. Lo hacía feliz que lo participara de sus logros profesionales. La amaba con una fuerza que, paradójicamente, lo debilitaba, porque ¡qué débil se volvía uno cuando dependía de otra persona para ser feliz!

Nada entre Matilde y él era normal. Ni siquiera sabía en qué estado se encontraba su relación. Ella no le preguntaba cuándo lo vería, no le decía que lo extrañaba, menos aún que lo amaba; nunca se lo había dicho. Cuando volvieran a encontrarse, él no se atrevería a hablarle de matrimonio porque, era consciente, los problemas que los habían distanciado en París seguían latentes. No se dominaría y, a riesgo de iniciar una discusión, le echaría en cara que hubiera ido a Masisi con Nigel Taylor el martes. Meyers y Sartori, los nuevos guardaespaldas, lo habían puesto al tanto por la noche, y él sufría desde entonces. Afortunadamente, Juana había viajado con ellos en el jeep, tanto de ida como de vuelta. Para aplacar el enojo de Matilde, le diría que planeaba hablar con los Kabila en Kinshasa para que los trámites de adopción de Jérôme se aceleraran. Estaba convencido de que con esa información la tendría de nuevo dispuesta para hacerle el amor.

La tarde del martes 9 de junio, Al-Saud guardó la carta de Matilde en el bolsillo interno de su chamarra militar y bajó la colina al trote. Se dirigió a la estructura de chapa, similar a un contenedor, donde guardaban las armas y las municiones. La custodiaba el nepalés Lambodar Laash, que, además de ostentar las armas oficiales de la Mercure, jamás se quitaba del cinturón el típico cuchillo de los *gurkhas*, llamado *kukri*, cuya hoja de acero curva de gran tamaño cercenaba un brazo si se lo blandía con destreza.

—Lambodar, ¿por qué está abierta la puerta del depósito?

El ambiente en el interior de la estructura se mantenía bajo condiciones estrictas de temperatura, humedad y presión, para evitar que el clima deteriorase las armas o las municiones.

—Su hermano está dentro, señor.

—¿Alamán? —llamó Al-Saud, y entró.

—Aquí estoy.

—¿Qué buscas?

—Unos fusibles.

—Aquí no hay fusibles. Ven. Creo que están en la tienda tres.

Caminaron en silencio. Alamán persistía en el humor sombrío con el que se había presentado casi diez días atrás.

—¿No estás a gusto con el trabajo? —habló Eliah—. ¿Te desagrada el lugar y el calor?

—No se trata de eso. Es Joséphine.

—Problemas, ¿eh? —Alamán asintió—. Nuestras mujeres nos tienen a maltraer.

—¿No están bien las cosas con Matilde?

Al-Saud sacudió los hombros y le imprimió a su gesto una mueca que revelaba su desorientación.

—No sé cómo están las cosas, Alamán. Tengo la impresión de que camino sobre hielo fino en lo que a ella se refiere. El martes viajó a Masisi con el imbécil de Taylor para llevar una pierna ortopédica a un niño de esa ciudad. El muy hijo de puta le encontró el lado flaco y está haciendo donaciones a los niños del Congo a diestra y siniestra. Es obvio que no comprendió que debe mantenerse lejos de mi mujer.

—¿Qué sucede entre tú y Taylor? ¿Por qué se odian tanto?

Al-Saud no contestó de inmediato.

—Su mujer y yo fuimos amantes. —Alamán emitió un silbido—. Sí, lo sé, cometí una idiotez grande como el Taj Mahal.

—¿Eran amigos?

—No, compañeros de trabajo. Pero lo peor fue que la mujer de Taylor se suicidó cuando terminé con ella.

—*Merde!* Y ahora supones que Taylor quiere a Matilde para vengarse.

Al-Saud asintió. Entraron en la carpa que ostentaba el número tres en sus cuatro laterales. Varias estructuras de metal con estantes de madera sustentaban, en orden y de acuerdo con criterios de clasificación, toda clase de repuestos eléctricos y dispositivos para comunicación: radios, transistores, antenas, audífonos, cables, transformadores, enchufes, tuercas, tornillos, barras de estaño, soldadoras, herramientas y dos grupos electrógenos de recmplazo. Alamán se sorprendía de la cantidad de elementos que se requerían y se trasladaban para montar una misión de esa índole. Había visitado las otras tiendas, donde se acopiaban los alimentos, el agua mineral, la ropa, el calzado, los artículos de limpieza, los medicamentos, los tanques con gasolina; la lista parecía no tener fin. Admiraba la capacidad organizativa del grupo dirigido por su hermano. Eliah consultó en una pequeña computadora instalada a la entrada de la tienda dónde se hallaban los fusibles.

—Pasillo dos, estante cuatro. —Caminaron en esa dirección—. Aquí tienes los fusibles. Elige el que quieras. —Alamán frunció el ceño mientras hurgaba en la caja de cartón—. ¿Qué problema tienes con Joséphine?

—Su padre.

—¿Qué pasa con él? ¿No te aprueba?

—No creo que apruebe a ninguno. Está enfermo. Es diabético. Le han cortado una pierna y vive en una silla de ruedas. Está aferrado a su hija porque teme que lo abandone. No la deja vivir.

—Asunto complicado. ¿Qué dice Joséphine?

—El padre la maneja y la chantajea emocionalmente. No sé qué hacer.

—Ojalá las mujeres vinieran sin familia —manifestó Al-Saud, y no sólo pensaba en Aldo Martínez Olazábal, sino también en quien había sido su cuñado, Anuar Al-Muzara.

⊱ ❦ ⊰

Sergei Markov, al mando de una brigada de diez soldados congoleños, terminó su ronda sin novedades alrededor de las seis de la tarde, y, al llegar al campamento, como siempre y casi de manera autómata, buscó a La Diana entre el gentío. La vio hablando con Dingo, que luego se alejó junto con Viktor Oschensky y con el coronel McAllen, quienes también acababan de terminar sus rondas y se retiraban a continuar un campeonato de póquer, mientras otros grupos iniciaban las custodias de la noche.

Markov percibió la frustración de La Diana. No habían cruzado palabra desde la madrugada de la toma de la mina, diez días atrás, cuando una bala de AK-47 le perforó el músculo del brazo. Al aproximarse, Markov percibió el fastidio de la joven con la misma nitidez que percibía el aroma de lo que preparaban los cocineros de la Mercure.

—Diana, voy a la laguna a darme un baño. ¿Vienes?

—¿Eres ciego o qué? —le lanzó—. ¿No ves que no puedo bañarme? —Levantó el brazo en cabestrillo.

—Yo me baño y tú miras.

La muchacha chasqueó la lengua y se dio vuelta para alejarse cuando Markov la retuvo por el brazo sano. La Diana dio un alarido y, con la agilidad de una cobra, giró sobre el pie derecho y aplicó un golpe a Markov en el pecho con el talón de la mano. El ruso se arqueó, sin aire, con el torso sobre los muslos. Sándor, que había observado el desarrollo del diálogo, se aproximó a la carrera.

—¡Mariyana!

—¡No me llames así, maldita sea!

Markov, ex miembro de la Spetsnaz GRU, uno de los grupos militares de élite más selectos del mundo, con un metro ochenta y ocho de altura, una estructura de músculos de casi ciento cinco kilos y veinte años de soldado, había quedado fuera de combate como un novato.

—¿Qué ocurre acá? —vociferó Mike Thorton.

—Golpeé a Markov —informó La Diana, y Sergei no advirtió arrepentimiento en el timbre de su voz.

—¿Por qué?

—Intentó sujetarme por el brazo.

—Te quiero en la tienda de comando —le ordenó Mike—. ¡Ahora! ¡Guerin!

—¿Señor?

—Revisa a Markov.

—Estoy bien —balbuceó el ruso, sofocado—. No fue nada. Fue mi culpa, señor.

Guerin y Sándor lo ayudaron a ponerse de pie y lo acompañaron a la tienda que funcionaba como enfermería. Markov se mostró impaciente mientras el paramédico le revisaba el pecho.

—No hay roturas. Aunque habrá hematoma —declaró—. Otro —añadió, con una sonrisa burlona.

A Sándor Huseinovic le caía bien Markov, aunque fuera ruso. Era un tipo callado, dedicado al trabajo, siempre atento a los demás; parco, si bien amigable. No entendía la infatuación de su hermana con Dingo; el australiano demostraba ser un egocéntrico que se limitaba a mirarse el ombligo. Admitía que era un excelente soldado y que, cuando operaban en comando, hacía del grupo una parte de su propio cuerpo. El resto del tiempo se interesaba sólo en él y en su bienestar.

Markov abandonó la tienda, y Sándor lo siguió.

—Lo siento, Sergei. A La Diana no le gusta que la toquen.

—Sí, lo sé. Al-Saud me lo advirtió cuando trabajamos juntos en París. Fue mi culpa. Intenté detenerla. Nunca imaginé que reaccionaría así. Hacía mucho que no me tomaban por sorpresa —manifestó, con una sonrisa burlona.

—Lo pasó muy mal… En Rogatica.

—¿En Rogatica? ¿Estuvo en manos de los serbios?

Sándor asintió.

—Pasó varios meses en un campo de concentración —dijo, algo perplejo de su confidencia porque nunca hablaba del martirio de sus hermanas—. Mi hermana Leila también. Las dos sufrieron mucho hasta que Eliah y un grupo comando irrumpieron y las liberaron.

Markov guardó silencio. No necesitaba que el muchacho le detallara los tormentos que La Diana y Leila habían padecido. Un destello de discernimiento comenzaba a echar luz sobre la oscuridad.

—¿Cómo la llamaste?

—¿Cómo? —se despistó Sándor.

—A tu hermana. No la llamaste Diana. Le gritaste otro nombre.

—La llamé por su verdadero nombre. Mariyana. Pero nunca la llames así o te partirá la nariz.

—Gracias por la advertencia.

16

Matilde entró en su habitación, se quitó la bata y la colocó sobre el respaldo de la silla. Hacía calor, pese a que por la noche la temperatura descendía. Encendió el ventilador de techo en la velocidad mínima, y la suave brisa le acarició la piel húmeda. Se dejó la toalla en torno al cuerpo y se sentó frente al tocador, donde se disponía a escribir una carta a Ezequiel Blahetter, su mejor amigo.

Rutshuru, 10 de junio de 1998, escribió, y se detuvo. Apoyó la punta de la pluma sobre el labio y, con aire pensativo, se perdió en unos cálculos. Hacía diecisiete días que no veía a Eliah. Después de la separación de un mes y medio, durante el cual el trabajo la había ayudado a atravesar momentos tan amargos, esas dos semanas se habían convertido en un infierno, y nada, ni el trabajo ni los amigos, la ayudaba a superar la ansiedad. Quería a Eliah con ella, en ese instante. Él, sin embargo, parecía muy a gusto sin ella, porque no sólo que no la buscaba, tampoco se molestaba en llamarla, y no dudaba de que le sobraran las radios y los aparatos tecnológicos para comunicarse. «¿Dónde estás, Eliah?» La historia vivida en París durante las ausencias de Al-Saud se repetía, y ella se detestaba por permitir que los demonios de la duda y de la tristeza la atormentaran.

Sus pensamientos tomaron un derrotero que desembocó en Nigel Taylor. Le contaría a Ezequiel acerca de su nuevo amigo. La visitaba casi a diario en el hospital y le mostraba el interés que Al-Saud le negaba. Y no se limitaba a mostrárselo sino que se lo expresaba de manera fehaciente. Sonrió al recordar las horas compartidas el martes de la semana anterior, durante el viaje a Masisi, cuando Taylor se unió a la caravana de Manos Que Curan y fue tan amable y generoso con todos, aun con Vanderhoeven que le lanzaba vistazos airados, que se ganó la admiración de Jean-Marie Fournier y de Julia, y en el hospital de Masisi, la de su severa compatriota, la doctora Halsey, y la de los demás médicos. El paroxismo de la admiración se produjo cuando Matilde explicó el motivo de la presencia del señor Taylor y mostró la caja de madera que contenía la costosa pierna ortopédica. Ajabu se ofreció para ir a la aldea de Tanguy y traerlo al hospital. La sorpresa del niño y su emoción, que expresó con llanto, igual que la madre, colmaron el pecho de Matilde de una sensación embriagadora; se habría puesto a dar saltos y a bailar en una pierna para igualar la torpeza de Tanguy.

Al regresar a Rutshuru, agotada y feliz, reparó en quc no había pensado en Al-Saud. Sin embargo, cuando Taylor le pidió que se quedara unos momentos a solas con él porque necesitaba hablarle, el rostro de Al-Saud se presentó delante de ella y sintió que lo traicionaba.

Taylor la sujetó por los hombros y la apoyó contra el Jeep Rescue. Matilde le retiró las manos con delicadeza y lo contempló de modo desafiante para disimular el miedo. Había jugado con fuego y estaba a punto de quemarse.

—Habría deseado decirte esto a la luz de unas velas en el mejor restaurante de Londres o de París, pero eres una chica fuera de lo común, por lo que me obligas a hacer cosas fuera de lo común.

Matilde no rio a causa de los nervios y juzgó que no conseguiría articular si la sangre seguía pulsándole con tanto vigor en la garganta.

—Te amo, Matilde. Eres lo mejor que me ha sucedido en la vida y te quiero conmigo para siempre.

El silencio se extendió durante segundos en los que se miraron con fijeza. La confianza que había llegado junto con la amistad les permitía compartir ese mutismo y esa mirada sin incomodidad ni inquietud.

—Nigel, dices que me amas. Disculpa, sé que te ofenderé con esta pregunta, pero necesito hacerla.

—Adelante. Pregúntame lo que quieras.

—¿Lo haces para vengarte de Eliah? ¿Estás usándome? Sé que entre ustedes existe un odio muy profundo.

Taylor apartó la mirada y frunció la boca, no porque lo molestara la pregunta sino porque lo avergonzaba.

—En un principio, cuando supe que estaba frente a la mujer de Al-Saud…

—¿Cómo sabías que Eliah y yo teníamos una relación?

Lo pescó de sorpresa.

—Siempre me mantengo informado acerca de él. Tenemos amigos en común —mintió—. Ellos me cuentan.

—¿Por qué? ¿Por qué quieres saber de su vida?

—Porque lo odio.

—¿Por qué?

Nigel Taylor volvió a apartar la cara, y Matilde admiró la belleza de su perfil de nariz larga y recta, mandíbula fuerte y ceja de un diseño suave y, al mismo tiempo, masculina.

—Él no te lo dijo, ¿verdad?

—Mencionó una vieja rivalidad, nada más.

—Una rivalidad —repitió, y sacudió los hombros al ritmo de un carcajeo silencioso y desganado—. Sí, una rivalidad, eso es lo que es.

—¿Y conseguirme sería tu mejor venganza?

—¡En un principio, sí! —admitió, con una vehemencia inesperada que sobresaltó a Matilde—. En un principio, sí —volvió a pronunciar con menos bríos—. Pero después... ¡Ah, Matilde! Después te metiste en mi corazón como nunca imaginé que una mujer se metería... Y me enamoré de verdad. Quizás ése haya sido mi castigo por intentar vengarme de él en ti. Ahora él no me importa. De veras, no me importa. —Y se maravilló de que fuera cierto, de que nada contara, ni que le hubiera arrebatado la mina de coltán y eliminado a sus soldados, ni que Mandy hubiera muerto por su culpa; sólo quería a Matilde—. Te quiero a ti por lo que tú eres. Tú eres lo mejor que hay en mi vida, Matilde. ¿Me aceptas?

—Nigel...

—¡No digas nada ahora! Sé que estás confundida. Sé que lo estás. No hables. No me des una respuesta ahora. Hemos pasado un hermoso día juntos, ¿verdad? —expresó deprisa, nervioso.

—Sí, sí, muy hermoso. Estoy tan agradecida contigo por todo.

—¿De veras?

—Sí, ¿cómo no? Hoy hiciste feliz a Tanguy y a su madre y pronto Kabú tendrá su cirugía reparadora gracias a ti. Eres una excelente persona, Nigel.

—No, no lo soy.

—Sí, lo eres.

—Matilde... —susurró, con la garganta tiesa, y le acarició la mejilla, y lo conmovió la suavidad de su piel, que ella protegía del sol con esmero.

—¿Sabes por qué también estoy tan agradecida contigo? —Taylor negó con la cabeza—. Porque desde un principio fuiste sincero conmigo. Y ahora has vuelto a serlo al admitir que me necesitabas para vengarte de Eliah. Buenas noches, Nigel.

—Buenas noches, Matilde.

Aunque Taylor la visitaba con frecuencia en el hospital, no le exigía una respuesta ni mencionaba la confesión del martes por la noche, si bien Matilde percibía su inquietud que, a veces, le parecía angustia. No cavilaba acerca de la respuesta que le daría; no obstante, la retrasaba porque no deseaba herirlo.

Retomó la carta para Ezequiel. En el dormitorio se oía el bisbiseo del ventilador de techo y el rasgueo de la pluma sobre el papel; desde el jardín, llegaban los sonidos de la selva, a los que Matilde ya se había acostumbrado, como también a su olor penetrante y a su humedad.

La sobresaltó un golpeteo. En un primer momento, creyó que llamaban a la puerta; temió que fuera Vanderhoeven; se lo había pasado de mala cara al encontrarla a solas con Taylor en la sala de médicos; temía que insistiera con sus sentimientos por ella. El golpeteo se repitió, y Matilde se giró con violencia hacia la ventana. Soltó la pluma y se cubrió la boca para ahogar un alarido al distinguir una silueta tras el mosquitero de alambre. En un acto maquinal, se cubrió con la bata.

—Matilde —dijo la figura.

Se aproximó deprisa al reconocer la voz. Quitó el pestillo y se alejó unos pasos hacia atrás mientras Al-Saud deslizaba el mosquitero y se trepaba al alféizar para introducirse. Saltó dentro con agilidad, y sus botas apenas sonaron al caer sobre el piso de cerámica. Miró el entorno hasta que sus ojos se congelaron en la cama pequeña, cubierta por el tul, donde la había amado después de tanto tiempo, donde el reencuentro había sido sublime. Después, buscó a Matilde con la mirada y la encontró expectante, en tensión, con el pecho agitado y aprisionado bajo la toalla. El deseo lo turbó al punto de quitarle la respiración, de privarlo de la palabra. Había estado observándola escribir, inclinada sobre el tocador, con el cabello húmedo echado hacia un lado; se había entretenido estudiándole los rizos pequeños, como bucles, que le caían sobre la nuca blanquísima, y también las vértebras, el filo de los omóplatos y la curva de la espalda. Todo eso era de él.

—Hola.

—Hola —susurró Matilde.

Se sentía torpe e intimidada. Desconcertada y pasmada también. La energía de Al-Saud, que la alcanzaba como rayos calientes, la mantenía alejada. No obstante, tenerlo frente a ella la hacía dichosa y la colmaba de ansiedad. Al-Saud se había escurrido en su dormitorio como un ladrón y, en ese momento, la contemplaba con dureza; no importaba, había vuelto a ella después de diecisiete días. Le estudió el atuendo militar, chamarra y pantalón con estampa camuflada en tonos verdes y cafés como se veían en las películas de guerra.

—¿Cómo entraste? N'Yanda cierra el portón con llave.

—Esta tarde estuve con N'Yanda —habló Al-Saud, y las notas de su voz causaron vibraciones en la piel de Matilde—. Esa mujer me cae bien. Es fácil comunicarse con ella. No tuve problema para convencerla de que lo dejara abierto para mí.

Matilde levantó las cejas. Al-Saud no le refirió que, a cambio del favor, le ofreció dinero a la mujer, que lo había rechazado, no ofendida sino con un gesto desconfiado. Lo que manifestó a continuación también resultó misterioso: «Usted, señor, algún día me pagará. Pero ese tiempo no ha llegado aún». Antes de irse, N'Yanda le tocó el brazo, no para detenerlo, simplemente lo rozó con ligereza. «Usted es el escudo de la doctora Matilde», sentenció, antes de volver a la cocina.

—¿Recibiste mi nota, la que te mandé con Alamán?

—Sí —contestó él, y fue una afirmación oscura, de timbre grave, que volvió a afectarla. Al-Saud se tocó el pecho, a la altura del corazón—. La llevo conmigo siempre, igual que la medalla que me diste, o lo que queda de la medalla —aclaró, y sonrió por primera vez.

—¿Dónde estás parando?

—A unos kilómetros de aquí, en la mina de coltán de la que te hablé. —Matilde asintió y bajó la vista—. No pude venir antes.

—¿Ni llamarme por radio?

Al-Saud se quedó mirándola. La deseaba al tiempo que la detestaba por haber ido con Taylor a Masisi, por haberle permitido que le tocara los hombros, que le rozara la mejilla, por haberse quedado a solas con él. No necesitaba dotes de adivinador para saber lo que ese hijo de puta le había dicho.

—¿Te viste con Taylor en estos días?

—Sí.

Al-Saud rio con una mueca de desprecio y desvió la mirada.

—Ese hijo de puta está buscando que lo descuartice —masculló para sí—. ¿Y para qué fue a verte? ¿Qué quiere contigo? ¿Qué te dijo?

—Me dijo que me ama, que soy lo mejor que le ha ocurrido en la vida y que quiere casarse conmigo.

Matilde se arrepintió de inmediato de su impulso. En el interior de Al-Saud estaba gestándose un huracán de rabia, ella lo sabía por el modo en que los párpados le celaban los ojos, por la arruga del entrecejo que le convertía las cejas gruesas y renegridas en una única línea y por el aleteo de sus fosas nasales.

—¿Y tú qué le contestaste?

—No le contesté nada. Él me pidió que lo pensara.

—¡El muy hijo de puta te pidió que lo pensaras! —exclamó, y se aplastó el copete con ambas manos mientras reía con sorna y giraba sobre sí.

—¡Bajá la voz! No quiero que sepan que estás acá. Es contra las reglas traer extraños a la casa.

—¡Por supuesto! Que el doctor Vanderhoeven no se entere de que estoy acá o podría ponerse celoso.

—¡Eliah! ¡Por amor de Dios!

Se presionó el cuero cabelludo con la punta de los dedos hasta desprenderse de un poco de ira.

—¿Por qué no le contestaste nada?

—Porque no quería lastimarlo —admitió—. Tengo la impresión de que ha sufrido mucho.

—¡Pero no te importa lastimarme a mí! ¿Puedes imaginar lo que siento cuando me entero de que a *mi* mujer, un tipo al que detesto, le pide que se case con él?

—Basta, Eliah, por favor —dijo, y se cubrió la frente con la mano—. ¿No podemos tener un momento en paz? ¿Siempre tienes que dudar de mí? Me he pasado diecisiete días esperándote, y ahora que estás aquí, me atacas y me reclamas...

Antes de que Matilde tuviera chance de terminar, Al-Saud se lanzó sobre ella, le arrebató la toalla, que arrojó hacia atrás, y la contuvo entre sus brazos.

—¡Matilde! —pronunció con la misma ferocidad con que la apretó.

Matilde sintió la aspereza del género de su chamarra en los pezones y en el vientre, mientras la torturaba una puntada en la espalda donde Al-Saud la oprimía; le faltaba el aire. Se sujetó a él con ímpetu, refregando su cuerpo, buscando su olor, refugiándose en su fortaleza, aun en su ira, porque la ira de Al-Saud, al tiempo que la asustaba, la atraía, la seducía.

—¿Por qué me hiciste esperar tanto? —susurró, agitada, con la garganta seca a causa del placer que él le proporcionaba al masajearle el trasero. Acababa de descubrir que existía un nervio en el ano que se conectaba con el clítoris, porque cuando Al-Saud le separaba las nalgas con rudeza, ella experimentaba un pinchazo en la zona de la vagina—. ¿Por qué? —insistió, ante el mutismo de él.

—No pude venir antes —contestó, jadeando sobre el hombro desnudo de ella—. Quería, pero no podía.

—¿Pensabas en mí? —lo provocó, y abandonó la espalda de Al-Saud para abrirse paso entre sus cuerpos y acariciarle la bragueta—. ¡Ah! —exclamó, complacida no tanto por la dureza que percibió, sino por el calor que irradiaban sus genitales y por el latido que le pulsó en la palma—. ¿Pensabas en mí como yo en ti? ¿Todo el tiempo? —añadió, con acento resentido—. No lo creo.

Al-Saud profirió un gruñido y, con una agitación de mano, apartó el tul de la cama y la colocó sobre ella sin mayor consideración. Matilde rebotó en el colchón y se acomodó al través. Apreció el fuego que ardía en los ojos ennegrecidos de Al-Saud y se regocijó en la premura con la que él se quitaba la chamarra, y recuperó parte de la seguridad perdida durante las semanas de espera a las que la había sometido. Sonrió, con gesto lascivo y triunfal, flexionó una rodilla y estiró el cuerpo, como si se desperezase. Luego, se relajó. Levantó el brazo y llamó a su amante con un ademán abúlico.

Al-Saud renunció a desnudarse. Se quitó la chamarra con sacudidas violentas —había olvidado desabrochar los botones del puño— y se limitó a bajar el cierre de la bragueta y a sacar del confinamiento a su pene; le dolía. Se recostó sobre el cuerpo desnudo de Matilde, que lo sujetó por la nuca y lo atrajo hacia sus labios con una actitud desaforada. El beso fue intenso, profundo y portentoso, y, pese a haberse besado de ese modo cientos de veces, se quedaron sobrecogidos, mirándose.

—¿Pensaste en mí, mi amor? —insistió ella, mansa, dulce, y le sujetó los mechones que le cosquilleaban en la frente.

—¡Matilde! —susurró él, con ardor—. *Mon Dieu...* ¿Por qué te necesito tanto? —Y no lo pronunció en voz alta, pero también se preguntó: «¿Por qué lo que tiene que ver contigo viene con una cuota tan grande de angustia? ¿Por qué me convierto en lo que no soy cuando de ti se trata?».

Aunque él calló sus cuestionamientos, Matilde percibió la desesperación de Al-Saud cuando le extendió los brazos sobre la cabeza y entrelazó sus manos con las de ella para formar un puño cerrado, de nudillos tirantes y uñas rojas. La mantuvo prisionera contra el colchón para comenzar a pasarle el mentón sin afeitar por las partes más delicadas: por el cuello, por los párpados, por los senos, por los pezones, por el vientre palpitante. Con la ropa, incluso con las botas puestas y el arma calzada en la parte trasera del pantalón, con ella completamente desnuda debajo de él, a punto de penetrarla a metros del idiota, se sentía feliz, en completo dominio. Ninguna mujer le había inspirado un sentimiento de naturaleza tan machista y retrógrada, y, si bien no se ufanaba de ello, se rindió ante la potencia del sentimiento, y le gritó al oído con una exclamación contenida:

—¡*Yo* soy el único que te coge! —Lo expresó en francés, como solía cuando la excitación o la ira le nublaban el entendimiento; no obstante, Matilde captó el uso vulgar del verbo *baiser*—. *Le seul!* —repitió, y se introdujo dentro de ella, que contuvo el aire para soltarlo lentamente.

—Sí, el único, mi amor, el único —lo confortó, en español, y Al-Saud rio de gozo porque le fascinó el tono maternal que ella empleó y que lo condujo a un nivel de exaltación riesgoso porque lo hacía olvidarse del lugar donde estaban.

Desprendió los dedos de los de Matilde y, con una mano, le sujetó las muñecas delgadas por sobre la cabeza, mientras con la otra le acarició el clítoris. Lo notó duro e hinchado, al igual que todo el pubis. Aumentó el vigor de las embestidas hasta que Matilde arqueó el cuello y abrió la boca en un alarido mudo que se convirtió al cabo en unos gemidos lánguidos, que se repitieron minutos después, pero Al-Saud no los oyó porque había enterrado la cara en el colchón para que absorbiera sus clamores. La vagina de Matilde se ceñía en torno a su carne, y el flujo de semen parecía inagotable. Aun minutos después, tendido inerte sobre ella, su pelvis se agitaba en espasmos tardíos y jadeaba de placer.

—Quiero que te desnudes —pidió Matilde, y a él, exhausto, le tomó un rato salir de ella, rodar por la cama y abandonar el capullo que les proporcionaba el tul mosquitero.

Se desvistió con movimientos pesados. Estaba cansado. Le había tocado una ronda a las cuatro de la mañana, y no había vuelto a dormir, ni siquiera unos minutos. La expectativa por el reencuentro con Matilde lo mantuvo enérgico toda la jornada. A esa hora, después de haber descargado en ella el deseo y el enojo acumulados durante dos semanas, experimentó un agotamiento que le comprometía hasta los huesos.

Matilde se recostó sobre su vientre, todavía cruzada en la cama, y se asomó por la abertura del tul. Lo observó mientras se pasaba la toalla para secarse el sudor y se limpiaba los restos de semen del glande. Adoraba su cuerpo delgado, de músculos marcados y elásticos, que exudaba salud y juventud. Le fascinaba su pecho velludo y la armonía con la que el torso se le afinaba en las caderas, donde el vello raleaba, salvo la mata espesa que le protegía el pene y los testículos. Le ponía la mente en blanco la conjunción que formaban el músculo oblicuo externo del abdomen y la espina ilíaca anterosuperior, sobre todo el modo en que el músculo se insertaba en el hueso y lo marcaba.

Sus miradas se encontraron, y la seriedad de Al-Saud le robó el aliento. Se quedó quieta mientras él rodeaba la cama. Lo escuchó levantar el tul del otro lado. El colchón se hundió cuando Eliah apoyó las rodillas a los costados de su cuerpo.

—Quedate como estás, no te muevas. Me encanta verte el culo desde aquí —dijo, y le pasó la mano abierta por los cachetes. Se recostó sobre ella, y Matilde suspiró, aliviada, ahogada y reconfortada a un tiempo por el peso de él—. ¿Por qué no le diste una respuesta a Taylor en el instante en que te propuso matrimonio?

—Porque, en realidad, no me lo propuse. Dijo... —dudó; no deseaba iniciar una discusión, y percibía que el ánimo de Al-Saud se mantenía proceloso—. Dijo otra cosa.

—¿Qué? —se impacientó Eliah, y le mordisqueó el trapecio, mientras acomodaba el pene entre las nalgas de Matilde.

—Que me quería para siempre con él.

—¿Y eso no merecía un «no»? —Matilde percibía el esfuerzo en el que Al-Saud se empeñaba para no explotar.

—Me pidió que lo pensara. Ya te dije que no quise decirle que no en ese momento porque tenía miedo de lastimarlo.

—A mí me lastimas. Me lastimas muchísimo.

Matilde giró el cuello para mirarlo, sin éxito, y retornó a la posición inicial.

—Perdóname, mi amor. No quiero lastimar a nadie. Especialmente no quiero lastimarte a ti.

—¿Por qué no quieres lastimarme a mí *especialmente*?

—¡Qué pregunta!

—Quiero una respuesta, Matilde. —Lo exigió en voz baja, aunque el sustrato amenazante saltó a la vista.

—Porque... Porque tú...

—¿Tanto te cuesta decirlo? —Matilde gritó cuando Al-Saud, con brutalidad, la obligó a darse vuelta, le sujetó los hombros y la aplastó en el colchón—. ¿Por qué te cuesta tanto decirlo? —La pena de él alcanzó a Matilde y le oprimió el pecho—. ¿Por qué? —insistió, de mal modo, y la sacudió.

—¡Porque nada ha cambiado! ¡Por eso! ¡Nada ha cambiado! ¿No te das cuenta?

—¡Dímelo! —la exhortó en francés, para nada conmovido con el sollozo de Matilde—. *Pour l'amour du ciel!* ¡Dímelo!

—¡Porque te amo! ¡Porque te amo más que a mi vida! ¡Porque te amo como nunca amé a nadie! ¡Porque nunca voy a dejar de amarte! ¡Y no quiero! ¡No quiero! No quiero... —El llanto la ahogó.

Pasados unos segundos de desconcierto, Al-Saud la envolvió en su abrazo y le acunó la cabeza. Le siseó para calmarla, le arrastró los labios por las sienes, las orejas, la frente.

—Amor mío —le susurró muchas veces, embargado de felicidad—. Te amo, Matilde. Te amo tanto. Yo no sabía...

—¿Qué? —lo instó, entre sorbidas de mocos e hipos.

—Yo no sabía que un ser humano pudiera sentirse así por otro. Es tan grande lo que siento por ti... —Le habría confiado que lo asustaba porque lo dominaba y porque era más poderoso que él. Calló y volvió a besarla.

Se calmaron. Matilde se había acurrucado en la concavidad que formaba el cuerpo de Al-Saud. Él, apoyado sobre un codo, le estudiaba la pelusa rubia que le cubría las sienes y las venas azules que se transparentaban; nunca había reparado en ellas. Quería conocerla como nadie.

—¿Qué piensas de mí, Matilde?

La tomó por sorpresa. En realidad, cuando la idea de Eliah Al-Saud ocupaba su mente, lo que acontecía la mayor parte del día, ella no pensaba; se limitaba a sentir. Al cabo, contestó:

—Pienso en ti todo el día, ésa es la verdad, aunque no debería decírtelo porque eres lo suficientemente vanidoso para que yo venga a aumentarte los niveles. —Al-Saud ahogó una carcajada en el hombro de Matilde—. Y cuando pienso en ti, te extraño, te deseo, te necesito. Siempre te necesito. Sufro también.

—Sí, pero ¿qué piensas de mí como persona? —A causa del silencio de ella, él tentó—: ¿Piensas que soy un mercenario y que por eso soy una mala persona?

—No, no —se apresuró a asegurar, y le pasó el índice por el ceño, para borrárselo, y descendió por su nariz perfecta hasta terminar entre sus labios—. Creo… Bueno, creo que eres orgulloso, posesivo, vanidoso, egocéntrico, ambicioso… —La interrumpió una carcajada de Eliah—. ¿Quieres la verdad? —Él asintió, todavía risueño—. Creo que eres mandón…

—¿Mandón?

—Significa que quieres comandar a todos. Supongo que eso te viene por tu índole militar. También creo que eres impaciente y desconfiado. Sí, eres todo eso, pero también creo que eres generoso, responsable, constante, aunque detestes la rutina. Eres un excelente amigo y hermano, un buen hijo, un hombre brillante; tu inteligencia me pasma. Eres honesto y honrado. Trabajas duro para obtener lo que tienes, y eso me encanta de ti. No tomas alcohol y, para mí, eso es muy importante. Tratas con respeto a los que te sirven, lo que me lleva a pensar que, en realidad, eres muy compasivo, aun cuando tú sostengas lo contrario. Tu corazón es enorme, pero está muy cerrado, o quizás, al estar expuesto a un mundo hipócrita y peligroso, prefiere volverse de piedra para no sufrir, para no experimentar remordimientos. —Sonrió antes de proseguir—: Pero sobre todo, Eliah, eres mi ángel de la guarda, mi sanador, mi príncipe azul, mi roca.

—¿Y un excelente y maravilloso amante?

—No lo sé. Eres el único que he tenido. No tengo referente. Aunque puedo asegurarte que he besado a otros hombres y no hay nada que se compare con tus besos.

—¿Me admiras, Matilde? Yo te admiro profundamente, mi amor. Admiro tu capacidad para salvar vidas. Cuando salvaste a Siki, cuando te vi tan serena mientras le abrías la tráquea… –A Matilde la emocionó que recordara el nombre de la niña; lo sintió muy cerca y humano–. No creo que alguien haya amado tanto a una persona como yo te amé en ese instante. Admiro tu compasión, porque en verdad yo no soy compasivo.

–Te compadeciste de mí y me salvaste. Creo que no eres consciente del bien que me hiciste. Me ayudaste a descubrir la mujer que había en mí.

–No me compadecí de ti, Matilde. Te amaba, te deseaba, quería que te convirtieras en mi mujer. Quería que fueras feliz.

–Fuiste paciente, cuando sé que te cuesta serlo. Me trataste con dulzura infinita.

–¿Me admiras? –insistió, con la ansiedad de un niño.

–Sí, te admiro.

–Yo sé que no. Me admirarías si fuea un médico de Manos Que Curan o el presidente de una fundación benéfica. Pero no admiras a un mercenario.

–Lo que no admiro es que me lo hayas ocultado. De todos modos, creo que me lo ocultaste por mi culpa. –Al-Saud frunció el entrecejo–. Creíste que era una moralista implacable, de esas que pontifican creyéndose superiores al resto, y por esa razón, te protegiste. Odio pensar que te inspiré eso.

–Te lo oculté porque te consideraba muy por encima de mí. Porque me avergonzaba. Y porque tenía miedo de perderte.

–No, amor mío, que nada te avergüence ante mí. Yo te amo, Eliah. Eres perfecto para mí.

Se le calentaron los ojos y, aunque quería decir algo, aguardó unos segundos. Carraspeó antes de hablar.

–Matilde, San Agustín decía: «Si quieres conocer a una persona, no le preguntes lo que piensa sino lo que ama». Y yo te amo a ti, con todas las fuerzas de mi ser. Y por eso soy mejor persona, por amarte, por amar a alguien tan bueno y puro como tú.

Matilde le encerró la cara entre las manos y se mordió el labio para refrenar la emoción.

–Matilde, ¿por qué me dejaste? –La vio apretar los párpados y agitar la cabeza para negarse; resultaba claro que no abordaría el tema–. Mi amor, es necesario que hablemos de las cosas que nos separaron en París.

–No todavía –le rogó, con voz quebrada–. No estoy preparada.

–Está bien, está bien. Tú no hables. Lo haré yo. Necesito explicarte lo del artículo en la *Paris Match*. Quiero que sepas qué hay de verdad y qué de mentira.

Se trató de una larga noche en la que Al-Saud le mostró su corazón como no lo había hecho con nadie, ni siquiera con Takumi Kaito, y le relató desde su época de niño, en la que, gracias a Gérard Moses, había aprendido a amar la aviación, hasta sus vivencias en la Guerra del Golfo, cuando, por un error de los servicios de inteligencia, bombardeó un búnker con cuatrocientos civiles, mayormente niños y mujeres. Le contó que, al pedir la baja en *L'Armée de l'Air*, se había sentido solo y miserable, como si le hubieran extirpado un miembro. Por un tiempo fingió conformarse con la cría de frisones. Sin embargo, cuando el general Raemmers se presentó en la hacienda de Ruán y le ofreció un puesto en su grupo militar selecto, él aceptó sin dudar porque la perspectiva lo colmaba de energía. Le confesó que había matado a mucha gente, no sólo como piloto, arrojando misiles y bombas, sino con sus propias manos, pero que siempre lo había hecho creyendo que de ese modo convertiría al mundo en un lugar más seguro y mejor. Le contó acerca del genocidio de Srebrenica y la historia de los hermanos Huseinovic, de cómo le había quitado de encima a Leila un soldado serbio y de cómo, infringiendo la orden de Raemmers, volvió a Srebrenica para rescatar a Sándor. Le explicó que, cuando abandonó el grupo militar secreto, se encontró con que no sabía hacer nada excepto ser un soldado. Por eso, junto con tres compañeros de *L'Agence*, Tony, Michael y Peter, fundó Mercure S.A.

—Matilde, demandé a *Paris Match* por difamación, por injurias. Mucho de lo que escribieron en ese artículo es mentira o está distorsionado. Voy a limpiar mi nombre y mi reputación porque el día en que me aceptes y lleves mi apellido, quiero que te sientas orgullosa.

Matilde se limitó a asentir, incapaz de articular. Le sonrió, con labios trémulos, mientras sus manos le acariciaban el cuerpo desnudo para comunicarle la inmensidad de su amor. Como temía que abordara el otro tema espinoso, el de su hermana Celia, se aclaró la garganta y le pidió que le contara acerca de la mina que habían arrebatado a los rebeldes de Nkunda. Por supuesto, Al-Saud no mencionó el tendal de muertos, ni los cientos de balas y cohetes disparados, ni el misil que él había lanzado y con el cual había pulverizado el Kamov, ni la fosa común que mandó cavar para los cuerpos. Le detalló, en cambio, la situación de los mineros, que de un régimen de esclavitud habían pasado a otro remunerado y justo. Le dijo que habían contratado a un médico de Kinshasa para que los revisara y determinara su estado de salud. Le contó que, entre los mineros, había niños y adolescentes y que los habían devuelto a sus aldeas o a campos de refugiados. Le dijo, por fin, que estaba orgulloso de su trabajo.

—¿Y Nkunda? ¿No querrá quitártela de nuevo?

—Lo intentará. ¡No te pongas así! Éste es mi trabajo, mi amor. Estoy preparado, como tú lo estás cada día cuando enfrentas a un paciente en un quirófano.

—Tengo miedo de que algo malo te pase. No puedo expresar con palabras lo que sentí cuando me enteré de que te habían pegado un tiro en Viena. Casi me muero, Eliah. Quise morirme.

—¡No digas eso! Nunca vuelvas a decir eso. Sé muy bien lo que sentiste porque Jérô me lo contó, y fue muy elocuente.

—¿En serio? ¿Qué te dijo?

—Que llorabas muchísimo porque creías que yo estaba muriendo.

Matilde se estremeció con el recuerdo, y Al-Saud notó cómo la piel de las piernas se le erizaba. Para alejarla de las malas memorias, le pidió:

—Cuéntame de Jérô, hablame de él.

—Como suponía, se desilusionó mucho porque no fuiste a la misión. Lo abrazaba y lo besaba después de una semana de no verlo, y él se limitaba a estirar el cuello para buscarte, a ver si bajabas del auto. Me preguntaba: «¿Dónde está Eliah? ¿No vino Eliah? ¿Y Eliah?». A mí, que me partiera un rayo. —Al-Saud rio, conmovido—. Estaba tan ansioso por verte. Uno de los señores acogidos en la misión, que es muy hábil con la madera, está enseñándole a trabajarla, y él te había hecho un avioncito. ¡Me sorprendió! Porque es hermoso, muy arreglado y con detalles.

—Estoy ansioso por ver a Jérô. Intentaré ir el fin de semana. Pero no puedo asegurarlo. Yo también tengo un regalo para él. Para él y para todos los niños —aclaró.

La sonrisa de Matilde lo afectó, como de costumbre.

~ ✤ ~

Alrededor de las cinco de la mañana, N'Yanda se deslizó dentro del dormitorio de Matilde y, como había sospechado, los halló dormidos.

—¡Señor! —masculló en un susurro—. ¡Despierte! —Se atrevió a tocarle el empeine cubierto por el mosquitero, y Al-Saud se incorporó de súbito, con la HP 35 en la mano. Reconoció la silueta de la mujer a través del tul. Bajó el arma y se aseguró de que su entrepierna estuviera cubierta por la sábana.

—N'Yanda. ¿Qué sucede? —preguntó, con voz enronquecida.

—Son más de las cinco de la mañana, señor. Tiene que irse. En un rato, empezarán a levantarse los demás. No pueden encontrarlo.

—Gracias, N'Yanda. Ya me voy.

—¿Volverá esta noche?

—Sí.

—Dejaré el portón abierto, entonces.

—Gracias.

La ruandesa cerró tras de sí, y Al-Saud se desenlazó del abrazo de Matilde con cuidado, para no despertarla. Apenas habían dormido un par de horas, y ella tenía que trabajar todo el día. Se permitió observarla durante unos minutos antes de besarla en la sien y abandonar la cama. Se vistió deprisa y salió por la ventana.

A partir de ese día, la rutina de las visitas nocturnas de Al-Saud se convirtió en la alegría de Matilde. La noche siguiente, la entrada de Al-Saud fue la misma, por la ventana, como un ladrón, sin embargo, su humor había cambiado, era afable y relajado, a pesar de la dura jornada de trabajo, con un intento chapucero de Nkunda por recuperar la mina, al que habían neutralizado rápidamente, aunque con dos soldados congoleños heridos. En verdad, los soldados del Ejército del Congo, indisciplinados y mal adiestrados, estaban convirtiéndose en un problema.

Trepó al alféizar sosteniendo una bolsita de las Galerías Lafayette en la boca, y se la entregó a Matilde en silencio y con gesto esperanzado. Matilde metió la mano sin apartar la vista de Al-Saud. Sacó una caja de perfume Anaïs-Anaïs.

—Gracias, mi amor. Me encanta este perfume.

—Me encanta como huele en tu piel.

Matilde trató de abrazarlo, y él se mostró reacio.

—Estoy sucio, no tuve tiempo de ducharme.

—No me importa —aseguró ella, y amoldó su cuerpo, apenas velado por un *babydoll* de Juana, al de él, que notó tenso—. Besame, Eliah. Por favor.

Sus labios entraron en contacto, y los dos inspiraron en un arrebato, seguido por la impaciencia con que sus brazos se cerraron en torno al otro. La magia se repetía, y Al-Saud se admiraba de que nunca desapareciera, siempre lo sorprendía la punzada de emoción propia de lo novedoso, no de lo que se repetía una y otra vez. Entonces, caía en un trance en el que las preocupaciones se esfumaban y los resquemores no existían, y la felicidad lo desbordaba.

Hundió los dedos en el pelo de Matilde y profundizó la intrusión en su boca. Ladeaba la cabeza hacia uno y otro lado, insaciable, codicioso, voraz. El silbido áspero de sus respiraciones, el sonido húmedo de sus bocas entrelazadas y los débiles gemidos de Matilde lo enardecían. La empujó contra la pared, donde siguió besándola con fervor redoblado. Enredó la lengua con la de ella, se la succionó, le mordió los labios, le saboreó las encías y le lamió los dientes. Se estremeció cuando Matilde, con una brusquedad que se contraponía a su índole de seda, le aferró el trasero y lo atrajo hacia su pubis para refregarse en su erección. Después de un instante en el que su boca permaneció estática sobre la de Matilde, esperando a que su falo cesara de pulsar dentro de los boxers, tomó una inspiración profunda y volvió a engullirla. Matilde, indefensa, percibía una sensación extraña que se anidaba en la base de su garganta, allí donde la lengua de Eliah la tocaba. Bajo sus párpados, la sensación adquiría corporeidad y se materializaba en un círculo de luz que giraba, incitada por el estímulo de él. La velocidad aumentaba segundo a segundo, y la luz del círculo se tornaba incandescente. De modo reflejo, Matilde sujetaba la respiración. Intuía que aquello acabaría explotando. El círculo se rompió para transformarse en una corriente que se lanzó en picado, le atravesó el torso, jugueteó alrededor del ombligo y terminó enrollándose en su clítoris, como un hilo en torno al carrete, antes de acabar en un estampido fosforescente, caliente y mudo. Matilde profirió tres gritos cortos y quedó laxa en los brazos de Al-Saud.

—Matilde, ¿qué pasa, mi amor? ¿Qué fue eso?

Estaba pálida, aun los labios, y los vasos que se transparentaban en sus párpados habían adquirido un tono azul intenso.

—Eliah, Dios mío… —Se inclinó para escucharla balbucear—. Tuve un orgasmo.

Él prorrumpió en risas, y la abrazó, y se perdió en su cuello, donde siguió riéndose, besándola, oliéndola.

—Tu beso me provocó un orgasmo —susurró—. ¿Es común sentir así?

—No, mi amor, no. En absoluto.

—Tus besos son mágicos. Te lo dije.

—Son mágicos si son para ti.

—Sí.

Se quedaron unidos frente con frente, las manos de él firmes en la cintura de ella; las de ella, en los antebrazos de él. Sus respiraciones se mezclaban y les cosquilleaban en la cara. Sonreían de modo inconsciente; mantenían los ojos cerrados. La paz los acogía en un ambiente cálido y voluptuoso, volviéndolos livianos; el cansancio había desaparecido.

—¿Comiste?

—No —admitió él.

—Voy a buscarte algo a la cocina.

—¡No! Quedémonos así, por favor.

—Tendrás hambre —conjeturó Matilde—. N'Yanda preparó un pescado que estaba exquisito. Estoy segura de que sobró.

—No quiero que salgas así. No quiero que el idiota te vea.

—¿El idiota?

—El belga.

—No voy a salir así sino en bata. Además, todos están durmiendo. ¿Te gusta este *babydoll*? Se lo pedí a Juani para ponérmelo para ti.

Como respuesta, Al-Saud le clavó los dedos en la parte más delgada de la cintura e inspiró de modo brusco. Matilde se apartó, se cubrió con la bata y, mientras caminaba hacia la cocina, percibía la viscosidad entre las piernas y los ecos del orgasmo como suaves ondas que se propagaban hasta su ombligo. Encendió la luz y descubrió la bandeja sobre la mesa. Levantó la tapa que cubría el plato: el pescado y el arroz soltaron un aroma que le hizo agua la boca. Había un hibisco al costado del vaso con jugo de papaya. «N'Yanda», pensó.

Al-Saud devoró la comida sentado en la cama, mientras Matilde le detallaba los pormenores de la jornada. Él no pronunciaba palabra; se limitaba a asentir, a negar, a levantar las cejas, a reír sin utilizar la boca. La observaba con atención, y permitía que el entusiasmo de Matilde, la facilidad con la que se abría y se comunicaba y la pasión que destilaba por la medicina y por el género humano atravesaran sus murallas y lo recubrieran. Pocas veces se había sentido tan feliz como esa noche. Y él, que conocía las perversidades del mundo, se dijo que no existía sitio más maravilloso. Dependía de que Matilde se hallara en él.

Matilde devolvió la bandeja a la cocina, lavó los platos, los secó y los guardó. Al regresar al dormitorio, Al-Saud dormía en la cama, completamente desnudo. Matilde acomodó el tul mosquitero en torno a ellos y se acostó.

Al principio, creyó que la acariciaban en un sueño erótico, hasta que la insistencia de Al-Saud la arrancó del estado de ensoñación y la guió a la realidad de la urgencia de su deseo. A diferencia de la noche anterior, la amó con delicadeza e, incapaz de retener los pensamientos, se los susurró en francés, sobre los labios, mientras se impulsaba dentro de ella. «Manejé como un loco hasta aquí para estar contigo. Te tuve en la cabeza todo el día. No podía dejar de pensar en lo que vivimos anoche. Me imaginaba este momento, cuando estuviera dentro de ti, cuando tu vagina me recibiera, y me ponía duro. Eres el amor de mi vida, Matilde.»

Al-Saud supo que el alivio se apoderaba de ella cuando percibió que sus dedos se le clavaban en los hombros en un arrebato inconsciente. La siguió momentos después y de nuevo hundió la cara en la almohada para moderar el fragor que brotaba de su interior con la misma violencia con que eyaculaba dentro de Matilde. Abandonó el cuerpo de ella después de unos minutos de agitación. El silencio se prolongó durante un rato.

—¿Matilde?

—¿Qué?

—Necesito que hablemos de Céline. —Transcurrieron segundos sin respuesta—. Mi amor, por favor, date vuelta. Quiero verte.

—Está oscuro. No me vas a ver.

—Tus ojos brillan en la oscuridad. Sí, te voy a ver. Por favor —insistió. Al cabo, Matilde se giró de mala gana y mantuvo los párpados cerrados—. Mírame. Amo el color de tus ojos. Me acuerdo cómo me impactaron aquel día, en el avión.

—¿Sí?

—Yo te ayudé a ajustarte el cinturón de seguridad y tú te dignaste a mirarme para darme las gracias. Y me mostraste tus ojos. Me acuerdo de que pensé: «¿Existe el color plateado en la raza humana?».

La risita de Matilde lo hizo reír a él también. El sonido se suspendió por un momento hasta desvanecerse. El silencio reinó entre ellos como algo pesado y ominoso.

—Matilde...

—No, Eliah. No estoy preparada. Te lo dije anoche.

—¿Por qué no estás preparada?

Sabía por qué no estaba preparada; en realidad, nunca lo estaría. Le temía a las escenas que su mente conjuraría, la de su hermana y Eliah gozando. A veces le resultaba imposible imaginar a dos personas haciendo el amor; le había pasado con sus abuelos, Celia y Esteban, y con sus padres; sin embargo, hasta le parecía lógico que Eliah y su hermana hubieran sido amantes. De algún modo, Celia estaba a la altura de él, pertenecía a su mundo; el glamur que la circundaba la volvía interesante, atractiva e intensa; él nunca se cansaría de entretenerse con sus facetas. Sobre todo, Celia tenía ovarios, trompas y útero.

—¿Qué quieres hablar de ella? —dijo para obviar la pregunta de Al-Saud.

—De lo que hubo entre nosotros.

—Ni siquiera soporto que digas «entre nosotros» —manifestó—. ¿Cómo pretendes que soporte lo demás?

Aunque Al-Saud guardó silencio, Matilde percibía su tristeza y su aflicción. También se dio cuenta de que quería tocarla y de que no se atrevía.

—Eliah —expresó al cabo, y su tono conciliador lo alcanzó como una caricia—, no necesito hablar de ella. Lo que pasó, pasó. No quiero volver sobre eso.

—Está bien.

Matilde supo que Al-Saud quería seguir adelante con la conversación, quería agotar las cuestiones que los habían alejado en París. Ella, en cambio, tenía terror de enfrentar la más penosa.

—Mi amor, ¿puedo preguntarte algo? —En su nerviosismo, a Matilde casi le daba risa la prudencia con que él avanzaba, y se limitó a asentir—. Si no hubiera sucedido esa escena en mis oficinas del George V, cuando nos topamos con Céline, ¿habrías terminado igualmente con lo nuestro antes de viajar al Congo?

—Sí —musitó, y colocó las manos bajo la barbilla y adoptó la posición fetal.

—¿Por qué? ¿Porque desconfiabas de mí? ¿Porque pensabas que te sería infiel?

—No sólo por eso —admitió, y, tras una pausa, añadió—: Es verdad, me sentía poco para ti, me sentía menos que tú, y eso me hacía tener muchos celos, algo que nunca había sentido, te lo juro. No me gustaba —dijo, en un hilo de voz—. Todavía hoy no me gusta sentir celos por tu culpa.

—*Yo* me siento menos que tú —se pasmó Al-Saud—. Yo *soy* menos que tú, Matilde. ¿Cómo puede ser que hayas sentido así? ¿Por qué sentiste así? ¿Hice algo para que sintieras así?

—¿Ser un hombre tan espléndido y maravilloso? —tentó ella, con humor fingido, y en la risa de él, Matilde advirtió su cansancio.

—Mi amor —expresó Al-Saud, y se detuvo, y, como Matilde adivinó a qué se referiría, se cerró aún más en un capullo—. Matilde, ¿ibas a dejarme porque no puedes darme hijos?

«¿Qué siento?», se preguntó ella, mientras apretaba los dientes y los párpados para sofrenar los temblores de sus extremidades. «Siento pánico. ¿Por qué? Porque me aterroriza y me avergüenza mirarlo a los ojos en este momento. Nada ha cambiado. Yo lo sabía, pero de nuevo me dejé arrastrar por el poder que él tiene sobre mí. Dios mío, ayúdame a pasar este trago amargo.» Contener los sollozos se tornó imposible porque se ahogaba. Aflojó el plexo solar y expulsó el aire con un gemido. Se cerró por completo pegando las rodillas en el pecho, y rompió a llorar.

Experimentó el dolor de Matilde como un zarpazo en el corazón, y la sensación de desgarro le aceleró las pulsaciones. Se mordió el labio e intentó en vano controlar las sacudidas en el mentón, que se extendieron por su cuerpo. Aprisionó la bolita en la que Matilde se había convertido y lloró con ella.

El llanto al tiempo que los debilitaba, los limpiaba, y, al cabo de unos minutos, Matilde se estiró y se sujetó a él con frenesí. Al-Saud la aprisionó con el vigor que habría empleado si un ser maligno hubiera querido arrebatársela. Sus torsos se entrechocaban, sus alientos cargados de humedad empañaban las pieles de sus rostros, sus dedos se entrelazaban, sus piernas se enredaban.

—Lo siento, amor mío —balbuceó Al-Saud, en francés—. Lo siento, lo siento tanto. Daría mi vida...

—Shhh —siseó ella, con un sonido inestable, y le colocó la mano temblorosa sobre la boca—. Tu vida... Tu vida... es mi vida. No... No quiero nada más.

〜: ✿ :〜

Si bien para pasar las noches con él le robaba horas al sueño, Matilde se sentía vital, y todos lo notaban; sus ojeras se esfumaban y las mejillas se le llenaban porque comía con ganas. N'Yanda preparaba una bandeja con entremeses y la depositaba en la mesa de la cocina, que Matilde buscaba para compartir con Eliah después del amor, lo mismo que las largas charlas. Aunque habían convivido en París, Matilde sostenía que nunca habían conversado con ese nivel de intimidad, profundidad y sinceridad. Al-Saud le contó acerca de su infancia, de la relación conflictiva con su padre, del intento de secuestro por parte de la banda Baader-Meinhof, aunque no le mencionó la participación de Udo Jürkens; también le refirió acerca de su amistad con Takumi *sensei* y de la influencia que el japonés había ejercido en él, en su visión de la vida y de la muerte. Por fin, habló acerca de Samara, y le confesó que el dolor por su muerte nunca lo abandonaría debido a la culpa, no sólo por haber estado con otra mujer la tarde en que sufrió el accidente, sino porque la evidencia apuntaba a que se había tratado de un atentado. Matilde, por su parte, le contó acerca de su familia, del matrimonio tormentoso de sus padres, de los mecanismos de su madre para retener a su padre, de los vicios e infidelidades de Aldo, de la educación implacable impartida por la abuela Celia, que de algún modo había sido la única en ocuparse de ella y de sus hermanas, del encarcelamiento de su padre, del cáncer, de la quimioterapia y de la pérdida del cabello.

—Cuando la quimio acabó y comenzó a salirme una pelusa en la cabeza, me juré que nunca más volvería a cortarme el pelo. Hace años que lo dejo crecer y crecer. A veces Juana me convence para cortarme un poco las puntas, para darle fuerza, pero nada más.

—Amo tu pelo —dijo Al-Saud, y tomó un puñado de rizos y los besó—. Gracias a tu pelo te descubrí en el aeropuerto. Y también amo a mi peladita, a *ma petite tondue* —aseguró, y le acarició el pubis. Matilde apoyó la mano sobre la de él y lo guió hacia abajo.

Aunque el trabajo y la tensión en la mina del Arroyo Viejo no mermaban con el transcurso de los días, Al-Saud se las ingeniaba para visitar la misión los sábados o los domingos. La tarde del sábado en que Alamán y él se presentaron con las bolsas de regalos para los niños, el orfanato se convirtió en una fiesta. Las religiosas, ayudadas por Matilde, Juana y Joséphine, clasificaron y seleccionaron los juguetes y escribieron los nombres en los paquetes, mientras los niños esperaban con expectación e impaciencia en el salón del refectorio, que se colmó de exclamaciones, risas, papeles y moños cuando la repartija por fin tuvo lugar. Los huérfanos se enseñaban los regalos, los estudiaban, preguntaban cómo funcionaban, abrían grandes los ojos, reían, hablaban todos al unísono.

Matilde, que paseaba la mirada por la escena con una sonrisa, buscó a Jérôme y a Kabú sin éxito. Eliah tampoco estaba en el comedor. Medio preocupada e intrigada, salió del orfanato; no los halló en el predio tampoco. Corrió a la casa de las religiosas y los encontró en la cocina. Se quedó quieta y muda bajo el umbral. Los niños, arrodillados en la banqueta, con los codos apoyados en la mesa, observaban la pieza pequeña que Al-Saud manipulaba y escuchaban la explicación con atención reconcentrada. Los labios de Matilde se curvaron lentamente en una sonrisa cuando se percató del ceño de Jérôme, que ella le conocía y que le comprometía incluso la nariz y la boca; la seriedad del asunto debía de ameritarlo, se dijo.

—¡Mamá! —exclamó Jérôme al descubrirla, y Al-Saud giró la cabeza hasta dar con los ojos grandes de Matilde—. ¡Mira lo que Eliah nos ha regalado a Kabú y a mí! ¡Ven! ¡Mira!

Había dos cajas con fotos de aviones de guerra en las tapas, y enseguida se dio cuenta de que se trataba de aviones a escala para armar. Las piezas estaban cuidadosamente colocadas sobre la mesa, junto con un bote de pegamento blanco, una pistola de silicón caliente, autoadhesivos y herramientas pequeñas, indispensables para una tarea de precisión y delicadeza.

—¡Qué hermoso!

—¡Éste es el mío! —dijo Kabú, y levantó la tapa con un F-16.

—¡Y éste es el mío! —proclamó Jérôme, y le mostró la tapa con un Sukhoi.

De manera atropellada, peleándose para ver quién relataba qué, Kabú y Jérôme la pusieron al tanto de las funcionalidades de los cazas norteamericano y ruso. Al-Saud se asombraba de que hubieran retenido tanta información.

—¡Eliah voló un Su-27! —se enorgulleció Jérôme—. ¿No es cierto, Eliah? —Al-Saud, sin levantar la vista de las partes que intentaba encastrar, asintió—. Eliah, ¿cómo se llama eso que hiciste? ¿Cuando pusiste al avión así? —trató de explicarse el niño, y colocó la manita hacia arriba y un poco inclinada hacia atrás.

—Esa maniobra —expresó Al-Saud— se llama la cobra de Pugachev, y se ejecuta para eludir al enemigo que te persigue muy de cerca.

A Matilde la recorrió un escalofrío, mezcla de orgullo, aprensión y excitación. Fijó la vista en Al-Saud; éste, sin embargo, permaneció con la mirada en los fragmentos que pegaba.

—¿Ya le entregaron a Eliah sus regalos? —preguntó, y Kabú y Jérôme corrieron al orfanato para buscarlos—. ¿Almorzaste? —quiso saber, una vez solos.

Al-Saud se puso de pie y, sin pronunciar palabra, la acorraló contra la barra, le cubrió la parte posterior de la cabeza con la mano abierta y la pegó a él pasándole un brazo por la cintura. Matilde entrelazó los dedos en la cabellera de Al-Saud y separó los labios, deseosa de recibirlo en su boca.

—Anoche estuve a punto de ir al hospital para que hiciéramos el amor en el cuartito de la limpieza. —Matilde gimió ante la imagen que conjuró su mente—. No podía dormir por tu culpa.

—Anoche nos tocó una guardia bastante movida —dijo Matilde, sobre la boca de él—, pero te aseguro que habría encontrado el modo para ir contigo al cuartito de la limpieza. Yo también te extrañé muchísimo, mi amor. Quería que me hicieras el amor.

—No podré quedarme esta noche. Tengo que volver a la mina.

—¿Problemas?

Al-Saud agitó la cabeza para negar porque no tenía ganas de estropear el momento contándole que Nkunda los había atacado de nuevo, por la noche y con tres helicópteros artillados, el Kamov de la Spider International y dos Mil Mi-24, que, Al-Saud no dudaba, habían salido de la Fuerza Aérea Ruandesa. Por fortuna, al detectar la amenaza a tiempo, repelieron la agresión sin pérdidas humanas, aunque una de las camionetas explotó al recibir el impacto de un cohete del Kamov, y una de las carpas, la que almacenaba agua y provisiones, se había incendiado a causa de una granada lanzada con un RPG desde el Mil Mi-24. Temprano por la mañana, Peter y Michael habían viajado en helicóptero a Kisangani, la ciudad más grande después de Kinshasa, distante a menos de quinientos kilómetros al noroeste de Rutshuru, para comprar agua y alimentos.

Siguieron besándose y tocándose hasta que decidieron refrenarse.

—Basta —jadeó Al-Saud en francés— o terminaré cogiéndote sobre la mesa.

—¿Te imaginas si nos viera *sœur* Edith? —se burló Matilde, y cayó naturalmente en la lengua de él.

—Nos envidiaría.

—Gracias —expresó Matilde, y le acarició la mejilla sin afeitar con el dorso de la mano, mientras él le apartaba el cabello del rostro—. Gracias por todo esto, Eliah. Por haber traído tanta felicidad al orfanato.

—¿Me quieres un poquito más por esto?

—No sé cómo podría quererte más de lo que te quiero. Es imposible.

El correteo de Jérôme y de Kabú, que acababan de irrumpir dentro de la casa, los obligó a apartarse y a regresar a la banca. Las alabanzas que Al-Saud destinó al avión que Jérôme había realizado con madera no eran fingidas; estaba asombrado del cuidado y del esmero que se apreciaban en los detalles. En la parte superior de las alas, Matilde le había ayudado a escribir una leyenda en letra de imprenta mayúscula: «*Para Eliah, con amor, de Jérôme Kashala*». Releyó la frase varias veces, emocionado. Matilde se ubicó detrás de él, se apoyó sobre la espalda de Al-Saud y le pasó los dedos por el pelo a ras de la nuca. Lo sintió estremecerse. Se inclinó para hablarle al oído.

—Kabú también tiene un regalo para ti.

Más tarde, cuando Jérôme los sorprendió besándose con un fervor que habría aturdido a un adulto, en un principio les dirigió un vistazo endurecido por el mismo ceño con que había observado las piezas del avión a escala. Después corrió hacia ellos, sonriente.

—Eliah, ¿mi mamá es tu novia?

Al-Saud se acuclilló, se ahuecó las manos en torno a la boca y le contestó al oído:

—No le digas nada a Matilde, pero le voy a pedir que se case conmigo.

Jérôme lo imitó para responderle, y Matilde contuvo la risa.

—Entonces, ¿tú serás mi papá?

—*Oui*.

Matilde no supo por qué Jérôme apretó los bracitos en torno al cuello de Al-Saud y lo besó varias veces en las mejillas.

∾: ⚇ :∾

Después del alboroto ocasionado por la llegada de los juguetes, no resultó fácil volver a la rutina del baño sabatino y de la cena. Sin embargo, las religiosas, con la asistencia de las mujeres acogidas y de Juana, Joséphine y Matilde, consiguieron cumplir con la disciplina del orfanato. Exhaustas, se recogieron en la casa principal para tomar un refrigerio y descansar antes del rezo del rosario. Allí las esperaba una sorpresa.

Alamán colocó un maletín de plástico negro sobre la mesa del comedor y le pidió a Amélie que lo abriera. La mujer lo reconoció enseguida.

—¡Un teléfono satelital! —exclamó, y las voces de las demás mujeres se alzaron para celebrar el regalo—. ¡Gracias, primos! —Los abrazó y los besó antes de regresar al aparato—. ¡Son tan generosos con nosotras! ¡Cuánto deseábamos tener uno así!

—¡Pero era carísimo! —comentó *sœur* Annonciation—. No podíamos pagarlo.

—El aparato es carísimo —acordó *sœur* Edith—, pero también lo es el servicio. No podremos usarlo.

—Eliah y yo ya hemos pagado la suscripción al satélite de Inmarsat. Y pagaremos los consumos que realicen todos los meses.

—¡Seremos muy moderadas! —prometió *sœur* Tabatha—. Jamás pagarán grandes cuentas.

—A menos que Juana decida usarlo para hablar con Shiloah —expresó Alamán.

—¡Cabshita! —fingió ofenderse Juana, y todos rompieron a reír, mientras Juana perseguía a Alamán para hacerle cosquillas.

Joséphine, apartada y seria, no compartía la alegría de los demás. Alamán apenas le había dirigido un saludo para cumplir con el protocolo. Le costaba creer que, después de lo que habían vivido en la laguna, él se mostrara tan frío y distante. Desde el sábado 30 de mayo, habían transcurrido trece días sin noticias de él. Para ella, ese tiempo se había convertido en un infierno. Esa tarde, al verlo nuevamente en la misión, sus esperanzas renacieron para morir casi de inmediato cuando él se limitó a decir: «Hola, Joséphine», de lejos y sin besarla. Lo encontró muy entero y tranquilo; no había perdido el buen humor ni la simpatía ni la espontaneidad, y recibió su demostración con Juana como una bofetada. Sin que nadie lo notara, abandonó el comedor y salió de la casa de las religiosas.

Matilde, no obstante, advirtió que Joséphine se marchaba con su dolor a cuestas. Se aproximó a Alamán, que seguía jugueteando con Juana, le apretó el brazo ligeramente y le susurró:

—Alamán, por favor, ve con Joséphine. Se fue muy triste.

Alamán, que se había inclinado para escucharla, se incorporó de súbito con un gesto contrariado.

—No creo que desee estar conmigo. El otro día dejó muy en claro que no me quiere a su lado.

—Alamán, por favor, tú y yo sabemos que no crees en lo que estás diciendo. Joséphine te adora. Pero tiene un problema: su padre. Es manipulador, pero ella no sabe cómo lidiar con él. A ti te ha tocado en suerte una familia estupenda. Tus padres los quieren de verdad y siempre han hecho lo imposible para hacerlos felices. Pero yo puedo hablarte un poco de familias conflictivas, de padres egoístas y del modo en que eso te socava la moral y la seguridad. No quiero que sientas lástima por mí ni por Joséphine. Simplemente quiero que trates de comprenderla. Su madre es una mujer fría y desapegada que abandonó a su esposo y a sus dos hijas, y sumió a la familia en una tristeza muy honda. Joséphine, que tiene el corazón grande como el Congo, no puede soportar que su padre vuelva a sufrir lo que sufrió cuando Gulemale lo abandonó, y se queda con él para cuidarlo y darle el amor que su esposa le negó. Claramente, los roles están trastocados, pero Joséphine no sabe cómo retirarse del sitio que ocupa. Balduino Boel acepta el amor de su hija y abusa de su buen corazón tal vez porque no soporta la idea de quedarse solo de nuevo, menos ahora que está tan enfermo.

—¡Guau! —se asombró Alamán.

—Horas de diván —admitió Matilde.

—¿Joséphine y tú estuvieron hablando de mí?

—Joséphine está muy angustiada y me buscó para desahogarse. Te ama y es una de las personas más íntegras que conozco. ¿Tu amor por ella no es suficiente para ayudarla a salir del problema en el que está metida?

Alamán abrazó a Matilde y la besó antes de decirle «gracias» con un fervor que la conmovió.

.: ⚇ :.

Joséphine caminó como ciega hacia el grupo de caobas que, en su opinión, componían el sitio más bonito de la misión. Amaba los árboles. A veces, muy cansada y deprimida, se abrazaba al tronco del iroko que su abuelo había plantado apenas llegado al Congo y percibía cómo el vigor equilibrado del árbol la invadía y le devolvía la paz. De niña, cuando Boel le recriminaba a Gulemale por echar mano de su dinero para financiar actividades ilícitas o por pavonearse con un amante nuevo, Joséphine, seguida por Aísha, corría al castaño de Indias, se trepaba con la agilidad de un leopardo y pasaba horas sobre las ramas, inventándose historias, contándose cuentos, olvidándose de los gritos y de los insultos que se propagaban por las habitaciones de la mansión familiar.

Apoyó las manos y la frente sobre una caoba hasta que la respiración, que se había agitado por el esfuerzo de contener el llanto, adquirió un ritmo regular. Se acordó de que a sus espaldas se encontraba la capilla, y decidió visitarla. Necesitaba pedirle perdón a Dios porque desde la separación de Alamán, la asolaban pensamientos malos y perversos, incluso había deseado liberarse de la carga que significaba su padre.

Alamán la vio recostar la frente sobre la caoba y se mantuvo apartado. Intuyó que se trataba de un momento íntimo y no se atrevió a interrumpirlo. Se escondió tras la camioneta cuando Joséphine giró y se encaminó hacia la capilla. Hasta allí la siguió y, en la penumbra del recinto, la divisó de rodillas en el primer banco, con la vista fija en el crucifijo colgado tras el altar.

Joséphine percibió que el juego de luces y sombras cambiaba y giró de súbito, atemorizada. Alamán se arrodilló a su lado y mantuvo la vista baja. Joséphine se quedó mirándolo, como si se tratara de una aparición sobrenatural, hasta que, poco a poco, el desconcierto cedió y la ilusión tomó su lugar. Extendió la mano y le acarició la oreja, y el pelo que le cubría la nuca, y el cuello, y el límite de la mandíbula. Alamán, con los ojos cerrados, movió la cara hasta apoyar los labios en la palma de la mano que lo tocaba y la besó. Le marcó un trazo con la punta de la lengua, y la vagina de Joséphine reaccionó de inmediato.

—Mi amor —susurró, y Alamán despegó los párpados con pereza—, ¿por qué no has ido a verme? No sabes cuánto te he extrañado y te he necesitado.

—Creí que no me querías a tu lado, que mi presencia te complicaba la vida.

El dolor de Alamán resultaba palpable y se volvió intolerable para Joséphine. Las lágrimas desbordaron sus ojos y terminaron mojándole la tela del vestido. Alamán se inclinó y le besó los rastros húmedos que le cruzaban las mejillas, e inspiró el vapor de su piel con aroma a Anaïs-Anaïs. Un escalofrío lo recorrió cuando Joséphine ladeó la cara para salir al encuentro de sus labios. El contacto los tomó por sorpresa, como si se tratara del primer beso. Un instante después, Al-Saud se adentró en la boca de Joséphine, que le devolvió el beso con igual ímpetu.

—Ayúdame, Alamán —le suplicó un momento después, con la cara apoyada en el pectoral de él—. Me aterra la idea de perderte.

—Nunca me perderás. Soy tuyo, es un hecho, y, aunque quieras, nunca podrás desembarazarte de mí. —Joséphine rio entre sollozos—. Quiero que seas mía para siempre.

—¡Sí, para siempre! Qué hermoso suena eso. Perdóname por haberte echado de casa el otro día. Estaba tan feliz por lo que habíamos compartido en la laguna, pero…

—Sí, lo sé —la acalló Alamán—. Tu padre y sus ataques. Tendremos que enfrentarnos a eso, mi amor, pero si estamos unidos y presentamos un frente común, conseguiremos vencer el escollo. En cambio, si nuestro ejército se divide, nos vencerán de nuevo.

—No volveré a ponerme en tu contra. Sé que eres un hombre bueno y maravilloso y confío en ti como en nadie.

Frédéric se ajustó la banda elástica en el bíceps hasta que las venas del brazo sobresalieron. Se dio unos golpecitos con el dorso del índice y del mayor en el sitio donde se inyectaría, tomó la jeringa que sujetaba entre los dientes y hundió en su piel la punta filosa de la aguja. Apretó el émbolo, y observó cómo la heroína penetraba en el torrente sanguíneo. Hizo efecto de inmediato. Profirió un suspiro aliviado y se desmoronó en el sofá de su oficina. Le había costado obtener esa mercancía, un producto de primera calidad, de pureza extrema, y no habría podido comprarlo si Gulemale, a regañadientes, no le hubiera entregado una gran cantidad de dólares a cambio de las fotografías de Al-Saud y de ella en situaciones escandalosas. ¿Qué haría cuando se le acabara el dinero? Desde el episodio con Joséphine y Alamán Al-Saud en Rutshuru, Gulemale prácticamente no le dirigía la palabra y, por supuesto, no le daba un centavo. Había abusado del carácter liberal y desapegado de la congoleña. Descubrir que Frédéric seguía enamorado de su hija Joséphine, una joven cuya belleza superaba a la de la madre, había operado en Gulemale como en cualquier mujer: los celos la cegaban y la volvían intratable. Nada quedaba de la mujer a la que le gustaba compartir la cama con varios hombres.

De igual modo, Frédéric sabía que el mal humor de Gulemale no podía adjudicarse exclusivamente a los celos. Desde la noche en que Eliah Al-Saud se mandó a mudar con Mohamed Abú Yihad, arruinándole los planes con el Mossad, Gulemale no tenía paz. El ligero corte que Al-Saud le había impreso en el cuello había cicatrizado sin dejar marca; no obstante, la marca palpitaba en el corazón de la congoleña, y dolía y sangraba. Frédéric, que la conocía como nadie, no tenía duda de que tarde o temprano se vengaría. Por cierto, las fotografías servirían a ese fin. Agitó los hombros y arrugó la boca. Ése no era su problema y no tenía intenciones de prevenir al imbécil de Al-Saud.

De la penosa situación, lo que más le fastidiaba era que Gulemale estaba dejándolo fuera del negocio, no lo invitaba a las reuniones de directivos ni le consultaba las decisiones. No lo despediría; él conocía demasiados secretos sucios para arriesgarse a enojarlo. No obstante, la marginación a la que lo sometía estaba tornándose intolerable. Las horas se eternizaban dentro de la oficina sin nada que hacer.

Había intentado una reconciliación, sin éxito, porque Gulemale no era tonta: sabía que, en realidad, él estaba asqueado de ella y que lamentaba haber roto con Joséphine.

Con un chasquido de lengua, abandonó el sofá. Las extremidades le pesaban y la vista se le enturbiaba. El diván, ubicado en el otro extremo de su oficina, flameaba como una bandera. Tenía deseos de descansar allí y de que las ondas se propagaran a lo largo de su cuerpo. Alcanzó el diván y se recostó boca arriba. En realidad, estaba en una piscina, y el leve movimiento del agua lo mecía. «Hola, Frédéric.» La voz suave y sensual lo arrancó del sueño. Sus párpados aletearon antes de focalizar la mirada en la figura de una mujer joven, bellísima, de piel oscura, con labios carnosos, nariz pequeña y delgada y ojos dorados, que se erguía sobre él como lo habría hecho un ángel protector. «Joséphine», susurró, y la muchacha lo acalló con un siseo, y su aliento le alcanzó el rostro, y Frédéric inspiró para absorber el aroma. «Joséphine, te amo.» Ella no respondía y se limitaba a contemplarlo con ternura infinita y a acariciarle el cabello. Una paz como nunca había experimentado le aflojó el cuerpo y cayó en un sueño profundo.

Despertó horas más tarde, empapado en sudor pese al aire acondicionado, y con un revoltijo en el estómago que le provocó arcadas. Corrió al baño –por fortuna, era un baño privado dentro de su oficina– y vomitó hasta que no le quedó nada en el estómago, excepto bilis. Se enjuagó la boca con Listerine y se lavó varias veces la cara. Pidió a su secretaria un té con azúcar y unas galletas, y los ingirió lentamente, mientras evocaba retazos de la alucinación provocada por la heroína. Deseaba a Joséphine de nuevo con él. ¡Qué estúpido había sido al dejarse cautivar por una mujer como Gulemale! Si no hubiera sucumbido al sortilegio que significaban su cuerpo, su personalidad, su forma de encarar la vida y el poder que ostentaba, él estaría casado con Joséphine, sería amo y señor de *Anga La Mwezi* y habría convertido los campos y la cervecería en un negocio pujante. En eso era bueno, en administrar negocios y en convertirlos en rentables. Tal vez por eso Gulemale había puesto sus ojos en él, para que la ayudara a organizar Somigl, la empresa minera ruandesa que se ocupaba de comercializar el coltán cuando, en realidad, no había un gramo del mineral en Ruanda. No obstante, su gran pasión era la fotografía. «Mi amor, deberías dedicarte a la fotografía si es lo que te hace tan feliz», le había sugerido Joséphine años atrás, con sensatez y generosidad.

Le indicó a su secretaria que ordenara aprontar el helicóptero Agusta A-109, propiedad de Somigl. Gulemale se pondría furiosa cuando se enterara; esos pájaros metálicos consumían una fortuna en gasolina. Le importaba un comino. Necesitaba salvar deprisa la distancia de ciento y pico de kilómetros que separaba Kigali, la capital ruandesa, de Rutshuru. Lo urgía hablar con Joséphine. Ansiaba verla, abrazarla, besarla. El estado de expectación le acentuó el vacío en el estómago.

El Agusta A-109 aterrizó en el parque de *Anga La Mwezi*. Frédéric corrió, agazapado, hasta salir del radio de influencia de las hélices. El escándalo del aparato había atraído a las sirvientas a la puerta.

—Hola, muchachas —las saludó, con sincera alegría.

Ninguna le contestó. Lo contemplaban con desprecio formando un muro que le impedía franquear la entrada. Petra, la más vieja, dio un paso adelante.

—¿A qué ha venido? ¡Váyase!

—Petra querida, te he extrañado. Nadie cocina como tú. Y no me iré sin ver a Joséphine.

—La señorita no está.

—¿Adónde puedo encontrarla?

—No sabemos.

—¡No se lo diríamos si lo supiéramos! —le lanzó Marie-Jean, la ayudante de Petra.

—¿Qué pasa, Petra? ¿Qué es todo este escándalo?

Frédéric reconoció la voz de Balduino Boel y frunció los labios. No tenía ganas de toparse con ese viejo malhumorado.

—Nada, *mzee* Balduino —habló Petra—. Una visita para la señorita José. Ya se va.

—¿Quién es? ¿Acaso ha venido en helicóptero?

Frédéric se abrió paso de manera brusca entre las sirvientas y se introdujo en el vestíbulo. La sensación de familiaridad le hizo bien.

—Buenas tardes, señor Boel.

—¡Tú! —masculló el hombre, y agitó las ruedas de su silla para aproximarse con la intención de atropellar a Frédéric, que se retiró hacia atrás—. ¡Cómo te atreves a poner pie en esta casa! ¡Vete, malnacido! ¡Vete y no vuelvas nunca más!

—He venido para hablar con Joséphine. No me iré hasta que no haya podido hablar con ella.

—¡Te irás ahora mismo! ¡Godefroide! ¡Godefroide! ¡Ah! —gritó Boel cuando Frédéric se lanzó sobre él y lo ahorcó.

—¡No me iré sin hablar con su hija! ¡Ella me pertenece! ¡Es mía! ¡Sé que no ha dejado de amarme! ¡Usted no se interpondrá entre ella y yo!

—No, *mzee* Balduino no se interpondrá —afirmó una voz gruesa y conocida.

«Wambale», recordó Frédéric, y supo que la presión que le oprimía la parte posterior de la cabeza era el cañón del viejo Winchester del negro. Se incorporó con cuidado.

—Nos interpondremos mi rifle y yo —concluyó Godefroide—. Si no quieres que te llene la cara de perdigones, te aconsejo que levantes vuelo y que no regreses nunca más. ¿He sido claro? La próxima vez no tendré la paciencia para explicártelo. Simplemente, dispararé.

Wambale lo encañonó hasta que Frédéric se montó en el Agusta A-109.

—¡Vamos, despega! —ordenó de mal modo al piloto.

Se asomó por la ventanilla. En tanto el helicóptero se elevaba y la propiedad y la figura de Wambale se empequeñecían, Frédéric se juró volver. «La próxima vez lo haré bien preparado.»

⁎

Estaban torturándolo. Conocía el método. En los ochenta, mientras trabajaba para los servicios de inteligencia sirios, había visto cómo le sacaban información a un espía israelí aplicándole un torniquete en la cabeza. El dolor es agudo e intolerable, y termina enloqueciendo a la víctima.

—Por favor —gimió en alemán—, basta. Por favor, basta.

La enfermera se inclinó sobre Udo Jürkens para escucharlo. Ni siquiera reconoció la lengua en que murmuraba.

—*Monsieur* Garabaín —lo llamó, mientras le tomaba el pulso radial.

La voz se coló en los entresijos de su mente ofuscada y adolorida, y se preguntó a quién llamarían. «Garabaín», repitió. Se trataba de un apellido vasco. Él tenía muchos amigos en el País Vasco, todos etarras. Rememoró escenas acontecidas pocas semanas atrás en tanto huía del cerco que se cerraba en torno a él en Europa. Su amigo Jordi le había conseguido un pasaporte falso a nombre de Iñaki Garabaín, con el cual primero consiguió salir de Europa y entrar en Chipre, y que luego utilizó para llegar a Brazzaville.

—¿Dónde estoy? —preguntó con claridad, y el esfuerzo se convirtió en un ramalazo de dolor que se desplazó desde la nuca hasta el hueso sacro. Se quejó y arrugó la cara.

La enfermera se sobresaltó al oír el susurro metálico que se deslizó entre los labios resecos del paciente.

—Está en un hospital de Brazzaville —atinó a contestar—. Ha contraído meningitis. Descanse ahora —le pidió, e inyectó un sedante en el suero.

Jürkens separó apenas los párpados y, entre los resquicios, divisó a una mujer en delantal blanco.

—¿Doctora Martínez? —llamó varias veces con timbre angustiado hasta caer de nuevo en una inconsciencia plagada de sueños estrambóticos en los que intentaba alcanzar a Ágata y nunca lo lograba.

⸱: ⚘ :⸱

—Puedo sola —dijo La Diana, cortante, a Martin Guerin cuando el paramédico intentó quitarle el cabestrillo.

Notaba la tensión en la muchacha bosnia mientras le apartaba la venda y, sin querer, sus dedos le rozaban el brazo. Sabía que no la perturbaba la herida de bala sino la incomodidad porque estaba tocándola. Le habían asegurado que nadie, excepto Al-Saud y su hermano Sándor, podía ponerle una mano encima, ni siquiera de manera involuntaria, a menos que quisiera terminar como Markov, sin aire en los pulmones. «Una lástima», meditó Guerin, «porque la bosnia está para el infarto».

La Diana salió de la tienda a la que llamaban «enfermería» y se detuvo a observar el campamento. Los mineros se afanaban en el río buscando coltán; los técnicos auditaban el trabajo e impartían indicaciones con el agua hasta las rodillas, igual que los nativos; los soldados congoleños se entrenaban en el claro destinado a los helicópteros; eran tan indisciplinados, tenían tan mala puntería y sabían tan poco del arte de la guerra, que Al-Saud en persona había asumido la responsabilidad de espabilarlos un poco; en cuanto a los hombres de la Mercure, la mayoría se ocupaba en tareas de vigilancia —después del ataque del viernes por la noche, el grupo se mantenía en alerta—; otros descansaban, como Markov, que había pasado la noche de ronda por la selva y en ese momento leía recostado en una hamaca tejida que un tal Yuvé le había regalado a Eliah por haberlo salvado de morir a causa del veneno de una mamba negra.

Caminó hacia el ruso preguntándose qué la impulsaba a acercarse a él cuando días atrás estuvo cerca de partirle el esternón. Tal vez, reflexionó, se debía a la reprimenda que le había endilgado su hermano Sándor. En realidad, la monserga no la había afectado sino la frase final que pronunció, no enojado, más bien triste. «Ellos», había dicho, en referencia a los serbios, «han triunfado porque consiguieron robarte el alma. Te has convertido en un ser duro e implacable, Mariyana».

Markov notó que alguien se aproximaba. Siguió leyendo a Albert Camus y deseó que, quien fuera, pasara de largo y no lo importunara. No tuvo suerte. La sombra se detuvo junto a él y lo privó de la luz. Apartó el libro con un gesto poco amigable que se transformó en uno pasmado cuando descubrió a La Diana. Se recompuso y la miró con expresión flemática.

—¿Qué lees?

Le contestó tras un silencio y una sonrisa burlona, que fastidió a la joven bosnia. Su fastidio lo divirtió.

—*Los justos*, de Albert Camus. Es una obra de teatro.

—¿Es buena?

—Muy buena.

—No sabía que te gustara la literatura.

—En realidad, Diana, no sabes nada de mí.

—Sé que eres ruso y se murmura que pertenecías a la Spetsnaz GRU.

—Insisto, no sabes nada de mí —afirmó, y siguió leyendo; en realidad, fingió seguir leyendo porque la proximidad de La Diana lo aturdía.

—¿Markov?

—¿Mmm? —dijo, sin apartar el libro.

—Quiero pedirte disculpas por lo del otro día. Sé que estuve mal. No pude controlarlo. Además, quiero agradecerte por haberme salvado la vida la noche del asalto a la mina.

—No es nada —aseguró tras el libro—, ni el golpe que me diste, ni que te salvara la vida —aclaró, y, de un salto, abandonó la hamaca y cayó de pie.

La Diana, sorprendida, se echó hacia atrás. Markov pasó a su lado y se alejó hacia el campamento.

—¡Markov!

El ruso se detuvo y apenas giró la cabeza para mirarla. La Diana la juzgó una mirada indiferente. A ella, sin embargo, Markov no le resultó indiferente. Un ardor la recorrió mientras se contemplaban a los ojos. De repente, descubría a un nuevo Markov, uno de gran atractivo. En París, siempre lo había visto en traje y corbata, y, aunque se adivinaba un cuerpo ejercitado y macizo, con los pantalones militares y esa camiseta blanca ajustada, su figura de atleta se exacerbaba. A diferencia de Dingo, su cabello cortado al uso militar era negro, lo mismo que sus ojos, que la horadaban a través del espacio. La Diana pestañeó y se deshizo del embrujo.

—Dije que lo sentía —insistió.

—Dije que no era nada —repitió Markov; dio media vuelta y se alejó.

El ruso se encaminó hacia su tienda con el corazón enloquecido. Apretaba el libro de modo reflejo, lo mismo que las mandíbulas. «Ahora será a mi modo, Diana. Llevará tiempo, pero serás para mí.»

Aldo Martínez Olazábal disfrutaba de las oraciones en la tienda del jeque Aarut Al-Kassib. Según Faruq, el niño que lo había guiado hasta la tienda el primer día y que se había convertido en su sombra, compartir el azalá u oración con el jeque se juzgaba un privilegio que sólo se concedía a ciertos hombres.

—¿Por qué crees que el jeque Aarut me invita al azalá, Faruq? Yo no soy nadie para él.

—¡Cómo! —se azoró el niño—. Usted es el padre de la mujer de Aymán. Y Aymán es uno de los sobrinos favoritos del jeque Aarut.

—¿Aymán?

—Usted lo conoce por su primer nombre, Eliah, pero como es un nombre judío, aquí nadie lo pronuncia. Lo llamamos por su segundo nombre, Aymán. ¿Cómo es la mujer de Aymán, Mohamed? —se interesó el niño, y los ojos negros le brillaron con codicia—. ¡Háblame de tu hija! ¿Cómo se llama?

—Matilde.

—Matilde… —pronunció, emocionado.

—Es la menor de mis tres hijas.

—¿Es hermosa?

—Bellísima.

—¡Oh! —El niño lucía extasiado—. ¿Cómo es? ¡Dime cómo es!

—Tiene el cabello del color de la arena. Y brilla como el oro cuando le da el sol.

—¡Del color de la arena! ¡Brilla como el oro! ¡Nunca he visto algo así!

—Sus ojos son del color de la plata —aseguró, y señaló el mango del cuchillo calzado en el cinturón del niño, labrado en ese metal.

—¡Es un ángel de Alá!

—Sí, lo es. Su corazón es generoso y caritativo. Le resulta fácil querer a todos. Es un ángel —acordó.

—¡Y es la mujer de Aymán! ¡Sí, la mujer de Aymán!

—¿Quieres mucho a Aymán?

—¡Es el hombre más valiente e inteligente que conozco!

—¿Él viene seguido al desierto, a visitar al jeque Aarut?

—Al menos una vez por año. Suele pasar Ramadán con nosotros. Se la pasa meditando. Dice que necesita volver al desierto para restablecer el equilibrio que pierde en Occidente. También viene con sus soldados para entrenar en el desierto.

—¿Para entrenar?

—Sí. Junto con un grupo de nuestra gente, parten al Rub al-Khali para aprender a subsistir en él. Mi hermano mayor los acompañó una vez y me contó que con ventiladores gigantescos simularon una tormenta de arena.

—¿Para qué?

—La tormenta de arena es de las peores cosas con las que uno puede toparse en el desierto. Sobrevivir no es fácil. Me dijo mi hermano que Aymán, en la tormenta simulada, aterrizó y despegó varias veces un helicóptero. También aprenden a reconocer el paisaje y a memorizar puntos que diferencian una duna de otra para no perderse. Aprenden a hacerse uno con el desierto para volverse invisibles. Me contó mi hermano que marchaban bajo el sol con mochilas muy pesadas y que algunos perdían el conocimiento. Aymán, nunca.

Aldo disfrutaba de las conversaciones con Faruq, lo mismo que de las oraciones en la tienda del jeque cinco veces por día, y las comidas con la familia de Faruq, aun con la del jeque, quien lo convidaba a menudo. Le destinaba un trato deferente, aunque circunspecto; resultaba obvio que no se fiaba de él. Con el tiempo descubrió que no se trataba de desconfianza sino de prudencia. Los beduinos no se apresuran a formar sus juicios.

En contra de los pronósticos agoreros, Aldo admitía que el contacto con el desierto, esa naturaleza tan descarnada, virgen y respetada por los beduinos, le hacía bien; lo sedaba, lo tranquilizaba, le daba paz; dormía siete horas seguidas sin necesidad de hipnóticos, algo que no experimentaba desde hacía muchos años. Con el paso de los días comenzó a comprender a qué se refería Al-Saud cuando manifestaba que en el desierto recuperaba el equilibrio perdido en Occidente. No obstante, existían cuestiones que no le permitían gozar de esa armonía. En especial, le preocupaba la suerte de su socio y amigo, Rauf Al-Abiyia, porque cuando el régimen de Bagdad notara su desaparición —Aldo no tenía duda de que lo sabían desde hacía semanas—, exigirían a Al-Abiyia que diera a conocer su paradero, información que el palestino desconocía. También lo obligarían a devolver el adelanto para la compra de combustible nuclear, y eso le resultaría imposible porque Aldo había transferido el dinero a una cuenta en las Bahamas a su nombre debido a que, en los últimos tiempos, había comenzado a desconfiar de Rauf.

Sin embargo, su cariño por Rauf seguía intacto y deseaba que su maestría para sortear los peligros lo salvara otra vez. Ese talento, que Aldo siempre intentaba imitar, lo había mantenido con vida durante más de sesenta años en un mundo donde los hombres rara vez alcanzaban los cuarenta. Siempre lo recordaba en sus oraciones. Sí, se reanimaba, Rauf estaría bien.

En el Oasis Liwa no todo era rezo y comidas; los hombres y las mujeres trabajaban duro. Y por más que Abú Yihad fuera el futuro suegro de Aymán Al-Saud y un invitado especial del jeque, no se lo dispensaba de la porción de tareas que le correspondían. Como Faruq le informó al jeque que Mohamed sabía de caballos, lo destinaron a la caballeriza del clan Al-Kassib. Aldo se quedó impactado al apreciar la estampa soberbia, la alzada y el pelaje de los purasangres.

–Los Al-Kassib son famosos en el mundo por sus caballos –le informó Faruq–. Hasta aquí vienen personas de todas partes para comprarlos. El jeque me dijo que, si llegaran compradores, usted no podría salir de la tienda mientras permaneciesen en el oasis.

El jefe de las caballerizas, Abdel-Kassam, un anciano que parecía comunicarse por telepatía con los animales, no sólo con los caballos sino con los camellos, aun con las cabras y los perros, le enseñó a tratar con los purasangres Al-Kassib. Probablemente, el viejo Abdel-Kassam no sabía leer ni escribir y, sin embargo, Aldo se habría atrevido a desafiar al mejor veterinario en una competencia con el jefe de las caballerizas, que, en un concurso de cómo curar las enfermedades más conocidas y las más extrañas de los caballos, habría eliminado al universitario en un abrir y cerrar de ojos. Terminaba agotado al final de la jornada, aunque con la satisfacción de haber realizado una tarea digna. Se sorprendió la tarde en que se dio cuenta de que nunca un trabajo lo había gratificado tanto como colaborar con Abdel-Kassam y sus hombres.

Había un momento en el día que esperaba con ansiedad, cuando Faruq y otros chiquillos lo invitaban a alejarse del campamento para ir de caza con sus azores y sus halcones. A veces, mientras admiraba la maestría de los jóvenes para dominar a las aves rapaces, meditaba que esa gente, a quienes habría juzgado salvajes y primitivos tiempo atrás, en verdad eran espíritus muy evolucionados y sabios; vivían en armonía con la Naturaleza, y esa cualidad les daba paz, tan codiciada en la civilización y rara vez alcanzada. Había notado que, entre los beduinos, los niños no lloraban y no había enfermos, no conocían el significado de la palabra insomnio, ni la expresión «ataque de pánico». Eran simples, si bien en su simpleza radicaba el secreto de su sabiduría.

En tanto los muchachos disfrutaban de la caza de animales pequeños, él los observaba y reflexionaba acerca de las circunstancias que lo habían llevado a un sitio tan ajeno a sus orígenes, tan exótico, casi un sueño. «¿Qué hago acá? ¿Por qué estoy aquí?»

Con el paso de los días, había terminado por convencerse de que Al-Saud le había salvado la vida al arrancarlo de las garras del Mossad en las cuales Gulemale había pretendido colocarlo. ¿Qué le habrían ofrecido a cambio? Ya no importaba. Nada importaba excepto proteger a Matilde. ¡Cuánto se arrepentía de no haberse sincerado con Al-Saud! Debería haberle contado acerca de Roy, de su centrifugadora revolucionaria y del robo de los planos por parte del doctor Orville Wright, que los había puesto en manos de Saddam Hussein. Al-Saud tenía razón: era un insensato, siempre lo había sido, pero había llegado la hora de enfrentar el destino como un hombre.

Le preguntó al jeque Aarut si existían medios para comunicarse con Aymán, a sabiendas de que en el campamento contaban con varios teléfonos satelitales, además de radios de alta frecuencia. Después de fruncir el ceño, el hombre, apoltronado sobre los cojines, se colocó el narguile entre los labios, dio una pitada y soltó el humo aromático, que inundaba la tienda sin causar molestia. A continuación, negó con un movimiento lento y solemne.

—No, Mohamed. Mi querido Aymán fue muy claro: nada de comunicaciones.

—Es algo importante, jeque Aarut. Te lo pido en nombre de Alá. Es por el bien de mi hija, la mujer de Aymán.

—No. —El beduino se mostró implacable.

—Ella corre peligro. Su vida corre peligro.

—Aymán lo sabe. Él me lo dijo, que su mujer y que tú corren peligro. Entonces, si Aymán lo sabe, ¿por qué estás preocupado? Él la protegerá, con la ayuda de Alá, el misericordioso.

—Acabo de recordar información que podría ayudarlo a dar con los hombres que buscan a mi hija.

—Lo siento, Mohamed, pero la respuesta es no.

Aldo decidió no insistir y conformarse.

17

El miércoles 15 de julio, un día después de que el presidente Laurent-
Désiré Kabila expulsara del Congo a un comandante militar ruandés y
lo reemplazara por uno nacional, Eliah Al-Saud viajó en el *Jumbo* de la
Mercure a Kinshasa para entrevistarse con su amigo, el ministro de Defensa, Joseph Kabila, y para comprar provisiones. Se dieron un abrazo y
se palmearon la espalda.

—¿Cómo va la explotación de la mina?

—Muy bien —aseguró Al-Saud—, por ahora —añadió, con expresión
críptica, y Kabila sonrió.

—Sí, lo sé. Las cosas están poniéndose cada vez peor. Ayer mi padre
expulsó a James Kabare, uno de los comandantes que formaban parte del
gobierno de coalición con Ruanda y Uganda. Como imaginarás, no se lo
han tomado bien en Kigali ni en Kampala. Creo que se precipitó —opinó
Joseph—. Se siente seguro porque la cuestión política está bastante calmada. Habla de expulsar también a los ejércitos vecinos que quedan en
el territorio congoleño.

—Los ruandeses y los ugandeses no se quedarán de brazos cruzados.
Pusieron mucho dinero para conducir a tu padre al poder y quieren re-
sarcimiento.

—Ya están cobrándose con el coltán. ¿Has tenido problemas en la
mina?

—Hemos sufrido algunos ataques de Nkunda, sí.

—¿Qué crees que suceda, Eliah?

Al-Saud se acomodó en el sofá, clavó el codo en el apoyabrazos y se
sujetó el mentón en actitud reflexiva.

—Creo que habrá guerra, Joseph, pero no una guerra en el sentido tradicional de la palabra sino de las llamadas guerras de cuarta generación.

—Una guerra de guerrillas —completó Joseph—, como sucedió en Vietnam.

—Así es. Hay demasiadas facciones rebeldes involucradas. Además los gobiernos que intervendrán no querrán exponer a sus soldados ni a su armamento en batallas desgastantes. Eso cuesta muchísimo dinero, y los africanos no son países que naden en la abundancia.

—¿Qué deberíamos hacer, Eliah?

—Alianzas —manifestó, sin dudar—. Lo siento, sé que en el pasado las alianzas probaron ser un fastidio para tu padre, pero las necesitará. Ruanda y Uganda se unirán para enfrentarlos. Probablemente Burundi se les sume. Tu padre debería comenzar a hablar con países amigos para que lo apoyen. Eso por un lado. Por el otro, deberían convocar a los jefes mai-mai y a los *interahamwes* para sumarlos a sus aliados. Creo que, a la larga, serán ellos los que definirán la contienda.

—Si Ruanda invadiera el Congo —conjeturó Joseph—, sería un escándalo internacional. Las Naciones Unidas nos apoyarían.

—Olvídate de las Naciones Unidas. Responden a los grandes poderes, y son ellos los más interesados en avivar los conflictos en las Kivus. Pasteur Bizimungu —Al-Saud aludía al presidente ruandés— conoce bien los hilos que mueven la política internacional. Es un hábil político y fabricará una excusa bien fundada para invadir. Lo más probable es que se aproveche del conflicto tribal entre tutsis y hutus para hacerlo. No sé, se me ocurre que sacrificará a unos cuantos banyamulengue, culpará a los *interahamwes* y de ese modo obtendrá la justificación que le permita invadir tu territorio. Se escudará en que sólo pretende defender a su etnia para que no se repita el genocidio del 94. Echará mano del mismo argumento de Laurent Nkunda.

—Tú y yo sabemos que lo único que busca Bizimungu es satisfacer la demanda de coltán de los países del Primer Mundo y llenarse los bolsillos.

—Sí, lo sé. Ése es el verdadero motivo del conflicto, pero nadie lo proclama a viva voz. Hay demasiados intereses.

—Casi es una maldición poseer tanta riqueza natural. ¿De qué nos sirve si los poderosos la saquean y mi pueblo vive hambriento y enfermo?

Lo que Al-Saud tenía para contestar tal vez hiriera el orgullo africano de su amigo, por lo que decidió callar. Cambió la postura, sorbió un poco de café y carraspeó.

—Joseph, quería pedirte un favor personal.

—Lo que quieras, amigo.

–Se trata del trámite de adopción de un niño congoleño. –Kabila frunció el entrecejo y enseguida levantó las cejas–. Sí, lo sé, es extraño lo que voy a pedirte.

–Adelante. Dime de qué se trata.

–Mi mujer…

–¿Tu esposa? ¿Volviste a casarte?

–Aún no, pero deseo hacerlo en el corto plazo. Mi mujer trabaja en Rutshuru, como médica de Manos Que Curan.

–¡Ja! –se pasmó Kabila, y batió las palmas–. ¡Ésta sí que es una sorpresa!

–Sí, así es. Es cirujana en el hospital de Rutshuru. Allí conoció a un niño, un huérfano, Jérôme es su nombre. Quiere adoptarlo.

–¿Dónde está el niño ahora?

–En la Misión San Carlos, de las Hermanas de la Misericordia Divina, cerca de Rutshuru. La superiora se puso en contacto con la Asociación de Adopción Internacional del Congo y presentó los primeros documentos y formularios, pero es sabido que se trata de un trámite burocrático y engorroso.

–Déjalo en mis manos. Yo mismo hablaré con el ministro de Acción Social para que se ocupe. Dame los datos del niño y de tu mujer.

Al-Saud le dio el nombre y el apellido de Jérôme y le deletreó los de Matilde.

–Se dará intervención a la embajada de tu país, Eliah. Ellos tendrán que participar en la tramitación puesto que Jérôme se convertirá en tu hijo y será francés.

–Matilde y yo no estamos casados aún, y el trámite se comenzó a nombre de ella.

–Te aseguro que las cosas se agilizarían si tú y Matilde se casaran. Siempre son más proclives a entregar niños a matrimonios que a solteros.

Frédéric oyó la voz de Laurent Nkunda y se asomó al pasillo de su oficina en Kigali. El general era un asiduo visitante de la sede de Somigl. Acostumbraba marcharse con un maletín lleno de dinero que utilizaba en la compra de armas y de provisiones para sostener a su ejército rebelde. Uno de los comandantes del Congreso Nacional para la Defensa del Pueblo caminaba a su lado, con la cabeza baja, mientras escuchaba despotricar a su jefe.

–¡No tienen idea de lo que cuesta alimentar, vestir y curar a tanta gente! ¡Diez mil dólares! ¡Diez mil malditos dólares! ¿Qué pretende

Gulemale que haga con esto? ¿Comprar harina de yuca y unas cuantas galletas energéticas? Y después me reclama y se enoja cuando las minas caen en poder del enemigo.

—¡General! —lo llamó Frédéric, y alzó la mano en señal de saludo.

—Frédéric. ¿Cómo estás, muchacho?

—Con algunos problemas, general —admitió—, lo mismo que usted, por lo que escucho.

—Me atrevería a decir que nuestro problema es el mismo: Gulemale.

—No es una mujer fácil —concedió Frédéric—. Pasen, por favor. Acepten compartir un trago conmigo. Tengo un Johnnie Walker etiqueta verde que es como tener un pedazo de cielo en la boca.

Los rebeldes accedieron, gustosos, y se acomodaron en el sofá, mientras Frédéric escanciaba una porción generosa de whisky. Les entregó los vasos y se acomodó frente a ellos. Les concedió una sonrisa mientras los observaba degustar la bebida. Había llegado el momento de poner en marcha su plan, que le había tomado un mes trazar. Era infalible.

—General, como sé que es un hombre muy ocupado, iré al grano. Tengo un negocio que proponerle. Algo que podría redituarle mucho dinero.

—Te escucho.

—Existe una hacienda cerca de Rutshuru llamada *Anga La Mwezi*...

—Sí, propiedad de Balduino Boel.

—Así es. Es una alcancía llena de obras artísticas de gran valor, joyas, gobelinos, antigüedades. Si se hiciera con ese tesoro, obtendría una fortuna.

—Yo no sé nada de obras artísticas, joyas y gobelinos, Frédéric. ¿Qué podría hacer con ellas?

—General, tengo un amigo, una persona de mi mayor confianza, que está en el negocio de las obras de arte, en el mercado negro. Los coleccionistas privados europeos, norteamericanos y japoneses pagan cualquier precio si la obra vale la pena. El dinero que se obtiene es sorprendente. Le aseguro, general, que la hacienda Boel es casi un museo. Yo calculo que podríamos sacar en limpio varios millones de dólares.

Nkunda y su comandante intercambiaron una mirada apreciativa.

—Le advierto que será un trabajo fácil y difícil. Fácil porque la hacienda carece de medidas de seguridad y sólo viven en ella Boel, un tipo viejo y paralítico, su hija y unos cuantos sirvientes. Sólo uno es de cuidado porque anda armado con un Winchester. Por otra parte, será difícil porque a la hija de Boel no pueden tocarle un pelo. Ella es asunto mío. Yo me ocuparé.

La carcajada de Nkunda desorientó a Frédéric.

—Así que estamos frente a un asunto de faldas y quieres convertirte en un héroe.

—De faldas y de dinero, general. Porque de lo que obtengamos de la venta de los cuadros y las demás cosas quiero el cincuenta por ciento.

—De ninguna manera. A mí me toca hacer la erogación más grande en hombres y en armas. Así que será el setenta para mí y el treinta para ti.

—El cuarenta para mí y el sesenta para usted.

—Ésta es mi última oferta: el treinta y cinco para ti y el sesenta y cinco para mí.

—Acepto.

—Nos servirá toda la información que puedas brindarnos, Frédéric.

—Preparé un croquis de la propiedad y otro con la distribución interna de la casa. Como le dije, sólo un empleado, Godefroide Wambale, podría convertirse en un problema. Tiene un Winchester, que sabe manejar muy bien.

—Definiremos el día y la hora del ataque y te lo haremos saber.

—Insisto: a la hija de Boel no pueden tocarle un pelo. Un último pedido, general. —Nkunda ensayó un ademán que lo invitó a expresar su deseo—. Quiero muerto a Balduino Boel.

—Es el ex marido de Gulemale, el padre de su hija.

—A Gulemale le importa la suerte de Balduino Boel tanto como a usted, general.

—No quisiera tener problemas con ella. Ya la conoces.

—No los tendrá, se lo aseguro. De todos modos, lo mejor será no advertirla del ataque o querrá su tajada.

⁓ �֍ ⁓

Tenían una rutina. Al caer la noche, Eliah llevaba a su hermano hasta *Anga La Mwezi*, donde Alamán se deslizaba por la contraventana del dormitorio de Joséphine para pasar la noche con ella, mientras Eliah lo hacía en el de Matilde. Temprano, alrededor de las cinco y media, pasaba a buscarlo y regresaban al campamento en la mina. Alamán estaba seguro de que el plantel de empleados de *Anga La Mwezi* sabía de sus intrusiones nocturnas y se las facilitaba; aun Grelot, el golden retriever de los Boel, se mostraba inclinado a aceptar las correrías de Alamán, porque se presentaba para recibirlo y no ladraba, se limitaba a gañir hasta que Alamán lo acariciaba y le decía: «Buen muchacho».

Se amaban primero, atizados por un deseo que crecía a lo largo de la jornada y que explotaba cuando el chirrido de la contraventana anunciaba la llegada de Alamán. Joséphine lo recibía apenas cubierta por una bata de gasa color lavanda que su hermana Aísha le había comprado en

Victoria's Secret, y, con manos arrebatadas, lo ayudaba a desnudarse. A veces, Alamán la poseía vestido y, después, saciado, se desvestía y se le unía en la cama, donde sostenían largas conversaciones. Hablaban mayormente del futuro. Al-Saud quería casarse pronto y llevarla a París. Ella interponía que no dejaría solo a su padre, a lo que Alamán contestaba:

—Entonces, llevémoslo a París a vivir con nosotros. Compraré una casa enorme para que todos podamos preservar nuestra intimidad.

—Mi padre es terco, Alamán, y no querrá abandonar el Congo. No quiso hacerlo en el 60, cuando nos independizamos de Bélgica y los belgas se fueron, temerosos de las represalias. No lo hará ahora por mí.

—Me quedaría aquí, en el Congo, pero mi negocio y mi trabajo están en París. No tendría mucho para hacer en Rutshuru, cariño.

Lo cierto era que Alamán ya había acabado su trabajo en la mina. Con los sistemas de seguridad y las contramedidas electrónicas bien aceitadas y a cargo de los empleados de la Mercure, los que se desempeñaban en el terreno y los que prestaban soporte desde la base en París, su presencia en el Congo se prolongaba sólo por Joséphine. En París lo esperaban sus clientes y otros compromisos.

—Lo sé, mi amor. He llegado a tu vida para complicártela.

—Has llegado a mi vida para darle felicidad y un sentido. Hasta que te conocí, Joséphine, nunca había reparado en lo solo que estaba. No quiero que te angusties, mi amor. Encontraremos una solución.

—¿Tú crees?

—Por supuesto.

—¡Amo tu optimismo!

—¿Y a mí? ¿Me amas?

—A ti no tanto —bromeó, y Alamán le hizo cosquillas hasta arrancarle la verdad.

~· �֍ ·~

Al día siguiente de su entrevista con Joseph Kabila, Eliah visitó a Matilde y se trepó al alféizar para entrar por la ventana. Se abrazaron sin mediar palabras. Ella acababa de bañarse y se había perfumado con Anaïs-Anaïs. Al-Saud pegó las fosas nasales en su cuello y tomó una inspiración profunda seguida de un suspiro que calentó la piel de Matilde.

—Te extrañé anoche. Tanto —jadeó, mientras sus manos le apretaban el trasero y lo pegaba a su erección—. ¿Qué hiciste sin mí?

—Dormir ocho horas seguidas —contestó, con ánimo burlón, y Al-Saud rio contra su escote.

—Creo que tendré que dejar de venir todas las noches para que descanses bien.

—¡No te atrevas!

—¿Eso quiere decir que me quieres en tu cama *todas* las noches?

—Todas —aseguró, con una vehemencia que no le era propia y que enardeció a Al-Saud.

Después de amarse, mientras comían desnudos, sentados como indios sobre la cama, con la bandeja entre ellos, conversaron acerca de los hechos del día. Aunque no lo mencionaban, añoraban ese momento de complicidad y de confidencias tanto como el sexo. Por primera vez, Matilde experimentaba la certeza de que Al-Saud no le ocultaba facetas de su vida y de que compartía con ella los problemas pequeños y también los más serios. Le encantaba cuando le pedía su opinión.

—¿Cómo te fue con tu amigo Kabila?

Al-Saud meció la cabeza.

—Me aseguró que la guerra con Ruanda y Uganda explotará de un momento a otro. —Levantó la vista del sándwich para apreciar la reacción de Matilde—. No quiero que te angusties, pero es preciso que comprendas que, estando Ruanda y Uganda a pocos kilómetros de las Kivus, éste será el foco del conflicto. Tal vez Manos Que Curan decida levantar su misión en el Congo.

Matilde se quedó mirándolo, entre desorientada, abrumada y enojada. Palideció deprisa, como solía ocurrir, y Al-Saud se apresuró a retirar la bandeja y atraerla hacia él.

—Eliah, no voy a irme del Congo sin Jérô. No me importa si estalla una guerra mundial en las Kivus. No voy a irme sin él. No voy a dejarlo solo.

—Lo sé.

La acomodó sobre sus piernas y la abrazó. Su pequeña y delicada Matilde era capaz de enfrentar a un ejército por amor a su negrito Jérôme.

—Mi valiente guerrera sin escudo ni armas —le susurró sobre la frente, y le besó los párpados, y le depositó besos diminutos sobre las pecas y en la punta de la nariz—. Tengo celos de Jérô —admitió, con aspecto contrito.

—¿Por qué?

—Porque para ti, él es más importante que yo.

Al-Saud la contempló con una fijeza que le robó el aliento. El verde esmeralda de sus ojos se había intensificado en el contorno oscuro que componían sus párpados y sus pestañas.

—Eres lo más hermoso que he visto en mi vida —pensó en voz alta, sobrecogida por la sacralidad de su belleza. Elevó la mano y le acarició las líneas del rostro con el índice, maravillada de la armonía de sus huesos, de la forma de sus ojos, de la línea de sus cejas, del largo de sus pestañas; cada aspecto hablaba de la perfección–. Cuando te observo, Eliah, que es lo que hago la mayor parte del tiempo que estás cerca de mí, caigo como en una hipnosis porque tu hermosura me deja atontada. Es en esos momentos cuando más lamento no poder darte un hijo que herede tus facciones, el color de tus ojos, la forma de tus labios. Amo la forma de tus labios –remarcó con énfasis, y les dibujó el contorno con el dedo.

–No quiero hijos si no puedes dármelos tú –afirmó Al-Saud, en francés–. No quiero nada si no viene de ti, Matilde. *Rien* –enfatizó.

–¿Sabés una cosa? Estoy convencida de que viajé a París para conocerte y de que viajé al Congo para conocer a Jérôme. Ustedes, los dos, son parte de un plan cósmico que no sería perfecto si alguno faltara. Cuando conocí a Jérôme, el vínculo tan extraño que me unía a él me recordaba al que me había unido a ti en París. Se trataba de un lazo del cual no podía escapar por mucho que lo intentara. Tú y él son mi destino. Para mí, son una sola cosa. Mi hombre y mi hijo.

–¡Matilde! –susurró Al-Saud, y comenzó a besarla de modo desenfrenado; intentaba comunicarle con su pasión lo que las palabras no lograrían explicar.

Volvieron a amarse y, mientras él se balanceaba sobre ella, se miraban a los ojos y sonreían, dichosos, felices, olvidados de que se hallaban en un país a punto de entrar en guerra y de que los rodeaban la enfermedad, la pobreza y el dolor. Se bastaban. Uno empezaba y terminaba en el otro. No necesitaban nada más. Cuando Eliah acabó, aún acezante y sensible a causa de los últimos estremecimientos de placer, le habló con una emoción y una desesperación que afectaron a Matilde al punto de hacerle detener las inspiraciones agitadas y quedar en suspenso, quieta debajo de él.

–No te merezco, Matilde. Lo sé. Mi espíritu es muy inferior al tuyo. Pero no puedo vivir sin ti. Por favor, acéptame como tu esposo. *Mariemoi, Matilde.* –Y sin darle tiempo a expresar una contestación, se lanzó a explicarle eso de «no puedo vivir sin ti», y le describió las primeras horas sin ella, después de que sus miradas se tocaron en el Aeropuerto Charles de Gaulle y de que él huyó porque le resultaba intolerable la idea de verla partir; y le refirió los primeros días sin ella, mientras se torturaba en la casa de Ruán escuchando el *Adagio* de Albinoni y la *Zarabanda* de Händel; y le detalló las primeras semanas en la casa de la Avenida Elisée Reclus, donde la veía en cada habitación y donde estuvo a punto de perder la cordura por transcurrir horas contemplando *Matilde y el caracol.*

–Sí –musitó Matilde, y Al-Saud siguió hablando, enfrascado en esa narración catártica–. Sí –volvió a susurrar, y le sujetó la cara para obligarlo a callar–. Digo que sí. –Ante la expresión demudada de él, Matilde aclaró–: Digo que sí, que acepto, que quiero ser tu esposa.

–¿Sí?

–Sí, mi amor, sí. Quiero ser tu esposa. Sabes que no creo en la institución del matrimonio, pero si para ti es tan importante... –Al-Saud profirió un clamor de alegría y la abrazó–. ¡Eliah, vas a despertar a todos!

–¡Qué me importa! Estoy tan feliz que sería capaz de darle un abrazo y un beso al idiota. ¡Sí, para mí es muy importante!

–¿Por qué es tan importante? No es más que un frío trámite que queda plasmado en una fría libreta.

Al-Saud detuvo las palabras antes de pronunciarlas, y Matilde advirtió que la sobriedad se apoderaba de él, aunque perduraba una sonrisa que lo iluminaba. No quería decirle que necesitaba que el Estado con su imperio le hiciera entender que era de él; que, pese a ser ella una criatura superior, pertenecía a Eliah Al-Saud, un mercenario, un ser inferior. *Madame Al-Saud. Doctoresse Al-Saud.* Casi masculló el nombre, que anidó en su boca, se enredó en su lengua y le ocasionó un cosquilleo que terminó por despertar su miembro saciado.

–Es importante porque nos conviene –contestó en cambio–. Joseph Kabila, que prometió ayudarnos con los trámites de Jérô, me dijo que los jueces son más proclives a conceder la adopción a un matrimonio legalmente constituido que a una persona soltera.

–Entonces –retomó Matilde, siguiéndole el juego–, ¿te casas conmigo sólo por un formalismo legal?

–¡Claro! ¿Qué pensabas?

–Que me amabas, que me querías para siempre a tu lado, que no podías vivir sin mí.

Al-Saud le pasó varias veces la mano por el cabello. Nunca apartó la vista de la de ella.

–Te pido que te cases conmigo porque te amo más allá del entendimiento, porque te quiero siempre a mi lado y porque no puedo vivir sin ti. Sin mi Matilde, no. Es así de simple: no vivo sin mi Matilde. Sin ella, sólo respiro y subsisto.

A partir de la noche en que Matilde aceptó ser su esposa, para Al-Saud se convirtió en una obsesión supersticiosa alcanzar el día en que ella pronunciara el sí frente a un juez. Temía darle tiempo al tiempo para que les jugara otra mala pasada que los separara. Estaba inquieto, nervioso y, lo admitía, pesado como un tábano. «¿Cuándo? ¿Qué día? Fija una fecha. ¿Qué tal a fin de mes? Thérèse y Victoire se ocuparían de presentar la documentación en el Ayuntamiento del *Septième Arrondissement*. Viajamos a París, nos casamos y volvemos. ¡No es una locura! ¡Es lo mejor! Piensa en los trámites de Jérô», la engatusaba, lo que la colmaba de ternura.

No habría ceremonia religiosa porque ninguno la deseaba. Dios había bendecido su amor y su unión mucho tiempo atrás.

꒰ ⚬ ꒱

La indiferencia de Sergei comenzaba a fastidiarla. «Sergei.» ¿Desde cuándo pensaba en él como «Sergei»? Antes lo llamaba Markov. Y no se habría enterado del nombre de pila si Matilde no se lo hubiera preguntado mientras la protegían en París.

Semanas atrás, el coronel McAllen les había encomendado, a ella y a Markov, ocuparse de una sección del entrenamiento de los soldados del ejército congoleño y de unos aldeanos que habían llegado a la mina a pedir trabajo, entre ellos Yuvé, que aún ostentaba las marcas de los colmillos de la mamba negra, que él señalaba con orgullo. Siempre aclaraba que «mzee Al-Saud» le había salvado la vida.

La Diana se negaba a admitir que esperaba con expectación las reuniones que mantenía con Sergei para organizar las actividades del día. Eran ocasiones de charlas de tinte profesional y desapegado; no obstante, ella las disfrutaba como hacía tiempo no disfrutaba de algo. Si bien lo disimulaba y jamás lo mencionaba, la admiraban los conocimientos de Markov acerca de armas, de tácticas de ataque, de camuflaje y de supervivencia, como también la facilidad con que le enseñaba y con la que ella aprendía. Le gustaba verlo limpiar su VSS Vintorez, el rifle ruso favorito de los francotiradores y que, según Lambodar Laash, evidenciaba el pasado de Markov en la Spetsnaz GRU. Había comenzado a espiarlo mientras ejercitaba; en una oportunidad lo vio hacer ochenta lagartijas y seguir con una centena de abdominales, y ponerse de pie como si nada. A ella se le tensaron los músculos de los brazos al imaginar el esfuerzo.

Markov era parco y no necesitaba hacer migas con nadie, si bien se mantenía atento a las necesidades del grupo. Los demás lo respetaban por su desempeño como soldado y no se metían con él. Por eso, a La Diana la complació que Markov y Sándor se convirtieran en amigos. Se dio cuenta de que la amistad había nacido después de que ella dejó al ruso sin aire. Observaba a Sándor, tan normal en su comportamiento, y anhelaba ser como él. Años atrás, ella había sido así: espontánea, risueña, alegre y confiada. Los serbios se habían encargado de reducirla a ser esa criatura taciturna, miedosa y resentida, que no toleraba el contacto humano y que se ponía en guardia porque alguien le pedía la hora. Sándor tenía razón: los serbios habían triunfado. Ella estaba devastada y no sabía cómo levantarse de las ruinas.

Su ansiedad también aumentaba cuando se aproximaba la hora de alejarse del campamento para iniciar el adiestramiento de los grupos, el de los soldados o el de los aldeanos. Ella percibía que, aunque serio y distante, Sergei, frente a los hombres, la trataba con respeto y le daba su lugar. Una tarde, mientras los aldeanos ejercitaban sus cuerpos enclenques, La Diana le preguntó:

—¿Es tan duro como dicen el entrenamiento para ingresar en la Spetsnaz GRU?

—Supones que fui miembro de la Spetsnaz GRU —afirmó el ruso.

—¿Lo fuiste?

—¿Por qué quieres saber?

La Diana agitó los hombros y le imprimió a su gesto un aire indiferente.

—Curiosidad.

—¿La Diana, curiosa? ¡Esto sí que es una novedad! —expresó, risueño, y, con los brazos cruzados al pecho, giró la cabeza para mirarla. La Diana también lo miró, y por un instante las sonrisas irónicas se congelaron. Resultaba imposible soslayar el flujo de energía que los atraía. Markov rompió el contacto primero y se alejó en dirección a los aldeanos.

Otro día, con la excusa de consultarle acerca de las armas que debía preparar para el entrenamiento, se aproximó a la hamaca donde Markov leía. Él salvó la duda en un momento y volvió a enfrascarse en la lectura.

—¿Está en ruso?

—¿Cómo? —disparó él, con fastidio, y apartó el libro.

—Que si el libro está en ruso.

—No, en inglés.

—¿Cómo se llama?

Markov la miró con aire entre divertido e iracundo antes de contestar.

—*Lolita*, de Vladimir Nabokov.

—Sándor dice que estás enseñándole ruso. —Se quedó mirándola, sin nada que acotar—. A mí también me gustaría aprender.

La impaciencia fingida del mercenario se puso a prueba en ese instante y prefirió esconderse tras *Lolita* que intentar enmascarar el gesto triunfal.

—¿Estás pidiéndome que te enseñe ruso o simplemente estás manifestando tu deseo de aprenderlo algún día? —Lo preguntó con soberbia y timbre burlón, desde su cómoda posición en la hamaca, sin apartar el libro del rostro. No la veía; sin embargo, percibía la furia y la incomodidad de La Diana. Lo sorprendió que le contestara de manera ecuánime.

—Me gustaría que me enseñaras.

—A cambio de las clases de ruso, Sándor está enseñándome *Krav Magá* y *Ninjutsu*, que aprendió con Al-Saud. ¿Tú que puedes darme a cambio? —se interesó, y apartó el libro para mirarla.

—Puedo pagarte.

—¿Qué haría con el dinero en este sitio?

—¿Ahorrarlo? —sugirió ella, con altanería, y a Markov lo complació que volviese a la lid.

—Hace mucho que no tomo una buena *borscht*, y Sándor dice que tú preparas la mejor.

—¿Hablas de mí con Sándor?

—No, de ti no. Hablamos de comida. ¿Prepararás *borscht* para mí cada vez que te dé clases?

—Lo haré, pero antes preguntaré a Dante y a Kimi —La Diana se refería a los cocineros del equipo— si me permiten usar la cocina. Además, tengo que encontrar betabeles. No será fácil.

Otra transformación que La Diana apreciaba en los turbulentos días en la selva congoleña era su creciente indiferencia hacia Dingo. Tomó conciencia de este hecho en una ocasión en que el australiano le dirigió la palabra, y sus pulsaciones no se dispararon. Comenzó a verlo a través de un prisma más realista. Si bien era un eximio profesional de la guerra, el resto del tiempo se presentaba como un cachorro juguetón, bastante engreído, que sólo hablaba de los mejores mares para surfear y para bucear. Y resultó paradójico, pero mientras ella abandonaba sus intenciones de acercarse y de enamorarlo, Dingo daba muestras de saber que La Diana existía.

Las clases de ruso se alternaban con las reuniones para planear el adiestramiento y con el adiestramiento mismo. Además, McAllen había conformado un nuevo grupo de vigilancia comandado por Markov, con La Diana como segunda al mando, por lo que pasaban juntos la mayor parte del día, a veces de la noche, comprometidos en sus rondas.

A los cambios que operaban en el ánimo de La Diana se sumaba la curiosidad; nunca había sido curiosa, ni siquiera de niña. En ella no residía el impulso que a tantos domina por saber de las vidas ajenas. No obstante, necesitaba conocer a Markov, los datos básicos —dónde había nacido, quiénes eran sus padres, qué día era su cumpleaños, cuántos hermanos tenía— y también otros más interesantes, como por ejemplo, acerca de su supuesto pasado en la Spetsnaz GRU y si era cierto que lo habían expulsado de Liberia por haber mantenido relaciones sexuales con la sobrina del presidente Taylor. A veces, mientras se echaba en su catre y no podía dormir, lo imaginaba envuelto en una cópula con una joven africana voluptuosa, de curvas cimbreantes e índole apasionada, y apretaba los párpados porque existía un instante en que la mujer negra se convertía en una blanca. Detestaba el calor que le ardía entre las piernas. En verdad, estaba fastidiándola la fijación con ese hombre.

Durante las clases de ruso, Markov se mantenía distante en el rol de profesor. Al igual que con sus conocimientos en el arte de la guerra, transmitía con facilidad los de su lengua madre. «Es generoso», concluyó La Diana, «por eso es buen docente. Porque da lo que sabe sin mezquinarlo». Por fortuna, consiguió betabeles —los proveía N'Yanda, la cocinera de Manos Que Curan, a pedido de Al-Saud— y le preparaba la *borscht*. La complacía verlo saborear cada cucharada que se llevaba a la boca. Nunca mencionaba si estaba rica, si le faltaba sal o si le sobraba pimienta. La comía en silencio y devoraba dos y hasta tres platos. Los demás la coronaban con alabanzas, aun Dingo.

Con el correr de los días, La Diana se convenció de que Markov había perdido el interés por ella. No era para menos; jamás le había conferido un trato amistoso, ni siquiera cordial, y casi le había partido el esternón. ¿Por qué la deprimía serle indiferente?

Una tarde, mientras entrenaban a los soldados congoleños en la técnica del *rappelling*, La Diana sintió una repentina debilidad en el brazo, soltó demasiada cuerda, cayó un trecho a gran velocidad y, al frenar bruscamente, se torció la muñeca. Profirió un aullido. El dolor se mezcló con el orgullo mancillado y la vergüenza porque Markov le había advertido que no participara en la práctica con su brazo todavía convaleciente. La tildaría de insensata, caprichosa y engreída.

Markov, colgado en el otro extremo del risco, se movió lateralmente, sorteando a los soldados que descendían entre él y La Diana, y estuvo junto a ella en menos de tres minutos.

—¿Qué pasa?

—La muñeca —masculló—. Me la doblé cuando traté de frenar —y, aunque esperó el «yo te lo advertí», nunca llegó.

—No podrás bajar sola.

—Sí, podré —se empecinó, e intentó mover la mano, lo que le ocasionó una punzada dolorosa—. ¡Mierda! —exclamó.

—Bajarás conmigo.

—¡No! —Le lanzó un vistazo aterrado que afectó a Markov, que enseguida pensó en las vejaciones que habría padecido a manos de los serbios y en las heridas que tenía marcadas a fuego y profundamente.

—Diana, no podrás bajar sola. No tengo nada con qué ajustarte la muñeca. Y sospecho que no podrías bajar aunque te la vendara.

—¡Sí, podré!

—Diana. —El acento de Markov la hizo levantar la vista—. Déjame ayudarte.

—¿Cómo lo harías?

—Son unos veinte metros hasta el suelo. Mi cuerda nos aguantará a los dos. Tendré que quitarte el arnés para que te abraces a mí. Ataré esta cuerda a mi cintura y a la tuya para permanecer unidos.

—No —replicó, angustiada, y el ruso se compadeció de ella—. Que venga Sándor. O Eliah.

—Escúchame, Diana —dijo, en tono confidente—. Sé que no soportas que te toquen, lo aprendí de la peor manera —acotó, risueño—. Pero no le des tanta importancia. Sólo será un roce involuntario. Nada más.

Todos sabían que no debían tocarla; sin embargo, nadie lo mencionaba abiertamente. Markov era el primero en sacar a relucir su fobia. Lo había hecho con respeto y hasta con cariño. Asintió para prestar consentimiento. El hombre se movió con cuidado mientras la desembarazaba del arnés y ataba una cuerda para unir sus cinturas. Dio un jalón un tanto brusco, y el nudo especial se deslizó hasta ceñirse a ellos.

—Creo que no lo toleraré —farfulló La Diana.

—Lo lograrás. Eres demasiado inteligente para dejarte vencer por este miedo. Ahora aflojaré la hebilla. No tengas miedo, no te soltaré. La cuerda te sujeta a mí. Pasa tu brazo bueno por mi cuello, agárrate. ¿Aún tienes curiosidad por saber si formé parte de la Spetsnaz GRU?

—¿Qué? —se desconcertó La Diana, a quien sus latidos la ensordecían.

La proximidad con Markov le resultaba intolerable y comenzaba a arrepentirse de haber aceptado su ayuda. Con las cabezas tan próximas, La Diana poseía un panorama perfecto de la oreja del ruso y una noción acabada del aroma de su piel sudada.

—Si aún tienes curiosidad por saber si fui miembro de la Spetsnaz GRU.

—Sí —balbució, y, al alejar la cara para mirarlo, lo juzgó atractivo con el entrecejo fruncido a causa del esfuerzo.

—Sí, fui miembro de la Spetsnaz GRU —le confirmó, jadeando, y aflojó la cuerda para probar el descenso—. Lo fui por quince años. Créeme, es mucho tiempo para sobrevivir en ese condenado grupo de élite.

—¿Por qué? —se interesó, a pesar de que percibía la garra del miedo en torno a su garganta; de hecho, las palabras le brotaban como graznidos. No quería caer en un ataque de histeria, no a veinte metros de altura y frente a Markov.

—Porque a los de la Spetsnaz GRU nos entrenan para enfrentar la muerte en cada misión y salir airosos. No siempre lo logramos.

—¿Estás bien? —preguntó con ansiedad ante la mueca de dolor del ruso.

—Sí, muy bien.

—¿Perdiste a muchos amigos?

—Sí, a varios. A mi mejor amigo lo perdí en Georgia. Fue una misión espantosa. Yo salí con tres balazos, medio muerto.

La cercanía con Markov era una novedad para La Diana; de hecho, cuando las tomaron prisioneras y las encerraron en el campo de concentración, Leila y ella eran vírgenes, y nunca habían tenido novio; sabían poco de la intimidad entre un hombre y una mujer.

—Toma una inspiración profunda —le aconsejó Markov— e intenta relajar el estómago. Falta poco. ¿Quieres saber cuántos balazos recibí a lo largo de mi carrera en la Spetsnaz GRU? —La Diana masculló un sí—. Dieciséis. Puedo probarlo. Todos dejaron su huella.

—Te creo.

—No me jacto, Diana —aclaró, y la voz le brotó tensa porque había iniciado una nueva etapa de descenso.

—Sé que no te jactas.

—¿Cómo lo sabes?

—Porque nunca lo has mencionado, ni en las rondas después de la cena, cuando todos cuentan sus anécdotas, ni en las largas horas que pasamos juntos cuidando a Matilde. Lo haces ahora para distraerme.

—¿Estoy lográndolo? —Ella dijo que sí—. ¿Por qué te interesaba saber si había estado en la Spetsnaz GRU?

—Porque Zlatan mencionó una vez que era durísimo pasar el período de admisión. ¿Es verdad?

—Sí, es verdad. Durante los dieciocho meses que dura el adiestramiento, nos someten a situaciones tan peligrosas como las misiones mismas, sin usar balas de fogueo ni cuchillos de hule.

—¡Increíble! ¿Es verdad que algunos mueren en el adiestramiento?

—Ninguno de mi grupo murió, pero muchos quedaron en el camino porque no podían seguir. Algunos sufrieron quebrantos emocionales. Había que verlos llorar como niños —dijo, sin ánimo de burla, más bien con piedad—. Hemos llegado —anunció Markov, y La Diana emitió una exclamación, sorprendida. Lo que minutos atrás se vislumbraba como una tortura aconteció deprisa, sin sufrir un ataque de pánico. Se sentía feliz por haber enfrentado al peor de sus demonios y emergido victoriosa. Sabía que no lo habría logrado sin la ayuda y la contención de Markov.

—Gracias —musitó, y con la mirada intentó transmitirle la magnitud de su agradecimiento.

—De nada. —En tanto se ocupaba del arnés y de la cuerda, Markov expresó, como al pasar—: Empezamos mal tú y yo, ¿verdad, Diana? —Supo que no obtendría contestación—. Has estado muy bien. Te felicito.

—Gracias, Sergei.

Markov levantó la cabeza deprisa y se quedó contemplándola. En su gesto endurecido, La Diana no supo descubrir la emoción que le había causado al llamarlo por su nombre de pila.

—Volvamos al campamento. Le pediremos a Doc que te vea la muñeca.

~ ✿ ~

Eliah manejaba un Jeep Wrangler, propiedad de la Mercure, cuyo color azul se mimetizaba en la negrura del camino. Alamán iba su lado, en silencio, ambos abstraídos en sus cavilaciones, con una sonrisa involuntaria, arrullados por la quietud de la noche y la soledad del entorno. Faltaban minutos para que se reencontraran con sus mujeres.

Un bullicio repentino los alertó: tiros, gritos y rugidos de motor. Se recostaron en sus asientos y se miraron. Alamán se dio cuenta de que estaban a metros de la entrada de *Anga La Mwezi*. Eliah consultó el espejo retrovisor, dio un volantazo y se ocultó en la vegetación al costado del camino.

—¿Crees que sean rebeldes? —se preocupó Alamán.

—Sin duda. Habrán salido de correría. Los dejaremos pasar. No tengo ganas de toparme con un grupo de negros drogados y borrachos.

Una camioneta Toyota blanca, medio destartalada, cubierta por ráfagas de lodo rojo y con reflectores en el techo, pasó a alta velocidad con su caja abarrotada de hombres. Eliah alcanzó a contar diez y avistó las siluetas de los AK-47 que los rebeldes sostenían como lanzas y de los machetes que blandían al ritmo de la música que emergía de la cabina del vehículo. Un Peugeot 605 iba a la zaga. Para sorpresa de los Al-Saud, ambos vehículos se estacionaron a corta distancia.

—¡Están en la entrada de *Anga La Mwezi*! —se alteró Alamán.

—Espera. Veremos qué hacen.

—Si están intentando entrar en la hacienda de Boel, lo harán sin problemas. No tiene una sola medida de seguridad.

Con los automóviles detenidos al costado de la carretera, la música seguía sonando y los rebeldes bailando y aullando sobre la Toyota blanca. Las puertas de la camioneta y del Peugeot se abrieron, y bajaron dos hombres. El del Peugeot vestía de civil, mientras que el de la Toyota lucía el uniforme del Congreso Nacional para la Defensa del Pueblo. Se reunieron en la parte trasera de la camioneta e intercambiaron unas palabras. La luz de los reflectores caía sobre ellos y resultaba fácil distinguirlos.

—¡Es Frédéric! —se pasmó Alamán—. ¡Hijo de la chingada! ¿Qué carajos está haciendo aquí?

–¿No lo imaginas? Está arreglando con los hombres de Nkunda un ataque a la hacienda de Joséphine.

–*Mon Dieu* –jadeó Alamán–. ¿Qué vamos a hacer?

–¿Traes la Glock? –Alamán asintió–. ¿Traes un cargador de repuesto?

–Sí –dijo, y se palpó el interior de la chamarra.

–Con tu arma y la mía tendrá que bastar para cargarnos a todos.

Como suponían, la Toyota se puso en marcha y se internó por el camino de tierra que conducía al portón de ingreso de *Anga La Mwezi*. Frédéric regresó al Peugeot y no se movió del lugar.

–¿Estás listo? –habló Eliah, mientras chequaba la carga de su Colt M1911.

–¡Vamos! ¡Por amor de Dios, vamos!

Se agazaparon para correr hasta el automóvil donde Frédéric esperaba. El argelino se sobresaltó y gritó cuando Alamán golpeteó varias veces la ventanilla del lado del conductor con el cañón de la pistola.

–¡Abre! ¡Abre o te perforo!

Frédéric miró hacia el lado del conductor y se topó con la cara de Alamán Al-Saud, que no disimulaba sus perversas intenciones. Maldijo entre dientes. Había tomado el automóvil más lujoso de la flota estacionada en la mansión de Gulemale en Rutshuru, pero desconocía si estaba blindado. No necesitaba saber de armas para convencerse de que las pistolas que ostentaban los hermanos Al-Saud alcanzarían para destrozar los cristales. Abrió la puerta y descendió con las manos en alto.

–¿Qué sucede? ¿Por qué me amenazan con esas pistolas?

–¡No te hagas el imbécil, pedazo de mierda! –vociferó Alamán, y lo sujetó por el cuello de la camisa.

–¿Cuántos hombres son los que invadirán la hacienda Boel?

–¡Yo no sé nada de eso! ¿De qué están hablando?

–¡Respuesta incorrecta! –se enfureció Alamán, y disparó al pie de Frédéric, que se desmoronó en medio de aullidos.

Eliah levantó las cejas y fijó una mirada atónita en su hermano, que jadeaba como perro rabioso.

–¡Habla! –ordenó Alamán–. ¡O te licuaré los huevos con otro disparo!

Frédéric levantó la mano y suplicó piedad.

–¡Son diez hombres! Robarán las obras de arte de Boel. ¡Nada más!

–¡Basura! –dijo Alamán, y le pateó la mandíbula.

Frédéric cayó, inerte, junto al automóvil.

–Son diez –confirmó Eliah–, más el que manejaba la Toyota.

Alamán y Eliah treparon al Peugeot para sortear rápidamente la distancia que los separaba de la casa de los Boel. Desde lejos advirtieron que los rebeldes ya habían irrumpido en la propiedad, la cual parecía envuelta en un ánimo festivo y no víctima de un saqueo. Todas las luces estaban encendidas, se oían música y exclamaciones. A través de las puertaventanas que daban a la terraza principal, los Al-Saud observaban el desquicio que provocaban los hombres de Nkunda, que bajaban los cuadros y embolsaban los adornos y los tapices con el mismo cuidado que habría empleado un elefante.

—Entremos por la parte trasera. Joséphine siempre deja la puerta abierta de su dormitorio para mí.

A pasos del ingreso, Alamán percibió que el estómago se le convertía en una pelota dura y fría al oír el alarido de terror de Joséphine. Corrieron los últimos metros e irrumpieron en el instante en que un rebelde se bajaba el cierre para violarla en su cama. Alamán elevó el arma y, con una serenidad sorprendente, disparó contra el hombre de Nkunda, que cayó sobre Joséphine. Los otros, que, mientras esperaban su turno, se dedicaban a hurgar el joyero, se pusieron alertas demasiado tarde. Eliah los alcanzó con dos balazos; a uno le dio en el ojo izquierdo; a otro, en la frente.

Alamán se lanzó sobre la cama y arrojó el cadáver al suelo. Joséphine aún gritaba, presa de un ataque de nervios, y lanzaba manotazos y puntapiés. Alamán le sujetó las muñecas con una mano y le apretó las rodillas con la otra hasta reducirla. Le habló con fiereza al oído.

—¡Soy yo! ¡Alamán! ¡Tu Alamán! ¡Estás a salvo, mi amor! ¡Nada malo va a ocurrirte! ¡Tranquila! ¡Tranquila!

—¡Alamán! —gimoteó, y se aferró con vigor desesperado al cuello de su amante—. ¡Alamán!

Se apartó de ella y le sujetó el rostro cubierto de lágrimas para estudiarlo. Se mordió el dorso del índice al descubrir el labio hinchado y sangrante de Joséphine.

—¡Alamán! —lo llamó Al-Saud—. Los demás vienen hacia acá. Oyeron los disparos.

—¡Joséphine, deprisa! ¡Quédate tras de mí!

—¡Mi papá! ¡Debemos ir por él!

Alamán y Eliah se apostaron en la puerta que daba al pasillo interno. Eliminaron a los dos primeros rebeldes que se aventuraron en el pasillo. Otros —no podían asegurar cuántos eran— se atrincheraron al final del pasillo, desde donde disparaban sus AK-47 sin darles respiro; se trataba de una lluvia permanente de proyectiles. Los Al-Saud no respondían con la misma constancia; no podían darse el lujo de desperdiciar las balas. Cuando los rebeldes, alentados por la pasividad de sus enemigos se decidían a sortear la distancia, Alamán o Eliah abrían fuego y los desalentaban.

—Escúchame, Alamán. Tendrás que distraerlos para que yo pueda ingresar por el comedor para sorprenderlos. Dispara en caso de que intenten avanzar. Nos queda poca munición.

Eliah se evadió por la contraventana por la que habían entrado y rodeó la propiedad. Entró en la sala y ubicó a los rebeldes. Eran cuatro: dos seguían disparando contra Alamán, mientras los otros se ocupaban de arrumbar los cuadros y los objetos de valor. Según las suposiciones de Eliah, en la sala debía de toparse con seis. ¿Dónde se encontraban los otros dos?

Con el efecto sorpresa a su favor y la precisión de su puntería, eliminó a tres con tres disparos certeros. El último arrojó el AK-47 y aseguró que se rendía en swahili y después en un mal pronunciado francés. Eliah le ordenó que se tendiera en el piso y que colocara las manos sobre la nuca, lo que el hombre hizo con presteza.

—¡Alamán! —llamó a su hermano—. Ven hacia la sala. Cuida las espaldas porque faltan dos. No sé dónde están.

Eliah arrancó los cordones que sujetaban las cortinas y, mientras su hermano apuntaba al rebelde, le ató los tobillos y las muñecas en la parte baja de la cintura. Joséphine, pegada al brazo de Alamán, lloraba y balbuceaba que quería ir a ver a su padre.

—¡Alamán! —se desesperó—. ¡Mi papá! ¡Por amor de Dios! ¡Está solo en su dormitorio!

—Tú ve al dormitorio de Boel —indicó Eliah—. Yo iré hacia la cocina. José, ¿dónde están las habitaciones de los sirvientes?

—Hacia allá —indicó con un dedo y voz temblorosos.

Joséphine profirió un alarido que agrietó el silencio de la mansión Boel cuando sus pies tropezaron con un cuerpo. Tanteó la pared del pasillo hasta dar con el interruptor de la luz. Wambale yacía a sus pies, con el rostro cubierto de sangre. Alamán se acuclilló y le tomó el pulso de la carótida. Joséphine se dejó caer sobre el torso del hombre y se echó a llorar.

—¡No ha muerto! —exclamó—. Siento su pulso —dijo, y separó a Joséphine de Wambale—. Cariño, no llores. Godefroide es fuerte. Resistirá.

—Resiste, Godefroide querido —le rogó al oído.

La luz de la habitación estaba encendida. No emergía ningún sonido. Alamán detuvo a Joséphine cuando intentaba lanzarse dentro sin precaución.

—¡Te quiero detrás de mí! —le exigió—. ¡No te expongas!

El llanto de Joséphine recrudeció al divisar a su padre inconsciente en el suelo, a un costado de la cama. Alamán, sin embargo, no le permitió correr hacia él hasta no comprobar que el dormitorio estuviera vacío. Enseguida le pidió a la joven que empuñase la Glock mientras se ocupaba de acomodar a Boel en la cama.

—¡Dios mío! —exclamó Joséphine al descubrir la mancha de sangre en la pechera del pijama de su padre—. ¡Está herido! ¡Oh, Dios mío! ¡No, por favor, no! ¡No permitas que se muera! —Las pestañas rubias de Balduino Boel aletearon—. ¡Papá! ¡Papito! ¡Despierta! ¡Por favor, despierta!

El hombre levantó los párpados, y la acción pareció implicar un gran esfuerzo. Movió los ojos hacia un costado y el otro hasta fijarlos en Alamán.

—Tenía razón —susurró, y Al-Saud se inclinó para escucharlo—. Usted tenía razón. La casa... La casa es... insegura. Le encargo a mi hija...

—¡Papá!

—Cuide de ella.

—Lo haré —prometió Alamán.

Las comisuras de Boel temblaron cuando sus ojos encontraron los perturbados de Joséphine.

—Hija de mi corazón —expresó, en voz clara y fuerte, y murió.

La cabeza rubia del hombre cayó hacia un costado, con los ojos abiertos y una sonrisa. Alamán pasó la mano por los párpados de Boel y los cerró, y su acción sirvió para que Joséphine comprendiera que había perdido a su padre. Alamán apretó los puños y se mordió el labio cuando el clamor de Joséphine lo surcó como un latigazo. La recogió del suelo y la apretó contra su pecho.

—Amor mío —repitió incontables veces, mientras la joven gritaba «¡Papá, papá!».

Eliah apareció en la habitación de Boel y apoyó la mano en el hombro de Joséphine.

—Ya me ocupé de los rebeldes que quedaban, pero dos de las mujeres del servicio tienen heridas de machete. Creo que las violaron.

—Wambale está vivo —dijo Alamán, por sobre el llanto de Joséphine—. Tenemos que llevarlo al hospital.

Llevó a Joséphine a su dormitorio y la ayudó a cambiarse. En silencio, mientras la joven lloraba sin fuerza, le quitó la bata y el camisón y le revisó cada centímetro cuadrado de piel. No halló heridas, ni siquiera un rasguño.

—Joséphine, amor mío, quiero que me digas la verdad. ¿Llegué a tiempo o alguno de esos animales logró forzarte?

La muchacha sacudió la cabeza para negar.

—Llegaste a tiempo, mi amor. Llegaste a tiempo para mí. Pero no para mi papá.

—¡Joséphine! —exclamó, y la envolvió en un abrazo estremecedor—. ¡Lo siento, lo siento tanto! ¡Daría cualquier cosa por ahorrarte este dolor! ¡Oh, Joséphine, lo siento tanto!

—Alamán, abrázame fuerte y nunca me dejes.

—¡Nunca, mi amor! ¡Nunca!

Internaron a Wambale y a las empleadas del servicio doméstico en el hospital de Rutshuru. Al primero le habían abierto, de un machetazo, un surco en diagonal, desde la frente hasta el mentón, y, no sólo preocupaba la herida, sino la contusión en el cráneo. No obstante, después de que lo cosieron y lo mantuvieron en observación, el hombre demostró una evolución favorable, sin los síntomas que se presentan cuando un coágulo se ha formado entre la parte interior del cráneo y la duramadre. En cuanto a las sirvientas, estaban muy lastimadas. Las suturaron y les desinfectaron las heridas, y enseguida les suministraron los antirretrovirales para comenzar con la profilaxis posexposición al VIH. También les aplicaron antibióticos para prevenir enfermedades como la infección por clamidias, la sífilis y la gonorrea, y le administraron inmunoglobulina humana y la vacuna contra la hepatitis B.

En cuanto a Balduino Boel, después de certificar su deceso por haber recibido un disparo en el corazón, lo llevaron a la morgue del hospital y lo guardaron en la cámara frigorífica.

Apenas acabaron de curarle el labio partido y de revisarla en busca de fracturas o de golpes, Joséphine se dirigió a la crujía donde se hallaban sus empleadas. A Godefroide lo mantenían en la Unidad de Cuidados Intensivos y no le permitían verlo.

—Si estuvieran Matilde o Juana —se lamentaba—, me permitirían estar con él.

Los lunes no era el día de guardia de las jóvenes de Manos Que Curan, por lo que no obtuvieron ninguna prerrogativa. Joséphine y Alamán pasaron la noche en el hospital, junto a los catres de las dos muchachas violadas, a las que habían puesto a dormir con un sedante porque no cesaban de llorar.

Eliah apartó a Alamán y le informó que se iba a casa de Matilde. Consultó la hora.

—Son las dos de la mañana —dijo, y pareció dudar de su decisión de ir a verla.

—Ve —lo alentó Alamán—. De seguro no puede dormir a causa de la preocupación.

—Vendré a buscarte a eso de las seis de la mañana.

—Está bien. Tengo que hacerme cargo de todo ahora. Joséphine está destruida.

Al-Saud llegó a la casa de Manos Que Curan y, apenas entró en el jardín, avistó la luz que se filtraba por la ventana del dormitorio de Matilde. La encontró sentada de costado en la silla, con el mentón apoyado sobre el respaldo y la angustia pintada en el gesto. Saltó al verlo trepar el alféizar y corrió a cobijarse en su abrazo.

—¡Estaba muriéndome de angustia! —lloriqueó—. Pensé que te habían atacado los rebeldes o que habías tenido un accidente.

—Estoy bien, mi amor. Lamento que hayas estado sufriendo por mi demora. —La tomó por los brazos y la apartó de él—. Matilde, ha ocurrido una desgracia.

—¡Dios mío!

—Un grupo de rebeldes de Nkunda entró en la propiedad de los Boel para saquearla. Mataron a Boel...

—¿Y Joséphine?

—No, no, ella está bien. Alamán y yo llegamos justo a tiempo para sacarle de encima a un negro que pretendía violarla.

Al-Saud llevó a Matilde a la cama, donde se recostaron, y le detalló la experiencia de esa noche.

—Llevame al hospital, Eliah. Quiero estar con Joséphine.

—No, quiero que descanses unas horas. Mañana por la mañana te llevaré y podrás estar con ella todo el día.

Matilde dormitó entre los brazos de Eliah, que la sentía moverse y hablar entre sueños. No descansaba tranquilamente, sino presa de una tensión que la mantenía inquieta. A las seis de la mañana, se vistieron y, antes de que los demás despertaran, partieron hacia el hospital. Matilde y Joséphine se dieron un largo abrazo y lloraron por la muerte de Boel. Al rato apareció el padre Jean-Bosco Bahala, que llevó a Joséphine a la cafetería para conversar. Volvieron una hora más tarde, y Alamán notó que la joven estaba más tranquila.

—El padre Jean-Bosco —le informó, casi sin voz— dispuso que el entierro sea pasado mañana, en *Anga La Mwezi*. —Alamán asintió—. Matilde, ¿podrías conseguirme un permiso para ver a Godefroide en la Unidad de Cuidados Intensivos?

—Sí, por supuesto.

Godefroide tenía la mitad del rostro vendado. Matilde tomó el reporte que colgaba a los pies de la cama y lo estudió. Joséphine aferró la mano enorme del sirviente, la besó y la colocó contra su mejilla.

—José... —Un sonido enronquecido emergió de la garganta de Wambale.

—¡Oh, querido Godefroide! ¡No hables! ¡Debes descansar! ¡Qué feliz estoy de que estés bien!

—Sí, está muy bien —confirmó Matilde, con una sonrisa—. Sólo muy magullado, pero se pondrá bien. ¿Te duele la herida, Godefroide? No tiene sentido que estés sufriendo —le advirtió Matilde, conocedora de esa característica de los congoleños, que padecen el dolor sin quejarse–. Avisa si te duele para que aumenten la dosis del calmante.

–José, ¿cómo está *mzee* Balduino?

A Joséphine le resultó imposible simular y rompió a llorar.

–¡Murió, querido Godefroide! ¡Esos animales le pegaron un tiro en el corazón!

Resultaba un espectáculo estremecedor presenciar el quebranto de un hombre de la complexión y de la fiereza de Godefroide Wambale.

–Godefroide –lo instó Matilde–, debe calmarse. Le permití a Joséphine venir a verlo con la condición de que no lo alteraría.

–Sí, sí –se apresuró a confirmar la joven congoleña, y se pasó el dorso de la mano por los ojos–. Querido Godefroide, no debes alterarte. No te angusties, por favor.

–Yo tenía que protegerlos, a ti y a *mzee* Balduino.

–¡Eran tantos, Godefroide! ¿Cómo habrías podido?

–¿Y tú, José? ¿Qué te hicieron esas bestias?

–¡Nada, nada! No te angusties. Alamán y Eliah llegaron justo para salvarme. Como en las películas –añadió, con una risa teñida de llanto–. Ellos te cargaron en una camioneta y te trajeron hasta acá.

–Siempre me gustó ese muchacho Alamán. No te separes de su lado, Joséphine.

–No lo haré, Godefroide. Te lo juro.

Joséphine regresó junto a sus empleadas y se ocupó de darles de comer y de proporcionarles lo que necesitaban. Exhausta, alrededor de las cinco y después de horas de insistencia por parte de Alamán, aceptó abandonar el hospital. Recibió con alivio la imagen ordenada que la esperaba en *Anga La Mwezi*. Petra y otros empleados habían trabajado a lo largo del día para devolver los cuadros y las demás piezas de arte a sus sitios y para limpiar el desorden perpetrado por los rebeldes, aunque no pudieron reparar los vidrios rotos ni las cerraduras reventadas.

–Eliah enviará a dos de sus hombres para que vigilen la casa. Y yo me quedaré contigo toda la noche.

–Y no tendrás que escabullirte al amanecer –dijo Joséphine.

Después de servirles la cena en la cocina, Petra se dirigió al baño de la habitación de Joséphine y llenó con agua tibia la bañera con patas de hierro en forma de garras de león. Joséphine completó el baño con sales de lavanda y aceite de melisa.

–Quiero que te desnudes y tomes un baño conmigo.

–Sí –aceptó Alamán, y, mientras se quitaba la ropa, no apartaba la vista de Joséphine, que se desvestía a metros de él.

Suspiraron al primer contacto con el agua y se acomodaron de modo de quedar uno frente al otro, con las piernas recogidas cerca del mentón. El agua se desbordó hasta equilibrarse, y el baño se colmó de los aromas de las sales y del aceite esencial. Durante minutos, se sostuvieron las manos y se miraron a los ojos sin pronunciar palabra.

—Amor —dijo Alamán—, pronto esta región se convertirá en un infierno. La guerra estallará uno de estos días.

—Lo sé.

—Es preciso que liquidemos tus asuntos y nos vayamos a París.

—Está bien. —El mutismo volvió a apoderarse de sus ánimos. Joséphine resolvió al cabo—: Cerraremos la cervecería e indemnizaremos a los trabajadores. Mi padre tiene… quiero decir, *tenía* una cuenta en un banco de Lugano para un caso de emergencia. Está a mi nombre también. Les pagaremos con ese dinero.

—Entre Eliah y yo reuniremos la suma que baste para pagar las indemnizaciones, así no tendrás que viajar a Suiza y volver aquí con todo ese dinero. Después, estando en París, viajaremos a Lugano, extraerás de la cuenta lo que sea necesario y le devolverás su parte a Eliah.

—Y a ti —apuntó Joséphine.

—¿Y a mí? ¿Por qué le devolverías el dinero a tu esposo? ¿Lo del esposo no es de la esposa y viceversa?

—A veces me parece mentira que serás mío para siempre, que serás mi esposo.

—Nos casaremos apenas lleguemos a París, apenas cumplamos con los trámites y que tú te compres el vestido.

—No habrá casamiento por la iglesia, ¿verdad?

—A mí no me importaría casarme por el rito que tú quisieras, pero dudo de que la Iglesia católica esté dispuesta a casar a un musulmán con una católica. —Joséphine bajó la mirada, y Alamán asumió la responsabilidad de su tristeza—. Si quieres, me convierto al catolicismo y nos casamos. No me costaría tanto. Después de todo, mi madre y mi abuela son más católicas que el Papa.

Después de reír, Joséphine declaró:

—No quiero que te conviertas por esas razones. Si el hombre que amo y con el cual quiero pasar el resto de mi vida no es católico, pues no habrá boda por el rito católico; simplemente una civil.

—¡Y una gran fiesta! —acotó Alamán—. Mi amor, ¿qué quieres hacer con *Anga La Mwezi*?

—Si la vendiera, no obtendría ni la cuarta parte de lo que vale.

—De igual modo, con la guerra encima, no será fácil conseguir compradores.

—La conservaré —resolvió Joséphine, con una prestancia que anonadó a Alamán—. Contrataré a los hombres de tu hermano para que la protejan. Algún día, este país, *mi* país, vivirá en paz y podremos volver a este sitio que tanto amo.

—Volveremos con nuestros hijos —acotó Alamán, y la sonrisa de Joséphine lo animó—. Y les enseñaremos a amar la casa y el campo que tanto ama su madre.

Joséphine resbaló el trasero sobre el piso de la tina y se fundió en el torso de Alamán, que la envolvió en sus brazos y apretó los párpados al comprender lo cerca que había estado de perderla.

—Quiero llevar a París a Petra y a Godefroide. Ellos han servido a mi familia desde que eran pequeños. No sabrían qué hacer sin un Boel a su lado.

—Vendrán con nosotros —aceptó Alamán—. Los necesitaremos en la casa enorme que planeo comprarte para que la llenes con nuestros hijos.

—¡Alamán! ¡Cuánto te amo! ¡Soy la mujer más afortunada por tenerte!

Se besaron apasionadamente, y Joséphine pasó las piernas por la cintura de él, que se puso de pie, con ella enroscada en su torso, y la llevó a la cama, chorreando agua, dejando huellas mojadas en el roble de Eslavonia. Siguieron besándose y tocándose sobre el acolchado que se ensopaba con la humedad de sus cuerpos y de sus cabellos, hasta que Joséphine apartó el rostro y Alamán la percibió inerte bajo su peso.

—¿Qué sucede, cariño? ¿Por qué te has puesto fría?

—Porque no debo gozar con tanto sufrimiento a mi alrededor. ¡Me siento culpable! —confesó al fin—. Mi padre muerto, mis empleados en el hospital, y yo haciendo el amor contigo.

—¿Qué crees que desean ellos para ti? ¿Qué piensas que querría tu padre o el bueno de Godefroide? ¡Desearían que fueras feliz! Tú has sido tan generosa y bondadosa con ellos, mi amor… Creo que por eso, Joséphine, por tu dedicación y por el modo en que te brindas a todos, es que te amo y te respeto tanto. Pero ha llegado el momento en que te permitas ser feliz. Tu vida no ha sido fácil, mi amor. Desde niña has sufrido. ¿No crees que ha llegado el momento de que Joséphine se permita un poco de alegría y de paz?

—¡Sí! —sollozó—. ¡Sí, estoy de acuerdo contigo! De igual modo, me cuesta tanto.

—Para eso estoy yo, para ayudarte. Mira cómo te ayudo. Fíjate. Sé que si te acaricio de este modo —le friccionó el clítoris—, y si te hago esto —le succionó un pezón con lamidas lánguidas y suaves—, y si te toco así —deslizó la mano bajo el trasero de Joséphine y la acarició entre las nalgas—, te ayudo a olvidar todo excepto a mí y a nuestro amor.

A ese punto, la muchacha se contorsionaba y gemía; minutos después se olvidó de todo excepto del hombre que la penetraba y que la hacía temblar. Al acabar, se abrazaron, mudos y agitados. Pasaron minutos en silencio. Fue Joséphine la que lo rompió.

—¿Qué pasará con Frédéric?

—Eliah se hará cargo de él. Tú, olvídate, por favor.

—Todavía me cuesta creer lo que hizo.

~: ✐ :~

Gulemale recibió en su despacho de Somigl, en Kigali, a Nigel Taylor. El hombre acababa de regresar a la región de los Grandes Lagos después de más de dos semanas dedicado a atender los asuntos de la Spider International en Londres y en otras partes del mundo. Había vuelto enceguecido por el deseo de reencontrarse con Matilde y para obtener la respuesta a su propuesta matrimonial. La entrevista con Gulemale, que retrasaba el viaje a Rutshuru, lo ponía de mal humor. No obstante, la mujer se había mostrado insistente al convocarlo. «Ven a verme. No te arrepentirás», le había manifestado.

—Siéntate, cariño —lo invitó Gulemale, y se acomodaron en un sillón de varios cuerpos, mientras una secretaria les servía café y galletas danesas.

—¿Cómo están las cosas por acá?

—Mientras el precio del coltán siga subiendo, para mí todo está de maravilla.

—¿La mina del Arroyo Viejo sigue en manos enemigas? —preguntó, reticente e incapaz de pronunciar el nombre de Al-Saud o el de su empresa.

—Así es. La mina sigue en sus manos. Nkunda intentó recuperarla. Todo en vano —admitió—. Al-Saud es muy hábil, lo sabes.

—Me han llegado voces que afirman que la situación en las Kivus es cada vez más complicada y que la guerra se avizora como la única salida.

Hablaron acerca de las condiciones políticas de Kinshasa, del malestar en Kigali y en Kampala, de la situación de los tutsis en las Kivus y del rol del general Nkunda en la contienda que se avecinaba. Al cabo, Gulemale se incorporó y, con ademán intimista, se aproximó a Nigel Taylor.

—Nigel, querido, hablemos de cosas más importantes e interesantes. Hablemos de Matilde —expresó, y levantó las pestañas pesadas de máscara y fijó sus ojos negros en los azules del inglés—. ¿Sabes que ha vuelto con Eliah?

La reacción espontánea de Taylor causó una sensación de triunfo en Gulemale.

—No lo sabía —admitió—. Estuve de viaje estas últimas semanas.

—¿Matilde no te lo comentó antes de que te fueras? —Taylor la fulminó con una mirada, y la mujer sonrió—. Veo que te afecta sobremanera. La quieres para ti, ¿verdad?

Nigel sorbió el café y devolvió la taza al plato, haciendo un esfuerzo para que no le temblara el pulso.

—¿Me has hecho venir para contarme chismes, Gulemale?

—No son chismes, es la verdad. Y como sé que Matilde te interesa, quiero ofrecerte algo que podría ayudarte a acabar con esa relación.

—¿De qué se trata?

—De esto —dijo, y le extendió un sobre, del cual Taylor extrajo varias fotografías.

Gulemale rio ante el gesto desmesurado del mercenario inglés.

—Como verás, son recientes. Éstas me las saqué el día de la fiesta en mi casa de Rutshuru. ¿Recuerdas mi vestido? Dudo de que Matilde lo haya olvidado. Y éstas... Bueno, éstas *sí* que son comprometedoras, ¿verdad?

—¿Por qué me das esto? ¿Por qué quieres perjudicar a Al-Saud?

—¡Ja! ¡De pronto te llenas de escrúpulos!

—No es eso, Gulemale. Simplemente quiero saber por qué motivo vas a usarme.

—No voy a usarte, Nigel, sino que voy a ayudarte. Y no hagas más preguntas. ¿Acaso te exijo que me digas por qué lo detestas tanto?

—¿Son un montaje?

—En absoluto. Sólo la pura verdad.

Nigel permaneció estático, con las fotos en las manos. Sin duda, con esas pruebas destruiría a Al-Saud, pero también a Matilde. No sabía qué hacer. La idea de perderla a manos de ese mestizo le resultaba insoportable. ¿Por qué tenía que arrebatarle las mujeres de su vida? Al-Saud no merecía a una criatura como Matilde.

—¿Qué quieres a cambio de esto?

—Nada —contestó Gulemale, con soltura—. Sólo te pido que las hagas llegar a las manos correctas.

—Lo haré.

Se despidieron, y la mujer regresó deprisa a su escritorio para contestar una llamada.

—*Allô?*

—Mamá, soy Joséphine.

—¡Tesoro! ¡Cariño! —se sorprendió la mujer—. ¡Qué maravillosa sorpresa! ¿A qué debo este milagro?

—Mamá, ha ocurrido una desgracia.

En tanto Joséphine le relataba los pormenores de lo sucedido en la noche del lunes 27 de julio, la expresión de Gulemale iba descomponiéndose, lo mismo su ánimo. Dejó caer la cabeza y se reclinó sobre el escritorio. Eliah Al-Saud había salvado la vida de su hija, en tanto que Frédéric la había entregado a esos gorilas drogadictos.

—El padre Jean-Bosco —anunció Joséphine— dispuso que el entierro sea mañana, a las once de la mañana, en *Anga La Mwezi*. Quería que lo supieras.

—Ahí estaré, tesoro. ¿Le has avisado a tu hermana?

—Sí. Aísha llegará esta tarde.

—Enviaré a alguien a buscarla al aeropuerto de Goma —ofreció Gulemale.

—No te preocupes. Alamán y Eliah están ocupándose de todo.

Si alguno de los allegados de Gulemale se hubiera encontrado con ella en ese instante, se habría llevado una sorpresa y habría pensado que, por primera vez, se la veía genuinamente contrariada.

—¿Dónde está Frédéric?

—No lo sé, mamá. Eliah se ocupa de él.

Gulemale cortó con Joséphine y le pidió a su secretaria que la comunicara con el general Nkunda. Apenas escuchó la voz del jefe de los rebeldes, le soltó una retahíla de improperios.

—¡Frédéric aseguró que lo que le ocurriera a *Anga La Mwezi* a ti no te importaba un comino!

—¡Maldita sea, Laurent! ¡Mi hija estaba allí dentro! ¡Tus matones drogados casi la violan como a una campesina! ¡A *mi* hija!

—¡Se suponía que no tenían que tocarla!

—¡No me hagas reír, imbécil! —Gulemale se llevó la mano a la frente y cerró los ojos en un intento por recobrar la compostura—. Escúchame bien, Laurent, si vuelves a actuar a mis espaldas, aunque sea para comprar un saco de frijoles, te destruiré. No olvides que Los Defensores de los Derechos Humanos están pidiéndole a medio mundo tu cabeza, y que la Corte Internacional de La Haya les está prestando atención para acusarte de crímenes de lesa humanidad. Les entregaré tu cabeza, ¿me has entendido? Vuelve a actuar a mis espaldas y te destruiré.

⁓ ❦ ⁓

Al día siguiente, el jueves 30 de julio, una pequeña multitud se congregó en torno a la fosa que los empleados de *Anga La Mwezi* habían abierto bajo el quiosco, uno de los sitios favoritos de *mzee* Balduino y que la señorita José había elegido para enterrar a su padre.

Eliah Al-Saud giró el cuello y observó el grupo que se reunía en torno al cajón y a las hijas de Boel. Entre los empleados de la cervecería y los de los campos, calculó que habría unas cien personas, incluso avistó al secretario privado del presidente Kabila, a quien Balduino le había donado dinero en su campaña para derrocar a Mobutu Sese Seko. Su mirada se detuvo en la de Gulemale. La mujer se mantenía alejada de Joséphine y de Aísha, en una actitud sobria que concertaba con su traje negro, elegante y recatado. Sus ojos oscuros parecían hablar del resentimiento que experimentaba hacia él después del incidente en la mansión de Rutshuru, cuando le frustró el plan para entregar a Mohamed Abú Yihad al Mossad. Al-Saud inclinó la cabeza en señal de saludo y volvió la vista al frente.

Gulemale rodeó el gentío y se colocó en un extremo de la primera fila, desde donde obtenía una visión de sus hijas. Aísha, la más fuerte, abrazaba a Joséphine, que descansaba la cabeza sobre el pecho generoso de su hermana. «¡Son tan parecidas y tan distintas!», se deslumbró. No las había querido de pequeñas, la fastidiaban con su invariable presencia y sus demandas. Las había parido como parte de la estrategia para mantener satisfecho y feliz a Boel, que le entregaba dinero a manos llenas, dinero que ella destinaba a su incipiente negocio de contrabando de cigarrillos, que luego se transformó en uno de drogas, el cual terminó por derivar en el de armas, el más rentable, que la volvió rica, poderosa e influyente. En ese momento, Gulemale apreciaba a sus hijas a través de otro prisma. Tanto Aísha como Joséphine se habían convertido en dos beldades negras de esas que, como parte de la excentricidad de los modistos europeos, desfilan en las pasarelas de Nueva York, Milán y París. Pese al potencial como modelos del *jet set*, sus hijas habían elegido caminos menos glamorosos: Aísha, como periodista, experta en recursos estratégicos, sobre todo en petróleo, y Joséphine, como enfermera de Balduino y administradora de sus bienes.

La mano de Joséphine descansaba sobre el antebrazo de Alamán, que se erigía como una columna sólida y confiable. Su energía parecía rodear y contener a Joséphine como una barrera de protección. Él y Eliah la habían salvado de una vejación cruenta. Se mordió el labio, abrumada de remordimientos. Se preguntó dónde estaría Frédéric. «Eliah se ocupa de él», le había contestado Joséphine. «Joséphine, Joséphine», murmuró, al borde de las lágrimas. Ni una palabra de reproche, ni una frase amarga, ni un insulto. ¿Qué clase de criatura habitaba ese cuerpo de diosa africana? Le costaba creer que de sus entrañas hubiera surgido una persona tan noble y buena. Movió la mirada y encontró la figura pequeña de Matilde. Eliah la sujetaba por la cintura y la pegaba a él con actitud celosa y alerta. No le extrañaba que Nigel Taylor hubiera caído presa del hechizo imperceptible de Matilde, de su belleza diáfana y angelical. Era lo que buscaban esos mercenarios asqueados de la muerte, del cinismo, de la traición.

El padre Bahala finalizó el responso, al que siguió un discurso corto del doctor Loseke, el director del hospital, que elogió a Balduino Boel por su largueza con la comunidad de Rutshuru, al que continuó otro de *sœur* Amélie Guzmán, que afirmó que, sin la ayuda de los Boel, la Misión San Carlos jamás habría llegado a buen puerto. A la última palabra de Amélie, se prolongó el silencio poblado por el trino de las aves, los rugidos de los gorilas, las bullas de los otros animales selváticos y los gañidos de Grelot, el golden retriever de los Boel.

Aísha indicó a los empleados que bajaran el cajón, y Joséphine se echó a llorar. Alamán la sostuvo contra su pecho. Al cabo, la multitud se alineó para saludar a las hijas de Boel.

Eliah Al-Saud caminó a paso brioso hacia Gulemale y se detuvo frente a ella.

—Necesito hablar contigo.

—¿Cómo te atreves a dirigirme la palabra después de la humillación que me hiciste vivir en mi propia casa?

—¿Tuviste problemas con los del Mossad? —se burló Al-Saud, y, en un acto reflejo, detuvo la mano que Gulemale disparó para abofetearlo. El ánimo de Eliah se tornó negro—: ¿Qué pretendías? ¿Que me quedara de brazos cruzados mientras veía cómo entregabas al padre de Matilde para que lo torturaran y lo mataran tus amigos de Israel?

—¿Qué quieres, Eliah? —preguntó, de mala manera.

—Te consignaré a la mierda de Frédéric porque hacerlo con la policía local sería lo mismo que nada. No pienso mancharme las manos con un gusano como ése, pero merece un castigo por haber entregado a tu hija a esos energúmenos de Nkunda y por haber propiciado el asesinato de su padre. Espero que estés a la altura y que sepas lidiar con él.

—¿Dónde me lo consignarás?

—En tu casa de Rutshuru. Te advierto: está en un estado lamentable porque sufre la abstinencia de la heroína, una de las peores, como bien sabes.

—¿Cuándo lo llevarás?

—Cuando pueda.

Aun esa contestación, recia y despótica, la excitaba. Al-Saud percibió el instante en que Gulemale se desembarazaba del semblante de enojada para enfundarse en la de mujer fatal.

−Cuando lleves a Frédéric a casa, podrías quedarte a pasar el rato. −Elevó la mano enguantada y la apoyó en la solapa del saco de Eliah, del lado izquierdo, el del corazón−. Después de unas horas conmigo recordarás lo que es estar con una mujer de verdad. Te perdono por todo lo que me hiciste, cariño, aun por haberme cortado el cuello.

−Veo que no te quedó ninguna marca.

−No. ¿Vendrás?

−Iré, dejaré al gusano y me retiraré. −La mano de Gulemale cayó cuando Eliah dio media vuelta para alejarse−. Ah −dijo, y regresó sobre sus pasos−. Saluda de mi parte a tu amigo Ariel Bergman.

«Veremos si estarás tan contento cuando las fotos que le di a Taylor lleguen a manos de tu querida Matilde», se regodeó Gulemale.

−¿Qué hablabas con Gulemale? −quiso saber Matilde una vez dentro de la casona de los Boel. Aunque batallaba por dominar los celos y las dudas, su mirada los evidenciaba.

−De Frédéric −dijo, y siguió de largo.

⁓ ❧ ⁓

Gulemale llegó a su mansión en Rutshuru de mal humor. Después del entierro de su ex esposo y de la charla poco feliz con Al-Saud, su hija Aísha se negó a saludarla. Joséphine, más contemplativa, le permitió que la abrazara y le dirigió unas palabras, más bien formales, hasta que un amigo de Boel la apartó para darle el pésame. Al-Saud la había despreciado. Se sentía deprimida y no sabía qué hacer. Se enfundó en el traje de baño e intentó leer al borde de la piscina; el libro no la atrapó. Se dio un chapuzón y salió enseguida porque la aburría nadar sola. Comió en la cocina con los sirvientes, algo que los desorientó y los incomodó; no obstante, prefería la compañía de esas gentes bastas al silencio de la mansión. Se encerró en su estudio, hizo algunas llamadas a Kigali, que le empeoraron el mal genio. Se marchó temprano a su habitación y se echó en la cama. Comenzó a excitarse al recordar la felación que le había practicado a Al-Saud bajo ese mismo techo más de dos meses atrás, y se dio alivio con el consolador. Masturbarse no la satisfizo tanto como había esperado. Tomó dos somníferos, se cubrió la cara con el antifaz para dormir y se deslizó bajo la sábana.

La despertó el timbre del intercomunicador. Tuvo dificultad para saber dónde estaba. Se sintió perdida. ¿Qué hora era? No sabía si había pasado una hora o diez. Sin quitarse el antifaz, manoteó el auricular. Era el jefe de los guardias.

—*Madame*, un automóvil acaba de detenerse frente al portón de ingreso para dejar al señor Frédéric. Se ve muy mal. Perdido, diría yo.

—¿Qué hora es?

—Las diez y diez de la mañana.

—¿De qué día?

—Viernes 31 de julio —contestó el hombre, tras una vacilación.

—Lleva a Frédéric a su dormitorio. Y enciérralo.

Gulemale se dio una ducha y se vistió con una túnica de mangas amplias. Pidió café y frutas, que Saure le llevó al dormitorio. Comió y bebió lentamente, con la mirada en una fotografía de ella que Frédéric había tomado tiempo atrás. Sin duda, era talentoso. Extrajo del cajón del buró su pistola, una Ruger P89, regalo de Al-Saud, y se acordó con nostalgia del día en que la llevó a un polígono en París y le enseñó a usarla. La echó dentro del bolsillo de la túnica, cuyos pliegues disimularon el bulto.

El jefe de los guardias le entregó la llave del dormitorio de Frédéric, y Gulemale le ordenó que regresara a su puesto de trabajo. Franqueó la puerta y entró. Halló a Frédéric en posición fetal sobre la cama, con el gesto contraído en una mueca de dolor.

—Frédéric —lo llamó con un acento que denotaba su enojo y su impaciencia.

El muchacho abrió los ojos con dificultad.

—Gulemale —jadeó—, por favor, necesito una dosis. Te lo suplico.

—Primero me explicarás qué mierda hiciste en casa de mi ex esposo.

—Puedo explicarlo…

—¡Por supuesto que lo harás! ¡Y ahora mismo! ¿En qué carajo estabas pensando cuando le fuiste con esa propuesta a Nkunda? ¡A mis espaldas! ¡Maldito hijo de puta! Entregaste a mi hija. ¿Sabías que los hombres de Nkunda estuvieron a punto de violarla?

—No… Ése… Ése no era el trato. No debían tocarla. A Joséphine, no.

—¡Imbécil! ¿Qué pensabas? ¿Que esos drogadictos se toparían con una belleza como mi hija y no se lanzarían entre sus piernas simplemente porque tú se lo habías ordenado? ¡Asesinaron a Boel!

Frédéric sollozaba por lo bajo y se contorsionaba debido a las puntadas en el vientre. Gulemale sintió asco por el desecho en que se había convertido. Se aproximó a paso lento hasta que sus rodillas tocaron el borde del colchón. Se cubrió la mano con el final de la manga y extrajo la Ruger.

—Gulemale, ¿qué haces?

—Frédéric, lo siento, pero sabes demasiado acerca de mí y te has vuelto incontrolable. Nunca debiste hacer tratos a mis espaldas. Nunca debiste traicionarme.

Frédéric intentó erguirse cuando una punzada lo obligó a encogerse de nuevo sobre la cama. Gulemale le apoyó el cañón de la Ruger sobre la sien y disparó. Contó con unos segundos para colocarle la pistola en la mano derecha antes de que varios guardias se presentaran en la habitación, alertados por el disparo.

—No llegué a tiempo —les explicó—. Lamentablemente, no pude detenerlo. La abstinencia de la heroína le hizo perder la cabeza. Háganse cargo, por favor.

18

Si bien el 14 de julio, el presidente Laurent-Désiré Kabila había cesado en sus funciones al comandante del ejército, el ruandés James Kabare, a los pocos días lo nombró asesor militar para aplacar la ira en Kigali. Dos semanas más tarde, sus cambios súbitos de opinión y de humor lo llevaron a desoír los consejos y a ordenar que los colaboradores ruandeses y ugandeses, como también los restos de sus ejércitos, abandonaran el territorio congoleño en veinticuatro horas. Le habían servido para derrocar a Mobutu Sese Seko, pero ya no los necesitaba. Su presencia comenzaba a fastidiarlo y a quitarle el sueño.

La noticia alarmó a Al-Saud, quien, el 1° de agosto, dos días después del entierro de Balduino Boel, recibió un llamado desde Kinshasa, a su teléfono satelital. Era el ministro de Defensa, Joseph Kabila, para ponerlo al tanto de las decisiones del presidente.

—Con esta medida, estimo que en unos días los ruandeses y los ugandeses invadirán las Kivus —manifestó el ministro—. Te será muy difícil conservar la plaza.

—Si le ordenas a una facción de los mai-mai que se alíen conmigo, podré resistir. Al menos lo intentaremos hasta que Zeevi haya extraído suficiente coltán como para justificar el emprendimiento.

—Hablaré con el general Padiri. Él es el jefe de una de las facciones de los mai-mai, la más importante.

—Gracias, amigo. —Dado que la otra gran preocupación de Al-Saud era Matilde, dijo a Kabila—: Oye, Joseph, sé que no es momento para importunarte con cuestiones personales, pero me urge saber cómo va el trámite de adopción de Jérôme Kashala, el niño del que te hablé.

—Sigue su curso, según me informó el secretario de Acción Social. Supongo que lo habrán elevado a consideración del juez de Familia. Intentaré acelerarlo.

—Gracias, Joseph. Te deberé una.

—No me deberás nada, Eliah.

El domingo 2 de agosto, los tutsis de la ciudad de Goma salieron a las calles para protestar contra la medida del gobierno de Kinshasa que expulsaba del país a los ejércitos ruandés y ugandés, que los protegían de la ferocidad de los hutus *interahamwes*. La manifestación adquirió tintes violentos, y la ciudad quedó sumida en una batalla campal. El ejército congoleño intentó poner orden, pero las fuerzas al mando del general Laurent Nkunda les salieron al cruce. Los soldados, mal comidos, sin paga desde hacía meses y con escasas municiones, no dudaron en replegarse ante el avance de unos guerrilleros disciplinados y bien provistos.

Al día siguiente, 3 de agosto, el ejército de Ruanda cruzó la frontera y tomó el control de Goma. La rapidez con la que se sucedían los hechos hizo pensar que no se trataba de algo espontáneo sino de un plan bien trazado. El gobierno de Kinshasa presentó una queja formal a través de su embajada en Kigali, a lo que el presidente Pasteur Bizimungu contestó que el gobierno del presidente Kabila no garantizaba la seguridad de la etnia tutsi en la zona oriental del Congo, por lo que Ruanda actuaba para preservarla. Sostenía que la masacre acaecida en el 94 no había terminado: los *interahamwes*, fugados de Ruanda y ocultos en la selva congoleña, aún masacraban a los tutsis ruandeses y a los banyamulengue.

Los Kabila se movieron deprisa y solicitaron el apoyo de los países vecinos para combatir una afrenta contra la soberanía del Congo, al tiempo que apelaban a sus contactos en el seno de las Naciones Unidas para obtener una resolución que sancionara la acción invasora de Ruanda, a la que se sumó Uganda días después. La inquietud en las ciudades bajo el poder del gobierno de Kinshasa fue tornándose en descontento por la invasión vecina, hasta cambiar de matiz para convertirse en un antagonismo peligroso. El miércoles 12 de agosto, cuando los ruandeses y los ugandeses controlaban casi la totalidad de las Kivus, un mayor del ejército fiel a Kabila emitió un mensaje en una radio de la ciudad de Bunia, al noreste del Congo, en el cual invitaba a masacrar tutsis, lo que trajo a la memoria los días del genocidio ruandés cuando los *interahamwes* hacían lo mismo para alborotar los ánimos. «*El pueblo debe llevar machetes, lanzas, flechas, azadones, espadas, rastrillos, alambre de púas, piedras, hierros electrificados y lo que puedan encontrar, mis queridos oyentes, para matar a los tutsis ruandeses*», detalló el militar, y en varias ciudades, entre ellas la capital, Kinshasa, se produjeron linchamientos de tutsis y de banyamulengue.

Días más tarde, tras una batalla con muchas víctimas, no sólo entre los soldados sino también entre los civiles, el ejército ugandés se apropió de Bunia y, al igual que Ruanda había hecho con Goma, fijó ahí su base de operaciones. Asimismo, los grupos paramilitares, hutus y tutsis, pugnaban por dominar un espacio de territorio en la rica tierra del este congoleño. En cuestión de dos semanas, la parte oriental se hallaba sumida en el caos, la guerra y el horror. Los civiles abandonaban las ciudades y las aldeas a medida que éstas eran atacadas y saqueadas, para acabar en los campos de refugiados, carentes de agua potable y estructura sanitaria. Las enfermedades empezaron a campar, y el cólera, la meningitis, tan arduamente controlada, y otras enfermedades se enseñorearon de la población.

Desesperados, el presidente Kabila y su hijo se la pasaban al teléfono hablando con sus pares africanos, mientras el canciller viajaba de un país a otro en busca de apoyo militar y político. Si las gestiones diplomáticas no rendían frutos, Kinshasa caería en poder del enemigo en cuestión de días. El ejército no contaba con arrestos para detener el avance. El domingo 16 de agosto se produjeron los primeros choques a pocos kilómetros de la capital.

~: ✿ :~

El hospital de Rutshuru se encontraba al borde del colapso. El flujo de heridos de bala, de mujeres y de hombres violados, de niños mutilados y de ancianos con machetazos no tenía fin. En cambio, el de los elementos básicos —gasa, cinta adhesiva, jeringas, hilos para suturar, absorbibles y no absorbibles—, y el de los más complejos, como los antirretrovirales, anestésicos y antibióticos, se había cortado debido a que los soldados y los rebeldes impedían la salida de los camiones de la Cruz Roja y de Manos Que Curan de Goma. La situación era crítica.

Hacía días que Matilde no dormía en su cama, lo mismo Juana y el resto del personal de Manos Que Curan. El cansancio la abrumaba, aunque no tanto como la angustia por no ver a Eliah ni a Jérôme.

Desde el comienzo de la guerra, Al-Saud no había abandonado la mina, la cual sufría ataques frecuentes. El sistema de seguridad que rodeaba el perímetro los alertaba de cualquier intromisión. Por fortuna, ni los rebeldes ni los ejércitos invasores poseían instrumentos para perturbar las señales, por lo que siempre terminaban siendo descubiertos y repelidos. Vigilaban con celo el *Jumbo* y la pista de aterrizaje; se trataba del único medio de transporte con que contaban para hacerse de provisiones y para sacar el coltán fuera del Congo. Ya no volaban a Kisangani, en poder de Ruanda, ni a Kinshasa, completamente desprovista −ni siquiera tenían energía eléctrica desde que los rebeldes de Nkunda se habían apoderado de la central hidroeléctrica de Inga−. Compraban los víveres, el agua y las municiones a precio de oro en Mombasa, el puerto más importante de Kenia, donde los elementos de la Mercure se ocupaban de la seguridad del presidente Moi y de sus amigos.

Al-Saud se alegraba de que Alamán hubiera partido hacia París con Joséphine pocos días después del levantamiento de Goma. Las obras de arte de *Anga La Mwezi*, bien embaladas por Petra, Joséphine, Alamán y otros empleados, se hallaban en la bodega del *Jumbo*, que las transportaría a París una vez culminada la misión. La seguridad de la hacienda estaba en manos de Byrne y de Ferro, mientras que Meyers y Sartori se ocupaban de la custodia de Matilde, tarea en absoluto complicada ya que la doctora Martínez no abandonaba el hospital. Con todo, a Eliah le resultaba casi imposible comunicarse con ella; cada vez que la llamaba por radio, una enfermera le informaba que se encontraba en el quirófano, lo que empeoraba su humor tormentoso y estimulaba las cavilaciones negras. ¿Por qué no lo llamaba entre una cirugía y otra? Él siempre era el último en conseguir su atención. Estaba comenzando a hartarse de tanto rogar por su amor.

Al-Saud se comunicaba a diario con la Misión San Carlos. Hablaba con Amélie y con Jérôme, que siempre le preguntaba: «¿Cuándo vienen mi mamá y tú?». No sabía qué excusa inventarle. Aunque su prima simulase entereza, Al-Saud le notaba el miedo en la voz.

−Eliah, nunca nos han hecho nada. Nos respetan por ser una misión cristiana. Por ahora tenemos provisiones.

−¿Ya tienes listo el sótano como te dije? −la presionaba él.

−Sí, sí, no te preocupes.

Había sido un pedido expreso de Eliah a su hermano Shariar: la misión debía contar con un sótano de entrada camuflada, donde las monjas y los niños se escondieran en caso de ataque. El ingeniero Al-Saud lo había calculado y luego construido bajo la casa de las religiosas, con dos baños, un buen sistema de aireación y un circuito eléctrico independiente y oculto.

−Quiero que lleves el teléfono satelital al sótano.

−¿Ahora? ¡Eliah, exageras!

−Amélie −se contrarió Al-Saud−, creo que no comprendes la gravedad de lo que está ocurriendo a pocos kilómetros de tu misión. ¡Lleva el maldito teléfono satelital al sótano!

—¡Está bien! ¡Qué carácter!

—Disculpa, perdóname. Es que estoy agotado y muy tenso.

—Y hace días que no hablas con Matilde, ¿verdad?

—Sí. ¿Quién te lo dijo?

—Ella misma. Llamó hace una hora para hablar con Jérôme.

Después de un silencio, Al-Saud dijo:

—Amélie, tengo que dejarte. Trataré de ir a la misión en cuanto pueda. Cambio y fuera.

—Gracias, Eliah. Te quiero. Cambio y fuera.

Al-Saud abandonó la tienda envuelto en un ánimo agresivo. Sus botas crujían en el suelo a su paso rápido. La Diana intentó hacerle una pregunta, y recibió una contestación colérica. Markov se le acercó y le murmuró:

—No lo culpes. Conservar la mina está siendo cada vez más difícil y peligroso.

—Y hace días que no ve a su mujer —acotó La Diana.

Al-Saud se olvidó de las obligaciones y se retiró a la colina desde donde solía observar la mina. Trepó corriendo y, pese a su entrenamiento, alcanzó la cima muy agitado. El calor, la humedad y la ira le oprimían el pecho. Le costaba creer que Matilde se hubiera comunicado con Jérôme y no con él. Dejó caer la cabeza, de pronto vencido. No había nada que hacer.

Al día siguiente, miércoles 19 de agosto, las gestiones diplomáticas del presidente Kabila rindieron frutos, y firmó un acuerdo con varias naciones africanas para que lo apoyaran en la guerra contra los invasores. Así, el conflicto adquirió un nivel internacional. Pocos días más tarde, unidades de los ejércitos de Angola, Zimbabue y Namibia entraron en el Congo, y la balanza se inclinó a favor de Kabila. Si bien el avance del enemigo que buscaba la caída de Kinshasa se detuvo, se formó un cordón que amenazaba la subsistencia de los ciudadanos. No obstante, la caída de la capital en manos de ruandeses o de ugandeses ya no se reputaba como inminente, y un *statu quo* pareció apoderarse del país, más allá de que los diversos grupos rebeldes continuaban enzarzándose en enfrentamientos en todo el territorio.

Por fin, el jueves 27 de agosto, alrededor del mediodía, Al-Saud logró comunicarse por radio con Matilde.

—¡Mi amor! —exclamó Matilde, y enseguida perdió la sonrisa al notarle el acento agresivo.

—Esta noche iré a verte a la casa de Manos Que Curan.

—¿Puedes?

—Si te digo que voy a ir es porque puedo.

—Sí, claro. Perdón. Es que imagino que...

—La pregunta es si tú podrás dejar el hospital aunque sea por una noche para encontrarte conmigo.

—Sí. Esta noche no me quedaré en el hospital.

—Nos vemos. Cambio y fuera.

Matilde se quedó con el transmisor en la mano, sorprendida y mortificada, y de pronto la rabia que había experimentado al verlo conversar con Gulemale en el entierro de Boel y que se había disuelto con el paso de los días y con el exceso de trabajo, regresó con fuerza. Abandonó la sala de médicos y, al llegar a la entrada principal dispuesta a salvar la distancia que la separaba de la carpa de los enfermos de meningitis, se topó con Nigel Taylor. Se llevó una fuerte impresión. El inglés la contemplaba con una media sonrisa, atractivo, con la piel muy bronceada y los ojos azules refulgentes. Vestía un atuendo deportivo, polo rojo y jeans, y se había colocado los anteojos para sol a modo de diadema, sobre la coronilla. Desprendía una energía relajada, más propia de un turista de Mónaco que de un mercenario en la guerra del Congo.

—Hola, Matilde.

—¡Nigel! ¡Qué sorpresa! —El inglés se inclinó y le besó la mejilla con un beso que duró hasta que Matilde apartó la cara—. ¡Cuánto tiempo! —exclamó, nerviosa y turbada.

—¿Podríamos hablar? ¿Tienes unos minutos?

—En realidad... —Matilde consultó el reloj—. Aquí estamos al borde del colapso. Pero sí, tengo unos quince minutos. Ven, vamos a la cafetería.

Taylor señaló una mesa, y Matilde advirtió que se trataba de la más retirada. Como ya no quedaba café, se conformaron con té, que sorbieron sin azúcar ni leche.

—¿Cómo has estado, Matilde?

—¿Qué puedo decirte, Nigel? Hasta el 2 de agosto, todo marchaba bastante bien. Estábamos controlando la epidemia de meningitis, operábamos dos mujeres con fístula por día y las víctimas con herida de bala habían disminuido. El día del levantamiento de Goma, el 2 de agosto, marcó un antes y un después. Ahora todo es sangre, disparos, explosiones. Ya ni me asusto —admitió, con ánimo fatalista.

—La guerra habría empezado tarde o temprano. Los intereses por controlar esta parte del Congo son enormes y nacen en agrupaciones poderosas.

—Sí, sí. Ya lo sé. Todo es a causa del coltán.

—El coltán —repitió Taylor— y el oro, y la casiterita, y el cobre, y el uranio, y los diamantes... En fin, la riqueza de la parte oriental del Congo es incalculable.

–Pero su pueblo muere de hambre y de enfermedades que podrían prevenirse fácilmente. Estoy agotada, Nigel.

–Lo sé. Te ves agotada.

–Hace semanas que no nos tomamos un respiro. No he ido a la misión desde que estalló la guerra, y eso me deprime muchísimo. Nigel –dijo, de pronto animada–, quiero agradecerte muchísimo por lo de Kabú. Amélie me contó que el niño y *sœur* Angelie partieron a Johannesburgo, que tú los llevaste en tu avión privado.

–Nunca he visto a alguien disfrutar tanto de un vuelo. Kabú estaba tan feliz, y sólo se lamentaba de que su amigo Jérô no estuviera con él.

–¡Gracias! –exclamó, y le apretó la mano.

–¿Cuánto tiempo tendrá que permanecer en el hospital Chris Hani Baragwanath? Olvidé preguntárselo al doctor Van Helger. Tal vez se lo mencionó a mi secretaria, que fue la que se encargó de los pagos y de las reservas.

–No sé cuánto tiempo. Tal vez varios meses, hasta que se completen los injertos. *Sœur* Angelie dice que están muy cómodos. Asegura que el hospital es como un hotel lujoso. Es muy costoso, ¿verdad? –se preocupó Matilde.

–No, no –desestimó Taylor, con una sacudida de mano–. No pregunto por eso, sino porque me gustaría ir a buscarlo cuando todo termine. Tal vez podamos ir juntos –propuso, y calló, con una sonrisa sagaz–. Matilde, no sabes cuánto te extrañé todo este tiempo. Aunque quise venir a verte apenas regresé al Congo, me resultó imposible.

–Sí, la guerra nos ata a los dos, pero por razones opuestas.

–Sí –afirmó él, con expresión pesarosa–. Desde que Kabila consiguió el apoyo de los países vecinos, los ejércitos se han replegado un poco y se vive una calma tensa. Por eso, hoy pude salir del campamento de Nkunda y venir a verte.

–¿Cómo puedes estar en tratos con ese asesino? –se despabiló Matilde.

–Al-Saud está en tratos con Kabila, que no es justamente un santo –se defendió, y enseguida controló el nivel de agresividad–. Matilde, no me juzgues. Esto es lo que sé hacer. Si yo no entrenara y preparara a los soldados de Nkunda, los matarían como a moscas. Mi experiencia y mi talento para las cuestiones bélicas les sirven para mantenerse con vida.

–¡Y para matar a otros!

–¡Es una guerra!

–¡Una guerra provocada y financiada por personas que no la pelean! ¡Me los imagino manejando este caos desde las cubiertas de sus yates en el Mediterráneo!

—Y fumando puros de La Habana —admitió, con aire cansado—. No quiero que discutamos, por favor. He venido en busca de la paz y de la serenidad que siempre me contagias.

—Nigel, por amor de Dios, no puedes pretender que no te diga lo que pienso cuando a diario veo morir a niños, mujeres, ancianos, soldados, a causa de la codicia de otros. Una codicia que tú ayudas a satisfacer.

—Matilde, Matilde, por favor, te pido una tregua. —Matilde asintió y bajó el rostro—. En realidad, vine a verte hoy para obtener una respuesta a la propuesta que te hice tiempo atrás. Has tenido más de dos meses para meditarla. ¿Qué has decidido? ¿Aceptas ser mi esposa?

Matilde se empecinó en conservar la vista fija en la mesa, mientras estudiaba los rayones y las manchas de la madera.

—Sí, he pensado mucho en tu propuesta —dijo, al cabo, y elevó el mentón y miró a Taylor a los ojos—. No puedo aceptarla, Nigel. Me halaga tu propuesta, pero no puedo.

—Es por Al-Saud, ¿verdad? —Matilde asintió—. ¿Acaso tú y él se arreglaron?

—Vamos a casarnos.

«Vamos a casarnos.» Las palabras se repitieron varias veces en la mente de Taylor y parecían golpearse contra las paredes de su cráneo. Apoyó los codos sobre la mesa y se apretó las sienes.

—Lo prefieres a él, ¿verdad?

—Nigel, amo a Eliah desde hace tiempo, desde antes de conocerte a ti.

—¡Al-Saud es un hijo de puta! ¡Un ángel como tú no puede entregar su vida a un miserable como él!

—¡Por favor, Nigel! —exclamó Matilde, y se puso de pie. Nigel la aferró por la muñeca y la obligó a regresar a la silla de un jalón—. ¡Cómo te atreves!

—Discúlpame, Matilde. Por favor, perdóname. Sólo te suplico que me concedas unos minutos para contarte una historia. Por favor.

Matilde asintió. Se acomodó en la silla y colocó los brazos fuera de la mesa para mantener distancia del inglés.

—Habla. No tengo mucho tiempo.

—Hace unos años, Eliah y yo éramos... podríamos decir, compañeros de trabajo.

—¿En ese grupo militar de élite? —aventuró Matilde.

—Veo que te habló acerca de *L'Agence*.

—No mencionó el nombre.

—Está bien, es un secreto. Se supone que no debemos hablar de esto. ¿También te contó por qué lo odio a muerte? —Matilde negó con la cabeza—. Por supuesto, eso no iba a contártelo.

—Me lo dirás tú, supongo.

—Sí, te lo diré porque quiero quitarte la venda de los ojos. Yo estuve casado. Mi esposa se llamaba Amanda, pero le decíamos Mandy.

—¿Se llamaba?

—Murió hace poco más de cuatro años. Se suicidó.

—¡Cuánto lo siento!

—Fue terrible para mí, no sólo perderla sino conocer quién la había lanzado a ese estado desesperante: Al-Saud.

Taylor se asustó ante la palidez repentina de Matilde; su cara no sólo adoptó una tonalidad lechosa sino que se emparejó; ya no se apreciaban matices, y los labios, los pómulos, la frente, la nariz, cada facción presentaba el mismo color maciliento, en el que las pecas habían desaparecido y sus ojos plateados y acuosos se destacaban de una manera casi sobrenatural. El efecto era tremendo, y dudó en seguir.

—Matilde —susurró, conmovido.

—Continúa, Nigel, por favor.

—Bebe un poco de té.

El inglés se quedó mirándola hasta asegurarse de que un destello rosáceo le colorease los labios.

—Una noche —prosiguió—, invité a cenar a Al-Saud a mi casa en Londres, y ahí fue donde conoció a Mandy. Empezó a perseguirla, a asediarla, a acosarla, y, tú sabes, es seductor y sabe cómo tratar a una mujer. Finalmente, logró enamorarla y se la llevó a la cama. Mandy no era una mujer fuerte. Tenía un temperamento inconstante y sensible. Yo notaba los cambios en ella, pero no sabía a qué adjudicarlos. Un día, la encontré llorando en nuestra cama. Estaba borracha. Cuando le pregunté qué le sucedía, me confesó todo, con detalles que habría preferido no escuchar. Lloraba porque él acababa de terminar la relación. Por supuesto, él había iniciado el *affaire* para tener alguien con quien divertirse en Londres. Mandy, en cambio, se había enamorado perdidamente y no soportaba la idea de no volver a verlo. Por supuesto, me enfurecí con mi esposa y no me di cuenta de lo frágil que estaba. Preparé un bolso y me fui a un hotel. Días más tarde, cuando regresé a nuestra casa, la encontré muerta. Había ingerido somníferos.

—¡Oh, Nigel, cuánto lo siento! —expresó Matilde, con voz quebrada.

—¿Ahora comprendes por qué lo detesto? Él destruyó a la mujer que yo amaba. Mandy era mi vida, y él la destruyó con su egoísmo y su vanidad. Estaba seguro de que jamás volvería a enamorarme. Lo que había existido entre Mandy y yo no podía repetirse. Hasta que te conocí, y la esperanza volvió a renacer. Pero ahora Al-Saud vuelve a interponerse entre la mujer que amo y yo. No quiero que seas de él, Matilde. Él no te merece. Es un ser bajo y egocéntrico…

—Nigel —susurró Matilde, con los ojos cerrados y la mano elevada—, por favor, no digas nada más. Lo que me has contado es terrible y suficiente.

—Lo siento, Matilde. Lo siento de veras. Sé que estás sufriendo, pero era necesario ponerte de frente a la verdad. No puedes unirte a él. Tú no, que eres muy superior a ese bastardo.

—Nigel, te pido que respondas a esta pregunta con sinceridad. Cuando nos conocimos, ¿tú sabías de mi relación con Eliah?

—No —mintió.

Matilde, incapaz de seguir reprimiendo el llanto, se puso de pie y corrió para huir de la cafetería. Taylor la siguió con la mirada, por un lado devastado, porque sabía que Matilde nunca sería de él; por el otro, satisfecho, porque tampoco sería de Al-Saud. Si la anécdota, bastante retocada, del *affaire* entre Mandy y Al-Saud no resultaba suficiente para destruir el amor de Matilde, las fotografías que acababa de esconder en su casillero bastarían.

∴ ✿ ∴

Por fortuna, después de la charla con Nigel Taylor no había tenido que retornar al quirófano. Se habría excusado. No se encontraba en condiciones de operar. Todavía le temblaba el pulso y la asaltaban accesos de llanto. No sólo lloraba por la historia de Mandy Taylor sino por la facilidad con la que creía que Al-Saud la había seducido y luego abandonado como a una basura. ¿Por qué desconfiaba de él? ¿Por qué lo creía capaz de un acto tan vil? ¿Podía casarse con un hombre en el que no confiaba? Recordó el fin de semana en Londres y caviló que, para festejar su cumpleaños, la había llevado a la ciudad donde había tenido lugar el amorío con Mandy Taylor. ¿La habría evocado mientras caminaban por las calles de la capital inglesa? ¿Mandy y Eliah habrían ido a Ministry of Sound? ¡Qué poco sabía de él y de sus pensamientos!

Fue a cambiarse. Ajabu vendría a buscarlos en diez minutos. Quería regresar a la casa y darse un baño para quitarse de encima el agotamiento y la melancolía. Antes de que Taylor le revelara el origen de su odio por Al-Saud, experimentaba ansiedad y alegría debido al postergado reencuentro. En ese momento, temía enfrentarlo. ¿Qué le contestaría Al-Saud cuando le preguntara por Mandy Taylor? ¿Qué justificación le daría? ¿Cómo haría para confiar de nuevo en él?

Abrió el casillero y enseguida notó la presencia de un sobre tamaño A4, color blanco. ¿Alguien, por equivocación, lo habría guardado en su compartimento? No, imposible, cada casillero contaba con una llave especial; por ejemplo, su llave no abría el casillero de Juana, ni viceversa. Estudió la cerradura y no halló muestras de que hubiera sido forzada. Tomó el sobre y lo dio vuelta en busca de nombres. Nada. No estaba cerrado. Levantó la solapa y miró el contenido. Fotografías. Las extrajo. Empezó a pasarlas, en un primer momento, lentamente; después, con actitud alterada; terminaba de verlas y las volvía a pasar, una y otra vez, hasta que se le cayeron de las manos y se desparramaron en el piso del baño. Se arrodilló con las manos sobre los muslos y los dedos clavados en la tela delgada del pantalón. Paseaba la mirada sobre las fotografías y, aunque se instaba a recogerlas, no se atrevía a tocarlas. Unas voces que avanzaban por el pasillo la impulsaron a actuar. Las juntó deprisa, las devolvió al sobre y salió del baño.

Durante el viaje hacia la casa de Manos Que Curan, nadie, ni siquiera Juana, abrió la boca, por lo que la angustia y la depresión de Matilde se mimetizaron con el desánimo del resto y pasaron inadvertidas. Se dirigió a su dormitorio sin levantar la mirada; temía encontrar la de N'Yanda, quien descubriría su tristeza con sólo verla pestañear. Se dio un baño y, cuando Verabey llamó a la puerta para avisarle que la cena estaba servida, Matilde, impostando una voz alegre, aseguró que no tenía hambre y que se iría a dormir.

Su cabello fue secándose, los ruidos de la casa aquietándose, los de la selva profundizándose, las luces apagándose, mientras Matilde permanecía inmóvil en la silla, con la vista en las fotografías que descansaban sobre la cama. «De aquí no me muevo. No pienso entrar en esa casa de locos.» «Vamos a mi habitación para hablar tranquilos.» «¿A la habitación que estás compartiendo con Gulemale? No, no voy.» «No estoy compartiendo la habitación con nadie.» «Déjame ahora. No quiero otro escándalo. Si Gulemale nos encuentra así, no creo que se ponga contenta.» «Entre Gulemale y yo no hay nada.» «No te creo. Me mentiste demasiado.»

Un gimoteo involuntario se deslizó entre sus labios al oír el sonido familiar de las botas de Al-Saud que mellaban el jardín. Se puso de pie y se sujetó las manos porque temblaban. No quería enfrentarlo.

Al-Saud trepó de un salto al alféizar y cayó dentro de la habitación. Matilde lo miraba desde lejos, sin hacer ademán de salir a recibirlo. Su actitud lo descolocó: había previsto que, después de semanas de separación, Matilde se arrojaría en sus brazos. Se quedó mirándola, y los celos y la rabia, casi desterrados en la expectación por verla, regresaron.

—Hola.

Matilde tragó para humectar la garganta, insegura de la calidad de su voz.

—Háblame de Mandy Taylor —le pidió en un murmullo.

—¿Qué?

—Mandy Taylor —repitió, con voz gangosa—. Hablame de tu relación con ella.

Al-Saud la contempló, desorientado, con la boca entreabierta y sin pestañear.

—¿Por eso no me llamaste en todo este tiempo? ¿Porque Taylor estuvo hablándote de su esposa?

—Te llamé por radio, tres veces, pero nunca estabas en la mina.

—¿Cuándo me llamaste? —se impacientó, y caminó hacia ella. Le molestó que se retrajera—. No me dijeron que habías llamado. —Mataría a alguien.

—No sé con quién hablé. Háblame de Mandy Taylor —insistió.

—Es mentira, nunca me llamaste. En todas estas semanas, ni una vez lo hiciste. ¡Pero sí encontraste tiempo para llamar a Jérôme!

—¡Te llamé! Yo no miento. En cambio, tú sí. —Estaba levantando el tono de voz, por lo que se moderó—. Por favor, cuéntame qué pasó con Mandy Taylor.

—¿Cuándo estuviste con Taylor? Porque imagino que fue él quien te contó *su* versión de los hechos.

—Sí, él me contó lo que hubo entre tú y Mandy. Hoy fue a verme al hospital y me lo contó.

—Maldito hijo de puta —masculló.

—Me dijo que la perseguiste hasta seducirla...

La risotada de Al-Saud, forzada y cínica, crispó a Matilde.

—¿Que la perseguí? ¿Que la seduje? Creo que te contó las cosas exactamente al revés. ¡Fue ella la que me persiguió y me asedió hasta el cansancio!

—¡Dice que se suicidó por tu culpa! ¡Porque la dejaste!

—Por supuesto, el querido Nigel se abstuvo de comentarte que su esposa era bipolar y que estaba medicada por un psiquiatra. Tampoco te aclaró que era inestable, caprichosa y que pasaba del llanto a las carcajadas con la misma facilidad. Tomaba muchísimo alcohol, lo mezclaba con la medicación. ¡Estaba loca!

Al-Saud sintió asco de sí por hablar de Mandy Taylor en esos términos. Después de todo, él había aceptado acostarse con ella; además, estaba muerta; había que dejarla en paz. Lo que más lo humillaba era que Matilde se hubiesra enterado por Taylor de una parte tan oscura de su vida, de una época irreflexiva en la que no medía las consecuencias porque no tenía nada que perder, nada le importaba demasiado, no como le importaba Matilde. Lo abrumó la vergüenza y de nuevo la sensación recurrente de sentirse menos que ella y poco merecedor de su atención. La reina y el vasallo.

—Eliah, por Dios… —sollozó Matilde, y se cubrió la cara.

—Mi amor… —susurró, y avanzó hacia ella.

Matilde se descubrió el rostro y le lanzó un vistazo cargado de resentimiento, que lo detuvo en seco.

—Matilde, por favor. Hace semanas que no estamos juntos, y no sé cuándo volveremos a vernos. Lo que pasó con Mandy fue un error, lo admito, pero te juro por mi vida que las cosas no sucedieron como te las contó Taylor. Es obvio que te quiere para él y que hará cualquier cosa para separarnos.

—¿También me jurarías por tu vida que no tuviste nada con Gulemale? ¿Me lo jurarías?

—Sí —contestó, al cabo.

—¡Mentiroso! —prorrumpió entre dientes.

Tomó las fotografías de Gulemale y se las clavó en el pecho. Al-Saud atinó a sujetarlas antes de que acabaran en el suelo. Las vio deprisa, y el chasquido del papel se mezclaba con el sollozo de Matilde.

—¿Quién te las dio?

—¡Qué importa!

—*Dis-moi!* —le exigió, enfurecido.

—Las encontré hoy en mi casillero, en el hospital.

—*Taylor, fils de pute! Fils de pute!*

Enseguida se dio cuenta de que Gulemale, para vengarse por lo de Abú Yihad, se las había facilitado. No le cabía duda de que las había tomado Frédéric, siempre incordiando con esa cámara fotográfica al cuello. Insultó una y otra vez, cansado y asqueado de que las circunstancias se confabularan, de que su pasado volviera, implacable, para cobrarse las deudas, de que la ira de sus enemigos se cerniera sobre Matilde. El universo mismo hacía un complot en contra de su amor.

Matilde lloraba y observaba, tras un velo de lágrimas, cómo Al-Saud volvía a repasar las fotografías. Una energía no colérica, sino agobiada manaba de él.

—No te respeto, Eliah. No puedo confiar en ti —pensó en voz alta, y se arrepintió de inmediato al descubrir el dolor en la expresión de Al-Saud—. Eliah…

—¡Con qué autoridad me reclamas cuando te besaste con el idiota de Vanderhoeven!

—¿Cómo sabes eso? ¿Quién te lo dijo? —Un entendimiento caló de pronto en su cerebro—. ¿Tus hombres han estado siguiéndome?

—No, siguiéndote no. ¡Protegiéndote! Habrías muerto a manos de los rebeldes aquel día si Derek y Ferro no se hubieran presentado. Sin mencionar que el tipo que te atacó en la Capilla de la Medalla Milagrosa sigue detrás de ti. ¿Qué querías que hiciera? ¿Que te desprotegiera con tantos peligros que te acechan?

—¡No puedo creer que me hicieras seguir!

—Sí, lo hice y no me arrepiento. Con tu padre… —Se contuvo a tiempo.

—¿Mi papá? ¿Qué pasa con mi papá? ¡Habla, por favor! ¿Qué tienes…?

—*Arrête, Matilde* —le pidió—. *Arrête, s'il te plaît.* Me rindo —susurró en francés, con los brazos alzados y la cabeza caída. Su mano se abrió y las fotografías se regaron en torno a él.

Matilde supo que algo acababa de romperse en el interior de Eliah y sintió pánico.

—Estoy cansado de vivir de esta manera, lleno de angustia y de desesperación por el temor constante a perderte, por no ser suficiente para ti, por anhelar que me ames más que a nadie, por considerarme menos, por no merecerte…

—Eliah, por favor…

—Déjame hablar. Le temo a tu juicio lo mismo que a mis errores, que son muchos, lo sé, pero están en el pasado y nada puedo hacer para cambiarlos. Le temo a tu condena. En verdad, tú estás muy por encima de mí…

—¡No! —clamó ella, e intentó acercarse, pero Al-Saud volvió a elevar los brazos y caminó hacia atrás.

—Te amo de un modo que no es bueno para mí, tampoco lo es para ti. A veces pienso que es una obsesión que terminará con los dos.

Dio media vuelta y, con un salto ágil, se trepó a la ventana y corrió por el jardín hacia la camioneta. Matilde oyó el derrape de las llantas y recién en ese instante comprendió que lo había perdido. Bajó la vista y descubrió las fotografías a sus pies. Se arrodilló, las recogió y las agrupó sobre el buró. Primera en la pila había quedado la peor: Gulemale saboreando el pene de Eliah y él gozando con una expresión de arrobamiento que Matilde nunca le había visto cuando ella le practicaba una felación.

Se arrojó a la cama y lloró con una amargura tan profunda que le resultaba novedosa. La profundidad de su pena se relacionaba con la compresión de que la vida acababa de perder sentido. Quería morir. A los dieciséis años había batallado contra la muerte; en ese momento, la habría recibido con los brazos abiertos.

⊰ ✾ ⊱

Le aseguraron que había estado a punto de morir. Debía de ser cierto, caviló Udo Jürkens, porque, después de semanas de convalecencia, aún se sentía débil y se agotaba con esfuerzos mínimos. Poco recordaba de lo vivido en el hospital de Brazzaville. Una enfermera le contó que lo habían hallado inconsciente en el baño personal del servicio doméstico del Hotel Laico Maya-Maya. El virus de la meningitis tardó en abandonar su cuerpo, lo mismo que él en recobrar la conciencia y en pensar con claridad. De los casi dos meses de internación, evocaba retazos confusos, de los cuales no podría haber asegurado cuáles eran sueños y cuáles, hechos reales, aunque sí recordaba una presencia constante: la de Ágata. Tenía la impresión de que el hilo que lo había mantenido sujeto a la vida lo había sostenido su amada. En ese momento, ansiaba verla, tocarla y llevarla a Anuar Al-Muzara para después reclamarla para él.

Viajar por el África subsahariana era difícil; por la República Democrática del Congo, todavía más. Pero hacerlo por la República Democrática del Congo en guerra se habría reputado un acto suicida. Él, no obstante, manejaba por los caminos de lodo y por los restos de carreteras una camioneta medio desvencijada, la única que había conseguido en Kinshasa, cuya ventaja residía en que el aire acondicionado todavía funcionaba, y no le importaba que, por encenderlo, el motor se tornara lento y pesado; de otro modo, el calor lo habría matado.

En un país sin señalización en los caminos, un buen mapa y una brújula se convertían en los elementos clave para no terminar en Kenia o en Gabón. Se detuvo para consultarlos por enésima vez y confirmó que se hallaba en la senda correcta. Ciento cincuenta kilómetros atrás había ingresado en el territorio más conflictivo, en el de la Provincia de Kivu Norte, donde se encontraba Masisi. Al igual que las ciudades por las que había pasado, la de Masisi se hallaba sumida en el caos, el terror y el hambre. Se apreciaban las secuelas de un ataque reciente: automóviles quemados, disparos en las fachadas de los edificios, cadáveres que nadie se molestaba en recoger y en los que las aves de carroña se deleitaban, gente que huía, niños que lloraban.

Bajó la ventanilla y le mostró unos dólares a un anciano sentado en una banca en la calle. El hombre lo inquirió con un movimiento de cabeza y no hizo ademán de acercarse al vehículo. Jürkens se dirigió en francés.

—¿Dónde queda el hospital?

—Hacia allá —aseguró, en un francés de pronunciación casi incomprensible y sin mostrar indicios de sorpresa o de miedo por la voz inhumana de Udo—. Después de la iglesia.

Como el anciano no se movió para recoger la propina, Jürkens arrancó la camioneta y enfiló hacia su destino final. El corazón le palpitaba sin control, y le dolían las sienes y la nuca. Sufrió una gran decepción cuando una enfermera le dijo que la doctora Matilde ya no trabajaba en el hospital de Masisi.

—Me mira con miedo a causa de mi voz, ¿verdad? —intentó congraciarse Jürkens—. Me extirparon las cuerdas vocales a causa de un tumor y me colocaron un reproductor de sonido electrónico; funciona con el paso del aire, al igual que las cuerdas vocales. Sucede que no reproduce la voz que me habría gustado tener, pero al menos no quedé mudo.

—Oh, sí, sí, por supuesto —coincidió la mujer—. Disculpe, no quería parecerle grosera.

—Estoy acostumbrado.

—¿Usted es amigo de la doctora Martínez?

—Somos primos. He viajado hasta aquí para verla, porque estoy preocupado por la situación tan grave en la que está el Congo.

La mujer extendió la mano y Udo Jürkens se la apretó con firmeza.

—Me llamo Kapuki Mangale y tuve el privilegio de asistir a su prima, la doctora Martínez, mientras trabajó con nosotros.

—Un gusto, señorita Mangale. Mi nombre es Javier Martínez. ¿Así que Matilde dejó el hospital de Masisi? ¿Regresó a la Argentina, a París tal vez? —Simuló extrañeza y preocupación.

—Oh, no. Sigue en el Congo. Ahora trabaja en el hospital de Rutshuru.

—¿Está segura de que sigue trabajando en…? ¿Cómo dijo que se llama la ciudad?

—Rut-shu-ru. Sí, estoy muy segura de que aún está allí. Ayer nos llamó por radio pidiéndonos unos medicamentos que faltan en el hospital de esa ciudad.

—Si vuelve a comunicarse con ella, no le mencione que me ha visto. Pretendo sorprenderla.

—No lo haré. No le diré nada, señor Martínez.

—Muchas gracias, señorita Mangale.

∗ ⌘ ∗

Ni siquiera la perspectiva de volver a ver a Jérôme después de tanto tiempo la animaba. Desde el viernes por la mañana, caminaba, comía, se vestía, se peinaba, se lavaba los dientes, respondía a las preguntas de un modo maquinal, como si el espíritu le hubiera abandonado el cuerpo, que se había convertido en una cáscara, impulsada a espasmos eléctricos. Se mantenía indiferente aun al mutismo perturbador que reinaba en el interior de la Land Rover blanca de Manos Que Curan que los conducía a la Misión San Carlos. Vanderhoeven, que ocupaba el sitio del copiloto junto a Ajabu, prácticamente no le dirigía la palabra desde el día anterior. En la mesa del desayuno, de un vistazo poco amigable, le había dado a entender que su discusión con Al-Saud era de dominio público. Durante la jornada en el hospital, se había dignado a hablarle sólo para referirse a temas médicos.

—Hoy no practicarás ninguna cirugía —le ordenó.

—Pero…

—¡No discutas! Serías una irresponsable si operaras hoy. No has dormido en toda la noche y resulta obvio que te la pasaste llorando. —Dio media vuelta y la dejó en medio del pasillo, con la boca abierta.

Juana, que también había oído la pelea, apenas estuvo segura de que Al-Saud había abandonado la habitación de Matilde, se deslizó dentro. Halló a su amiga boca abajo, sobre la cama. Aunque no se oían sus lamentos, supo que lloraba porque su cuerpo se sacudía. Se recostó junto a ella y la abrazó.

—¡Juani! —sollozó Matilde.

—¿Qué pasa, Matita? ¿Por qué pelearon?

—¡Me dejó, Juani! ¡Se fue! ¡Rompió conmigo!

Juana apretó la espalda menuda de Matilde y frunció el entrecejo.

—Eso es imposible, Mat. Eliah jamás terminaría contigo.

—¡Lo hizo! ¡Lo cansé con mis celos y con mis dudas! ¡Lo harté! ¡Lo humillé! ¡Le dije que no lo respetaba! ¡Que no confiaba en él! ¡Y me dejó! Me dijo… —Ahogada por el llanto, empezó a toser. Juana le palmeó la espalda y siseó para calmarla—. Eliah me dijo que nuestro amor le hace mal. Que terminará por destruirlo.

Juana le trajo un vaso con agua y la obligó a beberlo a sorbos cortos. Al comprobar que se había serenado, le pidió que le refiriera los hechos.

—Se siente menos que yo, dice que lo juzgo, que le teme a mi condena. ¡Lo mismo que la abuela Celia me inspiraba a mí!

Volvió a callar, dominada por un acceso de llanto. ¡Qué ciega había estado! Su amado Eliah, lo más importante para ella, sufría por sus desatenciones, por su modo frío. «Yo soy así, fría.» «Lo único que tienes frío, Matilde, es la nariz.» Al evocar el intercambio, tan lejano y parte de un tiempo feliz, tembló de pánico y de dolor. Juana la apretó y la instó a tranquilizarse.

—¿Crees que sea verdad que la tal Mandy se le insinuaba a Eliah y no al revés?

—No sé —gimoteó.

—¡Tienes que creerle a él, Mat! Él es el hombre que tú amas. Taylor enredó las cosas para lograr esto que ha logrado, el muy hijo de puta. ¡Creele a Eliah!

—¿Sí? ¿Tú le creerías después de ver esto?

Tomó la pila de fotografías del buró y se las entregó. El efecto de la primera resultó contundente y dibujó una expresión atónita en las facciones de Juana.

—¡A la maroshka! ¡Qué mal está la cosa! Hasta me salió un versito.

—¡Juana, no estoy para chistes!

Juana analizaba las fotografías y soltaba silbidos e improperios.

—Nunca me dijiste que el papito la tuviera tan grande y hermosa. ¡Por favor, mira lo que es!

—¡Eres insoportable! —se enfureció Matilde, y le arrancó las fotografías—. Te confío lo peor que me ha pasado en la vida ¿y me vienes con esto? ¿Con el tamaño de Eliah?

—No sé si es la foto que lo favorece, amiga, son un poco oscuras a decir verdad, pero si el papito fuera así realmente, estaría de rechupete.

—¡Basta! ¡Vamos! ¡Fuera de mi habitación!

—No enganches. Cálmate. Estoy tratando de quitarle dramatismo a la cosa.

—La *cosa* tiene todo el dramatismo que se merece.

—¿Tú sabes cuándo fue sacada esta foto?

—¿Qué tiene que ver cuándo fue sacada?

—Tiene mucho que ver porque si eso sucedió cuando ustedes estaban peleados, Eliah tenía todo el derecho a acostarse con quien quisiera. No te olvides de que tú habías terminado con él.

—Yo le pregunté a Eliah varias veces si había algo entre él y Gulemale, y me dijo que no. Me mintió, una vez más.

—¡Sólo hay sexo, Mat! ¿Cómo es posible que no lo veas? Para un hombre, el sexo y el amor están muy diferenciados. Para nosotras, todo se mezcla. Gulemale lo habrá perseguido, porque se nota que le tiene más hambre que el Chavo del Ocho a una torta de jamón, y Eliah, que estaría harto de la abstinencia, se habrá dejado llevar.

—¿Por qué no me lo dijo cuando se lo pregunté?

—¡Ay, Matilde! A veces me pregunto si eres o te haces. ¿Cómo se te ocurre que el papito te iba a confesar que había estado con Gulemale? Trataba de recuperarte y te soltaba semejante bomba atómica. ¡Una estrategia brillante! No seas ridícula, te lo pido por favor. —Abrió la puerta y abandonó el dormitorio, dejando a Matilde con expresión azorada y las fotografías a punto de caer de sus manos.

En los días que siguieron, Juana se mostró distante en el hospital. Aunque con la afluencia de heridos no habían tenido tiempo para conversar, Matilde sabía que su amiga la evitaba. ¿Tendría razón? ¿Debía confiar en la versión de los hechos de Al-Saud en cuanto a lo de Mandy Taylor y aceptar que le hubiera ocultado su relación con Gulemale? ¿Debía perdonarle sus infidelidades y sus desaprensiones? ¿Le correspondía a ella hacerlo? La confusión se sumaba a la tristeza, y la hacían sentir miserable y desgraciada. Al mediodía, incapaz de sobrellevar el viernes en ese estado de ánimo, utilizó la radio del hospital y llamó a la mina. Por fortuna, le contestó La Diana.

—No está, Matilde.

—Por favor, Diana, no me mientas. Pásame con él. Necesito hablarle.

—No te miento. ¿Por qué lo haría? Hemos tenido una mañana terrible, y Eliah está de reconocimiento por la zona. Le diré que llamaste.

Se mantuvo atenta a la radio y pidió que le avisaran si Eliah Al-Saud llamaba, en vano porque él no lo hizo, ni siquiera durante la madrugada del sábado, pese a saber que ella estaba de guardia.

En la misión no los esperaba el ambiente festivo de los sábados anteriores. Los tentáculos de la guerra se habían extendido hasta los rincones de la selva para oprimir el corazón de las criaturas más pequeñas e indefensas. Muchas familias, que habían huido de sus aldeas para salvar la vida, buscaban cobijo en el predio de la misión y vivían en tiendas.

—Ya no tengo con qué alimentarlos —se angustió Amélie.

—Hemos traído algunas provisiones —dijo Vanderhoeven—, pero no bastarán para alimentar a tantos.

—Lo que nos has traído, Auguste —resolvió Amélie—, será para los niños, los de la misión y los de estas familias. Los adultos tendrán que sostenerse con lo que cacen y pesquen.

—Pero ya no pueden ni cazar ni pescar —comentó *sœur* Annonciation— porque en la selva están los *interahamwes* que los cazan *a ellos* como a animales. La mayoría son de origen tutsi —explicó.

—Empezaremos por revisarlos a todos —informó Vanderhoeven—. En caso de que estén enfermos, no queremos que contagien a tus niños, Amélie.

—¡Oh, no! Dios no lo permita.

En tanto, Matilde abrazaba y besaba a Jérôme, que le devolvía los besos y los abrazos con la misma efusión.

—¡Te extrañé muchísimo, mi amor!

—Yo también —aseguró el niño—. ¿Dónde está Eliah? ¿No va a venir hoy tampoco?

La pregunta temida. No quería mentirle, aunque tampoco preocuparlo diciéndole la verdad. A veces, reflexionó, se mentía para ahorrar una pena a los seres amados.

—Eliah está ocupadísimo, tesoro. Me preguntó por ti. Te manda un beso.

—A él también lo extraño —manifestó, apesadumbrado, y Matilde lo apretó contra su pecho.

—Yo también lo extraño, mi amor. Lo extraño muchísimo —repitió, con voz estrangulada.

Un soldado del Congreso Nacional para la Defensa del Pueblo entró en la tienda donde se reunían los comandantes y se dirigió al general Laurent Nkunda con expresión alterada. Nigel Taylor, inclinado sobre un mapa de la región de las Kivus, se irguió de súbito al escuchar que el soldado mencionaba a Patrice, nombre en clave del espía de Nkunda en un comando de los *interahamwes*.

—Señor, Patrice acaba de llamar por radio. Asegura que Karme está bajando a la selva para atacar la Misión San Carlos porque está cobijando a muchos banyamulengue y a tutsis de Ruanda.

—Karme —masculló el general, y apretó la cabeza de águila que remataba su bastón—. Maldito demonio.

Nigel Taylor se había quedado mudo. «La misión», se aterró, y calculó que, por ser sábado, Matilde podría encontrarse allí.

—¿Cuándo será el ataque? —preguntó a quemarropa.

—Según Patrice —informó el soldado—, en dos o tres horas, lo que le tome descender la sierra y atravesar la selva.

—Tendríamos que enviar una brigada para defender la misión —sugirió un comandante—. Es sabido que las religiosas albergan mayormente a niños de origen tutsi.

—Yo estaré al frente —manifestó Taylor, y se granjeó miradas sorprendidas por parte de Nkunda y de los otros jefes rebeldes—. Quiero que Osbele forme parte de la brigada.

—Muy bien —concedió Nkunda—. Que se prepare la octava brigada.

Taylor lamentó que los helicópteros de la Spider International se hallaran en Kisangani; se trataba de la plaza más importante con la que contaba el Congreso Nacional para la Defensa del Pueblo, con aeropuerto, varias líneas ferroviarias y puerto sobre el río Congo que recibía los barcos procedentes de Kinshasa, por lo que destinaban lo mejor del armamento y de la tecnología bélica para preservarla. No obstante, en ese momento en el que la vida de Matilde dependía de que él llegara a tiempo, habría dado cualquier cosa por contar con uno de sus Kamov para sortear el espacio en poco tiempo. Por tierra y si no se topaban con ningún grupo antagónico que los demorara, les llevaría algo más de dos horas.

La camioneta de Udo Jürkens emergió del bosque tropical y se detuvo de golpe ante la visión de varias construcciones cuya solidez contrastaba con las chozas de barro y de caña de bambú a las que se había habituado mientras cruzaba el territorio congoleño. Se puso los binoculares y estudió el paraje. Un caos de gente reinaba en el predio limpio de maleza: hombres cortando leña, mujeres acarreando agua en cubetas calzadas sobre sus cabezas, niños correteando, animales dispersos (cabras, perros, cerdos, gallinas), religiosas atareadas y, por fin, médicos, a los que descubrió bajo una arboleda auscultando y revisando a unos nativos formados en fila.

Como durante el trayecto hasta la misión se había mantenido atento al mapa garabateado por un tendero en Rutshuru y pagado tan caro como uno de Michelin, Ágata había desaparecido de su mente por unas horas. Al distinguirla entre los médicos, enfundada en una bata blanca, con el estetoscopio al cuello y un bebé en brazos al cual mecía, el corazón le dio un golpe violento en el pecho y se lanzó a galopar hasta provocarle ecos en las sienes todavía sensibles.

Apoyó los antebrazos sobre el volante, calibró las lentes y se inclinó para observarla. Aun a esa distancia, advirtió que estaba enflaquecida y que círculos violeta le echaban una sombra en torno a los ojos y le conferían un aspecto enfermizo y triste a su fisonomía. El Congo no estaba sentándole bien. Por fortuna, él la sacaría pronto de ese infierno.

Le resultaba inverosímil estar viéndola, la juzgaba una visión espléndida. ¡Cuánto le había costado hallarla! Casi había soltado un aullido de frustración cuando le informaron, en el hospital de Rutshuru, que la doctora Martínez y el resto del equipo de Manos Que Curan habían partido a la Misión San Carlos, distante a varios kilómetros, selva adentro, por el Virunga. Alcanzar ese sitio perdido de la mano de Dios no había resultado un juego de niños. Inmerso en el bosque, de acceso complicado y peligroso, lucía como un oasis en ese desierto verde. Sin embargo, ahí estaba, frente a ella, embobado con su imagen.

Se instó a enfocar su pensamiento en la misión. Debía planear el modo en que la abordaría. No resultaría fácil, rodeada como estaba de gente, aunque, meditó, el caos que la circundaba se convertiría en una ventaja.

Al ver que la gente se alborotaba, corría y gritaba, movió los binoculares hacia uno y otro sector e intentó averiguar qué sucedía. No necesitó demasiado tiempo para descubrirlo.

Uno de los señores acogidos en la misión, el que enseñaba a Jérôme a trabajar la madera, emergió del bosque agitando un hacha pequeña y gritando a voz en cuello con tanta intensidad y desesperación que su entonación adquiría estridencias tan agudas como las de una mujer.

—¡Sœur Amélie! ¡Sœur Amélie! ¡Los *interahamwes*! ¡Están llegando! ¡Vienen a atacarnos!

Como el hombre hablaba en swahili, Matilde no comprendió lo que expresaba. No obstante, por el pánico en las expresiones de los aldeanos, entendió que algo muy grave estaba a punto de ocurrir.

—¿Qué sucede? —le preguntó a Vanderhoeven.

—¡Los *interahamwes*! ¡Se acercan!

Matilde no alcanzó a aprehender la relevancia de la declaración porque unos campanazos provenientes de la casa de las religiosas la distrajeron. Movió la cabeza con lentitud, como atrapada en una pesadilla, y divisó a *sœur* Edith, con el rostro desencajado, agitando la pequeña campana de bronce colgada en la puerta de la capilla. Las demás religiosas corrían de un lado a otro congregando a los huérfanos y empujándolos hacia la casa principal. «*Los niños saben que, si suena esta campana, deben correr hacia la casa grande y esconderse en el sótano.*» Recordó las palabras pronunciadas por Amélie tiempo atrás, mientras discutían los riesgos de permanecer en el foco de un conflicto bélico.

—¡Vamos, Mat! —la urgió Juana, y la arrastró por el brazo.

—¿Qué será de toda esta gente? —preguntó entre jadeos, mientras observaba a los aldeanos que estaban a punto de perder su último refugio.

—Dice *sœur* Annonciation que se esconderán en la selva. Vamos a la casa.

Se oían disparos y los alaridos de los rebeldes, más estremecedores que los sonidos de las armas de fuego y que las explosiones. En el interior de la casa de las religiosas, los niños y los adultos se agolpaban a la entrada oculta del sótano. Matilde y Juana se metieron al final, junto con Amélie, Vanderhoeven y Julia. Amélie trabó la puerta y bajaron hasta el bullicioso recinto, donde las religiosas intentaban poner orden en un grupo de niños aterrados, que lloraban y hablaban al unísono.

Apenas sus ojos se acostumbraron a la luz artificial, Matilde buscó a Jérôme. La asaltó una inquietud al no verlo enseguida y se mezcló entre los niños para buscarlo.

—¿Jérôme? —empezó llamándolo con voz medida, la cual fue aumentando los decibeles en tanto su búsqueda no daba frutos—. ¡Jérôme! —exclamaba, al borde de una crisis histérica—. ¿Dónde está Jérôme? ¡Jérôme! ¡Jérôme!

El niño, que jugaba a las canicas con un compañero de habitación, se puso de pie de un salto al oír los gritos de su maestro carpintero. «¿Los *interahamwes*?», repitió, incrédulo de que esos demonios volvieran a irrumpir en su vida. De pronto, la misión se había desvanecido, y se hallaba de nuevo en la pequeña casita que había compartido con sus padres y con su hermana Aloïs. Cenaban en paz. Su padre hablaba acerca de un inconveniente en el trabajo, y Alizée lo escuchaba, absorta. Jérôme la observaba, orgulloso de que fuera tan bonita. Las explosiones y los disparos alteraron las facciones de su madre y les anunciaron que la aldea estaba a punto de correr la misma suerte de otros poblados vecinos: alguna facción de rebeldes o un retén del ejército los atacaría para saquearlos, violarlos y secuestrarlos.

Jérôme se acordaba de haber corrido de la mano de su madre, que llevaba a Aloïs en la espalda, dentro de una manta, como nunca había corrido. Se detuvieron sólo un momento para ganar aliento, y Jérôme miró hacia atrás. El techo de hojas de palmera de su casa ardía como una hoguera gigante. Su padre estaba dentro.

Se olvidó de la orden de *sœur* Amélie —«*Si oyen la campana, corran a toda velocidad a la casa grande y escóndanse en el sótano*»— y disparó hacia el orfanato. Si en verdad los *interahamwes* atacarían la misión, Jérôme no dudaba de que prenderían fuego a todo. Él lo sabía bien, conocía la manía incendiaria de esos hutus feroces, porque en varias ocasiones había acompañado a Karme en sus hostilidades. Por nada del mundo permitiría que sus tesoros fueran devorados por el fuego, sobre todo pensaba en el mechón de Matilde, en el llavero de Eliah y en el Su-27 que le había construido.

⚜

Matilde corrió hacia la escalera para abandonar el sótano.

—¿Adónde crees que vas? —Vanderhoeven la detuvo por el brazo.

—¡A buscar a Jérôme! ¡Se ha quedado arriba!

—¿Estás loca? ¿Acaso no escuchas los disparos y las explosiones?

Los *interahamwes*, al mando de Karme, se habían topado con la brigada de Nkunda, con Nigel Taylor al frente, y se habían trabado en un intercambio intenso de artillería. El predio de la misión, lleno de gente minutos atrás, había desaparecido tras una nube de humo; el aroma tan peculiar de la selva había sucumbido al olor de la pólvora, y sus sonidos, a las explosiones y a los disparos.

—¡Voy a buscar a Jérôme! —insistió, rabiosa; no concebía que la detuviera conociendo el motivo de su apuro.

—No irás.

—¿Qué? —Matilde se sacudió la mano de Vanderhoeven—. ¡Iré a buscar a Jérôme así tenga que sortear a veinte batallones de rebeldes!

—Si sales de este sótano y te expones de esta manera tan insensata, te expatriaré. Anteanoche violaste una de las normas de MQC y dejaste entrar a tu amante en la casa. No dije nada. Esto no te lo perdonaré.

—Expátriame si quieres. Nada me importa excepto Jérôme.

⁓·⚭·⁓

A más de quinientos metros, Meyers y Sartori, los guardaespaldas de Matilde, observaban con impotencia la cortina blanca que les entorpecía la visibilidad. Momentos atrás habían visto a la doctora Martínez con nitidez; ahora no sabían nada de su suerte. En tanto Sartori se empecinaba con los binoculares, Meyers extraía de la camioneta el maletín con el teléfono satelital y lo colocaba sobre el cofre. Desplegó la antena del aparato, marcó el código de Inmarsat y, a continuación, el número de Al-Saud.

—Jefe, soy Meyers.

—¿Qué sucede?

—Estamos en la misión. Un grupo de rebeldes está atacándola.

—¿Matilde se encuentra allí?

—Sí.

Eliah apretó el puño en torno al teléfono y cerró los ojos. La pesadilla que lo había asolado desde el instante en que se enteró de que Matilde pretendía trabajar en el Congo acababa de convertirse en realidad. El pánico lo privó del discernimiento por un instante. Se recuperó enseguida.

—¿Cuántos son? —Mientras preguntaba, avanzaba a largas zancadas hacia la tienda donde se reunían Tony, Michael y Peter.

—Alcanzamos a ver a unos treinta, cuarenta como mucho. Creemos que están enfrentándose dos facciones.

—¿El ejército y los rebeldes del CNDP?

—Creemos que se enfrentan los rebeldes del CNDP con los hutus *interahamwes*.

—Aproxímense a la misión para obtener mejor información. Manténgame al tanto.

—Sí, jefe.

Al-Saud irrumpió en la tienda, y sus socios movieron las cabezas hacia él al verlo calzarse varias armas y dos cuchillos.

—La misión de mi prima Amélie está siendo atacada por dos facciones. Matilde se encuentra allá.

—Iremos contigo —ofreció Peter.

—No es necesario. Nos trasladaremos en el Mil Mi-25. ¡Zlatan! —llamó desde el umbral de la tienda.

—¿Acaso no dijiste que no había dónde aterrizar?

—Eso dije —confirmó Al-Saud—. La selva en torno a la misión es tan malditamente densa que no hay dónde mierda aterrizar.

—¿Llamaba, señor? —El croata se asomó en la tienda.

—Prepara el Mil Mi-25. Partimos en diez minutos. Asegúrate de que estén las cuerdas para bajar a tierra y de que la camilla esté en condiciones.

—Enseguida —dijo Zlatan Tarkovich, y desapareció. Al cabo, oyeron el ronroneo de los motores del helicóptero ruso al ponerse en marcha.

Un grupo de once hombres, entre los que contaban La Diana y Markov, se aprestaban en la tienda donde se almacenaba el armamento. Iban pasando por las estructuras metálicas con estantes para surtirse de lo necesario: fusiles, pistolas, granadas de luz y explosivas, cuchillos, balas, binoculares, estuches con pintura para camuflar y máscaras antigás.

—Guerin —habló Al-Saud—, lleva tu equipo de paramédico. No sabemos si hay heridos.

Menos de diez minutos más tarde, el helicóptero se elevó sobre la mina. Al-Saud apartó el fusil M-16 e ingresó las coordenadas de la misión en el GPS. Le indicó a Zlatan la trayectoria, y el Mil Mi-25 cruzó el cielo a su máxima velocidad, algo más de trescientos kilómetros por hora.

Al-Saud se consumía de angustia y ansiedad. No pensaba en nada; su mente se había trabado en una palabra y la repetía de modo incesante: «Matilde, Matilde, Matilde». En realidad, se dijo, su mente se hallaba empantanada en ese nombre desde el 31 de diciembre del año anterior, cuando, al posar su mirada en ella por primera vez en el aeropuerto de Buenos Aires, su aspecto de hada lo encadenó. Había vivido los momentos más plenos y felices a su lado como también los más negros y desesperados. La última escena, la del jueves anterior en la casa de Manos Que Curan, aún lo perturbaba. La humillación provocada por la desconfianza y por la condena de Matilde le había impreso una herida tan honda que Al-Saud dudaba de que algún día cicatrizara. Que ella hubiera conocido por mano de su peor enemigo detalles tan sórdidos de su vida lo avergonzaba al punto de llevarlo a tomar una decisión que jamás creyó que tomaría: no volver a verla. Necesitaba paz.

Apretó el cañón del fusil M-16, sacudió apenas la cabeza para despejarse y se dirigió a sus hombres para explicarles la estrategia que emplearían en la misión.

~: ⚹ :~

Matilde abrió la puerta del sótano y espió por el resquicio. El humo y el olor a pólvora invadían la casa, y le irritaron los ojos y las fosas nasales. Los sonidos ensordecedores provenían de afuera; dentro, no se advertía la presencia de los rebeldes ni se oían voces. El miedo estaba a punto de vencerla. Le temblaban las piernas y las manos y le castañeteaban los dientes; pocas veces había experimentado un pánico de esa índole. Sólo la imagen de su Jérôme expuesto a la violencia la impulsaba a aventurarse hacia el exterior. «Eliah, ¿dónde estás, mi amor? Te necesito. Tengo miedo.»

Cerró la puerta y escuchó que Juana volvía a trabarla por dentro. Su amiga permanecería allí hasta que ella regresara con Jérôme. Pegó la espalda a la pared del pasillo y se deslizó hacia el comedor. En las ráfagas de olor a azufre, Matilde apreció el aroma a la lluvia que se mezclaba con una brisa fresca. Se dio cuenta de que oía el susurro de las hojas mecidas por un viento cada vez más impetuoso porque los disparos y las explosiones habían cesado. ¿Los rebeldes se habrían ido? Corrió el último trecho. Frenó en seco y profirió un alarido al toparse con una figura que prácticamente ocupaba el umbral que separaba el sector de los dormitorios del comedor. Levantó la vista y lo reconoció de inmediato, a pesar de que su fisonomía hubiera sufrido alteraciones; no habría sabido precisar cuáles; lucía distinto y, al mismo tiempo, era el mismo hombre que había intentado raptarla en la capilla de la Medalla Milagrosa.

Sus miradas se encontraron, y Udo Jürkens experimentó la emoción más profunda y ardiente que podía evocar. Era Ágata, de nuevo frente a él. La deseó con una violencia que debió de transformar sus facciones porque el pánico en la expresión de Matilde se intensificó. Detestaba inspirarle miedo.

—Ágata —dijo, y su voz sólo sirvió para espantarla—. ¡No! —exclamó, y los ecos metálicos se difundieron en el silencio de la casa—. ¡No salgas! —le ordenó en alemán, y se interpuso para impedirle que huyera. Matilde amagó escabullirse por la izquierda para terminar haciéndolo por la derecha. El cuerpo pesado de Jürkens, con los reflejos embotados después de semanas de fiebre, no se movió deprisa, y la muchacha se deslizó entre la pared y él y corrió hacia la salida.

Gracias al viento cargado de humedad, el predio de la misión se había despejado, por eso Nigel Taylor, desde su posición tras unos árboles, la vio con claridad: Matilde huía del interior de la casa con gesto trastornado.

—¡Matilde! —gritó, y la muchacha se detuvo y miró en su dirección.

A Taylor le pareció que la escena se desarrollaba en cámara lenta: el rebelde que cargaba el RPG-7 sobre su hombro y que lo apuntaba a Matilde, y el tipo con tamaño de cíclope que salía de la casa de las religiosas y caminaba hacia ella con la decisión de un animal de presa. Abandonó el refugio y corrió hacia ella para protegerla, dominado por una impotencia que sólo le permitía gritar su nombre, «¡Matilde, Matilde!». Quería ordenarle que regresara dentro, que se echara cuerpo a tierra, que no le permitiera a ese diablo que la atravesara con el proyectil, pero las palabras no acudían a sus labios.

El rebelde de Nkunda disparó el PG-7N, y el misil describió una trayectoria hiperbólica para acabar estrellándose en la Land Rover de Manos Que Curan, a pasos de Matilde y de Taylor. El inglés se llevó las manos a la cara, emitió un clamor y se derrumbó en el suelo. Matilde, que acababa de sentir como si le propinaran un puñetazo en el estómago, hizo caso omiso del dolor e intentó moverse en dirección a Taylor. Al intentar mover la pierna izquierda, una puntada le surcó el torso y se extendió hasta la coronilla. Bajó la vista y, antes de desplomarse, vio la mancha oscura que le teñía el polo amarillo en la parte izquierda del bajo vientre.

Udo Jürkens, protegido en el umbral de la casa de las religiosas, empuñó su Beretta 92 y apuntó al rebelde que había disparado el RPG-7. La bala Dum-Dum lo alcanzó en el costado izquierdo de la cabeza y se la destrozó. Corrió en zigzag hacia Matilde, perseguido por el sonido de los AK-47, sintiendo la corriente de aire de los proyectiles. Recogió a Matilde del suelo, la cubrió con su torso y regresó a la casa. A pesar de que pesaba poco y de que sólo se había trasladado unos pocos metros, el esfuerzo lo había agotado y las sienes le latían. Inspiró profundamente y se instó a pensar.

La palidez de Matilde lo asustó, y le buscó el pulso en la carótida. Era débil, y se lentificaba segundo a segundo en tanto la sangre seguía manando de la herida causada por una esquirla. No podía hacer nada por ella en esas condiciones. Las camionetas —la de él, la de las religiosas y la de Manos Que Curan— ardían a causa de los misiles. Si la cargaba por la selva hasta Rutshuru, ambos terminarían muertos. Tenía que entregarla a sus amigos, los médicos, para que la salvaran; sólo eso importaba, que la salvaran. Sabía dónde se ocultaban, la había visto emerger del sótano. Pateó la puerta mimetizada en la decoración del pasillo.

Juana abrió deprisa. Como estaba llorando, le costó identificar al hombre y al bulto que le extendía. Se limpió los ojos con la manga de la camisa y profirió una exclamación.

—¡Sálvela! —le imploró Jürkens en francés, y Juana se retrajo en los escalones al sonido de la voz de robot—. Una esquirla la alcanzó ahí —indicó con el mentón el manchón de sangre.

—¡Mat! ¡Oh, Dios mío! ¡Auguste! ¡Auguste!

Juana sujetó a Matilde e, incapaz de bajar la escalera, se sentó en el escalón y abrazó a su amiga.

—¡Mat! ¡Auguste! ¡Auguste!

Entre el belga y Juana cargaron a Matilde dentro del sótano y la recostaron sobre una colchoneta. Alguien le pasó una tijera a Vanderhoeven, que cortó la playera a la altura del manchón de sangre y estudió la herida. Un brillo entre la carne y la sangre le indicó la ubicación del pedazo de granada que la había penetrado.

—Hay que detener la hemorragia. Está desangrándose.

Amélie volvió a marcar el teléfono satelital de Al-Saud. Acababa de llamarlo para pedirle ayuda. Su primo le había asegurado que se encontraba al tanto de la situación y que volaba hacia allá.

—¡Eliah!

—¿Qué sucede? Estoy llegando.

—¡Matilde! ¡Oh, Dios mío! Una esquirla de granada… Una esquirla…

—¡Amélie, cálmate! Dime qué pasa con Matilde.

—¡Está herida! ¡Muy grave! Una esquirla la hirió en el vientre. Hay que sacarla de aquí. ¡Deprisa! Necesita asistencia de inmediato.

El entorno de Al-Saud se volvió negro, y un sudor frío que le cubrió el cuerpo le empapó la camiseta y los boxers bajo el uniforme militar. «Oh, Dios mío, no, te lo ruego. Cualquier cosa, excepto Matilde.»

Soltaron las cuerdas en la parte trasera de la misión, y Al-Saud fue el primero en lanzarse a tierra. Violó una norma estricta al no esperar al resto de sus compañeros, pero la desesperación lo impulsó a obrar de modo irreflexivo. La Diana y Markov, que habían bajado con él, lo siguieron con sus M-16 listos para disparar una andanada de proyectiles. Alcanzaron la parte delantera de la casa de las religiosas bordeando el muro de la cocina. Al-Saud se asomó para estudiar el predio, donde resultaba obvio que se había producido el intercambio de artillería.

Divisó un cuerpo de inmediato y se puso los binoculares para estudiarlo porque el instinto le indicaba que él conocía a ese hombre. «Nigel Taylor.»

—Están por todos los flancos —evaluó Al-Saud—. Cúbranme —ordenó a la totalidad de sus hombres, que para ese momento ya se habían congregado detrás de él—. Iré por Taylor. Lo meteré en la casa grande.

—¡Eliah, es una locura! —se quejó La Diana.

—Cúbranme —repitió, con un vistazo implacable destinado a la bosnia.

—No te preocupes —le susurró Markov—. En Sri Lanka lo vi hacer una locura peor y salir ileso.

Apenas la figura de Al-Saud apareció, zigzagueando, en el predio, los *interahamwes* y los de Nkunda abrieron fuego. Al-Saud se protegió detrás de la caseta que albergaba las cisternas y aguardó a que sus hombres alistaran los lanzagranadas con que venían equipados sus fusiles. Seis atacaron al sector donde se escondían los hutus; los otros cinco se ocuparon de los rebeldes del Congreso Nacional para la Defensa del Pueblo. Los misiles, de carga superior a los de los RPG-7, derribaron árboles y palmeras, descuartizaron rebeldes y destruyeron vehículos, mientras Al-Saud aferraba a Taylor por el sobaco y lo arrastraba dentro de la casa de las religiosas.

El inglés se encogió en el piso de la sala y se quejó. Al-Saud se acuclilló para estudiarle la herida. La esquirla le había destrozado la parte izquierda del rostro.

—Matilde —lo oyó murmurar.

—Nigel, no hables. Descansa.

Taylor levantó el párpado derecho y movió el globo ocular hasta centrarlo en el rostro de Al-Saud.

—Eliah, ¿dónde está Matilde?

—Tranquilo, te sacaré de aquí. Matilde está a salvo —le mintió.

—No quiero que me lleves al hospital de Rutshuru —balbuceó—. Llévame al… —Un quejido y una mueca de dolor evidenciaron su sufrimiento—. Llévame al Hospital Chris Hani Baragwanath, en Johannesburgo. Habla… Habla con el doctor Van Helger. Van Helger —repitió, antes de perder la conciencia.

El grupo de la Mercure entró en la casa.

—Doc —llamó Al-Saud a Guerin—, sígueme. Trae tu equipo médico.

—Sí, jefe.

—Markov, aseguren el perímetro de la casa.

—Sí, jefe.

Al-Saud corrió al sótano. Golpeó la puerta simulada con la culata del M-16.

—¡Abran! ¡Soy yo! ¡Soy Eliah!

Escuchó el chasquido del cerrojo, y *sœur* Tabatha, llorosa y con expresión fuera de sí, se apartó para franquearle el paso. Al-Saud se precipitó escalones abajo y se detuvo de golpe al ver a Vanderhoeven y a Juana inclinados sobre Matilde. Lo acometió un ligero mareo al descubrir la mancha de sangre en la parte inferior de su vientre. Se quitó el casco y se limpió con la manga el sudor de la frente cubierta por pintura para camuflar. Guerin pasó a su lado, apoyó el maletín junto a Matilde y empezó a hablar con Vanderhoeven y con Juana.

Al-Saud observó al belga descubrir el brazo de Matilde y a Guerin canalizarla para hidratarla con suero fisiológico. Enseguida, le inyectaron un medicamento por perfusión intravenosa para después ocuparse de la herida. Al-Saud no quería mirar el daño que la esquirla le había provocado. No toleraba saber que estaba lastimada, que sufría. Jamás había experimentado un miedo tan hondo. Lo atontaba, lo entumecía. No era él mismo en las garras de ese miedo visceral. Una vez había leído a un monje budista que aseguraba que, en la vida, era preciso viajar ligero de equipaje y que apegarse demasiado a las cosas materiales, aun a las personas, era poco sabio porque, si se perdía todo en un tris, se podía acabar sumido en la melancolía. Ahora comprendía lo que el monje había intentado explicar. Su apego a Matilde había sido obsesivo desde un principio, él no comprendía por qué; sólo sabía que no le gustaba el sentimiento con tintes de desesperación que ella le inspiraba. Se aproximó a paso lento, temeroso de que le dijeran lo que no estaba preparado para oír. Las religiosas y los niños lo contemplaban sin soltar el aliento. Cayó de rodillas junto a Matilde, le tomó la mano y la besó. Estaba fría.

—Doc —atinó a ordenar—, trae la camilla. Hay que sacarla de aquí.

Los párpados de Matilde aletearon y tardó en darse cuenta de que esa cabeza de cabello renegrido caída delante de ella era la de Eliah.

—Eliah… —La voz le brotó rasposa, casi inaudible, y le hizo doler la garganta.

—¡Mat! —exclamó Juana.

Al-Saud incorporó la cabeza de golpe y se quedó mirándola. Se inclinó de inmediato porque vio que Matilde movía los labios.

—Jérô… —la oyó balbucear—. No está. No está.

—Dice que Jérô no está.

—No sabemos qué fue de él —confirmó Amélie—. Cuando nos dimos cuenta de que no estaba aquí, en el sótano, Matilde subió a buscarlo. Ahí fue cuando la hirieron.

—Dios mío… —musitó Al-Saud.

—Eliah… Jérô… Buscalo, por favor.

Los ojos de Matilde se pusieron en blanco antes de que los párpados los velaran. Su cabeza se desmoronó a un costado.

—¡¡Matilde!! —se desesperó Al-Saud, y se llevó la mano de la muchacha a la boca—. ¡¡Matilde!! —clamó, con la voz rota y los ojos desorbitados—. ¡¡Matilde!!

Las religiosas y algunos niños comenzaron a llorar.

—Hágase a un lado —lo increpó Vanderhoeven, y le checó el pulso—. Se ha desmayado, pero su pulso está estable, aunque débil. Ha perdido mucha sangre. Es imperioso someterla a una cirugía y a una transfusión. No podremos hacerla en el hospital de Rutshuru. Ayer nos quedamos sin anestesia y nos falta la mitad de las cosas. Los rebeldes no permiten que lleguen los camiones con la ayuda humanitaria.

Juana se aproximó a Al-Saud, que seguía paralizado a centímetros de Matilde.

—Papito —lo llamó en un susurro, y, cuando Eliah levantó la cabeza y fijó la mirada en Juana, ésta sufrió un sobresalto. Los ojos de Al-Saud, realzados por la pintura para camuflar, habían adquirido un brillo inverosímil, antinatural e inhumano—. Papito, ven conmigo. Tengo algo importante que decirte.

Al-Saud se puso de pie y se alejó con Juana.

—¿Qué pasa?

—Eliah, el hombre que atacó a Mat en la capilla de la Medalla Milagrosa...

—¿Qué pasa con él? —se impacientó.

—Él fue el que trajo a Mat de nuevo al sótano, después de que la habían herido.

—¡Qué!

—No sé cómo fue. Golpeó la puerta del sótano. Yo abrí, creyendo que eran Mat y Jérô, y era él, con Mat en brazos, inconsciente. Me dijo «¡Sálvela!», con una voz que me dejó helada.

—¿Una voz metálica, electrónica?

—¡Sí! En un principio no lo reconocí porque está cambiado y porque yo estaba muy confundida y nerviosa. Pero después me di cuenta de por qué su cara me había parecido conocida.

—Dios mío...

—Él la salvó, Eliah. Estoy segura de que la trajo hasta aquí y la salvó de morir desangrada ahí fuera. Cuando me dijo «¡Sálvela!», se me puso la piel de gallina. Lo expresó con tanto sentimiento, con tanta amargura.

—¿De qué estás hablando, Juana? ¿Qué quieres decir?

—Me dio la impresión de que Mat le importaba muchísimo, como si estuviera enamorado de ella.

—¿Qué dices? —se enfureció.

En ese momento, los hombres de la Mercure se presentaron con la camilla, y Al-Saud se abalanzó para ocuparse de acomodar a su mujer; sólo admitió que Guerin y Juana lo ayudaran.

19

La dificultad para despegar los párpados se debía al síndrome de los husos horarios. Acababa de llegar a París. Había pasado la noche charlando con su compañero de asiento. Eso, combinado con el *jet lag*, pulverizaba su energía, una experiencia similar a la vivida después de la primera sesión de quimioterapia. Se dejó vencer por la debilidad y detuvo los intentos por abrir los ojos. Lo que necesitaba contemplar lo llevaba impreso en la mente: el rostro de Eliah, el hombre sentado junto a ella en el avión de Air France. Nunca había disfrutado tanto de la conversación con un hombre. Se había permitido un momento de ligereza porque todo habría acabado una vez que llegaran al Aeropuerto Charles de Gaulle. Y así había sido. Todo había acabado.

—Mat.

—Matita.

Las voces le resultaban familiares. Se quejó. Deseaba seguir durmiendo. Aún no se reponía del viaje ni de la noche en vela. ¿Por qué la molestaban?

—Mat —insistió una voz masculina—, soy Ezequiel. Vamos, despiértate.

—Eze…

—Sí, soy yo. Vamos, abre los ojos.

Lo hizo apenas; no obstante, implicó un esfuerzo anormal. Algo no marchaba bien. No podía costarle tanto abrir los ojos, ni siquiera a causa del síndrome de los husos horarios. No estaba en la habitación del departamento de la *rue* Toullier sino en una estancia de un blanco fluorescente que le hirió la vista. Apretó los párpados y ladeó la cabeza con un quejido.

—Juani, cierra las cortinas. Le molesta la luz.

—Juani…

—Aquí estoy, Matita.

Sintió que Juana le tomaba la mano y se la besaba.

—¿Qué pasa? ¿Dónde estoy?

—En el Hospital Chris Hani Baragwanath de Johannesburgo, en Sudáfrica —expresó Ezequiel.

—¿Sudáfrica? —Se calló, agotada, y, al tomar una inspiración profunda, percibió una presión en el bajo vientre, como si le hubieran colocado una pesa—. ¿Qué hago acá?

—Te hirieron con una granada en la misión de Amélie —le explicó Juana—. No podíamos operarte en Rutshuru, y Eliah te trajo en su avión hasta aquí. Es el hospital donde se alojan Kabú y *sœur* Angelie. Nigel también está internado aquí. Lo hirió la misma granada que a ti.

—¿Dónde me dio la granada?

Juana le guió la mano, la que no estaba canalizada, a la izquierda del bajo vientre.

—Aquí.

Ezequiel y Juana la observaban con ansiedad mientras esperaban que Matilde procesara la información que acababan de soltarle.

—Creí que estaba en París, que acabábamos de llegar —confesó.

—¡Uf! —suspiró Juana—. Han pasado tantísimas cosas desde que llegamos a París, Mat. En mi vida tuve un año tan intenso como éste.

—¡Jérôme! —exclamó Matilde, y Juana y Ezequiel supieron que había llegado el momento de contenerla—. ¡Jérôme! ¡Ahora lo recuerdo! Subí a buscarlo y me topé con ese hombre, el de la capilla…

—Shhh —la tranquilizó Ezequiel—, ya sabemos cómo fueron las cosas. Cálmate. Estás muy débil. Perdiste mucha sangre. Ahora tienes que descansar.

—¡No puedo descansar! ¿Dónde está Jérôme?

Juana se alejó para lloriquear fuera del campo visual de su amiga.

—Mat, te suplico que te calmes. No tengo buenas noticias.

El alarido de Matilde provocó un escalofrío a Ezequiel y obligó a Juana a taparse los oídos. Ezequiel se inclinó sobre ella, le sujetó los brazos y le habló con voz entrecortada.

—Juana me contó todo acerca de Jérôme. Sé que lo quieres como a un hijo.

—¡*Es* mi hijo! ¡Es mi hijito adorado! ¡Mi tesoro!

—Sí, sí, lo sé.

—¿Dónde está? ¡No me digas que…! —Intentó abandonar la cama, y Ezequiel, con suavidad, la devolvió a la almohada.

—¡No, no! Eso no —le aclaró enseguida—. Está vivo, pero no sabemos dónde. Los hombres de Al-Saud lo buscaron en la misión y por los alrededores, pero no lo encontraron.

—¡No, Dios mío! ¡No me lo quites! ¡No! —El llanto de Matilde ocupó cada centímetro cúbico de la habitación y crispó el aire y los ánimos de Juana y de Ezequiel, que la acompañaron con lágrimas silenciosas.

La Diana y Markov entraron de manera atropellada y, al comprobar que Matilde no corría peligro, regresaron al pasillo.

—Matita —sollozó Juana—, Eliah lo va a encontrar. Sus hombres siguen buscándolo.

—Quiero que esté conmigo, ahora. No quiero que esté perdido en la selva. ¡Dios mío! ¡Es tan chiquito e indefenso! ¡Dios mío, protégelo! ¡Mi amor, mi tesoro!

Ezequiel y Juana la contemplaron con gestos preocupados cuando Matilde repitió una y otra vez «Protégelo». La dejaron hacer hasta que el cansancio la venció y se quedó dormida.

⌁ ✿ ⌁

Después de dos días en los que Matilde prácticamente no pronunció palabra ni quiso alimentarse, Ezequiel y Juana intercambiaron miradas de esperanza cuando la oyeron pedir:

—Cuéntenme cómo fueron las cosas. ¿Cómo llegué aquí?

—En el *Jumbo* de la Mercure —respondió Juana—. Los hombres de Eliah te sacaron de la casa en una camilla y te subieron a un helicóptero. Como el helicóptero no tenía dónde aterrizar, hubo que subirte con unas cuerdas que engancharon a la camilla. Después hicieron lo mismo con Taylor.

—¿Y tú? ¿Cómo subiste?

—¡Ni me hagas acordar! Eliah me ató un arnés y me enganchó a una cuerda que me fue subiendo con un malacate que estaba sujeto al piso del helicóptero.

—¿Y Eliah?

—Él llegó antes que yo, trepando por una cuerda paralela a la mía. Te habría gustado verlo trepar. Lo hacía muy rápido y sólo con la fuerza de los brazos. La Diana y Markov lo habían hecho primero, para recibirlos a ustedes, a ti y a Taylor.

Sí, le habría gustado verlo. Siempre le gustaba verlo. Junto con la narración de Juana, su memoria recuperaba fragmentos de escenas, de diálogos, de miradas. Recordaba un sonido ensordecedor, el del helicóptero seguramente, y una mirada muy intensa, que refulgía en un semblante oscuro, de una oscuridad extraña, con pinceladas más verdosas en algunas partes; en verdad, una visión estremecedora. Comprendía que se había tratado del rostro de Eliah, cubierto con pintura para camuflar. ¿Le habría susurrado lo que recordaba o formaría parte de su imaginación, atizada por la inconsciencia de la que iba y venía, como mecida por las olas en el océano abierto? ¿Le habría susurrado, con la voz congestionada: «No me dejes, mi amor. Lucha, te lo ruego. Hazlo por mí, que sin ti ya no me interesa vivir»? Sí, lo había soñado.

—Y después, ¿qué pasó?

—El helicóptero nos llevó a una pista donde había un *Jumbo* con el logotipo de la Mercure en el timón. Nos estaban esperando con las turbinas encendidas porque Eliah había avisado por radio que íbamos para allá. Ni te pienses que viajamos en primera. El avión fue transformado en uno de carga, así que fue un viaje de mierda de unas tres horas y media.

—¿Qué hacía Eliah?

—Después de quitarse la pintura de la cara, volvió junto a tu camilla, te agarró la mano y se la pasó mirándote, pidiéndome que te controlara el pulso, que revisara si el suero estaba bien, si esto, si aquello. Estaba muy nervioso. —Juana no le refirió, para no alterarla, que lo había visto inclinarse sobre ella y llorar con la mano de Matilde pegada a la frente—. Cuando estábamos llegando, Eliah se comunicó con el aeropuerto de Johannesburgo y les solicitó ambulancias porque traía heridos del Congo. Aclaró que uno de los heridos era una médica de Manos Que Curan. En la pista nos esperaban dos ambulancias. Eliah y yo subimos contigo y así llegamos hasta el Chris Hani Baragwanath.

La Diana abrió la puerta de la habitación y le franqueó el paso a una empleada del hospital que traía el almuerzo de Matilde. Ezequiel le indicó que colocara la bandeja sobre la mesa con ruedítas y la despidió.

—¿Le avisaron a mi papá que estoy aquí? —preguntó Matilde, en un hilo de voz.

—No puedo ubicarlo —admitió Juana—. Tu tía Sofía tampoco. Llamé a tu hermana Dolores para preguntarle si sabía algo de él y me dijo que hace como tres meses que no la llama. Estaba bastante aturdida.

—¿Le avisaron a mi mamá?

—Sí, la llamé —respondió Juana, con paciencia—, pero me dijo que está en Fidji con su esposo hasta fin de mes. Se quedó tranquila cuando le aseguré que estabas bien.

—Vamos, come —la urgió Ezequiel, y le puso el tenedor con puré de calabaza cerca de la boca.

—¿Lo llamaron al celular? A mi papá me refiero.

—Obvio. Está apagado o fuera de la zona de servicio.

Matilde abrió la boca y tragó el bocado. Comía de manera mecánica, sin hambre, aunque con un objetivo: abandonar esa cama para ir a buscar a Jérôme al Congo.

—¿Llamaron a Celia? Tal vez ella sepa dónde está mi papá.

—No pretenderás que llame a la bruja hija de puta. No te olvides que en nuestro último encuentro, en las oficinas del George V, casi le arranco los ojos. No, Mat, pídeme cualquier cosa, menos ésa.

—Yo la llamaré después —se ofreció Ezequiel.

—Gracias, Eze. ¿Llamó Eliah? —Juana asintió—. ¿Por qué no me lo pasaste?

—Estaba apurado.

—No quería hablar conmigo, ¿verdad?

—Juana te dijo que estaba apurado —remarcó Ezequiel—. No te preocupes por él. Estuvo pendiente todo el tiempo, como una estaca en la puerta de la Unidad de Cuidados Intensivos, hasta que el doctor Van Helger le dijo que no corrías peligro. En mi vida he visto a un tipo más desesperado y preocupado que Al-Saud.

Juana esperó a que Matilde terminara de comer para hablarle.

—Mat, Eliah te dejó una carta. No quise dártela antes porque estabas muy débil para leerla. Creo que ya estás mejor y que ha llegado el momento de entregártela.

Juana la sacó del bolsillo trasero del pantalón. Matilde utilizó el cuchillo para abrir el sobre con el logotipo del hospital. Sonrió al ver la caligrafía de Al-Saud. Le había escrito en francés, por lo que dedujo que lo había hecho enojado. Olió la carta, pero sólo percibió aroma a papel. «*Matilde, aunque todo entre tú y yo haya terminado, seguiré buscando a Jérôme y te lo entregaré sano y salvo. Sabes que puedo encontrarlo, por lo que te pido que me dejes hacer a mi modo y que te mantengas al margen. Si llego a enterarme de que has vuelto al Congo en medio de la guerra, y no tengas duda de que me enteraré, detendré la búsqueda y no volverás a saber de Jérôme, y será por tu culpa. Lo juro, Matilde, detendré la búsqueda. La Diana y Markov se encuentran a tu disposición. Si decides prescindir de sus servicios, estás en tu derecho. Pero no olvides al hombre de la capilla de la Medalla Milagrosa. Eliah.*»

El dolor la atravesó de la cabeza a los pies como una jabalina, para terminar arremolinado en la zona donde la esquirla la había penetrado. Soltó la carta, que cayó al suelo, y se puso en posición fetal. Ezequiel la envolvió en un abrazo y le besó la sien y la confortó con palabras inútiles. Nada le devolvería la alegría, nada la consolaría excepto el amor de su amado. Lo había perdido y se culpaba. La culpa se convertía en un peso intolerable y hacía más amargo ese trago espantoso. Lo había humillado, había pisoteado su orgullo, y eso, para un Caballo de Fuego, resultaba imperdonable.

≈ ⚮ ≈

La dicha que palpitaba ese mediodía en la mansión de la Avenida Foch lo fastidiaba. Estaba tornándose insoportable el correteo de los niños, el llanto de Dominique, la charla incesante de los invitados, las risas, el golpeteo de las copas, la música de fondo. Se odiaba por envidiar a su hermano Alamán. Se le veía tan feliz de la mano de Joséphine. Departían con todos, bailaban apretados aunque se tratara de una pieza rápida, picoteaban la comida expuesta en largas mesas en el jardín, brindaban de modo incesante por cuestiones que se susurraban, desaparecían para regresar minutos después con el cabello medio revuelto y las prendas arrugadas. Joséphine lucía radiante en su vestido de seda de tonalidad salmón. No cesaba de sonreír desde que había pronunciado «sí, acepto» en la pequeña oficina del Ayuntamiento del *Septième Arrondissement* para convertirse en la esposa de Alamán Al-Saud.

Había soñado con una escena similar para Matilde y para él, y todo se había ido al carajo. Las palabras de Matilde aún le martilleaban el cerebro, y no importaba que el tiempo siguiera su curso, él no conseguía borrarlas; es más, los días pasaban, y la voz de Matilde se tornaba más audible, más potente, más nítida. «*No te respeto, Eliah. No puedo confiar en ti.*» «*No te respeto, Eliah. No puedo confiar en ti.*» Apretó el vaso al mismo tiempo que los párpados mientras esperaba que el dolor menguara hasta quedar reducido al latido permanente en la boca del estómago al que ya se había acostumbrado y que toleraba.

Extrajo el celular del bolsillo interno del traje y se quedó mirándolo. Se sabía de memoria el teléfono del Hospital Chris Hani Baragwanath. La tentación por llamar de nuevo ese día le ardía en las manos. Al cabo, exhaló con violencia, enterró el aparato en el bolsillo y pronunció una maldición. Las llamadas diarias a Juana debían acabar o la historia con Matilde nunca concluiría, su herida jamás cicatrizaría. ¿Cicatrizaría aunque no volviera a oír su nombre ni a ver su rostro? Lo dudaba porque Matilde se había hecho parte de su carne y de su alma. Lo había tullido de por vida.

Sorbió el jugo en un acto mecánico y observó a los invitados, repartidos bajo el quiosco, alrededor de la piscina, bajo la glorieta. Era una fiesta de amigos y de parientes. Al-Saud clavó la vista en su padre, que conversaba con Aísha Boel, la hermana de Joséphine. Se trataba de una mujer impactante, de una belleza ostentosa, tal vez agresiva, como la de su madre, y una prominente carrera de periodista en los Estados Unidos, a pesar de su juventud. Alamán le había comentado que era experta en cuestiones del petróleo y que las grandes compañías la consultaban. El año anterior había publicado un libro titulado *¿Qué haremos cuando se acabe?*

Movió la cabeza y se detuvo en otra escena que exacerbó su desdicha y su soledad: Yasmín y Sándor Huseinovic, al que le había permitido viajar desde el Congo para asistir a la boda, se hacían arrumacos como si estuvieran solos en el jardín. No aguantarían mucho más, caviló. Pronto desaparecerían para buscar un sitio donde hacer el amor.

Como advirtió que su madre y su tía Sofía se aproximaban con caras de preocupación, sin duda para preguntarle acerca de Matilde, dio media vuelta y entró en la casa. Se topó con Gulemale, que salía del tocador. Se miraron con fijeza, y el aire pareció electrificarse.

—Sácame de aquí, cariño. Me siento incómoda. No pertenezco a este sitio. Mi hija Aísha me ha ignorado hasta hartarse y Joséphine está muy ocupada con su esposo.

Al-Saud sonrió con ironía.

—Vamos —dijo, y la tomó por el codo para guiarla a la zona de las cocheras.

De camino al Ritz, el hotel donde se alojaba Gulemale, ésta le acarició la rodilla derecha y la cara interna del muslo hasta descansar la mano sobre los genitales de Al-Saud.

—¿Qué pasa, cariño? —se sorprendió ante la falta de respuesta del hombre al que juzgaba el más viril que conocía—. ¿Acaso no nos hemos perdonado mutuamente?

—¿Perdonarte por haber intentado entregar al padre de mi mujer a los israelitas? No lo creo, Gulemale. ¿Perdonarte por haber puesto en manos de Taylor esas fotografías?

—¿Qué fotografías?

Al-Saud giró la cabeza con lentitud y clavó la vista en la expresión inocente de la mujer. Gulemale se estremeció bajo el imperio de esos ojos verdes que transmitían una fuerza peligrosa.

—Tenía que vengarme —admitió al cabo, con aire aniñado y caprichoso—. No ibas a salirte con la tuya tan fácilmente. No sólo que no me tocaste un pelo durante los días que estuviste en mi casa, sino que arruinaste mis planes para Abú Yihad.

—Eres una descarada —manifestó Al-Saud.

—¡Oh, perdóname cariño! —Se inclinó sobre Eliah y arrastró los labios por su mandíbula derecha. Al-Saud apartó la cara—. ¿Las fotos te ocasionaron problemas con Matilde? —Él volvió a destinarle un vistazo cargado de desprecio—. Lo siento, de verdad. Estaba como loca de rabia.

—No vuelvas a intentar dañar a Matilde, Gulemale.

—Te lo prometo, cariño.

La mujer no contestó a la ligera porque comprendió que, tras la voz baja y el gesto relajado de Al-Saud, quien, al hablar, no había apartado la vista del camino, se escondía una amenaza tan mortífera como la de una cobra. Al-Saud era de los pocos a los que ella respetaba y temía. Lo juzgaba un digno oponente.

—Por otra parte —prosiguió, menos solemne—, no puedo evitar querer a esa chica. No sé qué tiene. Me llena de ternura. —Al-Saud sacudió los hombros y espiró con fuerza a modo de risa cargada de sarcasmo—. Te propongo una tregua, Eliah.

—Supongo que esto es una tregua —admitió Al-Saud—. Pero no vuelvas a meterte con los míos porque te aseguro que nada te salvará de mi ira.

La mujer ronroneó y le acarició el pene a través del género del pantalón.

—Tu ira... Me excito de sólo imaginarte enojado. Y en esta tregua, ¿no habrá nada de diversión? Vamos a mi habitación.

—No, Gulemale. Lo siento. Por estos días, no soy buena compañía.

—Matilde otra vez, ¿no es así?

Al-Saud se mantuvo en silencio, con la expresión endurecida por un ceño fruncido, y no apartó la vista del frente.

—¿Qué hiciste con Abú Yihad? —preguntó la mujer a quemarropa.

—¿Qué hiciste con Frédéric? —replicó él, y la congoleña soltó una carcajada grave, medio ronca.

—A esto sí responderás, ¿verdad? ¿Qué harás con la mina del Arroyo Viejo?

—¿A qué te refieres? Seguiré cumpliendo el contrato. La custodiaré hasta que acabe la concesión.

—¿Cuánto podrás resistir con el ejército de Ruanda y los rebeldes de Nkunda rodeándote por todos los flancos? —La fascinó el modo en que Al-Saud levantó la comisura derecha a manera de sonrisa pedante—. Sí, lo sé, tú también tienes aliados. No creas que desconozco tus acuerdos con los *interahamwes* y los mai-mai.

—¿No se cansa Nkunda de atacarme? ¿Cuándo se rendirá?

Gulemale sacudió los hombros en una actitud que le quitó varios años.

—¿Qué sabes de Taylor? —preguntó en cambio.

—Se someterá a varias cirugías reconstructivas —contestó Al-Saud—. Tiene destrozada la parte izquierda del rostro. Ha decidido alojarse en el Hospital Chris Hani Baragwanath durante varios meses. —«El mismo hospital donde se encuentra Matilde», pensó, y una agonía acabó con sus pocas ganas de conversar. Despidió a Gulemale en la puerta del Ritz, sobre la calle de Rivoli, y arrancó el Aston Martin rechinando las llantas. Enfiló hacia el noroeste, hacia la salida que lo conduciría a la *Autoroute A13*. En una hora —menos, si no había tráfico— llegaría a la hacienda de Ruán, a su refugio, a la sabiduría y a la serenidad de Takumi *sensei*. Pisó el acelerador, y el deportivo inglés voló sobre el pavimento.

No lo oyó porque la guitarra de Carlos Santana ahogaba incluso el ruido del motor. Lo sintió vibrar contra el pectoral. Extrajo el celular del bolsillo interno del traje y dudó si atender la llamada. Lo hizo unos cuantos timbres después, de pronto ansioso; le había exigido a Juana que lo mantuviera informado de cualquier novedad.

—*Allô?*

—¿Eliah?

—¿Quién habla?

—Natasha Azarov.

—¡Tasha! ¡Por Dios, Tasha! —El Aston Martin redujo drásticamente la velocidad—. ¡Qué sorpresa! ¿Dónde estás?

—En Milán.

—¿Cómo estás?

—Eliah, necesito verte. Es importante. *Muy* importante.

Al-Saud detuvo el automóvil en la banquina.

—¿Cuándo?

—¿Puedes venir a Milán? Para mí es imposible viajar en este momento.

Al-Saud guardó silencio para evaluar el pedido de su antigua amante.

—Podré viajar en una semana.

—Gracias. ¿Tienes dónde apuntar la dirección?

—Dime. —Al-Saud destapó la pluma Mont Blanc con la boca mientras sostenía una tarjeta sobre el volante y sujetaba el teléfono con el hombro.

—Número treinta y cuatro de *Via* Taormina. Segundo piso, departamento seis. Toma nota de mi celular, por favor. —Natasha se lo dictó.

—Te avisaré antes de viajar.

—Estaré esperándote —aseguró, con voz lúgubre.

—¿Estás bien? —insistió Al-Saud.

La llamada se cortó.

20

Al chirrido de las bisagras, Rauf Al-Abiyia, conocido en el mundo del tráfico de armas y de heroína como Príncipe de Marbella, se echó a temblar. Estaba desnudo, sentado en el piso de ladrillos de una celda de dos por dos en la prisión de Abu Ghraib, a veinte kilómetros al oeste de Bagdad. Sucio, maloliente, con las marcas de la violencia ejercida sobre su cuerpo enflaquecido tras meses de pésima comida, no le quedaba dignidad. La destreza de los verdugos de Kusay Hussein para torturar a sus víctimas, legendaria y que sólo competía con la de los sirios, lo había quebrado.

No llevaba la cuenta del tiempo. Recordaba la mañana del 2 de junio, cuando los matones de Fauzi Dahlan irrumpieron en el departamento que alquilaba en Bagdad y lo arrancaron de entre las sábanas para arrojarlo en la celda de la cual había salido sólo para dirigirse a la cámara de tortura. ¿Cuánto había transcurrido desde ese episodio? ¿Tres meses? Un poco más, tal vez. Se admiraba de la resistencia de su cuerpo. Su mente, en cambio, le jugaba sucio y en ocasiones le hacía creer que se encontraba en Marbella, sobre la cubierta de su yate.

Odiaba a Mohamed Abú Yihad, su socio y amigo. Lo había dejado en la estacada para desaparecer con varios millones de dólares de los iraquíes. ¿Dónde mierda había ido a parar el dinero? Cuando pusiera las manos sobre ese traidor se cobraría cada golpe, cada uña arrancada, cada shock eléctrico, cada corte infligido a su cuerpo. Abú Yihad lo pagaría caro. Por momentos, la ira remitía y una duda colaba en su entendimiento alterado: ¿y si el Mossad lo había asesinado igual que a Alan Bridger, a Kurt Tänveider y a Paul Fricke? En ese caso, ¿dónde estaba el dinero? ¿El Mossad lo habría obligado a transferirlo a otra cuenta antes de matarlo?

Pegó las piernas al pecho y escondió la cara entre las rodillas cuando los matones de Fauzi Dahlan terminaron de entrar en la celda. Rauf se estremeció de miedo y ahogó un grito cuando le arrojaron algo que le golpeó la espalda. Dio vuelta la cabeza y comprobó que se trataba de ropa.

–¡Vístete! Fauzi quiere verte.

Se enfundó los pantalones y se cubrió con la camisa tan deprisa como sus movimientos entorpecidos le permitieron; por lo visto, debería caminar descalzo. No lo esposaron al cruzar la puerta de la celda, y eso le llamó la atención. Fauzi lo recibió con una sonrisa y le indicó que tomara asiento.

–Hassan –ordenó a uno de sus hombres–, trae té y comida para Rauf. Rauf –dijo, con acento amistoso–, creemos que hemos cometido un error contigo. Lo que has asegurado durante todo este tiempo, que desconoces el paradero de Abú Yihad y del dinero, es cierto.

–¡Sí! ¡Es cierto! –lloriqueó Al-Abiyia–. ¡Es cierto, Fauzi! ¡Por favor, ten piedad de mí!

–No obstante, para ganarte el favor del *sayid rais* otra vez, tendrás que demostrar tu lealtad. Sabes cuánto aprecia el *rais* la lealtad de los que trabajan para él.

–¡Dime qué tengo que hacer y lo haré!

–Ya que tu socio nos traicionó y nos robó y no consiguió siquiera un poco de torta amarilla, tendrás que ser tú el que la consiga para nosotros.

Rauf Al-Abiyia guardó silencio mientras reflexionaba acerca del anuncio. Sabía que su nombre formaba parte de la lista negra del Mossad, y sabía también que, al poner un pie fuera de Irak, su vida no valdría nada.

–Lo haré –aceptó–, pero necesitaré protección.

–La tendrás –prometió Fauzi Dahlan–, no dudes de que la tendrás.

Una caravana compuesta por tres Mercedes Benz W126, clase S, color negro, abandonaba la ciudad de Bagdad por la carretera que conducía al norte del país, hacia la pequeña localidad de Sarseng. Tres horas más tarde, el paisaje, fértil gracias a la afluencia de los ríos Éufrates y Tigris, comenzó a cambiar, sutilmente al principio, hasta adoptar las líneas drásticas del desierto.

Saddam Hussein, presidente de Iraq desde hacía más de diecinueve años –había tomado el poder el 16 de julio de 1979–, podría haber realizado ese recorrido en helicóptero; no obstante, elegía hacerlo en automóvil para apreciar la belleza del suelo iraquí, al que él consideraba de su propiedad y al cual manejaba como un feudo. Desplazó la mirada hacia el interior del vehículo. Junto a él se hallaban los herederos de la corona, sus hijos Uday y Kusay.

—Baba —habló Uday, el primogénito, y Hussein le destinó una mirada críptica, ni amorosa ni condenatoria—, ¿por qué tenemos que fabricar estas malditas centrifugadoras de uranio? ¡Están comiéndose nuestros perros ingresos! ¿Por qué no compramos el uranio ya enriquecido, como hacías en los ochenta con Francia?

—¿Quién crees que podría vendértelo? —intervino Kusay, con sensatez, y Hussein lo contempló con la mano sobre los labios para ocultar una sonrisa de orgullo—. ¿Los franceses? ¿Los italianos? ¿La ONU misma, tal vez?

—No seas imbécil, Kusay. Existe un mercado negro para todo.

—No para esto —terció el presidente iraquí—. El enriquecimiento de uranio necesita de una tecnología muy especial, extremadamente secreta y, por sobre todo, costosa. Ningún traficante cuenta con ella. Sólo los Estados pueden darse el lujo. Tal vez algún empleado corrupto de la Comisión de Energía Atómica francesa estaría dispuesto a proveernos unos cuantos kilos, pero yo necesito toneladas, Uday. Además, quiero poseer la tecnología. Sólo así seré el más poderoso. Seré indestructible.

—Y la tecnología que está por proveernos el profesor Wright supera a todo cuanto existe en el mundo de la energía atómica —acotó Kusay.

—Más le vale —refunfuñó Uday—, con los honorarios que cobra...

—No seas estúpido, Uday —se enojó Saddam Hussein—. Tener de nuestra parte al diseñador de armas más importante del mundo ha sido el mejor golpe de suerte que hemos recibido desde que asumí el poder en el 79.

—Si tú lo dices, Baba.

El resto del viaje lo hicieron en silencio. Al cruzar el portón blindado del palacio en Sarseng, Saddam oprimió el botón para bajar la ventanilla. Se le acercó un guardia que sujetaba a un dóberman con una correa. El presidente iraquí sacó la mano y palmeó la cabeza del animal.

—Bienvenido, *sayidi* —pronunció el guardia, y se inclinó.

—Gracias.

Después del almuerzo en compañía de sus hijos y de sus colaboradores más cercanos, Hussein anunció que visitaría Base Cero. Subieron a un ascensor cuyas puertas se abrieron después de que Saddam colocó la mano sobre un lector de huellas digitales e ingresó una clave. Descendieron varios metros. Las puertas volvieron a abrirse para revelar un espacio enorme, escasamente iluminado y con fuertes columnas de concreto que hacía pensar en el estacionamiento vacío de un centro comercial. Los esperaban dos militares, que se cuadraron ante Hussein y seguidamente ante el ministro de Industria Militar, Khidir Al-Saadi. Los militares manejaban dos vehículos similares a los utilizados en las canchas de golf. Abandonaron el recinto y enfilaron hacia un túnel, también mal iluminado.

Saddam Hussein estaba orgulloso de esa construcción subterránea, invisible a los ojos de los satélites que a diario surcaban el cielo de Irak para tomar fotografías y detectar movimientos sospechosos. La había diseñado el general Tarik Manzur, del Cuerpo de Ingenieros del Ejército de Irak, un talentoso en la técnica de engaño y ocultación militar conocida como *maskirovka*, que en ruso significa «camuflaje».

Desde el aire, incluso pisando las arenas del desierto del norte, nadie habría podido adivinar que a varios metros bajo tierra se desarrollaba una actividad incesante que incluía el adiestramiento de pilotos y de soldados del grupo de élite hasta la fabricación de gases letales y, próximamente, la construcción de armas nucleares. Tampoco habrían adivinado que había una pista de despegue y de aterrizaje cercana a la superficie, que se desvelaba cuando una rampa de cientos de toneladas de hormigón armado se deslizaba con la precisión de un mecanismo de relojería para permitir que aviones de guerra entraran o salieran. Una vez que la tierra se devoraba al avión o que éste se perdía en el cielo, la rampa sellaba el hueco, y el desierto adoptaba su fisonomía tradicional. «Es perfecto», se ufanó Hussein. Lo único con lo que no contaba era con aviones de guerra. Después de la Guerra del Golfo, la Fuerza Aérea Iraquí, tan temida en Oriente Medio, se reducía a unos cuantos helicópteros y dos o tres aviones de entrenamiento. Los Mig y los Mirage, que habían enorgullecido a Hussein durante los desfiles del 14 de julio, formaban parte del pasado.

Los militares al volante detuvieron los vehículos a las puertas de la zona de trabajo asignada al profesor Orville Wright. El hombre se quitó unos protectores para ojos y se acercó con una sonrisa. Uday habría preferido que no sonriera y que les ahorrara la visión desagradable de sus dientes cafés.

—¡*Sayid rais*! ¡Qué sorpresa más agradable!

—Buenas tardes, profesor. —Los hombres se dieron la mano—. Hemos venido a admirar su trabajo.

—Adelante, por favor. Es un honor contar con ustedes en mi laboratorio.

Varios científicos, técnicos e ingenieros se incorporaron sobre sus mesas y tableros y se pusieron de pie enseguida al ver de quién se trataba. Gérard, como jefe del proyecto nuclear de Irak, desempeñó el papel de guía y demostró al presidente y a sus colaboradores que el dinero invertido rendía frutos.

–Cuanta mayor cantidad de centrifugadoras podamos construir, mayor cantidad de uranio enriquecido obtendremos. Como bien sabe el *sayid rais*, no podemos atacar a Israel sin contar con un arsenal disuasorio.

–Sí, sí, eso es así –acordó Hussein–. Será preciso armarnos con al menos unas cien bombas de la capacidad destructiva de la de Hiroshima para estar a la altura de nuestros enemigos.

–Lo lograremos en un tiempo que, antes de la existencia de la centrifugadora Wright, se habría juzgado impensable y utópico. De igual modo, hay un problema que me inquieta, *sayid rais*, y es la falta de entrega de torta amarilla. Creí que para esta época tendríamos un buen stock. No pasará mucho antes de que pongamos en funcionamiento las centrifugadoras. Mis muchachos trabajan día y noche, prácticamente sin descanso. Pero si no contamos con el combustible nuclear, todo será en vano.

–Sí, lo sé –admitió el presidente iraquí a regañadientes, y se giró para lanzar un vistazo poco amigable a Fauzi Dahlan.

–*Sayidi* –habló Dahlan–, ese asunto ya está solucionado. Le encargamos la compra del combustible a Al-Abiyia. Se concretará en cuestión de semanas.

–Espero que así sea.

–*Sayid rais* –dijo Gérard Moses–, acompáñeme, por favor. Quisiera mostrarle algo. –Entraron en una pequeña oficina con un tablero; los hijos y los colaboradores de Hussein los siguieron–. No está dibujada a escala, sino en su tamaño natural.

–¿Es el diseño de la bomba? –Los ojos negros del presidente iraquí destellaron mientras se desplazaban sobre el *blueprint* extendido sobre el tablero de Moses.

–Sí, es el perfil de la bomba. Estoy definiendo los últimos detalles.

–¿No es muy pequeña?

–Lo es. Mide un metro y medio de largo y ochenta centímetros de diámetro. Es una bomba revolucionaria. Liviana, además. La construiremos en el mismo acero con que estamos fabricando las centrifugadoras. Cualquier caza podría transportarla sin que le reste velocidad ni capacidad de maniobra.

El ministro de Industria Militar, Khidir Al-Saadi, que en sus años de juventud había sido piloto de guerra, se inclinó sobre el dibujo al oír la palabra «caza».

–¿Cómo haremos para entrar en el espacio aéreo israelí y soltar la bomba antes de que los israelíes pulvericen nuestro avión? –pensó en voz alta, y se produjo un silencio sepulcral.

–No será fácil –admitió Gérard Moses–, pero puede lograrse. Dependerá de dos cosas: de la calidad del avión y de la destreza del piloto.

—¿Qué avión sugiere usted, profesor Wright? —se interesó Saddam Hussein.

—Oh, sin dudarlo, *sayid rais*, yo me inclino por un Su-27. Para mí, el mejor caza de superioridad aérea. De todos modos, me atrevería a denominarlo polivalente, porque está preparado para enfrentar cualquier misión que se le exija.

—Me sorprende, profesor —admitió Hussein—. Creí que me diría F-15 o Mirage.

—Sin duda, son excelentes aviones de combate, *sayid rais*. Sin embargo, considero que el Su-27 es ideal para un trabajo como el que nos interesa.

—¿Y el piloto? —preguntó Kusay.

—Ah, en eso —dijo Gérard Moses— no podré ayudarlos. Pero según recuerdo de la época de la guerra del 91, se decía que los pilotos iraquíes eran excelentes.

—*Eran* —apuntó Uday, con desparpajo y una risita adolescente—. Ya no queda ninguno.

—Por supuesto que aún quedan, pero si es necesario, los buscaremos afuera —resolvió Saddam Hussein, con acento contrariado.

—Mejor —insistió Uday—. De todos modos, no creo que sobreviva a esa misión.

~: ❦ :~

Ya no ocupaban el Oasis Liwa. Desde hacía una semana se hallaban en Al-Qatif, al este de Arabia Saudí, sobre el Golfo Pérsico. Aldo no había comprendido los motivos del desplazamiento. Al final dedujo que estaba en la naturaleza de esa gente moverse de un sitio a otro. Agradecía el cambio porque pocas veces había admirado un paisaje tan hermoso, con playas extensas y anchas y un mar cuyos colores le recordaban al Mediterráneo.

La camioneta Nissan Pathfinder que se había marchado del campamento beduino antes del amanecer, regresó de la ciudad de Dammam con la caída del sol. Los niños, entre los que se contaba Faruq, ayudaron a bajar las bolsas y los paquetes con las provisiones. Aldo observó un rato y luego se encaminó a la playa para su paseo habitual del atardecer. Lo apaciguaban el aroma del mar, el graznido de las gaviotas y las siluetas de los barcos oscurecidas por el sol, que se hundía en el horizonte.

—¡Mohamed! ¡Mohamed! —Faruq corría hacia él agitando un pedazo de papel—. ¡Te han traído esta carta de Dammam!

Se la entregó, jadeando y sonriendo, y se quedó esperando a que la abriera y la leyera. Aldo estudió el sobre blanco, sin nombre ni membrete.

—Dame tu alfanje, Faruq, así lo abro.

Faruq se quitó el cuchillo del cinto y se lo entregó. Aldo extrajo la única hoja y dirigió la vista al pie, para ver quién la firmaba. «Aymán.» El segundo nombre de Al-Saud, pensó, y se puso a leer la primera comunicación que recibía desde que el hijo de Francesca lo había consignado a sus parientes beduinos casi cuatro meses atrás. Estaba fechada el 11 de septiembre; no se especificaba el sitio desde donde había sido escrita. Aldo consultó su reloj Patek Philippe. Era viernes, 18 de septiembre.

«*Aldo, el 29 de agosto, un grupo de rebeldes del Congo atacó la misión de su sobrina Amélie, y Matilde resultó gravemente herida.*

—¿Qué sucede, Mohamed? ¿Qué te ocurre? —se preocupó Faruq al advertir que el papel temblaba entre las manos de Aldo y que su semblante moreno adquiría una tonalidad grisácea.

»*La llevé en mi avión a un hospital de Johannesburgo y ya se encuentra prácticamente recuperada.*

Aldo se llevó la mano a los ojos y, mientras sollozaba, agradecía a Alá por haber protegido a su hija. Se secó las lágrimas con el puño de la camisa y siguió leyendo.

»*En el ataque tuvo participación Udo Jürkens, o Ulrich Wendorff, como prefiera llamarlo. El tipo estaba ahí, en el Congo, persiguiendo a Matilde.*

»*Después de esta revelación, espero que se decida a hablarme de Blahetter. Sé que usted conocía los negocios en los que estaba involucrado su yerno. Y sé también que, de algún modo, están relacionados con los ataques que Matilde ha venido sufriendo. Si quisiera verme para contarme toda la verdad, hágaselo saber a mi tío Aarut. Aymán.*»

—Sí, hablaré —pensó Aldo en voz alta, y, como se expresó en español, Faruq lo observó con extrañeza—. Faruq —dijo—, consígueme una entrevista con el jeque Al-Kassib.

Fin de la segunda parte

Agradecimientos

A Estefanía Tapié, que me contó sus vivencias de misionera en Mozambique y que, con sus relatos, me inspiró para crear a uno de los personajes de esta novela.

A la doctora Claudia Rey, una eximia ginecóloga y una persona maravillosa, que me explicó de manera fácil el cáncer de ovario.

A la doctora Raquel «Raco» Rosenberg, cuyo testimonio inestimable me sirvió para comprender la situación del África y el sufrimiento de su gente.

A la doctora Valeria Vassia, quien, al igual que mi Matilde, es cirujana pediátrica y que me transmitió valiosísima información.

A mi querida Estelita «Amorosa» Casas, quien conoce el glamur de París como nadie y que me describió los lugares en los que se mueve Eliah Al-Saud.

A Juan Simeran, que vivió siete años en Israel y me brindó información y sus escritos y me regaló un libro, los que me sirvieron para comprender la situación de ese país y de Palestina. A su esposa Evelia Ávila Corrochado, una querida lectora, que sirvió de nexo.

A Clarita Duggan, otra lectora maravillosa, por contarme su experiencia en Eton.

A mi amiga, la escritora Soledad Pereyra, por brindarme sus conocimientos en materia de aviones de guerra. Sol querida, todavía sueño con ver tu libro *Desmesura* publicado.

A mi amiga, la queridísima «Gellyta» Caballero, por darme ideas brillantes y su cariño; por inspirar algunas de las salidas ocurrentes de Juana Folicuré; por proveerme de libros increíbles para la investigación; y por analizar el manuscrito con tanto amor y a la vez con tanto profesionalismo.

A Leana Rubbo, por sus averiguaciones que parecían imposibles de ser averiguadas.

A mi entrañable amiga Adriana Brest, por sus dos maravillosos regalos: el epígrafe de la primera parte de *Caballo de Fuego* y *El jardín perfumado*.

A mi queridísima amiga Paula Cañón, que siempre está buscándome material para mis investigaciones y que, para *Caballo de Fuego*, consiguió una historia de incalculable valor.

A mi dulce y entrañable amiga Fabiana Acebo. Ella y yo sabemos por qué.

A la doctora María Teresa «Teté» Zalazar, por ayudarme a construir una escena, sin cuyos conocimientos en medicina, habría sido muy difícil para mí.

A Uriel Nabel, un soldado israelí, que con tanta generosidad compartió conmigo su experiencia de tres años en el *Tsahal*.

A Sonia Hidalgo, una querida lectora que buscó información para este libro con un desprendimiento que me llegó al corazón. Y también por hacer de nexo entre su sobrino Uriel Nabel y yo.

A Marcela Conte-Grand, que colaboró desinteresadamente con las traducciones al francés.

A mi querida amiga Vanina Veiga, que también me dio una mano con las traducciones al francés.

A mi prima, la doctora Fabiola Furey, que, pese a sus tantas obligaciones laborales y familiares, se tomó el tiempo para buscarme material acerca de la porfiria.

A Laura Calonge, delegada en la Argentina de Médicos Sin Fronteras, y a su asistente, Carolina Heidenhain, por explicarme la filosofía y el funcionamiento de este gran organismo de ayuda humanitaria.

Y por último, a mis queridas amigas Natalia Canosa, Carlota Lozano y Pía Lozano, por acompañarme y alentarme siempre durante mis procesos creativos y por inspirarme para crear a Juana Folicuré. A Lotita le agradezco de corazón su permanente y desinteresada asistencia para las traducciones al francés.